中国当代文学经典必读

国代学典读

中当文经必

吴义勤 ◎ 主编

侯建魁 朱旭 ◎ 点评

2021短篇小说卷

ZHONGGUO
DANGDAI
WENXUE
JINGDIAN
BIDU

百花洲文艺出版社

图书在版编目（CIP）数据

中国当代文学经典必读.2021短篇小说卷 / 吴义勤主编. –– 南昌：
百花洲文艺出版社，2022.12
ISBN 978-7-5500-4569-9

Ⅰ.①中… Ⅱ.①吴… Ⅲ.①中国文学 – 当代文学 – 作品综合集
②短篇小说 – 小说集 – 中国 – 当代 Ⅳ.①I217.1

中国版本图书馆CIP数据核字（2021）第269465号

中国当代文学经典必读·2021短篇小说卷

吴义勤　主编

出 版 人	章华荣	
责任编辑	胡青松	
书籍设计	方　方	
制　　作	何　丹	
出版发行	百花洲文艺出版社	
社　　址	南昌市红谷滩区世贸路898号博能中心一期A座20楼	
邮　　编	330038	
经　　销	全国新华书店	
印　　刷	江西千叶彩印有限公司	
开　　本	850mm×1168mm　1/16　印张 25.75	
版　　次	2022年12月第1版第1次印刷	
字　　数	320千字	
书　　号	ISBN 978-7-5500-4569-9	
定　　价	58.00元	

赣版权登字　5500-4308-4

邮购联系　0791-86895108
网　　址　http://www.bhzwy.com
图书若有印装错误，影响阅读，可向承印厂联系调换。

我们该为"经典"做点什么?

/吴义勤

当今时代,对经典的追怀和崇拜正在演变为一种象征性的精神行为,人们幻想着通过对经典的回忆与抚摸来抵抗日益世俗和商业化的物质潮流。在这一过程中,一方面,经典作为人类文学史和文明史的基石与本源,其价值得到了充分的认同与阐扬;另一方面,经典的神圣化与神秘化又构成了对于当下文学不自觉的遮蔽和否定。可以说,如何面对和正确理解"经典",正是当代中国文学必须正视的一个问题。

什么是经典呢?就人类的文学史而言,"经典"似乎是一个约定俗成的概念,它是人类历史上那些杰出、伟大、震撼人心的文学作品的指称。但是,经典又是无法科学检验的主观性、相对性概念。经典并不是十全十美、所有人都认同的作品的代名词。人类文学史上其实根本就不存在十全十美、所有人都喜欢、没有缺点的所谓"经典"。那些把"经典"神圣化、神秘化、绝对化、乌托邦化的做法,其实只是拒绝当下文学的一种借口。通常意义上,经典常常是后代"追认"的,它意味着后人对前代文学作品的一种评价。经典的标准也不是僵化、固定的,政治、思想、文化、历史、艺术、美学等因素都可能在某种特殊的历史条件下成为命名"经典"的原因或标准。但是,"经典"的这种产生方式又极容易让人形成一种错觉,即"经典"仿佛总是过去时、历时态的,它好像与当代没有什么关系,当代人不能代替后人命名当代"经典",当代人所能做的就是对过去"经典"的缅怀和回忆。这种错觉的一个直接后果就是在"经典"问题上的厚古薄今,似乎没有人敢于理直气壮地对当代文学作品进行"经典"的命名,甚至还有人认为当代人连写当代史的权利都没有。

然而,后人的命名就比同代人更可信吗?我当然相信时间的力量,相信时间会把许多污垢和灰尘荡涤干净,相信时间会让我们更清楚地看清模糊的、被掩盖的真相，但我怀疑，时间同时也会使文学的现场感和鲜活性受到磨损与侵蚀，甚至时间本身也难逃意识形态的污染。我不相信后人对我们身处时代"考古"式的阐释会比我们亲历的"经验"更可靠，也不相信，后人对我们身处时代文学的理解会比我们亲历者更准确。我觉得，一部被后代命名为"经典"的作品，在它所处的时代也一定会是被认可为"经典"的作品，我不相信，在当代默默无闻的作品在后代会被"考古"挖掘为"经典"。也许有人会举张爱玲、钱锺书、沈从文的例子，但我要说的是，他们的文学价值在他们生活的时代就早已被认可了，只不过新中国成立后很长时间由于意识形态的原因我们的文学史不允许谈及他们罢了。

这里其实就涉及了我们编选这套书的目的。我认为，文学的经典化过程，既是一个历史化的过程，又更是一个当代化的过程。文学的经典化时时刻刻都在进行着，它需要当代人的积极参与和实践。文学的经典不是由某一个"权威"命名的，而是由一个时代所有的阅读者共同命名的，可以说，每一个阅读者都是一个命名者，他都有命名的"权力"。而作为一个文学研究者或一个文学出版者，参与当代文学的进程，参与当代文学经典的筛选、淘洗和确立过程，正是一种义不容辞的责任和使命。事实上，正是出于这种对"经典"的认识，我才决定策划和出版这套书的，我希望通过我们的努力，真实同步地再现21世纪中国文学"经典化"的进程，充分展现21世纪中国文学的业绩，并真正把"经典"由"过去时"还原为"现在进行时"，切实地为21世纪中国文学的"经典化"作出自己的贡献。与时下各种版本的"小说选"或"小说排行榜"不同，我们不羞羞答答地使用"最佳小说"之类的字眼，而是直截了当、理直气壮地使用了"经典"这个范畴。我觉得，我们每一个作家都首先应该有追求"经典"、成为"经典"的勇气。我承认，我们的选择标准难免个人化、主观化的局限，也不认为我们所选择的"经典"就是十全十美的，更不幻想我们的审美判断和"经典"命名会得到所有人的认同，而由于阅读视野和版面等方面的原因，"遗珠之憾"更是不可避免，但我们至少可以无愧地说，我们对美和艺术是虔诚的，我们是忠实于我们对艺术和美的感觉与判断的，我们对"经典"的择取是把审美和艺术放在第一位的。说到底，"经典"是主观

的，"经典"的确立是一个持续不断的"过程"，"经典"的价值是逐步呈现的，对于一部经典作品来说，它的当代认可、当代评价是不可或缺的。尽管这种认可和评价也许有偏颇，但是没有这种认可和评价，它就无法从浩如烟海的文本世界中突围而出，它就会永久地被埋没。从这个意义上说，在当代任何一部能够被阅读、谈论的文本都是幸运的，这是它变成"经典"的必要洗礼和必然路径，本套书所提供的同样是这种路径，我们所选的作品就是我们所认可的"经典"，它们完全可以毫无愧色地进入"经典"的殿堂，接受当代人或者后来者的批评或朝拜。

感谢百花洲文艺出版社对我的经典观的认同以及对于这套书的大力支持，感谢让这个文学工程可以在百花洲文艺出版社这个平台美丽绽放。我们的编选仍将坚持个人的纯文学标准，而为了更好地阐析我们的"经典观"，我们每本书将由一个青年学者对每一篇入选小说进行精短点评，希望此举能有助于读者朋友对本丛书的阅读。

目录

信 使/

/铁 凝

四月的这个下午，空气清透，雾霾不在。街边的樱花、榆叶梅忽然就盛开了，白丁香、紫丁香也这里、那里喷放着苦而甜的团团香气。陆婧坐在车里，车窗关着，也能感受到樱花的烟云带给她的眩晕，丁香的苦甜有点呛人。她落下车窗，像有意咂摸这春天的"呛"，享用这扑面而至的"呛"带来的鲜亮欢喜。

在一个嘈杂的路口，车遇红灯。陆婧偏头看着窗外，眼光落在临街一间门脸不大的体育用品商店。一辆人力三轮车停在门前，两个年轻人正从车上卸货。一个腿有残疾的女人从店里出来，身体歪向一边。她跛着脚走到三轮车前，弯腰从地上拎起两摞半人高的捆绑在一起的鞋盒，板鞋？跑鞋？当她抬起头无意间扫一眼路口停滞的车队时，陆婧的眼光刚好对上了她的扫视。这是一位已不年轻的妇女，一头染成灰咖色的整齐的直短发，颧骨的颜色偏酡红。同样已不年轻的陆婧早就是戴花镜读报的视力，可瞬间还是认出了这张脸：李花开！

李花开是陆婧三十多年未见的故人，虽然这故人如今拖了一条残腿，但陆婧还是很肯定，她就是李花开。拎着鞋盒的李花开没有认出坐在车里的陆婧，她扫视的是车的洪流，临街店铺的门前，哪天没有车流呢。很快，她两手各拎着一摞鞋盒，斜着身子进店去了。

绿灯亮了，车子倏地驶过路口，陆婧甚至没有看清那间商店的名字。她不打算叫车停下，开车的是她丈夫。副驾驶座上的女儿，正掏出气垫粉饼补妆。陆婧盯着女儿的后脖颈，女儿的丸子头使后脖颈落下一些散发，故意落下的吧，看似不经意的慵懒和风情。她们母女并不交流这方面的内容，但在这个下午，陆婧从女儿的后脑勺上明确地看见了三十多年前的自己：克制地追逐时尚，貌似叛逆，有点虚荣。三十多年前，陆婧和李花开同在一个城市，一个名叫虽城的北方城市。

那还是一个人人需要单位的时代，没有单位的人总显得可疑。幸运的是她们都有稳定的单位，陆婧在一个地方戏研究所当编辑，李花开在市属的印刷厂做文秘。一个时代有一个时代的词汇，20世纪80年代，陆婧和李花开是大学同学，是朋友。套用时下的说法，她们是"闺密"。这"密"后来又通俗成了腻乎乎的蜜。当年的她们漠视一些老词，不像今天，人们把老词翻腾出来再做揉捏变作另一种时尚。传统意义上的闺中密友大多连带着两家通好，陆婧和李花开的两家长辈却互不相识。

从西客站回家时，陆婧在副驾驶就座，女儿已下车，乘高铁去了外地出差。陆婧的方向感很差，这时却发现车子是循着原路返回，再遇那个路口，她那混乱的方向感突然明晰起来，她觑着眼朝马路对面一溜商铺望去，看见了那个小店："时代体育"。

她认出这是东单，同仁医院附近。医院附近的车多人乱又给她的方向辨别带来了困难。她是急切地想要记住"时代体育"的准确位置吗，还是对跛脚的李花开怀有好奇？想不到三十多年后李花开也来了北京，她丈夫，那个叫起子的也来了吧。陆婧心里加重着"也"字的分量，好像北京是她的地盘，李花开的现身让她有种不适感——曾经的闺密往往最方便成为仇敌。什么时候她的脚给跛了？敢情她也受过伤啊。"也"，她心里玩味着这个字，刚刚迎接着她的这个美得眩晕的春天，那呛人的丁香、樱花们不也慷慨迎接着从"时代体育"里走出来的李花开吗。

1

那是她们共同的激情时代。先是李花开突然告诉陆婧她要结婚了，对方是虽城的远房表哥。李花开说，表哥在街道办的一个镜框社画出口彩蛋。陆婧嗤之以鼻地抢白道，那也叫单位呀。李花开说就算不是单位吧，可他有房，私房，独院儿。硬道理在这儿呢，陆婧想。

李花开是当年系里的美人，有男生为她那长而柔韧的脖颈献过诗。她的脖子洁净、细润如骨瓷，女孩子拥有这般脖颈，会显得傲然，且十分方便左顾右盼。可她并不自知自己有条好脖子，不会搔首，亦不懂弄姿，还常常爱犯轴脾气。轴，在北方语系里通常形容性格而非品德，和一根筋、

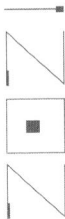

死心眼相近。李花开穿家做布鞋，常年背一只紫红两色方格交织的土布书包，好比特意拿自己的乡村出身背景示众。她家在离虽城百里外的山区，穷。大二时，一次李花开的下铺丢了几张饭票，认定偷窃者是上铺的李花开。李花开激愤地绝食两天以示清白。第三天，同宿舍的陆婧强行背着李花开到校医务室去输生理盐水、葡萄糖。过了一个星期，下铺的饭票找到了，在她送回家去洗的一包脏衣服里。和李花开不同，陆婧家就在虽城，工作之后仍然和父母同住。李花开住印刷厂的集体宿舍，周末经常被陆婧拉着去家里吃饭。陆婧记得母亲第一次见到李花开时还感叹了一句：真是高山出俊鸟呢。

冬日的一个周末，陆婧随李花开去了她将要嫁进去的私房、独院。推开吱嘎作响的单扇榆木院门，眼前的院子只是一条狭窄的夹道。夹道一侧仅两间西屋，另一侧是院墙，院墙即是前院人家的后山墙。若从西屋推门出来，仿佛走几步就能撞墙。虽不能比喻成开门见山，却可以说是出门见墙。西屋窗下整齐地码着蜂窝煤，挨着蜂窝煤的，是被旧提花线毯盖着的同样码放整齐的大白菜和鸡腿葱，叫人嗅出过日子的烟火气。当年的陆婧们不屑于这类烟火气，眼前的蜂窝煤、大白菜只让她相信，李花开真的要结婚了。李花开说这是表哥的爷爷留下的一点房产，爷爷从前是个经营南方竹货的小业主。想必，经过了那场革命，这院子是被挤占去了大部的剩余吧，陆婧思忖。

那天陆婧见到了李花开的表哥，一个微胖的长发青年，李花开叫他起子。起子热情地和陆婧握手，三人进屋后他还伸手从李花开肩上择下一根头发，或者不是头发，是线头，或者什么都没有，他只是愿意让人看见他在她肩上择。这个表示关切或男女关系不一般的动作让陆婧觉得多余，但那感觉仅仅一闪，因为房间正中一只铸铁蜂窝煤炉子引起陆婧格外的好奇。那本是一只普通的青黑色铸铁炉，圆柱形炉身正方形炉盘。在暖气并不普及的时代，北方城市大多人家都有这类炉子，取暖、做饭、烧水，间或也充当烤盘——烤馒头、烤窝头、烤包子、烤枣儿。起子家这只炉子所以引人注目，是因为它那锃光瓦亮的炉盘，陆婧还没见过谁家的铁炉子能有这样一尘不染，这样光明可鉴，这样泛着蓝幽幽光泽的镜子般的炉盘。他们围炉而坐，受着这炉子的吸引，又好像这神气活现的炉子才是这家的主人，乃至屋内所有家具的主人。炉子上坐着一把熟铝壶，壶中水已烧开，壶盖噗噗响着，壶嘴冒出缕缕水蒸气。起子拎起壶去给客人沏茉莉花茶，他把热茶端给两位女客，顺手抄起铁炉钩，从炉前铁畚箕里钩起同样锃光瓦亮的炉盖，半遮半掩盖住炉口，复又将水壶错开炉口坐上炉子。这样水能保温，炉口减弱的火力也不至于把壶烧干。陆婧喝着热茶，问起这炉盘如何能这般明亮。起子说用猪皮擦的。他母亲在世的时候每天必擦几遍，即使在肉类凭票供应的年代，也总能想法子省出指头长的一块猪皮供炉盘去"吃"。擦了二十几年，生是把一块粗糙的铁炉盘擦成了镜面。母亲去世后，他接过这活儿，有空儿就擦，才保持了这炉盘的成色。

陆婧喝着热茶，想着一个大小伙子除了画彩蛋，就是手持一块猪皮在炉盘上擦呀擦的，她好像还闻见了猪皮蹭上热炉盘那吱吱的响声和轻微的油烟，不臭，也不香。看看李花开，李花开显然对猪皮擦炉盘不感兴趣。煤是金贵的，她家烧柴火灶，上大学之前她就没见过铁炉子，也很少见过真的煤。结婚以后起子会让她擦炉盘吗？她可不情愿。这需要耐心，更多的是一种情趣。就陆婧对李花开的了解，她不具备这方面的情趣。出了那院子，李花开只问了一句：你说值吗？陆婧没有回答，眼前只闪过一个模模糊糊的影子，李花开对她讲过的一个中学同学名叫锁成的，和她同村，后来她考上大学了，他没考上。

几天后，一个坏消息震惊了她们：当年那个下铺的母亲，因为厂里分房不公平，吞了过量的安眠药。李花开说，房比命大吗？陆婧说，房是命的一部分吧。李花开又问：你说值吗？她没有听见应答。很快，她嫁给了表哥。很快，陆婧也恋爱了。

2

陆婧的恋爱像是一场无药可救的疟疾。民间对疟疾的归纳有间日疟、三日疟等等，意指隔日发作一次或三日发作一次，高热、高寒乃至抽搐。陆婧的爱之疟疾却持续了近两年。对方名叫肖恩，是她父亲的同学，且有家室。陆婧刚读初中时，肖恩随着他的单位——北京一个大部的文工团来到虽城做集体改造锻炼，他们被安置在当地驻军大院，过着半军事化、半农场农工的生活，军队有自己的农场。平时不准离院，每周休息半天。肖恩在这座举目无亲的城市联系了他的大学同学，陆婧的父亲。当革命和

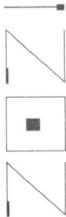

运动使熟人、朋友都断了消息的时刻，陆家为肖恩在虽城的出现尤为高兴。那段时间，陆婧的家是肖恩吃饭解馋、放松身心之地。每周的半天休息，他差不多都是在陆家度过。那时陆婧叫肖恩叔叔，逢肖恩感冒生病，或者为部队演出突击排练不能前来时，陆婧会自告奋勇地骑上自行车，为肖叔叔送去母亲烹制的鸡汤、榨菜炒肉丝。满满一罐榨菜肉丝够肖恩吃一个星期，也要用掉陆家半个月的肉票。那个推着自行车站在部队大院门口、冒着寒风等待他出来的陆婧，那个围着大红围巾、戴着厚厚的棉巴掌手套、晶莹的鼻头冻得通红的孩子，给肖恩留下了美而干净的印象。他送给陆婧一双淡绿色斜纹卡其布芭蕾鞋，足尖嵌有软木的真正的芭蕾舞鞋。正热衷于校文艺宣传队各种活动的陆婧，连续一个星期每晚睡觉都把这双鞋供在枕边。后来陆婧并没有在舞蹈方面有所长进，以她当时的年龄，腿已经太硬，开胯也不再容易。当年那些小女孩对文艺的热爱，充其量相当于今天的时尚女生对奢侈品的追逐。

十年之后，肖恩已是北京那个大部文工团的业务团长，陆婧的父亲也做了虽城文教局长。肖恩的文工团有时来虽城演出，他带着演出赠票和茅台，到陆家和老同学畅饮。肖团长和陆局长一改从前的落魄，精神、气色俱佳，就像换了个人。陆婧从旁看着想着，人没换啊，换的是人间。

换了人间。肖恩再见十年后的陆婧，他惊喜地打量着她，喃喃自语着小姑娘已经出落得、出落得……他始终没有完成那后半句话：她出落得怎样？但半句话对陆婧足矣，她尤其喜欢"出落"这个词，一个带有弹性的神奇蜕变的好词。陆婧突然不叫肖恩叔叔了，她叫他肖老师。每逢文工团来虽城演出，陆婧便也忙了起来。她为同学、朋友、同事、近邻向肖恩讨要招待票，她替当地媒体联系采访肖恩以及团里的男女演员，她不是名人，但她已是个认识名人的名人，她为此得意、满足，她和肖恩的关系也就落入了那个时代可能的套路。肖恩开始邀请她去北京看戏看电影——一些尚未公开、只供圈内人优先欣赏的外国电影，陆婧自己也频频寻找去北京的理由。一个地方戏研究所原本没有更多出差北京的机会，多数时间她利用周末自费前往。那些日子她轮流住遍了亲戚家：姑姑、叔叔、舅舅、姨妈。她庆幸他们的家都在北京，就像从前她的父母一样。在北京疯跑的时光里，她作为一个曾经的北京孩子，常常生出些情不自禁的得意和略带焦灼的期盼。

秘密恋爱固然秘密，却仿佛必得选出一个可靠的人分享才更够秘密。几个月之后，陆婧把李花开约到一家卤煮火烧小馆。她脸色潮红、嘴唇颤抖，十指交叠着扭绞着，忽又神经质地把双手搓来搓去。她的讲述琐碎累赘而又宏大激昂，她顾自笑着，眼里有泪光，她已经为自己这高级的恋爱所倾倒，她的闺密李花开也必将为她这不凡的倾诉所倾倒。

李花开的嘴里却只是偶尔迸出一句"我娘！"。逢关键时刻，李花开的山村口头语还是会冒出来，比如"我娘"。听着生硬，但干脆、有劲。这是一个本身不含褒贬的感叹词，但在此刻，李花开喊出它来表达的是决不同意。两人争吵起来，昏天黑地。陆婧急赤白脸，碗中的卤煮火烧一口没动。李花开连吃带喝，一海碗卤煮火烧下肚，也没能堵住她那张压着嗓音、连呼反对的嘴。直到碗空了，她才发现了陆婧的一脸憔悴，她闭嘴了。或许恋爱中的憔悴才能唤起人的怜悯，而绝对平等的友谊也并不存在，似乎总有一方在紧要关头非服从另一方不可，比如让卤煮火烧和争吵弄得满头是汗的李花开。陆婧判断李花开有缓和的迹象，再添些央告加耍赖的言辞，李花开到底让了步。她答应保密，还答应了陆婧的提议：肖恩写给陆婧的信从此寄往李家。在一场无法光明正大的恋爱里，情书寄往当事人的单位是危险的，李花开的家，那私房、独院在陆婧看来最是安全。

北京寄往虽城的平信隔天可到，陆婧一个星期至少两次去李花开家取信。那个当初在她看来有点陈旧、俗气的小院，如今在她生命中已变得如此要紧，如此友善而温暖。她多是在晚上下班后赶往李家，弓着身子把自行车骑得飞快。不能用奔向或跑向来形容她的姿态，那是扑向，扑向一团情话或者简直就是一场约会。她进了门，敷衍地和李花开或者李花开的丈夫——那位叫起子的寒暄几句，接过李花开递上的有点压手的厚厚的信封，便逃也似的夺门而去。她不急着回家，此刻家也危险。她急不可待地找一根电线杆把自行车和自己都靠上去，就着昏暗的路灯开始捧读肖恩写给她的大段的文字。她的心大声跳着、酥着、醉着。在夏日，那些粗糙的松木电线杆上爆裂的木刺有时会扎进她的衬衫。当她回家之后脱下衬衫小心择着上面的细刺时，她会偷着笑。她被扎疼过吗？这样的时刻，疼也是幸福。

有时李花开在厂里加班回家晚，陆婧奔到李家推门进屋后，永远在

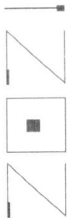

家的起子会代替李花开把信送至陆婧手中。他并不留她坐一会儿，像通常主人对客人那样。他知道她不需要，就像陆婧也明白起子已经知道了她的恋爱，他和这幢私房、独院共同知道了她这场恋爱，再坐下假装等李花开回家反倒虚伪了。第一次从起子手里接过肖恩的来信，她只是稍显尴尬，也仅是稍显，对肖恩来信的渴望压倒了一切，一切都不在话下。

3

又是冬天了，起子画了一会儿彩蛋，外贸公司的订单，复活节前要发货的。画彩蛋是个手艺活儿，类似简单的重复性劳动，起子得心应手，或者说熟能生巧。初中没毕业他就跟着邻居一个师傅学画彩蛋，多少年画下来，有时他也感到腻烦，看着纸箱中被瓦楞纸板隔开的那一排排花里胡哨的蛋们，常常觉得自己就是个卖鸡蛋的。李花开没有嫌弃他这份活计，他不用出去上班正好在家做饭。可那个陆婧从一开始就对他怀有轻蔑。那轻蔑是暗含的不易觉察的，起子还是莫名地感受到那轻蔑的蛛丝马迹。他是个小心而敏感的人，又是一个随着惯性生活的人，每当自卑心翻腾上来，他便会拿他的私房、独院将其打压下去。是啊，在计划经济时代，福利分房时代，有人会为分不到住房吞一把安眠药的时代，他起子能够坐拥一个院子一套私房，你们还要怎么样。"你们"是指他的对立面，有时指李花开和陆婧吧，多数时间是泛指。这时他的情绪又昂扬起来，他尤其喜欢"坐拥"这个词，这是个主动、气派、敞亮的词，他不仅坐拥房子院子，还坐拥单纯貌美之妻子。生活对他不薄。

想想这些，起子放下手中的彩蛋，揉揉眼——画彩蛋费眼。他花三分钟做了一套自编的用力眨眼的眼保健操，接着他要犒劳一下自己。他把粘着颜料的手仔细洗干净，行至那炉盘锃亮的著名炉子跟前，拎起那把铝壶，壶中水开着，顶得壶盖噗噗响着。他沏上一杯茉莉花茶，搬把椅子坐在炉前，喝两口热茶，放下茶杯，起身把房门锁好，然后才从他的彩蛋工作案的小抽屉里拿出一封信，邮递员刚刚送到的北京来信。他举着信复又坐回炉前，将信封一端凑着炉盘上铝壶壶嘴里冒出的徐徐水蒸气来来回回扫那么几次，信封一端便软塌下来。他就势拿根牙签轻轻挑开信封封口一角，封口轻易就打开了，如同吃酥皮点心时用手揭去那层层酥皮，绵软、无声、可心。起子从大张着嘴的信封里抽出不薄的情书，从容不迫地欣赏起来。一些段落仍然让他耳热心跳，但情绪已不像初读第一封信时那般亢奋了。他始终腻歪的是肖恩在信中把陆婧称作"我的小软木塞"。他常常半是艳羡、半是鄙夷地把过目后的信推送进信封，再小心翼翼地用胶水封好，以手掌外侧轻按均匀，宛若终于为肖团长放行的秘密检察官。

第一次把北京来信送到陆婧手上，他就已经生出一种身在暗处的优越感。这时期的陆婧，却仿佛处于下风头了。陆婧不时会给他们夫妻带些礼物，给李花开买过马海毛的毛衣，还送过起子一件当年正时髦的沙色皮夹克。这本是朋友间的心照不宣，却渐渐让起子愈加不满足了。优越感是什么呢？那就像是人生的一种主动，起子就在一次次优先阅读那些北京情书的亢奋中获得了既朦胧又主动的渴盼：难道他当真要画一辈子彩蛋吗？

这天上午，陆婧在办公室接到起子的电话，只电报式的两个字：有信。这是个善解人意的电话，起子的积极热情使她连矜持一下的表演也用不着了，她决不打算等到晚上下班后再去取信，甚至中饭也不吃，骑车直奔那"有信"之地。

他和她对坐在炉前，炉膛里淡橘色的火光恰到好处地映着两人的脸。她本不想坐下，打算拿了信就走的，但起子邀请她坐下。她发现他手里没有信。他当然看出了她的疑惑，随即从裤兜里抽出一个他们都已熟悉的信封：红蓝两色斜线圈边的航空信封。在这儿呢。他说。他微微前倾着身子从炉口上方把信封递向对面的陆婧，在陆婧看来这很危险，好像那信是要蹿过炉火才能抵达它的目的地，又好像起子原是要把那信封丢进炉中的。陆婧伸出双手在炉口上方托住那信封，手背让炉火炙烤得一阵干疼。当她终于将那沉甸甸的信封"引渡"到自己胸前，仍然双手托着它，就像托着一个刚从火海里得救的人。接着，她觉得这姿势有点失态，便把信封平放在腿上，这又仿佛肖恩正把嘴吻在她腿上，说着绵绵絮语。她的腿一阵阵酥麻，腿暗示了她拿起信封，掖进棉大衣口袋。这时起子说出了他的想法。

陆局长肯定能办到，群众艺术馆啊，艺术学院啊，画院啊，都行。他说。

你和李花开商量过吗？她问。

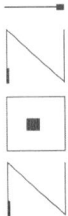

这不重要，我的事还是我直接说更好。他说。

可人的调动需要多种条件，特别是艺术类的单位，不是普通人就能去的啊！她像是在提醒他。

但我觉得我不是普通人。他坦然地看着她，也像是对她的提醒。

她听出了话中的厉害，也领会到这位起子的"不普通"。想到李花开随厂领导去南方几家印刷厂参观学习，两个星期才能回来，起子是特意选了这个时间的空当来和她谈如此要事的吧？

她从炉边站起来，眼睛并不看他，只答应回家试着跟陆局长去说。

陆婧选了一个晚饭时间对陆局长提及起子的事，晚饭时间家里的气氛是轻松的。陆局长却立刻拒绝了女儿的请求，"异想天开，异想天开！"他手很重地把筷子拍在饭桌上，一迭声地重复着这四个字，不知是讥讽起子，还是斥责女儿，也许二者皆有。基于对父亲的了解，她知道结果会是这样的，曾经闪过的一点侥幸之念确凿地破灭了。

这天，她又在办公室接到了起子的电话，还是两个字：有信。

4

她和他对坐在炉边，这次他没有空着手，给她开门便及时送上捏在手中的信封，仿佛以此迎接她将带给他的好消息。她迅速把信揣进大衣兜里，就像生怕这信会遭遇不测。

开口是艰难的，但她必须开口。她向起子道了对不起，说再等等看还有没有其他办法。这明显的官腔让起子十分不悦，他举了某某熟人因为有关系而进入了似乎不可能的单位。

她打断他说，在我们家真的不行。

他直视着她，放慢语速说，要是不行也得行呢？

她这才有点警惕地向后捎着身子问道，你这是什么意思？

他说，我不是在央求你，是在要求你。

她觉出了他的无礼和过分，但大衣口袋里那沉甸甸的信封可是经由他的手抵达她手中的，她努力使自己克制并且客气。她站起来说，等李花开回来咱们再一起商量也许更合适。

起子也站起来，果决地告诉陆婧不用商量，他就是要去陆局长所管辖的那些单位。

陆婧到底没能把持住自己，她扫了一眼对面的起子，第一次发现他那一头打绺儿的"艺术范儿"长发滋着过多的油脂，好像每每以猪皮擦完炉盘都会捎带着再往头上蹭去。她恼火起来，边向门口走边提高嗓音说，你有什么权力命令我啊，你以为你是谁！

在她背后传来起子的声音：我知道我是谁，更知道你是谁！你不就是肖大团长的小软木塞吗？

她那刚伸向门把手的手缩了回来，后脑勺仿佛遭遇了棒击，似有一个黄豆大的小气球在颅内的某个位置炸了，一个瞬间，嗡的一声，她脑海里一片白色。她还是顶着一颗白色的头颅转过了身，并努力站稳自己，身体却已有点瑟缩，像曾经有过的梦境：她裸体着站在街上，到处找不到要穿的衣服，而街上面目不清的人们正肆无忌惮地看着她，比如此刻的起子。

起子就像听见了她那无声的感受，加码似的继续抖搂：是啊，不怕你笑话，我全看过，77封信，包括现在你大衣兜里这封。

她一边下意识地将手伸进大衣口袋，死命握住那信封，好比攥住了肖恩的手，一边咕哝着你怎么能、你怎么能……

我怎么不能？起子复又在炉边坐下：凭什么你们里里外外、明的暗的都是体面，又体面又浪漫，我就非得窝在这儿画一辈子彩蛋不可呢？我，我们全家还得替你收着、守着这些个不体面的信。说到不体面，我的要求不过是要通过这些不体面的信得到一份体面的工作，为了我们全家、我们未来的孩子，这有什么过分吗？

她不动地方地站着，拼力捕捉着他话里的信息，她想到了李花开，不敢去想这是他们夫妻的合谋，可难道他们不是夫妻吗？还有孩子，李花开是不是怀孕了？陆婧的恋爱袭来之后，目中已无他人，所有的时间更不情愿分配给他人，识趣的李花开也久已不主动和她联系了。她不甘心着还是喃喃着：李花开知道你……

他不等她说完，截住她的话说，知道怎样？不知道又怎样？用不着假装清高，也别想对我使用什么不好听的词儿。我就这么一件事，陆局长动

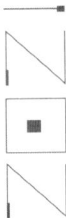

动小手指头的事，有什么办不了的呀。

清高，陆婧想到了父亲。本来她有些抱怨父亲那决不通融的清高的，但在这时，她忽然感叹世间毕竟还存在着这么点清高。为了这点清高，她决不打算接受这蛮横而阴暗的命令。她不接受，还得显出不示弱，她一字一顿地对炉边的男人说，还——就——是——办——不——了！

起子站起来，遭受了冤屈似的，走到摆在地上的彩蛋箱子跟前，从最下面的箱子里拽出一只白得刺眼的纸袋，举起来冲陆婧晃着，叹了口气说，都在这儿呢，67封。我用微距拍好，借朋友暗房冲印出来的，后来的10封没来得及冲洗，不过已经足够了。说着从中抽出一张印满小字的黑白放大照片，送至陆婧眼前。

陆婧只瞄一眼便认出了肖恩的笔迹。起子这层层递进的胁迫宣告着陆婧的节节败退，她平生第一次感受到巨大的惊恐和侮辱。她的小腹突然开始酸胀下坠，伴随这酸胀下坠的是两条腿的绵软。于是她知道，腿软并不是从腿开始的，是小腹里酸胀下坠的物质游移到耻骨再无情地沉降至大腿、小腿、脚底、脚趾，迅速侵蚀着那里所有的骨骼、韧带、肌肉、血液……接着无腿感袭来，她的小腹好像直接落在了地面，人也顿时矮了下去。她拼命用意念寻觅着腿脚，顽强地动了动灯芯绒棉鞋里仿佛已经虚无的脚趾，脚趾总算有了些微的痉挛。那么，她是有腿的，她还在站着。她迈前几步，本能地伸手要夺下那刺眼的白纸袋把它投进炉火。起子将纸袋背到身后说，胶卷还在我这儿，烧有什么用呢？如果陆局长帮了我，我肯定当着你的面连胶卷一股脑儿烧了它。不然，你能猜到后面会发生什么。

她腿软着，绝望地站在他面前，望着这个在炉子边上踱着小步的男人，就像望见了一个非人类的物种。比如鳄鱼，不！鳄鱼甚至也要好于眼前这个物种。她把涌到嘴边的所有形容词都压了回去，她的绝望使所有的词语都已失效，这绝望却也迫她从溃败的谷底捞起了她久已失散的自尊。她被亮在眼前的杀手锏打蒙的同时，仿佛也被打醒了。当她确信自己的两条腿能够带她迈出这间屋子时，她把大衣扣子一个一个扣好，接着，她以自己也未曾料到的动作，突然奔向那炉子，拎起坐在炉盘上那把沉甸甸的铝壶，高高提起，壶嘴向下，向着那炉火正旺的炉膛猛地浇灌起来。霎时间水火交战的炉膛发出刺刺嘎嘎的怪响，一股股灰白色气体伴着浓烈呛人的臭屁味儿冲上屋顶，弥漫着房间，也吞噬了炉边的男人。烟雾中她把空壶"咣当"丢在地上，拼力拉开屋门，又狠劲把门摔上，就像将一切的担惊受怕，一切的提心吊胆，一切的错愕、愤怒乃至一切的恶心，全都摔在了身后。她听见门玻璃碎了，那起子没有追上来。

她想找个没人的地方大哭一场，但急切地要给李花开打电话声讨的愿望压制了她的大哭。她没能和李花开通话，她的青春年代，和远在南方几个省出差的人长途电话联系尚不那么便捷。她又跑到邮电局给肖恩打电话，在排队等待接线员叫号的时候，她在长途电话间的门玻璃上看见了自己的脸。一夜时间她的脸怎么会变成这样？腮帮子嘬着，太阳穴瘪着，鼻翅儿扇着，耳朵片儿干着……这是刘宝瑞先生一段相声里的句子，形容的是一个受不孝儿子虐待、饭都不给吃饱的老太太的凄惨面相。她不是那位倒霉的老太太，以她的年龄，也还不具备自嘲的能力，她的脸让她突然想到相声里那老太太的脸，只激起了她更加强烈的愤懑，更加确切的无助。她和肖恩通了电话，当她语无伦次地讲了这边的事，对方始终沉默着。

第二天，陆婧单位的领导收到了起子制作的黑白照片，本市的平信当日可到。陆局长也收到了。两天后肖恩团长的上级领导也收到了。

李花开出差回来，陆婧立刻把电话打到了印刷厂，那是一个悲愤加绝交的电话，一个鄙视的不容分说的电话，一个曾经的"闺密"必须洗耳恭听的电话。陆婧那一波又一波语言的风暴如耳光噼啪，痛打在电话那头的李花开脸上。陆婧只听见李花开一迭声叫着"我娘！我娘啊！"，又听见她"呕呕"了两声，像在呕吐。陆婧摔了电话。

肖团长受到了处分。

陆婧受到了处分，被陆局长轰出家门。

5

四月的又一个下午，太阳很好，雾霾不在。陆婧打车来到"时代体育"。朋友送了她两张老时光博物馆的门票，她看看地址，发现就在东单，离那间"时代体育"小店不远。这正好是个自然的理由：可以先到"时代体育"看看，再去博物馆参观，这样，走进商店便显得更像顺路。

"时代体育"有年轻的顾客出入，咄咄逼人的青春扑面而来。陆婧掺在其中，自觉有点碍眼。她在跑鞋柜台驻步，但她从不跑步；她在泳具

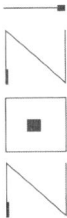

柜台驻步，她也不打算游泳。她在等一个合适的时机，和坐在收银台的李花开打一

声招呼。其实她一进门就看见了这位故人，三十多年未见的故人，即便是仇敌，难
道不也能生出几分亲切吗。就算谈不上亲切，她至少怀有那么点不愿承认的屈尊的
好奇。

时间是毒药，也是偏方。她记起哪个作家的句子。

店堂里人少的时候，她来到收银台前，将胳膊肘架上齐胸高的台面，明确地招
呼了一声："嗨，李花开。"

李花开抬起头，她认出了陆婧，随着一声"我娘！"，陆婧看见了她脸上的惊
奇和真切的欣喜。

……

她们对坐在一间粥铺喝粥。李花开说她常到这儿来，离店面近。陆婧要了蔬菜
鱼片粥，李花开要了皮蛋瘦肉粥，又点了拍黄瓜和两个芝麻烧饼。

这几十年我常常想着要是看见你，第一句话到底怎么讲，千头万绪的。李花
开说。

是我摔了电话。陆婧说。

我放下电话就去单位找你，哪儿都找不到你。后来，单位说你报了一个什么
进修班，去北京了，和谁都不联系。过了几个月，又听说你出国了。

是出国了，陪读。算是闪婚吧。年前刚退休，业务荒疏大半，职称副高。女儿
自立，丈夫厚道。陆婧以短信似的句子讲述了自己的三十多年。

你呢？

离了。李花开端起粥碗又放下，这粥碗挺大，小西瓜似的。陆婧恍惚又坐在了
当年那个卤煮小馆。

就为我？陆婧心有不安地问。

我最怕的就是你这么想。不是为你，是非离不可。李花开的讲述也很简明。开
始他不离，让她替肚子里的孩子想想。她上了房，站在房顶逼他同意，不然她就跳
下去。他跪在院子里求她，不松口，不信她会真的跳。刹那间她迈前两步，眼一闭
就跳了下去。

陆婧的心像遭到突然坠落的重物的击打，一阵沉闷的钝痛。她下意识地望着
李花开的脖子，岁月给这优美的脖子增添了几纹皱褶，但依旧柔韧、光润，且不松

垮。从房上跳下万一戳中了脖子……她不敢想了，后脖颈被冷汗浸湿着。她不愿用自惭形秽来形容此刻的自己，只朝桌子对面伸出手，却不好意思去握李花开的手。三十多年的隔绝，让人无法产生轻易的肢体接触，即便是曾经的"闺密"。她收回了手，机械地问着：后来呢？

后来就离了。李花开淡淡一笑，告诉陆婧，她原是要把孩子"跳掉"的，这孩子却结实。她残了一条腿，回老家生下儿子，在县中学当了老师直到退休。儿子从小就善跑，初中选进省体工队，再后来又进国家队，亚运会拿过名次。就好像，她拿自己的残腿，换来了儿子日后超速的奔跑。

你这是，轴得不要命啊。陆婧用了一个"轴"字，觉得不恰切，又找不出更合适的词。

李花开把身子靠上椅背说，谁愿意不要命呢，可当时我已经站在房上了。我站在房上往下看，索性想着跳下去无非就是两条，要么死得更快，要么活得更好。

陆婧竭力眨着眼往回憋着泪说，你是活得更好的。

李花开说，那也先得敢往下跳哇，况且，还得有信使给鼓着劲。

信使两个字是陆婧的忌讳，那是旧年的伤口，尽管那伤口已经疲惫得睁不开眼，可她们的会面又无论如何绕不过这两个字。李花开说，其实你也是我的信使。我第一次把信送到你手上的时候，你就已经是了。到最后，没有那些事，没有你摔电话，我也下不了决心去奔真心想要的日子。记得我跟你提过我那个中学同学吧？

陆婧猜到了什么。但他的名字她早已记不得了。

他在老家当导游，我们那儿穷，山水可好看。从前北京人不知道，玩到十渡就不往里走了，其实越往深里走越奇崛，大峡谷，风动石，空中草原。后来他自己建了旅行社，和县旅游局一块儿开发。我回老家后，他一直照顾我，生孩子都是他守在身边。这么多年，我们过得挺好。李花开猛地扬了扬下巴，郑重地介绍说：他叫锁成，姓赵。

这间店呢，"时代体育"。

是儿子的。儿子退役后盘下这个小店，有时间我就过来帮他照应几天。往后他该忙了，区体校聘他当教练，准备国庆游行呢，其中一个方阵

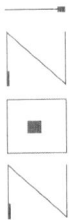

有他们参与。

她们共同意识到，这是2019年的春天了。陆婧仿佛又闻到了白丁香、紫丁香那一团团苦而甜的香气。

两人出了粥铺，天已经黑透，李花开要回"时代体育"，和陆婧在此道别。陆婧望着眼前车的河流人的河流，意犹未尽地说，那年我一气之下逃到北京，才知道偌大个北京不会安慰你的委屈。

可偌大个北京能够包容你的委屈。李花开接上陆婧的话。晚风吹拂着她略微倾斜的身体，吹拂着她的短发，那样子实在很飒。

几天后陆婧去了老时光博物馆。她从家里走路去的，有点远，大约十公里。她换了运动鞋，打开手机的百度导航，调至"步行"模式，方向感再差便也不会迷路。她很久没有这样专注地、长时间地在北京街上走路了，她要用尚是健康的腿脚而不是车轮，把北京仔细走一走。她走得挺好，近三个小时，顺利到达目的地。那是一间展览旧器物的民间博物馆。在众多旧物件里，她意外地发现了那只曾经那么神气活现的炉子。如今它的炉盘已不再锃光瓦亮，但炉膛里却闪着橘色的火光。她走近前，把脸探向炉口，发现炉膛里填充着仿不规则煤块的LED盐灯。LED是冷光源，炉子并不发热，只让参观者感受着一种亦真亦幻的安全的温度。

原载《北京文学》2021年第6期

点评／

女主人公陆婧一段尘封了三十多年的往事。陆婧莫名地爱上了父亲的同学——北京某文工团团长肖恩。在那个年代，这是板上钉钉的不伦恋，一旦曝光，不仅会引来世俗道德的评判，还要受到各自单位的严厉处分——这就意味着两人的前途几乎要遭到毁灭性打击。所以这段恋情注定从一开始就必须、只能是绝对机密。陆婧把这机密交给最信任的闺密李花开和她的丈夫起子保守，闺密家自然也就成了肖恩和陆婧两人情书的转运站。然而起子最终捅破了这一切，只因陆婧无法说服自己的父亲给他换一份更为体面的工作。李花开是个善良到刚烈的女子。她无法接受这样的丈夫，尽管当时已有身孕。她爬上房顶逼迫起子离婚。起子不答应，他认为李花开会因身孕而妥协。但李花开跳了下来。婚终于离了。

三十多年后，陆婧和李花开再次相见。陆婧被李花开的故事震惊，尽管李花开的语气非常平淡。人性的晦暗与美好在此处形成了某种极端碰撞，这样的极端强烈地冲击着陆婧的内心。当年她一度认为是李花开在背后怂恿起子，于是当年的铁杆闺密就这样不明不白地做了三十多年的仇敌。最令人深思的是，表面上李花开当年是陆婧的信使，但如今李花开却把陆婧当作自己的信使：正是通过陆婧当年的"不伦恋事件"，李花开方才彻底看透了起子的真面目，这就相当于陆婧以牺牲自己为代价给李花开送了一封绝密的信，一封让她赶快逃离起子、重启人生的信。叙事的张力在此刻达到了高潮，读者在欣赏人性善的同时也不得不反思人性的恶究竟可以将人推向怎样可怕的深渊；好在反思的同时也高扬着希望，人性的善正是这希望散发的耀眼光芒。

（侯建魁）

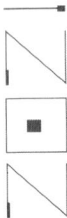

喝汤的声音/

/迟子建

　　她跟我说的这个小镇在乌苏里江下游，叫万吉镇，所住人家多是打鱼的和养奶牛的。我说只知道有个抓吉镇，万吉镇在哪儿？

　　"万吉镇当然在万吉镇哪，就像你的屁股一准儿在你胯骨下，不能跑到你脖子上一样。"挪揄我的是个四十岁上下的女人，自称乌苏里江摆渡人，她长脸，高颧骨，中分直发，穿一条绛紫色麻布长袍，戴一串木珠项链，脸很黑，一双狭长的眼睛深藏着磷火似的，幽光闪烁。

　　她什么时候进的江鲜小馆我不知道，因为我压根儿没听见脚步声，她就飘落在我对面的长凳上了。她仿佛老相识，跟我眨眨眼，挑剔我不会点鱼，说这时令不该点马哈鱼，名气虽大，却不是新出水的，倒不如雅罗和船丁子新鲜好吃。她说话时喉咙像塞着团棉花，哑腔哑调的。

　　我是陪领导来饶河工作调研的，下午去过小南山遗址考古挖掘现场，三天的工作日程也就结束了。沿着微雨后湿滑的土路下山时，我望见山下水墨画般的广阔湿地上，有两只白鹤翩翩起舞，大秀恩爱，这动人的情景令我想起麦小芽。她离开我十二年了，虽然四年前我再婚了，现任妻子贤德淑惠，待我不错，但在我成功或是悲哀时刻，特别想与人分享喜悦或倾诉苦闷时，心底呼唤的名字还是麦小芽。她是个历史学者，在一次田野调查中，遭遇特大山洪，被波涛卷走，从此后我见着所有的江河，都委屈万分，觉得它们辜负了我的爱情。我太想在乌苏里江畔独享一个黄昏，喝上一顿酒，隔着遥远的时空，和麦小芽说说悄悄话了，所以下山后我跟领导谎称自己有个姑妈在饶河，多年不见，想去探望一下老人家，晚饭就不随团吃了。领导再有半个月就退休了，饶河是他任内最后的公差，一向傲慢和冷漠的他，骤然变得开明而亲民，他微笑着说你去吧，给你姑妈带好，晚上早点回来，明天咱们就回哈尔滨了！

从小南山下来，我像出笼的鸟脱离团队，奔向乌苏里江畔，择了片柔软的沙滩坐下，迫不及待地摘下口罩，让江风亲抚我的脸，望着这条波光粼粼地向北流去的江，边晒太阳边抽烟。

初秋的阳光像一束束丰收的麦穗，有股说不出的芬芳，让人有收割的欲望。我给麦小芽点了一根烟，放在鹅卵石上，淡蓝的烟雾云图一样铺展开来，仿佛她真的吸了。麦小芽嗜烟如命，我们在一起最惬意的时光，是晚饭后对坐着，沏一壶热腾腾的茶，吞云吐雾地神聊。人们都说吸烟伤肺子，但麦小芽说肺子经由烟熏，这块鲜肉就变成了腊肉，腊肉比鲜肉耐储，所以她认定吸烟能铸就铁肺，百毒不侵。我们偶尔吵架了，所道歉的方式，就是给对方点上一根烟，悄悄说声"咱熏腊肉吧"，这比献上玫瑰和热吻管用，矛盾随之烟消云散了。

天色由明媚变得暗淡，我默默和麦小芽"熏腊肉"至黄昏，留下两堆烟蒂，一堆是我的，一堆是她的。我取一棵麦小芽的烟蒂，多想发现她湿漉漉的唾液啊，可是没有，烟蒂焦干，像一堆冰冷的子弹壳，仿佛告诉我它们来自死神的世界。我把两堆烟蒂合在一起，没舍得扔进垃圾桶，而是揣进裤兜，去江畔寻吃鱼的地方。

那条街上装饰华丽的江鲜大酒楼有好几家，而我惯于钻的是小馆子。除却价格便宜，经验告诉我，小馆子不宰客，食材好，灶火旺，掌勺的师傅个个身怀绝技，能做出令人惊艳的菜肴。而且小馆子客人常来常往，热络，活泛，可以不拘小节地高声谈笑、纵酒、吸烟，甚至放屁。还有一点，这样的馆子一般望得见后厨，你相中哪棵葱哪头蒜为你的菜打江山，可指点它们上阵，店主一定会遂你心愿。

从食街主干路岔过去，有一条绿意葱茏的玉簪似的斜街，我选的这家圆木打造的小馆，就像一颗琥珀，缀在斜街尽头。受新冠肺炎疫情影响，食街客人不多，店铺多半冷清，但我进去时，他家却很热闹。有两个男人喝得半醉了，正在划拳斗嘴，一个咕哝："俩好呀——你丫的。"一个叫嚣："五魁首呀——你大爷的！"小馆摆的桌子有圆有方，但供客人坐的都是长凳。随客人入店的口罩，像误入笼中的一群鸟儿，有的病恹恹地瘫

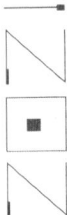

在桌角，有的软塌塌地挂在客人的一只耳朵上。更多的人把口罩当袖标，戴在胳膊肘上，所以他们举杯时，五颜六色的口罩有点鸟儿挣脱樊笼的意味，向上冲去。我择了西北角的一个空位坐下，点了软煎马哈鱼、黑斑狗鱼炖茄子和椒盐江虾，还有一斤烧酒。其实我知道这时节的马哈鱼来自冷冻箱，不在盛时，但因这是麦小芽爱吃的，所以首要点的是它。

店主是个年纪轻轻的断腿男人，面貌俊朗，穿白色T恤，他摇着轮椅，自如地穿行于餐桌过道，端酒续茶。我进门时，他驾着轮椅从北侧飞快迎到门口，招呼道："兄弟您请——"然后奔向收银台，那里摆着一紫一白两个玻璃酒罐，紫的是山葡萄酒，白的是土豆烧酒，店主说这是他们自酿的。他说所有的来客进门都可免费喝一盅，男的通常喝土豆烧酒，女的喝山葡萄酒。我说我两个人，所以两种都喝。店主打开白色酒罐的龙头，先接了一盅土豆烧酒给我，看着我喝下，然后又接了一盅紫色的山葡萄酒，摆在收银台上，说等我约的人到了，就端给她喝。我说她已跟我一起进来了，拈起那盅酒，一饮而尽。店主狐疑地看着我，半晌没说出话来。

我坐下后才明白，这青灰的水泥地面，矮矮的收银台和看得见灶房的落地窗，是为了店主的轮椅而特别设计的。

店主见我点了三道菜，提醒我说他家的菜码大，一个人吃的话，一道黑斑狗鱼炖茄子就能把人撑得半死，可以减一个菜，如今挣钱不易，省点儿是点儿。我谢过他的好意，说是喝了两种酒，菜也自然是俩人吃，请他上两套餐具。店主大约领会我的用意了，他不再犹豫，对着灶房的师傅发出号令："同罗走菜喽！"

一开始我以为掌勺的师傅叫"同罗"，低头一看餐桌上立着个扇形桌牌，上面是黑底金字的"同罗"，才知这是桌名。再看邻近的几张桌，是"鳌花""哲罗"和"柳根子"，便恍然明白这家店的桌牌，是以"三花五罗十八子"中的鱼类品种来命名的。

我把另套碗筷杯盏摆在对面，先给麦小芽倒了一盅酒，然后给自己的也满上，和她碰了一盅，之后又自己连干两盅。菜陆续上来了，天也黑了，客人渐多，店主的轮椅忽而在东，忽而向西，忙得不亦乐乎。我不顾左右，倾情给麦小芽夹菜，跟她说话。我说饶河小南山出土的玉器，距今约九千年，精美极了。玉就是玉啊，可以碎，但不会化为尘土。可是你呢，怎么就化成了烟啊。

我就是说完这句话，穿绛紫色麻布长袍的女人飘然而至的。她一来，我和麦小芽的对话就中断了。

这个女人气质不凡，酒量不凡，捏起酒盅，自斟自饮，连干三盅，面不改色。我一看先前叫的烧酒快见底了，嚷着添酒。店主先是劝阻我，说兄弟咱喝得差不多就行了，酒大伤身啊。我说我花钱喝酒，图的是痛快，你不想让我高兴吗？再说你没见多了个客人吗，让对面女人觉得我请不起酒，岂不是没面子？店主连声苦笑，隔了一会儿，递上一壶酒，拍了拍我的背，叮嘱道："悠着点儿啊。"

女人喝了酒后神情愉悦，说要卖个故事给我。我说怎知我需要故事？她诡秘一笑，说她一进来，就看出我是个缺故事的家伙了。我问一个故事多少钱，她说好的故事是无价之宝，千金难买；烂故事是垃圾，臭不可闻。如果我能听完她讲的故事，说明它有价值，她要求不高，抵得上这桌酒菜就行。我说你意思自己不是白吃我的？她有点恼怒，教训我永远不要当着女人的面说她白吃。

她开始讲故事，说故事的主人公叫孟平贵，不过乌苏里江一带的人都习惯叫他的小名"哈喇泊"，这是他祖母给起的。

哈喇泊出生在万吉镇，这地方依山傍水，风景优美，对岸是苏联的一个小镇。哈喇泊的祖父是善于骑射的蒙古人，祖母是以渔猎见长的赫哲人，所以哈喇泊的父亲，是蒙古族和赫哲族的后人。

哈喇泊身高体阔，膀大腰圆，气壮如牛，圆脸上生着浅浅的络腮胡，蒜头鼻子，敦厚的嘴唇，漆黑的一字眉下，是一双和善而明亮的眼睛。他外形不乏男子气概，可身上却有一点缺彩，就是牙齿。怎么说呢，不仅是他，哈喇泊的血亲，他的祖母和父亲，没一个好牙齿的，都是满嘴的残垣断壁。

我说："可能万吉镇的水有问题吧，比如含氟少，牙齿就容易变成核桃酥。"

女人撇了一下嘴，吃了一块黑斑狗鱼，又饮了一盅酒，说："哈喇泊的牙齿要是跟水有关的话，我这故事还能卖得出去吗？"她警告我少插言，讲故事最怕打岔了。

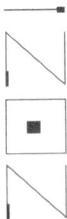

女人说哈喇泊的牙齿随他父亲，而他父亲的牙齿又随他祖母。

哈喇泊的祖上是大黑河屯人，也就是海兰泡。过去那里叫孟家屯，是当时黑龙江将军管辖区域，可叹它如今不是咱们的地界了。哈喇泊的祖父是个蒙古商人，做皮毛生意的，总来大黑河屯交易，认识了哈喇泊的祖母，一个朴实能干的赫哲女人，她做的鱼皮衣，在大黑河屯很出名。说是穿着她的鱼皮衣下江捕鱼，防风防雨不说，鱼儿还爱入网上钩，所以哈喇泊的祖母吸引了不少男人的目光。

哈喇泊的祖父祖母成亲于1897年冬天，转年他们有了一个女儿。他们在大黑河屯经营两家货栈，日子过得红红火火。1900年初春，哈喇泊的祖母又怀孕了，这时哈喇泊的祖父要开一家火磨铺加工小麦，正忙着购进机器，装点铺面，所以提早就给未出生的孩子起好了名字"火磨"。然而到了七月，沙俄借口义和团运动在东北蔓延，危及边境，逮捕了许多世居于此的华人。而在太阳最灿烂的时日，火磨铺开张仅一周，喜气未散，大黑河屯华人的房子和店铺，突遭俄兵洗劫。无论妇孺，都被驱赶到黑龙江边。

人们被刀斧威逼出来的一瞬，忙着不同的活儿，所以临时带走的东西千奇百怪，有拿着烟袋锅的、擀面杖的、笤帚的、筷子的、茶碗的、针线的、算盘的、酒壶的、肥皂的、铲子的、梭子的、书籍的、纸币的、马鞭的、桦子的，可见当时他们正抽着烟、擀着面、扫着地、吃着饭、喝着茶、缝着衣、算着账、饮着酒、洗着衣、炒着菜、补着网、读着书、点着钱、赶着马、烧着柴。最滑稽的，是有人当时正蹲茅坑，慌张中握着揩腚的草纸，一脸没排泄痛快的苦楚。而有的人正擦拭油灯，想着明晃晃的太阳下出了这等事，此去黑暗，大白天地举着油灯上路。

被驱赶到江边的华人，没有不回头的，他们遥望自家房屋还在不在，离散的亲人在哪儿，心爱的马和狗又在何方。而先前还一片祥和的大黑河屯，浓烟滚滚，火光冲天。俄兵用武器将人们往江里赶，那些不会水的只要反抗，刀斧便会袭来。人群中血肉飞溅，哭声震天，倒下的人越来越多，沙滩的鹅卵石被鲜血染红了，像一只只愤怒的眼。

哈喇泊的祖父抱着两岁的女儿，她手里攥着一颗糖球，惊恐让她手心发热和出汗，糖渐渐化了，她的手代替她的嘴，吃了最后的糖。祖母则拿着一把碎布条，她正打袼褙，预备给腹中的孩子做鞋子。一个俄兵用长刀挟持哈喇泊的祖父，喝令他滚回江对岸去，可这个能纵马驰骋的蒙古汉子不会游泳，粗通俄语的他跟俄兵说他怕水，怀抱的孩子更怕水，还有他的女人怀着孩子，他愿意把新开的火磨铺送给俄兵，他收购来的小麦都是最好的，能磨出上好的面，无论养家还是给军队补充给养都没的说。岂不知他的火磨铺正在燃烧，雇来的看管铺子的两个伙计已死在俄兵的斧头下了。哈喇泊的祖母多年以后回忆起那个令她肝肠寸断的日子，依然会紧咬牙齿，虽说其后她嘴里只剩两颗槽烂的后槽牙了。

没等哈喇泊的祖父说完乞求的话，一个骑兵挥舞一柄长刀，削枝丫似的，先把他怀中的女孩拦腰斩落，接着朝向哈喇泊的祖父。哈喇泊的祖父见女儿死在刀下，咆哮着反扑。他熟悉马的特性，飞身绊马，将骑兵摔落，夺刀砍向他。俄兵躲闪着，他没击中他脖颈，只废掉他一条胳膊。哈喇泊祖父的第二刀还没出手，被一个手持莫辛步枪的俄兵，迎面射杀。哈喇泊的祖母说，这种枪大黑河屯的华人都叫它"水连珠"，因为枪声清脆得像山泉流过。哈喇泊的祖父被水连珠击中的一瞬，高呼："快游过哈拉穆河——"这是他无力保护身后心爱的女人，对她发出的最后呼唤。

哈拉穆河，是哈喇泊祖父对这条江的称呼，他知道他的女人是可以搏击激流的鱼，因为赫哲人无论男女，没有不会水的。

哈喇泊的祖母带着四个月的身孕，纵身跳入黑龙江，奋力游向对岸。江水失却了往日的安详，在江流中沉浮的，是尸首和奄奄一息的人，江面漂浮着鞋子、袜子、帽子、衣裳、腰带、围巾、烟袋、算盘、木棍、草纸、包袱皮等等。尸首随着波涛一起一伏的样子，好像人们还活着。

要说这条江在大黑河屯与对岸的距离，不过千米，可黑龙江即便在盛夏，江水也冰冷刺骨，加之水流湍急，每年总有人丧命于此。哈喇泊的祖母游到江中心时，体力不支，找不到漂浮的倒木作为支撑歇息，恰好一具浮尸漂过身边，是个光着膀子面朝下的壮年男尸，哈喇泊的祖母一把抱住他的腰，叫着已死在岸边的自己男人的名字，大口大口喘息着，待体力恢复一些，她松开那冰冷的男人，说大哥你好走吧，继续朝对岸游去。

一连三天，被赶到江岸的人，数千人毙命，幸存者极少。一条没有船停泊的江，对于要渡河的人来说，无疑是流动的地狱。但哈喇泊的祖母是幸运者，她不仅活下来了，还保住了腹中胎儿，漂泊了几个月后，年底在

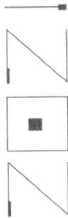

万吉镇落脚，生下哈喇泊的父亲，也就是火磨。

女人讲到此，探询地看了看我，仿佛在问我，这故事听得下去吗？我哪敢再插言，只是奉上一盅酒。她接过酒，洒在地上，我想她在祭奠故事中的罹难者吧。

女人微微咳嗽一声，接着讲故事。

哈喇泊的祖母上岸后，发现自己的牙齿多半化为乌有，好像那些牙齿是隐藏的烟花，瞬间燃爆了，而还留在牙床上的，也都是风中败柳，摇摇欲坠。有人说她是因仇恨咬碎了牙，也有人说她当时游不动了，不咬碎牙齿，逼出身上最后的力气，早就喂江鱼了。

火磨五六岁时，就听母亲讲父亲的故事，说到他被水连珠击中的时候，火磨会把牙齿咬得"嘎吱嘎吱"响。他出生后本来有一口漂亮的白牙的，到换牙时，多半的牙被他嚼碎了。而新长出的牙齿，在他重温父亲故事的成长历程中，也多半粉身碎骨，所以他二十多岁时，已是远近闻名的没牙的男人。

因为牙齿不好，哈喇泊家族，不吃硬的东西。他们不喜单纯的米粥，嫌没滋味，更爱汤羹，所以但凡米类和谷物入锅，都是和鸡鸭鱼肉一同熬制。刺少的狗鱼，是灶上的主角。费牙齿的牛肉鹅肉，都得剔骨，取其软嫩的部位食用，所以在万吉镇，狗们嘴馋了，爱去哈喇泊家门前游荡，那是它们美食的道场，往往会捡着连着筋肉的骨头。

哈喇泊一家喝汤也就出了名。在万吉镇，晚炊时分，你若走进他家院子，没风的日子也像有风，自屋里传出呼呼呼的声音，偶尔汤匙触碰瓷碗，这风声中就多了几声清脆的哨音了。

受母亲所述故事的影响，火磨年轻时就惧怕成家。父亲和未见面的姐姐死于惨案，让他觉得世事难料，男人有时是保护不了妻儿的。他也因此变得孤僻，独来独往，与万吉镇的人格格不入，没一个姑娘看上他。

火磨四十岁时，额头的皱纹和鬓角的白发过早出现了，哈喇泊的祖母终于坐不住了，遍寻乌苏里江流域的媒人，给火磨说亲。她跟媒人介绍儿子时，总是一句话："俺儿除了牙，哪哪都好！"年纪轻轻就没了牙，媒人总要多问一句为啥，哈喇泊的祖母便讲他们家族的故事，听得媒人唏嘘，赞叹火磨是条汉子，信誓旦旦地表示要为他寻得佳偶。

火磨四十二岁时，终于娶了媳妇。这人比火磨小八岁，是个哑巴。而最终为他选定这门亲的，是火磨的母亲。媒人介绍了三个愿意嫁给火磨的人：一个是比他小五岁的寡妇，带着个六岁的儿子；一个是比火磨大三岁的悍妇；还有一个就是模样周正的哑巴。火磨的母亲当然不想儿子一成家就给人当爹，所以虽然那个寡妇善良能干，她第一个勾掉的就是她。第二个虽是黄花闺女，可她因为家底殷实，好逸恶劳，脾气暴躁，打遍邻里，不是善茬儿，哈喇泊的祖母可不想让儿子抱着一个火药桶过日子，所以她自然不在考虑之列。而火磨话本就不多，若跟哑巴在一起，除了能保持他沉默寡言的天性，还能让家有持久的安宁。更重要的是，哑巴一口坏牙，能适应他们家喝汤的生活习惯。

火磨娶了哑巴后，最初一年不和媳妇睡一铺炕。哑巴自是无法说，就是能说的话，也说不出口哇。哈喇泊的祖母察觉后问儿子，你这是嫌弃哑巴？火磨忧心忡忡地说，要是一起睡了，有个一儿半女，遇到大黑河屯那样的大难，你护卫不了他们咋办？哈喇泊的祖母气得心口疼，说那样的日子不会再有了！她说你不和人家睡，就别让她过门，这不是让人守活寡吗？火磨认真考虑了三天，最后答应和哑巴一起睡。第二年，哑巴生下哈喇泊。而哈喇泊的祖母最担心的，是未来的孙儿会遗传儿媳的病，也成哑巴。所以儿媳有孕后，她跑遍了附近的寺庙，为她祈福。哈喇泊一降生，听到他那仿佛能穿透云层的哭声，作为祖母的她喜极而泣，因为哑巴的哭通常是呜咽的，几乎听不到。孙儿大名的命名权她给予了儿子，火磨给他取名孟平贵，小名"哈喇泊"则是她给起的，这是蒙古语"海兰泡"的叫法，以纪念她在大黑河屯的青春岁月和死去的男人和女儿。哈喇泊顶着这个名字，注定要听祖辈和父辈给他重复的那个故事，所以祖母谢世时，已是壮小伙的哈喇泊，一口牙齿多半为那故事殉葬，在不断地咬牙切齿声中，化为齑粉。

哈喇泊家族豁着一口坏牙，仅凭喝汤，他的祖母和父亲，竟都活过八十岁。哈喇泊不像父亲，听了这故事后惧怕有后人，他恰恰相反，觉得儿女多了，万一遭遇不测，总有人会绝处逢生，留下火种，所以他喜欢往女人堆里钻，用不着媒婆，老早就给自己觅得佳人，二十三岁就结婚了，喜得他那哑巴母亲，天天张着嘴乐，表达她那无以言说的喜悦。那姑娘

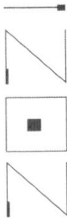

是万吉镇的下乡知青，名字叫张雪，哈尔滨人，在小学教书，模样一般，但她身上的"一黑一白"格外抢眼，黑的是垂在脑后的乌油油的大辫子，白的是满口雪亮的牙。哈喇泊笑起来时，嘴里黑洞洞的，像是魔窟，所以她与他成亲时，提出的唯一条件是他笑时得抿着嘴。

哈喇泊小学文化，因为万吉镇没有中学，继续读书要去外地，而他不能离开家人，尤其是母亲。火磨得子后，觉得有了哈喇泊这个果实，足以对母亲交代了，再不和哑巴睡一铺炕。万吉镇有个老光棍，觉得有机可乘。哈喇泊的母亲去挑水，他抢她的扁担；她去铲地，他夺她的锄头。万吉镇的人见着火磨，会和他开玩笑："你们家要来长工了！"火磨不以为意，但十一二岁的哈喇泊深以为耻，他举着镰刀捍卫父亲的权利和母亲的尊严，威胁光棍汉若再敢碰她母亲手里的工具，就割掉他裆里的玩意儿！光棍汉说工具又没长肉，咋就不能碰？哈喇泊说他母亲手里的扁担和锄头，都是父亲打制的，随他父亲姓孟，除了亲人谁都不能碰。光棍汉嘴上说我还怕你们这些豁牙的？但他再跟踪哑巴时，总要瞄着哈喇泊是否在左右。

哈喇泊小学毕业后跟父亲打过鱼，养过蜂，采过药，他成人后因为属于少数民族后裔，政府给他安排了工作，在万吉镇小学当工人，每月有工资拿，成为同龄人羡慕的对象。他就两样活儿：烧水和敲钟。不过这两样活儿把身子，他开始时很不习惯。他的工作间在水房一角，小屋总是水雾弥漫，令他昏昏欲睡。所以到了上下课的点儿，他往往因为瞌睡，而错过了敲钟。该下课了，他不打钟，而未到上课时间，他也许因为去厕所解手，顺路就把上课钟敲了，所以师生们对他都不满意，老师不愿多讲课，学生自然也不乐意被侵占休息时间。哈喇泊听到议论后恍然大悟：原来没人恋着讲台和课桌啊！他开始有意识地提前敲下课钟，而又把上课钟延后个两三分钟，师生们果然说他好话了，见了他都说孟师傅好，但他们说过后赶紧溜掉，生怕哈喇泊笑，一个没牙的人乐起来，就像张开了血盆大口，实在可怕。

哈喇泊是供销社的常客。那时祖母已过世，他买香烟和水果罐头孝敬父母，还给学生买糖，招徕他们听他讲家族故事。除此之外，每到乌苏里江通航时节，航标船停靠在万吉镇时，哈喇泊总要省下钱来，给航标工买好吃的。自家不舍得吃的猪肉罐头、刚打上的鱼，他都送过去。他对在国境线上作业的航标工有种崇拜心理，认为他们比自己敲钟伟大。所以他成了乌苏里江万吉镇段义务的航标维护工。有农人放羊图方便，把羊拴在岸标的标杆上，他巡查到了，会解开绳索，把羊牵回主人家，说这是拴的羊，你要是拴牛马这种大牲口，它们蛮力十足，万一把岸标扯断，那昭示咱领土的标记那就没了，可了不得啊！有时不是人为因素损及岸标，比如麻雀在上面坐窝了，他就嘟囔着岸标又不是树，没一片叶子能给你们遮风挡雨，在这儿坐窝不是傻吗？哈喇泊给鸟挪窝。而每年开江之后，冰排流空，航标船的人开始设置浮标、安装标灯时，他的星期天就是和航标工一起度过了，帮他们打个下手，航标船的人都很喜欢哈喇泊。他们犒劳哈喇泊的方式是煮一锅浓汤，与他一起热火朝天地喝顿汤，再听他讲一遍那个令人切齿的故事，虽说他们听过多遍了。

哈喇泊结婚后，不像从前见着可爱的姑娘爱上前搭讪，他怕媳妇张雪吃醋。他们在同一单位工作，哈喇泊的工资她习惯一并领了，由她支配。开始时哈喇泊不以为意，但后来他每次买东西朝她要钱费劲，再到发工资的日子，他就早早去财务室候着。他和张雪常因钱拌嘴，她说拿钱给公婆买东西天经地义，可给航标船的人买吃的，纯属傻瓜，那些人都有工资，在野外作业又有补助，哪用得着你贴补？还有张雪不满意哈喇泊在水房给学生讲故事，他买了糖果藏起来，谁听他的故事，他就发一颗糖。而那故事讲了千百遍，谁都知道，小孩子想糖吃时就去骗他，说想听故事了，他不厌其烦地讲，学生们虚张声势地做出痛恨的表情，骂惨案制造者，比赛着磨牙。而谁的牙咬得狠，哈喇泊就多给谁一颗糖。因为这，他有时也会误了敲钟，校方警告过他不止一次。

我打了个哈欠，讲故事的女人立刻警觉起来，说你嫌这故事长了？我赶紧解释说我犯烟瘾了，她倒了一盅酒干掉，夹了两只江虾塞进嘴里，说那你赶紧熏个腊肉嘛！我刚想问她怎知我和麦小芽的吸烟"密语"，她接着讲故事了。

我点燃一支烟，烟雾让摆渡人的脸蒙上了一层面纱，我看不清她的脸，但她的声音依然清晰入耳。

哈喇泊和张雪在一起过了八九年吧，始终没有孩子，这急坏了哈喇泊，他想要一堆孩子的梦想正在一天天破灭。据说张雪每次月经来潮，哈喇泊都很难过，嘟囔他的种子打了水漂，把酒当汤连喝三碗，大醉一场。不过他并不泄气，再到张雪的排卵期，他依然热情洋溢地播撒种子，渴望

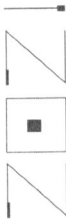

它们萌芽。万吉镇有女人偷听到哈喇泊跟张雪说，你不能生，俺找一个女的偷着生了，咱当亲生的养活咋样？张雪说那她就吊死在学校的钟旁，他就敲着她的尸首过下半生吧，吓得哈喇泊再也不敢提养私生子的事情。

后来张雪在知青返城的浪潮中回哈尔滨了，哈喇泊自知他们是两个世界的人了，主动提出离婚。张雪觉得自己没给哈喇泊留下一儿半女，对不起他，愿意离婚，说是离开她后，哈喇泊可找个能生养的女人，不然老了进棺材，坟前都没个烧纸钱的后人。

他们告别的故事在万吉镇广为流传，那是晚秋时令，几场霜后，田野一派荒芜。张雪那天先是起早给两个女人上坟，一个是哈喇泊的祖母，一个是刚去世的婆婆。她并不喜欢哈喇泊的祖母，觉得她的故事害了哈喇泊。但她喜欢不能开口说话的婆婆，张雪未能生养，婆婆直到生命最后一息，一直用温柔的眼神待她。张雪采了一枝傲霜的野菊献给婆婆时，一只苏雀飞过坟头，留下喳喳的叫声，仿佛婆婆开口说话了。上完坟回到镇子，张雪又去看公公，把自己做的一薄一厚两条棉裤带给他。火磨独居，垂垂老矣，每天除了喝汤就是晒太阳。他还爱讲那个大家耳熟能详的故事，但人们都听絮烦了，他没处讲了，就嘟嘟囔囔地说给自己听。儿子离婚了，他倒高兴，说是哈喇泊遭遇不测时，牺牲自己就是了，没有牵绊。所以在婆婆的葬礼上，公公没有悲伤，好像老婆死在他前面，对他是解脱。火磨唯一惆怅的是，媳妇死了，儿媳走了，以后谁给他做棉裤呢？但他想这岁数了，也穿不了几条新棉裤了。张雪看完公公回到家，用精心备好的猪骨、牛尾、鸡胸和白鱼，花了七八个小时，为哈喇泊煲了一锅浓汤，然后穿上大红缎子袄，好好打扮了一番。据说她和哈喇泊喝了三斤烧酒，月亮升起后，他们手拉着手，醉醺醺地去学校操场散步。张雪摇晃着走到铁铸的钟旁，说月亮要是能当钟锤就好了，到点儿了让它来打钟，哈喇泊能省力气不说，还不会误点儿。哈喇泊听后感动得蹲在地上呜呜哭了，说是舍不得她了。张雪见哈喇泊如此难过，觉得自己不牺牲点什么，就辜负了哈喇泊的真情，她把嘴张大，用牙齿撞钟，生生折损了两颗大门牙、上颚一颗尖牙及下颚两颗切牙，有的牙还没完全脱离牙床，死守根据地，她生拉硬拽地让它们"出列"，弄得下巴鲜血淋淋。她把这五颗连着肉的牙齿，放在哈喇泊掌心时，哈喇泊叫道："还是给我留下了骨肉哇——"哭得地动山摇的，惊醒了不少住在学校旁边的人。

摆渡人说，一个有情有义的男人得着这样的纪念物，能忘了他的女人吗？张雪回哈尔滨一年后，嫁了个死了老婆的啤酒厂工人，两年后生下一个男孩。万吉镇的人知晓后，爱拿哈喇泊开玩笑，说同样一片地，咋人家的种子就能发芽呢？哈喇泊说可能施的肥不一样吧，大家就笑。为了证明自己也有实力吧，哈喇泊很快娶了个比自己大五岁的离异者，她育有一子，判给前夫了。哈喇泊心想这是个下过蛋的鸡，挪个窝再给自己下一个而已，所以对她满怀信心。而这个女子也巴望着再生一个，因为前夫不许她看望儿子。但三四年过去，她的肚子不见隆起，反而瘪了下去，她吃不下饭，睡不好觉，脸色灰黄，瘦成一把骨头，去城里医院一检查，子宫癌已到晚期。第二个老婆死后，父亲火磨也死了，哈喇泊心灰意冷了好几年，才娶第三个老婆。她比哈喇泊小一旬，是媒婆介绍过来的外乡人，模样不错，就是患有癔症，一发作起来人事不知，有时哈喇泊正准备去打钟，会被匆匆赶来的人给喊走，说你老婆发癔症了，倒在大道上抽搐呢，还不去看看！他就撂下钟锤，一路快跑过去。这女人是个黄花闺女，跟他过了四年，也没怀孕，哈喇泊对她便有火气，时常找碴儿骂她。这女人不发病时温顺安静，持家能力也强，哈喇泊骂她，她虽不高兴，却也能忍，但哈喇泊有一天对她动了手，她终于提出不过了。说挨骂倒也罢了，挨打的日子却是一天都不能过！哈喇泊不想离，她就用纸盒做了块牌子，写上"哈喇泊打我"，坐在学校钟架下示威，引来师生围观，哈喇泊不敢来打钟了，只得同意离婚。最打击哈喇泊的是，这女人离婚一年后嫁给邻村一个养奶牛的，又过一年生下一个胖小子，癔症也不怎么发作了，哈喇泊痛苦极了，觉得老天待自己太残忍。男人们见了他又开起了玩笑，说咋两块地离了你都有收成，你要想有后传承你的故事，是不是得看看你的哑巴种子了？哈喇泊嘴硬地说，子弹还有卡壳的呢，谁的种子没几颗瘪的呢，赶上我运气差嘛！每说至此，他的眼眶都会浮上泪水，男人们赶紧鼓励他，说多冲锋，你的种子就会结果！哈喇泊从此后不大与万吉镇的人来往了，寒暑假他不必打钟时，便买上好吃的，要么在乌苏里江畔和航标船的人待在一起，要么上山慰问边防部队。他与守卫国境线的人待在一起时，喝汤时总要用筷子先挑起点蔬菜，一块胡萝卜，一条土豆，或是一片白菜

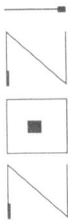

叶子，一根豆角，立在汤碗中央，当作浮标，定定地看上半晌，仿佛那泛着油光的汤，是滔滔的黑龙江水，然后夹起蔬菜的浮标吃掉，闷着头喝汤。

哈喇泊对自己的身体失去信心，不敢再婚了，他在私生活上变得放纵起来，进城找女人胡来。有一年扫黄打非，他被公安局的人逮个正着，消息传来万吉镇，校长气得肝疼，说他对不起祖宗，不配做男人。说归说，校长同情他，还是带着钱进城，交了罚款把他领回来。据说他每次去嫖，都喝得醉醺醺的，说不管谁怀了他的种，都会把她当王母娘娘供着。但暗地干这种营生的人，谁又愿意给个落魄者怀孕呢？

摆渡人讲到此，朝我勾了下手指，嗫了一下嘴，做出吸烟的姿势，说她也想"熏个腊肉"，我赶紧递上一支烟，然后再给自己点上一支，接着听她讲故事。

哈喇泊的命运真是曲折，他最为消沉的那年，得知张雪的儿子在上学路上出了车祸，双腿截肢，张雪的丈夫觉得是妻子造成了儿子的残疾，因为那天本该是她去接孩子的，她拉肚子给耽搁了，所以夫妻俩总吵架，他打张雪成了家常便饭。知情人对哈喇泊说，张雪的牙几乎被那男人打没了，跟他一样满嘴空洞。哈喇泊听了既愤怒又心疼，说我的女人咋能容人这么揍？张雪当年撞钟留给他的连着肉的牙齿，一直被他视为珍宝，他绝不允许别人这么欺负她。哈喇泊在那年寒假，专程去哈尔滨教训那男人。他趁着酒劲，在那男人上夜班的路上堵着他，把他揍倒在工厂浴池门前的雪堆上。哈喇泊不知这男人有严重的心脏病，这一揍竟让他当场气绝身亡。哈喇泊为此坐了牢，丢了公职。

哈喇泊出狱后回到万吉镇，形容枯槁，耳聋眼花，老得不成样子。他卖掉了父亲的房子，修缮他和张雪住过的已半塌的房子，以打鱼为生。他再也不去航标船和驻边部队了，也不义务巡查岸标了。只要喝多了酒，他就去学校操场游荡。学校早已用电铃，不需打钟人了，钟架也拆除了。水房还在，只是也改用电烧水了。他看着孩子们陌生的脸孔，很想给他们讲讲祖辈的故事，可他们听说他弄死过人，见了他都逃，他就讲给牲畜听。狗若没骨头吊着，也就听个开头，便颠儿颠儿跑掉；猪本来贪吃贪睡，它们支棱着耳朵听几句，算是给了他面子，"嗯嗯"两声，就呼呼大睡了；最钟情听故事的是奶牛，哈喇泊把它们当兄弟，边讲边抚摸它们黑白花的肚子，奶牛舒服得很，所以一听到底。不过养奶牛的人家跟哈喇泊抗议，说听了他讲的故事，奶牛都不爱产奶了，让他离远点儿。

哈喇泊受不了孤单吧，从此后总去外边吃饭。万吉镇就那么几家小馆子，他都吃遍了。他依然喝汤，所以各家小馆子总备着一两样汤，让他踏进门槛就能喝上。他们可怜他，不想收他钱，但哈喇泊说一个大男人咋能白吃，人们也就象征性收点儿，哈喇泊也没觉得那是便宜他了，他对物价的认知还停留在入狱前的水平。直到他外出卖鱼，看到价格飙升的商品，才知开小馆的人多么善良，他再去时，一定多付钱，才肯喝汤。

也许人老了的缘故，他喝汤的声音不比年轻时了，没那么响亮，时常夹杂着喘息。虽然不追航标船了，但他依然会在喝汤时，用筷子夹起一种蔬菜，立在汤碗中央，当作浮标，茫然望着，直到手上的筷子哆嗦起来。

有一年冬捕时节，哈喇泊认识了乌霞。她是个热情能干的俄罗斯妇女，在黑河和一个中国人合伙，经营一家俄罗斯商品店和一家俄式餐厅。乌霞比哈喇泊小九岁，是个离婚的，有一儿一女，儿子在布拉戈维申斯克市当工程师，已成家立业，女儿在圣彼得堡读大学。乌霞每月总要通关回到布市上货，看望亲人。哈喇泊每到黑河，总要去她店里喝汤，苏伯汤、鲜肉咸鱼杂拌汤、面条菌汤，都是他喜欢的。乌霞知道哈喇泊的遭遇后，说捕鱼是个力气活儿，还得凭运气，他这岁数了，不能再风吹雪打了，不如在他们餐厅打更有保障，每月有固定收入，还管吃管住。哈喇泊说他可以来她餐厅喝汤，但绝不会给一个俄罗斯人打工。祖辈在大黑河屯的遭遇，依然是他心中的痛！乌霞几次张罗带哈喇泊去布拉戈维申斯克游览，如今过境游的手续极为简便，但哈喇泊说除非祖父当年的铺子还在，他才会去。乌霞觉得哈喇泊固执古怪，但他的执拗和专情又打动她。所以哈喇泊一两个月不来，她还惦记着，驾着半截子车去万吉镇看他。乌霞的到来，是万吉镇的节日。因为她除了给哈喇泊带来吃的，还带来一些俄罗斯商品，就地售卖。她开玩笑说不能白跑，得把汽油钱赚回来。男人们喜欢的伏特加和刮胡刀，女人们喜欢的围巾和小镜子，孩子们喜欢的奶酪饼干和巧克力，很快就卖光了。她会说汉语，但不流利，万吉镇人与她讨价还价时，她嘴跟不上，就用计算器代她说话。当数字不再变幻，买卖双方都满意时，她会亲一下计算器。

乌霞看望哈喇泊，总要在万吉镇的客店住一夜。人们和她熟了以后逗

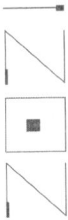

她，为啥不去哈喇泊家里住？乌霞总是说，等他把牙镶了再说。人们把话传给哈喇泊，说看来乌霞对他有意。哈喇泊沉着脸说她想得美，要是她住进来，爷爷奶奶和父亲的魂儿，还不得半夜回来，合力把我的锅砸了，让我连汤都喝不上！

万吉镇的人私下议论，除了家族往事像根刺，一直扎在哈喇泊心头，使他不愿和一个俄罗斯女人亲近，还有就是跟过他的女人都怀不上孩子，让他有了心理阴影，所以他拒绝一切女人了。

哈喇泊晚年喝汤，从万吉镇开始，一直喝到黑河、同江、抚远、孙吴和饶河。他打鱼打到哪儿，就喝汤喝到哪里，他的故事也就流传到哪里。只要你到了黑龙江流域沿岸的地方，走进馆子，听到呼噜呼噜的喝汤声，说明你可能遇见哈喇泊了。听说他近两年迷上了饶河，因为张雪在哈喇泊出狱的那年因病去世后，她那出了车祸的残疾儿子，看上了饶河的风景，来这儿开了家江鲜小馆。哈喇泊怀念张雪吧，常来饶河打鱼，把鱼低价卖给这家小馆，在此喝汤。

对面的女人把故事讲到这儿，恰好摇着轮椅的店主，端着一壶酒，风一样经过，我说，难道他就是张雪的儿子？摆渡人不语，只问我，这故事值这顿饭钱吗？

我连连说太值了太值了，追问哈喇泊在哪儿。

摆渡人说，这不突发了新冠肺炎疫情了嘛，别说是饶河，春节后乌苏里江沿岸所有的餐馆，都关门了，哈喇泊没有喝汤的地方了，听说他出狱后也不大会做汤了，饿得不轻。有人说他又去看守边境线了，他不是奔航标船去的，他帮政府义务监督，怕携带了新冠肺炎病毒的人，非法越境过来。当然也有人说他那是遥望乌霞呢，因为乌霞因疫情滞留在布市，他们好久不见了。

我嘀咕道："餐馆那会儿都关了，哈喇泊喝不上汤，可别饿死哇。"然后哇哇哭起来。

摆渡人就在哭声中无声无息地消失了。

我醒来时已是凌晨四点，同寝的人在我的床头柜留下张便条，说他们去乌苏里江看日出，早饭时见。我觉得头昏脑涨，不记得昨晚在江鲜小馆喝到几点，又是怎么回来的。洗漱完毕，喝了杯热茶，我精神不少，五点多来到乌苏里江畔。

太阳升得高了，江面荡漾着笑容似的波光。健身的、垂钓的、洗衣的占据了江边。我和一个骑着摩托车来刷牙的汉子攀谈起来，问他为啥来这洗漱，他说能对着乌苏里江的旭日刷牙，多有朝气啊，所以只要是好时节，他从不错过这享受。我们正聊在兴头上，单位的领导和同客房的同事过来了。他们老远就喊我的名字，说你昨晚醉成那样，还能爬起来，真是不容易啊。待他们走到近前，领导先和我握了下手，说虽然他要退休了，不该管太多的事情了，但还是得批评我，昨晚怎么能一个人去小馆子喝得人事不省？万一喝出事咋办？他说你不是说去看姑妈吗，不能因为馋酒喝了就撒谎啊。我赶紧道歉，谎称没和姑妈预先打招呼，去她家扑个空，肚子又饿，所以一个人去吃江鲜了，没想到那家小馆子土烧的酒劲大，差点把我喝到另一世了，实在罪过。

领导笑了，说你犯了错儿，态度倒不错，以后注意就是了。领导继续向前散步，同客房的同事停下脚步，对我说昨晚接到江鲜小馆打来的电话时，他吓坏了，是他赶去把我背回去的。他说你一个人咋能喝两斤酒，不要命啊。我不好意思说是和一个女人一起喝的，只问他小馆的人怎么找到的他。同事说店主从我身上摸出手机，又找出酒店房卡，想着万一电话拨到亲属的号码上，让家人跟着着急不好，就按照房卡信息，拨到酒店房间，看看有没有同住的人，赶巧那时他刚洗完澡，接着了电话。他跟我道歉，说本来想悄悄把我弄回来的，可他怕带我回酒店时被领导撞着，再说他隐瞒，所以只好先报告了。

我说没关系的，换作我也会报告。

同事拍了一下我的肩膀，说你咋哭成那样呢？我背你回来时你还呜呜哇哇的，弄得我肩膀头都是眼泪和鼻涕，半夜还得洗衬衫！

我说有泪的男人都有情啊。

同事说情多了也伤身啊。

我拍了拍他肩膀，笑着告别他，说早餐想独自在外边吃，然后去了昨晚去过的江鲜小馆。

还不到早餐高峰，但这家馆子已开始营业了，有两个客人在吃香喷喷的鱼丸面，一个嚷着来点儿醋，一个叫着上点儿辣椒油。店主答应着，一边给他们递调料，一边跟我打招呼，说你昨晚回去那么晚，起得够早啊。

显然他记得我这个醉鬼，我走到老位置坐下，点了一碗鱼杂面。

店主先送来一杯柠檬蜂蜜水，说是醒酒，然后问我还在饶河住几天，

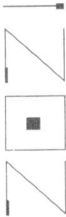

我说吃过早饭就回哈尔滨了。

我问店主，昨晚跟我一起喝酒的女人，是这里的常客吗？她说自己在乌苏里江摆渡，很会讲故事，不是因为听她的故事，我也许喝不了那么多。

店主说你昨晚就一个人喝呀，不过你在桌对面摆了筷子和酒盅，一个人哇哇说话，你这是纪念谁吧？最后客人都走了，你醉得说胡话，说乌苏里江往北流，那是为了看北斗星，有北斗星的地方就有英雄的魂灵啊，最后你哭起来，我才翻了你的兜，找出酒店房卡，按照房号，试着打了电话，还好有你一同住的人。

我觉得头皮发麻，我说那个穿绛紫色麻布长袍的女人，我看得真亮儿呀。

店主善意地笑笑，说那就当她来过吧，谁的一生没有几场梦魇呢？

店主说完，又问："你裤兜咋揣了那么多烟头？我翻房卡时翻到它们，想帮你扔了，又一想你可能留着做纪念的，就没动。"

我把手伸向裤兜，也不知是我手心出汗，还是宿在江边，烟头夜里受潮了，那堆烟蒂竟湿漉漉的，好像被人吻过。

我问店主，你母亲叫张雪是吧？

他吃惊地睁大眼睛，说你咋知道？

我用他的话回答他："谁的一生没有几场梦魇呢？"

店主说你这神算，后街有个彩票厅，赶紧去买一注吧，一准儿能中大奖！

鱼杂面上来了，可我胃口皆无。我把筷子插进碗里，当桨划来划去。店里客人渐渐多了，灶房也喧闹起来。就在那碗面已凉、我准备买单离开的一瞬，忽听背后传来一阵喝汤的声音。

这声音初始像穿越幽谷的强风，带着股气吞山河的力量；跟着又像乌苏里江的水流，慢了半拍，变得深沉而有节奏；忽然这像风又像流水的喝汤声，又起了变奏，一阵剧烈的喘息声闯入，就像呜咽。而喘息声过后，是急板似的更加迅猛的喝汤声，仿佛谁要把大千世界都收入腹中。

我不敢回头，怕在白天看见黑夜，只是咬紧牙齿，用筷子挑起汤面漂浮的一棵碧绿的香菜，立在汤碗中央，它像一块闪光的浮标，更像一棵长青的生命之树。

原载《作家》2021年第7期

点评

　　小说亦真亦幻，虚实相生，通过"我"这个历史学家与"她"这个卖故事的摆渡人的互动，讲述出哈喇泊家族三代人在黑龙江边生活的经历。

　　哈喇泊家族喝汤的习惯竟是因为战争带来的咬牙切齿的世仇。小说的这个设定因稍显夸张而更加生动。哈喇泊的祖父死在沙俄士兵的枪下，怀着四个月身孕的祖母死里逃生。战争给哈喇泊的父亲造成了严重的心理阴影，他一度拒绝成家，因为他担心自己会像父亲一样无法保护自己的女人。直到年逾四旬，他才娶亲。婚后他又一度拒绝圆房，因为同样的担心。后经母亲再三劝说，他才勉强答应，这才有了哈喇泊。然而哈喇泊一出生，他就再也不和妻子同睡。他始终刻意疏远妻子。若干年后妻子去世，他不但不悲伤，反而觉得终于得以解脱——他的担心就这样折磨了他一辈子。

　　哈喇泊同样对祖父母的遭遇感到咬牙切齿的愤慨。但他对待女人的态度与父亲截然相反，他早早就结了婚，但却迎来了命运的另一重残酷：他不育。第一任妻子张雪是下乡知青。两人因张雪回城而离婚。回城后张雪生了个儿子，但儿子却意外失去了双腿，丈夫认为张雪对此有不可推卸的责任，于是经常对其家暴。哈喇泊听说后非常愤怒，因为他仍旧把张雪看成是自己的女人，于是仗义出手，却不料失手杀人、锒铛入狱。出狱后，他结识了一个俄罗斯女人乌霞，尽管乌霞对他情深义重，但他却始终与乌霞保持距离，因为世仇是他的底线。

　　直到故事结束，哈喇泊依旧在喝汤，喝汤的声音穿透世代的仇恨与命运的苦痛之后依然响亮。祖母、父亲和他自己，用各自的方式消弭着战争带来的世代的悲伤，面对着命运带给他们的多重的赠予。小说满含人性的坚守与希望，如同长青的生命之树那般永远熠熠生光。

（侯建魁）

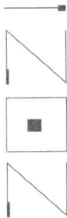

枯 井/

/冯骥才

人有各种死法。他是怎么死的？得病死的，老死的，意外事故死的，叫人弄死的，犯重罪处死的，中毒死的，气死的，还是自我了结死的，等等等等，这些种死别人都能知道。可是我二表哥是哪一种死？为什么死？死在哪儿？没一个人知道，只有我知道。只有我一人知道。

一

今天我兴致勃勃起个早，连吃早点都怕耽误时候，只把两个杂合面的菜饽饽用手帕一包，掖在一个硬邦邦的帆布兜子里。兜里边还放一大瓶白开水，两块破毛巾，一盒红星牌的铅弹。布兜挂在自行车的车把上，气枪绑在横梁上，一双长筒的黑胶靴用布条结结实实捆在后衣架上。胶鞋滑，用圆轱辘的绳子捆不牢，就得使布条捆。行装备齐了，双手推着车把兴冲冲地出了家门。出了门一拐，进了旁边一条胡同。这条老胡同太烂，地砖东倒西歪，不好走车，便把车子往墙边一靠，跑进去，站在一座两层的小楼前面仰着脖子喊：

"二表哥，该走了！"

二楼上一扇窗子"啪"地打开，露出一个圆乎乎的脑袋，红红的软脸，像个西红柿。他瞪着一双小眼儿，压着嗓门儿说："别喊，人家都还睡着。"又说："等会儿，我还没吃完呢。"

二表哥是我姑家的。自来我们两家就挨着住。我家守着胡同口，他家在胡同里边。后来我们两家的老人都走了。我们下一代依旧还住在这儿。八十年代前，人是很少搬家的。

我等了好长时候，二表哥才推车出来。据说他这种不紧不慢的性子，是叫他干了半辈子的装配手表的活磨出来的。可是也别嫌怪他肉脾气，他打鸟的本事叫我着实佩服。我每次去打鸟都要带一盒铅弹，这一盒一百粒，最多打七只鸟；他每次只带三十粒，至少打二十只。他是老猎手，枪法神准，百步穿杨，这自不必说。更关键是他的经验厉害，会选地方。就像老钓手，知道水下边哪儿是鱼窝，钩儿下去，漂儿立马就动。他凭空看得出哪儿是鸟道，鸟儿们好在哪个地方停留。每次和他出去打鸟，他绝不叫我跟在他身旁。他独自一人，穿林绕树走得不见身影，再露面时腰上一准挂着一串毛茸茸、血迹斑斑的鸟儿。有的不动，有的还动。

我对他说："我还一只没打到呢。"

他又圆又软又平庸的脸露出微微一笑。此时这笑，似乎带着一点成就感。

我承认我不行。我打鸟是跟他学的。三年前我连气枪都没摸过。我好和他一起喝酒，尤其好到他家喝酒，为的是吃他家的炸铁雀。这不单因为二表嫂炸鸟的手法好，炸得金煌煌颜色漂亮，外焦里嫩，有嚼头，而且愈嚼愈香。一比，后街那家小酒店卖的炸铁雀还能吃？纯粹就是一只只死家雀。他家的炸家雀还肥，肉多，这因为鸟是他自己打的。他说："我打鸟挑着打，我从不打幼雀，哪只肥打哪个。"

这也是他为什么专要到南郊打鸟的缘故。这里是远近出名的鱼米之乡——米好鸟肥。

我暗暗发誓将来打鸟的本事要和他一样。可是我性急，找不到鸟就乱跑，可能就因为我提着枪跑来跑去，把鸟儿们全吓得躲避起来。有一次，我绕到一片屋后，忽见前边一丛密密实实的灌木边上有个黑影，像一人来高的树桩，上边斜着一根树杈。定睛一瞧，这树桩原来是二表哥，树杈是他举着的枪。他竟然一动不动站在那里。顺着他枪筒举眼再瞧，左上边树顶的干枝上有两只鸟，远看像两个墨点。我禁不住叫道：

"快开枪呀，等什么呢。"

我这一叫，两只鸟受了惊，扑哧一下飞跑。二表哥提着枪走过来，有点气愤地说：

"那是两个小的，它们招呼大鸟呢。你打你的，我打我的，我不是叫

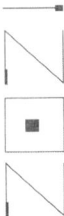

你别跟着我吗？"

这一来，我对自己更没信心。

他的慢性子其实正是沉得住性子。我性子急，性子是没法改的，看来我这辈子至多是二三流的枪手。可是我打鸟才刚上瘾呢。

我痴迷于铅弹打进鸟儿身体里那种"噗"的声音，兴奋于被击中的鸟儿就像倒栽葱一样栽落下来。每到星期四，我就兴冲冲去约二表哥了。二表哥一约就应，其实他比我瘾还大，只是天性的不动声色。当然我们去一起打鸟，更为了当晚一顿好酒菜。

为了每次打鸟要用一纸盒铅弹，我降了烟卷的牌子，把二角二分的"永红"换成一角九分的"战斗"。那时，私人允许持有气枪，为了买这支气枪，东瞒西骗，最后还是被老婆查获了我有一笔秘密的私房钱。

不管这些了，也不管我的枪法高低，有了一杆枪，我就是一个正规的猎手了。

二

二表哥最喜欢两个季节到南边来打鸟，一是收割稻子、打谷脱粒的季节，那也是鸟儿们的天堂时候，鸟儿只顾吃，忽略了警惕，常常成为猎手们的累累战果；再一个是冬季，树叶落光了，远远就能看得清鸟儿们飞来飞去，落在哪里。现在是秋天，树叶茂盛浓密，遮挡住它们的身影，打起来很费劲。二表哥说，往前边二十里潮白河西边，过去有几个村子，一闹水就淹。自打上游修了水库，不闹水了，但河里也没水了，村民都搬走了，早成了荒村。那边的死树多，打鸟会容易些。于是，我们骑上车去了。这边几乎没有路，只能是平的地方骑车，坑坑洼洼的地方推车。可是跑到外边这种野玩，向来是不在乎辛苦的。

远远一看这荒村就叫人兴奋起来。一大片乱糟糟的老树和死树，混杂着一些早已坍塌了的残垣断壁，没有一处成形的房子，全然一片绝无人迹的废墟。但只是这种地方才会野鸟成群。我们先是听到非常热闹的叽叽喳喳的乱叫，跟着看到一群群鸟影忽起忽落，这么多鸟！好像举起枪就能打中一只。忽然，在一片又高又密、黑压压的野草丛后边，飞出两只很大的鸟，硕大的身躯，长长的颈，"啪啪"扇动长长的翅膀。二表哥两只小眼居然像手电筒的小灯泡那样亮了起来，他招呼我把自行车悄悄靠在一棵杨树上。这棵杨树在这一片地界最高。他说把车放在这里，为了一会儿打鸟回来，易于找到车子。二表哥高人一等的心计总是在这种时候显露出来。虽然他是一个装配工人，我是一名中学语文教师，但他的生活智慧总是胜我一筹。他叫我轻装上阵，水喝足了，多带些铅弹。我照他的话做了，然后提着枪，猫着腰，蹑手蹑脚跟在他后边，好似摸进敌阵，心里边一阵阵激动。

在一丛灌木后边，我们隐下身来。二表哥说："我先打，你千万别开枪，这儿可能有一群野雁。咱这种气枪打它身子打不死，只能打脑袋，你打不着，可枪一响就把它们全吓跑了。"

我把枪按在胸口下边，两眼死盯着前边一片野树，我一直没有看见那些野雁在哪儿，只听"砰"的一声枪响，眼前群鸟从草木丛中轰然腾起，四处乱飞，好像打散了世界。二表哥兴冲冲叫了一声："我打碎了它的脑袋！"起身蹚着野草丛莽冲了出去。

我怔了一下，跟着也冲出去。野草过腰，荆棘拦人，我顾不上了，手脚感觉疼痛也不管了，自以为一直跟在二表哥身后，可愈跑离他愈远，渐渐看不见他了，我站直身子一瞧，前边荒天野地，我走岔了道？大声呼喝道：

"二表哥！"

居然没人应答。我加大声音再喊一声，还是没人应答。我站住四下一看，慌了。这是什么地方？野树野草野天野地，而且一只鸟儿也没有。我有点怕了，怕迷了路。赶紧掉过身往回走。可哪里是我的来路？周围一切全是陌生的。我是不是走错了方向？我忽然想起刚刚停放自行车那个地方有一棵很高的杨树，但我从周围高高矮矮的树木中无法认定究竟是哪一棵。我只能把自己身体的正背后认定为来时的方向。我必须原路返回。

在慌乱和恐惧中，我一边喊着二表哥，一边深一脚浅一脚在野地上回奔。两次被什么东西绊倒，右腿膝盖生疼；我完全顾不上去看腿部是否受伤。这时，忽然觉得好像有人呼我。我赶紧停下来，屏住呼吸，静心听，果然是二表哥的声音，他在呼我！我惊喜之极，大叫：

"我在这儿呢！二表哥！"

可是，他的声音有点怪，声音很小，好像与我相距挺远，而且我分辨

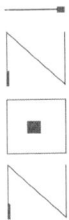

不出他声音的方向。像在前边，又像在左边。我一边往前疾走，一边喊："你在哪儿？"我怕失去了他的声音。

忽然，我又听到他的声音，这一次声音距我不远，但仍然很小很小，这是怎么回事？好像他藏在什么地方，在周围一堵墙或一块石头的后边。然而这一次，我从他的声音清楚地辨别出他的方向——右前方，而且不远！

我急忙向右前方跑去，跑出去不过十来步，突然一脚踩空，竟然凭空掉下去！平地怎么会掉下去？我感觉就像掉进大地张开的一张嘴里，我四边什么也抓不到，急得大喊救命。突然我像被什么抓住了，其实没有谁抓我，是我手里抓着的枪卡在头顶上边什么地方，好像卡着大地那张嘴的上下嘴唇之间。我抬头望，上边极亮，竟是天空；下边一片漆黑，四边没边，深不见底。难道我掉进了一个洞？一个万丈深渊？我极力抓着卡在洞口的枪杆，想把自己拉上去，可是我的臂力从来就非常有限。怕死求生的欲望使我用上全身力气拼命往上一挣，跟着听到"咔嚓"一响，枪杆断了，我想我完了，栽落下去！我不知要掉到什么地方去。

下边并非没底。突然，我整个人实实在在摔在下边，幸好下边是很厚很厚的烂泥。但我还是浑身上下剧痛。这时，忽然一个声音就在眼前：

"别叫了，我比你还疼，你砸我身上了，我的腿多半给你砸断了！"

是二表哥吗？是他。可是眼前一团漆黑，我什么也看不见。只听他说：

"现在咱俩全掉进一口枯井里了，没救了，只有一死。"

我听呆了，惊呆了，彻骨地冰凉，这么容易一下子就来到阴阳两界之间？

"我以前听说过这些荒村子里边有枯井，曾经还有人掉进来过。我来过这边几趟，从来没碰上过。今儿怨我，一心只奔着那只大家伙，忘了枯井，掉了进来。原以为你能救我，谁想你也下来了。现在谁也救不了谁了。只有等死。"

看不见二表哥，只有他的声音，他的声音有气无力，就在我的对面。

等死？怎么能干瞪着眼等死。我便大喊起来，心一急，索性狂喊，一直喊到没力气了，也没人应答。

"这地方一年半年也不会有人来，外边能听得见你喊声的只有那些鸟儿了。它能把你救出去开枪打它们？"

"你还有心思说笑？再不想办法，咱真没命了。"

　　"想办法？咱俩的命已经攥在阎王爷手里，你还真想活？怎么活？拿什么办法——你说？"

　　二表哥的话平静之极，显然他已经理性地面对了现实。这种理性叫我定下心来。我才明白，我们已然身陷绝境！

　　在这荒郊野外、杳无人迹之地，绝对没有任何人相救，而我们自己是绝对没办法爬出这枯井的。渐渐地，我看清楚了我们身处的环境。这口致命的井大约两丈深，井内早已无水，井底的稀泥是多年雨水所致。由于下宽上窄，湿滑的四壁无法攀登，我们手里的工具只有两杆枪，枪比人还短，有什么用？我忽然看到右边有一根很粗的绳子垂下来，心中一阵惊喜与慌乱，竟以为有人营救来了，翻身要起来去抓那根绳子。二表哥发出声音：

　　"那是一根树根，从井壁伸出来的，与上边没关系。"

　　任何希望都是不存在的。

　　我逐渐看到二表哥的脸。在井里朦胧的光线中，他的圆脸不再是红润的，更像一个素色的苍白的瓷盘，五官像用墨笔画上去的，刻板而没有任何表情。

　　"我刚刚真的把你的腿砸坏了？"我对他说。

　　二表哥的回答叫人胆寒：

　　"用不了太多时候，我们就该掬气了，还管他腿不腿的。"

　　二表哥似乎已经超然世外，我却还在做最后的挣扎，后来竟忍不住对二表哥痛哭起来，并一边哭一边说："我们很快要死了吗？"

　　没想到二表哥如此淡定。他说："已经死了！你要是不甘心，最多也是等死。"

三

　　我坐在井底的烂泥里，鼻孔呼吸着腐臭得令人窒息、含着一种沼气的空气；耳边响着二表哥不绝的呻吟声。他的腿肯定在我掉下来时砸断了，因为他一直背靠井壁斜卧着，一动不动，他明显已经动不了了；他清醒时没有发出一丝叫苦之声，睡着后便不停地发出痛苦的呻吟。这表明，他的

心已经死了，只有肉体还活着。

四周漆黑一团，头顶上边的井口里，是一个圆形的银灰色极其通透的天空。这圆圆的天空正中，是明亮、苍白、冰冷、残缺的月亮。除此纤尘皆无。这是一个要死的人最后看到的人间的景象吗？这景象是神奇还是离奇？

在我直面月亮时，忽然想老婆、家人、二表嫂，一定在着急地找我们。他们一定会来找我们的！他们知道我们到南郊这边来，但我们这次改了地方，到潮白河故道这片荒村来了，他们会想到？能猜到吗？找得到吗？这个想法曾一度重新燃起我生的渴望。我想出一个好办法，我身上有火柴，我应该把衣服脱下来点着，扔到洞口外，引起野火，引来找我的家人。这疯狂的想法令我激动起来，可是很快我又陷入绝望。我身上的烟卷和火柴早已被井底的泥水泡烂！

随后，月亮从井口处一点点移走，阴冷的井底黑得伸手不见五指。我把眼睛闭上一动不动，更因为饥饿使然。昨日进入荒村前，二表哥叫我轻装上阵，我没带任何吃的。坠入枯井已经快一天了，渐渐饥饿难熬。洞里没有任何可以充填空腹的东西。我感觉到了低血糖，心慌、昏眩、抽搐，一度真有吃烂泥甚至咬自己一口来充饥的幻想。后来，很奇怪，我感受不到饥饿，原来饥饿和疼痛都可以慢慢麻痹和接受。我相信，人的身体在极度饥饿时，一定有一种自我保护的机制站出来，对饥饿感进行自我抑制。

但是，跟随而来的一种可怕的感觉不可遏制，就是衰竭。我觉得从身体内部出现一种困乏、软弱、松懈、瓦解的感觉，我像一个气球撒气了，一串珠子散挂了，一团浓密的雾气开始消散了。我第一次感到生命其实是身体里的一种精气。一旦散了，没法抓住。这就是死亡前的幻灭感吗？

我在这感觉中渐渐睡着了，也可能是昏迷了。迷迷糊糊醒来时，洞里变得朦朦胧胧，略能看见一点东西。二表哥倚着井壁还在睡。我忽地发现他的脸好像缩小了，还有一点变形；怎么，他死了吗？我叫他两声。

"我还没走——"他忽然出声，"快了。"

死亡正向我们走来，我已经感到了，我也没有心思说话了。一天来，经过各种情感的折磨与忧思，我渐渐把人间的难舍难离的东西放下了。我尽力叫自己明白，没什么放不下的。放下了才是真正的解脱。这就是死亡的哲学。

不知过了多少时间，我听到有人唤我。

睁开眼时枯井里似乎亮了一些，头顶上井口的一边有一抹阳光。呼唤我的是二表哥。他像是坐直了一些，不等我开口，便说：

"我必须要对你说几件事——"

不等我问，他竟然主动地说：

"这几件事一直在我心里掖着，都是我干的缺德的事，伤天害理的事。"

我听了这几句没头没脑的话，已经不知说什么。可是他根本没在乎我怎么想，依然接着说下来：

"我这几件事没任何人知道，只我自己知道。我原想带着它们走，可是我带不走它们。人间的事最终还得撂在人间；我必须说出来，放下来，才好走。反正咱俩已经是死人了，死人的话活人听不见。现在你只管听，别问。你要是觉得我是王八蛋，你就骂我，随你便。好，我说了——"

没想到，这个一直叫我敬着的老实本分的二表哥撩开他的人生内幕，竟是这样一些令人毛骨悚然的东西。

四

"我从小人见人爱，谁都很想抱抱我，胡噜胡噜我的圆脑袋，拿我当个老实巴交的傻小子。其实都叫我骗了。我自小就不是好东西。我坏，人的坏并不是跟人学的。我从根儿上就坏。"

我从来没听别人这么谈自己的。我暗暗吃惊。

"我初中时班主任惹了事，学校叫他做检查。由我们班抽出几个男生，三人一组，轮班盯着他。我值班时，发现他有说梦话的毛病。他的梦话很古怪，听不明白，愈听不明白愈觉得有问题，我就把这些梦话悄悄记在小本子上，转天交给学校。学校派人审讯这班主任，叫他交代这些梦话暗藏的'阴谋'。谁会记得自己的梦话，又会知道自己说的是什么？这便把班主任折腾得屎都快出来了。吓得他晚上不敢睡觉，一连折腾了许多天，他患上了严重的神经衰弱，人瘦成一条线。事情过去后，他无论体力

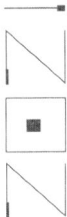

还是精神都没法再教书了，就回到湖南养病。他老家在湘中的滩头，老娘和老婆都在老家。他回去就再没回来，后来听说他死了。怎么死的不知道。有人说他闹抑郁症扎河里了。

"我心里明白，他是因我'告密'而死的。但学校主管的领导没对人说，谁也不会知道这件事与我'告密'有关。我那班主任就更不知道他遭遇的一切一切，都与我偷偷记下他的梦话有关。你说我有多坏。我为什么这么做？我有压力吗？没有。有什么好处吗？没有。我难道不明白人根本不会知道自己所说的梦话吗？我应该知道。我为什么去'告密'？我和谁学的这种'告密'行为？人天生就会告密，就有这种害人的心思吗？我天生是不是就很坏？我再说这样一件'告密'的事——

"有一次我在火车上，看到一个女人从车厢一端慌慌张张跑过来。这女人很瘦很穷，天挺凉穿得很薄，那时候火车上常见这种人，没钱买车票，在车里躲来躲去，躲避检票。当时，她身后那节车厢里正有一个列车员粗声吆喝'检票'。

"车厢里很挤，走道上都站着人，这女人很难跑掉。她忽然在我身边蹲下，小声对我说：'你的腿挪开，叫我躲躲。'然后一猫身，就爬进我的座椅下边。

"不一会儿，检票员过来给我们检过票，检完票正要继续往前走时，我竟然悄悄拉了拉检票员的衣服，用眼神示意，叫他看看我座椅下边。检票员明白了，弯下身一下把趴在我座椅下的穷女人拉了出来，跟着连推带搡把这穷女人带走。等到下一站时，把她推下车去。

"没想到，我示意给检票员那个很隐秘的动作，叫坐在我对面的一个中年男子看到了。他先是什么话也没说，不停地瞪我，后来忍不住了，挺气愤地对我说：'人家又没惹你，干吗告发她？'我无言以对，坐了一会儿，觉得挺尴尬，只好站起来换个车厢。

"是啊。一个穷女人并没招我，为什么去告发她？我图什么？我是不是天生很坏？而且我对比我厉害的人并不敢坏，我的坏专对那些伤害不到我的人。"

"再告你一件事。这是我最下流、最糟蛋、最见不得人的事！如果不是咱们死到临头了，我决不会说。现在我也不管你会怎么想我了，反正我非说出来不可了。"

这时，说实话，我真有一种人在世外的感觉。我知道，他下边的话是人世间绝不可能说的；但对于我，已经没有任何世俗的好奇了。他呢，说到这里，声调忽然提高。显然他需要拿出身体里最后一点气力，把最难说出口的话说出来。等到他把下边的话一说出口，我感到有一种站在结冰的河面，冰面突然坍塌的感觉。

"你知道，是你大表哥把我养大的。"他说。

"他也帮我家很大的忙。"我说。

"不行，咱不能这么说，你也别再搭话，否则我讲不出来了。我身上的气不多了。我现在必须把事情简单直接地说出来！我的时间不多了！"他沉一沉，喘一喘，接着说，"十五年前一天半夜，我正睡得香。我大嫂——你大表嫂去走廊那头茅房去解手——那时几户共用一个茅房。你大表嫂解手回来，走错了门。我屋的门不是紧挨着我大哥的屋门吗？你大表嫂上床掀开被子就钻进我被窝里了。我呢——就把她干了！"

他没说过程，直接说出了结果，他的口气很坚决，因为这是他死之前要说和必须说的话，他不能迟疑，必须下狠心一下子吐出结果！黑暗中的我一定是目瞪口呆，我听蒙了！看似平平淡淡的人间怎么有这种丑恶和罪恶！

他把事情的结果说出来后，下边的话就变得平静与冷峻了。

"你大表嫂明白过来后，傻了！她不能喊，一喊全楼的人就知道了，我一家人不是全毁了？我呢，我不是说我坏吗？当时我要是叫你大表嫂明白她走错屋，然后蹑手蹑脚回去就什么事也没有。可我那时正年轻，没有女朋友，天天想老婆；我又喜欢你大表嫂，又白又嫩又好看，我平时心里总琢磨着她呢。一时禁不住，翻身把她压在身子下边。"

听到这里，我心中怒骂道："这王八蛋！"

"你心里肯定在骂我。我对不起大哥大嫂。我做那事的时候心里也在骂我自己，我对不起大哥。自打我爹妈过世，是大哥把我养活大的。可是我那时管不住我自己。不仅那天，我混蛋。后来看到你大表哥出差时，我管不住自己时，把我大嫂拉进屋里接着干了。我不仅是坏人，还让你大表嫂当了坏人，我们一起骗你大表哥。

"三年之后的一天，你大表哥说在他们纺织机械厂里援助大西北，派他去。他全家走了。临走那天，大哥约我两人在后街那个小馆喝酒吃饭。

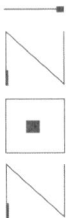

他说这顿饭一半算是他辞别，一半算我为他送行。但只说为他送行，不提为你大表嫂送行。那顿酒喝得别别扭扭，好像有什么硬邦邦的东西窝在心里，堵在心里。我和你大表嫂的事一直瞒得严严实实，我这人心细，你大表嫂比我还能装，我大哥好像从来没有敏感过。可是，这天喝酒到最后，大哥突然问了我一句：'咱们这一分手，说不好就是永远分手了，你有什么话要告我的吗？'我觉得这话味儿不对，话里有话，不管他什么意思，我这事怎么能跟他说。我说不出话来。忽然'咔嚓'一声，他把手里的杯子捏碎了，手直冒血。什么话也甭说了，我们哥俩便分了手。从此相互没再联系，我给他写信都没回信，几年过去后耳闻我大哥大嫂在宝鸡那边离婚了。为了什么谁也不知道。

"我当然知道。我毁了他、大嫂和他们一家！"

他说完这句话，就没声音了，而且也没有呻吟和喘息声。我没有呼喊他。我知道，他该走了。我也失去了活命的欲望。一种死亡的气息渐渐包围和吞噬了我们。我浑然不觉。

一缕刺目的光忽然穿过漆黑一片，照进我似乎已经不存在的身体里。我还听到一句问话，不知由何而来，是何意思：

"哎——哎！你们还活着吗？"

五

我和二表哥是在这阴阳两界之间待了多少时候？谁也说不好。人活着的时候需要计算时间，死亡是对时间的放弃。时间对于已经被人间放弃的我们来说没有任何意义了。

直到得救以后才知道，在我们失踪后，我们两家人像疯了一样寻找我们。我的学校和二表哥工作的手表厂都派了人，相互配合，在南郊广袤的旷野进行拉网式的搜索。凡是二表嫂想得起来的地名，他们一定要彻底摸查一遍。那里到处都是野地野水，到处都一望无际；他们一天比一天绝望。

大约在第四天，手表厂派来的人中间有一个人当过警察，有办案经验，眼睛尖，他在南郊小林子那边发现到地上自行车的轮胎印记，便顺着车痕一直走到潮白河边的荒村里，终于发现到我们的自行车。这便鼓起了人们的信心，厂里又加派一些人来，终于在乱草丛中找到了我们失落下去的那口枯井。我俩是在阴阳交界处，马上就要告别人间时，被亲爱的家人与同事奋力地从井里拉了上来，拉回人间。

这种生还的感受无可形容。这是一种绝路逢生，狂悲狂喜。我从没感受到日常的生活与人间的亲情，胜过天堂。在把儿子抱在怀里，回答他种种天真的发问时，我觉得自己所经过的事比他的问题还不靠谱。头几天我夜里不叫老婆关灯，一关灯我就像又回到枯井里。

我从身体到精神一天天开始还阳。可是听说与我一同起死回生的伙伴二表哥却不大好。我从床上下地还站不稳，不好去看他，就叫老婆给他送点酱货，送个西瓜。我老婆带回来的消息并不乐观。据二表嫂说，打回来一直闭着眼不说话，手表厂请来医生给他检查身体，说他腿骨倒是没有断，有点裂缝，给他上了石膏，打了夹板，很快会好。身体的器官没有毛病。可是不知为什么，他一直直挺挺躺在床板上，闭着眼，什么话也不说，脸上没有活气，看上去像床板上停着一具尸首。不论二表嫂跟他说什么，甚至对他哭了，他也一声不出。

二表嫂叫我老婆问我："他还出了吗事。枯井里阴气重，是不是中了邪？"

我听了，先是不解，后来渐渐明白，这完全与我有关。就因为他把自己那些坏事脏事伤天害理的事告诉给我。人最能给自己保密的还是自己，一旦告诉给别人，便无秘密可言。当时在枯井里，我俩都认定自己马上就成为死人，死人告诉死人的话，怕什么？可是现在我俩被救，都活了，活人告诉给活人，往下怎么活？

我想好了，过几天能走动了，去他家，对他立下死誓，终生保密，死也决不泄露半个字！

他会信吗？

不管他信不信，反正我也要对他发誓。泄露一字，地灭天诛！

可是多日之后，二表嫂忽然来说，二表哥不见了。自从我们被救回家后，他一直闭眼躺在床上一动不动，好像钉在床板上，现在却突然一下子没了，听了有点吓人。我老婆傻里傻气问二表嫂：

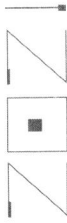

"他别是又去打鸟了吧。"

"还打？不要找死吗？这辈子甭想再去了！"二表嫂说，"枪已经叫我卖给委托店了。"

于是，我们赶紧四处找他。满城里凡是认识的人家都问过了，没人见过他。一个月过去仍旧没有踪影。二表嫂掉着泪说：

"叫鬼勾去了，自打他救回来，魂好像就没回来。"

我听这话，心里不禁打个寒战，从头顶一直凉到脚心。我好像明白他的去处——他准是回去了，又躺在那枯井的烂泥里。

那口枯井是他人间的出口。

现在一个多月过去，应该早走了。

我愈想愈坚定地认定是这样。因为心里有这个认定，才没有再去南郊，也没向任何人说我这个猜测。

对二表哥那段"临终之言"，那些事，我一直守口如瓶。但搁在我心里挺不好受，好像这些事是我干的。也就是说，把坏事藏在谁心里都不是好事，无论是自己干的，还是别人干的。

点评

小说讲述了"我"和二表哥意外坠入枯井之后、死亡来临之前，二表哥对我讲述他平生所为之恶行。人之将死，往往会自觉地反思过往，善恶是非终得来个清算。于是，枯井成为二表哥清算过往的绝佳场所。

二表哥曾出卖过自己的初中班主任。那是个老师很容易被定为反动敌人的特殊年代。班主任最终抑郁自杀。二表哥反思的重点是，当时的他只是个学生，既没有任何压力更没有任何好处，事实上全无告密之必要。所以，他到底是为了什么？他检索到自己人性深处、植根心底的恶。还有火车上某位贫苦的妇女，只是想躲在他的铺位下借以逃票，却被他几乎毫不犹豫地出卖。对此，他的反思重点是，他只会对那些伤害不到他的人坏，却不敢对那些比他厉害的人坏。一句话将其欺软怕硬的本性和盘托出。最令人震惊的是，二表哥竟侵犯过大嫂。二表哥是大哥一手带大的，真正是长兄如父。然而他却因大嫂错上了自己床而趁势侵犯了大嫂。不仅如此，后来大哥出差的时候，他也会趁机和大嫂通奸。

二表哥讲述完自己的罪行之后，便安静等死。此时的枯井，仿佛是二表哥在人间的出口：他已然将罪恶留在了人间，通过枯井，他便能走向一个没有罪恶的世界获得真正的解脱。然而，"我"和二表哥却奇迹般获救。获救之后的"我"逐渐恢复健康，二表哥却始终面如死灰，直到某天他悄然离去从此不知所终。所有人都不知道原因，只有"我"能猜到：二表哥应该是再次回到了那个只属于他的人间出口。

有些罪行并不违反法律，但却会因有悖伦理道德而折磨自己一生。小说有些淡淡的宿命论的味道，仿佛是在赓续着我们的民间道德传统。

（侯建魁）

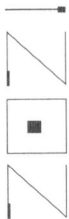

活过一回，死过一回

徐怀中

"战争让女人走开！"实际情况并非如此。从最高统帅部到各级建制部队，少不了要供应大量女式军服，时称"列宁装"。浅黄颜色，越洗越好看。

常见报刊上有这个话，"战争让女人走开！"实际情况并非如此。从最高统帅部到各级建制部队，少不了要供应大量女式军服，时称"列宁装"。浅黄颜色，越洗越好看。我们纵队宣传队，起初只有两三个女同志，随着战争形势迅猛进展，一下扩编到五六十人，背后两条大辫子，或是梳着刘海儿的，占三分一强。

于是，人们常常谈论起，从"野政"（晋冀鲁豫野战军政治部）文工团到各纵队宣传队，哪一个女演员是最拔尖儿的？讲的是女演员，这里所指并非演艺水平，实则是看哪一个具有天生的好形象，最富于女性吸引力。那个年代，没有"曲线"呀"性感"呀这一类过于大胆的语言。笼统地说来，即所谓"战地之花"。各部队普遍存在一种强烈的集体好胜心，不但比拼军、政双优，就连漂亮女演员，这样不着边际的荣誉感，也同样当仁不让。既是要比要争，应该制订出公平合理的评选规则，严格执行量化标准。比如胸围多少，腰围多少，凭数据说话。没有谁懂得那些啰里吧嗦的事儿，只看舆论倾向如何。

并无悬念，我们纵队宣传队的"刘兰芝"独占鳌头，以绝对优势当选野战军的"战地之花"。因为在京剧《孔雀东南飞》中扮演女主角刘兰芝，部队观众便这样称呼她。她的真实姓名叫蔺蔷蔷，本单位都喊她蔷蔷。战争时期，在农村"野"台子上（露天）演出，既不张贴海报，也不在大幕前报出演员姓名。剧中角色，就成了被大家顺口使用的别名。久而久之，演员们姓甚名谁想半天讲不出来。

宣传队主要是演出歌舞小话剧。纵队司令员特别喜好京剧，于是决定招收京剧人才，生、旦、净、末、丑，一应俱全，很快就排出了根据汉代长诗改编的同名爱情悲剧《孔雀东南飞》。蔺啬啬先是靠《兄妹开荒》《夫妻识字》等几个小节目，占据了舞台中心位置。她学京剧程派，前后不过两三个月，就主演《孔》剧这样的整本大戏了。从戏曲传统而论，培养一个上得了台张得了口的，没有三年五载出不来，更不必讲饰演刘兰芝一角。蔺啬啬情况很特殊，这在业内叫作"不讲理"。文艺团体里，有谁专业水平处于鹤立鸡群的地位，自觉不自觉会产生骄傲自满有恃无恐心理。大错误不犯小错误不断，提起来一条放下来一摊，又能把我怎么样？少了我你大幕拉不开。蔺啬啬艺术上卓有成就，崇拜者众多，在思想上同样严格要求自己。宣传队分散担任战地勤务工作，运送弹药、救护伤员、看管俘虏，啬啬多次受到嘉奖。所谓"战地之花"，是绽放在连天烽火之中的，而非摆放在紫檀木茶几上供人观赏的一簇盆景。

月光照耀下，她感觉此人似曾相识。不只似曾相识，应该是彼此早已经很熟悉，急切之间记不起了。

平汉战役打响了。国民党军第十一战区所辖新八军临战起义，彻底与南京政府决裂。起义部队随即撤离战场，进行内部休整。

据新八军文宣部门介绍，南京文化团体组成了一个战地演艺服务团，称作"首都联合剧社"，不远千里到华北前线来慰劳"国军"将士。其间，他们正在新八军巡回演出，起义行动绝对保密，不可能向他们透露任何一点口风。就这样，"首都联合剧社"全体演职员，稀里糊涂被卷带参加了光荣起义的行列。民间团体，不属新八军建制，需要单独作出安排。纵队政治部指示，由蔺啬啬为联络组组长，带几名宣传员，配属一个警卫班，进入南京战地演艺服务团开展工作。

他们到达服务团驻地妙村小学校，时间已经很晚，只是与对方负责人接洽了一下，尚未正式谈工作，先在两间小平房住了下来。夜间，看门的老校工神秘地告知联络组，他在大教室窗户外面，听到南京战地服务团的人叽叽喳喳的，不知讲的什么。有两句话听得很清楚，说准时午夜零点，

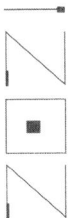

一定要冲出去！

气氛一下紧张起来，进入临战状态。蔺嗇嗇判断，南京战地服务团今晚肯定有异动，不可疏忽大意，存在任何侥幸思想。问题是我们的大部队全都开到前边去了，且不说联络组没有配电台，就是有电台，也已经来不及联系，一旦有事，只能依赖于联络组自身的兵力了。

警卫班长端起冲锋枪说："谁敢乱说乱动，老子嘟嘟了他们！"

蔺嗇嗇严肃制止说："别胡说八道！明文规定，绝对不许枪杀俘虏，更何况是起义人员。"

一个宣传员提议说："他们不属于起义部队，是地方慰劳人员，早晚也是遣散处理，就放他们走好了。"

蔺嗇嗇摆手说："遣散处理，要由上边下达正式文件，不能在我们手上随便就散摊子了。"

打不能打，放又不能放，如何是好？手表已经指向二十三时二十分，蔺嗇嗇当即决定，联络组全体登上屋顶，必要的时候，可以居高临下对他们喊话劝告，这样才能做到避免肢体对抗。不知对方是不是隐藏了武器，如果他们有人使用武器，要注意隐蔽，警卫班不急着开枪还击。否则就会变成了一场武装冲突，这一种严重情况是一定要避免的。警卫班战士对蔺嗇嗇的话很有些疑惑，婆婆妈妈，这哪像是一项军事部署？

"没有时间跟你们啰唆，照我的话执行。"蔺嗇嗇果决地一挥手，"上房！"

全组人员一个紧接一个迅速登梯上房，随即将竹梯抽上屋顶。当地农村全是平顶房，四周用红砖垒起了齐腰高的"花墙"。联络组选择有利地形，各就各位，严阵以待。零时一到，果然南京战地服务团一些人乱吼乱叫，冲出了大教室。

蔺嗇嗇当即喊话说："下边诸位听好！你们是民间剧社，属于非战斗人员，很快就会安排遣散，去留全凭个人自由，没有任何理由采取暴烈行动！"

那些人根本不听，高呼反动口号，向学校大门冲去。过后才知道，服务团成员非常复杂，有"军统"分子造谣惑众，说新八军即将来一个"反水的反水"，谁不跟随行动，在南京的亲属难逃灾祸，于是所有人都不得不听从他们的摆布。忽然下边有人举起手枪向屋顶射击，子弹打在花墙上。警卫班战士火大了，揭下花墙的砖头回击他们，那些人被砸得抱头躲藏，只得退回教室去。

没过一会儿又出来了，他们头顶被窝，或是用椅子凳子遮挡着，继续向学校大门冲去。老校工把大门加了杠闩，上了两把铁链子大锁。那些人拼命地砸锁撬门，弄开大门，便可以四散逃走了。联络组没有别的什么措施，只能是砖头瓦块噼里啪啦一顿猛砸，阻止他们出逃。

蔺蔷蔷忽然发现下面一个青年人，仰脸向屋顶观察。月光照耀下，她感觉此人似曾相识。不只似曾相识，应该是彼此早已经很熟悉，急切之间记不起了。那人也看到了她，两人打了一个照面。蔺蔷蔷手上一块砖头高高举起，没有砸下去，那人趁机三步并两步跑过去了。

花墙砖头已经用完，"弹尽粮绝"，未能阻止服务团那些人出逃。哐啷一声响，学校的大门终于被撬开了。当他们欢呼着要四散奔逃的时候，忽然发现一排黑洞洞的枪口堵在面前。蔺蔷蔷他们也不曾料到，村上的民兵听到动静，即刻赶来包围了现场。冲在前边的战地服务团那些激进分子，不得不高高举起了双手。

蔺蔷蔷不只是在舞台上，她出现在随便什么地方，同样会带给人们如此强烈的视觉冲击力，你不服气行吗？

纵队保卫部一个工作组即刻赶来，很快查明情况，隔离了"军统"分子，联络组照常留在"首都联合剧社"开展工作。

当天，由蔺蔷蔷主持，举行了一个"友好恳谈联谊晚会"，以便尽快消除彼此间的戒心。交谈起来才知道，作战双方的两个文艺团体，组成上如出一辙。为了适应战争的需要，同样是以短小简易的歌舞节目为主，却又可以应承"平剧"（京剧旧称）任何大型戏码。两家上演最多的剧目，也同样是《孔雀东南飞》。如此巧合，令人称奇，会场上爆发出一片欢呼。

联合剧社一个青年人站起来说："请原谅我多口，贵宣传队上演《孔》剧，我猜想，一定是蔺蔷蔷女士您的刘兰芝，我不会猜错吧？"

蔷蔷回答说："就算是你猜对了好啦！"

对方又说："我猜想您一定是唱程派，是吗？"

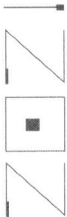

"是的，我工程派。"

对方进一步饶舌："以蔺女士的扮相，那一定是，可想而知，可想而知！"

"演员的扮相是爹妈遗传，没有什么可以夸口的！"

蔷蔷一面应答对方，暗自大为吃惊。这个青年人，正是那天晚上她举起砖头要砸，而没有砸下去的那个人。心慌意乱之下，她极力避开对方的目光，不再面对那一张白白净净的小生面孔。

蔺蔷蔷给对方的每一句回答，都博得"首都联合剧社"诸君的热烈鼓掌，又不住地在跺脚。戏迷们追捧自己崇拜的名角儿，通常便是采用这样一种特有的表达方式。角儿从上场门出现，还没有张口，只一个亮相，先就博得一个满堂彩。一个唱段下来，崇拜者可着嗓门叫好，狠劲地跺脚，全然不顾剧场秩序。蔺蔷蔷不只是在舞台上，她出现在随便什么地方，同样会带给人们如此强烈的视觉冲击力，你不服气行吗？

接下来，联合剧社社长介绍了他们剧团的主要演员。第一位便是《孔雀东南飞》的男主角，姓陶名东篱。蔺蔷蔷一看，正是主动和她搭讪的那个青年人。显然这位陶先生很健谈，他打断社长的话，自我介绍说：

"敝人是中央大学历史系四年级学生，素常喜欢平剧小生行当，时不时上台'票'一出，过下戏瘾罢了。我们这位社长大人率剧社全班人马，开赴前线劳军，我到火车站送行。哪里想到，他们串通乘务员锁了车门，不等我下车，列车开动了，光天化日之下公开绑架了我。也好，否则哪来今晚这个机会，有幸和在座各位新朋友相识。而且又是平剧界同行，实在是千载难逢！"

听陶东篱这一番自述，蔷蔷知道，这个南京大学生在"国统区"长大，而她是解放区一个农村女孩子。天南地北，战火阻隔，两人见面的可能性根本不存在，为什么竟如此面熟呢？蔺蔷蔷百思不得其解，但她三缄其口，不曾对人言及。她不能不顾忌，这件事所具有的高度政治敏锐性，又是作为一个未婚的女性，将会招来多少闲言碎语。一个起义人员，居然就动了心思。这条新闻爆炸性太强，她怎么承受得起！

假若直到今天，美国科学家富兰克林尚未发现电力，我对你说："你单击开关，灯泡就亮了。"你相信吗？打死你也不相信！

经纵队政治部审查，批准陶东篱入伍，分配在宣传队工作。本来他完全可以随联合剧社返回南京去的，出人意料，他毅然决然地留下来了。正因为这个年轻人作出了改变自己人生轨迹的一个光明的抉择，一下缩短了他与宣传队上上下下所有人的距离。在队里陶东篱属于小字辈，大家都亲切地喊他小陶，完全不像是刚刚从"那边"过来的一个人。

小陶向蔺蕾蕾提及一桩往事："有一件事，我存在心里很久了。我是一个新同志，怕言语不当，你对我没有好印象。"

蕾蕾笑着说："什么老呀新的，同志之间无话不谈。"

"好！那我就如实相告。你应该还记得，那天晚上，你们联络组全体官兵上了房顶，从花墙揭下砖头往下打！"

蕾蕾挥手说："得了得了！什么时候的事情，不再念叨了。"

"蕾蕾同志！真的，不开玩笑。我仰头向房上观察，忽然看见你，心里一惊。是何时何地见到过这位女士的呢？上帝呀！你手上那一块大砖头，不知为什么没有打下来。我自顾回忆是不是与你相识，思想不集中，不知道躲避你的砖头。如果你一怒之下，冲我脑袋砸下来，我这条小命早玩完了！"

听到这个话，蔺蕾蕾忽地一下站了起来，不禁退后一步，两眼直直地审视着陶东篱，仿佛有必要重新辨认对方。由于过分吃惊，她一时说不出话来，许久才回应说：

"这一件事，本来我决定永远闷在心里。既然你先讲出口了，我不能不如实回答你。不可思议！太不可思议了！我举起一块砖正要打下去，忽然发现你，心想这个人很熟悉，是在什么地方见到过面的呢？幸亏我迟疑了一下，那块砖头没有砸下去。"

蕾蕾这话一经讲明，更是令陶东篱惊讶万分，好久他才冷静下来说："我一直以为自己出现了幻听幻视，现在得到了验证，足以说明不是出于单方面的幻觉，而是现实存在。完全陌生的两个人，却彼此留下深刻的记忆。这种超乎寻常的奇异感觉，从哪里来的呢？只能说是无源之水，无本之木，此外难以作出任何解释。"

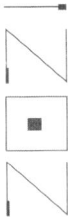

蔷蔷蔷沉思说："我想，是不是和我们两人饰演《孔雀东南飞》角色，有什么内在关联呢？"

"是的，是的，有道理！有道理！"陶东篱顿然醒悟，激动得连连拍手，他沉吟片刻说："人说舞台表演是一门心灵艺术，就此而论，主演《孔》剧仅仅是一个起点。还应该触摸时空纵深，回溯到原作汉代佚名长诗《孔雀东南飞》。那么，粗粗推算下来，我们相识已经是一千七百多年前的事了。"

他以这样一番言语，来表述《孔》剧男女主角之间虚拟的夫妻关系，蔷蔷听来，不禁面颊泛起一片红晕，她低下头说："你讲的虽玄虚了点，倒也可以自圆其说。"

获得对方肯定回应，小陶进而又说："可是，和我配戏的女演员也有几个，我从没有对她们哪一位产生过这样的奇异感觉，这又当作何解释呢？"见蔷蔷背过身去，良久无语，显然她不乐意就这个题目继续讨论下去。两人默然相对，冷场了好一阵，小陶只得主动开口，回复自己提出的问题："当然，这样一种切身体验可遇而不可求，带有一点神秘意味，不是每一个演员都能够有幸感受到的。无形之中，不知有哪一位贵人在指引着我。在我的人生经历中，只要有哪一步迈出有误，随时都可能错过了你。有谁想得到，仗还在打着，我们两个又走到一起来了。"

蔷蔷不再回应对方的话，她叮嘱说："这一点小秘密，千万不要向第三个人透露。人家绝对不相信，只能说你精神不正常，吃错了药。"

"世界上的事情就是这样！"小陶深为感慨地说，"已知的东西，人们认为理所当然。属于未知数，总是不屑一顾。这倒也不难理解，如果直到今天，美国科学家富兰克林尚未发现电力，我对你说：'你单击开关，灯泡就亮了。'你会相信吗？打死你也不相信！"

在她的心目中，《孔雀东南飞》分量尤为沉重。她说："每次上演这一出戏，等于我活过一回，死过一回！"

《孔雀东南飞》焦仲卿一角，以前几个演员轮番上阵，显得有些随随便便。今晚演出，经艺术委员会正式决定，由陶东篱上。据说这位中央大学历史系的高才生，是南京有名的京剧票友。毕竟新来乍到，是骡子是马，拉出来遛遛。大幕开启，焦仲卿第一个出场，大家都站在侧幕条后面，要看个究竟。

"幼读书文，守清洁，身在公门！"

一句引子完了，便是自报家门的一大段念白，京剧小生念白难度极大。唱功上注重大小嗓结合，即所谓"龙虎凤"三音运用得当，才是小生演员所独有的审美要求。陶东篱的龙音足够高亢，虎音相当宽厚，加之他的凤音十分委婉，带有些许孩童音色，给人天真无邪的印象，特别适合于剧中人物焦仲卿的性格。他的演唱刚柔并济，激昂婉转，别有韵致，不说达到完美的地步，大大超出了人们预期。陶东篱是宣传队唯一的正牌大学生，那时候部队并不特别看重学历，倒是由于他的加盟，补上了小生行当这一个弱项，这才是全队上下所看重的。

新来的这位"庐江小吏焦仲卿"，把大家给"镇"住了，所有演职人员的专注度一下提上去了，无一人稍有松散懈怠。乐队人员也都来了精神，胡琴一个带花的"过门"，赢得全场喝彩。不知不觉间，整个晚会提高了一个层次。

蔺啬啬今天也特别兴奋，她提前化好了妆，早早站在上场门候着。她素来对表演艺术存有敬畏之心，总是长时间静静地在那里酝酿情绪，从不匆匆出场。一出戏，多次重复表演，演员自会感觉轻车熟路，无须付出多少心力。《孔》剧出场多少次，啬啬每一场都当作首演，都有新的不同感受。恰如一处清泉，看似不停地同样在冒出水来，每一滴水都来自地层深处，都是初次喷涌而出。在她心目中，《孔雀东南飞》分量尤为沉重。她说："每次上演这一出戏，等于我生过一回，死过一回！"

蔺啬啬嗓音特别亮，天然条件决定她不适合唱程派，但她酷爱程腔，痴心不改，一条道走到黑。啬啬领会能力很强，在发声上她不再单纯地去追求甜美圆润，训练自己提起气来唱，用丹田气息托着，充分运用浑厚的胸腔共鸣音，大致把握住了程腔沉郁凝重的艺术特色。她下苦练习最多的，正是《孔雀东南飞》第三场的一段二黄慢板：

那焦郎他本是庐江小吏，

每日里到公府相见常稀。

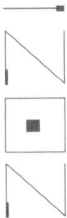

在娘家学箜篌读书习礼，

入焦门常独自夜织寒机……

　　啬啬是坐在织布机前，边投梭织绢边完成这个唱段的。表演真实自然，典雅娴静。随着人物思绪的变化，以情行腔，以腔抒情，内心充实而做细腻自如。她注重字音词义的纯正表达，发挥音乐旋律的美感。低回曲折，若断若续，细如游丝，凄婉绵长。而落音时候又豁然开放，如一叶小舟冲出峡谷，顺流而下，一泻千里。

　　宣传队今晚演出，隆重邀请了地方戏剧社和文艺团体参加。安排在最前面几排就座的，是当地头面人物，以及京剧界的老资格老戏迷。这些人可不是那么好侍候的，他们并不仰头向台上看戏，双目微闭，手在膝头上轻轻敲击板眼，品味着蔺啬啬成套上板的这一段长腔。很快就进入了程腔所独具的那种韵律感觉，一个个摇头晃脑，醉意洋洋。

　　演出结束，举行了一个座谈会，欢迎各位来宾提出意见和批评。会上反响十分热烈，想不到解放军藏龙卧虎，居然会有蔺啬啬和陶东篱这样从不闻其名的实力派名角儿。一位戏曲权威人士发言讲道，《孔雀东南飞》是一出典型的程派戏，由于种种原因，程砚秋先生长长的一大串演出剧目单中，并不包括这个戏码在内。不过，在座诸位不必感到遗憾，蔺啬啬今晚的演出，简直就是程先生亲自教授亲自排练的，一招一式那么地道，没得说！

　　一位来宾坦率地指出，《孔雀东南飞》原诗写道，焦仲卿"徘徊庭树下，自挂东南枝"。舞台的布景那棵树枝做得太细了，明显经不起一个人的重量。这个生活细节，其实观众倒也并未注意，经他这么一提，引发大家一阵哄笑。陶东篱当即站起来声明说：

　　"各位！作为焦仲卿的扮演者，我必须向大家说明一下，这不是布景留下了败笔，错误在我这里。堂堂七尺男儿，无力护佑贤德的爱妻，自知一千个一万个对刘兰芝不起，不可多一日苟活于世。上帝见我去意急切，顺手给我一个树枝，无非让我尽快上路去追赶兰芝。执子之手，并肩相随，地老天荒，永不分离！"

　　小陶原本想幽默一下，博大家一笑。这个年轻人情感太过丰富，临时胡诌了几句歪诗，念着念着开始哽咽，眼眶含满了泪水，他不上手擦拭一下，任凭两行热泪滚落下来。引得在座所有的人无不为之动容。

两名京剧演员脊椎紧贴树干，汲取树木根深叶茂盛的内在生发之力，令他们声音训练受益匪浅。

风传蔺啬啬、陶东篱两人"关系"确定下来了。

那个年代，没有"订婚"这个规矩，关系确定了，包含这一层意思在内，并不具有同等法律效用。两人年龄在那里摆着，距离组成家庭，更是遥遥无期模糊不清的事，想都不用想。所谓确定"关系"，其实际意义主要在于告诫某些人，如果你对两人之中男的或是女的一方，抱有某种不切实际的幻想，趁早省了那份心，别给自己过不去。

以往文工团宣传队最漂亮的女演员，一来二去，最终还是嫁到外面去了。而且往往是被一个其貌不扬的什么人，像钓鱼似的给钓走了。文艺单位的老爷儿们难免心中愤愤不平。男婚女嫁，局外人无权过问，他们虽有一肚子怨言，也只能充当"沉默的大多数"罢了。现在好了，啬啬和小陶打破了这个不成文的客观规律，两人的"关系"在本单位内部得以圆满解决。从上至下一致感到庆幸，无异于获得一次战略性的重大胜利。

这桩好事，却给宣传队政治指导员增添了思想负担。他找这一对热恋中的青年男女谈话，一再告诫他们，生活作风上一点一滴都要严格约束自己，不能随随便便。大家眼睁睁看着，主要演员可以搞特殊化，这个队伍今后怎么带？其实指导员不必过多操心，宣传队实行连队管理，班、组集体行动，二十四小时排得满满的，听号音作息，不得提前推后。啬啬小陶不在一个组，除去排戏，一天到晚难得有近距离接触的机会。

他们自有取得联系的多种方式，并不感觉关山阻隔，带来多大不便。

比如，当地水井很深很深，部队同志很难学会老乡们打水的一整套技能。水桶放下去，漂浮在水面上，干着急打不上水来。小陶知道窍门在哪，他将长长的井绳摆来摆去，扑通一声，使水桶口朝下，顺势轻轻一提，桶里便灌满了水，两手一上一下倒替着拔上来。他刚把一桶清水放在井台上，远远便看见啬啬跑来了，男女二人无须搭话，女的拎起那桶水就走，找一个僻静地方冲澡去了。

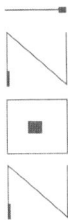

炊事班老班长像一位父亲那样，特别宠着啬啬这个女孩子。他当着大家面说："我们宣传队几十号人，队长指导员也在数，哪一个不是吃的人家啬啬的饭？"这个老家伙出口伤人，一点不给人留情面。可是大家听了哈哈一笑，没有谁出面予以反驳。啬啬来厨房打饭，老班长用筷子在陶罐里叉了一坨猪油，放进她碗里。全队人员在打麦场开饭，有站着吃的，有蹲着吃的。啬啬穿过人群，来到小陶身边，从背后将那一坨猪油放进他碗里，不言不语，快步继续往前去。在场的人全都注意到了，装作自顾吃饭，什么也没看见。

唯有一个大好时机，让确定了"关系"的这一双男女，可以感受提前到来的那种家庭温馨，那就是早起一块去吊嗓子。起床号吹响之前外出，这绝对是违背内务条令的，但又是京剧专业所必需的。漫说啬啬小陶这样的青年演员，就是成为大师了，当上大腕了，一年三百六十天少不了也还要吊嗓子。啊——咿——无数次重复喊出开口音闭口音，以便随时保持音准，积蓄嗓音耐力，训练自由运用的能力。"台上两分钟，台下十年功"，一点不假。

拂晓时分，部队和房东老乡们都还在"梦见周公"，啬啬和陶东篱必须离开村庄，走出去远远的才行。"夏练三伏冬练三九"，大雪飘飘，北风飕飕，照常在野外开阔地吊嗓子。彼此将臂腕伸进对方袖筒里，借用异性的体温，顿时暖和多了。可是，总这样面对面搂抱着，无法喊嗓子。他们选定了一棵树，两人背对背靠在树干上，胳膊向后背过去，手握着彼此取暖，各人吊各人的嗓子，互不妨碍。

采用这样一种独特的形式训练嗓音，效果明显与过去有所不同，两人发声用气都有新的体会。蔺啬啬说："人们认为程派特点就是闷着唱，现在看来这种说法太片面。程砚秋先生也吸收了西洋美声唱法，并不一味排斥亮音。要注意避免虚飘贼亮，保持和程腔风格和谐一致。"小陶也说："短短一段时间，想不到我在真假嗓结合，以及抑扬顿挫、吞吐收放各方面，也都有所长进。"

既然两人都感觉收效如此良好迅捷，像是抄了近路。那么是否可以肯定，这种独特的训练形式具有一定的科学性呢？据说，一棵大树地面以下的根系部分，与庞大无比的树冠是成正比的。两名京剧演员脊椎紧贴树干，汲取树木根深叶茂的内在生发力，令他们声音训练受益匪浅。遗憾的是，查阅京剧文献史料，有关这个情况未见有任何文字记载。

卫生队长带人跑步赶来，已经晚了！一名女宣传员和刚刚入伍不久的一个新同志，手牵着手，走出去很远很远了。

宣传队接受任务，今晚要演出歌剧《王克勤班》。这下"抓瞎"了，纵队即将召开英模大会，舞台美术队调去为大会布置会场，不能回来。蔺啬啬和小陶几个人在戏里没有角色，队里决定，就由他们负责这台戏的"舞美"工作。

抗战十四年，"母亲叫儿打东洋，妻子送郎上战场"。紧接着解放战争又拉开序幕，根据地兵源近于枯竭地步，这是当前所面临的一个十分急迫的课题。王克勤原是从国民党军队解放过来的，他很善于团结"解放战士"，以情动人，提高他们的觉悟，调转枪口勇敢杀敌。延安《解放日报》为此发表了社论，题为"普遍开展王克勤运动"。因军情紧急，部队从歌剧《王克勤班》演出现场直接开赴前线，这样的事情屡见不鲜。

剧中第四场是一个战斗场景，用土黄色麻布装置起战壕掩体，显得很假。蔺啬啬和小陶提出，这一场戏要改为"自然景"。这是一种大胆的舞台设计，闻所未闻。即到野外去采景，选择有适当地形地物可以利用的一个所在，舞台就定点搭建于此。到第四场，把天幕拉开，出现在观众面前的不再是舞台装置，而是月夜笼罩下一片真实的开阔地。应着嘹亮的冲锋号声，王克勤带领全班战士，冒着弹着点爆炸，冲过一座乡村石桥，在火焰燃烧的残垣断壁处，与敌军展开一场动人心魄的肉搏战。

导演组大大称赞蔺啬啬、小陶的建议，说这个想法很有开创意义，无限度扩展了舞台空间，强化了演出效果。好倒是好，只怕今晚来不及了。虽说是自然景，毕竟有的地方需要修补加工，动用一点土木工程。啬啬他们坚持今晚就上，凡是在《王克勤班》中没有任务的人，包括通信员伙夫马夫一齐上阵，执事者各执其事，保证按时开演。好！导演组终于点头了。

弹着点爆炸，是在土里埋设少量黑色炸药，用手摇电话机接通雷管引爆。现存的炸药不够用的了，从后勤部领回五枚木把手榴弹，需要破开木把，用竹片轻轻地将投掷线和引信分离开，发火装置失效，即可安全取出炸药。这个工作，一向是由舞美队队长亲自上手来完成的，今天舞美队队

长不在，五枚手榴弹陶东篱拿去了，由他负责拆弹取炸药。小陶几次在旁看过舞美队队长操作的全过程，啬啬倒是并不过于为他担心，可总还难免有些不祥的预感。小陶见她紧跟在身边，一直不肯离去，猜到了她的心思，宽慰她说：

"不是自吹自擂，什么样的复杂工程，我一看就会。这么一点小小的手工业活儿，再简单不过的了。"

"我知道，你有把握，让我也跟你见习见习不行吗？"

"你去看看，他们挖坑挖得怎么样了，炸药马上就到！"

"你非得把我支走不可，是不是？"

"好好好！欢迎指导，欢迎指导！"

陶东篱本想找一个地方，尽快着手工作。现在他改主意了，不忙不忙！他带着啬啬四处转悠，终于发现一口枯井，小陶高呼"天助我也！"坐在井口边完成拆卸，万一发生意外，随手把手榴弹丢下井去，爆炸随你爆炸好了。弹片顺着井口冲上天空，井边的人身体稍稍向后一仰，平安无事，万无一失。

也正是因为万无一失，陶东篱不由解除了足够的警觉。前面四颗手榴弹拆卸顺利，最后一颗，他手指尖出现一个差之毫厘的动作，触动了投掷线，听到轻微的"咔嗒"一声，这是一声令人毛骨悚然的响声。事情至此，倒也并无大碍，手榴弹投出，在空中形成一个抛物线，爆响前保留了最后的两至三秒钟，小陶有充裕时间作出应有的处置。问题出就出在身边还有第二个人，他不由得瞥了蔺啬啬一眼，稍一分神，手榴弹掉落在地上。啬啬一看不好，扑上前去要推开小陶，小陶又用力要推开她。他们两人，有谁顺便一脚把手榴弹踢下井去，那结果就完全是另外一个故事了。不！女的一心要救男的，男的一心要救女的。你来我往，以纯属多余的举动，将最后的两至三秒钟宝贵时间消耗殆尽，手榴弹在他们面前爆炸了。

抗日战争伊始，太行山黄岩洞兵工厂初建，造出的手榴弹一炸两半，谈不上有多大威力。至解放战争时期，手榴弹爆炸性能提高了多少倍。蔺啬啬和小陶头部胸部多处受伤，卫生队队长带人跑步赶来，已经晚了！一名女宣传员和刚刚入伍不久的一个新同志，手牵着手，走出去很远很远了。

当晚，《王克勤班》照常演出。开幕以前，宣传队全体在台上集合整队，为在工作岗位上献出自己生命的两位年轻战友举行了简短的悼念仪式。蓝色天幕缓缓拉开，显现出《王克勤班》第四场"自然景"。蔺啬啬和小陶的"舞美"创新设计，第一次在观众面前接受实际考验，他们两人看不到了。队长发出口令："立正！敬礼 ——"全体整齐划一，"唰"的一声抬起右臂，掌心向下，与帽檐成平行，向深沉而辽远的夜空送出一个标准的军礼。

原载《解放军文艺》2021年第1期

点评

女主人公蔺菌菌是解放军某纵队宣传队的当家花旦。她不但艺术上非常出色，在思想上也向来严格要求自己，从不仗着自己技艺卓越而耍大牌搞特殊，是一个全面优秀、名副其实的"战地之花"。男主人公陶东篱则是投诚人员，之前隶属于慰劳国军的战地演艺服务团。小说行文至此，读者很可能会以为接下来将要讲述的是两位主人公如何因为战争、因为先前阵营敌对或立场不同而造成的爱情悲剧，等等。然而这部小说并未继续这样的传统套路。

作家一直在淡化战争的意味，从而尽可能奔赴最本真的层面。两位主人公第一次见到对方，尽管是在一个极端环境里，但令人疑惑且惊奇的是，两人都认为对方特别熟悉，仿佛早已熟识，甚至多年知己。两人在之后的交谈中，一致认为是艺术为媒：两人对艺术都有着一颗极为虔诚的心、在艺术上都有着很高的造诣，且二人曾分别饰演《孔雀东南飞》的男女主人公焦仲卿和刘兰芝。这本是神秘的缘分，又是艺术的幸运，然而剧中人物的命运似乎对蔺菌菌和陶东篱这对有情人带来了某种不可言说的指引，最后的结局仿佛暗合了《孔雀东南飞》的意旨，两人发生意外双双殒命。一对好男女，就这样"手牵着手，走出去很远很远了"；他们的死，是偶然，又仿佛是命定的某种必然。两人的感情在革命岁月里迅速升温，成为情深义重的恋人，他们的结合让所有人感到欣喜；如果没有意外，他们应该能够继续爱情之路、艺术之路。细读文本，作家并未对两人的死感到无比沉重的痛惜，其情感是淡然的，是含蓄的，字里行间既有对艺术的虔诚，又有对生命的崇敬，更有对情感的尊重。

（侯建魁）

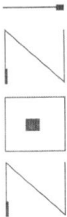

老子忘了……

/谌 容

外人都说，马老爷子家日子过得和美，从没听见老两口吵吵嚷嚷的。可俗话说，家家一本难念的经，美不美的外人哪里知道，事实是，老两口在家天天闹矛盾，没有一天消停的。这不，一大早起来老爷子就气不顺，坐在小饭桌前边黑着脸一声不吭。马奶奶看着气就不打一处来，心说，我又泡豆子又砸核桃忙活一早晨熬的营养粥，伺候到你嘴边儿了，你不点个赞也就算了，拉着个脸受多大委屈似的，白眼儿狼不识好歹！越想越气，说出来的话自然也就夹枪带棒的：

"自个儿瞧瞧你这张脸，耷拉得门帘子似的，说出来你别不爱听，活脱脱一张马脸。你们老马家这姓儿真没白给！"

马老爷子仍是木头桩子似的一动不动，双唇紧闭连眼皮儿都不抬，仿佛这屋里根本没人说话似的。要说他耳朵不好使没听见，那可是小瞧了他。想当年，老厂子里的人谁不知道，那个四川来的小马技术员篮球场上打中锋，人高马大的身体倍儿棒。要不是那一口川腔川调，还以为他是条东北汉子呢。如今，小马技术员虽说变成了马老爷子，架不住身体底子好，依旧是声如洪钟耳聪目明。别说老伴儿坐小饭桌对面朝他嚷嚷，就是六楼下边两口子吵架他都听得真真儿的。对于老伴这尖酸刻薄的人身攻击，他根本不屑于口头上反驳，只在心里痛痛快快地还击："你长得好看？两坨肉嘟起，胖得像头猪！"

每当马老爷子使出这种"最高的轻蔑是无言"的招数，马奶奶总是特别地生气，知道他心里肯定没好话。不过，马奶奶一点儿都不傻，心里明镜儿似的，知道老头子为什么犯脾气，不就是他眼面前缺了泡菜嘛！

说来话长，自从听营养专家说腌制食品吃了容易得癌，马奶奶就采取了断然措施：把整整一缸腌了半年的荠菜疙瘩忍痛全倒了，又琢磨泡菜也属于致癌一类的危险食品，于是也一并铲除。打从那天起，什么咸菜，咸鱼，咸鸭蛋，松花皮蛋，腊肉香肠等等，凡是与腌制沾边儿的或者疑似沾边儿的食品，在老马家的小饭桌上统统绝迹没影儿了。对于老伴这种大刀阔斧独断专行的处理，马老爷子虽不以为然倒也听之任之没说什么，直到前两天知道马奶奶把泡菜坛子送给了收废品的，老爷子这才火冒三丈，真急了！

马老爷子生长在重庆郊区的菜农家，那里家家户户都有泡菜坛子。在四川、重庆的广大地区，泡菜可称之为深受群众喜爱的传统平民菜肴。二十世纪八十年代马老爷子在北京结婚分到了房子后，他立刻趁回老家探亲的机会背回来一个泡菜坛子，从此老马家的饭桌上就没断过泡菜。前些年穷的时候荤腥贵菜买不起，经济实惠的泡菜对于老马家可算得功不可没。托改革开放的福，现如今老马家日子富裕了。闺女儿子都结婚生子，小日子过得挺好也不指着啃老，老两口的退休金每月几千块自己花，想吃什么买什么，鸡鸭鱼肉螃蟹大虾说买掏出手机就扫不差那俩钱儿。问题是马老爷子仍然固执地认为泡菜是天下不可或缺的美味佳肴！忽然间，伴随他度过了岁岁年年的泡菜说没就没了，老爷子岂能不恼？

为了泡菜的问题，马奶奶也曾无数次地给老爷子讲道理：人老了就怕不学习，不懂点儿科学知识可不行！医院的专家说了，每个人的身体里都潜伏着癌细胞，身体里的好细胞跟癌细胞天天在战斗。你到今天还没有得癌症知道是为什么吗？那是你走运，万幸你的好细胞打败了癌细胞！马奶奶把讲座上听来的有关人体医学科学知识来回细致地讲了又讲。讲完癌细胞的凶狠狡猾无处不在之后，马奶奶又回到正题好言相劝：所以说，咱们就别招惹它，忍忍不吃那些养活癌细胞的东西。少吃一口算什么呀，吃得不科学，是要人命的！你不怕死呀？

"老子活着都不怕还怕死！"

马老爷子被老伴叨、叨、叨逼急了时，冒出一句话，能把人怼南墙去！说完他瞥了老伴一眼，就低头点烟不言语了。不过，他知道这一下捅了马蜂窝，新一轮劈头盖脸的叨叨正等着他呢！

谁料想，今时不同往日，他猜错了！人家马奶奶只是冲他哼哼冷笑两声，狠狠瞪了他一眼，一句话没说转身摔门走啦！马奶奶这不同寻常的冷

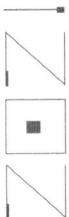

处理倒叫马老爷子一愣：老太婆怎么改了脾气？他哪里知道，马奶奶得了高人的指点，正走在科学养生的康庄大道上。专家怎么说来着？气大伤身！养生关键是要养心。每天平心静气比吃什么补药都管用。所谓药补不如食补，食补不如神补。补神就是补心，补心就要天天开心，不烦躁，不生气，大事小情的千万别钻牛角尖儿，天塌下来还有高个子顶着你怕什么。凡事都往开里想，人的精、气、神九九归一神清气爽，精力旺盛了自然百病全无长命百岁，这才叫养生！

马奶奶想平心静气地养生，没那么容易！首先，最大的障碍就是老头子。他根本不听专家的话，还说："吃啥子喝啥子我自己不晓得要你说？几点睡几点起要你管，我又不是瓜娃子！"他简直就好像是铁了心地要作死处处跟养生对着干！就他这态度马奶奶能不着急吗？着急你能拿他咋整？打不得骂不得，说他两句还把你当仇人。丢下他不管吧，忍不下这个心，好歹几十年的夫妻，老了老了，也不能干看着他在火坑里跳自生自灭呀！马奶奶本就心地善良，更何况养儿育女两人朝夕相处，夫妻间的肌肤之恋早已变幻为亲人之情，更是割舍不开，怎么办？

好在马奶奶也不是轻易服软儿的人，她认准的事必须勇往直前干到底，甭管你老家伙乐意不乐意，反正两人必须一块儿养生，不达目的誓不罢休！她通过各种渠道获取有关养生的秘籍和资料，当然，主要是听专家讲课。每天，她独自一人准时坐在电视机前，拿着笔记本儿圆珠笔，等着听专家讲养生。那天医院的专家在电视上讲，老年人要注意"三白"的危害！马奶奶觉得这个信息至关重要，关上电视急忙转身进小屋，要给老头子传达这重要讲话并采取相应的措施。

马老爷子独自拥有的起居室确系名副其实的小屋，只有十平方米。不过，麻雀虽小肝胆俱全，长方形的小屋里迎门靠墙一张单人床，床上方有一个九十公分的小窗户。紧靠床头安放着一把旧藤椅。床脚的墙上悬挂着十四寸长虹彩色电视机。电视下方靠墙摆放着一个黄褐色的旧书架。小小的四层书架上整整齐齐全部是中国历史和中国考古的书籍，没有一本其他的杂书。除此之外，就是小床对面靠门的墙边有一个特小的五屉柜。抽屉里是老爷子的换洗衣物以及他存放的香烟、重庆米花糖、合川桃片和外国巧克力。五屉柜的台面上放着一个翠绿色的塑料壳暖水瓶，一个白色的大搪瓷杯子，还有一个玻璃烟灰缸。别看这样小小一片天地，得来也是不容易。要不是三年前的戒烟大战老爷子可能还没这待遇呢！

三年前，那天正赶上马老爷子的七十七岁生日。儿子儿媳女儿女婿带着孙子孙女一大家子热热闹闹吃完丰盛的酒席，又点小蜡烛唱生日快乐又切大蛋糕，老寿星戴着纸糊的王冠乖乖地配合着子孙们的盛情安排。待一切仪式完美结束后，马老爷子端着一小纸碟子蛋糕，如释重负地往小沙发上一坐，喘口气缓了缓，朝左右看了看，悄悄把蛋糕往边儿上一扔，急忙掏出烟来点上，指望着凭借袅袅青烟进入自己的清平世界！

唉，谁知事与愿违好景不长，他刚抽了几口，正自吞云吐雾渐入佳境时……突然，马奶奶三步并两步冷不丁儿地窜到了面前，劈手一把夺下他手里的烟卷儿，扔地下还踩了两脚，恨恨地说："戒烟！戒烟！跟你说多少回了，听不懂人话呀！"马老爷子惊怒交加，翻身站起跺着脚吼道："就不戒！"说完他就回小屋了。

寿宴自然是戛然而止不欢而散，这还没完，老爷子这回玩儿真的，开始闹绝食了。他躺床上一天不吃不喝不言语，那样子也就比死人多口气。马奶奶从未见过他这阵仗，心里也慌了，赶忙去找孩子们商量对策。幸亏有俩闺女一儿子，加上女婿儿媳妇，六个年轻人急忙帮着老妈拿主意。大闺女说："您也别太信一个专家的话，爸体检肺部不是没什么问题吗？"小闺女劝："我记得有个医生说过，抽了一辈子烟的老年人，猛不丁戒了可能倒不好？"儿子也帮着分析："我爸就喜欢自由自在地活着，他老人家相信的养生哲学就四个字'随心所欲'。我看您二老根本的问题是养生的理念不同，所以……"没等他说完，儿媳妇见婆婆斜眼儿瞪着她儿子，知道这话婆婆不爱听，急忙抢过话来："妈让爸戒烟一点儿错没有，你扯那些没用的干吗！现在劝爸起来吃饭才是正事儿！"

有道理！当务之急是不能因为戒烟让老爷子饿死！大伙儿又一起劝老妈："您觉悟高让爸戒烟完全正确！可您想想，人跟人能一样吗？我爸他就这么点儿觉悟，一时半会儿也提不高，您对我爸高标准严要求没用，闹不好真饿出个好歹来更麻烦！妈您就别跟他一般见识了，这事儿您还真不能急，咱们只能先顺着劝他少抽点儿，慢慢戒，反正他也抽了几十年了。估计尼古丁在我爸身上也起不了什么大作用了，早一天晚一天的也不打紧。我们就担心您，可别为这事儿气坏了身体……"好说歹说，总算把老太太安抚住了。

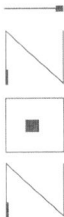

可是，今后老爷子不戒烟，整天叼着烟卷儿满屋溜达，老太太见了准是事儿。为了杜绝后患必须限定老爷子抽烟的区域。干脆，让老爷子自己住小屋，爱怎么抽怎么抽。儿媳妇还说："妈搬外屋住，守着大电视，还省得闻二手烟！"提起电视，大闺女心疼老爸整天一个人在小屋里拘着，也没个电视看太憋屈，倡议三家联合孝敬老爸一台电视。从此，马老爷子独霸小屋，抽着烟看考古抢救性发掘倒也逍遥自在。老伴除了时时提醒他开窗户，一般也不踏进小屋。眼不见为净，马奶奶也不再提戒烟的事，老两口的矛盾似乎也减少了许多。谁知专家提出的"三白"警告，又打破了这好不容易得来的和平共处。马奶奶一开口就遇到了老爷子顽强的抵抗：

"第一白，就是白肉。"

"老子吃红烧肉！"

"不行，那也是肥肉！"

"第二白，是白糖。"

"老子吃红糖！"

"想得美，什么糖都不行！"

"第三白，是白盐。"

"废话！傻子都晓得盐是白的！"

总之，马奶奶说一句老爷子顶一句，他还故意点上烟表示绝不赞同什么"三白"之说，更懒得听老伴的解释。不过，他太了解老伴儿说到做到的脾气了，从今往后甭想吃上肉啦！总结上次反戒烟的胜利，他深知口头反对无济于事，绝食抗议也老一套了，必须另辟蹊径方能渡过难关！

别看马老爷子快八十的人了，脑子转得可不慢，一个瞒天过海的计策很快就被他想出来了。每天中午他按时坐在小饭桌前，看着清汤寡水没滋没味儿的菜也不提意见，还凑合着吃两口。然后，回屋睡一小觉，三点来钟打着遛弯儿的旗号，溜溜达达来到他熟悉的重庆饭馆儿，坐下要一份水煮牛肉，再点一盘口水鸡或者是回锅肉，反正全是他喜欢的肉菜。晚饭照例是粥，他勉强喝小半碗儿糊弄了事。"三白"的难关就被老爷子这么机智地悄悄闯过去了！

过了些日子，有专家研究指出：老年人必须多多摄入脂肪蛋白才有利于健康，主张多吃肥肉、猪油，鸡蛋也要连蛋黄一块儿吃，否则容易营养不良得脑萎缩等等疾病。马老爷子得知后喜出望外连声赞道："这个专家要得！"马奶奶也觉得专家分析得在理，立即改弦更张遵照执行。于是，老马家的餐桌上天天轮番土鸡炖肘子、清蒸鳜鱼、蒜泥白肉、汆丸子……马奶奶尽心研究烹饪技巧，马老爷子吃得高兴笑口常开，老两口意见一致，自然是云开雾散一片祥和。

一年一度桂花香，又是金秋时节。老马家又开始忙活起来，马老爷子的生日快到了。不知什么朝代传下来的规矩：老年人的生日过九不过十。马老爷子明年满八十，因而今年这七十九岁生日必须格外隆重。马奶奶把手机银行密码告诉了儿子，叮嘱他必须去五星级酒店订两桌高档酒席，并坚持刷老两口自己的卡不让孩子们花钱。她又分别通知儿女们带自己的朋友来，为的是人气儿旺喜庆热闹。马老爷子见老伴儿为自己的生日忙里忙外，心里挺感动，说出的话是这样的：

"你不累呀！"

大半辈子了，老两口彼此了如指掌，言外的感激之意，马奶奶自然是一听就懂的。她没有回应，只呆呆地站在桌前，痴痴地望着灯笼般硕大的寿桃，眼里不经意地泛起了泪光，喃喃地自言自语：

"我到了这一天，还不定怎么着呢！"

马老爷子却听见了，立刻接过话来：

"怕啥子，有我嘛！"

客人来了，寿宴开始了。时下饭店的服务利民周到，带来的折叠桌拼接成大长餐桌，铺上洁白的桌布，把这简陋的民居装点得颇有几分高大上。满桌的菜，醉人的酒，特别是满屋子的年轻人，青春的气息和着满满的欢声笑语，甜甜的话都是赞美两位老人气色好心态好会养生……马老爷子喝了两杯酒，更显得红光满面精神矍铄，他站起来准备离席回小屋待会儿，却被年轻人嘻嘻哈哈拉着衣袖求他透露点儿长寿的独门绝招。马老爷子站定回眸淡淡一笑，悄声道：

"老子忘了死啦！"

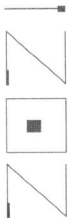

　　女主人公马奶奶是"养生哲学"的坚定追随者，但凡专家发表了任何养生之道，马奶奶都会全盘接受并立即执行，不论专家们所讲的是否前后矛盾、是否科学。马奶奶的老伴儿马老爷子则完全相反，他非但不迷信养生专家，而且总是与马奶奶唱对台戏，或只听从某些恰好符合自己想法的内容。

　　马奶奶与马老爷子对待"养生哲学"的截然不同的态度值得我们深思。马奶奶没有自己的立场、从不认真思考所谓养生之道是否真正有效，她只是盲从，例如一位专家说老年人应该戒肉，她便迅速戒掉了肉食，但后来，另一位专家说老年人应该多吃肉，她便又迅速恢复了肉食，对这两种截然不同的"养生哲学"没有丝毫的犹豫和疑惑，也从不稍加思索到底哪位专家说的才是对的。反观，马老爷子的态度则十分坚定、立场非常鲜明：在马老爷子七十九岁大寿的酒宴上，来宾纷纷恭贺老爷子长寿，而老爷子只说了一句"老子忘了死啦"，可以说，就是如此简单的一句话将老爷子长寿的秘诀和养生的真谛完全地、准确地展现出来了，那就是：豁达爽朗、乐观随性的心态。

　　作者通过小说告诉我们，真正的"养生哲学"从来不是迷信和盲从所谓的养生专家所讲的养生之道，不是强迫自己毫无科学依据地戒这戒那，更不是表面上劝自己不要生气但实际内心却非常愤怒。所以马老爷子的生活方式才是真正科学的养生之道：唯有随心随性，方得自由自在。

（侯建魁）

丁字路口

徐则臣

每次坐到办公桌前，我都要感谢老刘。他是我的前任。我刚进所里，他是所长；我晋升队长，他还是所长；我当了副所长，他仍是所长；我成了所长，他退休了。或者说，他退休，我成了所长。退休那天他跟我说，小子，这辈子我就干成两件事：一是把你弄成所长；第二个就是，给咱所争到了个好地盘。我问他，那你说，把我弄成所长重要，还是把咱所弄到这里重要？

"当然地盘重要。所长是你一个人的事，地盘是一茬茬所长的事。"

我不明白。

"坐到办公桌前就懂了。"

我在这桌前坐了十年，越来越觉得老刘这地盘争得好。抬头就是滨河大道，不谦虚地说，滨河大道就是从我脚底下伸出去的，像条长舌头，一口气吐到运河边上。镇上的主街道只有两条，南北向的叫滨河大道，东西向的叫大运河街，两者交会在我脚底下。没错，两条街就在派出所门前碰了头。丁字路口。门后是我们所的大院，我的办公室在三楼。我坐下来，正对窗户。有个会看风水的赵半仙装模作样地说，办公桌布局有问题：脚前空空如也，易栽跟头；背后空空荡荡，缺少靠山；不科学。老刘说，放他娘的屁，一个搞封建迷信的，也配谈科学！必须对着窗户。

必须对着窗户。哪天退休了，我也要跟继任者交代。你往这地方一坐，半个鹤顶都在你眼前了。每月一、六日逢集，大大小小的摊子都摆在这一横一竖的两条街上，谁多收了两个钢镚，谁短了对方的斤两，我伸伸头都能看清楚。一竿子支到底的滨河大道，连着河边的码头，上上下下

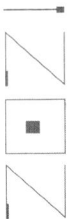

打鱼的、贩货的、走亲访友拉关系的、鬼鬼祟祟去河边偷情的、偷偷摸摸去小鬼汉的芦苇荡里赌钱的，但凡上了这条道，谁也别想逃出我的眼。派出所是干什么的？不就是放开眼四下去瞅，看哪里不太平吗？在咱镇，还有比派出所更需要一个丁字路口的吗？这就是当年老刘跟镇长摆出的道理。大运河街沿街建了一溜三层楼的门面房，镇里的各部门先提意向，合适的就给。老刘成功地把其他部门挤出了丁字路口。难道你们不想鹤顶有个太平世界？

这么说你就明白了。我每天的主要工作就是坐到办公桌前，往外看，偶尔把脑袋伸到窗外左右瞅瞅。鹤顶巴掌大，建房子也扎堆，都贴着街道两边来，所以大部分事我看两眼，基本上就八九不离十了。那个周一上午，花十分钟给全所开完例会，我泡了杯碧螺春，在办公桌前坐下来。抬头往前看第一眼，就见着老杨的女人扭着屁股，从她家的巷子里转到滨河大道上。看她第一眼，我就知道她又来找我了。老杨的女人扎了条紫纱巾。她说她一家子都是讲究人，出门得像点样儿。

果然，紧喝慢喝碧螺春才下了半杯，她就进了我的门。轻车熟路，所里的同事都不敢拦她了，来了就当没看见。没准儿他们在底下等着看热闹。

"全所在呢。"

"坐。"

"不坐了，我就传个话儿。秀儿她弟要发火了。"

"秀儿她弟？"

"林秀她弟弟。"

"哦，你儿子。他想发啥火？"

"要么他们苏家连孩子带秀儿一块儿领回去；要么每月给两千，一千八也行；还这么耗着不答应，秀儿她弟放狠话了，灭了苏东。"

"跟电视里学的吧？还灭了人家！年轻人不学好。坐下说。"

"说完了。全所看着办。"

老杨的女人把纱巾的蝴蝶结从脖子左边移到下巴底下，一扭身往门外走。下楼梯时又回头说：

"我儿说，这回是来真的。谁叫他们欺人太甚！"

一串轻盈的下楼声。我喝口茶，点了根烟。咬人的狗不叫，这女人这回话少。要在以前，哪次来都是一把鼻涕一把泪，两个月量的卷纸都给她用完了。

这个事有点挠头。杨家和苏家本来有一桩好姻缘，苏家有男，杨家有女，在两条街上都算个人尖子。两家分别住在滨河大道两侧，盖的都是大屋，俩孩子我是看着他们长大的。杨林秀长得好。姑娘家，长得好，心眼又不坏，在咱这镇上，那确实是一等一的人才了。苏家的小子苏东，没考上大学有点儿可惜，不过也无妨，老苏买了辆中巴，每天跑客运，从鹤顶到花街再到淮海，一天两个来回，这条线上的钱给他们苏家挣了一半。爷儿俩搭帮干，坐办公室的跟他们比，就落个名好听。老苏那肚子，人不到你面前肚脐眼到你面前了。俩孩子在一起，怎么看怎么好。过去我从办公桌前望出去，看见他们俩拉着手在滨河大道上走，我就想，哪天我那不成器的儿子也能给老子牵着手领回一个好姑娘，我立马把这所长辞了，回家等着抱孙子。

可是天有不测风云。

杨家姑娘被苏家儿子开车给撞了。我亲眼看见的，只是有点儿远，看不大清。苏东从巷子里开出中巴，林秀等在滨河大道边上，大概是等着车一出来就上去。他俩的关系应该是确定了，苏东出车经常带上林秀，一个开车一个卖票，准夫妻店。车出了巷子要拐上大道，对面嗖地窜出来三辆摩托车。要说这摩托车，我还真有一肚子苦水，镇上的小混混骑摩托成风，阿猫阿狗都弄辆电驴子，除了吃饭睡觉，屁股都长车座上，狼群狗党的，嗖的一声去这儿，嗖的一声又到那儿了。两条街上每天都要经过几趟浩荡的摩托车队。我儿子要死要活也买了一辆。我问他骑在上面啥感觉，狗日的说拉风。拉风能当饭吃？狗日的说，能。为了能跟那电驴子多待上一阵，一天他的确可以只吃一顿饭。

这帮电驴子真没少给我惹事。跑起来不长眼，三天两头出车祸。照理说，不管追尾别蹭还是死伤，都归交警大队管，可是交警一是一、二是二调解完，后期执行一扯皮，擦屁股就变成派出所的事了。觉得委屈的、冤枉的，事后反悔的，赔偿短斤少两的，总之，心里不舒坦了都往我这里跑。一年有三分之一时间我们都耗在了电驴子上。那天三辆电驴子跟噩梦似的嗖的一下从苏东车前飞过去，苏东本能地打右轮躲避，撞到了他对象身上。速度不快，但足以把林秀撞倒在地，足以让林秀滚了两圈，撞在马

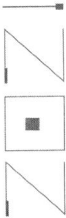

路牙子上。情况就这么个情况，我看没看清都改变不了结果，听说那孩子摔断了一条胳膊，头脑也坏了。

刚开始他们没找我，齐心把林秀送到镇医院。治了两天，姑娘没醒，转诊到县医院。人在喘气，内脏也没问题，两家勉强还能乐观。找那三辆摩托车要药费，人家不认账，方向盘在你手里，人也是你撞的。高天上打个响雷你被吓死，你还能跟老天爷索命？也是，人家就是过个路，谁让你胆小。林秀在医院里躺着，只睡不醒，医药费一天天多起来。苏家有点儿扛不住了。问医生，医生说，很可能只睡不醒。苏家毛了，好好活着，就有个盼头，利利索索死了，也应付得了，就这不死不活是个无底洞。是不是算了？反正闺女也不知道痛苦，咱们活人还得好好过。杨家当场就跳起来，凭什么？去你们家时还活蹦乱跳的，现在躺着不动你们就想撒手？这些天忙着治病和流眼泪，账还没跟你们苏家算，你们倒先沉不住气了。还我们姑娘！

老苏两口子不敢吭声了。苏东也不答应，必须治，定了亲了，就算没领证过门，也是苏家的人；人还是自己撞的，谁都可以撂挑子，他苏东不能。继续治。半个月后，林秀睁眼了。两家人开心得抱头痛哭，哭完了发现不对，睁眼只是一个动作而已，睁开的眼里空空荡荡，围在病床边的一堆人一个也没看见。老杨两口子大放悲声。

又一个月。还是睁眼闭眼，还是目中无人。医生说，差不多也就这样了，回去吧。两家人问，就没奇迹了？医生说，科学跟奇迹从来不是死对头，不过那得看你们有多少耐心。理所当然苏家结了账。

回家成了问题。回谁家意味着归谁管。很可能是漫无尽头的照料。老苏支使他女人去建议：还是回娘家好，做娘的照顾闺女，擦擦洗洗的，方便；林秀没过门，到苏家还是有那么一点儿名不正言不顺。

"有什么名不正言不顺？"老杨女人说，"天天抓着咱秀儿去跟车卖票时怎么没说名不正言不顺？"

老苏女人说："弟妹你想多了。我是说啊，我一个老婆婆，伺候咱秀儿怕不周到。你看苏东，他还得去跑长途，还得挣钱不是？"

老杨两口子对了一下眼，也只能这样了。"倒也是，苏东是得去挣钱，还有秀儿的生活费呢。"

老苏女人说："是，是。就是。"

回到家半个月，老杨女人找到所里，让我们"给杨家做主"。苏家没动静，一分生活费没见着；只有苏东来过两次，每次带几斤苹果。老杨女人去苏家协商，得定出个规矩，要跟公家每月发工资一样，准时把生活费和护理费交过来。老苏女人脸色跟在医院里不一样了，一会儿说最近客运不好跑，一会儿说家里亏空大，一会儿说毕竟不是公家，哪能跟钟表那般准时。老苏女人如此推阻，老杨女人脸上挂不住了，以后每月6号见钱，明天就6号，见不着咱们派出所见。

6号老杨女人等了一天。半夜里挂钟敲了十二下，她趴在女儿的床边睡着了，苏家人魂儿还没见着一个。老杨女人醒来，看见女儿在黑夜里睁着两只空洞的眼。第二天上午，她告到了我们所。

一想到那么好的姑娘成了傻子，我心都揪到一块儿了，我跟副所长说，这事咱们要管到底。就这句话，老杨女人三天两头来所里。开始还找值班的警员，后来直接进了我的办公室。那次副所长带队上门调解，老苏父子俩出车了。老苏女人说，好好好，应该的。光说不练，三天后老杨家的又来了派出所。副所长第二次去苏家。终于给了五百，说手头有点儿紧，稍后补上。

总之苏家钱给得结结巴巴，没一次爽快的，每次还都短斤少两。钱到得勉强，人更勉强，老苏女人站大门外丢进去一个纸包，转身就走，还一路唉声叹气。苏东也不来了，有一天在路上被老杨女人堵到，苏东说爹妈不让他过来。小伙子流了眼泪，问林秀怎么样了。老杨女人跟我说，要不看在两行眼泪的分儿上，她大耳刮子就扇过去了。那天也是她心情好，闺女眼珠子能转了。林秀躺在床上看天花板，从左墙角看到右墙角，花了一根烟的工夫。转得再慢也是转，能动就是个好消息。

真出了奇迹，一个过去的杨林秀似乎正被一天天唤醒：先是眼珠子转得快了，然后身体一点点能动了，连那只断过的胳膊也有反应了。指尖、手指、手腕、胳膊、脚尖、脚趾、脚腕、腿，最后是腰胯、脖子和脑袋。尽管前进的速度没想象中的快，但对杨家来说，那也是一日千里的惊喜。他们一家沉浸在女儿新生的期待和喜悦里。姑娘能在床上坐起来那天，

老杨女人特地来所里向我们报喜。从我办公室窗户看出去，她是一路哭哭啼啼走过来的，我都做好了亲自去一趟苏家的准备了。她说，这世界除了杨家，对他们家秀儿还存着一份心的，就是我们所的同事了，这个喜一定要来报。弄得我挺感动。我说，应该的，秀儿是我们看着长大的。

接下来出了新情况。老杨女人给女儿换衣服，发现女儿肚子大了。之前也觉得女儿肚皮有点儿异样，但没细想。整天只吃不动，不胖起来才不正常，肚皮又是全身最不安分的地方。这回不一样，不仅仅是暄软白嫩的肉。做妈的突然想起来，这几个月就没见过闺女的内裤上有血。先是忙着活命，然后期待新生，加上跟苏家扯不清的官司，兵荒马乱的生活竟让她失掉了对常识的警惕。她一度还以为女儿傻了，那种事也许就跟着停了呢。老杨女人惊出一身汗，赶紧用被子遮住女儿的身体。

照她跟我说的，跟老杨商量之前，她去镇医院问了妇科医生一个艰深的问题：植物人能不能怀孕？女医生翻着白眼说，脑子不能用跟肚子有什么关系？事情一下子变复杂了。回到家她跟老杨颠三倒四地盘算，必须把头绪理清楚。明摆着是苏家的种，只是女儿没过门，又这情况，生下来难保苏家一定认。在他们看来，苏家是什么事都干得出来的。认当然好，也给女儿的生活费争得一点儿筹码；不认麻烦就大了，一个傻闺女已经够他们受的了，再来一个没出处的娃儿，后半辈子可怎么过。他们决定先探探苏家的口风。

苏家也很纠结。当着老杨女人的面，否认孩子是苏东的，那得多不要脸才干得出来；但若利索地拍了板，孩子的傻妈怎么办？已经心虚地耍了两个多月的赖，眼看拖成了预想的现实，一松口，岂不前功尽弃？可林秀肚子里正在成形的那块肉确实是姓苏的啊！老苏女人说，倒是个喜事，先怀着吧。回头我送点营养品给秀儿补补身子。苏东从门外走进来，说：

"阿姨，我去把林秀接过来。"

老苏两眼一瞪："出去！让你说话了？"

苏东鼓了鼓腮帮子，用鼻子小声哼一下，勾着脑袋出去了。

最后就照老苏女人说的定了调子：喜事，先怀着；那营养必须跟得上，两家人的骨血呢。

只能继续怀着，对杨家也是没办法的办法。先是前三个月，老苏女人每月送钱和营养品过去，不得已的时候才进门看看林秀。她还是有惊喜的，这姑娘身子重了，人反倒一天天灵活了：能从床上下来，自己坐，自己走，吃饭也慢慢自己动手了。说话虽然不清楚，偶尔只瓮瓮地吐出几个断了线的声音，但总归不是哑巴了。眼珠子开始能聚焦了，看上去在想一点心事，脸转向老苏女人时，老苏女人还真给那两眼珠子盯得一阵发毛。不过发毛也就一阵子，林秀的眼神很快就散了，终究是个傻子。老苏女人摸着心口，不知道呼出的这口气是因为庆幸还是失落。

街头传来消息，老苏两口子在紧锣密鼓地给儿子找对象。老杨女人找到我办公室时，我也听到了传闻。我确信这是真的，坐在窗前我就看见过六弯的老婆好几次拐进苏家那条巷子。六弯老婆是谁？两条街上的媒被她一人做了一半。过去我不相信，影视剧和小说里一出现媒婆就穿得花红柳绿的，脸上搽着廉价的胭脂，腮帮子上还得长一颗带黑毛的痦子，看见六弯老婆我差不多信了。就算她穿得再素，脸上什么都没抹，也没痦子，你还是会觉得，如果这些突然出现在她身上，你肯定不会意外。她甩着一条花手绢从滨河大道进了苏家的那条巷子。整个鹤顶，我只见过她一个人走到哪里都要甩一条花手绢。

"全所，你一定都知道了。"老杨女人站在我旁边，纱巾的蝴蝶结这次打在脖子后面。

"坐。"我不置可否。

"他苏家这是什么意思嘛！"

这个"意思"还真不好说出来。我说这样吧，让副所长再去一趟，再带个擅长做妇女工作的女同事去。

很抱歉，副所长和女警员无功而返。副所长说，苏家那两口子难缠。他们抵死不承认。"秀儿的生活费我们都付不起了，哪有钱娶媳妇啊！"老苏说，"再说，摊上这事，人家姑娘也未必愿意啊。"理是这个理，我家要是个姑娘，我也不答应，前车之鉴嘛：这才几天啊，人没走，茶已凉。但也保不齐有人就晕晕乎乎蹚了这浑水。但副所长又跟我说，他们临走时，老苏女人说：

"那咱们家苏东这辈子就得打光棍了？"

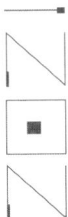

真不知道如何回杨家的话。闲下来我就盯着窗外，老杨女人一现身，我就关上门躲到橱柜里。听说在黑暗中人的思维会电闪雷鸣，没准能想出个好办法呢。林秀的生活费又青黄不接了，老杨女人又来"让我们做主"了。清官难断家务事，我是没招了。

我提了两瓶酒带了两条烟去了老刘家。老刘让老伴炒了四个菜，我俩喝起了小酒。老刘说："你做接班人，我旮旮旯旯都满意，就一条，心里犯过嘀咕。"

"哪一条？"

"心太软。"

"你说的，心不善做不了好警察。"

"两码事。心善会千方百计解决问题，心软就容易躲。"

老刘就是老刘。我举起杯："师傅，走一个。"

回到所里，我让人把六弯老婆带到我办公室。我决定跟她谈谈。这婆娘阅人无数，坐在沙发上甩着五颜六色的花手绢说：

"所长大人，我可是好人啊！"

"好不好自己说了不算。"

跟聪明人不必兜圈子。我提醒她，苏杨两家的事比较特殊，街坊邻居的，该知道怎么做。

"所长大人，我可没犯法。配人婚姻是积德行善呀。"

"积德要变成造孽，跟犯法也差不了多少。"

饶是六弯老婆见多识广，派出所这种地方她心里还是要敲小鼓的。"好吧好吧，"她甩着花手绢站起来，"就算破财消灾，不挣了。我把女方的彩礼钱再翻一番。"

明面上我能做的也就这些了。再调停也不管用，你想对苏家来点儿强制措施时，他们就象征性地给杨家一点。断断续续，短斤少两。就这么两条街，抬头不见低头见，动真格的又犯不着。小地方的民事纠纷就这样，剪不断理还乱。总算消停了一阵子，面对窗外我不那么紧张了，老杨女人很少出现在滨河大道上。某种格局一旦形成，大家就像获得了来之不易的平衡，谁都不轻易改变自己的力道。然后，平衡打破了。

两件事前后脚。老苏替儿子相中了一个对象，沿运河往下走二十里有个棉花庄，村小学何校长的女儿，传闻"各方面都没得说"。何姑娘在小学里代课，随时可以辞掉教职嫁过来。这一回跟六弯老婆没关系，何校长经常搭老苏的中巴，就认识了。因为是外地人，两条街上都不知道，听到的开头就是结尾，要结婚了。第二件事是林秀生了。镇医院的医生说，别看那姑娘头脑不灵光，生孩子时真知道使劲儿。他们都做好了剖腹产的准备，林秀硬生生地顺产了。产后看她对孩子那个亲，一点儿都不像傻子。林秀生的是个女孩儿。

母女俩从医院回到家两天了，苏家没一个人上门。只有回到家的当天晚上，有人趴在林秀房间的后窗户上露了一下头，看见的邻居说，背影像苏东。但那人不敢肯定，那两天苏家正在布置新房，苏东一准忙得四脚朝天。可以肯定的是，苏东要结婚这事刺激了林秀的弟弟，这就是开头老杨女人站在我办公桌旁边说的：

"秀儿她弟放狠话了，灭了苏东。"

林深跟我儿子一样，也是个电驴子党。这小子在车队里话一向不多，只跟着，不点人头你会以为他早丢了。"灭"这字眼真不像他用的。但我还是委托副所长把杨家的诉求带到了。苏家没当回事，也可能是忙得没来得及当回事。然后林深的电驴子就上了苏东的身。电驴子竟然能蹿那么高。

我相信林深没打算下狠手，他只是想把排场弄大点儿，人多胆壮，所以选了靠近丁字路口的地方。从滨河大道左拐上大运河街，是苏家车的必经之路，林深把摩托车横在路中间。那天不逢集，路上人和车都不多，他在路中间躺着也没人理会。苏东的车开过来，想绕过他。他往哪边绕，林深的电驴子就往哪边开，精准地堵在他前头。几个回合，路口就聚了一堆人。

值班警员来报告时，我正在会议室跟副所长和队长商量抓赌的事，最近小鬼汉的芦苇荡里有条船神出鬼没，我们怀疑有人聚众赌博。我让队长带人去路口，赶紧把人群疏散了。副队长跟我回我办公室，继续说抓赌。从窗户看出去，那群人简直就在我眼皮底下。围观者站成一个半圆。我摸出根烟想点上时，苏东停了车下来，甩着手在跟林深说啥。说什么其实我

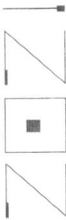

不太关心，苏东这孩子还算靠谱，他的手势怎么看都有点儿无辜。据队长后来跟我说，场面突然失控是因为车上下来了另一个人。鹤顶人都没见过的年轻姑娘，长得比林秀差不了多少，挺时髦，一点儿都不像村庄里的代课老师。那姑娘说没说话不重要，说什么也不重要，林深听没听见也不重要，他松开刹车，突然加大油门，周围惊呼声一片，电驴子爬到了苏东身上。第一个着力点是苏东的两腿之间。摩托车的前轮甚至把苏东顶得双脚离地，然后车轮从那里攀缘而上，经过苏东的小腹、肚皮、胸膛、下巴、脸，从脑门上飞过。

某个电驴子党说，林深竟还有这一手，深藏不露啊。林深连人带车冲出了滨河大道，在马路牙子和一户门面房前刹住了车。那姑娘尖叫一声钻进了车里。苏东双手捂住两腿之间，蜷在地上像条蠕动的虫子，最后缩成了一个圆圈。说实话，看得我裆下猛然一紧。

事情就是这样。来我办公室的换成了老苏的女人。她喜欢把纱巾缠在右手食指上，越勒越紧，直到整根指头紫得发黑，然后松开，再缠下一次。她也不坐。她说所长你说该怎么办吧，杨家那坏良心的把我们家苏东弄成那样了，所长你说怎么办吧。苏东废了，作为男人，你懂的。棉花庄的代课老师也被父亲接回家了。两条街上的人都这么说。街上人交头接耳时，还传递着另一个消息：杨家的傻姑娘抱着孩子出来晒太阳了。

老苏女人三天两头来，老杨女人偶尔也来，但她们从来不会同时出现在我的办公室里。两人商量好的吗？我倒是希望她俩一起来，那样我就可以跟她们说，鉴于目前情况，本所长倒是有个建议：别折腾了，二一添作五，一块儿过吧，娃儿有了亲爹，苏家也算有后了。话糙理不糙，仅供参考啊。

但她们不给我机会，单方你费死劲儿了也说不通。女人头脑要热起来，全成了直肠子。她俩在我跟前就认钱钱钱。惹不起，老子躲得起，一看见她俩从滨河大道冲我窗口来，我就锁上门，跟值班警员说我不在，趁机躺沙发上眯一会儿。那段时间抓赌，我经常通宵在运河上下跑，白天不补一觉真顶不住。这么一眯经常就眯过去了，醒来就该下班了。

别人下班，我带队的抓赌特别行动组准备上班。那段时间我都在单位吃，随便扒拉一口，然后等天黑透。夜晚是赌鬼的天堂。出发前我就这么一直坐在办公桌前，一根接一根抽烟，灯也不开。忽明忽暗的烟头让我充满了半夜出击的古怪激情。窗外是月光下的滨河大道。因为夜晚行人稀少，路灯也不必亮。偶尔有人影出现在道路上，就像白纸黑字一样清晰。有天晚上我从椅子上站起，准备招呼楼下的兄弟出发，滨河大道上出现两个缓慢移动的身影。从背影上看，一个瘦高男人，一个丰腴的女人，男人怀里好像抱着个东西，两个人影通过女人的一只手臂连在一起，女人背着一个包裹。他们向道路尽头的运河走去。

那一夜又劳而无获，小鬼汉里连条钓鱼船都没见着。上班前我想眯一会儿，刚躺下就听见杂乱的脚步上楼。然后是四个拳头一起砸门声。

值班的小刘说："你们别敲了，所长不在。"

老杨女人的声音："不敲怎么知道在不在？"

老苏女人的声音："不在也得在。"

我打开门。"难得啊，"我说，"同时来。"

"我家苏东失踪了。"

"我家秀儿和娃儿也不见了。"

我说："坐。"

她俩站着，一起说："你说怎么办吧？"

我打了个哈欠："怎么办？找呗。"

原载《芒种》2021年第1期

点评

"丁字路口"在这部小说里是一个内涵丰富的意象。

小说中的苦命鸳鸯苏东和杨林秀的遭遇令人唏嘘：两人本是他人眼里天造地设的一对，但就在两人即将成婚之前，却发生了一个彻底改变了两人人生，甚至两家人命运的悲剧——杨林秀出了车祸，而直接肇事者竟是苏东。车祸之后的杨林秀几乎变成一个"傻子"，苏家则开始想方设法地试图推掉杨林秀这个"累赘"；杨家自然不答应，且不说两人早已到了谈婚论嫁的地步，单说杨林秀的车祸是苏东造成的，苏家便绝不可能、更不应该一走了之。于是两家开始了漫长的拉

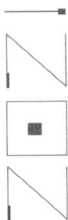

锯战：杨家要求苏家赡养杨林秀，并认下杨林秀肚子里苏东的孩子；苏家对此则百般推脱，不仅拖延、克扣赡养费，而且也并不打算认下未出世的孩子。于是苏东和杨林秀、苏家和杨家便被命运残忍地推到了人生的"丁字路口"：左也为难、右也为难，没有出路、只剩退路。事实上，小说中为苏杨两家调解的派出所仝所长早已为苏杨两家想好了退路，但无奈，两家都不肯各退一步。

事件终于迎来了"转机"，但这"转机"的代价却同样有些惨重：杨林秀的弟弟杨林深骑车撞伤了苏东的下体，苏东从此成为"废人"。于是不依不饶地变成了苏家，双方再次展开了漫长的拉锯战。然而在某个像往常一样寂静的夜晚，杨林秀和苏东却抱着孩子悄悄私奔了。这是个勉强团圆的结局。苏东和杨林秀在历经磨难之后，最终选择了那条仅剩的退路，也就是仝所长心中所想的"凑合过"——这样一来不仅杨林秀有人可托付了，而且苏家也有后了。

小说有些宿命的意味，但却又暗含着作者的不忍，于是原本宿命般的悲剧人生，竟突然有了些莫名的希望，尽管这希望让人感到格外的沉重。

（侯建魁）

终于等来了一封信

刘庆邦

七月十五定年成，是说到了每年农历的七月十五，当年秋庄稼的收成如何，能收八成，还是能收九成，基本上就定了盘子。这年还不到七月十五，高粱还在孕米，玉米还在吐缨，芝麻还在开花，年成如何尚未确定，方喜明的亲事却定了下来。所谓定亲，是方喜明得到了男方的认可，男方家已经托媒人给女方送了彩礼。方喜明得到的彩礼没有现金，只是几块做衣服的布料和一方包布料的红围巾。定亲也是定情，定情不在于礼轻礼重，哪怕是一块手绢，或是一片树叶，都可以成为定情之物。方喜明是重情的人，定情之后，她就把自己的心和那个人的心连在了一起。方喜明对那个人的名字已烂熟于心，连在睡梦里都不会叫错。但她在口头上从没有叫过那个人的名字，仿佛一叫就会牵得心上疼一下似的。还有一个说法，把已定亲的对方说成对象。什么对象不对象，对这样的说法方喜明也很不习惯，也说不出口。她还是愿意按传统的说法，把跟她定亲的人说成"那个人"。因那个人所在的村庄叫张楼，如果嫌只说那个人不是很明确，她顶多在那个人前面加一个定语，说成张楼的那个人。张楼张楼张又张，张楼那个十九岁的人儿啊!

他们两个定亲不久，张楼的那个人就到一个山区煤矿当工人去了。临去当工人的头天晚上，那个人和方喜明约了一个会，会面的地点是在一座小桥上。半块月亮在薄云中忽隐忽现，不知是月在走，还是云在走。桥下的流水静静的，若明若暗，反映着碎银子一样的月光。遍地的庄稼在抓紧最后的时间向上生长，一片苍茫连着一片苍茫。庄稼地里虫鸣十分繁密，有着千翅万翅齐弹奏的绵长悠远效果。他们两个在桥上站了一会儿，说了

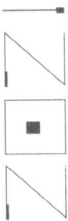

几句话。方喜明送给那个人一双她亲手做的鞋，那个人握了一下方喜明的手，两个人的相会就结束了，一个走向桥东，一个走向桥西。

那个人这一走，不知何时才能回还，方喜明心里难免空落落的。那个人在家时，他们见面的机会其实并不多，可他们毕竟同属一个大队，偶尔看见那个人的机会还是有的。比如大队在一个打麦场上召开全体社员大会，方喜明会在会场上看见那个人。再比如，那个人曾在大队毛泽东思想文艺宣传队里演过节目，跟同在大队宣传队演过节目的大队会计孟庆祥是好朋友，那个人去大队部找孟庆祥说话，方喜明有时也会远远地看见他。还有，今年春天方喜明去镇上赶三月三会，在熙熙攘攘的千年古会上也看见了那个人。她穿过一道巷又一道巷，挤过一条街又一条街，当终于在人群中看到她的那个人时，她心头轰地一热，像达到了最终目的一样，就回家去了。是的，在那些情况下，他们没有接近，更没有说话，只是看一眼而已。而且，她看到了那个人，并不能保证那个人同时也看到了她。能看上一眼就够了，一眼三春暖，能看到那个人一眼，足以让她心满意足，温柔无边。她还能要求什么呢！那个人这一远走，她想看到那个人就不容易了，不光夏天看不到，秋天看不到，冬天看不到，恐怕到明年春天都不一定看得到。那个人还在家的时候，虽说他们两个不在一个村庄，但那个人所做的很多事情方喜明都想象得到，知道他怎样戴着草帽锄地，怎样挥舞着镰刀割麦，怎样在深不见人的棒子地里掰棒子；还知道他怎样爬树摘桑葚，怎样下河摸鱼，怎样在雪夜的煤油灯下看书等等。那个人去到一个陌生的地方，方喜明的想象没有了依据，无从想起，就什么都不知道了。这样一来，他们两个不仅从地理和空间上拉开了距离，从心理和想象上似乎也拉开了距离，真让人发愁！方喜明想叹一口气。想到心到，她真的叹了一口气。她叹得轻轻的，颇有些我想叹气不敢叹的意思，但她的叹气还是被自己听到了。她吃了一惊，生怕她的叹气被家里人听到，说她有了心事。她叹气时，娘在家，妹妹在家，弟弟也在家。外面下着小雨，娘在纳鞋底子，妹妹在拆一件棉衣，弟弟在写作业，他们各人做各人的事情，似乎并没有听到她的叹气。或许听到了跟没听到一样，对她为什么叹气并不关心。心事都是自己的，从心事的角度讲，每个家里人也都是别人。自己的心事自己承担，跟别人有什么关系呢！

这天下午，生产队里给女劳力安排的活儿是翻红薯秧子。下过雨后，太阳一晒，红薯秧子长得格外旺盛，满地绿汪汪的。红薯秧子贴地蔓延，秧子下方会生出一些白色的根须，扎进土里，秧子走到哪里，根须就会扎到哪里。在农人看来，如果红薯秧子上的根须扎得太多，会分散整棵红薯的营养，影响红薯主根根部块茎的发育和生长。而翻红薯秧子的目的，是把那些扎在土里的根须扯断，让红薯秧子和红薯叶子上的全部营养，都集中在根部的块茎上，保证红薯长得又大又红。方喜明踏进红薯地里，和女劳力们一起翻红薯秧子。她们不能揽得太宽，每个人一趟只能揽两垄，左边一垄，右边一垄。不管左边还是右边，她们都是用右手翻。她们蹲在一尺多深的红薯秧子丛中，也是蹲在两垄红薯中间的地沟中，一边翻扯红薯秧子，一边向前移动。她们从一棵红薯的根部那里抓到红薯秧子，一抓就是一大把，像抓到姑娘粗壮的头发辫子一样。她们一律把"头发辫子"翻到了后边，恰如姑娘家的头发辫子都拖在身后一样。有的红薯秧子根须扎得少，她们翻起来很轻松。有的红薯秧子根须比较多，根又扎得比较深，抓地抓得比较紧，她们需要使劲儿拉扯，才能把红薯秧子揭起来。当根须被揭断时，会发出一连串裂帛一样好听的声音。在密匝匝的红薯叶子下面，有蝈蝈、蟋蟀等多种昆虫在合唱。它们的合唱虽然有高音，有中音，也有低音，但听起来十分和谐。翻红薯秧子的队伍翻到它们跟前时，合唱队暂时分散，它们的合唱暂时停止。队伍刚刚翻过去，它们便迅速集结，合唱重新开始。红薯叶子的正面是墨绿色，背面有一些发白，红薯秧子一翻过来，绿色就变成了白色，远看如开满了遍地白花。有的红薯秧子的根须由于抓地太紧，根须没有扯断，倒把红薯秧子扯断了，白色的汁子冒出来，散发出一股股浓浓的青气。方喜明听娘说过，以前还是各家各户种地时，有人翻红薯秧子是手持一根顶端削尖的木棍，站在地里挑着翻，那样就不必一直蜷窝着蹲在地上，身体会舒展一些。自从土地归集体所有制之后，社员们翻红薯秧子就不再是站着用棍子翻了，都是蹲在地里翻。方喜明从没有站着翻红薯秧子的经历，自从她成为生产队的一个女劳力，第一次和女劳力们一块儿翻红薯秧子时，就是身体重心向下，蹲在地里用手翻。她从不觉得这样翻红薯秧子有什么不好，在她看来，翻红薯秧子是最简单的劳动，只动动手就行了，根本用不着动脑子，比梳头发辫子都要简单。

她干活儿时虽然不用动脑子，可她的脑子并没有闲着，一会儿想到

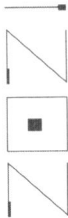

东，一会儿想到西；一会儿想到天上，一会儿想到地下。不管她想到哪儿，总是离不开一个人。那个人不是别人，只能是张楼的那个人。那个人不在地面上种庄稼了，跑到那么远的地方，钻到地底下挖煤去了。方喜明在打铁的铁匠炉那里见过煤，知道煤都是黑的，都是从最黑最黑的地底下挖出来的。但她想不出来，地底下到底有多深，究竟有多黑。方喜明下过的最深的地方是她家的红薯窖，见过的最黑的地方是红薯窖下方储藏红薯的地洞。红薯窖还不到一丈深，她觉得已经很深了，比老鼠和黄鼠狼打的洞子都要深。储藏红薯的地洞当然很黑，黑得她感觉好像没有了白眼珠，只剩下黑眼珠，连红薯都变成了黑薯，一摸就能沾一手黑。一个红薯窖尚且这样，那挖煤的煤井，又不知深成什么样、黑成什么样呢！在那样又深又黑的煤井里挖煤，那个人害怕不害怕？要是害怕的话，那个人会怎样？这时方喜明一抬头，看见天上飞过一只鸟。据说一只鸟一天可以飞很远，她想，这只鸟也许是从那个人挖煤的地方飞过来的，她暂停翻红薯秧子，两只眼睛盯着那只鸟。可惜那只鸟没有降低飞行高度，没有放慢飞行速度，更没有停留，一直飞了过去。鸟越变越小，从一个高粱穗子，变成一粒高粱；再从一粒高粱，变成一粒芝麻；后来连芝麻也看不见了。直到这时，方喜明还从没想到过，那个人会不会给她写一封信，那个读过中学的人会不会给她写信说说在煤矿下井的情况。她只想到，她每天想那个人，不知那个人会不会想她。要是她只想那个人，那个人并不想她，那就不好了。

立秋之后，第一个被人们打上标记的日子是七月初七。有戏里唱道：年年有个七月七，天上牛郎会织女。这只是一个故事，一个传说，并不是一个节日。元宵节、端阳节、中秋节，还有春节等，都是节日，人们都不会忘记，家家都要正儿八经地过一过。七月七就不一样了，是不是把它当成节日，会因人而异。把七月七当节日的，会把它说成七夕节、乞巧节，夜晚会仰脸在天河两边找一找牛郎星和织女星。而不少人根本不把七月七当回事，稀里糊涂地就过去了，连向天空看一眼都不看。方喜明怎么样呢？她能记起这天是七月七吗？在以前，日子如流水，一天又一天，她跟大多数人一样，也很少能想起七月七来。就算偶尔能想起来，也是因为娘的提醒。娘的说法是老一套：今天是七月七，喜鹊又该去天河上搭桥了，牛郎和织女又能见面了！听了娘的提醒，方喜明虽说知道了那天是七月初七，也想起了传说中的放牛郎和七仙女的故事，但她觉得那样的故事遥远得很，隔着千层云，也隔着万里风，跟她一点关系都没有。她听了也就过去了，只从耳朵里过，没从心里过，该薅草就去薅草，该拾柴还去拾柴。今年可不一样了，心上有了牵挂的方喜明，无须任何人提醒，一大早就记起了这天是七月七。仿佛她还没有完全睡醒，七月七就醒在了她前头，七月七似乎对她说：方喜明，你已经是有主儿的人了，不能再糊涂下去了！方喜明赶紧说：不用你说，我记着哩！这个日子让方喜明心里突地一跳，就一下接一下跳了下去。她有点儿欢喜，还有点儿发愁；有点儿想笑，还有点儿想哭；觉得这一天有点儿短，还有点儿长，不知怎样才能度过去。

　　这天下午，女劳力的活儿是钻进高粱地里打高粱叶。高粱的叶子是高粱生长的标记，高粱每向上拔一节，就要长一片叶子。等到高粱长出穗子，整棵高粱秆子上就会伸展出好多片叶子。高粱的叶子又宽又长，秋风一吹，叶子会发黄，但叶裤子还紧紧穿在高粱秆子上，不会自行脱落。打高粱叶子的用意与翻红薯秧子一样，是为了避免营养分散，把最后的养分都集中供应给高粱的穗头。打高粱叶子的女劳力，要逐棵逐棵、自上而下，把高粱秆子上叶片全部打光，打成光杆，打得有些发红的高粱穗头像高擎的火把一样。中间休息的时候，一些家里有小孩子的妇女，从高粱地里走出来，匆匆回家奶孩子去了。方喜明没有回家，她一个人登上高高的河堤，在河堤上整理了一下头发，想到应该以水为镜照一下，就沿着河内侧的堤坡，下到水边去了。这是一条纵贯南北的河流，南边通淮河，北边通黄河。在发大水的时候，淮河的鲤鱼可以通过这条河北上，先进入黄河，再逆流西游，以实现跳龙门的愿望。河水在春天是浑的，在夏天也是浑的，一到秋天就变成了清的。方喜明一直不能明白，秋天到底有着何等神奇的力量，一下子把混浊的河水变得如此清澈。河水一清到底，能看到水底有些臃肿的草根，嵌在黑泥里的白蛤蜊片，谁扔在水里的半块儿生红薯，还有天上的朵朵云彩等。方喜明一到水边，就把映在水中的自己的脸看到了。按理说，她对自己的脸应该最熟悉。可不知为什么，她每次看到自己的脸，都觉得有些陌生似的，想看，又不敢多看，好像多看一眼就有些不好意思。在她静静地看自己的时候，一些小鱼游了过来，在她"脸上"游来游去。西边的阳光透过水面，照在小鱼身上，小鱼呈现的是斑斓的色彩。小鱼干什么呀！她觉得小鱼这样的表现不是很好，就以手撩水，

把小鱼赶跑了，赶到对岸去了。

这条河也是一道分界线，河对岸的河堤就是张楼的河堤。从河堤的外侧往下走，就是张楼生产队的庄稼地。方喜明相信，这条河不是天河，只是一条地河，河不能把她和她的那个人分开。这样想着，她就顺着河向北边望，一眼就望到了那座小桥。那个小桥不是喜鹊搭起来的，而是用石头砌成的，结实得很。那天晚上，她和那个人的约会，就是在那座石桥上，她送给那个人一双鞋，那个人拉了她的手。想到这里，方喜明的心一下子柔软得不行，眼里顿时充满了泪水。

七月七这天，方喜明仍没有想到那个人会不会给她写一封信。人虽然已经长到了十八岁，从一个小姑娘长成了大姑娘，但因她没有收到过别人写给她的信，她自己更没有给任何人写过信，脑子里几乎没什么信的概念。直到中秋节那天，方喜明在路上碰见了孟嫂，孟嫂一上来就问她：张东良走后给你来信了吗？

没有。

这个张东良，他怎么还不给你写信！他走了都有两个多月了吧？

两个月零十九天。

你看你记得多清，有整又有零。你是不是每天都在想他？

谁想他，我才不想他呢！

孟嫂笑了，说：还说不想人家，你看你的脸红成啥了，恐怕比鸡冠子都红。

方喜明不由得摸了一下脸说：嫂子最会笑话人了，你再笑话人，人家就生气了！

这个喜明，都是定过亲的人了，还这样害羞呢！

方喜明愈发害羞地、长长地叫了一声嫂子，说不是。

不是什么，你敢说你不想张东良！

对于张东良这个名字，她在心里隐着藏着，小心翼翼，从不敢叫出口。可嫂子不管不顾，叫了一声又一声。她想让嫂子叫，又不想让嫂子叫。嫂子叫了，好像是替她叫出来的，她一听心里就是一动。她不想让嫂子叫呢，是觉得嫂子叫得太随便了，也太多了，嫂子一叫，她心里就是一疼。她轻轻跺了一下脚，当真生气似的转过脸去。

好好好，嫂子不说了，嫂子跟你孟哥说说，让你哥留点儿心，只要看见张东良给你写来了信，让他马上告诉你。

直到这时，方喜明似乎才醒悟过来，人离开了，互相之间还可以有书信往来。那个人参加工作去了，短时间内不可能回来。可既然他们定了亲，那个人如果没有忘记她，就有可能给她写一封信。她知道，那个人念书多，识字多，写封信不是什么难事。她觉得自己真傻，傻得一点儿气儿都不透，怎么就没想到写信这一层呢！亏得孟嫂提醒她，给了她一个盼头，不然的话，她每天看天天高，看地地远，看云云起，看水水流，一颗跳荡不止的心真不知往哪里放。方喜明还知道，她所在的大队包括五个生产队，也就是五个村。外面的人来了信，公社邮电所的邮递员只把信件送到大队部，由常在大队部值班的大队会计把信件全部接收下来，然后趁各村的干部到大队开会时，大队会计把信件分发给各村的干部，让他们捎给村里的收信人。大队会计不是别人，正是孟嫂的男人孟庆祥。

此后，方喜明到孟嫂家去得多一些，她所在的村庄叫方庄，方庄不是很大，只有几十户人家。在军阀混乱的民国年间，方庄的寨墙被凶恶的土匪队伍打开过，庄子里的男女老少几乎被杀得一个不留。方庄现在的住户都是从周边的村庄迁移过来的，等于为方庄在人口上填补了空白。方庄的人口既然是重组，赵钱孙李，姓氏就比较杂。方喜明一家虽说姓方，却不是方庄的原住民，他们是从东边的方营迁过来的。迁过来的第一代是爷爷和奶奶，到她这一代是第三代。在地里没活儿的时候，方喜明手里拿着针线活儿，一转一转，就转到孟嫂家里去了。头天晚上下了雨，呼雷闪电的，下得还不小。第二天上午，雨还在下着，只是下得已经很小，零一下子，星一下子，下与不下差不多。大雨小雨都是秋雨，雨水带来的寒气一波比一波透衣。方喜明去孟嫂家时，里面穿了一件长袖的单衣，外面还披了一件夹衣。不知怎么养成的穿衣习惯，他们这里的人习惯披衣服。衣服本来有袖子，他们的胳膊却不穿在袖子里，就那么往肩膀上一披。不管是秋天，还是冬天，都有人披衣服。人在干活儿的时候，绝不可以披着衣服，要是披着衣服，就不像干活儿的样子。这样对比起来，披衣服似乎与休闲连在了一起，人显得轻松一些。

孟嫂正在家里吵孩子，吵得雷一声，电一声。见喜明来了，她就不吵了，对喜明笑脸相迎。孟嫂心里明白喜明为何淋着小雨到她家里来，因她

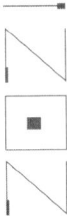

问过张东良给喜明来信没有，喜明就上了心，就惦记上了张东良的信。还因为外面来的信都是先从她男人手上过，她男人离信近一些，她离她男人近一些，喜明就想跟她走得近一些。归根结底，喜明还是为了信，要是张东良给她来了信，她想及时得到信息，收到信。孟嫂能够理解喜明的心情，这些定了亲的女儿家啊，定了亲就有了心思，谁能不想郎呢？但孟嫂不能把喜明的心思说破，一说破喜明就不好意思再到她家里来了。她们说昨夜的大雨，说喜明手里正在纳的袜底子，说孟嫂的两个不听话的孩子。孟嫂家门口两侧各栽有一棵石榴树，石榴树上的石榴都摘去了，剩下的都是树叶。夜里的大雨，把树上的叶子打落不少，叶子还在树上时，不见得有多少黄叶子，可一旦被雨水打落在地上时，树下的地上落的大都是黄叶子。黄叶子落在湿地上显得有些漂亮，像细碎的金箔一样。喜明对孟嫂说：这些发黄的石榴叶子真好看！

你孟哥也说好看，他说等地干了，也不要把石榴叶子扫掉。

只要在孟嫂家，总会说到孟哥。是孟嫂先说到孟哥的，她接着说孟哥就是顺嘴话，她问孟哥是不是又到大队部里去了。

吃过早饭撂下饭碗就去了，说是公社驻咱们大队的干部要在今天上午召开全大队各生产队的干部会议。一下雨就开会，一下雪也开会，开会开会，不知道有啥开头儿。开得你孟哥跟不着窝儿的兔子一样，家里啥事儿都指望不上他！

只要说到孟哥，不管孟嫂说什么，方喜明都爱听，谁让那个人跟孟哥是好朋友呢！两个人既然是好朋友，脾气应该比较相投，说话能说成一块儿。现在两个好朋友分开了，说不定他们之间也会互相想念。那个人没给她写信，会不会给孟哥写信呢？两个人都是会写信的人，那个人给孟哥写一封信是完全可能的。方喜明不敢问孟嫂，那个人是不是给孟哥写了信，只替孟哥说好话说：孟哥是有文化的人，有本事的人，大队离不开他呗！

成天价扒拉算盘珠子，那叫什么本事。要说有本事，依我看，你们家的张东良才是真有本事呢！

念头绕不过，人就绕不过。由孟哥引出了张东良，孟嫂又把张东良说到了。让方喜明没有想到的是，孟嫂在说到张东良时，还把张东良说成"你们家的"，这可怎么得了！方喜明顿时满脸红透，又不知说什么好了。

在来信不来信的问题上，方喜明还保持着耐心，孟嫂却好像没有了耐心，当方喜明再次来到孟嫂家时，孟嫂一开口就对她说：我天天问你孟哥，张东良为啥还不给喜明来信，你孟哥说他也不知道。

来不来信都没啥，他可能没顾上呗！

他不给你写信，你可以先给他写一封嘛，你也上过学，不是也识字嘛！

我哪里会写什么信，我一共才上过四年学，认识的那几个字，早就不知道忘到哪里去了。

你不想给他写信也可以，就拿上小包袱，坐上汽车找他去，当面问问他，走了这么长时间，为啥不给你写封信！

方喜明摇头，说那我可不敢。

那有什么不敢的，你跟他定过亲了，已经是他的人了，当然可以去找他。说到这里，孟嫂的样子变得有些神秘，还有些调皮，她压低声音问：喜明，我听别人说，张东良去参加工作走的头天晚上，他跟你在小桥上有个约会，约会的时候，他那个你了吗？

那个是哪个？哪个才是那个？喜明似乎懂得嫂子问话的意思，但又不敢懂，有些懵懵懂懂。她的脸红了又红，说嫂子，你说的是啥呀？

我说的啥，难道你不明白吗？这个喜明，你是真糊涂，还是故意跟嫂子装糊涂？

方喜明当然不会忘记，那个人在那天晚上握了一下她的手，握得还很有劲，她手上忽地就出了一层汗。她不知道，这个不知算不算嫂子所说的那个，要是握手也算那个的话，方喜明连这样的那个也不敢说。她说嫂子，你不知道你妹子是个实心的人嘛！

心实的人才灵透，我看妹子灵透着呢！妹子不想说，就不说，就当嫂子啥话都没问。

我说了也没啥，那天晚上啥个那个都没有。

真的呀，张东良真是个大傻瓜！

孟嫂把话说到这样的程度，方喜明就不敢轻易再到孟嫂家里去了。

说事情来得突然，也不算突然，因为方喜明对有的事情盼望已久，心里早有准备。这件事情的到来说成"终于"比较合适，因为方喜明等啊盼

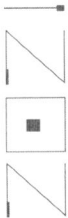

啊，终于把事情盼来了。

这天傍晚收工后，方喜明正在家里洗红薯、切红薯，准备烧红薯茶，孟嫂的大女儿手里举着一封信向方喜明家跑来。小姑娘一跑进方喜明家的院子，就喊着说：喜明姑姑，喜明姑姑，有你的信，俺爹俺娘让我赶快给你送来！

我的天哪，那个人总算来信了！方喜明一听，马上放下没切完的红薯，从灶屋里迎了出来。她伸手欲接信，又发现自己的手是湿的，就赶紧在围裙上擦手。她把手擦了一遍又一遍，确认自己的手一点儿都不湿了，才从小姑娘手里把信接过来。接信时，她舍不得捏到信封的中间，只捏到信封的一个角，仿佛捏到信封中间会把里面的信捏疼似的。拿到信后，方喜明的心跳得很厉害，一怦又一怦，从心上一直跳到手指头肚子上。不光手指头在跳，信封里面的信好像也在跳。方喜明不烧红薯茶了，解下围裙，从灶屋转到了堂屋。

娘还在灶屋里准备烧火，看到喜明收到了信，她也替女儿高兴。女儿的心思娘知道，女儿动不动就往孟嫂家里去，盼的不就是远方的来信嘛！今天总算把信盼来了，不知女儿有多高兴呢！娘跟到堂屋问喜明：是不是张楼的那个人给你来信了？

喜明不想让娘知道，说：我也不知道。

你不知道我知道，不是那个人给你写信又能是谁呢？

不知道，就是不知道。

娘跟女儿说笑话：你这闺女呀，接到信像是被火燎着了一样，就是沉不住气。好了，做晚饭的事儿你不用管了，赶快看你的信去吧。

过了寒露到霜降，白天一天比一天短，夜晚一夜比一夜长。到每家开始生火做晚饭的时候，天已经黑下来，灶屋里发出的都是灶膛里红红的火光。来到堂屋里，方喜明本打算点上煤油灯开始看信，但她擦亮火柴后，突然有些走神，眼看火柴燃起的一朵火要烧到她的手，她还没有找到煤油灯。她把火柴吹灭，不打算在家里看信了，把信装进口袋里，向院子外面走去。她要是在家里看信，家里人不但会看到她看信的样子，说不定还想知道信的内容。信是属于她一个人的，跟她胸腔子里的那颗心差不多，她不想让任何人知道信的内容，连她看信时的样子也不想让人看到。出了院子，她走到自家屋子后面的一个水塘边去了。天是黑下来了，能闻见村子里浓浓的炊烟味儿，却看不见炊烟的颜色。方喜明知道，天都是刚黑下来的时候显得黑，过上一会儿，等月光洒下来，星光开始闪烁，天黑得就不会那么结实了。

水塘那边就是生产队里的庄稼地，地里的秋庄稼收去了，已经种上了冬小麦。方喜明把信封从口袋里掏出来，对在眼上看。因心里事先有自己的名字，尽管夜色朦胧，她还是在信封上把自己的名字看到了，一点儿都不错，是方喜明三个字。看到自己的名字后，她第一次觉得自己的名字很不错，喜不错，明也不错。她的名字，经那个人的手一写，像添了彩一样，更加不错。名字后面没有什么称呼，只有一个收字。这没关系，连她自己都不知道怎样称呼自己，那个人就更没法儿称呼她。信封是用牛皮纸制成的，下面印着某某矿务局某某煤矿革命委员会的字样。方喜明把信封摸了摸，觉得信封的两头儿都封得很严密，她不知从哪头儿拆才能把信封拆开。她不想撕信封，担心撕信封时会把里面的信纸撕破，那个人是怎样把信封封上的，她最好怎样把信封拆开。谁家的羊叫了两声，还传来了拉风箱的呱嗒声，方喜明从信封的一角，果然一点一点把信封揭开了。她把一根手指伸进信封里一探，就把里面的信纸探到了。她没有马上把信抽出来，信的内容作为一个悬念，她想把悬念再稍稍保留一会儿。那个人会给她写些什么呢？他会不会写一写他在地底下挖煤的事情呢？他会不会说说他身体的状况呢？他会不会表达一下对她的思念呢？他会不会告诉她到春节时是不是回来过年呢？……

夜下来了，月亮升起来了。别看月亮只有半块，洒下来的月光好像并没有减半，跟整个月亮的亮度是一样的。月光照在水塘边的芦花上，大团的芦花似乎比白天白得还要大。月光照在水塘那边的麦田里，能看到田里新生的麦苗儿分成了行，一行又一行。就着月光，方喜明把那个人写给她的信看到了，她看得有些失望，还有一些想哭。她把信看了一遍又一遍，还是有些失望，有些想哭。信纸只有一张，信的内容只有一句话：我希望能看到一封你的亲笔信。她天天想，日日盼，盼望那个识字多的人能给她来一封信。信终于盼来了，就是这么一封信，就是这么一句话。这能算一封信吗？这是一封什么样的信呢？那个人说是希望，实际上提的是一个要求，要求她给那个人回一封亲笔信。方喜明打了一个寒噤，想到这句话背后的意思是在怀疑她，怀疑她到底识不识字，会不会拿起笔来写一封信。怀疑就不是相信，怀疑的口气总是冷冰冰的，怀疑的文字也是拒人的，能

拒人于千里之外。

家里的晚饭做好了，方喜明的弟弟到屋后喊大姐回家吃饭。

方喜明说：我今天不饿，不想吃了。你们先吃吧，不用等我。

天上星星不少，每一颗星都像是寒星，望一眼都足以让人身上起鸡皮疙瘩。娘又到屋后喊喜明回家吃饭，娘走得静悄悄的，一直走到水塘边的喜明身边，才说：喜明，回家吃饭吧。

我说了不饿，不饿就是不饿！

天冷了，霜该下来了，老站在外边，会冻着的。

冻不死我！

你这闺女今天这是怎么了？张楼的那个人在信里跟你说什么了？

什么都没说！

什么都不说，那他给你写信干什么？

娘，你别问了好不好！

那孩子该不是变心了吧？

变心，这叫什么话！方喜明抗议似的又叫了一声娘：你胡说什么，再胡说我就生气了！

好了，娘啥都不说了，跟娘一块儿回家吧。你要是不回家，娘就在这里陪你站着。

烦人不烦人哪！喜明这才跟娘一块儿回家去了。

要不要给那个人回信呢？信是一定要回的。那个人要求她写亲笔信，等于在对她进行一场考试，不管考试能不能及格，她都不能放弃，都要接受考试。方喜明会纺线，会织布，会绣花子，描云子，但她从没有写过信，也从没有想到过这一辈子还要写信。写信不能当饭吃，也不能当衣穿，干吗要写信呢！信不信的，和她这个识字很少的人有什么关系呢！现在她才知道了，人生在世，不光是干完家里活儿，干地里活儿；不光是吃饭，穿衣，还要做点儿别的。比如说，人在一起，就要说说话，不说话就说不过去。人不在一起呢，就要互相通通信，不通信就不合常理。在没收到那个人的信时，她每天都有些着急，好像整个人都是为等一封信活着，收不到信，活得就不踏实。现在终于把信盼到了，起码证明那个人没有忘记她。有来，就要有回。不回信，就算输理。输理的事她万万不能做。写信对方喜明来说是很难，但纵有千难万难，她千方百计也要克服困难，把信写出来。

方喜明去镇上卖了几斤红薯片子，换回三角零七分钱，她把钱包在一块被叫作驴皮布的粗布手巾里，到邮电所里买了信纸、信封，还有八分钱一张的小小邮票。方喜明记得听人说过，写信不能用铅笔，最好是用钢笔。她弟弟还上小学，用的就是铅笔。要是能用铅笔写信的话，她借用一下弟弟的铅笔就可以了。用铅笔写字的方便之处在于，如果把字写错了，可以用橡皮擦掉重写。也许正是因为铅笔写的字可以擦掉，时间长了字迹也容易淡化，人们才不用铅笔写信。而钢笔太贵了，方喜明不知道要卖多少斤粮食，才能买得起一支钢笔。村里有钢笔的人是有的，孟庆祥孟哥的上衣口袋里就成天别着一支钢笔。方喜明知道，村里有的人家收到了信，大都是请孟哥给念一念，然后再请孟哥给代写一封回信。她不会请孟哥替她写信，只打算借孟哥的钢笔用一用。

在给那个人写回信的时候，方喜明也不想让家里人看见。这天半夜里，她等家里的人都睡着了，才悄悄爬起来，到堂屋的屋当门，点上煤油灯，开始趴在桌边写信。信纸在桌上铺好了，钢笔也拿起来了，她却不知道写什么。她看看笔尖，笔尖也看看她，彼此似乎都有些陌生。她看看灯头，灯头也看看她。她跟灯头倒是很熟悉，可灯头不但一点儿都帮不上她的忙，还摇头晃脑的，像是在笑话她。她觉得有千言要讲，不知讲哪一句更合适。她觉得有万语要说，也不知哪一句可以写在纸上。面对钢笔和纸张，方喜明像是突然明白了一个道理，原来人说话和写在纸上的字是不一样的。说话像落叶，一阵风就把叶子吹走了。写在纸上的字是有根的，一扎就把根扎深了。说话像刮风，风刮过无影无踪。写在纸上的字像石头，石头可以永远保存下来。在纸上写信可真难哪！做一个人可真难哪！

外面是阴天，天黑得像墨一样。后半夜起了北风，风还不小，把院子里的桐树和椿树刮得呼呼响，把树上最后的叶子都吹落了。有一片桐树叶子，大概被风吹落后又被风旋起，啪地贴在门缝上，把方喜明吓得一惊。

天将明时，方喜明总算想起了一句话。那个人给她写了一句话，她给那个人的回信也是一句话。她觉得这句话比较合适，甚至让她有些激动。话一写到纸上，仿佛立即扎下了根，并很快变成了石头。

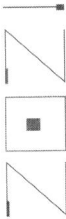

她一字一字写下的回信是：你放心，松树落叶我都不会变心。

原载《上海文学》2021年第6期

点评

女主人公方喜明是个无比单纯、有情有义的农村姑娘，与张东良定亲后，便开始一门心思地念着他、盼着他。农村自古以来的传统观念让方喜明自然而然地认为，定了亲就等于已经是他的人了。内心如此炽热，表现却极为含蓄。在张东良要被派到外地挖煤前的几天，他们有过一次约会。两个十八九岁的年轻男女，表达爱意的方式竟格外的克制——仅是用力地握了一下手。

张东良走后，方喜明开始了漫长的、难熬的等信的日子。她时常跑到孟嫂家，借着拉家常的机会侧面打听张东良的消息，当然主要是为了尽快拿到张东良可能寄来的信。终于，在无数个日夜等待、无数次往孟嫂家奔走之后，信来了。人就是这样。一旦自己期盼了许久的事物终于出现在眼前，自己反而不敢或不舍去拥抱它、去感受它了。方喜明更是如此，她手攥着信，总觉得在哪里看都不合适，她不想让任何人、哪怕是家人，分享这封宝贵的信；她甚至觉得，在这封信面前，家人都只能是外人。她必须独自占有这封信，这样才安心、才踏实。

方喜明打开信发现只有一句话，"我希望能看到一封你的亲笔信"。刚读到这封信时，她很失望，甚至恼羞成怒：她感觉心心念念了那么久的那个人是在质疑自己的文化水平。然而很快她便想明白了那个人的真实心意："说话像刮风，风刮过无影无踪。写在纸上的字像石头，石头可以永远保存下来。"她能想到，那个人其实也像她一样想念对方想到发疯，所以他同样无比希望能触摸到她亲手写下的文字。于是，她十分认真地为回信做了准备，并写下了最发自肺腑的回信内容："你放心，松树落叶我都不会变心。"

这样的真情让人憧憬。小说字里行间流露着作家质朴的心意。作家仿佛在留恋那个年代，但故事仿佛又可以和年代无关。

（侯建魁）

带你们去看灯光秀／

／邓一光

整个疫情期间倪秋鸿都忐忑不安，担心事情会搞砸。倪秋鸿担心的不是病毒，他在福田一所中学教语文，热爱古典诗词，对寿命超过34亿年的病毒了解不多，也阻止不了它们。但他知道他妻子杭思嘉和她闺密文小青，她俩和某些怪力乱神的细菌一样不好对付。倪秋鸿担心她俩这次见面会闹出不愉快——这种事不止一次发生过——而这次的见面却无法避免。

当人们被疫情弄得焦头烂额的时候，文小青和杭思嘉却像身处另外一个平行世界，在视频中持续讨论一件事情，在深圳买房。文小青和许森的女儿大宝在新加坡读书，疫情期间，一家三口不断纠结大宝回国避难还是留在星岛抗疫。夫妇俩想离孩子近一点，近到只要孩子动了闯关的念头，登上万元票价的新加坡航空或者捷星航空，一过口岸，他们第一时间就能见到她，陪她14+7天，陪她哭闹，"黑死病"和"上帝之手"都不能阻止这件事情。如此，文小青决定卖掉洛阳的房子，在深圳买房，建立一座接应女儿的桥头堡。作为文小青最好的闺密，在深圳生活了二十年的杭思嘉理所当然成了文小青的置业顾问。

和疫苗的研发几乎同步，在闺密俩经历了长达十个月的方案讨论后，冬季的一天，文小青夫妇终于随着新上市的疫苗一起出现在宝安机场。

"没想到深圳这么热，洛阳冻得连门都不敢出，你们也太享福了吧。"一出航空港，文小青就和杭思嘉热烈地拥抱在一起，"就想早点见到你，我逼许胖提前三天订的票，不信你问许胖，对吧，许胖？"

"一点没错。"许森拘谨地笑了一下，两只大镜片滑落到鼻梁中间。

和几年前比，许森发际线周围的头发更加稀少了，人显得有些臃肿。

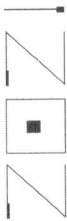

他推着行李车，冲倪秋鸿羞涩地点点头，没有过来和他握手。防疫措施提醒不要握手，他们夫妇俩也按防疫要求提前做了核酸检测，但真正的原因倪秋鸿心里清楚。许森当年研究生论文没过关，是同门师兄倪秋鸿替他重新梳理了选题，写了开题报告，帮助他补充材料、定稿和准备答辩，为此事许森在师兄面前一直抬不起头——倪秋鸿个头一百八十三厘米，高出许森九厘米，两人握手显得太抢眼。

"别告诉我你们在飞机上吃了垃圾餐，"杭思嘉说，"我让秋鸿在唐宫订了座，粤式茶点就得传统西关味道，我们才不会选择点都德那种概念店呢，对吧，秋鸿？"

"绝对如此。"倪秋鸿微笑着说，"思嘉一直坚持标准。"

倪秋鸿的真实想法是，闺密俩也拥抱得差不多了。一对青春已逝，风韵不再，穿着打扮又过于刻意的中年妇女，在往来如鲫的旅客通道上黏作一团，场面并不怎么雅观，过于热烈的肢体缠绵相反会让人联想到岁月不堪制造出的焦虑。

但还能怎么样？杭思嘉和文小青是最好的朋友，她俩同是洛阳东方红锅炉厂子女，出生时正赶上风沙猖獗的年头，可是，这没拦住俩人都长出一个清水净瓶似的酒窝。对，不是一对，是俩人脸上各有一个。倪秋鸿一直想弄清楚，这和她俩最终成为不离不弃的闺密有没有什么隐秘关系？

杭思嘉和文小青打小就优秀，谁也不让谁，又离不开，整天黏在一起，从子弟学校当正副班长到结婚生子，一直是公开的闺中密友和暗中的竞争对手。问题是，两人偏偏嫁给了同出师门的倪秋鸿和许森。那会儿倪秋鸿和许森在北师大读研究生，学一门说出来有点奇怪的专业——彩票。文小青最早看上的是倪秋鸿，可倪秋鸿爱杭思嘉，文小青一气之下改向许森发起进攻。倪秋鸿和许森深知，在电脑程序筛选出的号码中，选择最不受人关注的号码，最有可能赢得大奖机会，可他俩却犯了男人都会犯的经典错误，被相当惹人注目的杭思嘉和文小青勾得五迷三道，双双被拿下。"洛阳女儿对门居，才可颜容十五余"，这就是两个家庭世俗故事的开始。

倪秋鸿把别克GL8开出交费处，驶上回城的高速路。

户外阳光明媚，让人心情舒畅。文小青对南方冬天拥有的幸福资源已经表达过胡塞尔现象学批判了，倪秋鸿希望她忽略阳光的刺激，以便减少不确定的心理活动，不然她会以一个竞技者而非置业者身份投入对杭思嘉的持续攻击。倪秋鸿从后视镜里观察了一下。文小青像一只优秀的瘦肉型番鸭，和像体型小而脂肪发达的清远鸡的许森，俩人奇妙地依偎在后座上，不知何时，文小青已快速地为自己补过妆，此时眉眼开朗，脸色正常，这让倪秋鸿松了口气。

"小青，毛衣脱了，别不好意思。"杭思嘉抿着嘴，让视线离开后视镜。

"还好，没觉得太热，就是座位有点硌。"文小青不安地挪动着身子。

倪秋鸿觉得问题不在这里。上车前，他监督每个人用酒精仔细洗过手、用消毒湿巾擦洗了脸和脖子、换上新口罩、套上一次性鞋套，脱下来的棉衣用塑胶袋封好，放进了后备箱，作为家庭接待办主任，他确定自己没有留下任何后患。他知道问题在哪儿，一见面，闺密俩就斗上了。

"这是我们第二辆车了，你知道，基于环保，我们不打算再换，至少暂时不换。"杭思嘉心知肚明，说这话时她没有看倪秋鸿。

"当然，谁也不会对一个惨遭蹂躏的地球有好感。"文小青口气笃定，这缘于闺密俩在长达十个月的深入讨论中，对有关政府、大湾区、贸易战、口岸开放和楼市曲线等一系列政策的钻研，让她融入了角色，"但我觉得还是BBA7系坐得更舒服，你说对吧，许胖？"

"那还用说。"许森一副做定臣子的口气，不过，他还是忍不住补充了一句，"主要是零加速5.39秒，这才是驾控精髓的体现。"

"谁说不是。"杭思嘉抿嘴笑了笑，不予追究。

倪秋鸿暗自笑了。文小青和许森的情况他俩知道，没有权贵之家底子，薪水加一块儿抵不上杭思嘉的年奖，拿什么加速？倪秋鸿和杭思嘉不同，他俩一个教育，一个医疗，占据了深圳两个重要领域，是这座城市的主流人群。两千万分之二，不显眼，可你忽略掉试试？

"路上差不多五十分钟，趁这会儿工夫，给你们汇报一下最近看的两个楼盘。"杭思嘉说，她不希望把时间花费在毫无价值的虚荣事情上，这与深圳精神不匹配。

"不行。"文小青身子往前倾，拦住杭思嘉。看得出她的确有点急躁，也许和杭思嘉脖颈上那颗大溪地黑蝶贝珍珠有关，那是倪秋鸿在杭思

嘉四十五岁生日时用课题奖金送给她的礼物。

"我俩一直说房子的事，也没问问你们过得怎么样，也太自私了，现在说你们的事。"文小青动情地说，"怎么样，深圳一日千里，你们在奔腾年代吧？"

"何止奔腾，简直是光速，你说呢，秋鸿？"杭思嘉看倪秋鸿，算是侧面回应了之前关于BBA7系零加速5.39秒的问题。

"还用说，情况明摆着。"倪秋鸿不想渲染，他得控制住杭思嘉的节奏。

"累得根本没时间吐血。"杭思嘉有些伤感，这倒不是装，她付出了太多，殚精竭虑，"你没见我黑眼圈？还有秋鸿，好像我俩从熊猫那里偷了DNA。"

"声音合适吧？"倪秋鸿问后座，他指车载音响。他希望杭思嘉的煽情不要过度，对在"春风不识兴亡意，草色年年满故城"的洛阳生活惯了的文小青，事业轨道上的高节奏也是一种刺激。

"好在深圳没有天花板。"杭思嘉完全不接受倪秋鸿的暗示，"听说过天花板这个词吗？据说内地挺忌讳这个词。"

"可不是，和一辈子拿着重叠码一样忌讳。"许森咕哝了一句，很快看了一眼自己的妻子。

"看我干吗，我和思嘉的关系什么话不能说？"文小青瞥了许森一眼，回头亲热地把身子欠向杭思嘉，也不在意瘦弱的肩胛被安全带勒出一道深印，"世界真的看不懂了，都讲新起点，亲，告诉我，新起点在哪儿？"

"你病退不是办下来了吗，怎么，打算复出？"杭思嘉说。

"我对体制生活可没有真爱，反正不可能有更好的结果，认命了。"文小青快嘴快舌，"问题是许胖，遇到又蠢又贪的上司，根本没办法干下去，就是你说的，一头撞在天花板上。"

"老许又打算跳槽？"杭思嘉感兴趣了，"不会吧？"

和倪秋鸿来深后主动换专业不同，许森当年分回老家的体彩中心，因为陷入一场臭名昭著的假球团伙案被除名，以后二十年里换了六份工作，这是倪秋鸿和杭思嘉已知的数字。

"真有槽跳就好了，至少单位管五险一金。这回他彻底荣休了，回家和我大眼瞪小眼，我俩整天吵架。"文小青像是被世界得罪惨了，"有件事困扰了我半辈子，就不明白，哎，思嘉你说，为啥男人什么事都干不好？"

这消息可不怎么样，放在谁身上都不好受。倪秋鸿有点替后座俩难过，同时多少替自己的学弟抱不平。要说许森是个能干的男人，他也说不出口，可谁都知道文小青在冤枉许森，叫他操把饭勺去捅哥斯拉他敢，叫他和文小青吵架，他宁肯抹自己脖子。

倪秋鸿朝后视镜里看了一眼。许森在后视镜里忸怩地笑了笑，脸扭到一边，做出对路边大团凤凰花丛下"来了就是深圳人"的大幅标语感兴趣的样子。

"我们没有天花板。"杭思嘉没忍住，兴冲冲说，"秋鸿今年晋升高级教师了，担任语言教研室副主任，主任是主管副校长，实际上秋鸿管事儿。"

"是吗？"后座的人惊讶。

"知道他同事怎么评价这事？一个崭新时代，他们正在征服僵硬的罗湖区教育界。"

"是深圳、老婆，还有世界。"倪秋鸿没憋住这个委屈，"等疫情结束，欧洲喘过气来，我们的交流学生就奔赴德国和英国了。"

"看，我就是容易忽略身边的人。"杭思嘉伸出左手温柔地碰了碰倪秋鸿的右膝盖。

产科大夫的手柔软如荑，倪秋鸿立刻安静下来。她知道他多不容易，为了这一切，在遇到职业瓶颈时他没有犹豫，咬牙转行教育，因此失去了多少乐趣，除了等待手下青年教师上传教案改革报告时打打"第五人格"，他没有任何个人娱乐，连罗伯特·安森·海因莱因的小说都戒掉了。当然，现在这一切都结束了。

"语焉不想留在澳洲，说好学业一结束就回国。"杭思嘉有些失望，她希望宝贝女儿留在那个大海洋中的岛国，和袋鼠一起快乐地生活，"至于我，没什么新鲜事。"

"还当着副主任医师？"文小青愤愤不平，像是准备出手为闺密讨个说法。

"那是一年前。已经转正了。"杭思嘉不动声色。

"喂，这么大的事为什么瞒着？这不是我俩最大的理想吗？"文小青

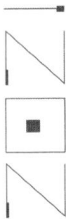

的声音又尖又细，显得有些夸张，"许胖，明天咱们请思嘉吃饭，为我心中最伟大的大夫办个漂漂亮亮的庆功宴，秋鸿作陪。"

倪秋鸿能理解这种安排。当年杭思嘉和文小青从医学院毕业，说好和倪秋鸿许森一块儿闯深圳，许森最后时刻放弃，她不得不跟许森回到洛阳，在锅炉厂当了一名计生员。三年前厂子被互联网企业收购改做仓储，医疗外包，文小青买断下岗，梦想从此休矣。杭思嘉不同，工作两年后考了985硕博连读，在博士如云的三甲医院杀出一条血路，无论学历还是事业，闺密俩已经拉开了长长的距离。

"别那么激动。"杭思嘉明显是心非，"你知道，我就像天下初产妇的亲妈，每个人都恨不能让我把他们了不起的儿女迎接到这个世界上来，忙得有时候我都神情恍惚，觉得这个城市一半小公民是我接生的。"

"太了不起了！亲，我为你骄傲！"文小青说。

不知为什么，倪秋鸿感到隐约不安，他觉得事情有点一边倒，这可不像平时势均力敌的她俩，难道疫情真的改变了世界的平衡？

好在，这对闺密相当自然地完成了过渡，很快进入正题，关于文小青夫妻俩来深圳的目的——买房。

就倪秋鸿所知道的情况，这对闺密在席卷全球的瘟疫中整整讨论了大半年，几乎不可能有什么细节会被忽略。她们的决定相当明确，去他的2019-nCoV毒株、D614G突变、Cluster5变体和501Y.V2变体，去他的中原、链家、贝壳和Q房，她们有足够的能力为自己——为文小青——杭思嘉最好的朋友找到一处逃避世界末日的世外桃源。

"先说个题外话，"杭思嘉胸有成竹，"我觉得宜家风格不适合你们。南方潮气大，传统红木也太浪费。"

"你总那么聪明，一说就说到我心坎上。"文小青在后排发出愉快的笑声，可以肯定，此刻她非常愿意脱下显得多余的毛衣。

"我想好了，你们应该添置一套柚木家具。我是说，一整套。"

"那还用说，必须全套，不然许胖会说我不如别人想得周到。"

"但也不一定，也可以考虑皮质家具。"

"你不会说Part牌子吧？"

"就是它。上周我专门去专营店看过。"

"勤打油，处理好防霉，别让皮质变硬——"

"问题是，你不会还像过去那样懒得抽风吧？"

"真是恨死我自己了，比之前更糟糕。"那一位在后座上快乐地摇晃着，"你呢？"

"什么？"

"你家那面墙，我一直没好意思问，咱俩视频时，你身后黄乎乎一片，用的什么墙纸？"

"欧雅。"杭思嘉底气有些不足，"浅米色。你是不是觉得土气？"

"不，只是和你鲜明的风格有点撞。"文小青推心置腹，"不过，那种背景，恰恰让你拥有一种独特的冲击力。"

"你确定？"

倪秋鸿悄悄看了副驾座上的妻子一眼。杭思嘉就像手术时拿错了二分之一弧度的弯圆针，一脸懊恼。她本该直接从手术盘里拿起那根三角针。倪秋鸿心里一块石头落了地。这就对了，现在她俩打了个平手。

倪秋鸿知道妻子藏在内心深处的尊严。杭思嘉从来没和文小青提起过他们的房子。事实上，他们仍然住在来深三年后分期付款买下的一居室里，那是他们当年能够做到的最好结果。他们需要证明能靠自己的努力拥有一切，证明他们当年的选择是对的。二十年过去了，周边城中村陆续改造，因为政策原因，他们一个个成功地摆脱掉他们的那套土拨鼠穴居。每天下班回家，走进他们那个寒碜的老旧小区，他们就像误入了布罗卜丁奈格国里的格列佛。然后时间到了六年前，他们不得不在行业整顿中退掉南山的三居室预订，拿回首付款，帮助杭思嘉悉数退出一大摞数目惊人的手术红包。如果不这样——如果杭思嘉不那么在意团队脸面、刑事诉讼和职业虚荣，她完全可以用太阳系的任意颜色打扮他们新家的每一堵墙面。

"不提这个，说你的事。"杭思嘉打起精神，"房子我替你选好了，重点推荐两个楼盘。"

就像迎接一台十月分娩的出色手术，杭思嘉把一切都准备得十分妥帖，她为闺密——当然也包括闺密的丈夫——推荐福田的益田村。那是一座多数人主义建筑群，拥有108栋住家楼宇和7405户人家，听上去就像《佩

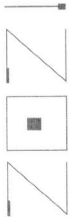

这个谁都清楚。美中不足的是，二房户型一开盘就抢光了，剩下少量三房，下手慢了，连这个也剩不下，谁让如今的楼盘具有无穷嵌套能力，而嚷嚷了半天的科技股至今没有战胜楼市。

"不是没有缺点，"杭思嘉口气就像在替闺密考虑是否有必要选择VIP分娩套餐，"我担心你们不需要这么大空间，毕竟还贷有一定压力。"

后座上两位沉默了。

倪秋鸿同情地向后视镜投去一瞥，看到文小青脸上挂着一种奇怪的僵滞的微笑。他能理解，相当理解。谈到楼盘，他也常常作如此状。不过，优秀的大夫永远会有第二套备案，这一点倪秋鸿非常清楚。他在心里默默对后座两位说，别急啊，别急。

杭思嘉接着介绍另一个楼盘，宝安的桃源居。相当成熟的优质小区，拥有地铁五号线和六个公交车站，教育配套从幼儿园到大学，如果你恰好是卡控，入住的第一天就能在方圆一公里内找到所有叫得出名字的银行。优势是，桃源居有现成的两居室，非常适合爱女心切的中年夫妇做翘盼据点。

"你觉得呢？"文小青干巴巴问许森。

"你说了算。"许森讨好地回复，"我们一直这样。"

"谁知道大宝以后选择在哪儿生活，我俩以后肯定得跟孩子走。"文小青回应杭思嘉，听得出她心灰意懒，深深陷入了某种难以溢表的困窘。

"一居室呢？"杭思嘉有些犹豫，"我光考虑性价比了，你们这种情况，一居室也不是不可以。我再问问有没有二手的一居室，也许有人嫌一日千里太慢，打算去一日万里的地方发展，愿意出让他们的房子。"

后座上的两个人不置一词。后视镜里，文小青神色让人看不懂，而许森则一脸尴尬，挪动了好几次大镜片。

杭思嘉和倪秋鸿对视一眼。他俩有点愧疚。他们应该知道那两位的底子。那年杭思嘉和倪秋鸿回洛阳过年，许森在位于西关街他祖上的老宅子里设宴，请他们吃"鲤鱼跳龙门"，许森大动干戈，亲自上手做菜。杭思嘉和倪秋鸿走进四面漏风的许宅，先被斑驳木门发出的巨大声响吓了一跳，等小心翼翼踩着几乎朽掉的楼梯上楼时，杭思嘉崴断一只鞋跟，鞋跟直接掉到楼下发廊一位顾客脸上。那天菜的味道倪秋鸿还记得，鲤鱼余老了，汤汁过咸，萝卜雕的龙头没炸透，蔫巴巴搭在盆沿上，龙须浸泡在脏乎乎的汤汁里，要让写下"点额不成龙，归来伴凡鱼"的李白看到，还不活活气死？就算那套梁柱歪歪扭扭、墙上糊满《人民日报》、满屋挂着裸露的电线的老房子已经卖掉，加上分房时代单位分配的统子楼单间房出售金，也不够这里的两居室首付，你需要借助艾萨克·阿西莫夫的科幻脑子才能想象出，他们要怎么剥皮剔骨才能凑足剩余部分。只怪杭思嘉心诚，太想让闺密住得离口岸近一点，这样他们就能在第一时间拥抱因为烦琐的隔离政策耗到筋疲力尽的可怜女儿，这才让事情出现了失衡。

倪秋鸿能够想象妻子遇到了什么情况。她现在非常孤独，在阳光绮丽的深圳，在返回市里的高速公路上，她正眼睁睁失去生命中最重要的朋友的信任。

"好吧，这样，我们不考虑益田村和桃源居，这样办……"杭思嘉摆脱掉可怕的内心谴责，一副果断选择难产剖宫术的口气。

"我先说。"文小青拦住杭思嘉，有点吞吞吐吐，"我要说了你别怪我。"

"怎么会？"杭思嘉在所有分娩意外中都充当着那个坚定的救命恩人角色，唯独不喜欢为早产孕妇手术，如果可能，她宁愿放弃博士学位也会坚持离开手术台，"还是两居，总不能大宝回来和你们挤一间房，以后孩子处对象了怎么办？我想好了，换成光明或者平湖，那里房价低四成。"

"是这样，"文小青干巴巴地说，"房子我们已经买下了。"

"你说什么？"

杭思嘉吃了一惊。倪秋鸿也一样。杭思嘉扭过头去，想看清谁在说那句话。倪秋鸿没有，他正变线上超车道。

"就是说，我们已经下单了。"

"开什么玩笑？"

"没骗你。合同网签的，订金付了，这次来是看实景，许胖你说对吧？"

"当然。"许森很高兴有机会说话，他吐出一口长气，目光从窗外收回来，"那还用说。"

"你不会告诉我，你们在东莞和惠州下的单吧？"杭思嘉有点着急，

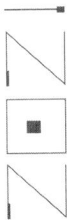

"我知道你们不用上班，有的是时间，可从那儿到口岸少说得一个半小时。"

杭思嘉不光着急，还有些不高兴，为这件事情她付出了多少心血。她连续二十年没有睡过一个囫囵觉，却披头散发去看过三十个楼盘——倪秋鸿喜欢过干瘾，到处看新发盘的楼盘，然后在朋友圈里或点赞或吐槽，而她因为退红包的事，眼睁睁失去南山的新家，心里落下强烈阴影，从来不陪倪秋鸿去看过任何楼盘。

"那倒不用。"文小青有一种不安的负罪感，"我是说时间。我问过，到深圳湾口岸和皇岗口岸的距离都不超过半小时，问得非常仔细才下的单。"

"你们在哪儿买的房？"

"波托菲诺纯水岸。"

"华侨城？"

"177平，三房两厅两卫带个大露台。"

倪秋鸿刹了一脚车。一辆出租车没打转向灯变道，差点儿蹭上。他不确定自己听到了什么。那是市中心的超级楼盘，位于深南大道和北环大道之中，南接欢乐谷，东畔天鹅湖，均价12万，根本不是人住的地方。

"160度海天视野，天际音乐厅和室内网球场，虽说是二手，但也值。"文小青摆脱掉羞耻感，开始兴奋起来。倪秋鸿感到后座有什么在膨胀，那是三人座，能装下两千公斤发好的面团。

"说实话，我喜欢260平五居户型，精装修新房，可许胖说咱们一时半会儿拿不出那么多钱，先凑合着住，有条件了再换，对吧许胖？"文小青说。

"还用说，你决定。"许森咳嗽一声说。

"出了什么事？你们中彩票了？"杭思嘉相当困惑。

"差不多吧。"后座传来文小青底气十足的笑声。

倪秋鸿把车载音乐关小，让深情的《春天的故事》消失掉。那是他为后座两位特地选择的荣耀曲目，自他们上车后一直在循环播放。接下来的几分钟，他和杭思嘉听到一个只有在跨年演讲中才会露面的财富故事：

老城区拆迁，许森祖上传下来的那套摇摇欲坠的西关街老房子在红线内，他们获得了一笔拆迁款，由此促成了文小青要到深圳买房的决定。这期间，许森办理了离职手续，那天他喝醉了，被文小青赶出家门，在外面游荡了三十多个小时。这三十多个小时，有两个小时他用来办理拆迁款领取手续，二十分钟用来做一件看上去他这辈子根本不可能再涉足的事情——彩票。一辈子唯妻子马首是瞻的许森这次犯了浑，借着宿醉负气用拆迁款的0.35下注大乐透加奖期彩票，谁知两天后开奖，竟然糊里糊涂中了一千多万。这件事情把许森吓坏了，也把文小青吓坏了，有好几天时间他们连门都不敢出，文小青不断地审许森，问他是否旧疾复发，又惹上了案子，求他告诉她，他发誓不会让她和大宝成为孤儿寡母。许森当然没有惹上案子，一切合法合规，如果非要他说点什么道理，只能说他两年硕士没白读，灵光乍现了。他们还有什么办法？除了第一时间拥抱女儿，他们没有任何别的想法，于是他们决定拿出奖金的一小部分，让许森在大获异彩的彩票领域乘胜追击，其余部分坚定地用在初衷上。

现在，车上的另外两位知道了波托菲诺纯水岸的故事。它具备"黑天鹅事件"的前两个要素：意外和影响重大。却不具备第三个要素：找不出它发生的理由，让人无法解释和预测。也许因为这个原因，在文小青讲述那个不可思议的故事时，倪秋鸿有两次想回过头去，盯住许森的眼睛，一字一句地问他，是什么促使他胆敢重操旧业，回到一塌糊涂并且毫无前景的彩票专业上去？哦不，他应该问许森，他是不是利用自己为他操刀的大数定律硕士论文重新穿越回上辈子，再次出生在洛阳城一个底层手艺人家里？这家人的祖先在1912年到1949年期间卖过浆面条、炸过小油馍、卤过酱牛肉，甚至短暂卖过鸦片膏，最终在西关街盘下两堵山墙，开了一家名叫"万佛祥云"剃头铺子。又经历过70年，作为许氏家族的单传独子，他继承下它，因而完成了奇迹的第一个环节？

杭思嘉摇了摇头，像是要把一大早在美发厅花大价钱打理的小卷发弄糟糕，然后她缄默了。倪秋鸿猜杭思嘉绝对不会把闺密带到家里去了。她下了多大的决心才决定在家里请闺密夫妇吃一顿自己亲手做的饭。可怜她整整收拾了两个周末，特意把简易电脑桌收掉，腾出狭窄的客厅空间，从网上订购了正规餐桌和成套餐具，换了窗帘，收起鞋套，新添了皮拖鞋。这样她还觉得不够，逼着倪秋鸿把墙上的全家福照片取下来，换上他从学生家长那儿讨来的九成是仿品的名人字画。

"对了，"后座上的人意识到车里的气氛，事情是明摆着，但人心如

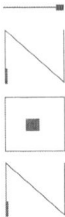

此，谁遇到这种沧海桑田的巨变，都很难忍住合理的实证愿望，"下午你们要是有时间，能不能陪我们去纯水岸看看？我们想早点看到房子，谁知道会怎么样，现在谁还不吹点牛。"

前座两位，谁都没有回复后座的话。

要发生的事情终于发生了，整件事情就像病毒一样突然出现变异，情况远远超出了倪秋鸿的预料，可他却没来由地松了口气。是的，闺密俩被分割在两个世界里，没有什么可竞争的了。好吧，好吧，事情就是这样，它也该结束了。至于杭思嘉，她不是头一次被生活伤害，她平均每天要为二十位生殖系统疾病患者看病、为另外二十位患者做影像学或介入方法或穿刺术诊断、接生四个婴儿，其中一个是剖腹产，二十年，算一算那是多少次伤害？可他能说什么？他们的四个老人出生在20世纪40年代，都老了，至少两个眼下就得接到身边来照料；他们的孩子也长大了，眼见要回国发展，需要自己的空间；土拨鼠洞穴似的一居室装不下五个人，这是现实。他概论学考的是优，模型学考的是优，接下来，消费者行为学、社会心理学、营销管理学、定价与促销管理学、品牌管理学和渠道管理学一律优+。遗憾的是，彩票专业不教授运气，也不考时代变现，深圳人对彩票不感兴趣，他们感兴趣的是高新科技和风投，于是他只能转行做教师。他们没有赶上1998年的楼市黄金期，错过了2003年和2008年的买房潮；那以后是2015年，列车提速，呼啸而去，没有任何一个站台属于他们，他们再也没有赶上这个一日千里的时代。

问题在于，不是文小青向她最好的闺密隐瞒了在市中心买下豪宅这件事，杭思嘉也一样，她也没有告诉最好的闺密，自己已经决定离开深圳。

是的，杭思嘉和倪秋鸿讨论了两年，在漫长的两年时间里，这几乎成了他们事业之外唯一的家庭议事内容。他们讨论了"洛阳亲友如相问，一片冰心在玉壶"，讨论了"若问古今兴废事，请君只看洛阳城"，他们精疲力竭了，最终决定"白日放歌须纵酒，青春作伴好还乡"。回到洛阳去，找一份适合的工作，带老人逛逛国花园，去关林庙抽个签，下班后顺便去菜场买条活伊鲂，为老人做一道既营养丰富又易于消化的清蒸鲂鱼，岁月如年，送他们一个个归山。罗湖的一居室留给语焉，他们打拼了半辈子，她还要在这座城市里继续打拼，不能让她从零开始——如果她不嫁给某个科企二代或者公务二代，根本不可能在这座城市里安放下自己的床。

谁规定了一个人活一辈子，一定要为一座有着两千三百万人的城市那些没法憋住的产妇接生，再把那些急匆匆长大的孩子培养成适合送到国外去深造的好学生？

没错，这件事情，杭思嘉也瞒住了文小青。

但倪秋鸿不能让车里的空气就这么沉寂着，他得说话，谁让他是家庭接待办主任。

"晚上我带你们去看看灯光秀吧。"倪秋鸿开口说，他没有提下午看房的事，那是他们的物业，他们想去随时都可以，他会送他们去他们愿意去的任何地方，"我带你们去市民中心，那是最佳观看地点。"

倪秋鸿是回过头去，一脸真诚对后座两个人说的。那会儿，车正在等待过福田收费站，停下来没动，他能确保车上所有人的安全。

倪秋鸿说灯光秀的话是认真的。那是世界上最了不起的灯光秀，用了150多万套灯源、功率最大的民用激光、阵容最大的无人机队、最强大的设计师团队，它表现了这座城市无与伦比的创造力和永不停歇的脚步。他带杭思嘉去看过一次。杭思嘉不想去，她睡眠不够，想睡觉。倪秋鸿平时一直依妻子，那次没有依。他们被灯光秀表达出的和谐之境和创新之意感动得热泪盈眶，完全说不出话来。他们一直深深地热爱着这座接纳和消化掉自己青春的山海之城，舍不得离开它，他们会永远怀念它。

当然，这些话倪秋鸿没对文小青夫妻说，是在心里对自己说的。

那以后，他们没有再说话。

车中四个人，谁都没有再开口。

别克GL8驶进北环大道的车流中。倪秋鸿扭头看了一眼身边的杭思嘉。她一直平静地坐在他身边，好像魂已经从车里失踪了。她脸上有不少细细的皱纹，因为刚才那一下脑袋晃得太厉害，精心打理过的短卷发中露出两截白发。倪秋鸿心里涌出对妻子深深的怜惜。在一座一日千里的城市行驶，每个心里有数的公民都不会因为自己减速而挡住了后面想要提速车辆的道路，不然他会把车拐到路边停下，解开安全带，欠身过去，拥抱住他心力交瘁的妻子，告诉她，没关系，没关系，我们还不老，我们可以从头再来。

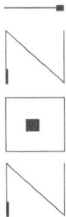

故事发生在一辆别克车里。车里坐着主人杭思嘉和倪秋鸿、乘客文小青和许森。杭思嘉和文小青是铁杆闺密，倪秋鸿和许森则师出同门。这样颇有渊源的关系仿佛注定了两对夫妻之间一直以来的明争暗斗、全面攀比。

一行人边开车边闲聊。话题的前多半段里，杭思嘉逐渐取得了对文小青的全面"胜利"——论学历，杭思嘉是医学博士，文小青是再普通不过的大学生；论事业，杭思嘉是主任医师，文小青则是下岗职工；论生活城市，杭思嘉已扎根深圳，文小青则仍"困守"老家。车里的气氛一度因为杭思嘉的压倒性优势而显得尴尬和凝重。许森是倪秋鸿的师弟，当年许森能顺利毕业还多亏倪秋鸿的鼎力相助，于是一直以来许森在倪秋鸿面前都矮三分，因此指望许森在倪秋鸿夫妇面前为文小青挣回些面子是完全没可能的。

许森夫妇此次来深圳的主要目的就是买房，作为好闺密，杭思嘉帮文小青参谋了整整十个月；但她深知闺密夫妇的经济实力，于是推荐的房源一套不如一套。车里四人再度陷入沉默。就在此刻，文小青突然爆出猛料：他们夫妇已经在深圳寸土寸金的位置购置了一套177平的房子。这让杭思嘉和倪秋鸿猝不及防，经过再三确认得知，是许森中了彩票。

自此，杭思嘉和倪秋鸿彻底泄了气，先前"伟岸"的身影瞬间矮了下去；预订好的大餐也全然没有心情带文小青和许森去享用了。搜肠刮肚地思索一番，倪秋鸿只好说到"带你们去看灯光秀"，因为除此之外，他们夫妇再也没有能拿得出手的迎宾礼了。杭思嘉的落寞不仅是因为自己先前全方位优势瞬间化为泡影，甚至有些可笑，而且因为自己帮好闺密苦苦参谋了这么久却没料到闺密竟瞒着自己早已买好了一套豪宅，而最令她感到落差的是，她和丈夫其实已然落魄到不得不离开深圳返回老家的地步了。但素来远不如她的好闺密却恰在此刻后来居上、一鸣惊人，可想而知，杭思嘉和倪秋鸿的内心会是一番怎样汹涌的五味杂陈。

"舞台"不大、剧情却急转直下——小说用一个经典的"急转弯"将人性的复杂与诡秘精准地呈现在了读者面前。

（侯建魁）

失踪的夹竹桃

裘山山

春天开学的时候，我和蓝蓝的革命友谊被她的身高插了一杠子：一个假期下来，她竟然长高好多，像根竹竿一样杵在我面前，于是被老师调到教室最后一排去了。我又遗憾又羡慕地问她，你吃什么了？长那么快？她羞赧地说，我也不知道，我也不想长那么高。

我相信她说的是心里话，长那么高，就要去最后一排挨着张建坐了。张建是我们班女生个子里的No.1，脾气也No.1。拉练的时候，和我们干过一架。可是没办法，那么高一个人，老师不可能视而不见。

我的同桌换成了陈淑芬。陈淑芬倒是很开心，她一直想和我坐。陈淑芬整个人比我还小一圈儿，瘦瘦的。她有个毛病，口吃。因为口吃就不爱说话。不过她爱笑，笑起来挺可爱。

陈淑芬还有个特别的地方，有一根巨长的辫子，那是我长到十四岁见过的最长的辫子，从脑后一直拖到屁股上。上课的时候，为了防止坐在她后面的男生拽她辫子，她总是把辫子放到胸前，甚至揣在衣服口袋里。但是上体育课或者做操时，还是经常会被讨厌的男生拽，有一次竟把她拽倒在地上。我问她，干吗非要留那么长？剪短点儿嘛。她摇摇头。我自作聪明地说，你这个头发可以卖钱哦，起码可以卖两块钱。我的头发就卖过五毛钱。她还是摇头。

我猜想，可能长辫子是她身上最宝贵的东西了，至少是我们学校的No.1。一个人身上有个可以称第一的东西不容易，我就没有。我个子不高，眼睛不大，头发呢，每次刚长到肩膀妈妈就咔嚓一下给我剪了。她说早上时间紧，哪有时间编辫子。我也无所谓，我小时候在幼儿园就被当成

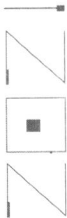

男孩子，被剃过两次头。

虽然我不像喜欢蓝蓝那样喜欢陈淑芬，但我也愿意和她在一起。她脾气好，我说什么都认真听。虽然话很少，偶尔也会讲一些稀奇的事，比如，她老汉儿（爸爸）会动耳朵，比如，他们院子里有个小猫失踪了，隔了一段时间回来，带回一只小猫。老猫是黄色的，小猫一半黄一半白。我很好奇，提出想去她家看看，她马上拒绝了：不行，它们怕、怕生人。

我也就作罢了。我那时对小动物无感，没养过，我喜欢的是花花草草。所有的花草都对我有天然的吸引力。小时候虽然住在大学校区，围墙外是农田。我时常翻出围墙钻进田野里，一玩儿就是几小时。搬到小城后，我马上发现我们家楼后有一片杂草丛生的坡地，光顾了几次后，悄悄跑去开垦了一片巴掌大的田，撒了几颗玉米。还真的长出来了，可是玉米苗长到筷子那么高的时候就不长了，病歪歪的。这个时候我读到一篇文章，里面有句话，大意是北大荒的土地无比肥沃，捏一把就能出油。于是我想我那块地一定是缺油。有一天洗碗的时候，我就把洗锅水悄悄留下来，天黑后端去倒在玉米下面。遗憾的是，玉米很快死了。

现在想来哪里是什么缺油，是缺阳光。那块地背阴，被楼房和围墙夹着，完全没有日照。但我依然热爱植物，可能是受妈妈的影响吧。妈妈总喜欢把发了芽的萝卜秧子或者白菜心，用个小碗养起来，一直养到开花。

陈淑芬知道我喜欢花花草草，她说她也喜欢，她说她妈妈在家门口一个破痰盂里种了辣椒，已经开花了，马上就结辣椒。我羡慕死了，她答应明年春天给我两棵辣椒苗。过了两天她又告诉我，她妈妈种的苞谷（玉米）背娃娃了。我不懂背娃娃是什么意思，她说就是结苞谷了。我想起我那几颗病歪歪的玉米，一时间无限崇拜，口水都从眼睛里溢出来了。她马上说，等苞谷长、长好了，我就给你带一棒，嫩苞谷之、之好吃。

我连连点头，感觉生活一下有了盼头。

陈淑芬对我这么好，我也想表达一下，就给了她两个核桃。

核桃是妈妈给我当零嘴的，父亲单位上分的，每家两斤。可核桃壳死硬，我拿到后怎么都吃不进嘴里。我看邻居杨老大用他家门缝夹，一夹就开了。我也想学，但妈妈不准，妈妈说会把门的弹簧弄坏。我就用脚踩，脚心都硌疼了也没踩裂，我是一双布底鞋。后来上学路上，我找了个鹅卵石在马路牙子上使劲儿砸，虽然砸开了，但好多肉深藏在壳里，搞得很脏了也弄不出来。

所以我把核桃给她，有点儿处理的意思。幸好陈淑芬很高兴，比我听到有玉米吃还高兴，她摩挲了一下，迅速藏进书包里。

第二天陈淑芬问我，你家还有核桃吗？我说干吗？她说我老汉儿病了，吃、吃中药，就、就差核桃。她似乎不好意思，结巴更厉害了。我连忙问她需要多少个？她伸出两根手指。于是我连续三天，每天上学前都悄悄到橱柜里去拿两个核桃，藏在书包里带给她。

到第五天，终于被妈妈发现了。妈妈很生气，她说你想吃就告诉我，干吗偷偷摸摸的？我觉得自己是在做好人好事，被妈妈骂很委屈，就大声说，我不是偷吃，我是为了帮助同学！同学的爸爸生病了，要配中药！妈妈听了哭笑不得：我还是第一次听说中药里有核桃的，是你那个同学自己嘴馋了吧？我一愣，是啊，我怎么就没想到呢。陈淑芬那么瘦，肯定嘴馋，说不定她以前没吃过核桃。

但我没好意思去追究她，我只是跟她说，我们家没核桃了。陈淑芬连忙说，没事的，我老汉儿不、不喝中药了。我松口气，看来没影响"中阿两国人民的战斗友谊"。那时候广播里经常说，中（中国）阿（阿尔巴尼亚）两国人民的友谊牢不可破。

没想到我很快就发现了陈淑芬的秘密。

那天晚上吃过饭，我去学校参加入团积极分子培训班，其实我连申请都没写，但班干部都要参加。学习结束我从学校出来，已经是晚上八点了，我很少这么晚独自回家，便从市中心绕着走。

路过市中心公园时，见门口围着一圈人，似乎是有人在唱《红灯记》。我下意识地凑过去想看一眼，不料这一眼就把我给定住了：原来圈子里围着的，是陈淑芬和一个瞎老头。

瞎老头在拉二胡，陈淑芬在唱《都有一颗红亮的心》（京剧《红灯记》选段）。我目瞪口呆，没想到陈淑芬的嗓子那么尖亮，而且一点儿不磕巴，很流畅，很专业，好像她身体装了个收音机。瞎老头咿咿呀呀地

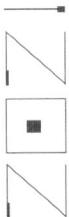

拉，她比比画画地唱，我简直看傻了，很有些佩服。

陈淑芬唱完，围观的人都鼓掌，还有人往他们面前的脸盆里丢钱，丁零当啷的。突然，出现了两个戴红袖套的，大声呵斥说："不许在这儿唱！""哪个喊你们在这儿唱的？"

围观的人一哄而散。

红袖套上去盘问陈淑芬，你是哪个学校的？你咋个能在街上卖唱嘞？陈淑芬不吭声，那个红袖套就去拉扯她，她突然大声说，我们没、没有卖唱，是在宣传样、样板戏！

没想到她还挺勇敢的。卖唱？这个词我好像在小人书里看到过，是旧社会的事情吧？这让我心里发虚，没敢上前打招呼。

红袖套没收了那些硬币，走了。陈淑芬收拾好地下的东西，一个胳膊挎着木凳，一只手拎着网兜脸盆，站到那个瞎老头的前面。瞎老头背好二胡，伸手拽住她的辫子，两个人就一前一后走了。

我下意识地跟着他们，只见他们慢慢下了台阶，走到马路边上。马路上的人已经不多了，瞎老头紧紧拽着陈淑芬的辫子，有时他跟不上陈淑芬，陈淑芬的辫子就被拽得直直的，脑袋朝后仰。

原来，她的长辫子是用来给瞎老头引路的！

我被这意外的发现弄得心惊肉跳，难怪她不肯剪辫子。瞎老头是她爷爷吗？从来没听她提起过她有个瞎子爷爷呀。

我在他们后面跟了好长一段时间才回家。到家已经是晚上九点了。妈妈自然一顿训斥，我顾不上辩解，就迫不及待地把遇见的事告诉了她。妈妈叹了口气，什么也没说，过了会儿又叹了口气，我感觉她很难过。但我还是忍不住质疑说：她怎么可以卖唱呢？现在是新社会。妈妈说，她不是说了她没有卖唱吗？不是说了宣传样板戏吗？

我还是困惑。街上经常有宣传队演出，但还是第一次看到两个人演出，并且还带着脸盆。

这么天大的秘密，我实在是憋不住。

第二天上学路上，我就告诉了蓝蓝。我说了之后，期待着蓝蓝张大嘴巴瞪大眼睛的表情，我甚至打算约她一起去公园看。不料蓝蓝一副三百年早知道的样子，慢条斯理地说，我晓得。那个老头儿不是她爷爷，是她老汉儿。

结果张大嘴巴的是我：那么老一个老头，居然是她老汉儿？

我说，你也晓得她晚上要去公园唱戏？

蓝蓝说，我不晓得。我只晓得她老汉儿原来是川剧团的琴师。

我好歹挽回一点面子。看来，陈淑芬会唱戏也不是什么秘密。于是见到陈淑芬时，我脱口就说，昨天晚上我看到你了……

你看到我了？在哪儿？她有些紧张，居然没口吃。

我连忙改口，不是不是，我梦到你了。

那个时候我很爱做梦，也确实梦见过她好几次，梦见我和她还有蓝蓝，我们在一起做各种莫名其妙的事。我时常跟她说起我做的梦，她说笑着说，我下回也要梦见你。

你梦到我在干啥子呢？她问，还是有些疑心。

我说，我梦见你，那个，在唱歌，唱得好好听。

我一时编不出别的内容来，她的笑容马上消失了。

这事便成了我俩的默契。她知道我知道了，我知道她知道我知道了。但我们都没说破。我的心情很复杂。又同情她，又怀疑她。又想告诉别人她会唱戏，又怕被人知道她在唱戏。

但过了几天我还是按捺不住了，我问她，你老汉儿的眼睛是怎么瞎的？是在旧社会被地主打瞎的吗？

我的询问完全是按着我当时所持有的对社会的认知，我还想，如果她说是，我要写进作文里。因为我第一次见到报纸上说的穷苦人。

不料她回答说，从小就瞎。

我又问，她又答。我们的访谈断断续续，结结巴巴，经历了好长时间。终于，我搞清楚了她老汉儿的基本情况。原来她老汉儿从小就有一只眼睛是瞎的，跟着一个拉二胡的学会了二胡。拉得特别好，就进了川剧团。哪知前些年，另一只眼睛也看不到了，全瞎了。老汉儿因为不能上台演出了，成天闷在家里，时常乱发脾气。

"我想让老汉儿高兴，就带他到外头去拉，只要有人听，有人叫好，

他就高兴得不得了。"她全说了。

我相信她说的，都相信。心里还是很对劲儿。我总也忘不了那个画面，她老汉儿拽着她的辫子，在夜色里踯躅向前。我很想说，你老汉儿那样拽着你，不疼吗？可是终于没有问。我怕她会伤心。

我们不再谈这件事。我们还是谈花花草草。

夏天来了。我们这个江边小城，一到夏天就成了火炉，每天走在路上，热空气都像热稀饭一样裹在身上，简直走不动路。我算是不爱出汗的了，也浑身汗臭。陈淑芬则更过分，脑袋上已经散发出酸臭的味道了。她说头发太长，得等妈妈有空了才能帮她洗。

我差点儿脱口说，剪了嘛，长头发好烦人。

但一瞬间我咽了回去，脑海里又浮现出那个画面。想想她老汉儿，我觉得自己运气算好的，虽然爸爸总是不在家。

就在我们每天闻着汗臭的日子里，发生了漫画事件。

那天也很热。上午的最后一节，课间休息时我在看书，是新借到一本《铁道游击队》，人家只允许我借两天，我就带到学校来了。听见上课铃响，我还舍不得合上书。

陈淑芬在旁边一个劲儿捅我，紧张地说，你、你快看黑板。我一抬头，看到黑板上画了一幅很大的漫画，一个个小人拿着一本书撞在一棵树上，龇牙咧嘴的，很丑很可笑，旁边写着歪歪扭扭几个字：孔二老的徒子徒孙徐水杉。我顿时气懵了，一头趴到了桌子上。

我趴着，听见靳老师走进了教室。他个子大，脚步重，很容易分辨。这节课正好是他的"农基"课。我暗暗高兴，靳老师是班主任，发现了黑板上的漫画，肯定会严处那些捣蛋鬼的。

我一动不动。往常这时候，我应该站起来喊起立。我知道这会儿全班同学加上靳老师都在看着我。那你们就看吧，你们以为我不会生气吗？你们以为我就没脾气吗？好吧，让你们瞧瞧。

我感觉到陈淑芬的小手不安地放在我的肩膀上，来回摩挲，她一定很担心，我的眼泪出来了。那段时间我很脆弱。星期天妈妈让我帮她择菜，我磨叽半天不想动，走到厨房时手里还拿着书，好像书黏在手上了。妈妈生气地说，看看看！难道全家就你认字？放下！做事要有个做事的样子！我忍不住回了一句嘴：我还不是做了那么多家务的！说罢嗓子一下就哽咽了，好像受了天大的委屈。放在以前，我根本无所谓，老老实实放下书去干活了。现在想来，是青春期的缘故吧。

大概靳老师看我趴着不动，感觉到异常，回头，便看到了黑板上的漫画和字，他不自觉地念出了声，孔老二的徒子徒孙徐水杉。全班随即哄堂大笑，甚至有人还拍着桌子跺着脚，像是遇到了千年不遇的喜事。只有我肩膀上陈淑芬的那只手在用力抓我，抓得我有点儿疼。

靳老师说，谁写的？快上来擦掉。

当然没人认账。靳老师就没再追究下去，自己擦了黑板。他一边擦一边说，这样不好啊。以后不要再这样了。咱们先上课。今天，我们讲果树的嫁接……

我太意外了。靳老师怎么能就这么算了呢？在我看来他应当继续追查，一查到底，揪出那个家伙。怎么能轻描淡写地说一句"这样不好"就算了呢？平时班上同学喊他外号他都很生气，甚至大发雷霆。怎么遇见我这事就这么无所谓？而且我平时对靳老师那么好，有时候完全是为了靳老师，我才费力地一个一个地去收作业。他上课做试验，我总是帮他拿仪器，而且还有一个谁都不知道的秘密，那就是靳老师做直流电交流电试验的时候，我总是怕他触电。我甚至想好了，万一靳老师触电了，我一定要勇敢地去救他，怎么救？应该是迅速跑到前面去，用笤帚杆子把电线挑开吧？可是靳老师却这么不帮我。我真的很生气。

我恨不能把脑袋钻到课桌里去，恨不能从这个教室里消失。但趴了一会儿，我胳膊就麻了，关键是胳膊和脸上全是汗，渗到眼睛里很难受。更关键的是，陈淑芬一直趴在我耳边，头发上的酸臭直冲我的鼻子。她不断地说，你莫、莫理他们。你莫、莫生气。甚至还说，明天我给你带、带苞谷。

她这么苦口婆心的，我再趴下去实在说不过去了。我便抬起头拿出小说来看。本来我把小说带到学校来，还有点儿心虚，总用课本盖着。现在

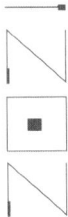

我索性拿到桌面上来看。谁让你靳老师不主持公道的，我就不上你的课。我的心里满是怨气，像个小怨妇。

陈淑芬见我开始看书，放心了似的，拿起本子扇脸上的汗。大概人一着急，汗就更多。她肯定浑身是汗。

靳老师的这节"农基课"，全称为"农业基础知识"。就是原来的化学课，只不过内容都贴近农业，物理则改名叫"工业基础知识"了，也是很贴近农业，怎么修抽水机之类的。这两门课简称为"工基"和"农基"。靳老师是正经师范大学毕业的，"工基"和"农基"一起教，还兼班主任。他长得很高很壮，声音也洪亮，我们班男生就给他取了两个绰号："工基大汉"，"农基大汉"。靳老师有一回很严肃地在班上说，有些同学，很不礼貌，叫我工基大汉农基大汉，我叫靳建华，我再说一遍，我叫靳建华！

全班更是哄堂大笑，因为他方言很重，靳建华听起来像是惊叫唤。靳老师于是又多了个绰号惊叫唤。靳老师终于无奈，只好听之任之了。

那时我们年级不止一个女老师被气哭过。至于男老师，经常气得发抖。有一次教我们政治课的范老师气急了，用当地土话怒吼：你们这些娃娃，简直是四季豆油盐不进！一个男生嬉皮笑脸地说，你不是四季豆，你是老南瓜。范老师说：太不叫话了！明天喊你老汉儿到学校来！不料好几个男生拍着胸口说：老汉在这儿！我就是他老汉儿！我回去就打他！范老师脸色铁青，那神色就像准备慷慨就义的烈士，片刻后，我看到粉笔末像雪花一样从他手中纷纷落下。

得有多么愤怒，才能用两个手指捏碎粉笔呀。

我们那时的课堂不是课堂，就是一锅粥。老师受罪，学生混日子。现在想起来心里还是难过。

本来我很期待这节课的，果树的嫁接，多有意思，比"沼气的用途和制作"这样的课好太多了。可是偏偏遇上这么生气的事，我要抗议，我不听。

但我眼睛盯着书，耳朵还是不由自主地在听。靳老师在讲了果树嫁接的优势和分类后，就开始实际操作了。我实在按捺不住，悄悄从书本上抬起眼看他操作。只见他拿了一粗一细的两根树枝，还拿了小刀，给大家示范怎么嫁接。估计他在家里事先练习过。他在粗的树干上切了个斜口，将另一根比较细的树枝削尖插入，再用稻草裹上。我虽然没看得太清楚，但感觉很简单。我马上想，我也要试试。我也要搞嫁接。

下课铃终于响了。

靳老师把课本往桌上一撂，说，下课！往常这个时候我会说，起立！但那天我一动不动，继续看书。靳老师又说了一声，下课！我仍纹丝不动。其实我已经看不进去书了，但目光仍一行一行在书上扫着，好像很投入的样子。

靳老师点着我的名说，徐水杉，下课了！

我不慌不忙地把书合上，放进书包，再把书包在课桌上放平，再把胳膊放上去，再趴下脑袋。这个系列动作做完后，所有人都知道我是故意的了，有的埋怨，有的叹气。这让我感觉很好，有那么一丝复仇的快感。

陈淑芬忍不住说：她生气了！

靳老师似乎这才想起上课前发生的事。他拍着手上的粉笔灰说，对了，刚才到底是哪位同学在黑板上画的那些乱七八糟的？站出来认个错吧。没人吭声。靳老师又说，我早就批评过你们了，你们就是爱乱起绰号，我叫靳建华，你们叫我工基大汉农基大汉，现在还叫我惊叫唤。哄的一声，大家又笑起来。

靳老师说，你们还笑！都是初中生了，都是十四五岁的人了，一点教养都没有！学习不上心，干这种事你们倒是挺动脑子！

靳老师说着说着真生气了：你说你们以后怎么办？什么都不学，天天混日子，一点儿都不考虑自己的将来吗？说罢他生气地拿了把椅子放到讲台上，一屁股坐下：看来你们都不饿，不饿我们就慢慢等吧。

这下大家沉不住气了，这是上午的最后一节课，哪有不饿的道理。不要说男生，女生都饿得不行。陈淑芬不断地在我耳边说，算了嘛，莫生气了。

我反正不饿，一肚子的气。气同学，更气靳老师。时间一分一秒地过去，走廊上已经安静下来了，各个班的同学都走光了。靳老师也是怪，我不喊起立他就不放学，这让我有点儿骑虎难下了。这时我见刘大船大喊一

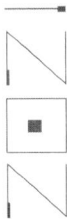

声：到底是哪个龟儿子干的？赶快给人家班长认错！

全班鸦雀无声，课堂从来没那么安静过。学习委员秦向前说，咋个没人说话呢？是做贼心虚吗？刘大船马上说，就是，做贼心虚！嗯，都是些贼娃子干的。喂，班长，你就莫和贼娃子计较了撒，你跟贼娃子计较显得你没水平嘛！

大家都笑了，我也憋不住笑了。幸好是趴着，不然尴尬死了。

我的气消了，一消就很饿。我终于站了起来，细细地喊了声：起立！哗啦啦的一阵乱响，桌子椅子都急不可耐地想往外跑，但慌乱中还是有几个男生一起喊：孔老二的徒子徒孙！

尽管拖延了全班同学的放学时间，我也没有获得复仇的快感，心里还是很失落。快到家时，一拐过路口，我就看见妈妈在长廊上张望了，花白的头发总能让我很远就区分出她和其他阿姨。妈妈一定很焦虑，她本就是个爱焦虑的人，自从来到这个小城更焦虑了。哪怕是白天，我回家晚了她都会坐立不安。

妈妈也一眼看到了我，旋即转身回屋，她一定是盛饭去了。

我推门进屋，妈妈说，怎么这么晚才回来？又见我眼睛红红的，再问，出什么事了？

我本不打算说的，看瞒不过去了，就说了。

妈妈听后居然笑了起来：孔老二的徒子徒孙子？你哪里够格。

我生气地说，孔老二是被打倒的，是要批判的。而且，他们还叫我徐老二！

妈妈说，你本来就是徐老二嘛。不要那么小气。

那段时间，我们学校天天都在"批林批孔"，广播里和报纸上也在"批林批孔"。我虽然懵里懵懂，但有一点明确，他们是阶级敌人。竟然说我是孔老二的徒子徒孙，太可恶了。我越想越来气。那个孔老二是要克己复礼的，老师说，克己复礼就是要让我们回到旧社会，吃二茬苦，受二茬罪，我怎么能和他沾边？

妈妈看我那么生气就说，谁叫你一天到晚抱着书的？读那么多书有什么用？赶快吃饭，我要去上班了。

妈妈说罢就走了，阿姨们在门口催她。

妈妈本来是没工作的。邻居阿姨们也是没工作的。后来父亲单位上看到家家都生活困难，就找了些工地上的零活，让家属们干，这样每个家属每个月可以挣三十块钱。妈妈很看重这个工作，从来不请假，总是一大早就和阿姨们风风火火去工地了。夏天顶着大太阳，冬天冒着寒风，很辛苦。但我感觉有了工作后，妈妈心情好多了，经常和阿姨们开心大笑。妈妈开心我就感到轻松。

好吧，今天这事就当没发生过。妈妈说了，咱们家的孩子要学会忍气吞声。妈妈还说，气又不能攒起来吃。再说我还惦记着嫁接的事。对植物的天然热爱，让我在生闷气的情况下，依然偷听了靳老师讲的果树嫁接。课本上有彩色插图，那个经过嫁接的果树，开了一树的花，结了一树的果。看得我手痒痒，恨不能马上就去试验。

星期天一早，我从家里拿了一把剪刀，一根长布条，还有一副线手套，陈淑芬则带上了她说的"嘿快"的小刀，一共四样作案工具。

我原本还约了蓝蓝，但蓝蓝听了我的想法很诧异，盯着我看了老半天，好像我在说梦话。我说，就是靳老师讲的嫁接呀。肯定很有意思。蓝蓝确定我不是说梦话，迟疑地说，去哪里找果树呢？我说不一定要果树嘛，我们也可以用别的树，比如夹竹桃。蓝蓝说，夹竹桃有毒。我说，我们又不吃。

蓝蓝始终没提起兴趣，眼睛没发亮，鼻子也没翕动。我感觉她个子长高后越发像个成年人了，好像对什么都没兴趣了。后来她才告诉我，是她奶奶去世了，那些日子她难过得不行。

陈淑芬看我很失望，忙说，我、我和你去。我家、家有小刀，嘿、嘿（很）快。我只好放弃蓝蓝了。我揽着陈淑芬说：我们两个去。

一见面我就发现陈淑芬变样了，原来她洗了头，头发蓬蓬松松的，脸庞也因此亮了起来，看来她妈妈终于有空了。

说来难以置信，我们的少女时代，洗头是唯一的美容方式。我遇到重要事情时，也会烧水给自己洗个头，洗了头马上有焕然一新的感觉。

陈淑芬一见我就说：跟你说个嘿好嘿好的消息，我老汉儿今天晚上要去演出！是正儿八经的演出！在文化宫。他们川剧团排演《红灯记》，那个拉二胡的病了，喊我老汉儿去顶替。昨天晚上通知的，我老汉儿笑

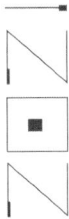

稀了。

我第一次听到陈淑芬一口气讲出那么多话，而且完全没有磕巴，像是唱出来的，太不可思议了。看来结巴也不是铁打的。我被她的情绪感染，大声说，噢，真的吗？太好了，我也要去看！

去嘛去嘛，你、你不用买票，到后、后台找我。

陈淑芬恢复了常态，大包大揽地邀请我。显然，她老汉儿去演出，是少不了她这个拐杖的。

我们顶着大太阳兴冲冲地走，陈淑芬被喜事鼓舞着，步子迈得飞快。太阳已经发威，把柏油路都晒软了，我感觉脚底发烫，眼前白花花一片。放到现在，这样的天气根本不想出门，若出门也必是防晒霜遮阳伞齐备。可那时候我们完全不在意，都是裸晒。

我们来到距离学校不远的马路边上。那条路的两旁全部是夹竹桃。六月里，夹竹桃无比茂盛，像一堵密不透风的绿色的墙。眼下已经开花了，红色的花和白色的花，都一嘟噜一嘟噜地坠着枝条，让我想起姜老师教我们的词：繁花似锦，还有，郁郁葱葱。

我的远大理想是，通过嫁接，让一个夹竹桃的枝子上开出两种颜色的花来。陈淑芬虽然表示出怀疑，但也只把怀疑留在眼神里，没说出来。我说试试呗。不试怎么知道。我没告诉她，用洗锅水浇庄稼是不行的，我也是试了才知道。

陈淑芬把长辫子在脖子上绕了两圈，然后挽起袖子，一副要大干一场的样子。我也戴上手套（蓝蓝说夹竹桃有毒），模仿着靳老师的做法，先在开白花的夹竹桃里剪了一枝含苞待放的，削尖。再到开红花的粗干上去切口。没想到切口很难，虽然陈淑芬说她的小刀"嘿快"，其实远不够快，我切了半天才切开一点，还差点儿划到手指头。后来还是陈淑芬上手，费了好大劲儿才切了两厘米深。我把削尖的枝条插进去，不管三七二十一，用布条把它缠绕起来，缠了三圈，系紧，感觉很结实了，松口气。

我捡了块石头放在那棵夹竹桃下面，做记号。陈淑芬觉得不够明显，她四下打量后，找到旁边一根电杆，然后用脚丈量了一下，说离电线杆七步。嗯，这个好，比我的做法聪明。

靳老师说，嫁接的枝条，至少要一周的时间才能成活。我又反复看了那个包扎的地方，确认没问题，才离开。

我们两个大汗淋漓，我甚至感到有点儿头晕。陈淑芬发愁说，她脑壳里全是汗，回去要被她妈妈骂惨，才洗了头的。我出主意说，你快到家的时候，在阴凉地晾一会儿再回家。她摇头。我又建言：那就去我们家玩儿。她还是摇头，说下午要陪老汉练节目。

我是不在乎出汗的，我出汗了我妈会表扬，说明我"动了"，我妈成天要求我动起来，"不要当书呆子"。此刻我脑子里转的就一件事，一星期后：红色和白色的夹竹桃花开在一个枝头上。

那天晚上，我没能去看成陈淑芬她老汉儿参加演出的《红灯记》。原因是妈妈不同意。她无论如何不允许我晚上十点才回家。我也没反抗。因为《红灯记》已经看过好几遍了。

第二天陈淑芬兴奋地告诉我，演出很成功，老汉儿高兴惨了。老汉儿说等演出完了，要给她做一件新衣服。

后来的一天，我做了个奇怪的梦，我梦见陈淑芬站在舞台上唱戏，可是光比动作，没有声音。更奇怪的是，她剃了个光头。我问她，你的辫子呢？她说我不想要辫子了。我怀疑说，你不是陈淑芬吧？她笑眯眯地说，我就是。我说那你唱一句让我听听？她转身就跑了。我去追，却怎么也迈不动步子，一着急，就醒了。

我觉得这梦很有意思，我竟然梦见一个光头的陈淑芬，她的长辫子不见了。我真想马上把这个梦讲给她听。

可是早上到学校，她却没来。我猜大概她连续演出太累了吧。我们那个时候不来上课就不来上课，很平常。所以我没太在意。但是下午她也没来，第二天也没来。第三天也没来。

我跑去办公室问靳老师，靳老师说，陈淑芬嘛，她妈妈刚刚让人带话来，说她受伤了，在人民医院。

我吓一跳，原来出了这么大的事。

靳老师说，正好，你代表我们班去看看她，用班费买半斤白糖。

我和蓝蓝放学后就跑去医院看她。她果然躺在病床上，头上裹着白纱

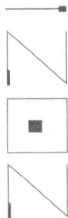

布。纱布很厚，从头顶一直缠绕到脖子上，一张脸遮得像巴掌那么大。可是她却笑得很开心。也不知道是因为看到我们了，还是看到白糖了。

原来演出的第三天晚上，回家路上，他们被一个拉板车的撞了。那个板车拉的东西太多，下坡时控制不住，先撞倒了她父亲，父亲又带倒了她，她的长辫子被搅进轮子里，拖拽了好一段，除了脑袋裂了一道口子，身上也是青一块紫一块的。

我和蓝蓝傻呆呆地站在床边。病房里有好几张床，病人和家属挤得满满的，很热。天花板上的电扇慢悠悠地转圈儿，扇出来的全是热风。蓝蓝问她，你不热吗？她说不热。

我一句话也说不出。她的脸色很难看，嘴唇发白。我盯着她的白纱布脑袋想，难道她真的成了光头？我想起自己做的梦，她光着头站在舞台上，好可怕，我居然提前梦见了坏事情。

陈淑芬见我不说话，反过来安慰我说，没有好大个事，再等几天拆线了，我就可以回家了。我还是说不出话。她忽然说，对了，你要记着去看我们嫁接的夹竹桃哦。一个星期了哦。

可不是，差点儿忘了。我连忙说，我明天就去。

她说，肯定开花了。肯定好看惨了。

第二天我早早就出了门，一个人跑到我们的"实验基地"去，满怀着期待。真希望试验成功，看到白色的花和红色的花开在一个枝头上。像陈淑芬说的，好看惨了。退一步想，就算没开出两种颜色的花，至少希望我们嫁接的枝条活了。这样我下次去看陈淑芬，就可以告诉她了。

可是，我怎么都找不到我们的"嫁接成果"了。

我记得我当时在树下放了块石头，石头不见了。再按陈淑芬说的电线杆定位，也没找到。我来来回回地走，一眼望去，所有的枝条都长得一模一样。我们当时是在白花夹竹桃上做的试验，但那一片白花夹竹桃依然白花花的，没有一星半点的红。我又钻进去扒拉开来，一根一根枝条地看，就是找不到，连切口也找不到。完全没了踪影。

我失望至极，再也没去看陈淑芬。我不想告诉她坏消息，也不想骗她。

等我再见到陈淑芬时，已经是秋天了，又一个新学期来临。

陈淑芬顶着一头寸发出现在我身边，像个男孩子。我忽然意识到，女孩子的头发太重要了，没有了头发，马上会变得性别不明。

她不好意思地搔着脑袋：我是、是不是，很难看？

我安慰她说，没事儿的，头发很快就可以长长的。

她说，不。我再、再也不留辫子了，一、一辈子都不留了。

我吃惊地说，那你老汉怎么办？

她说，我老汉儿，走、走了。

她说这话时，依然笑眯眯的。我愕然。脑海里浮现出瞎眼老汉拽着她辫子的画面，她的头朝后仰，像一根小小的拐杖。

我忽然想起了那个我一直想问的问题：你的辫子卖了几块钱？

她摇头，没有卖。埋、埋了，和老汉儿一起。

哦。原来，她老汉儿把"拐杖"带到另一个世界去了。

陈淑芬真的说到做到，直到初中毕业，我们分开，她的头发都一直是短短的，比我的还要短。她还养成一个习惯性动作，就是随时甩一下头，好像确定自己的脑袋是轻松的，没有拖累的。

只是我很想知道，她后来嫁人的时候，有没有长发及腰。

原载《山花》2021年第1期

点评

孩童那天真且纯粹的想法。"我"曾种过玉米，但玉米的长势不好，"我"用刷锅水给玉米苗补油希望它能茁壮成长，可它却很快就死了；以至于"我"在听到同学陈淑芬的妈妈种的玉米快结果了的时候，"感觉生活一下子有了盼头"。"我"听了课上老师讲的树木嫁接的知识，便急不可耐地去试验，最终找到了一株夹竹桃，接着严格按照老师的手法完成了嫁接，之后便眼巴巴地盼着夹竹桃在一周之后能开出两种颜色的花，但之后却不仅没有看到两色的花，甚至连那株被嫁接过的夹竹桃也找不到了。这成了"我"永远的一个遗憾，"我"永远也搞不懂那株夹竹桃到底因何失踪。

　　梦想与真情，从来与年龄无关。陈淑芬的父亲是盲人，他的二胡拉得极为出色，尽管一把年纪了，但他仍然坚持着登台演出的梦想。只要有机会，他从来都认真把握，而且每次都"高兴惨了"，即便最终间接因此丢了性命。陈淑芬则是孝心的"代言人"，她坚持留着长长的辫子，既不是为了好看，也不是为了卖钱，而是为了给父亲当"拐杖"；最终在陪伴父亲演出回来的路上，她的辫子被父亲连带着搅进了车轮里，她受了重伤，但她却依旧很淡然、很乐观。父亲去世后，她剪掉了长辫子给父亲陪葬，并立誓此后再也不留辫子了。小小年纪的陈淑芬的这份孝心感人至深，可谓世间最美好的真情。

　　那是一段动辄提及"阶级斗争"与"新旧社会"等敏感话题的沧桑岁月，人们无时无刻不生活在无边的紧张与警惕之中。作家却反其道而行之，寓沧桑于平淡，将人性中永恒的善与人情中永久的美一招一式地对着我们娓娓道来。

（侯建魁）

灵异者及其友人

鲁 敏

又有朋友跟我说起了小神仙，第几次了？得有十回了，我想。小神仙，你肯定也听说过，大概每一个基数单位的人群里，比方说，两万人左右吧，就会有这么一位，也有的叫大师、巫婆、预言者，类似的。人们总会在口耳相传中，交换他的各种灵验案例。你们当中的那个是什么名号？我们这个叫千容，据说是朋友圈昵称，就都这样叫开来，虽然大部分人并没有加她为好友的运气。

"听名字是个女的？"虚假地，显示我对她一无所知，以听到更为详尽的其人其事。

"哦！你！"朋友满意地摇头，"居然都不知道，真正的小神仙哎。"显出蓬勃的讲演欲。她学工艺设计的，在新西兰念过一年研究生。她一直对这些感兴趣，并且强调，外国大学或机构里，专门研究转世记忆、巫术原理、灵异事件的，多着呢，也算人类学的一个小切口。

"多大了？长得好看吗？"

"哦！"这回是责怪地摇头。对一个神仙，怎么能关切她是否漂亮呢？但朋友还是迁就了我，认真想了想，像回忆一个太过熟悉的老友："以前很苗条，结婚生小孩后胖了点，胖点更好看。"

"结婚了，都。生小孩了，都。"我喃喃重复。也一样的程序啊。婚姻、工作、学区房、车牌摇号、婆媳相处、双语幼儿园。她会比平常人笃定和幸运吧，最起码会很顺利。

"她前面还离过一次婚呢。"朋友也若有所思，语调随即上扬，"预言者从来都不算自己的。见过理发师自己剃头吗，医生自个儿开刀吗，送

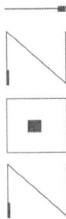

葬人自己入殓吗？再说，也许她命里头，就该着离一两次婚的。"

"也是也是。你接着讲。"懊恼不该打岔。纯粹的"信"，会使讲述更加动人。就前面若干次听闻千容的经验来看，有讲得特别投入的，双目圆睁起来，听得我汗毛为之倒竖，十分痛快。也有一边讲，一边哂笑着自嘲或解构，这就十分不好玩了。

其时，我们正从屋里走到南阳台，正事已经谈完，随意寒暄到花花草草。朋友窗台上一溜排装置般的草木，配有山石沙地，皆极为袖珍，没一个大过巴掌的，品种我一个也叫不上来。"你可真讲究，我只会水培绿萝，那玩意儿好伺候，从桌子爬到空调，从空调顺着晾衣架，能把半扇窗户都绕得绿油油一大圈。也挺热闹。"我其实带点自夸。

"你绿萝下面的水里，有鱼没？"朋友打断，语气像抓住什么要害。

"鱼？"从没想过，能惦记着换换水就不错了。

"绿萝还好，要别的爬藤类，可不能养在屋子里。那个，最是吸人精气。所以要放点活物，回去买几条小金鱼丢进去吧，游来游去的就好了。真的，千容说过。"她就是这样说起千容的。

为了进一步奉劝，她随即神色凝重地讲到她一个朋友。律师，自己开事务所，精干得不得了，以前专门做经济案子，这几年迷上传统文化，也顺带做些版权保护之类。有一天，她正跟一位书法家在事务所谈事情，书法家中途接个手机，谁的呢，就是千容的。千容一通手机，马上就对书法家说，哎哟，你现在待的地方不大好啊，赶紧的，叫你身边那位朋友，把房间里的大株植物统统都移走。一株不留，快快地。可惜了可惜。

我显得愚蠢地摇头："这可怎么讲呢。不都说植物净化空气嘛，人与自然的和谐。"

"我那律师朋友跟你想法一样。再说，隔个电话，都不认识，平白无故的，可惜个啥，她可什么都好得很。听之不理。好了，两个月后，查出乳腺癌，晚期。赶紧再求教千容，千容也是老实，说她并没有办法解救或挽回，她只是可以'看到'必将发生之事。至于爬藤，是她看到事情的一个通道或信号，爬藤与病症是关联的。我那律师朋友现在胸前空空，装了逼真的义乳也没用，还是得了抑郁症，成天地瞅人不注意，要扒窗户往外跳。"

"千容，她替你看过什么吗？"我听她谈起千容的口气，很是随意。

"哦，我还不认识她呢。"朋友扭开头。"那你怎么说她胖点儿好看？""我是一直觉得吧，女人，还是稍微胖点耐看。反正我从此就不再养大株植物，体质本来就寒，再给吸了气，还了得。小盆景也好的，你凑近点，定住了往深里看，有点日式小庭院的意思吧。"

最早听到千容的神异预言，是一桩好姻缘，十多年前了。也是听一个朋友所说。朋友是个泛指，但也对，大家每天出门，碰上的、彼此说话的，不都是朋友吗？这个朋友，跟千容是真的认识，故而讲得要详细些。

千容啊，她有一双好唇，圆圆的，微嘟。她喜欢松松地扭一根辫子，系一条复古的艳绿色丝带，拖过来搭在一侧肩膀上，搞得小年轻们挺爱慕呢。可一听说她有那本事，嗬，全跑了。你想，谁能接受枕边躺个巫婆啊。其实她挺能干的，一直在外头自己做事，给各处的网站做客服外包、旅行社、培训班、连锁酒店、小剧场、茶庄，什么活儿都接。第一次嫁人的时候，辞了工回家。离了就又出来做。再嫁，就又回家，专心备孕带小孩，算是贤惠型的吧。

那她帮人看这看那的，收费吗？才不，从不，连谢礼都不要。千容也从不有意地拿腔拿调，给人家看个高考或大买卖什么的。我感觉着，她做这事是要有灵感的，碰巧看到了、晓得了，就自然会告诉对方。硬赶着问，似乎不成。

她替你看过啥呢？记得我当时多次追问，朋友也是多次地避而不答，反倒更紧地抿起嘴巴，似乎哪里牙齿漏一道风，也会走漏命运的信息。碍于我们的交情，她会略做解释。这么跟你说吧，你在外面按摩过吧——打个不恰当的比方，跟那个一样的。她按得我哪里痛、哪里酸，只有我自己才有数。讲给你也是白讲，你听不出窍门的。

她倒是愿意讲讲别人的事。下面是她说的，那桩姻缘——

我有位朋友，算是老师兄，八六届的复旦中文系，出名的书痴书疯子，出来后分到古籍社，一头扎进去，万事不管，慢慢做成古书上的头块牌子。他太太呢，研究宋词，比他还要呆上十倍，从不社交，只给学生上课，可她的讲义，整理出来，卖得很好，也是著名学者了。他们有个宝

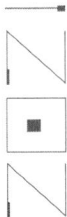

贝儿子，不负书香子弟之谓，一门心思专攻古代戏曲研究，也是三记大棍敲不出一个闷屁。有什么与众不同吗？哦，他特别耐寒，一件厚衬衣就能过冬。千容不知是什么场合见到这孩子一回，远远看了一眼，便对我那老师兄断言道，你家公子啊，二十七岁上结婚，会娶个演员，小演员，不是太红。

师兄掰开指头数数，儿子那时已虚岁二十七了，时值年底，他生日是五月，满打满算也就还有半年，他连初恋都不曾有过，就能结婚？再说，演艺圈，怎么可能！他们全家人就是分三批次绕地球跑上一圈，也遇不上那个圈子的呀。不用说，师兄跟我们转述时，口气是大大地发笑的，也带点骄傲。

千容不可能看错。半个月后，我这师兄被邀参加地产公司的一个年度庆典，这家地产公司的所有楼书，都喜欢做成线装古籍的样子，摘引些文绉绉的断篇，跟社里算是有些合作，这且不讲。碰巧那几天师兄患上风寒感冒，西药汤剂齐下，也不见效果，只落得个昏昏欲睡，不敢开车，便让儿子接送他往返。地产界都是活络的人，哪里肯让他公子回家呢，留下来一起参加庆典吧。而这庆典上的蓝色水钻短礼服的主持人，便是他儿子当晚将一见钟情的明日娇妻。

确实是小演员，排不上号的过路角色，三四集之后就不知所终，是闹热娱乐圈的寂寥人。可能正因为如此，他们互相感知并爱慕了。当晚所有能同时看到他们两个的人，都会看出来，有爱降临了，端庄庞大，空气都在颤动。独我那师兄后知后觉，他被安排在主桌，因药物缘故，总是倦眼蒙眬，只靠拼命喝水提神。晚宴过后的回家路上，他从一上车就开始让儿子找公厕要撒尿。直到他第二回放空膀胱，坐到车上，猛然发现，后排坐着一个亮闪闪的蓝衣少女。他惊骇地询问驾驶室里同样脸颊带光的儿子，后座传来细丝丝但毫无怯意的抢答：我是他女朋友，可以叫你爸爸吗？

三个月后，他们在民政局排起短短的队伍，怀揣旁若无人的甜蜜。

这朋友的讲述大头小尾，把老师兄夫妇介绍得挺详细，对新人的终身之定只草草带过。但在当时听来，反显得更加可信。毕竟，一对年轻人，如何结识，如何闪电相爱，并不重要，比这更离奇的姻缘可有的是。厉害之处在于千容，是真的提前知道，她"掐"出来了呀。我都能够想象到，那一对老书虫夫妇，面对这戏剧化的飞来横喜，回想千容半年前的预言，会是什么反应呀。跌落海底，还是升入高天，就此修正笃行大半生的辩证唯物主义吗？

那个时候我就有点动心了。我想，得结识千容，让她也给我看看。当时我正好陷入一段荒谬的恋爱，是一个诗歌论坛上的宿敌，我们观点相异、势不两立，总是鼓捣着各自的队伍大吵，有一天被坛主拉着，在线下结识，并……强烈地互相吸引。他太年轻，一无所有，脾气很暴，所有理性可及的现实主义条目，都不符合婚配中最起码的杠杠。我对他而言，恐怕也一样。我们像拙劣的对子，明显不工整不对仗。可他妈的，激情又像大江大海似的在奔涌啊。

我这情况，不是比她师兄的儿子那根本无影无踪的缘分有更多线索吗？假如千容也能远远地看我一眼，肯定就会提前"看到"，我这场恋爱到底有没有结果了。然后给个暗示也行啊，是否要继续纠缠和犹疑下去。我这人从小被家里教育得对"珍惜时间"很有执念，替自己想，也替别人想着，别瞎耽误工夫。而搞恋爱，免不了要看苦月亮，没完没了地谈话，幻想或辩论将来的可能性。多浪费时间啊，等于慢性自杀或谋财害命，鲁迅先生都这样说的呀。当时我真太急于解决此事了。

可我没有吭声。我这位朋友是因为别的事情认识千容的。就算认识了，她也从来不问千容任何事情，只等千容无意中看到了，才会得到忠告。总之，要结识到千容，并得到其指教，这简直比恋爱本身还要微妙，连介绍认识都不被允许的——因为你先自就存着主动的想法。而千容的天眼，得在全然"空无目的"的状态下，才会开，其预言才有如神算。

这些，都是我这个老朋友很早就警告过我的。确实，我完全同意。命啊，多么玄虚，哪能那么容易识破呢？故我始终压制着请她引见的渴求，只茫然等待"无意中"结识千容。

好在我总还是能继续听朋友讲到千容。

那之后隔了大概有三年吧，有天我在街上拐进一家假发店——我想剪掉长发，那瞧上去太温顺了，又土。换个爆炸头可以？得找一顶类似的假发试试，看是否合适——带着伪装的购买意愿，一看二问三试，在导购员的帮助下，终于套上了一顶八十年代港味的满头细卷，正对着镜子照前照后，突然感到有人使劲拧了一把我的大腿。什么情况，有这么笨拙的性骚

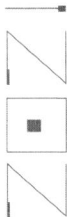

扰吗？我忍痛扭头寻觅，那家伙影子一晃，已出了店门，却隔着透明橱窗跟我直招手。眯眼一瞧，认出来了，老朋友啊，毕业那年，我们在同一家报社实习过，当时处得很好。

她仍在招手，幅度更大，是叫我出去的意思。我只得匆匆又照了几眼镜中的自己，确定了我跟这种发型是不相宜的，摇摇头放下假发就出来。

"好好讲不行啊，拧得我，恐怕腿上都青了。"我亲热地抱怨。多年不见，正好斜对过有家西点坊，进去要了两个甜品。

"我不好讲的，怕店员打我。镜子！假发店的镜子，是千万不能照的。"

"镜子？"我盯着她，几年不见，她脸上跟我一样，留下了时间的印痕，可以看到一连串跌爬过去的障碍与栏杆。做过人流。还在换工作。三人合租并且是最小的那间。开了双眼皮但很不自然。与最近一个男朋友分手了。

"知道什么人买假发最多吗？除了一小部分爱臭美的，大部分都是各种原因秃顶的，或者做化疗的。"她用明显偏见的口气，"外头的镜子，真不能随便照。对你不好。"

我没吭声。谁有资格嫌弃谁啊？她以前可不这样，当年在报社，我们被版面编辑派着，跟一家国企跑戒毒所，拍中秋节送温暖的照片，她还拼命争取着，要给照片里的戒毒人员打马赛克。

"这并不是我本人的认识论。"她看出来我的态度，立即补充，"也是听以前公司的一个副总讲的。他认识一个，怎么讲呢，巫婆吧，可以这么说，懂这方面的门道。关于镜子，讲究可多了。"

"叫什么？"嘴唇沾了一大块奶油，不及拭去。我有预感。

"千容。反正我听他们都这样叫她。"朋友面带敬意，压低声音。多么熟悉的腔调啊，我心里也立即升起了那股子熟悉的贪婪感。

店里进来一对搞早恋的学生党，挨得很近共同挖舀一桶冰激凌。这毫不影响我们的交谈。

"千容对镜子特别有研究。她有次跟着一帮人到我那位副总家里玩，他爱收老玩意儿，旧铁壶旧烛台旧花瓶什么的，啥都捡回家。老婆早已离婚，儿子在澳大利亚留学，所以甩开膀子来，到处瞎收，家里堆得满地。这可好，那千容一进门，脸色就变了，副总又跟她不熟，问怎么了，哪里不舒服。她只说需要歇一下，也不跟众人四处看东西，只在沙发上喝烫茶，一杯接一杯。等到聚会散了，她却磨蹭着留下一步，私下问副总，你是不是收了什么老镜子？镜子，没有啊。副总想半天。哦哦，有个带镜子的老梳妆台，算吗？有点残破，我放在楼上小阁楼里了。

"千容点头。你这镜子，起码三个女人死在里面。一个是小脚，她抽烟袋，脖子挂一长串珠子，穿得倒是气派，就是老得不成样子。再一个，又小得不成样子，都没照到二十岁，白衣黑裙的学生样。镜子里照到她最后出门那天，手里还挺神气地举着小标语。还有一个，镜子里模糊些，但一看是见过世面的样子，经常关起门在家对镜子穿各种洋装，出门却换上灰蓝工装。有天被拉出去开会，回来一照，头发被剃掉一半。然后就开了柜子把所有洋装统统剪碎，然后系上绳子把自己吊起。千容逐一地说，好像面前有本影集，她在翻看那三个女人。

"你想那位副总，搞收藏的嘛，倒是乐坏了。你刚才说的长珠子，是不是朝珠啊？那没准是个诰命夫人呢，她后面的女学生，搞运动的吧，时间对得上。嗬，这可是捡着了！我收来时一个角被砍，破相了，价格很便宜。走，带你上楼近了瞧瞧，你要能看出来那老太太身上衣服的纹样，我就能推出来，她大概是几品……男人啊，也真是心大，也不想想，千容一进门，可是给镜子里三个女人惊着的呀。千容又捧起茶杯来喝，呷了一口，凉了，换上滚烫的，喝那烫茶。不了，她不要看。她只是说，这老镜子啊，孤单了，还是要喊个女人来照。你家要有个女人了。副总想着，这是暗示他会再婚，无所谓地大笑。他为人有趣，确实也有一二亲密女友，这事儿，还用老镜子来呼唤吗？"

朋友讲到这里，定睛瞧我，我也瞧她，足够地停顿过去，她嘘一口气："过了没两个月，副总的儿子从澳大利亚回来，已做完变性手术，上面下面，相关的器官各有增减。退掉两年的学费做的，还加上两年打工所赚，还借了一点点钱，总之是没要老爹出钱。能说什么呢，副总于是把老梳妆台送给变成女儿的儿子了。"

挺叫人唏嘘的，可得承认，听着很满足，千容从来不会让我失望。

朋友用小叉子戳起最后一口甜品："千容说，每个人就最好用自己的

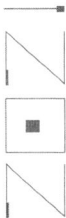

镜子。镜子啊，特别能藏，所有照过的那些人，不管死的活的，魂魄精气都留在里面，时间久了，就要出来人间瞧瞧转转，可能啥事不碍，也可能要闹一闹，兴风作浪的。所以，你推推这个道理，假发店镜子里藏着的，可全是焦虑症忧郁症工作狂绝症之类的呀。"

她后面的说法有些生硬，算是她的创造性发挥，但无论如何，这显示了她对我的关切。能有人关切，多好。我当即郑重点头：再也不照假发店的镜子了。其实我心里更高兴的是，又听到千容了，她还在我的朋友们口中流传，总在为朋友、朋友的朋友们显现出她的灵异之力。这不能不让我重燃某种希冀，也许，我正在以不可知的弯弯绕的轨道向着她那个方向缓慢靠近，并将在某日，达成"不期然"的相遇。

不过当时，那场令我纠结无比的激情恋爱，早已安然作古，无疾而终还是恶病发作，都想不起来了。但我对千容的向往依然强烈，因我正陷身一个更难的抉择——对，在考虑换工作，有一个很不错的机会，但不是简单的跳槽涨薪，是完全的连根拔起，到一个偏远的北方城市。北方，对我到底意味着什么呢，面食、干燥、儿化音、暖气。当然不止这些，甚至不是这些。橘生淮南则为橘，生于淮北则为枳。连橘子都会变种，何况人呢？心里可真是不踏实，午夜梦醒，想到故土难离，远地未卜，实在辗转难安。

"你呢，现在咋样？"久别重逢，必然会聊到这一步。她刚刚说了她的情况，跟我第一眼从她脸上看到的信息差不多。于是我也说了我的，这不丢人，谁不是一串瞎扑腾总摔跤的冰糖葫芦，尤其说到我南北之移的为难，顺便想听听她的意见。我又问店员要了两杯饮料。

朋友直摇头："我能有啥见识。要有千容替你看看就好了。她可不光懂镜子。"那对学生情侣走了，又来了一对可能刚刚吵完架的母女，她们仇怨地彼此错开视线，要了不同口味的大杯奶茶，分得较远地默然坐下。朋友过渡性地观察了一会儿她们，又讲起千容的另一个故事。

是那位爱收旧玩意儿的副总讲的。不用说，儿子变性之后，他成了千容的铁杆追随者，四处搜集和传颂她的预言故事。为了减少转述中的损耗，我把朋友的这一层转述去掉，好比是直接听那位副总讲吧。

"千容可看得远了，前因后果，三生三世。生人就不讲了，讲了你们也对不上号。就讲带她来我家的那位朋友吧，我起先就是找他打听的。他做药材生意，天南海北地跑深山老林，收各种草木藤根，回头加工一番，就成了名贵中药材，赚得可狠。他有时在乡下看到老家什老物件，三文两文也替我收了带回来。我们也算是铁交情。见我打听千容，他马上就端正身子，抹一把脸，用眼睛盯着窗外。我也跟他盯着窗外，外面空空的呀。盯了一会儿，他才说，还记得我媳妇不？能不记得嘛。那可是个标致人，陕北妹子，做一手好吃食，我因为孤家寡人，常去他家蹭饭。

"可他媳妇后来不见了，挺突然的。那一回，我听闻他长途收货回来，便像从前一样，拎着几包熟食，径直踩着饭点过去。一进门却发现家里冷锅冷灶，四壁颓然，黑灯冷影里，我兄弟一人枯坐着呢。大半月没见，瘦缩了一圈。怎么回事啊这？我咋呼着，开了各处的灯，唤找他媳妇出来收拾吃食。这四处一转，发现他家里跟地震了似的，墙上画，案上瓶，地上凳，房里床，各样东西或是移了位，或是颠了倒，都瞧着不顺了。关键是，少了一个大活人呀。他媳妇人呢？好在也算熟门熟路，我到厨房找出碗碟筷子，又翻出上次没喝完的老酒，摆好，拉小兄弟坐下。他压着胡子连喝几口，才缓过劲，从嗓子里拖出一团湿棉絮来：我没去山里收货。就在家里，花了半个月，好不容易才把她给赶走了。

"这是什么话呀。我惊得酒都洒了半盅。他又连喝几杯，我强夹给他几片猪耳朵，让他慢慢说。他却又什么也不肯说了，只管摇头。反正打那以后，我就再没见过他媳妇儿。算算也是三年前的事了，要不是他这会儿自己提起，这谜底恐怕还一直不会揭开。既然你还记得我媳妇，又问起千容，该着的，我是可以讲了。再保密下去也没意义了。他看着窗外跟我讲。

"起先是病，他媳妇患上疑难女症，有大半年了，下红淋漓不止，四处求看，药汤喝下去能有半条河，仍是只见重不转好。虽说不是立时三刻致命，但任是多强壮的身子，也经不住这样的流泻。有天他在小区里烦恼地瞎转，脚上踢到一只野猫，全身通黑，一对绿莹莹的眼眸，喵呜嚷他一声。他不管，继续闷头走，哪晓得小东西竟窜到前头，绕在脚前不去。他想起媳妇一直好猫，身上常年揣着鸡肉肠，院子里的野猫她认得十有

八九。可能这一只，也是她一向喂熟的呢，他心里一软，慢下步子。黑猫真跟带路似的，一步两回头，带着他曲曲折折地走。不过，这就是小区嘛，还能走到哪里，走到头就是西侧门，侧门外就是水果铺子。黑猫把我兄弟给带到水果铺子，绿眼睛一眯，就跑不见了。行，都到这儿了，那就，称一把香蕉、买五斤苹果呗。他挑拣起水果。

　　"'你呀，恐怕得买梨子，回家跟你媳妇分着吃。'他刚要付钱，给人拦下了，让他换成梨子。是个不认识的女人，也是买水果的，一边挑她的桃子，一边瞅我兄弟的脸色。她把他拉到边上，两句话切中要害，全是媳妇的内中症候，然后不轻不重地指点了几句：'她不能跟你一起待家里了，要往西南方向，一千公里，在那边正经住下来，调理半年。'我能同去吗？不行，你得老死此地。并且你还要回去，把家里的东西，如此这般地做一番颠倒与挪移——那便是我当时去他家所看到的局面。当时连他自己也觉得此事太过离奇，所以不肯跟我细讲，怕万一不灵，反落个大笑话。

　　"他给我讲到这里，吁一口气，把眼光从窗外转到我脸上。是灵的。他媳妇一到西南某小城，一个星期不到，身上就清爽了，两个月下来，肉长回来了，脸上又有颜色了，等住到半年，月事恢复正常，发来的照片，简直大姑娘似的。这当中，一有媳妇好转的消息，小兄弟便千恩万谢地向那水果摊上偶遇的女人报告。他跟千容从那时起，就算是有了交道。可千容总是半点喜色也无，也不要他的谢谢，只说不要恨她便好。你们想想这话啥意思？我这时其实也回过神来了，对啊，这都过去三年了，他媳妇身子是早就好了，可人也回不来了，身子和心皆已生根在西南边了。连这个，千容也是知道的，或者说，她真正提前预知的，就是他媳妇在西南边的另有归属。所谓病症的调治与家具的颠倒，不过是一种过渡与形式。他跟我回顾到这里，平静地补充道，怎么可能气恨千容？服气还来不及呢，到底是救了媳妇儿一命。是恩人。"

　　朋友转述了她从副总那里听说的，他那位小兄弟千里逐妻的救命之事，然后跟我总结道："看，千容就能知道，这人，跟哪里哪里的水土，是合的。合才能养人、才能安人，也才能久居。可惜我离开那公司久了，跟那帮子人来往少了。要不要我试试看，这位副总人挺热心，叫他替你跟千容拉个线？你这毕竟，也是大事啊。"

我心里一动，还是忍着，摇头谢绝了。并带着一*丝丝优越感*想着，她也是只知其一不知其二啊。怎么能主动去结识千容呢？要也能有只全身黑的绿眼睛野猫给我带路还差不多。

不过人的想法会变。尤其最近这几年，这事那事地一层层覆盖，每到难处险处跌跤处，便多次为当时的拒绝而感到懊恼。她都那样说了，就嘴边上的事，我点个头就行的呀，那现在又何至于这样，凌乱中抓瞎。痛中反思，我在心里反复给自己叮嘱，假若再能听到"千容"二字，别再一根筋了。世界上哪有什么纯粹"不期而至"的相遇，还是得努力，得事在人为吧。

好在千容毕竟是大家的，月亮或星星一样，或是这里那里升起，或是这里那里闪烁。那天我带果果去打针，就又听说到她。果果，对，是我胖儿子，两岁了，那周该着打乙脑疫苗。

那两年，我有几样事，是串在一起发生的。当时我差不多已决定去北方了，还有些细节想去人社局打听一下，同学群里有人说，有位高一级的校友应当在那里做事，几个话头一搭，便联系上，原来是他呀，我们都在校广播站干过。他颇热情，替我考虑到伴侣跟随政策、购房、医保接续、人才流动等各种政策细节，连两地工资水平，甚至未来的养老金发放标准等都打听到了。前后有一个月，他带着我东跑前跑。有天正好碰到大雨，我们给困在一家小面店，对着桌上只有残汤与菜叶的大碗，他突然开起玩笑，说在校广播站的"共事"，他那时还暗恋过我呢。

玩笑还是真话？但这话，能说出口来，就是个意思与信号吧。再说我真挺谢谢他的，那一阵子，我是太飘忽了，抓个浮枝都能当铁锚的。当晚就跟着去了他的住处。他跟我讲了他突然逃婚的前女友，语气甚是悲凉，这让我意识到，他还没走出那一段儿。随后，我继续准备有关调动的琐事，同时等待北方那个城市的各种回复，一边麻木地继续与他同睡，不顾前路。

然后就发现自己开始呕吐。两人都太粗心了，准确地说，是对自己和彼此都浑不在乎。那怎么弄呢？沉默地看了一会儿验孕棒上的两道杠，他斟字酌句：要是你舍不得打掉，就别去北方了。我心里一块石头轰隆隆滚

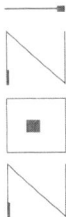

落，突然放松了，这个宝宝就算是留我在这里的吧。至于跟什么人结婚，也没那么重要。总之，就那两个月，去留问题、婚姻问题连带着怀孕一并解决了。

果果打疫苗有个特点，人多必然长号大哭，人少则软绵绵哼唧，若只母子二人面对医生，说不定还笑嘻嘻。所以我尽可能地磨蹭着，很不积极地排队。然后就发现，有一位妈妈，似乎跟我是一样的想法，我们像两个"慢车比赛"选手，只等着大批的哭闹主力军过去。无聊之中，两个孩子在我们手边就近玩了起来，无法，我们也只能相就着一起打发时间。而这种两个妈妈抱着孩子在疫苗接种区的聊天，恐怕是世上最乏味，也是最奔放的聊天，三分钟之内，就能从小孩一天大便几次到乳房缩小与下垂程度，聊到盆底肌恢复情况以及是否漏尿等隐私话题。

"你知道人类平均每年应当做多少次爱吗？"瞥了一眼正彼此吐泡泡与口水的孩子，园园妈妈突然抛出这个问题，我一怔，还真没想过。她马上灵活地从微信收藏夹调出一篇公众号，伸手到我眼前，标题上就有显示：104次。

"园园爸爸是达标了，他一直在外面乱搞。要是什么有情有义的小三，那也还能讲得通。可是他，全是刷的约炮软件。"明白了，怪不得她眉目间总有点忧色，讲起性的话题来好像别有一种亢奋，"可笑就可笑在，这还是千容跟我说的。"她很随意地提到千容。我不敢相信，可能是名字相近的人名？

"谁？你朋友吗？"

"才不是，公司网站的客服。你想，连个外包客服都能看出来，说明我这是呆到什么程度，说不定办公室所有同事都知道了。我就说呢，他跟我，连人类平均次数的十分之一都没有，另外十分之九，全都在外头哪。"她露出这种情况下常见的怨愤。想到以前听说千容是做客服的，看来应当就是她。我露出愿闻其详的同情之情，心里不敢惊动地轻声喟叹。来了，千容又出现了。不过，听说她再次结婚后，好像不工作了呀。

相对我以前听到的千容的故事，尤其是讲述者那种有意的起承转合，节奏和因果上的拿捏，园园妈妈这个就显得太过平常了。她只是因为在公司里负责跟网站客服对接，所以两人打交道比较多。你们见过吗？没有，她客服呀，就微信上聊聊的。园园妈妈显然把千容看成一个有点多嘴的八卦婆，从别的某处听说，按捺不住，告诉了她而已。

园园妈妈兀自沉浸在她的痛苦中："关键两边老人都很烦，几个老家伙一条心，整天盯着我要二胎，说既然政策放开了，当然得用足啊，正好换个品种，要个女孩。以为这是点菜吗？点什么就有什么。关键是，没有人给我撒种啊。我都三十五了，高龄产妇了。"她的忧虑显然还包括生育。

"你，听听千容怎么讲呢？"我想把话题往千容身上引，她只是一带而过。

"她能知道什么，自己也是个单身妈妈呢，搞得一塌糊涂。"虽然我知道卜者不自占的道理，可她的口气让我很是不安，"不过，你这一说，我想起来了，"园园妈妈沉吟道，"她当时跟我讲了两个消息，一个是园园爸爸的事。还有一个是讲我，说能看到我后面有一条大河。说大河主富贵，我过几年就要发大财了。你说怎么可能呢，就这指甲盖大的微信头像，她还能看出条大河来？真要能发大财。妈的我这家里一样不拿，连手机都不要。"她作势要把须臾不可分的手机都扔掉，表示弃绝之烈，"带上园园就走，我他妈的也找男人去，一年搞104次。"她使劲儿地笑，苦中作乐、绝无可能地笑。

我颇为羡慕地看着她。我知道，千容"看到"的肯定能成真，她多么有福啊，眼下这根本不算个什么。可她，也太不拿千容当回事了，实在叫我看不下去。膀子里两个小孩不知啥时都睡着了，打针的队伍还是臃肿着，保姆、爷爷、爸爸、外婆、小姨，一个小孩起码两个大人跟着。我们两对母子倒像一个小小的岛屿。我突然一阵冲动。

"你啊，是真不晓得千容？她可是顶顶出名的小神仙哪。"我把果果在手里换一边胳膊，把从前打各个朋友那里听到的案例全都讲了一通。可能有些地方比较含糊，或转折过于凶猛，毕竟时间久了，记不清，得边想边说。即便如此，我满意地看到，她把她儿子也换了一边胳膊，向我这里靠得更紧，梦魇似的，眼皮半睁，眼珠快速转动。她这模样加剧了我转述的愉悦程度，也增添了我转述中的华彩，我甚至编造了些更有趣的细节。比如，对那个在澳大利亚变性的孩子，千容甚至从镜子里看到了她（他）回国后初次揽镜自照的模样：一套红蓝条纹的连身工装女裤，唇膏和眼影都是银色的。诸如此类。这并没有改变事情的本质，不是吗？

偶尔，在停下来喝水时，我一闪念中也会想到，以前听朋友们讲述

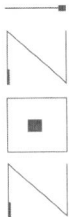

时，我也是这样迷醉的梦魇之状吗？而她们，也同样的，会不由自主地添油加醋吗？但我咕咚咕咚地喝水，并把这样的念头一并咽下。不管这些，毕竟，这个过程太有成就感了，我简直把园园妈妈给换了一个人。

她的样子慢慢恭敬和拘谨起来，在我提到千容时，会小声跟一句，我们该叫千容大师吧。但对我，反倒有点倨傲和防备了。她现在也知道了，不日，她将要大富贵了，哪怕就是三年五载之后，那依然是显见之事，必将到来的呀。

"介绍我认识一下千容吧。"我直截了当地说。铺垫得够多了，也许太多了。打针的队伍已到尾部，再过半小时，上午的门诊都要结束了。

"这个，她又不是我朋友，只是外包客服呀。对客服这一块，我们公司有规定，我不好私下里……"她支吾着，好像千容反过来成了她必须尽力维护的什么宝藏，当然，她也有点不好意思，伸手到包里乱翻，又慌张地摇怀里的儿子，想喊醒他，"这样，我给你指个路子，你呢，就直接到我们公司网站下面去留言，反映问题，客服就会出来跟你沟通的。千容，不，千容大师就跟你直接会话了……"她一扭腰抱着儿子站起来，快步往队伍后面走去。

"你什么公司啊？"我也一把抱起果果，腿都差点一软，不依不饶地也挨着她排上去。

"弗兰卡厨具，华东大区。"她匆匆作答，拿出她的号码条，跟前面两个人说了什么，一下子就插到最前面，刚好里面有两个老人合抱着一个哭得直打挺的娃娃出来，她便一大步挤将进去了。

谁叫我跟园园妈妈只是这种偶然的闲聊关系呢，就是刚刚谈过乳房下垂和性交频率又怎么样。我也没太伤心。只在心里默念那个厨具品牌，有些不情愿地想着，真去售后客服那边留言吗，或者当真给家里换一套整体水槽？这是合理程度的努力吗，还是有点过头？关键是我不太喜欢售后客服这个背景，千容那是在工作之中吧，总觉得氛围不对。

可惜刚才没问清楚，千容是真的又离婚了吗？她过得不怎么样吗？她就不能找另一个小神仙（同行之间也会有联系的吧）给她自己也把一把不好吗？我拉拉杂杂地想着，心里倒替她感到有些纷乱不安。我自己这边，其实最近还好，虽有小烦小恼不断，但到底一家三口算安定下来了。就算前面可能埋伏着什么，正淌着哈喇子打算吞我下去，我也没必要提前操心。就这么着，暂时搁一下吧。只要千容还在我们当中就行了。

"记住啦，回家路上你拐到菜场去，买两条小鱼。你要信！可别也整出个什么毛病出来。"再次叮嘱一番之后，我朋友左右交替挪动双腿，右手无意识地抓捏，这是急于要送我出门的架势。可能是因为刚刚承认了她并不认识千容，有点儿不自在。可更多的是，我能看出来，我太熟悉这感觉了——这些年，她显然也都是从不同的朋友那里听说千容，并跟我一样惦记着，有着求而不得的憾恨。

Two heads are better than one. 想起初中时学过的这句英语谚语。我们不如合力把各方面信息碰一碰，不是更能接近渴慕之人吗？我们是从业务关系慢慢变成好朋友的，知道对方的为人和生活情况，也足够地信任彼此。

前年，我儿子果果被两家大医院和一个研究所都诊断为智力发育障碍，也就是大家骂人时常讲的"弱智"，果果爸爸崩溃得很彻底，第二天就离家出走，切断所有联系，一个半月后托人捎话，说再也不回来了。曾宣称暗恋我、也娶了我的高中广播站成员就此成了前夫。能怎么办呢，他先抬了腿，不要讲出走，我连寻死也轮不到了，总得有人把果果给拖大，还得挣下我死了之后他的养老钱。

想想一个小文科生，除了敲打键盘，能干什么呢？长夜苦思，看几眼痴睡的果果，我开始挨个儿给淘宝上的小破店留言，尤其是那些一看就没有策划包装的店铺，提出我的全套文案服务，诸如广告词、产品描述与解说、创意命名之类。比如，卖干花的，我会替它搞一个"紫色心情"或"窗外"系列，类似这样："时间驻留往昔芬芳，化为颊边的恋人絮语。"卖百香果或紫薯的，则是"我们采撷大地深处的精华，穿越千山万水，纯正原香只为换取你的每日维C一笑"。而卖棉服饰的，则需要给那些皱巴巴的裙子取出名字来，叫"湖畔相遇""庆历四年春分"，等等。三四流的土味诗意，正好够用。这一谋生的想法，多少也算来自千容吧，我相当于她的上游产业，负责勾起购买欲，她那里则是跟进售后。既然她一个人能单干，我干吗不试下？

没有料到，这还真做出点名堂，需求之大、收入之易超乎意料，后来

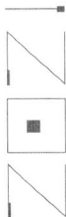

我索性辞掉小文员差使，找了一个肯吃苦的姑娘做帮手，全心全意做起这无本生意来。而我眼前这位朋友，手上开了五家淘宝店，不排除还要扩大，全都是我替她从无到有一手托举起来的。她起先卖女包，小作坊流水，好在皮子还可以，我给她的定位就是意大利风格的小众品牌，价格立刻翻了两倍。后来她卖贝壳饰品，成本很低，有时就是残损边角料，我给她所有的文案和页面配乐等都指向跨性别与多元文化，黑酷范儿，卖得可好。生意上，她确也离不开我的。

所以也没多想，我把意思跟她说了出来："不如一起找找人，跟这个千容结识下。明面儿上，我们可以说是请她做你的售后客服，这很自然……"

不等我说完，她用手势打断，把我从阳台引回室内。"假如真能认识，就太好了。我正碰到……"她停住，毫无过渡地突然抽泣起来。她戴着用深海贝壳做成的异形项链，随着她肩部的抖动，它们散发出蓝绿色的深海荧光，一点也看不出廉价。我所有朋友中，她留过学、父母不用她养、丈夫很顾家、女儿找人上到双语幼儿园、生意很可以、定期健身，真是什么都好的呀。可那怎么也控制不住地抽泣，又表明她绝对碰到大事情，远大于我以前或眼下碰到的任何事儿。"我实在扛不住了。有一个多月了，得不断增加药片，才能勉强睡一会儿。快说吧，我们怎么能认识她？"她那口气，像急等汤药入口救命。

"你真的相信她能帮到你？"不知怎的，我问出这愚蠢的问题。可能是她表现得太急切了，让我十分忧心，万一千容解决不了呢，那种完全扑上去却一脚踏空的破灭，我是不敢想象的。她是我流水额最大的旺铺客户，跟我的结算是佣金式的，她生意好，我的收入才能多些，果果将来便更多几分保障。她闭着眼睛抽泣，所答非所问："需要，我需要的呀。"

我们于是有商有量地，从所有讲过千容的那些朋友里，各自分头打听起来。事实上，这工程并没想象中的庞大或曲折，知道她的人比预想中还要多。没费太久，千容的喜好、工作、生活、社交圈等皆已了然——确实是又离了，自己带孩子。年前出过一起车祸，断了三根肋骨，但恢复很好，基本无碍。工作不再是单干了，给一家公司收编过去，而今只负责家用电器方向的客户。她性格偏内向，但朋友倒是不少。喜欢看电影，尤其动画片等一大堆有用无用的细碎情况。

最终，找什么人来引荐，大家约在哪里一边吃饭一边聊聊，也全部敲定：就这个周六中午，粤式茶餐厅，据说那里的海鲜粉丝煲和招牌腊味饭口味甚好，是千容惯吃的。看看，这就搞定了嘛。我与朋友击掌相庆。这会儿，就是叫我们去结识我们都喜欢的布拉德·皮特，恐怕也非难事。

其实每个周六我都要带果果去海洋馆泡一天，他最喜欢待在那里面。算了，只能把他送到一家托管处，那托管处居然同时接管宠物，气味不大好闻。可这次见面太重要了，我不希望果果出现在那边。然后便急急忙忙回家收拾打扮，试了起码五六套衣服，连背什么包都琢磨了半天。我心里在不停地翻滚和盘点，带点劫后余生般的兴奋劲儿，千容让我回想起若干的、我最需要她的那些艰难时刻，一浪又一浪的恐慌与打击。单方面看，我认识她得有十年了吧，都能算是老朋友了。可她还没见过我呢，所以真得好好收拾下。我简直有点面试的心态，要显出我老到的职业状态，同时很会过生活，当爹当妈一把手，虽然经历了些坎坷，可对付得还行……也许就凭今天看我的这一眼，她看到了一切……

我提前一小时收拾，扔了满床的衣服，最终出门还是迟了。滴滴叫车要排队，还碰着个慢性子水平又菜的司机，一路吃红灯。粤式茶餐厅在美食中心中庭三楼，我气喘吁吁地，老远就在扶梯上看到那家店，落地玻璃里，我朋友的玫红色绲边套装十分触目。她昨晚就发了照片给我，选了最贵的，然而我认为是最难看的一套，好处是让我一下子就看到他们四个。

我们俩共同的一个朋友，打横头坐着，正跟服务员讨论菜单。有一位男士，昨天我们也加上微信了，他是我俩共同朋友的朋友，是他带了千容过来。男士与千容都背朝扶梯这个方向坐着。我朋友正跟千容在讲话，我看到她鲜艳的上半身，两只胳膊不对称地挥舞，显得过分活跃。她旁边空着，那是留给我的位置，跟千容斜对面。

我理理头发，触到脸颊的两根指头冰凉，像两根迷你冰棍。我上了扶梯，又从边上掉头下来，打算再上一遍。他们聊得正好，我反正已经迟到，对结识千容而言，等这么些年了，还在乎这几分钟嘛。

扶梯很慢，甚合我意。我得以远远地张望千容的背影，带着莫名的温存与眷恋。近在咫尺啊，只最后一步，就要抵达她了，从此将失去对她的所有期盼与无限寄托。

碎短发，并不是某个朋友曾描述过的粗长辫子。从背影看，也谈不上

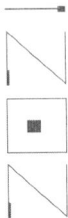

微胖，是相当清瘦的体形。扶梯到最高处时，能看到她小半个侧脸，肤质有些糙、发黄，好像蛮沧桑的。还能看到她脚下搁着个大挎包，鼓鼓囊囊的，款式和颜色跟我以前一个同事的一模一样，我刚刚送儿子去托管处，用的也是类似这种大包。这让我有一种悸动的亲切。这就是奔波中人常用的包嘛，轻、能塞。像今天，我装进了儿子只肯吃的两种零嘴、惯用的水壶、替换的小毛巾，还有他走哪儿都要带着的一只毛绒企鹅。猛然间想到果果，我心头一空，感觉离开他很久又很远，突然很不放心起来。想想看，为着周六的海洋馆，他等了整整一周，这可是他最大的盼头。他会一直在哭吧，不远处还全是狗吠猫叫，臭味一阵一阵。

这让我有点不安，但仍然重新踏上扶梯，一边张望千容，一边在心里念叨：这么多年啊，可终于等来她了。可是，等一下，突然一阵剧烈的心跳，继而几乎骤停：如果真在多年前遇到千容，而她也平静地指示出我今天的必然，在确凿的命运线中，我真能走得到今天吗，眼睁睁地看着自己一头撞向透明的冰山？或者，我将由于她的预见而拼命抗争，纵身投入那一无所有的恋爱，一意孤行去往北方，逃命般地通往另一段婚姻，以求像大部分人那样生下一个健康的宝宝——那么，我将没有果果？

不，我受不了这样的假设，我甚至已不能接受跟果果有超过半天的分离。我在后怕中大感庆幸，随之而来的，是心乱如麻，是更大的愧痛，有如锥刺。我怎么能一下子想到这许多，太冒犯了。若以此类推，今天，当真结识千容之后，未来的生活……

像个冲到悬崖边的胆小鬼，或是差点伸手去按动类似核武器的启动按钮，都等不及到顶头再换乘了，我有些跟跄地扭头就往下逆跑，用力跑，加速跑，才能跑过扶梯本身的上行速度。正是饭点儿，扶梯中挤挤挨挨全是赶赴约会的人们，带着空腹，也带着期待地交头接耳，他们由远及近又由小而大的面孔，在我失焦的瞳孔中，像美好的花朵一样轻微晃动。我喜爱他们那无知无觉的样子，多么天真啊！对不起，让个道，对不起。我向他们所有人抱歉。

双脚终于着地的时候我突然想到，千容应当早就知道了，说不定也早已告知我那玫红套装里的朋友，以及在座其他两位了。她斜对面那个位置，将会一直空着，我不会与他们一起共享海鲜粉丝煲和招牌腊味饭。她什么都知道的，对吧？这个想法让我大为释然，几乎愉快起来。我最后一次扭过脖子，抬起眼睛，像暗中浇灌并

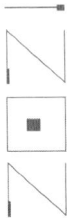

拥抱某种不为人知的深沉友谊，远远凝望茶餐厅那个方向，虽然已看不到千容的背影。

原载《花城》2021年第1期

点评

　　小说的真实主人公——小神仙千容的各种灵验案例在"我"的朋友圈里口耳相传，愈发显得神秘而令人向往。初时"我"对她的神秘事迹如雷贯耳，但同时抱持着略带嘲讽的怀疑态度。然而随着朋友圈里她的"神迹"越发增多，"我"对她的态度也逐渐转变，甚至成了她事实上的拥趸。她的拥趸不止民间的三姑六婆，更有些文化程度深、社会地位高、人生阅历多的成功人士。所有这些人的不懈传播，让她一再被封神。而"我"也成为传播者之一，"我"的讲述让一个原本并不太重视她的年轻妈妈在很短时间内转变了态度，从最初的不屑一顾到口口声声的"千容大师"。

　　小说表面写的是当人们在身陷逆境时通常会有的求神问卜之心，但又一再强调小神仙千容与普通"神棍"的区别：其一，千容也是凡人，她也像普通人一样结婚、离婚、生子、照顾家庭；其二，千容的预言不是随时都可以，而是需要"神缘"；其三，千容不借此收取任何报酬。这样的描述一方面在尽可能减弱"小神仙"的"神性"，另一方面也尽可能增强"小神仙"的正面色彩。借此，作家的真实意图更像是将表面上的神秘现象努力还原为普通的心理需求和添油加醋。

　　然而穿透表面，我们看到的是命运无常、难以抉择。作家意在呼吁我们反观内心。每当遇到逆境，我们想到的不是如何接受和直面，而是自欺和逃避。因此最后一部分，作家借"我"的反思实际上想要表达的是，求神问卜并不能真正解决当下我们的现实问题和心灵困境，对灵异者一再的神化也终究不能说明任何问题。所以我们终究要靠自己，每一步都是前一步的积累，如此这般、一切应顺势而为。

（侯建魁）

凤栖梧/

/王方晨

我们极像做了场大梦。

梦有多长？至今也没能做完，恐怕还要子子孙孙做下去。

在那样的缥缈大梦中，人人得其所哉，习与性成。所享尊荣，尽都来自于老实街民俗淳厚。看那行住坐卧，不矜而庄者有之，怡然自乐者有之。

从祖先接过来的日子，一如天际草色烟光，绵绵见不着个首尾，端的时好时坏，这个却是不变，甚至老实街也像并未消失。

被拆的老实街是去了另一个地方、另一个时代。不想倒罢，一想便如神明，保准离你不远，近得能让你抬头望见一只大白馍馍。

不管流散何处，老实街人居家，馍馍一日不可无。闻不到馍馍气味，踏实得了吗？大白馍馍热腾腾、圆鼓鼓、光灿灿、芳馥馥，好像人间本来就有，跟头顶的天，足下的地，跟老实街上清冽不歇的涤心泉一个样。

街南口的苗家，就是做馍馍的。

每日的某个时辰，馍馍房揭屉出笼，好看的白气蒸腾而起。长长一条老街，流漾着新馍馍诱人的麦香。人们早就习惯了。从嘴含乳头的那点年纪，就开始对这馍馍香不陌生。说不准更早，从受孕之日也未可知。而在老实街人的记忆里，那馍馍房也像本来就有，一直都在。

恰恰好，人都说苗家住的是座废弃的土地祠，至少翻建过。祠门砖额上的字迹，尚隐约可寻。渊博如芈芝圃老先生，指认那是"福德神祠"四个字。

苗家馍馍房，就在原祠庙东耳房的位置。挨着老街呢。也是从很早，馍馍房的主人叫作苗凤三，及至老实街人离别故园，也依然叫作苗凤三。

搭眼看这人，不像个和面做馍馍的，倒像缙绅名流。看不出市井中一般人老想发财的意思。脾气也超好。

能这样和颜悦色的人，是认为世上没什么值得相争的。

再看，却还是个馍馍房师傅。从头到脚，干净，一星半点的面粉也沾不到身上。春去秋来，面庞总不见老，白里透红、润泽有光，像常去美容院做保养。馍馍房不缺蒸汽，日日浸濡，可比面膜管用！

馍馍房何曾衰败过？捎带着时刻免费美容，不怪苗凤三浑不知就把心底的快意给溢到了面孔上。

"不管到了哪个年代，你得吃，你得穿。"

不满足，就不会对人说这些话。

吃穿共两样儿，宽厚圆融的苗凤三占一样儿。民以食为天，这还是头一样儿。又不是高攀不起的山珍海味，单单是价廉而必需的馍馍。

作为一个与世无争、从不老想发财的人，没有理由不怡然自乐。春风得意马蹄疾，连他日常的脚步，都是翩然轻快的。

其实，身轻如燕才是苗凤三让人首先想起来的形象。

曾几何时，老实街苗凤三会轻功的传言就有。

三月三，放风筝。有孩子的风筝落到了李铨发制笙店的屋脊上。当时他还没成家。出老街会朋友，喝了几两烧酒回来，正巧遇到，二话不说，助跑几步，"噌噌噌"，蹬着墙皮就上去了。风筝丢下来，一个鹞子翻身，稳稳跳到地上。立在那里，利利落落，赛棵青松，几两烧酒当不得事！

这是老实街人唯一一次亲眼看他施展功夫，是对他会轻功的验证，后来也被大家越传越神。

人们没少撺掇他给大家重新展示，他却只笑说，"我怎会那个？"再不承认的。

越是不承认，人就越是认为他深藏不露，越是认为他功夫了得。连他怎么练出来的，都渐渐猜出个八九不离十。

苗凤三常会的好友，是后佛楼街上的，姓鹿名邑夫，就是他的同门师弟。两人一块儿去泰山桃花坞找了练家子拜师，回来后又一块儿苦练

切磋。

后佛楼街人说了，练功的秘密场地，一个在城南佛慧山的黑风口松林，一个在鹿邑夫自己家。门一关，就是哥儿俩的世界。

细心人看过，他家屋梁都在发亮，桌子腿儿格外结实。

鹿邑夫练出了七七四十九招，自己笼统叫了"邑夫神气"，却又并不讳言，"邑夫七七盈天招，不及凤三易口诀。"

此中关节，也是两个。

非魔非道，动辄神啊气的，外行人不知为何。

人人生来沉重。刚满月的婴孩，久抱尚臂酸，更何况七尺男儿。不靠了盈虚神气，如何能将这俗浊赘重肉身提升？所以，名为练功，练神气才是关节。

神气自如，身子自然轻逸。

气从何来？那易口诀有多厉害，就全在这个"易"字上。当"易"之时，可谓倏忽快哉，气息全出。气在起承转合之间流动，如潺湲之水、舒卷之云，方为佳境。

邑夫神气四十九招，相比于易口诀，招招都是笨法子！

既然鹿邑夫这么捧苗凤三，怎么不把易口诀学了？师出同门，不会也染了那没出息的小家子气，各自防备起来？

每逢此问，鹿邑夫便笑而不答。

若按投桃报李之说，苗凤三也该回捧鹿邑夫，但这济南老城里，听鹿邑夫说苗凤三是自己师哥的多，听苗凤三说鹿邑夫是自己师弟的少。可见世上有种情谊，是一般的头脑想不出的。

这鹿邑夫生得短小精悍。瘦骨嶙峋，却铁样的硬棒，不像一说起会轻功，就身手绵软。那小眼睛，黑油油，再浓的墨都描不出。

与苗凤三不同，他从不忌讳在人前"露一手"。

说着说着话，就有可能一下子蹦到山子石上去。只要是高处，不管是个小土堆，还是一个石阶，都会是他蹲踞的地方。题壁堂的高墙、佛楼屋脊、参天的大树，他都上去过。不知这算不算得飞檐走壁。

人们能看到这些，也知足了。真的飞檐走壁，好像只适于月黑风高的夜半。

他还常说练功最实际的好处，能去身心滞、闷、恶、阴、霉、浊之气，留下的只有沛然之清气。他已经收了两三个少年徒弟了。

说不定哪一天，他会捺不住把全套的功夫，将那飞檐走壁的本事全都当众展露出来。可是那一年，桃花坞的师傅犯案丢了命。他们想法子跟师傅见上了最后一面。

回来后他至少是沉默了。

他做了裁缝。

这老哥儿俩一个弄吃，一个弄穿，都过得无忧无虑。

鹿邑夫双手灵巧，裁缝上的名气渐渐盖过了武功。尽管趁着年少气盛欢实过一阵，天长日久，后佛楼街的人就忘了他的世界有过这段了。

逢年过节，苗鹿两家都会像亲戚一样走动。他来老实街，苗凤三好酒好菜款待。嫌屋里窄憋，常常小饭桌往院子里一放，哥儿俩就对斟对酌起来。

为助酒兴，免不了划个拳，猜个枚儿。俱各文雅，从不会大呼小叫的。一来二去，人们就看出这鹿邑夫喝酒不大节制。每喝必醉，起了酒意就围着院中一棵梧桐树乱转。

那老梧桐生得高大笔直，屋脊之上才有分枝。

顺树干仰望，疑似通天。他也就望望而已。

临走，苗凤三总会让他捎去十几个大馍馍。他喝得晃里晃荡，走不出街口就可能把馍馍撒落一地。为此，苗凤三让家人专为他缝制了一种布口袋。绳子一扎，口就收紧了。起初他不会再将口袋带来，苗凤三就为他备用一只。后来才形成了习惯，每回都是带了口袋来老实街，好装馍馍。

苗凤三送他馍馍，不为别的，就为"家里有"。

做馍馍用不着高深的技巧，不见得就比别家做出来的好吃多少。要说好吃，都好吃。保证了用水、用料，面揉得筋道，醒到火候，不是故意把馍馍"气死"，就不会太差。

故意把馍馍"气死"，希图什么呢？

做好裁缝的要求嘛，平心而论，比做馍馍要高。

不是苗凤三有意谦虚，是真心话。

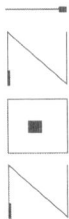

"兄弟，你那把剪子，我使不来。"他对鹿邑夫说过，"我只会捣。"

他的膀子已有些圆了，不像鹿邑夫，还是那么精瘦。

从苗家馍馍房前走过，常能看到苗凤三光了半臂，在里面一心一意捣面。

捣！捣！捣……

水来自涤心泉，面选了合格的面粉，其余能下功夫的地方不多，得好好捣才是。

捣来捣去，馍馍房用上了机器，连捣也不用了。

机器多厉害，那捣面的胳膊算什么！每回干活，都得防着点儿。安全第一。

世上偏有迷手工馍馍的，但苗凤三决意不动手了。即便是手工做的，也还得放在电蒸笼里去蒸。手工馍馍是好，但时代往前走了，要真舍不得过去那点子口味，你等着挨饿。

他这个馍馍房师傅，渐变为纯粹经营。

过去做过一斤一个的大馍馍。年节为摆供专用，做过五斤、十斤一个的。一般一斤出三个。后来人们肚里油水多了，主食减少，就出一斤五个。还出过袖珍型的，一斤九个，起名"馍丸子"，小孩能拿来当零嘴儿。又增加新品，蒸干饭。电蒸笼蒸出的大米干饭，瓷实又不失软糯，口感特优良，非那些忙碌人家的"急就章"可比。刷锅淘米的，费多少事。不如买来实惠。

苗家馍馍房兴旺，大有道理。

街上的芈芝圃老先生，主动给馍馍房写了块匾额。

原来，这馍馍房连正经店号都没起！早年间只在临街墙壁上用石灰水草草刷了"馍馍"字样，因在屋檐下，倒没被雨水淋去。

芈芝圃老先生写的，你猜都猜不着。

是什么？

"凤栖梧"三个字！

苗凤三不安，因他还从没这么招摇过。

"凤非梧桐不落。"芈老先生娓娓解释，"你是生逢其时，名字里又有'凤'字，院里又有梧桐，故曰'凤栖梧'。"

苗凤三到底羞了一段日子。

鹿邑夫来会他，他满心不想让鹿邑夫看到，而且准备好了一旦他看到，就连说三遍"这个不好"。当然不是说字体不好，是挂了招牌不好。

喝酒时照例少不了爽口的醋熘大明湖白莲藕，酒也是好酒。那天，邻家几只白鸽也来助兴，屋脊上"咕咕"叫了不算，又飞到梧桐枝上去叫，然后再飞下来，落到眼前的地上。

显见鹿邑夫酒兴未起。为诱他多喝，苗凤三反多喝了几杯，不觉间双目已蒙眬。

当年，他就是乘了酒意，跃上屋顶给小孩拾风筝的。

若不喝酒，就不拾了吗？

怎么忽然想起这个来？他摇摇头。

"咕咕咕。"一只鸽子吃饱了他刚才丢在地上的米粒，就展翅向树上飞去。他的目光追着它，眼睛里飞起了一道白色影子。

鹿邑夫这回没喝醉。对"凤栖梧"的招牌，自始至终，都像没看到。

苗凤三目送他拎着一口袋馍馍走出老实街，不由得心头泛酸。

近年，鹿师弟有些走下坡路。

人吃饱了是不是不用穿了？不是的。但去商店看看，卖布的柜台都快见不着了。左邻右舍的，不说扯布做裤子、大褂的绝迹，也已是极少见。馍馍、米饭买来吃实惠，家常衣服去买，也比扯布去裁缝店定做来得经济，样式又多。衣料子也结实，苗凤三有件蓝呢大褂，穿了四五年了，还是簇新。

同气相求，那鹿邑夫也不是老想发财的人。裁缝店冷清挡不住，他本可以看淡一些。但他来老实街，看不见"凤栖梧"，说明还是在意了。

他跟苗凤三情谊深厚，按说怎么着也得应付一下。心里不得劲儿，背后去体会。

还是那句话，世上有种情谊，是一般人用脑子想不出来的。

苗凤三不可能将那匾额摘了去，渐渐地，连他自己也像看不见了。

有夸那字的，他不随着看，嘴上说，"小本儿生意么。"这话好。

一个外地游客搭眼看见，竟问，"是斋号吧？"老实街人也蓦地一惊。

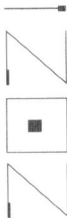

看那苗凤三，一团和气，虽衣袖半挽，却仍透着超逸，真的是配有斋号的名士样子。

馍馍房起斋号，新鲜。

但凡有夸字的，都会很快传到芈老先生耳朵里。

黄家大院一向深居简出的芈老先生，有时也会坐到大门口去了。他的眼睛不由得一次次乜向馍馍房。这一天，一个外来人引起了他的注意。街上好像突然变得特别安静。外来人光脑壳，壮实，走路勾着头。他从黄家大院门口走过去了，果真是要到馍馍房去的。

过了半个时辰，芈老先生已回屋里，年逾六旬的儿子走来告诉他，苗凤三今天遇上个难缠的。他马上想到了那个光头，"哦"一声。本不指望一个粗人会夸他的字。

"县东巷一个青皮，非要拜凤三为师不成。"

"学做馍馍？"

"不知从哪儿听来的传言。非要跟凤三学轻功，学飞檐走壁。"

芈老先生不知道这个人叫小丰。畏他的不只是老实街人。怪不得他一走进老实街来，霎时就一片寂然。

苗凤三怎会收徒弟？学做馍馍，不用拜师，自家爹娘就能教你。要学轻功，就是笑话了。苗凤三怎会那个？听谁说的？瞎掰。

小丰不像过去，到哪儿去都是神鬼惹不起的样子。这回来老实街还算知礼，没成群结伙，吆五喝六。在苗凤三跟前，也没一句不中听。他是藏着忐忑呢。既然认定苗凤三身怀绝技，断断不敢冒犯。既然要拜师，他这路人，知道点讲究。

好不容易把他支走，苗凤三就暗自盘算。

无风不起浪，怎就把这路人招了来？多少年了，谈过往事和武艺吗？什么轻功，都是当年鹿老弟信口说的。说着说着就走了形，没边没际了。可是，多少年过去，鹿老弟也管住了嘴。不是夸，鹿老弟也精爽着呢。

想来想去，还是疑到匾额上。

至少，匾额是个引子。

头一次看到匾额，没有不夸那字的。夸了很多次的，也不罕见。

倒有不夸的，仅是他的师弟。师弟没夸，至今没夸。

他只是做了个小本生意，不想这么着。

再想想，这不是跑大街上插了草标吗？

苗凤三，真个是为了难。

这天夜里，他多少年头一次睡不着了。披衣下床，走到院子里，围着那棵老梧桐树，一声不响地来回转。

对鹿邑夫，苗凤三早看出了问题。他比自己能端。凭他那股灵巧劲儿，要是能再圆融一些，不至于弄到危机四伏。不过也不太晚。

他这样有经验的老师傅，即便做做老衣裳，也能拓出一片土地。偏他在这上面不怎么上心。老衣裳不做，旗袍、唐装不做，一应少见的奇装异服，都不大做。要么是不愿伺候死人——他鹿邑夫怎么能伺候死人呢？要么就是不想费心思。他愿做大众化的、家常的，且为活人做。街上流行中山装，他做中山装。一副样子，略加改动，就应付得了。女人的裙子，难不住他。流行西装、夹克，甚至喇叭裤，他也做得来。

一句话，他当裁缝只想过得去就行。

嗯，或许他认为这一切不值得他费心思。

人生在世，不费心思怎么行得通？

人人不费心思，回到初民时代，腰上围片破布就得，更用不着裁缝。

在愿做的上面，他却是下了功夫的。比如中山装，老城里没谁比他做得更合体板正。大氅什么的，不管男式女式，都没得说。

这是他的底线，他只能为人服务到此了。多一步，不能。

学徒他也收。那时候看不出他怪，人家也很愿意跟他学。

被人叫着师傅，他觉得有面儿。也是和颜悦色，也是生活满足。

只有苗凤三能看得出，他的身后还站着一个人。

一到夜深人静，那个人就会飞奔至幽暗的旷野上，闪展腾挪，神气盈天，上接星辰。

做活做到了形神合一，手起风生的意思自然会流露出来。

那时，人能看呆。苗凤三就知道，那个人啊，其实不是站在他的身后，是藏身在了他的衣服里面。

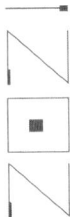

谁想得到，这样的衣服竟越穿越紧巴，快要藏不住了。

苗凤三有心劝他改，却说不出口。

"老弟，做点老衣裳吧。"不像话。

"以后什么活都收……"嘿！都这岁数了，不缺吃喝，争什么呢？

鹿老弟是对的。鹿老弟才是看得开。反倒是自己，活得过于用心了。为一块匾额，掂对来掂对去。

这么一想，苗凤三就心中有了数。

苗凤三寂寞不了，他担心鹿邑夫寂寞。为解鹿邑夫寂寞，不等到年节，就频繁去后佛楼街与他相会。自然，每回去都会带馍馍。

将来还能没馍馍吃？最低有馍馍，就没有怕的。那就开心起来。

这是发生在小丰求师之后两个月的事情。二人你来我往，四五天就能见一回。

小丰一去就没了消息，不然肯定会打搅到他们。

看他们往来，我们会想，幸好小丰死了心。若苗凤三有功夫，也不会收他这路人。

好东西，不是人人都配得上的。

我们眼光雪亮，因为我们有很多眼睛。这很多眼睛看了出来，不论他们是谁，从老实街上走过，脸上似乎都带了年轻人的腼腆呢。

往事并非如烟，我们老实街人从没忘记苗凤三从制笙店屋顶上一跃而下的洒落。老实街一个光辉的黄金时代眼看就要来临，绝不是我们哪一个人的预感，而我们更多的记忆也被纷纷勾了起来。

他们哪是走路？是操练起来了！不过是预热，蹚场子。

把场子蹚得更阔大，以后才好施身手。也是在暗聚混元之气，毕竟委屈了一些年，精气神儿走失了不少。

好戏，得稳着来。

当年看舞大刀的，哪个不是先弄番拳脚，连带向四方作揖告白？

亲眼所见，他们面庞、身姿都显了年轻。那就是沉睡在身上的好东西，即将醒转过来的迹象，而我们也早已捺不住心底的蠢蠢欲动。有愿先看单练的，有愿先看过招对决的，暗地里免不了争论。

单练呢，鹿邑夫肯定先出手。又说苗凤三可能没有鹿邑夫好看。鹿邑夫套路多，法子笨，却欢腾。踢腿、翻跟头，眼到手到，黑眼珠"叭叭叭"往周边抛豆子。够刺激！但有的说，还是看苗凤三过瘾。

苗凤三念念有词，气动丹田，长身舒展，能摄了你的魂去。要不鹿邑夫也不会自言"不及凤三易口诀"。

倒不知这"易口诀""邑夫神气"久不熟习，被他们忘了没有。

一两个月就这么过着，一同吃馍馍，一同喝酒，一同闲谈。泉水、小吃、时事，都是话题，跟大明湖的莲藕、黄河的鲤鱼、划拳猜枚一样，都可助酒。

酒意上来了，原处坐着迷瞪一会儿，不妨。

以往，哪有过如此静好的时光。

可是，苗凤三每回都会感到鹿邑夫有什么要对自己说，特别是他来馍馍房的时候。他有一句什么话说不出口。他还是不看那匾额。

苗凤三实在想不出匾额能碍着他什么。

如不妨碍，怎会一眼不看，一字不提？

莫不是他也看作了草标？苗凤三暗暗颔首。有这可能。怎么成了卖的？他接受不了。可是苗凤三又不禁笑了。

卖，又有什么不妥？不过是卖馍馍。

芈老先生德高望重，专给他写了匾，算得他苗氏殊荣了。

不说老实街，外面的人去黄家大院求字的，时见。哪个不跟得了宝贝似的。

都不白着。

在屋里坐不住了，跑到街上，回头对着匾额瞧了又瞧。

他反倒坦然起来，不觉舒叫了一个字：

"好。"

匾额上的楷书，跟屋檐下那几个草草的白石灰字迹相比，果真熠熠生辉。

"凤栖梧，"他又兀自说，且连连点头，"好。"

他的声音飘入微风，随风散去了。屋脊上几只白鸽子，也跟着飞起。

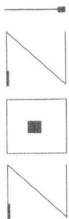

他感到身上投来一道目光，好像芈老先生正远远地盯着。

确实，匾额挂上了这么长时间，苗凤三还没夸过一次，也没正经对芈老先生表示过感谢。他失礼了。

他得补上。

没容他补情，就迎来了一个多年未见的仪式。

不知那小丰受了谁的指点，找了个懂世故的老头子请教。那老头子安排他备了一个黑漆食盒，装了肉干、芹菜、莲子等所谓"六礼束脩"，由他的两个狐朋狗友从县东巷抬了来。老头子陪着，干巴巴的一个人，远看活像鹿邑夫。及至近了，才发现没有鹿邑夫那样亮的脑门和黑眼珠。嘴上稀稀拉拉、有弯有直几根黄须，跟脸皮一个深浅。边走还边捻着，让人担心捻断。抬来的食盒，如今也不多见了。过去也是殷实人家才有。

小丰虽像上次来老实街一样还规矩，仍旧没人敢去招惹，所以也就没人多问。他们径直走到了馍馍房。那老头子上前跟苗凤三说话，并递上一张名片。后来我们得知，他竟然还是济南市知名的民俗文化专家，上过电视。没想到真人跟电视上的差别这么大。

真新鲜啊，原来小丰鬼迷心窍，非要拜苗凤三为师不可，老头子也便为他设计了这么一出不伦不类的拜师仪式。

可想苗凤三该有多么不乐意。

那老头子巧舌如簧，撅起胡子，口吐飞沫，把"投师如投胎""生我者父母，教我者师父""薪火相传"以及"自行束脩以上者，吾未尝无诲焉"说了万遍，一再表明小丰的诚心。苗凤三站在馍馍房门口不动地方。老头子给小丰使个眼色，小丰就把由他事先撰写的投师帖往苗凤三手上送。苗凤三两臂张开，不接。老头子口上夸着小丰是个"有志青年"，心里也是着急。抬食盒的误会了他的眼色，就硬要往屋里闯。我们都看出来苗凤三也有些急了，老头子却把他们拦下，连声叫：

"走正门走正门。"

这差不多引起了我们的敬意。真个是知书达礼。抬食盒的和小丰匆忙转头去找院子正门。苗凤三见状无奈，只好由他们去了。

起初我们怀了担忧、好奇看热闹，但现在已不是。

天地君亲师，当不得儿戏。

此时此刻，抬头若见土地祠上空红霞喷吐、祥云缭绕，耳中若闻鸾凤和鸣。

我们也跟着涌入苗凤三家的院中。那苗凤三已从馍馍房的后门走进来。

想那民俗专家也是见机行事的人，情势不利，就给你来个"生米做成熟饭"。不管是拜祖师、拜师傅，先拜了再说。只听他在前面又连声叫：

"拜拜！快拜！"

小丰闻言，扑通跪地，低头就拜。

"且住！"苗凤三忙喝道。

那小丰登时停住了。

"我不会那个。"苗凤三说。

"您是真人不露相，露相不真人。"民俗专家说着，又急给小丰使眼色，让他拜了了事。

苗凤三已比刚才平静。这股静气却压住了小丰。

"我且问你，"他诚恳地说，"你要蹦那么高，做什么呢？"

别说小丰，就连我们也不由得仰起脖子，顺着梧桐树的树干往天上望去。祥云、红霞，哪儿去了？只是平时看惯的天空嘛。鸾凤也没有，几只鸽子在梢头"咕咕"叫，像是不解院子里会有这么多人。是啊，蹦那么高做什么呢？蹦得再高，高不过飞机。蹦再高也不过是个把戏，没得去做飞盗。玩把戏能成终生的事业，他怎会做馍馍？

望着望着，有人绷不住，笑了。

院子里随之哄堂大笑。

我们看见小丰似乎也笑了。"嘿嘿。"干笑。

"接着，爷们儿。"苗凤三随手向他投过一只馍馍。他没能接住，馍馍掉在了地上。苗凤三又接连给别人投了几只。

大家都嚼起来。

也别说，苗凤三家的馍馍就是好吃。

苗凤三扶起小丰。"我不会那个。"他又说。

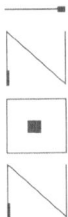

小丰低着头默默向院外走，手里还拿着那个红色的投师帖。苗凤三又让他带来的人把礼盒抬了出去。

老民俗专家在院门口回看了苗凤三一眼，擦擦额头。他竟出了汗。又对苗凤三一笑，也不知什么意思，让人颇费猜疑。

至此，苗家院子里才重归安静。

一想起这天的事情，我们老实街人就忍俊不禁。特别是见到后佛楼街的鹿邑夫。估计鹿邑夫也很纳闷。

当时最逗的，无疑就是那个老民俗专家。

他长了什么样的胡子呀！黄不说，还有的直，有的弯，不是一个娘生的。听他说的那些话，一股子酸臭气。

"自行束脩以上者，吾未尝无诲焉。"

怪不得一个青皮也能把他招来。

不过，我们老实街人一向厚道，不会把不好的想法说出口。

实际上，我们对小丰的印象已大为改观。

不怎么可怕嘛。年轻人爱想入非非，但能放下身架学跑学跳，也是一种上进，而他只是让人虚惊一场，最终带着他的大食盒和投师帖，老老实实走掉。他要把苗凤三这么对他当成侮辱，那才像他以前的做派。

在我们老实街淳厚之风的浸染下，他或许就改邪归正了呢。

不知苗凤三跟鹿邑夫说没说过有人要拜他为师，估计是不说的。我们不禁设想，假如小丰退而求其次，去拜鹿邑夫，鹿邑夫会不会答应？

想来想去，觉得不会。

能结交一辈子，肯定是同路人。

这就有点可惜了。好东西不拿出来，不瞎了吗？

小丰品行有亏，但若被他们收了，再弯巴的树也给拃直了，岂不对社会有益？

隐隐地，我们至少对苗凤三有了点意见。人倒是离不开馍馍，可馍馍谁都能做不是？一个谜团，摆在了我们面前。

我们好像又看见那天老民俗专家对苗凤三的回眸一笑。

不能否认，苗凤三日子过得不错。芈老先生给他送匾额，人们也只差叫他一声

"苗老板"。可是我们觉得，设若真像他说的那样，"不会那个"，这体面也足够了；设若不是，就不知哪里欠了。

人活一世，不是要能威风一些的吗？特别是男儿，不是要能建立起伟业，以豪强的义气和精粹的技艺赢得响亮的名声吗？

一辈子弄馍馍，可屈煞了英雄豪杰。

一辈子弄衣服，鹿邑夫活成了干巴老头子。加上几根黄须，能让人笑死。

只能说他们还在静等一个气冲云天的时机。快了，就快了。

苗凤三有大本事，不露而已。对小丰的拒绝，也是对他必要的考验。

接下来，就看小丰能不能争气了。他要狗改不了吃屎，神仙也帮不了他。

这样想着，我们觉得痛快一些。小丰来拜过两次，相信还会来拜第三次。终有一天，无比的执着和诚心会让苗凤三打开自己那个隐藏的神秘世界。

比民俗专家闪亮的干巴老头儿鹿邑夫，又走在了老实街头！

当然，一只布口袋照旧拎在手上。口袋显得沉坠，必定装了一瓶酒。

我们到底忍不住了，涌入苗家院子时赶上哥儿俩在静静猜枚。饭桌上一只酒瓶，竟写了"内部招待专用"字样。他是偶得了非卖品的好酒，就急来老实街分享。只见他们手上娴熟地翻着花样儿，却不大呼小叫。我们不客气，索性替他们叫出来：

"哥俩好啊！"

"三星照啊！"

"四喜财啊！"

"五魁首啊！"

……

苗鹿在家喝酒时猜枚划拳，以前见过，只觉说不出的舒坦，却并没怎么在意。这一回简直开眼，还不由得联想到那天苗凤三随手给小丰丢馍馍。当时小丰没接住。他能接住吗？

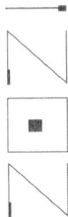

那动作，太快！底子在那儿呢。

我们叫得欢腾，但他们除了右手腕之下，全身就没动过。没谁做得到。那几根无声的手指，也快、也轻，似乎每根都有绝世神功。

渐渐有些恍惚，不知是要叫"八仙到"，还是给个彩。一两天过去，脑子里还全是这两人在扬眉瞬目间神出鬼没的手指。

而对小丰，也开始暗暗摇头。实话说，他配不上！苗凤三考验过他了，他显然没那灵敏的反应。说白了就是个市井俗物，在苗凤三面前不过是因不知底细才收敛一些。什么样的好东西，也不能落在这种人手里。若他有了神功，那就可着糟蹋吧。

我们又觉得痛快了一些，因已确信苗凤三对小丰的拒绝正合我意，但我们都低估了一个不良之徒的可恶，也从没想到，这个世上最不缺的就是杂碎。

喤喤喤！

一阵急促的堂锣声把我们从午睡中惊醒。

那是入伏后不久，天气热得穿不住衣服，正午时分更是日头揭头皮、石板烫脚底，没谁愿意在街上走。

堂锣声一响，像是空气里有什么东西碎裂了。很多人出门一看，馍馍房那儿立着一个铁塔般的大汉，光着膀子，露出一身疙瘩肉，穿一条缅裆裤子，叉巴着两腿，边敲锣边来回地疾走。我们脑子里马上想到这是练家子。

看那架势，不是叫阵来了么。敲得够了，放了堂锣，紧紧腰身，架起胳膊，绷起胸脯，捏了双拳，瞪了俩牛眼，果真就听他对着馍馍房，声如闷雷地自报家门：

"老少爷们儿，在下高卫国，曹州人氏。行不更名，坐不改姓。牛皮不是吹的，泰山不是垒的，黄河不是尿的。不买不卖不舍不化，就为练几套玩玩！"

按说我们老实街人善避凶险，本不会主动靠近，但那是在苗凤三门前，有什么可怕？惹得苗凤三性起，不打你个满地找牙才怪。于是，呼隆隆，顾不得炎热，就从老街两头堵了过去，有的还放胆跟着吆喝了一两声，像是起哄。

那人也是闲话少说，往蒲扇大的手心吐了口唾沫，呼啦啦先练了一路拳，还说叫什么"美人照镜"。

我们见他打过来，就紧忙往后躲闪，不敢再出声。那拳脚砸在身上，估计没谁受得住。心里还想，这场景最好苗凤三能看到。

苗凤三这会儿还睡着吗？能睡得着吗？馍馍房门口只守着他家一个叫羽子的女

工，怕是一时忘了去叫苗凤三。

那人将"美人照镜"收了势，随着大脚一跺，噗的一声，地上的石板颤三颤，馍馍房上的匾额，似乎也晃了两晃。

呀！石板缝里挤出了一股泉水。

外面动静这么大，苗凤三就听不到吗？故意的吧。

还没喘口气，那人就抄起了一杆长枪。朝空中猛一挑，红缨子舞成了一团，像阳光下唰啦蹿出了一朵红火绒。

枪尖不见了，只这朵红火绒把人的眼睛吸引了过去。忽上忽下，忽左忽右，带着风声，要么如蛇蜿蜒，要么如箭镞直射。看着红火绒扎在了天上，一忽儿又猛扑在地上，几乎钻进了石头里。

这长枪舞得煞是好，却听噼啪一响，人都不知是哪里发出来的了。

那人突然舞不动了。也许因为老街上空间有限，长枪卡在了墙上，他也只得往后一退。馍馍房被打的匾额，随之掉落在地。看他的样子，我们认为这是他的失误。

在他将长枪也收一收，又要去舞时，苗凤三出现在了门口。

他慌没慌？没有。他是上门叫阵，要的就是这个。

枪尖乱点，不但没有挪到别处，反而越是围住了苗凤三的身子。

那女工已吓得缩脖捂嘴，而苗凤三依旧不躲不闪，倒在我们意想之中。就等你挑衅够了，他只消伸出一根手指，轻轻一拨，那长枪就得当啷落地。

我们紧紧盯着。苗凤三没动。枪尖也没离开的意思，更来了兴头似的。眼睁睁看见，点得最近的，到了他的喉头，真让人替他捏把汗。

"哈哈哈！"那人不由得放出了笑声。

这就让他身手慢了些，那枪尖也终于掉转了方向。在他躬身跳跃之际，他还问人，"听没听听过？'打得精，宋骏通。打出火，高卫国。'"

四下当然没人回答。

"宋骏通是我师傅。"他说。

那枪尖又游回来，从苗凤三跟前过去了，没停。

"引蛇出洞法！"

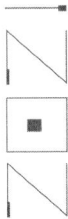

一腿向前大大一伸，一手持枪，跟着捅出去。反身回抽，长枪又落到了另一只手上。身子一旋，长枪就呼地抡了起来，再次从苗凤三眼前划过，又没停。

我们有些捺不住。出手啊，凤三！人都这么激了。要真不行，就往后站站。万一那人闪失，伤着就不好了。

"打出火，高卫国！"

那人又快了。

可不，枪尖淹在那红火绒里了。

枪尖不是在苗凤三跟前没停，是当了他不存在。

苗凤三，不要你使指尖将长枪弹出去，你就叫声"好"。你叫声"好"，我们也跟着叫声，想必不会惹着那人。

红火绒在明亮的空气中燃透了，那人也戛然将这路枪法收了势。枪头下只是长长的红缨子飘起来。

我们不管苗凤三的反应，给了那人一片彩声。

如果到此为止，我们可能还不会有那被羞辱的想法，或许他真是为求切磋。不料放下枪，又拎了颤悠悠的大刀。本以为后有更唬人的，他却只是拿大刀这里扑一下，那里扑一下。虚张声势地扑了四五下的样子，就住了，从地上捡起衣服，掏出一块手表。

他在看时间！

然后，抹一把头上的油汗，将大刀、长枪和衣拢在肩上，拎起堂锣，扬长去了。

刚才的事情就像没发生过。我们愣了大半天。

后来我们得知这杂碎竟是小丰给弄来的。他能找来民俗专家，弄个杂碎来想必也没什么难。他按时间给钱。那杂碎当着我们的面看表，我们马上就想到他是掐着点儿来的。

他一个刀片子也不肯多扑。

我们老实街人就像被耍了。

苗凤三有什么表现呢？指望他用指尖打掉长枪，妄想。不但一句话没说，还在那人走后，没事人一样把打落的匾额给挂了上去。

小丰这样的人，守不住让他得意的秘密。老实街的苗凤三是怎样被他买来的高手肆意戏弄，那些老实街人不光干瞪眼，还看得起劲儿呢。苗凤三会鸟毛？就一个做馍馍的。这样的话通过不同渠道被我们听到。

初冬的一天半夜，一个短小的身影从南走进空寂的老实街来。他就是鹿邑夫。

苗鹿二人单独坐在打烊的馍馍房里。

"我出手了。"鹿邑夫对苗凤三说。

苗凤三脸上虽没表现出惊异，手上却微微发起颤来。

馍馍房里存有酵着的面、没卖完的馍馍、和面机、电蒸笼。他四下扫了一眼，什么也没看见。

"饿了，给几个馍馍吃。"鹿邑夫说。

他是真饿了。他大口大口地吃起来。

"我没听师傅的话。"他说。吃一口，就对馍馍看一眼，好像苗凤三藏身在了馍馍里，藏得严严实实。

他吃饱了，打了一个嗝。

"我还没全忘。"

苗凤三俯身收拾吃剩的馍馍。他骤然一翻掌抓住了苗凤三的手腕，同时苗凤三也紧抓住了他。

当年江湖上飘扬着他们师傅的传说，"周身坚硬如铁，长于跳荡。"又"身不满五尺，赧然如无能者，及试其技，则灵巧若猿"。

双目相对，感受对方的铁硬。

真个寂天寞地苗凤三的手先松了。轻暖的一股气，从各自手腕上游开。

鹿邑夫的黑眼珠，还在对着苗凤三。又深又小，悄悄闪了一下微光，好像在说"你总让人"。苗凤三立起身，找出口袋，给他装馍馍。

"够了。"他说。

苗凤三给他多装了几个。

这个季节，馍馍能多放两天。

鹿邑夫告辞走到门外，又停下来，转过头，仰起了脸。

苗凤三相信他看到了门上那块匾额。他的黑眼珠，是很适合夜间的。

"我比不过你。"

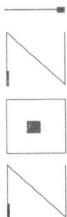

当时鹿邑夫只是低头咕哝了这样一句让人迷惑至今的话。不响亮。服输吗？以前就比不过，还用再说？是比生意还是比别的？交手了吗？都是疑问。

但我们很快得知，其实鹿邑夫在这天的下午赢得了一次前所未有的胜利。

苗凤三并不追着问。从鹿邑夫一来，就没问过一句。好像他有只神眼，能把另一个人的一举一动全看到。

本来要送出街口的，却只是眼看那短小且铁硬的身影，独个儿闪入夜色。

多年后，苗凤三安安分分，还做馍馍。

做同一件事，面对的却已不全是同样的人。将来怎样？会不会有馍馍厂？那是将来的事。将来的事将来再说。再好的东西，也总有得丢。丢得早，丢得晚，总得舍得。都不用做馍馍，都解脱。做什么，也另说。

他也很少去老城，尽管后佛楼街幸存。

鹿邑夫裁缝铺的招牌，只一个"功"字。

去四五趟，见不着他一趟。家人都说不出他去了哪儿。

每次回到现在住的东郊友谊苑小区，苗凤三都会恍然若失。半夜里，他不能再去老梧桐树下转圈了，目光也再不能悠然跃到树梢上去。

偶尔，还可听到鹿邑夫在佛慧山黑风口以一当十的豪举。

那几年，谁不晓得后佛楼街鹿裁缝的厉害？"手腕子一抖，啪，撂倒一个！"市井中从不忌讳夸大。"老爷子一抖，人去哪儿了？嘿，树顶上！想捉他？捉不到！"

鹿邑夫把小丰一伙给约到松林，结结实实教训了一顿。至少，小丰从此老实了，口风出人意外地紧，过了将近一年才为人所闻。那时，大"功"字已挂在裁缝铺门上。

七七四十九招，鹿邑夫没全忘，或许一招没忘。

信不信，苗凤三易口诀，他也忘不了！他只是终归没露出来。一手没露。在初冬的馍馍房，鹿邑夫又说输，好像出手是败。鹿邑夫确实又露了。

既是好兄弟，又何分彼此。

整个老城已少有人知苗凤三是鹿邑夫的师兄。来访故交，却常会有人指着他后背说，"那老头儿，脚快着呢。"

每次来都是徒步。足下行云流水，他还能一口气走上个一二十里。

一个和暖的日子，走迷了路，误至一个陌生小区。到底是有些年岁的人，身子觉乏了，就想靠着一棵树歇会儿，不料一靠那树，竟瞑目睡了过去。

醒来时，日已西斜。背后，梧桐。

原载《北京文学》2021年第5期

点评

主人公苗凤三和鹿邑夫是同门师兄弟。师兄苗凤三是老实街上馍馍房的老板，他本是位满身人间烟火气的蒸馍师傅，却更像是一位有着仙风道骨、缙绅风度的高人；师弟鹿邑夫则是后佛楼街上裁缝店的老板，是个做得一手好中山装的裁缝。苗凤三从未想过把生意做到多大，鹿邑夫从未想过放弃似乎已然过时的中山装。师兄俩只想一分一分挣安分钱，不随波逐流、不蝇营狗苟。这听起来简单，但在如今这个浮躁的时代，要抵住名利诱惑，是需要无比强大的定力和心性的。

苗凤三当年奔上房顶救了一个小童，坊间从此便有了苗凤三是武林高手的传言。但苗凤三始终不承认。哪怕小混混再三请求拜师，哪怕小混混请来所谓民俗专家来摆出了正式的六礼，苗凤三也从来都只不答应、不拒绝、不多话；而后面对在馍馍房门前卖艺意图挑衅的恶汉，即使无数路人围观和怂恿，苗凤三也依旧不动声色。

然而师弟出手了。但绝不是因为心浮气躁——岁月如梭，他早已不是当年那个年轻气盛的鹿邑夫了。他只为给师兄剪除威胁，而不惜违背当年在师傅面前立下的誓言。苗凤三并不追问出手的细节，他明白为什么，他们的默契厚植于心底。

他们是新潮之中带着古意的存在，沉稳，淡然，坚守。闹市之中，一边是吵闹不休、此起彼伏的寻衅者和好事者；另一边是原本很可能被卷入闹剧但却坚决置身事外的看戏者。小说为我们呈现出两幅截然不同的生活图景，更是两种截然不同的人生态度。一言以蔽之，便是稳稳当当的传统操守不遗余力地对抗着热热闹闹的浮躁现实。

（侯建魁）

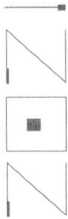

半张脸/

/石一枫

"我仿佛在哪儿见过你。"

"真的是你？"

对话是这么开始的，既顺理成章又猝不及防。

夜晚明亮，但毕竟是夜，因而也有难得的、幽暗的角落。两人坐在一个过道里，头上缀满半街霓虹。滑不溜秋的台阶下，石板路通向熙攘的四方街。再往远看，那个标志性的大水车遥遥在望，白天也不动，这时却随着光的流溢而缓缓旋转。

发起这场对话时，单眼皮男人已经给自己留好了退路——一旦对方感到冒犯，那么他可以声称认错人了，随即全身而退。而这又是多么陈腐的路数，甚至带有某种怀旧色彩。在他生活的北方城市，类似的一幕曾在不同时空反复上演。就连单眼皮男人本人也尝试过不知多少次了，在酒店大堂，在夜店舞池，在停车场里进口跑车的车窗内外。每次都是同样的话，一字儿不差：我仿佛在哪儿见过你。说得多了，近乎箴言，更像咒语。但那往往是一句失效的咒语。大多数被搭讪的姑娘会翻个白眼儿唯恐避之不及，而他则自我安慰：这未见得说明她们讨厌他，毕竟都挺忙的。到了他这个年代，连拒绝也缺乏必要的仪式感。

哪儿像传说中的当年，"飒蜜"会啪啦抖开一柄扇子，上书两个大字：有主。

唯一有点儿意思的是在某所著名艺术院校的内部餐厅里，受其滋扰的姑娘立刻露出了八颗牙的标准微笑，转眼掏出一根签字笔来："我只能给你签个名，合影的话得问我经纪人。"

因此，对于这位搭讪爱好者来说，眼前双眼皮女青年的回答，不亚于一场意外收获。简直是对他锲而不舍的精神的奖励，天道酬勤啊。

单眼皮男人打了个激灵，至此才第一次认真打量起了对方。在刚才，他只是晕头转向地溜到酒吧门外，找个公共厕所卸掉膀胱中的残留物。酒吧有卫生间，但和他一起的那些人正在排队，老家伙们的前列腺多半又不太好。所以他才差点儿踢到台阶上这个单薄的背影，进而腿一软坐了下来，又进而判断出对方的身份——女的、活的——随后便甩出了那句陈词滥调。那话脱口而出，滑溜得像嚼过无数遍的口香糖。即使放在单眼皮男人那并不漫长的搭讪史中加以考量，这也是少有的、未经踌躇的率性而为。

在某种意义上，也要感谢他们所处的这块地方。古城里尽是陌生人，天南海北，虽然陌生却建立了熟悉的共识，因而同时具有陌生人的轻松和熟人的热络。记得刚下飞机时，他就看见了赫然写着"约吗"的广告牌。那时他就觉得类似的召唤过分直接了。

嗯，缺乏仪式感，是他这个年代的通病。

所以现在，单眼皮男人正在尽力补上那一课——郑重而不失谨慎地凝视着双眼皮女青年。对方眼神儿没躲，令他如受激励，愈战愈勇。除去长了一双明艳的大眼睛，这位女青年给人的整体印象是清瘦、镇定，脑门儿还幽幽映着微光。头发半长、略黄，在脑后随意扎了个辫子，像喜鹊的翘尾。在他的印象中，类似面貌经常属于学校的女田径队员，脸部造型或如鹿类般温婉，或带有肉食尖嘴小兽的狡黠。在他还是个孩子的时候，就曾对上述两种脸型的异性着迷，并拖着书包郁郁寡欢地在操场外围假装来回路过。

可惜他只看见了半张脸，脸的下半部分蒙在蓝色医用外科口罩里。

这当然也不奇怪，这是今天世界的常态。在来时的大巴上，一车人只有半张脸；在民宿的前台，茶几背后端坐着半张脸；在载歌载舞的表演现场，篝火照亮的都是披金戴银的半张脸。防疫举措不能停，佩戴口罩常洗手。已经有多久了？身边人们习惯了除去吃和睡，仅以半张脸示人，尤其是陌生人。也正是在诸如此类的不懈努力下，他这样的异乡来客才有机会离开半张脸的城市，登上半张脸的飞机，降落在半张脸的古城。

没错儿，此刻他的脸上同样蒙着这玩意儿。而对面的半张脸也在盯着

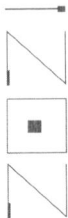

他，并声称认出了他的半张脸。这才是令单眼皮男青年倍感振奋的原因，同时还有些许诧异。他不确定自己的半张脸是否有那么特征突出，分明也没有刀疤或者少了条眉毛嘛。

于是单眼皮男人清了清嗓咙："我可没跟你开玩笑……"

不料，双眼皮女青年也清了清嗓咙："我像是在跟你开玩笑吗？"

听到这话时，单眼皮男人忍不住竖起耳朵，试图辨别对方的口音。很可惜，那是一嘴纯正的、近乎播音腔的普通话，不带任何地域特征。经过又一轮的试探，对方的反问愈发笃定，这倒令单眼皮男人有点儿心虚了。难不成他果然偶遇了一个故人，并且对方还先于他而认出了他？倘若如此，倒真是一件神奇的事儿，不过想来也不是没有可能。毕竟这些年来，他匆匆忙忙见过太多的人，却与其中的大多数再未发生什么交集。他们变成了通讯录上的一个号码，抽屉底部的一张名片，或者社交软件上永不互动的一个好友。这是他的生活状态所决定的，也可以说，与今天人们的普遍状态相关。我们活得兵荒马乱，天知道哪个回合就被取了首级。那么话说回来，眼前这姑娘是谁？他到底在哪儿碰到过她？还有，尽管他是发起对话的那一方，但凭什么她对他有印象而他对她没有，她的记性怎么就那么好呢？

还是说，他具有某种令人过目不忘的特殊气质——起码对她而言？

这么想着，单眼皮男人不禁稍微有些得意了。但想想又是多么可笑，他这个岁数的男人了，居然还不放过任何一个自我陶醉的机会。妈的，油腻。除去建立必要的仪式感，我们生活中的另一要义就是避免油腻。单眼皮男人纠正了他的"北京瘫"，改为正襟危坐，姿态略显谦恭。他还有意无意地把右手放在左腕上，遮住了伯爵手表和硕大的紫檀手串。与此同时，他继续打量并努力辨认着对面蓝色医用外科口罩上方露出的那半张脸。

无数人影从他眼前飘过，无数场景在他心里重组。他像个积极配合警方调查的目击者，正在尝试根据草图复原嫌疑人的长相，然而未果。

这又让他焦躁起来，与之伴随的还有惭愧。

终于，他抬起手来，伸向耳畔的口罩系带——如果他这样做了，那么对方也应报以同样的坦诚和互信。世界骤变之后，也只有真正的熟人之间才能裸脸相见。再打个夸张的比方，就像老夫老妻才敢于不戴避孕套去过性生活。

而按她的说法，他们不是早就认识了吗？都熟到仅凭半张脸就能彼此相认了。

但立刻，单眼皮男人听见双眼皮女青年说："别，千万别。"

他听出她话音打战，如同畏惧。难道她是一个防范意识极强的抗疫模范？这当然也不稀奇，他的生意伙伴里就有那种开门之前都要用酒精擦拭一遍把手的老大姐。只不过倘若如此，她又何必来到这个古镇，出现在摩肩接踵的酒吧街呢？

单眼皮男人站起身来，向后退了两步。他示意给对方留出了安全距离，并再次揪住了口罩。然而双眼皮女青年也警觉地站了起来，背手靠在墙上，眼光流向台阶之下，一副随时要逃之夭夭的模样。酒吧里的光换了个角度照在她的半张脸上，如同兵刃出鞘。突如其来地，单眼皮男人有了似曾相识之感——他的确认为自己"仿佛在哪儿见过她"了。但陡然，他又听见双眼皮女青年的口气软了下来，甚而是在哀求："还是算了吧。"

"什么算了？"单眼皮男人愣了一愣，反问她。

"我们就戴着口罩聊会儿吧。"双眼皮女青年沉吟片刻，又说，"反正我们也早就知道对方长什么模样了……不是吗？"

单眼皮男人迟疑着点了点头，使得双眼皮女青年松懈下来，但她又像怕冷一样把外衣拉链往上提了提。这个动作其实没有必要，正是高原的春季，白天阳光肆无忌惮，留下的余温尚未退去。单眼皮男人自己只穿了一件松松垮垮、形同道袍的定制款亚麻衬衫，还热得微微冒汗呢。他也注意到她穿得挺"潮"，尽管是一身破洞牛仔裤配运动帽衫，但牌子相当讲究，做工也不像淘宝上买的冒牌货。而纵观他在与异性交往方面取得的成就，又有多久没被这种"痞帅范儿"的女青年另眼相看过了啊。

尤其这两年，在他彻底改头换面以后，贴上身来的就尽是些若隐若现的十八线网红了，以及少数靠装疯卖傻来博取关注的女文青。没劲，俗。他一边和她们周旋却一边避免琢磨她们，他的周旋是套路，却为她们的套路而感到乏味。

随即，双眼皮女青年的另一个动作又让单眼皮男人心里怦然一跳。何止是怦然，简直是轰然。只见她反手拽了拽运动衫背后的帽子，从里面掏出一包香烟与一个打火机来。那动作灵巧而滑稽，让人想起猴子在挠痒痒。女孩身上兜少，如此这般携带不值钱的零碎物品也情有可原。不过，

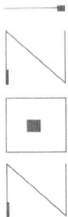

她干吗宁可不背包，倒把帽子当成了百宝囊呢？

双眼皮女青年从烟盒里掏出一支，两指夹住，另一只手正要点火时却扑哧一笑。她好像这时才想起自己也戴着口罩，而口罩除了防止病毒以外还可以防止吸烟。她耸了耸肩，把那盒混合型的"中南海"放在他们之间的台阶上。

单眼皮男人接手捡起烟来，也掏出一支。

他不抽烟，但他宁可夹起一支陪着对方，尽管对方同样有烟抽不了。经由那个反手从帽子里掏烟的动作，他开始回忆。

大概是七八年前了吧。地点是他所来的那个北方城市。二环里，金融街，两栋玻璃外墙的写字楼之间。人在这种地方会幻觉自己的影像被重叠倒映，一直反弹到天上去。那时单眼皮男青年已经在一家银行工作了若干年，刚从柜台转为大堂经理。

他总会在午休时间来到写字楼之间的小花坛。花坛没花，一圈儿水泥台子，对面的垃圾箱前放了两个半满水的可乐罐，权当吸烟处。写字楼里不让抽烟，因而此处人们络绎不绝。前面说过，他不抽烟，但他愿意过来透透气。

他相当累，但越累越得拿出振奋的模样。不仅人前如此，独处更不能松懈。他会脱了西装，小心地叠好装进塑料袋，然后蹦蹦跳跳，在没有花的花坛上压腿。午饭有时也在这里解决，吃的是从自助餐厅里拿出来的三明治。中午不要摄取过多的糖分和脂肪，那会造成下午犯困。饭后他还会打开手机播放广播体操的音乐，像个中学生一样做操。

这一天，身后恍然多了个人。当他停下来，扭头看见身后站着一位双眼皮女青年。不是半张脸而是一张脸，像即将上场比赛的女田径队员一样清瘦、镇定。对方从容地收拢胳膊，并起双腿。她刚跟他一起完成了一套"调整运动"。

做个操也有人凑热闹。单眼皮男人似乎这才从疲惫中醒过神来，话也滑了出来："我仿佛在哪儿见过你……"

在那时，他还没培养起和异性搭讪的勇气，更没有随时随地找点儿乐子的闲情逸致，因而这话仅仅是它字面的意思。他单纯地感到双眼皮女青年有些眼熟。

而对方朝一旁甩了甩头："没错，就那儿。"

顺着尖下巴的指向，他越过对方的肩头，往垃圾桶和可乐罐望去。那个角落簇拥着另外几个男女青年，岁数都比他小不少，虽然套着各式制服但一律衣冠不整，此外染着黄头发、打着耳钉，还有两个男孩胳膊上盘旋着大片文身。那些孩子抽着烟，嘻嘻哈哈地观望着他们。很显然，他们把双眼皮女青年的行为视了一场即兴的游戏。

很显然，那些孩子虽然和他同在一片写字楼里，但却属于另一个族群。他们不是金融机构的雇员，连公司前台都不是，而是些楼下底商的售货员、服务员和外卖员。通常情况下，单眼皮男人也只有在叫快餐、和客户喝咖啡或者结束加班后去便利店买夜宵的时候才会与他们发生简短的对话。在他的印象里，他们也是这片楼里活得最悠闲的一个族群了，所以有大把的时间溜到外面来厮混，也不知怎么就那么大的烟瘾。他不仅会在每天中午的休息时间瞥见他们，有时呆立在银行大堂里，以肃穆的站姿两手捂裆茫然望向窗外，也会看见他们正凑在花坛旁边打闹——夸张的造型夸张的表情夸张的动作。

在那时，他又会做出经典的政治经济学判断：这些孩子活得如此悠闲，并不是因为有着悠闲的资本，而是因为注定无法获得"不悠闲"的资格。而为了不沦为这一族群中的一员，他又曾经付出过多么持久、勤奋的努力啊。

所以他再看回双眼皮女青年时，分明带有隔阂的冷漠，目光是俯视性的。

对于他的言外之意，双眼皮女青年当然有所察觉。对方本已露出半个笑脸，突然眼里一凛，两颊也绷了起来。在对方看来，他这人起码"不太识逗"。

双眼皮女青年搪塞了一句："我看您天天做操，也想跟着动弹动弹……"

说完转身，走向她的同伴。她一定吐了吐舌头或撇了撇嘴，男孩女孩们哄笑了起来，还有人噗地喷出一口烟。这无疑让单眼皮男人不快，如果是在对方工作的店里——通过她罩在运动帽衫里的围裙，他已经知道她是一楼茶餐厅的服务员了——那么他很可能会发起一场投诉，就像那些银行里不耐烦的客户会不分青红皂白地投诉他一样。

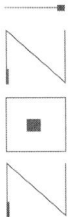

也就在这时，啪啦一记声响打断了他的迁怒。

地上落着一枚打火机，它掉出来的地方，居然是运动衫的连体帽。单眼皮男人这才看清，双眼皮女青年正在做出一个灵巧而滑稽的动作，试图反手从帽子里往外掏香烟，好像一只猴子正在抓痒痒。不巧围裙绷得太紧，碍手碍脚，于是没拿稳。基于条件反射，单眼皮男人捡起了打火机，递回给对方。他在银行大堂里总这么做。

双眼皮女青年接过打火机，点了支"中南海"："谢谢啊。"

单眼皮男人顺势问："东西干吗放这儿？"

"店里有规定，上班不让带包，身上兜儿又少。"

单眼皮男人又接口道："这是哪门子规定？"

"老板宣布的，怕我们往外'顺'吃的。"

双眼皮女青年好像在说一句天经地义的事儿，单眼皮男人却忍不住替她委屈了起来，同时顾影自怜。他联想到了自己工作中的种种规定。有些当然是白纸黑字，还有些就是领导的潜规则了，旨在拢住优质客户，防止被他这样的小青年"挖角"。因为犯过此类忌讳，他还遭受了排挤，否则也不会在此时孤零零地晃悠到写字楼外。而在那一瞬间，他甚而感到和这个打搅了他的女青年同病相怜了。他们都被人像防贼似的防着。

所以他面无表情，牙缝里龇出一个"操"，气流很轻，听起来像"擦"。

一"擦"之下，双眼皮女青年眼里似有火苗晃动，两人之间的温度也提高了似的。在某些情况下，人们对于某些事情的态度会让他们拉近距离，好像突然认出了"自己人"。双眼皮女青年也"擦"了一声，然后把话头拽回去："你做的是第八套广播体操吧？"

"您"变成了"你"。单眼皮男人问："你也学过？"

"那当然。"她说，"不过我上学的时候，已经改成第九套了。"

回忆着上述场景，单眼皮男人和双眼皮女青年正在古镇里并肩而行。他们漫无方向，不时躲避着身穿纳西服或汉服或破洞乞丐服的游人。也不知是谁先走起来的，反正他们下了台阶，开始游荡，每人手上夹着一支无法点燃的香烟。除去吃喝以外，迎面飘来的满街男女也尽是半张脸，这是一座昼夜不分、今古不分、中外不分的半面之城。

对话是由单眼皮男人发起的，但换了个地方，就变成了双眼皮女青年喋喋不休，而他顶多在对方喘口气的时候"嗯""哦""啊"一声，像个滥竽充数的捧哏演员。但也怪了，双眼皮女青年所说的话却跟往事无关，她的注意力似乎尽被眼前的景象吸引了。当然也可以从眼下的特殊时期来理解：整个儿世界都在经历萧条，国内也刚复苏不久，因此仅仅是摩肩接踵的人群就足够令人兴奋的了。

她的话音缠绕在他耳边："这种'云腿'煲汤反而浪费，按伊比利亚的做法切片配乳扇就挺好。"

"国际友人寥寥无几了哈？民俗贩子们的生意不好做了。"

"都什么时候了，怎么还尽是敲鼓唱民谣的？哼，千篇一律的时髦。还有那些门脸的装潢，用昆德拉的话说，这就叫脱俗也即媚俗吧？"

她似乎对这地方很熟，透着来过不止一次。而她又是什么时候开始对昆德拉感兴趣的？这就有点儿不像印象中的双眼皮女青年了。即使是他这个受过高等教育的人，也是近年来才开始恶补那些拗口的文化符号——主要目的是混进另一个圈子，同时也有提高搭讪品位的功效。但话说回来，毕竟时隔已久，或许在这些年里，双眼皮女青年也经历了一些变化。此外还可以猜测她过得不错：昆德拉、服装牌子以及来到古镇这个行为本身，都说明她八成不再是一个职高毕业、薪水日结的服务员了。

单眼皮男人一边走神，一边揣测，一边继续回忆。如果她果真过得不错，也就说明那件事情并没对她构成什么影响。这令他心安，甚而可以说是今晚的另一个惊喜。而那件事情又是怎么发生的呢？临时起意还是酝酿已久？他仿佛第一次有了反思的愿望。

在此之前，还得说说他们在那段日子的日常交往。还和广播体操有关。有了第一次，在日复一日的午休时刻，双眼皮女青年每每会不打招呼来到他身后，和他一起做操。可见她不仅以模仿他来取乐，她的确是一个广播体操的拥趸。这当然也没什么好奇怪的，现在的孩子总有些不合时宜的复古爱好。

不光是她，就连她的那些同伴也加入了进来。孩子们在他身后列成阵势，随着手机洪亮的公放，扩胸、踢腿、下腰。初时还是凑热闹，到后来

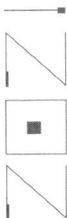

居然一个比一个认真，打完收工，每人额上一层薄汗。这就构成了两栋写字楼之间引人注目的一景。人多势众，连他都觉得此时的做操又和往日不同，不再是宣泄，倒像示威了。

同事都问他："你怎么跳上广场舞了？"

还有人评价："没想到这哥们儿是个搞行为艺术的。"

说时用力挤眼，好像意在证明他是一个多么古怪的、不合群的人。

单眼皮男人无言以对。的确，他也知道自己在原来的群落里不受待见，同时意识到自己无意间开拓出了另一个群落。在新的群落里，他拥有发言权，可以决定是做第八套广播体操还是第九套广播体操；他展示了慷慨的气度，可以把留着招待客户用的"软中华"拆开两盒分给大伙儿；他还建立了不怒自威的仪态，现在那些孩子称呼他时，都是在姓氏后面加个"哥"了，透着亲热与敬重。令他稍感可悲的是，孩子头儿不都是那种甘愿自降身份的成年人吗？但这个角色又给他带来了一丝欣慰。他想起自己小时候，也爱跟在工厂宿舍区里的几个青工屁股后面转悠，人家多看他一眼就能让他激动不已。只可惜当他也到了可以培养一群狐假虎威的小跟班的年龄，宿舍就拆迁了，连他父母都一并搬到远郊去了。

他甚而还获得了行侠仗义的机会。做了约莫一个多月的操，包括双眼皮女青年在内的几个孩子试用期满，拿到了劳务公司发下来的合同，围在花坛旁互相比对。而他扫了一眼就发现了纰漏：基本工资低于法定标准，没有节假日的加班费，更关键的是连保险都没上全。他把问题指出，引得众人一片"擦擦擦"，但也表示没辙，还怕一有怨言就把他们换掉，连班儿都没得上。都是本地孩子，看着挺"野"，骨子里还是老实，既好管又好骗。单眼皮男青年笑了笑，给他们讲清形势：依照劳动法，这种情况一告一个准儿；再说打工的需要店，开店的需要人，说到底都是博弈，你以为现在低端劳动力就不紧缺吗？

又是"博弈"又是"紧缺"，说得孩子们直犯愣，连那个戳人的"低端"都给忽略了。后来就决定，去找劳务公司闹一闹，有枣没枣打三竿子。他还给他们介绍了一家跟银行有业务关系的律所，那种地方为了扩大影响，会做点儿法律援助之类的公益事业。一竿子下去，果然打下来仨瓜俩枣，每人的合同条款纷纷得到了改善。一切反动派都是纸老虎，大家表示，他这个"哥"可真不是白当的。

有了战果就要庆祝，众人同去撸串，不过后来还是"哥"请的。那天他也没少喝，晕头转向地走进西二环里狭窄的胡同，身边只剩下双眼皮女青年。

前面还没说吧，这时他跟她已经很熟了。两人除了中午做操，还养成了晚上遛胡同的习惯。他们每天结束加班的时间刚好相似。遛的时候往往也没话，各怀心事。胡同其实不黑，头顶就是通体放光的写字楼，还有那些网红店的半街霓虹。他们默默前行，不时侧身避开迎面飘来的魑魅魍魉，就和多年以后单眼皮男人在古镇所经历的情形相仿。

往复几个来回，一个奔了地铁站，一个去赶末班公共汽车。

只是那天他没想到，双眼皮女青年会突然一拍他肩膀，接着就把脑袋拱到他胸前，在他的制服上发出了类似于擤鼻涕的声音。然后他才发现这姑娘哭了起来。不过这同样没什么好奇怪的，谁喝多了情绪都不稳定，哪个酒吧门口没坐着俩一把鼻涕一把泪的"果儿"？

接着，双眼皮女青年就说："你有对象吗？没有我去你家。"

就连这也不奇怪。混得久了，他知道她那个族群在男女关系方面相当随意，身边没合适的还能网上约。这就和他所处的环境不一样，起码占了个磊落，不像他的前女朋友，在一家赫赫有名的公司做销售，自打好上就没让他碰过，有一天正逛着街突然血崩了，送到医院急救，才知道子宫都快被刮漏了。

单眼皮男青年反问："我要有对象呢？"

双眼皮女青年就说："那咱们去宾馆。"

说得单眼皮男人咯咯一乐，随即摊开一只手掌，按在双眼皮女青年的天灵盖上。她的脑袋在他手里像个小皮球，而按她那个岁数人的流行用语，这个动作被称为"摸头杀"。杀了一会儿，他把那只小皮球轻轻挪开："我看咱们还是聊点儿别的吧。"

也和多年以后的情况相仿，当他们走到古镇的另一端站定，单眼皮男人突然提议："我看咱们还是聊点儿别的吧。"只不过事先省略了那记"摸头杀"，这是因为对方不再是个可以让人随便胡噜脑袋的孩子了。唉，她也大了，而他都快老了。

对面的半张脸问："咱们不是一直都在聊吗？"

单眼皮男人说："但聊得太务虚了。我是说，可以聊点儿具体的，跟

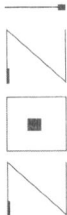

我们有关系的……"

"我们有什么关系？"双眼皮女青年突然怼了他一句，又带着十足的挑衅意味问道，"那你说吧，你想听点儿什么？"

单眼皮男人既搪塞又试探："可以聊聊你这些年……"

"我这些年？你还有工夫关心这个？"双眼皮女青年咄咄逼人地再次插嘴，莞尔一笑，古怪而讽刺，头颅也随之微微转动，向他露出了侧脸弧线。刚才的一路上，单眼皮男人注意到，她总是乐于将侧脸朝向他，或许她对自己这个角度的视觉效果更有信心。根据他所了解的知识，这叫作"侧颜杀"。只不过印象里的双眼皮女青年是没有这个习惯的，此外如果从侧面看去，眼前的双眼皮女青年似乎也和过去不太一样了……怎么说呢，她的耳朵变尖了，腮部轮廓呈现出近乎西方人的棱角……不过他好像也记不住她以前侧面的长相，再说人都在变……单眼皮男人这么说服着自己，打消了蠢蠢欲动的疑虑。

"瞧你说的。我是挺忙的，但还是会时不时地想起你来，毕竟我们……"他继续搪塞并试探着，"对了，你后来去哪儿工作了？"

这时他听见双眼皮女青年说："去了深圳那家公司，做媒体运营。你给介绍的门路还挺地道，没忽悠人——所以我得谢谢你呀，师兄。"

单眼皮男人也正是在这时意识到事情不对的。他按住了口罩，也按住了口罩下面尚未合拢的嘴，近乎惊悚地瞪着双眼皮女青年。

跑偏了，两岔儿了。单眼皮男人仿佛看到两条缠绕在一处的曲线，原本越来越近几乎重叠，突然间却往相反的方向滑去。

比方说，他记得他们是在距今更为久远的年代认识的，那时银行还可以称为一个热门行业，苹果手机也刚出到第五代。但按照双眼皮女青年的说法，当他们开始"交往"之时，大批纸媒已经开始纷纷倒闭转型了，而他送了她一台iPhone 8 Plus。再比方说，他们从没去过那座城市北部的上地和西二旗一带，可在双眼皮女青年的叙述中，两人的见面地点却总在"联想"总部斜对面的"孵化器"附近。所谓"孵化器"其实也是一栋写字楼，楼下恰巧也有一个吸烟处。还比方说，他明明记得她先来招惹他的，如果不是她跟他有样学样，他们才不会结成一个做广播体操的小分队。然而双眼皮女青年却把他描述成了一个相当孟浪的形象——径直把手伸到她的帽子里，掏出烟来点上，然后眉飞色舞地等她相认。

更遑论他们压根儿就不是什么"师兄"和"师妹"。

一言以蔽之，认错人了。刚开始是她认错了他，后来他也认错了她。现在就像肥皂泡被戳破，留下一片真相大白的空洞。

至于认错的原因，首当其冲当然是口罩喽。他们所露出的半张脸一定与对方以为的"那个人"高度相似，无论是眉眼、年龄还是神色。其实自打习惯于戴着口罩出门，单眼皮男人就总在怀疑，如果只看半张脸的话，人与人之间的相似程度会陡然增高。你完全有可能把丑陋的认成俊俏的，把猥琐的认成端庄的，把晦暗的认成明艳的。除此之外，口罩也过滤了他们的声音，一律失真得发闷，都变成了老款收音机里的质地。他还有一个经验，在口罩的掩护下，碰上不想打招呼的人完全可以坦然地视若无睹。

可既然如此，他们又为何非要如此积极地"相认"呢？这就不能不涉及两人的另一个心态了——在某种意义上，他们也许同时渴望着他乡遇故知的戏剧性效果。

回看方才走过的那段路，也堪称一个小小的奇迹：他们不仅不明就里，而且还像真正的熟人一样相互鼓劲，已经远离了人烟稠密之处，顺着崎岖的台阶，直爬到一座半山腰上来了。朝远方望去，白天银装素裹的雪山成了一团暗影，飘浮在墨蓝色的云里。身边是一家新开的客栈，门可罗雀且散发着新木头和油漆的味道。到底氧气稀薄，双眼皮女青年两手撑膝喘了会儿气，而后走进那道门里。

临进门她说："师兄，我们坐会儿吧。"

客栈自带回廊露台，提供茶水饮料，他们相向坐在靠边的桌旁。

也奇怪了，在单眼皮男人的视线中，刚才怎么看怎么熟稔的半张脸，现在就怎么看怎么陌生了。可见在某种意义上，"认识"只是一个心理概念，要先"认"后"识"。不识庐山真面目，只认他乡作故乡。

更奇怪的是，他居然迟迟没向对方指出那个错误。现在的情形是他心知肚明，对方却还一派懵懂。这就有点儿成心了。难道他还指望着以"师兄"的身份和"师妹"发生点儿什么吗？当然，事情虽然略显诡异，但还不至于发展成一出拙劣的喜剧，"谁家师妹上错床"之类的。当双眼皮女

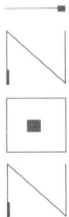

青年喘息甫定，又开始继续她的讲述时，单眼皮男人便屡屡涌起冲动，想要结束眼下的尴尬场面了。看着对面的半张脸，他还隐隐担忧会不会陷入什么意想不到的麻烦。别人的事儿最好不要知道得太多，尤其是陌生人。只不过他又发现，局面已经变得骑虎难下——如果此刻贸然戳穿，对方又会怎么看他？会不会认为他实际上已经将错就错地窥探了自己的隐私，进而认定他是个居心叵测的变态呢？

尤其是在这样一个前提下：双眼皮女青年刚一落座就声称，当初她和"师兄"交往也并不是因为"喜欢上了对方"，而其实是"另有所图"。

"所以你大可不必自我感觉良好，至于我呢，说得损点儿跟'卖'也差不多。"说这话时，她的口吻变成了近乎恶毒的坦率。

这让单眼皮男人愈发心悸。他又寄希望于外界因素能帮自己脱困，于是向吧台招了招手。什么都可以，看着上就行。上来的又是啤酒，对待仅有的一桌客人，服务员反而心不在焉。但这就够了，喝什么是其次，关键是"喝"这个动作所伴随的必要条件——单眼皮男人再次将手伸向口罩，并尽力装得像是个下意识的动作。

他又听见双眼皮女青年断然厉喝："打住——停！"

双眼皮女青年冷峻地盯着他，眸子像猫眼一样扩张放大。对于单眼皮男人的小把戏，她洞若观火。对于只能"戴着口罩聊会儿"的原则，她保持着毫不通融的坚守。单眼皮男人忍不住叫起屈来："这又何必呢？一定要蒙着脸吗？你要是不放心，我可以向你出示我的健康码，比绿帽子还绿……社区还要求我做过好几遍核酸，都没问题……"

双眼皮女青年说："你别装傻了，我不摘口罩可不是因为这个。"

"那为了什么呢？这不是自己折腾自己吗？"单眼皮男人试图说服她，"你觉不觉得闷得慌？我都快喘不过气来了。"

双眼皮女青年又说："为了什么你还不知道？当初不是你答应，我们再不见面的吗？"

单眼皮男人恍惚道："你是说——只要戴着口罩，那我们就不算见面？"

"是这个意思。"

"这就有点儿自欺欺人了。"

"自欺欺人就自欺欺人吧，反正我就是这么觉得的：说了不见就不见。"

"那你又干吗非说认出我来了呢？你明明可以掉头就走，像碰上一个臭流氓一样让我哪儿凉快哪儿待着去。如果你那么做，朗朗乾坤我也不敢造次吧？"

"你当然不敢。但我一直好奇，如今你对那件事是怎么看的？"

"哪件事？"

"你又装傻，该不会连那件事都想否认吧？"

两人语速越来越快，又在一瞬间定格，迷茫地看着对方。

那是半张脸与半张脸的面面相觑，单眼皮男人越发猜不透对面的口罩下藏着什么了——可能并不是一个鼻子一张嘴，而是空洞，是云团，是他从未见过也难以想象的未知之境。他还心惊胆战地意识到，原来他们的心里都藏着一个"那件事"。在这个异乡之夜，令他们互相吸引的与其说是误会、是寂寞，倒不如说是"那件事"。

与双眼皮女青年那半张脸上的锋芒毕露相反，单眼皮男人的半张脸上写满了无奈。不仅无奈，还有疲倦。事实上，他已经装不下去了。他缓缓站了起来，扫了双眼皮女青年一眼，然后迟疑地转身，朝客栈门外走了两步。既然他掉进了一场错乱而对方又不给他纠正错乱的权利，那么还是适时地抽身而出吧。再多说一句，他已经察觉到这个双眼皮女青年有点儿不正常了，他很后悔自己选错了搭讪对象。

临走前，他拿起啤酒，在另一瓶啤酒上碰了一记，权当是个告别。

但他又对自己失算了。当他听见背后传来一声"回来"，立刻就回来了。对面的口罩里传来一声"坐下"，他立刻就乖乖地坐下了。他怎么变得这么听话？像被慑住了一般。慑住他的是双眼皮女青年那偏执的、不容争辩的态度，还是古城之夜亦幻亦真的氛围？抑或仅仅是藏在他们心里但又呼之欲出的"那件事"？

正当单眼皮男人既战战兢兢又魂不守舍之时，双眼皮女青年便开始了新一轮的讲述。她的嗓音不再尖锐，语调也变得和缓。她眼里的光芒熄灭了，口罩上方的半张脸也好像暗了一层。与之相应，连她所说的话都不再没头没尾，而是逻辑清晰地串联在了一起，前后照应且环环相扣。就像一个醉酒的人忽然醒了，或者一个癫狂的、胡言乱语的家伙忽然意识到自己正在做报告。但也恰因如此，单眼皮男人心里又升起了一个疑虑：如果她

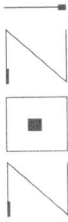

是在对"师兄"讲述，而师兄又是"那件事"的当事人，她又何必事无巨细地从头讲起呢？是时隔久远因此她怕"师兄"忘了，还是说，她其实早已知道他并不是她的"师兄"？

念头划过，像触电一样，令单眼皮男人脑中嗡然一响。

但还没等再深想下去，他已经被裹挟进了一个与己无关的陌生故事。他半推半就，随波逐流。故事的内容，乍听起来不过是一场常见的男欢女爱，简直常见到了男不欢女不爱的地步。双眼皮女青年也是在写字楼下的吸烟处遇到了"师兄"，她那时刚毕业，正在熬过如履薄冰的试用期，并不知道自己能否留下，此外还刚结束了一场旷日持久的异地恋。乘虚而入，当"师兄"认出了她，两人就此好上了。也按照她此前的说法，双眼皮女青年之所以会开始这场逢场作戏的办公室恋爱，图的无非是在公司里有个靠山罢了。他们那个新媒体公司是做"内容服务"的，写手们采访热点事件，写成报道出售给网上的公号，再按照点击量从广告费里分成。谁的报道上头条，谁的报道就动用更多资源去推，已经混成策划总监的"师兄"还是有发言权的。毕竟不是在学校里的时候了，游戏规则大家都明白。

这样的关系，两人谁也没真当回事儿。事实上，没过多久，双眼皮女青年就不再到"师兄"那儿去过夜了。相看两厌，连自己都讨厌。又然后，"师兄"替她介绍了一个薪水不错的新职位，地方在深圳。这说起来是"替她打算"，当然更主要的还是免得为个"萌新"在公司里落人口舌。游戏规则大家都明白。

听到这里，单眼皮男人几乎在口罩后面打起哈欠来了。晚上第一场没少喝，又鬼使神差地出来遛了一圈儿，酒劲儿泛上来了。对于那位"师兄"的做法，他不仅理解，而且还认为处理得相当得当呢。有那么两次，他也是如此这般摆脱麻烦的。

但他又听见双眼皮女青年说："你也别觉得我是想缠着你，我现在不用靠……男人过日子了。我想说的还是那件事。"

单眼皮男人机械地重复："那件事？"

"是啊。"双眼皮女青年再度无法压抑情绪，蓦地拖出哭腔，"咱们玩儿就玩儿，你让我走我就走，干吗逼我去害别人呢？"

话题终于绕回到了"那件事"上。而单眼皮男人意识到，他等的其实是这个。他叹了口气，任由双眼皮女青年疾风骤雨般地倾吐着言语。这时她就没有能力故作镇定了，话含在嗓子眼儿里像一口滚水，必须在最短的时间内排空，否则会把她烫伤。单眼皮男人也终于听明白了："师兄"还希望她做一件事，就是把她所在的微信"写手群"里的某些聊天记录截屏发给自己。群里有个老写手，姓岑，在报社做深度调查出身，爱发些不合时宜的牢骚。而那位老岑死盯着不放的两个案子，正好与深圳那家公司有些利益冲突，人家忌恨他很久了。如果能找个由头敲打敲打老岑，让他收手，也算是双眼皮女青年带过去的投名状。

就连"师兄"也有好处：趁机整顿一下写手团队，将来做事更顺畅些。对于这一点，"师兄"未曾讳言。毕竟有此前的关系在，谁也不必遮掩什么了。

"所以你后来还不是……"听到这里，单眼皮男人插嘴道。这话几乎是替那位"师兄"说的了，他还想开导双眼皮女青年：做都做了，就别事后瞎琢磨了。

但双眼皮女青年说："对，我答应了你……我太需要一份工作了，毕业以后漂了两年，房租还得跟家里要，我爸我妈唠叨得我脑袋都快炸了。那时我也没想到那么做会有多大后果，觉得顶多是内部警告老岑两句罢了。可谁想到你们把他的话断章取义放到网上去了呢？又有谁想到正好赶上了一个网络风潮，那帖子会产生那么大的影响，还有那么多不相干的人旷日持久地声讨他人肉他，导致公司不得不开除了他——你知道他现在怎么样了吗？"

"怎么样了……"单眼皮男人只好再替"师兄"问道。

"你们没问过吧？我打听过。他没再找着工作，别处都不敢要他。他老婆本来就有抑郁症，后来崩溃了，从楼上跳了下去，脸都摔没了一半。去年他来到古城隐居，租了间房子住着，文章也不写了，靠在工艺品商店给人看摊儿糊口。也不瞒你说，我刚去看过他，都戴着口罩，半张脸也没被认出来……不过就算认出来也没意义，他到现在还不知道当初是谁把那些截屏传了出去，再说我也不敢承认……"

双眼皮女青年的语速慢了下来，音量渐小，但她的两眼又开始灼灼放光，死盯着单眼皮男人。她还做出了一个举动，划开手机找出一张照片，展示在单眼皮男人面前。照片上是一家古城常见的商店，做旧的木门脸，

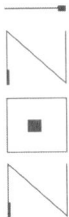

柜台旁坐着个黑瘦男人。单眼皮男人下意识地一闪。他与此事无关，尽管被迫听了，但他与此事无关，他这么提醒着自己。而再回过头去，却看见双眼皮女青年面色潮红，太阳穴上凸出了淡蓝色的青筋。

她霍地起身，连手机也没拿，快步冲向一侧的卫生间。

木板门后传来断断续续的呕吐和冲水声，单眼皮男人这才意识到对方其实也早喝多了。两人身上的酒味儿混在一处，此前竟未留意。风一吹，她终于也上头了。而他刚刚经历了什么？酒后吐真言吗？她又希望"师兄"做何反应？忏悔？道歉？无地自容？此外还有，此刻在她眼里，他又是谁？到底是不是"师兄"？如果是的话，方才的问题又回来了，她何必把"那件事"画蛇添足地再讲一遍呢？

在酒与重重疑虑的共同发酵下，单眼皮男人几乎不知自己身在何处。然而他的手却做出了一个明确的动作：拿起双眼皮女青年落在桌上的手机，点亮屏幕。刚才他就看见了对方的解锁密码，只要沿着九个小圆点画出一个"Z"就行，也幸亏双眼皮女青年没给手机设置面部识别。这动作充满了冒险，也很不符合他现在的身份，此外他还觉得吧台后面那个半张脸的服务员正在鄙夷地审视着他。然而单眼皮男人不由自主。

微信里没什么好看的，她看起来没有男朋友，交际面也很窄，和他这种人恰好相反。关掉微信后，单眼皮男人又扫了一眼双眼皮女青年的常用软件，这才发现了那款他从没用过也没听说过的APP。一个蓝色的小方格子，中间有片不规则的红色印记，看了一会儿他才辨别出那图案是一张嘴。软件的名称叫作"说出秘密的一百万种方法"，从商业推广的角度考虑，这恐怕不是一个好名字，太长了。

单眼皮男人的手指在屏幕上悬了几秒，正犹豫着是否点开那款软件，卫生间的木门吱扭响了一声。他迅速按灭了手机屏幕，重新放回桌上。而完成了一场倾诉和呕吐，双眼皮女青年又复归了平静。她闭上眼睛，似乎养了会儿神才开口：

"事儿就是这么个事儿，我说完了。"

她也不管他叫"师兄"了。她吊起了他的胃口，但这时单眼皮男人才明白，她其实并不在意自己作何感想。她是一个毫无责任感的悬念制造者，说完了就完了。

果不其然，双眼皮女青年站起身来，其姿态不仅如释重负，简直身轻如燕。她拿起一瓶啤酒，在另一瓶啤酒上碰了碰。他们消耗了两支没抽的烟和两瓶没喝的酒，终于迎来了毫无仪式感的告别。但此时，他绝不能将双眼皮女青年视为一个没有仪式感的人了，相反，他认为她的仪式感有些太强了。他想劝告她，这其实不一定是个好习惯。

他还想问她：我是一百万分之一吧？

但连这也没说，他只是答道："是有点儿晚了，还有人等我。"

"你不会怪我吧？"双眼皮女青年指了指半张脸下方的口罩。

单眼皮男人摇头："说好不见就不见，这不是大家都同意的吗？"

"谢谢你。"

"不客气。对了，还有件事……"

"您说。"

"当初你那位'师兄'……哦不，就是我……我跟你打招呼的时候，说了点儿什么呢？"

"就一句：我仿佛在哪儿见过你。"

两人点了点头，双眼皮女青年拿起手机，转身出门。她的身影缓缓飘向山下，逐渐融入黑暗之中，但在即将完全隐去之前又停下，亮起了一小团光。点烟的时候，她的口罩总算可以摘下去了吧，但单眼皮男人已经看不见她执意深藏的另外半张脸了。

坐了很久，单眼皮男人才结了账，从客栈里出去。

这才发现回去的路其实不远，十来分钟就走到了。这也与夜彻底深了下来有关，街上稀稀落落，道路变得畅通，半面之城正逐渐接近一座空城。

酒吧的包间里塞满了人，那场流动的盛宴仍在继续。朋友，朋友的朋友，天知道在这个千里之外的异乡还能遇到多少拐弯抹角的熟人。他那个圈子的人们每逢这种季节大都是要出国的，但今年特殊，假如你不想滞留在哪个海滩或者哪艘邮轮上有家不能回，那么最好把相对安全的国内景区当成备选方案。

也和他所来的那座城市一样，类似聚会上总少不了几个来路不明的"果儿"，而在人困马乏的下半场，老男人们的兴趣就只剩下了跟她们穷"撩"："别看我现在就一俗人，当年也算知识分子，还有教授职

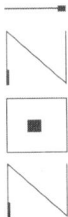

称呢。"

"您这身板儿，搁教授里绝对是比较壮硕的类型吧？"

"别听丫瞎扯，他是体育系的教授。"

"妹妹也读诗吗？"

"我特喜欢徐志摩。"

"你不必讶异，更无须欢喜——"

当单眼皮男人出现，酒桌上立时飞升起一串儿杯子：扎啤杯，红酒杯，威士忌方杯……单眼皮男人也捏起一只色彩斑斓的珐琅杯，与众人相碰后把白酒送到嘴边，这才发现隔着一层口罩。他惶然着半张脸，看着四周那片或通红或惨白、或浮肿或干枯、或涂粉或冒油但一律完整的脸，尴尬地把杯子放下，找了个溜边的沙发座，将自己缩了进去。

立时又有人大呼着"没劲"要把他揪起来，还有人咬定他不肯摘口罩是因为"在哪儿刷糨糊让人挠了"。单眼皮男人既客气又虚弱地应付着，叫来服务员添了轮酒，这才得以脱身。他点开自己的手机，下载了一个程序："说出秘密的一百万种方法"。

再次印证了单眼皮男人的判断，这绝对是个毫无市场前景的软件：注册人数极少，其内容也类似于过时的论坛，无非是几个或真或假的心理咨询师在对会员进行义务疏导。按照那些人的说法，秘密在心里存久了会影响身心健康，就像过期食物会在地窖里腐败发酵，最终把整栋房子搞得臭气熏天。因此他们建议，要尽可能地把秘密倾倒出去，但他们又提醒大家，尽可能地不要在网上尝试这种行为，那毕竟不安全——而这也就是那个软件存在的真正意义了，会员们集思广益，互相交流着"绝对不会造成麻烦"地向陌生人说出秘密的方法。这些方法又被统称为"找树洞"，这大概来源于一个童话，而在那些人看来，世界上行走着无数个活的、可靠的、可以随时发挥作用的"树洞"，只看你能不能在恰当的时间以恰当的方式将他们激活了……

单眼皮男人瘫在沙发里，诡异地笑了一声。他刚刚经历了一场故弄玄虚的网上游戏。多幼稚啊，几乎不是他这个年龄的人所能理解的。但他确实被激活了。像个开关咔嗒响了一声，他的酒也醒了，脑子里一派澄明。

趁着酒桌上掀起了新的混战，他抽了个空又溜了出去。夜凉如水，让他坦露的半张脸感到寒冷，但他隐藏的那半张脸却还闷得发热。营业场所纷纷关门，剩下的门脸就像嘴里寥寥无几的牙。在一条仿佛来过的街上，他看见了那家仿佛来过的商店。门脸不大，内里也不幽深，摆设的尽是一些"民族风"的手工艺品，东巴纸、刺绣或木雕之类的。

门口的方凳上坐一黑瘦男人，面目不清的半张脸，仿佛也是在哪里见过的。单眼皮男人走过去，累垮了似的坐在店门口的青石板台阶上。

黑瘦男人用普通话问："要点儿什么？"

单眼皮男人说："喘不上气，我歇会儿。"

黑瘦男人打量他一眼说："你口罩该换了，戴一晚上又没少说话吧？都潮了，不透气。"

说完欠身，从柜台里拿出几个口罩递给他。当地作坊做的，缎面刺绣，并不符合防疫标准，但聊胜于无。口罩上绣着各色图案，有鸳鸯戏水，有东巴文的字句，单眼皮男人挑了一个格外显眼的换上。那图案是张血红的嘴，微微开启，似在言语。空气果然透亮了许多，单眼皮男人问了价，用手机扫了款。

然后他问："你不是本地人？"

黑瘦男人一笑："这儿就没什么本地人。"

一群外地人在外地接待外地人，构成了这座半面之城。这的确是一个适合吐露秘密的地方。黑瘦男人掏出一盒烟来，放在两人身边——对于半张脸，烟只是个摆设，但同时意味着一场对话的开始。

大家都有过往，此时恰巧又都没事可做，聊聊就聊聊。

然而单眼皮男人心里虽然涌起了一些话，却还是打消了把它们说出来的念头。和那位双眼皮女青年不一样，他已经过了吐露秘密的年龄。他的生活需要仪式感，但就像墓前的供品罢了，宣告着墓里的内容虽然永远存在但又被永远埋藏。

就像另一位双眼皮女青年，其实单眼皮男人已经记不清她的长相了。别说半张脸，就算看见了整张脸他也认不出她。然而他知道，和她相关的故事不是感伤，而是欺诈。当他还是个银行职员时，就清楚地判断出那份职业没有再做下去的价值了——网点正被大量清撤，未来的风口属于那些

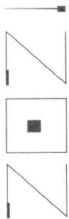

野蛮生长的新行当。他也早和写字楼里的一些机构的人接洽过，如果带着足够数量的客户投奔过去，可以在人家那里占据一席之地。包括双眼皮女青年在内的那些孩子都成了他的投名状。他们既缺钱又乐于相信他，是新风口新行当里难得的优质资源。至于此后那些孩子又会经历什么，却与他无关了。追债，威胁，"社死"，都是下游产业的勾当。在"金融科创公司"的账面上，他们都是报表上的漂亮数字。

单眼皮男人还记得当年，在那个同样明亮而又突然空旷下来的夜里，他们松松散散地说了几句话。被一记"摸头杀"推开，双眼皮女青年点了支烟，随口问他想聊点儿什么。单眼皮男人说聊聊你吧，这份工作你还想一直做下去？双眼皮女青年说当然不想，她只是想攒点儿钱。单眼皮男人说，攒钱做什么？双眼皮女青年说了古城的名字。她想来，因为人家来过。单眼皮男人告诉她，何必攒钱呢，参加一个金融计划就可以，也不用抵押也不用证明。他还说如果能介绍更多的参与者，她的利率可以打折。但他从没告诉过她，在那份令人眼花缭乱的电子合同里，利率算法和人们通常以为的不一样。

在那以后，他就再没见过那个双眼皮女青年。他也从来不指望能见到她，直到今晚。而今晚实际已经结束，手表显示，已是第二天凌晨了。他度过了旧的一天又换上了新的半张脸，和一个似曾相识的男人坐在一起，像古城的所有过客一样内心沉默。那两个双眼皮的女青年却早已离他们远去。

街边突然又嘈杂起来，一群夜归的游人经过，被单眼皮男人吸引了视线，旋即侧目而视着匆忙离开。那男人的半张脸上敞着一张血红的嘴，好像露出了秘密的一角。

原载《野草》2021年第5期

点评

小说讲述了一场由随意搭讪引发的阴差阳错的偶遇。

陌生的古城里，单眼皮男人用"我仿佛在哪儿见过你"这样俗套的话术搭讪了很多陌生姑娘并通通被拒之后，竟然真的遇到了一位"旧识"——一位双眼皮女青年。她的一句反问"真的是你"让单眼皮男人猝不及防。两人都戴着口罩，双方只能看到彼此的半张脸。疫情之下，口罩恰好变为了最适合隐藏的道具——隐藏真实的彼此、毫无顾忌地认错别人、却一股脑地吐出心底最晦暗的过往。尤其女青年屡次以奇怪的理由阻止单眼皮男人试图摘掉口罩的举动，似乎更加印证了这一切是她刻意为之。

于是，两人各自内心隐藏的记忆之伤便浮出表面。与其说他们在亦真亦假的对话中打捞往事，不如说是各自试图解决自己的精神危机，这既是一场冒险的博弈，也是一次温柔的和解。尤其女青年的心结，听来似乎已然折磨了她许久。她曾经被某位有过暧昧关系的师兄授意去"害人"。她最初是抗拒的，但她太需要一份工作了，而且在她最初的估计里，她即将的所为不过是敲打敲打某人。然而事态发展却严重失控：被她害了人不仅丢掉了工作，而且被害人的妻子还因此跳楼落下了严重伤残。单眼皮男人最初以为女青年并不知道她认错了人，把搭讪的他当作当年那位师兄了。然而女青年的讲述不仅事无巨细，而且讲完之后一身轻松，仿佛她只是需要找一个陌生人倾诉，或许在她心中，这种倾诉可以疗愈创伤。

作家不动声色地击中了特殊时期之下个体的心灵困境和情感隐疾，点出了我们在这个时代下急需的内心抚慰，点点滴滴发人深思。

（侯建魁）

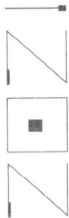

化 学

/戈 舟

迈开双腿，走进凌晨的夜晚，她自己都觉得这挺荒唐，像是一个即将起跑却对赛事忽生厌倦的选手。还不完全是厌倦，是那种对所为之事的意义产生了怀疑之后，滑稽而虚无的感觉。套上专门买来用以运动的鞋子，围上一条薄围巾，她怀着近乎自我嘲弄的心情出了门。

这一带算是城市边缘了，如今却也高楼林立。夜色中，黢黑的楼影竟有一种纪念碑般肃穆的气派。除了夜深人静，入住率不高肯定也是一个因素，只有零星灯火从个别楼宇的窗口透出，置于整体背景之中，让夜空显得更加寂寥。一辆接着一辆，道路两边停满了私家车，它们停靠得规矩极了，也安静极了，让料峭的空气浮动着一种被人为规定后的秩序感。世界像是被洗劫之后。时空如果就此停滞，那么一千年后的废墟就该是此刻的景象吧。

顺着略有坡度的路基快走，她觉得浑身都被双腿带动出了运动感。脚下的鞋子弹力十足，每一步，都反馈出令人跃跃欲试的动能。此刻，这种称之为"爆米花"的鞋底材料，勾起了她顽固的职业癖。端环氧基聚氨酯——作为一个化学家，她在心中给出了准确的专业术语。

穿过十字路口，马路对面就是那座运动公园隆起的山坡。走到坡下，她停住了脚步，适当地活动了一下脚腕，又用双手揉了揉膝盖。隔着裤子，她能感到两个膝盖的冰凉，或者，是冰凉的膝盖反衬出了双手的温暖。发光，发热，变色，生成沉淀物，膝盖与手掌之间发生了一次化学反应——而判断一个化学反应的依据是，这个反应是否生成了新的物质……如此拗口的概念，对于她却是习与性成，当她意识到后，不禁又回到了自嘲的心情里。根据化学键理论，又可根据变化过程是否有旧键的断裂和新键的生成来判断其是否为化学反应……她一边搓着手，一边强迫自己赶走了脑袋里残余的专业本能。

有夜航的飞机轰鸣着低空飞过。植物弥漫着凛冽的气息，更像是一种薄凉的气温。

稍微费力地攀登了一小段路，她终于踏上了那条环山铺就的塑胶跑道。山势当然不会很陡，应该是用周围小区挖掘地基时的余土堆筑而起的。这样一个微不足道的隆起，却让平铺直叙的地势有了一些起伏的崎岖。离婚后，她选择在这里购房住下，正是因为中意这座运动公园人造的小山。快步走在塑胶跑道上，走在鞋底与跑道化学成就的共同作用上，她多少有些怀疑自己的行为是否真的能够达成目的。

她正在有计划地减肥。尽管，她不过一百一十斤左右。每天走一万步，是计划中的项目。新的一天，她的日程已经排满，于是，她只有在凌晨时分提前兑现这一万步。一天尚未开始，却已经严格地预支了句号。在化学工业的加持下，世界变得轻易了，如果没有一双"爆米花"鞋底的鞋子和一条塑胶跑道，她不知道自己是否还会有勇气跑上深夜的山坡。

跑道一侧有路灯，间隔大约五十米，掩映在葱郁的树木间。环境显得有些森然。快步走过两根灯柱后，缓慢向上延伸的跑道边，有个女孩的侧影进入了她的视野。尽管坡度不大，但她仍然觉得自己是仰望过去的。一个正在与人拥吻着的女孩——她减慢了步伐，分析着眼前的状况。将对方定义为"女孩"，不过是下意识的直觉吧：介于明暗之间，她看到的是对方裙子下裸露的双腿，它们交叉着，分散了身体的重力，承重较轻的那条腿略微向后，呈现一种将要未要扬起的态势。被灯光更多打亮着的，正是这样的一个态势，而这个聚光灯下堪称耀眼的态势，反映在她的直觉里，就是年轻的依据。一个在深夜的公园与人热烈拥吻着的年轻女孩；但女孩的同伴完全隐没在婆娑的阴影与树丛之后。

意识到自己的迟疑时，她已经走到了女孩的身后。她只好跑了起来，发现自己略感慌乱，却并不完全是基于害怕，更多的是出自某种抱歉一般的情绪。她感到自己打扰了他人，同时，羞涩，尴尬，紧张，也许还有一点点被撩拨起来了的兴奋，都借着"抱歉"的感受一同涌来。这番感受成了驱使她跑起来的动力。

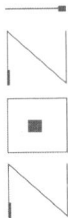

跑步并不是她减肥计划中的选项。她只打算每天快走一万步，因为她的年龄似乎已经不太适宜跑步了——据说到了她这样的年龄，不正确的运动，只会加重膝盖的损伤。她四十五岁了。

跑过去总比走过去更像回事吧？她一边跑一边想，这样不是更接近一个正当的、夜练者的形象吗？面对自己所撞到的一幕，走过去，太像是一个下流的偷窥者了。但跑总是要比走辛苦的，她感到了自己的身体并不适应这不期而至的跑动，两腿与心肺都承受了额外的负担。同时，她也感到了些微的激情。

她熟悉这条山坡上的跑道，快走五圈，能让她完成一万步的指标。那么跑呢？这里面有着相对复杂的换算，严谨一些，除了化学，大概还需要数学与物理的介入。激动起来的她无暇深思，此刻，跑步更像是一个难以换算的精神现象。

将要跑满一圈的时候，她觉得自己快不行了，无论精神还是肉体。她任由自己发出深重的喘息，一方面，是由于无法自控，一方面，也是有意要发出提醒。她想，也许对方已经结束了吧，她都跑了一圈了，因为艰难，所以时间都显得漫长——有谁能如此漫长地接吻呢？但她仍然看到了之前的那一幕。远远地，她停了下来，双手撑在大腿面上弯腰喘息。女孩还在投入地吻着，只是身姿比之前更加前倾，显得越发富有强度，辉光流泻的双腿在路灯下熠熠闪亮。她分不清耳边的喘息究竟是出自对方还是自己，或者，是整个夜空都在发出深重的呼吸。

她生出了原路返回的念头。返回去，冲个热水澡，回到离婚后独居的家中，回到不减肥也不用担心膝盖的日子，回到化学的世界里。女孩全情投入，仿佛竭尽全力拥吻着一个庞大的未知，在与某种莫须有的事物对抗与角力，带着青春的勇力，忘情地行使着神圣的特权。她直起了腰，脑袋里回响着一个句子：年轻，并且有两条腿。

年轻，并且有两条腿。

这句话，是她小时候从一本外国小说中读到的——一个装着假腿的老海盗，如此给自己气馁的年轻同伙打气。这句话有股神奇的效力，以年轻和两条腿，构成了不容辩驳的说服力，仿佛只消两者兼备便无往不胜，足以傲视一切风雨，视人间为天堂。离婚时，这句话曾对她有效过，离婚后，她起意减肥，也是这句话起了作用。下意识里，有两条腿，于她而言就是一个年轻的反证。那么，迈开腿就是了。

她以一种"有两条腿"的、沉着而坚定的步伐重新跑了起来。途经那闪亮的双腿与黑暗中年轻的激情，她目不斜视，仿佛心有旁骛便是对人格的玷污。

这一圈她跑得更加费力了。途中，她不得不在一块刻有"道法自然"的石头上坐了一会儿，心里又一次打起了退堂鼓；但有股无法说明的动力还是驱使她继续跑了起来，或者说，是某种欲望在更为有力地敦促她。

适应后的夜色变得没那么浓重了，发出剔透的深蓝色，有如一种质地暗哑的光芒。前方跑道边清晰地蹲着那个女孩，两腿完全掩藏在裙子下了，身旁依旧看不到同伴的影子。她徐徐跑过，视若无睹，"爆米花"鞋底与塑胶跑道摩擦出沙沙的声音。她觉得自己还听到了遏抑的抽泣。

又有飞机低空飞过。这昼夜不息的人间。

跑过几十米的距离，阒寂的弯道上出现了一个人的背影，同样有着两条夺目的腿，只不过穿着深色的牛仔短裤。是一个女孩——这个判断令她无端讶异。随着距离愈来愈近，女孩匀称而紧致的双腿像是一个命题，或者像一个复杂的化学实验，开列在她面前。

解题一般，女孩蓦然转身向她迎面走来。她无法正视，只见女孩留着蓬松的短发，脖子因而显得格外颀长，如同又一条闪光的大腿。她和女孩擦身而过，彼此之间隐约有一个对视。她在慢跑，女孩在快走，她在上坡，女孩在下坡；跑与走的步幅相差无几，坡度也微不足道，但却分明是两股力量的相遇。她能够感到女孩步履艰难——是要回到同伴的身边吧？她不由得思忖，随即感到了些许的羞耻，像是萌生了不体面的邪念。

眼睛适应了夜色，身体也似乎渐渐适应了跑动，她力求自己心神澄明。"爆米花"是一种工业聚氨酯弹性体材料，经过加压加热预处理后，每颗TPU粒子像爆米花一样膨胀起来，在这个过程中，原来0.5单位大小的颗粒，体积将增大十倍，适用于需要经受强大冲击和频繁使用、要求透明、尺寸安定性及耐化学性能优异的产品……诸般专业的知识纷至沓来。

强大冲击，频繁使用。此刻，她觉得这不是一种科学术语，而是一种带有谶语性质的、对于自己生命际遇的描述。她在跑动，如同经受着加热加压的预处理。她想到自己是在跑着第三圈了，运动量或许已经与快走五圈持平了吧，这时身后响起了另外的脚步声。

有人在身后跟着她跑，或者说，是在追赶她。她即刻感到了不安，继

而是慌张。她减慢了步伐，改跑为走。身后的脚步声轻盈而有力，带着绝对的、不容分说的把握感，让她打消了提速逃开的念头。想象一下自己拼命却徒劳地逃跑，只会让她不寒而栗。最终，她停下了，回头看向身后。穿着短裤的女孩已经距她很近了，一边跑，一边空洞地望着前方。她看到了女孩灰色T恤下跃动着的乳房。女孩可能并不比她高多少，只是短裤下显赫的两条长腿给人造成了高挑的错觉。她还看到了，在女孩左腿的大腿面上，有一枚胎记一般的青色文身。

她深长地呼吸着，两只手默默地攥紧。女孩跑到了她的面前。她重新迈开了双腿，因为她感到自己受到了无法拒绝的邀约。女孩并没有停下来的迹象，只是减慢了速度，用眼光向她打着招呼，明确发出了"接着跑啊"这样的邀请。那就跑吧，既然摆出了一副夜跑者的架势。

"你跑步的姿势不太正确。"女孩一边跑一边说。

"哦。"

"应该前后摆臂，尽量不要左右摆。"

女孩显然给她做着示范，双肘呈直角，规范地前后摆动着。她无言以对，却不自觉地跟着调整了自己的双臂。

"你住在附近吧？"

"是，就住在路对面。"她答道，觉得这个答案能够给自己平添一些底气。

女孩似乎点了下头。转眼侧视，她发现女孩蓬松的短发呈黄褐色，还打着卷——像是顶了一头淋着焦糖的爆米花。这个想法令她放松了不少。现在，她们是两个并肩跑在塑胶跑道上的夜练者。女孩神色寻常，但她能感到其中蕴含着某种她无从理解的情绪。两人的年龄至少相差二十岁吧？可她感到并肩跑动着的女孩更占有一份主导性。这不仅仅是因为女孩的跑姿更标准，还因为，女孩在她眼里，全然象征着一个她毫无经验也无从想象的未知世界。

两个女孩之间的热吻。她不能理解自己看到的那一幕，但不妨碍她感受到了动荡与激烈，还有无以言表的、属于人的困境。自己最后一次热吻是什么时候呢？她竟然想不起了。她只确定，那一定不是和自己的前夫；而且，她还可以确定，迄今，自己从未在露天的环境下与人接过吻。在她有限的一生中，一切都像是化学性的、实验室性的，即便创造出了一些新的物质，实质上，也都是自然界中不存在的。

她隐约看清了女孩大腿上的文身——三个需要近距离才能辨认的汉字，也许是那个穿裙子女孩的名字？她想到自己的左腿上面，差不多同样的位置，也有一块类似的印记——当然不是文身，她绝对不会那么干的，实在要干，也只会文一组化学公式——那是一次酒后在浴缸里的滑倒造成的，伤口不大，却皮开肉绽，留下了永久的疤痕，结果导致了她从此不愿将两条腿暴露出来。有时候，她着实有些小题大做。

"尽量不要用脚尖落地。"女孩又一次指导她。

她留心一下自己的脚步，觉得自己显得既愚蠢又笨拙。

"你是学体育的？"

"你呢？做什么的？"女孩不回答，却反问她。

一瞬间，她几乎要脱口而出，告诉女孩，自己是一个小有成就的化学家，并且告诉对方，作为沟通微观与宏观物质世界的重要桥梁，化学是人类认识和改造物质世界的主要方法与手段。但她最终没有开口，因为她真的意识到了，此刻自己所经历着的，俨然是一个非物质的、纯然精神性的时刻。

"你都看到了。"女孩说。

这是一个陈述句，但听起来有些严厉。她一下子感到小腿有些灼热的刺痛。

"我差不多每天晚上这个时候都要来这儿锻炼。"

这也是一个陈述句，她想表达的是，自己并没有窥探她们的主观故意，相反，对她而言，这是常态，而她们，才是一个偶发的事件。

"你可以避开啊，不用一圈接着一圈地跑。"

不是吗？这很无礼。

"要避开的难道不是你们？"她忍不住反击了。

"的确，"女孩的声音听不出有什么变化，只是伴随着节奏平稳的喘息，"我们都可以避开，可是我们都没有。"

"还能跑是一件幸运的事。"过了一会儿，女孩又说。

她沉默地跑着。

"我的朋友就没法跑。"女孩自言自语般，"她有哮喘，军训的时候

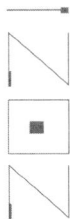

发作了，都被送进过医院急救。"

她再一次侧视女孩，此时，两人正好跑过一盏路灯最明亮的照射区域，她恍惚看到，有大颗的泪水正涌出女孩的眼眶。旋即，泪水与女孩的脸又都隐没在黑暗的阴影里。

"她天天都喝糖浆。"

"嗯，为了不让你们感觉受到了妨碍，我才跑了起来。"她像是在道歉了，仿佛糖浆味儿的青春就应当被礼让和脱帽致歉。她强调说："平时我只是走路。"

"你不断地从眼前跑过去，卷土重来，倒让我们感到了踏实。"

"卷土重来"这个词差点把她逗笑，下意识地，她只能将一切又类比为一场彼此作用着的化学反应。同时，像是有什么东西从四面八方向她发力，脚趾和小腿间肌肉的剧烈疼挛将她撂倒在了跑道上。她控制不了自己的双腿，脸上定格为一个似笑非笑的僵硬表情，只是霎时间记忆起那一次酒后跌倒在浴缸中的滋味。彻底的、无能为力的绝望与污秽凄苦，就像一整块悲伤的笑料。

女孩快速蹲下，将她的双脚抱起，拉直膝盖，双手握住脚尖用力向上牵引。不过十几秒的时间，她却像是经历了一场突如其来的暴击。夜风轻柔而冰冷，一如水与火的交融。女孩扶她坐起，用一只腿撑在她的背部，双臂将她的肩膀圈在怀里，同时帮她把散乱的头发捋到耳后。她知道自己现在一定狼狈极了，软弱地闭上眼睛，既感到了空前的委屈，也感到了被温柔地对待。一种久违了的、热切的盼望，涌上了她的嘴唇。

"不要跑了，先慢慢活动一下。"

后来，女孩扶她站了起来，叮嘱一句后，便矫健地跑着离开了。

望着女孩的背影，她意识到自己永远也没法像一个女孩子那样跑得又快又好看了。她无力地站在跑道中央，如同被遗弃了一般。暗处那块刻有"道法自然"的石头，在夜色中昭示着东方的化学观，四下的草茎都被它压得喘不过气。她缓慢地沿着跑道走，两手将脖子上的围巾紧紧地拉严实。她觉得自己的嘴唇麻木而空茫，仿佛被夜风完全包裹着深吻。她又一次闭上了眼睛，期待那久违了的、热切的盼望再度降临。

转过一道弯，她远远地看到那对女孩都蹲坐在跑道边。穿裙子的女孩把头埋在两腿之间；而那个穿短裤的女孩，遥遥注视着她走来的方向。距离让目光无法交织，但是她知道，此刻，在这个世上，自己被人深切地凝视着。大家同在一个环形的跑道上，在一个开放却又相互关联的世界里。

在意识的深处，她怕女孩们还在那儿，更怕女孩们其实走了。垂头前行，当她再一次举目张望，她们已经不在了。一度，她认为自己走过了，于是回头张望，只有空寂的夜色在身后永无止境地弥漫。她来到了她们置身的地方，想要找到一丝她们存在过的证据。她看到了倒伏的草木，一枚尚未熄灭的烟头；但令她更为笃信的是，她还嗅到了糖浆味儿，感觉到了她们离开后残留着的、带有年轻体温的痛苦而热烈的气息。黑暗中，她依稀还看到了她们挺拔而嘹亮的大腿，以及世间一切隐秘而倔强的脆弱。

年轻，并且有两条腿。

这让她如同再一次得到了激励，有力气走回自己熟悉的生活。从山坡上眺望，她能看到自己也许下半生都要栖身于此的那栋楼。夜色悲楚，还开始起雾了，渐渐像一锅又厚又稠的浓汤。夜航的飞机飞过，航速都变得有些迟缓似的。远处，一座塔吊笔直的摇臂傲然自立于夜空，好似随时会将世界吊打一番。人在这世上被吊打的风险可能不少，但没有哮喘就是幸运的；不喝糖浆就是幸运的，能跑就是幸运的，年轻，并且有两条腿简直就是所向披靡的。她像是走在一个庞然的虚构里，唯一能够让她将自己与现实维系在一起的，是这样的一个决定：从明天起，她将以跑步来替代走路。她确信她做得到并且配享这份幸运。俨然是一场化学反应，她知道新的物质产生了，依据化学键理论，就是说，旧键已经断裂，新键已经生成。

原载《花城》2021年第4期

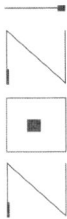

点评

都市人的精神世界，是弋舟的小说创作一直关注的领域。"化学是人类认识和改造物质世界的主要方法与手段。但她最终没有开口，因为她真的意识到了，此刻自己所经历着的，俨然是一个非物质的、纯然精神性的时刻。"用客观的、遵循科学化逻辑的化学作为核心意象来结构全篇，以一种相反相成的方式凸显都市人的精神世界，确实颇有深意。主人公作为一个化学家，在一次夜走被迫变为夜跑的独特体验中，经历着与化学完全不同的、不遵循客观事实逻辑的感受。无论是对于看到两个女生的亲密行为，还是与其中一个女生的对话、互动等，都让这位中年离婚的女化学家受到不小的震动，内心的震动。今晚遇到的一切仿佛都不是按套路出牌，在她按部就班得有些沉闷，波澜不惊得有些死寂的生活中泛起一圈圈涟漪。化学家在经历过这晚后，觉得"俨然是一场化学反应，她知道新的物质产生了，依据化学键理论，就是说，旧键已经断裂，新键已经生成。"小说最后又回到了化学的逻辑中，新的物质产生，只要"年轻，并且有两条腿。"公园暗处那块石头上刻有的"道法自然"这一东方的化学观，最后将化学与人的情感相统一。相对相生的二者在绕了一大圈，最后殊途同归。充满哲学意味的同时，也不失人文关怀。

（朱旭）

蓝 牙/

/黄咏梅

拖着拉杆箱轱辘轱辘走在凹凸不平的石板路上，孙芊蔚就开始不安。没想到丽江古城色彩那么明艳，好像手机屏幕的亮度被谁的手指不小心滑到了顶格。花的色彩，油纸伞的色彩，天空的色彩，游人服装的色彩，饱和度极高的阳光一一将这些颜色调到至亮。这是她第一次踏入丽江古城，却不合时宜地先在心中盘点箱子里的衣服，哪一件能配得上这些鲜艳？她不是那种喜欢拗造型的女人，这可能是她近年来的一种心理惯性？出门变得有些焦虑，焦虑晴雨，焦虑衣履，焦虑酒店的枕头是否贴合她的颈椎……结果总是失算，哪一次出门都会感觉错带或漏带了一件必需品。

唯一庆幸的是，她犹豫再三最后还是放进去了那件帽衫，就在箱子里的最表层，做好了空间不够随时可放弃的准备。这两年，她调暗了自己，衣服基调脱不了黑灰藏青，在她身上找不到一朵花卉的图案。那件帽衫是例外，买来打算春天夜跑穿的，颜色是不太常见的嫩绿。不过，孙芊蔚在古城里轻易就找到了它的同色系，在那些抬眼即见叫不出名字的多肉盆栽里，有各种程度的绿，它就是那种透明、亮晶晶的绿。孙芊蔚一眼就辨别了出来。这绿色多少缓解了一些她的焦虑。

预订的房间数量不够，他们要分开两拨分住两处。她被安排住在新义街的一间民宿。门楣被垂落下来的紫藤花遮住，庭院深深，从门口望进去，只能看到尽头一块巨大的照壁。穿过一段近二十米的长廊，拐个弯，才能看到露出天空的院子，以及院子里两两相对的客房。

她的房间是103。服务员告诉她，一楼，北面是单号，南面是双号。穿过院子时，她看到一张长条茶几，几只小茶杯里余着绛色的茶，深浅不

一。有根烟被搁在烟灰缸沿，慢吞吞将余生最后一口气吐向它旁边那盆又肥又矮的多肉。估计是刚坐在这里的两男两女，现在站到了院子一侧，手机对着草地上一匹卧着的木马拍照。发房卡的时候，负责团队后勤的小单告诉大家，这里是当年马帮头子的老宅。103房间门口正对着那匹木马。当中没拿手机的年轻女人朝她笑笑，说，这马好萌呀。孙芊蔚礼貌地点点头，应了声，是呢。

民宿都是木头建筑，用那种不上漆的整木。房间当中一根大梁柱，如果不是屋顶阻隔，会以为那里种着一棵老树，树皮斑驳，枝叶都在房顶之外。仔细看，才能看出人工做旧的手法。木门隔音不太密实。孙芊蔚简单洗了洗脸，等热茶的温度适口，等到院子里讲话的声音消失了，她才打开房门，走近去看那匹伏地的木马。跟建筑的整木相反，它由很多块碎木条拼接而成，色调像灰岩剥落的石块，裸露着骨骼，筋脉、鬃毛与木纹的沟壑纵横吻合，真像是一匹茶马古道退役下来的老马，卧下，就从此走不动了。孙芊蔚在院子里走一圈，从某一些角度看过去，那马不像马，倒像是谁即兴搭起的一堆乱木，即将燃烧起来，即将被人围着跳锅庄舞。刚才路过玉河广场，那里有一块闪动的电子大屏幕，游客在里边围着篝火跳舞，孙芊蔚觉得那是更为壮观的广场舞。

转过一个拐角，孙芊蔚斜眼看到了二楼走廊上的老谢。她朝他挥挥手。他随即晃了晃手上的烟。这手势如此熟悉。老谢瘦瘦的中等个，站在某个角落，朝人晃晃手中烟，漫不经心打个招呼。就算在不久的将来，他们不再有关联，在更久一点的将来，他们老得杳无音信了，孙芊蔚相信这动作也会伴随这个人的名字一起浮现。他们没再说什么，对于各怀心事的这类时刻很默契，无话也不尴尬。

老谢使新环境引起的那点兴奋感黯淡了下来。等她转回103房门前，那匹正对着的老马又像一匹马了。是一匹忧郁的老马。

来丽江是老谢的选择，作为PR的一次团建，或许说是一次为了告别的聚会更为确切些。老谢将要调离公司总部，到一个三线城市的分公司继续任PR经理。这消息瞒不住。即使老谢在公司茶水间悄悄告诉过孙芊蔚，但彼时其实早已不是秘密了。他们这次团建不设主题，务虚，公司就当出钱给老谢请客，答谢一下团队。在梵净山和丽江之间，老谢最终选了丽江。孙芊蔚对老谢讲，我都不好意思说出来，我竟然没去过丽江。她和老谢都是70后。老谢在70头，她在70尾，行事风格却像隔了一江水。老谢对她的话没反应。说起千禧年前后，知识青年界忽然流行一句调侃的话："不是在丽江，就是在去丽江的路上"。孙芊蔚处于那段时间的河流里，似乎不应该掉"队伍"。老谢很不以为然。不是对丽江，而是对"文艺青年"这个词。按照孙芊蔚对老谢的了解，如果不是照顾手底下那几个80、90后，他更希望去腾冲。因为最近他忽然开始对历史产生了浓厚的兴趣，仅有一小时的午休时间，他躺在办公室的沙发上，耳机里播着王树增的《1911》，闭目，迷糊时会被某个高音惊醒。他对现在进行时态的新闻和八卦丧失了议论的兴趣，倒是时不时在跟人聊天的时候会冒出"大多革命都起源于对腐败的抗议……"，搞得人不知怎么接话。

在这家美国驻华公司之前，老谢是报纸的财经编辑，猎头以年薪六十万的条件把他挖过去，为公司完美处理过几桩影响恶劣的危机公关，升到PR经理的时候，他把孙芊蔚也从报社挖了过来。他们一直搭档得很好。老谢利用原先在报社的资源为公司摆平媒体，孙芊蔚为老板起草的新闻通稿，无论在报纸还是网站上发表都恰如其分。他们在真实与谎言之间找到了一些模糊的句式和语法，乃至标点。不过，这几年，除了负责撰写公司形象的新闻稿，他们处理负面消息显得有点束手无措。无论如何，现在人们穷追真相的呼声虽响，但耐心越来越少，而指望制造一个吸引眼球的新热点去覆盖一个负面消息，对老谢他们来说简直就像买彩票。老谢慢慢变得有点佛系，工作思路和方式都有了些莫名其妙的改变。相比对外公关他更关心企业内部文化，他在年会上跟员工大谈情怀二字，年度工作计划的第一项就是要在公司成立读书小组，定期举办读书分享会。据说老谢在公司某一次中层会上，陈述举办这种形式陈旧的活动的必要性，他打破了历来的报告流程，以沉重至痛心的语气说，整个公司里的人，都不像人，一点人的味道都没有。传出来的话说，老谢讲完，整个会场沉默了三分钟，就像集体进行了一次默哀。孙芊蔚认为这传闻有夸大的成分，但场面尴尬可以想见。最终的结果是公司随老谢去折腾，反正这类看不见收益的活动，零成本，只会为老谢的年终总结报告写上一笔。暗地里他们认为老谢对公司发展提不出有建设性的意见。

一个月当中有一个晚上，老谢让下属把咖啡室布置成沙龙，由各部门

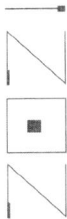

派职员轮流参加，在临时充电挂上墙的几盏温柔壁灯下，分享指定读物的读后感。参与者大多是资历较浅可差遣的年轻人，他们通常是坐在灯下，照着一张A4纸念，听上去内容专业得可疑，很多是从豆瓣或者知网上复制粘贴下来的文稿。孙芊蔚是读书会的组织者，负责在老谢主持的交流环节给大家递话筒，同时在多次冷场的时候运用她的机智保持活动的流畅。不过，需要孙芊蔚递话筒的机会渐渐少下来，老谢拿着话筒一直讲到了散会。

读书会办了六期下来，孙芊蔚感到有点难以为继，她甚至担心随着一些女职员带着家里没人照看的小孩过来，读书会有可能会变成亲子教育中心。多亏了《了不起的盖茨比》。

春节前夕的一个寒夜，老谢让孙芊蔚从拜访VIP客户的新年礼物里，扣下了一些多余的巧克力，用漂亮的包装纸将它们包得像一本本书，他打算给参与者一些"物质营养"。不知道是巧克力还是盖茨比的缘故，发言的年轻人比前几次都活跃。老谢很满意，孙芊蔚读出了他那种微笑里竟然有着父辈的宽容甚至宠溺的成分。几个分享者照着A4纸念出了与故事主题相近的观点，与前几次不同的是，他们用自己的话总结出诸如女主黛西是个"渣女"，盖茨比是美国中产阶级的牺牲品之类的结论。在孙芊蔚给老谢续咖啡的那会儿，老谢轻声对她说："看来选书很关键。"他庆幸遇到了了不起的盖茨比。

气氛的转变从一个新职员的发言开始。这个西服袖口露出一截白衬衫的年轻人，有着那种不放过任何场合表现自己的欲望，语气跟语速一样冲。他抛出了"《了不起的盖茨比》反映了人性最真实的一面，不应该特指美国或者哪一个国家的人。批判这种真实性的人，都很虚伪"的观点。他滔滔不绝地维护黛西，认为人爱慕虚荣没有什么不对，虚荣是人成功的最大动力，也赞赏盖茨比那种拼命发财之后再将心爱的人夺回来的行为。总而言之，盖茨比和黛西，就是霸道总裁和灰姑娘的故事，是今天所有年轻人的梦想。至于结局，那是因为盖茨比太讲情义，遇人不淑，被坑了。他那种一本正经地自黑的语调，引起了众人几次哄笑，在他讲完"他们完全可以有另外一个结局，女有意，郎有钱，从此过上幸福的生活"这句话之后，还出现了几阵零星的鼓掌声。这情形应该算是读书会成立以来的一次高潮了。接着这个新职带出来的话题，有人开始抢话筒，其中一个大概处于刚失恋的状态，他拿话筒的姿势像正在喝一支百威啤酒，他哭丧着脸说很羡慕盖茨比，被女朋友甩了之后，他没有能力成为霸道总裁，他做梦都想在她家边上盖一所豪宅示威。气氛热烈起来，没抢到话筒的也开始相互议论。一些根本没看过这本书的人，从盖茨比顺利转移到了他们关心的恋爱、买房这样的现实话题上。就在某一个抢话筒的间隙，大家听到有人猛地一拍桌子，又一拍桌子。老谢接连拍了好几下桌子，震落了搁在杯子边的小勺。大家看到他掏出一根香烟，第一次在读书会上打破了室内禁止吸烟的纪律。打火机的火苗跳动了好几下，孙芊蔚在老谢接过话筒时印证了那种颤抖。

有一小段时间，老谢成为公司的热议。年轻人说，PR的那个老谢真能装，明明自己中产了才来跟人谈铜臭味的危害。与老谢共事多年的老友则纷纷为他的职位担心，拿着厚厚的俸禄还到处散布美国梦终究破碎的原因——"美国佬总是以为钱能买下一切"。

在那次取消丽江之行后的十多年间，孙芊蔚去过很多个古城，凤凰、平遥、徽州以及与丽江相邻的香格里拉独克宗，还到过其他国家类似的古镇、古堡，奇怪的是，无论公干还是私游，她与丽江都没有机缘，这样反而使得那次取消行程的前因后果总是会跟着丽江这个地名完整地蹦到她的脑子里。来丽江的飞机上，坐在隔壁的那个男人问她是不是第一次来丽江，她又想起了这桩事。她当然不会跟一个陌生人去唠叨那件陈年往事，不过他说他是第二次来丽江，接着又随随便便地说出第一次是跟前女友一起来的时候，她也顺着说了句："我跟前男友差点就来了丽江。"天晓得这个前男友已经前到十多年前了。

男人刚落座不久，孙芊蔚就觉得他看着很舒服，模样身高都落在她的审美点上。孙芊蔚目测他三十来岁。如果不是计划生育的年代，她觉得母亲会给她生一个类似这样的弟弟，或者说，如果时光倒退十年，她想要一个这样的男朋友。他说不上帅，脑门偏大，肤色可能时常会被别人误解为过于奶油。聊过一阵之后，她认定他有着与年龄相吻合的稳重的朝气。她总是会被这种类型的男人吸引。他们聊得很愉悦。无形中孙芊蔚暗自调低了年龄，尽量以靠近他年龄的姿态跟他讲话，甚至某些不符合她人生阅历的观点，她也含糊认同。他看起来很放松，仿佛他们已经认识有一段时间

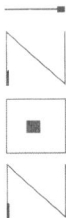

了。只有她自己知道，一开始她就不是他称呼中的那个"蔚姐"。

他们坐的刚好是安全门边的两人座位，左右没有第三人打搅。他向乘务员要了两张毯子。盖着毯子抬头看电视的某个瞬间，孙芊蔚竟觉得像是两人在过居家生活。她没有婚姻生活的经验，在认识的人眼中，她结婚的概率慢慢减少只是基于她的年龄，而熟悉的人则认为如果她不改变某种坚固的挑剔，她无论处于哪个年龄段都不太可能结婚。她不是个苛刻的人，相反，她善解人意，因而在与后辈交往中自然能消弭掉一些隔阂。这个刚认识的男人，相谈不久便发出"你哪里像个四十岁的人啊""你看着好小"这样的赞叹，这类话她听得不少，真真假假她都受用。但在结婚这件事情上，她的固执显得很老土。如果避免用"缘分"这个俗气的词来谈她对婚姻的看法，只能笼统地说那些男性都没能与她的灵魂牵手成功。即使爱得热火朝天的时候，她都会因为发生的某件小事而冷静下来，仿佛落了一个没法解除的咒语中，最终理性地分手。

孙芊蔚离婚姻最近的那次，便是打算一起去丽江旅行的那个前男友。在定下关系之前，她带前男友回家乡过年，见过了家长，还要见见她的几个发小好友。唱完夜场卡拉OK后，其中一个人不知从哪里搞到了点烟花，他们决定找个僻静处偷偷放烟花。在城乡接合部的一个幽暗小树林边，他们举着烟花筒，朝天空吐出一朵朵张牙舞爪的大丽花。就在这个浪漫的时刻，一束手电筒的光准确地捕捉到了他们，几个巡逻的城管叫喊着从远处跑过来。大家一阵惊吓，商量着要如何应对。在昏暗的夜色中，孙芊蔚注意到她的前男友，悄悄地转过身，朝离他最近的小树丛里隐了进去。就像捉到了恋人出轨，这一幕如此隐秘又如此真切，以至于过去那么多年，她连当时心里那阵羞愧都还没忘。她没有告诉前男友分手的具体原因，在爱与不爱这些事情上，她总是自作主张，不拖泥带水，也尽量降低伤害。在孙芊蔚情窦初开的那个年龄，正是那部日剧《东京爱情故事》流行的年代，她跟许多同龄人一样受到赤名莉香的启蒙，只不过有的人模仿到了莉香的微笑、发型以及服饰搭配，更多一点的就是获得女生追求爱情的主动和洒脱，而她得到的却是一种被人认为不可救药的古怪——仿佛爱情是她自己一个人的事，相比分享美好，她更擅长于独自消化伤害。结束一段爱情，她总能让自己面带着莉香式的微笑，掩饰着，转身，消失于斑马线对面的人群。她没再跟那个前男友见过，倒是前不久被拉进一个同学群里，她看到了他的头像，跟很多中年人一样，发福，双手交叉搭在肚皮上，痴笑着靠在栏杆前，身后是云雾缭绕的群山。她没跟他打招呼。他也不太在群里讲话。有好些次，她看到他在群里抢某个人丢出来的红包，抢完，总会发出一个"谢谢老板"的职员鞠躬动图。她默默退出了群。

飞机落地那阵激烈的震动还没完全消失，他就迫不及待打开手机要加她的微信。

"程木易。我是实名。"

"我也是。"她手指一点，把他放了进来，在朋友权限选择那两栏，她的手指犹豫了几秒。她为他开放了自己的生活圈。她不认为跟他会发生些什么，只是觉得他不会因为日益了解她之后会对她失望。她不介意他了解自己。

"我会在古城住两晚，再去泸沽湖转转。"

"是想去泸沽湖走婚吧？那边可是母系氏族哦，当心被摩梭美女熬成药渣……"分别前，他们已经可以随意开这样的玩笑。

"哈，我最适应母系氏族啦。"

"这两天找个小酒馆，约？"他挨近她，认真地看着她。

"好啊。"她的脸莫名涌上了一股热潮，不过还没忘记大大方方地微笑，是那种她自以为的莉香式微笑。

除了吃饭集体行动之外，他们的团队在古城没有指定活动内容，可以自由组合逛逛四方街和嵌雪楼，或者在小酒馆坐坐，聊聊八卦，也可以申请为了寻找劳而不获的艳遇而独自行动。他们自然把老谢和孙芊蔚划分在了一起，笑话老同志作息应该会合拍。孙芊蔚倒是觉得古城的作息跟那些年轻人很合拍，晚睡晚起。

在客栈简单吃过一碗米线之后，孙芊蔚出门去附近转转。快九点了，街上还没几个人，凌晨时分还花样百出的小货铺、小酒吧现在都没了动静，大水车在高处独自转动。热闹的鲜花和密集的盆栽，原地等待，眼睁睁看着太阳从自己身上没收掉夜间得到的小费——露水，挂在花瓣上是耳环，围在胖嘟嘟的多肉上是项链。好在，这些稍纵即逝的馈赠被孙芊蔚用手机拍了下来。很快，在她朋友圈的九宫图下方，前后脚出现了两个名

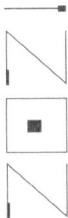

字，老谢和程木易。她的脑子里立即浮现出那个男人。她现在已经可以清清楚楚地想起他的样子了，甚至比飞机上见到的还彻底。昨晚临睡前，她花了不少时间，悄悄翻着他的朋友圈，他的照片，他的美食，他路过的地方……她屏住呼吸，手指轻轻，好像徘徊在他的家门口，生怕一不小心发出了声响留下了脚印。她还记得他身边那个女人的样子，她多次将那张合影放大到模糊，俗气地认定她的相貌其实配他是不足的。

她漫无目的，走进一条小巷，里边的建筑风格跟主街无异，只是客舍、小饭馆挨得更紧，翘在空中的屋檐与屋檐像是刚刚互诉完心事只剩相对无言。孙芊蔚忽然想到，在这么多间客舍里，他下榻在哪一家？此刻，他跟她一样已经起床到处闲逛，还是像其他同龄人一样依旧窝在被子里刷手机？这么想着，她心里竟然有点慌张，生怕在某家客栈门口遇到他刚好出来。她不应该让他看到她现在这个样子，至少，她应该穿着那件嫩绿的帽衫。她匆匆转身回去，速度快了许多，凹凸不平的石板路使她看起来走得有点仓皇。

快走到大石桥，孙芊蔚远远认出了老谢。他站在桥中央，一忽而低头去看水，一忽而抬头望望远处，好像天上刚落了些什么东西到水里。孙芊蔚觉得那样子还蛮有意境的，她想到了"文艺"这个词，用手机将他跟大石桥一起拍了下来。

"听说玉龙雪山的倒影会落在这水面上。"老谢指着一个方向对她说。

孙芊蔚也站到了桥中央，望望天边又望望水面。水面除了岸边花树的倒影，什么也没有。她盯着老谢指的那个方向，在一大群浓浓的云朵背后，似乎隐藏着一个比云朵更白更亮的轮廓。如果这轮廓就是玉龙雪山的话，那么等到这些云游过去，应该就能看到了吧。他们一起站了一会儿。这时已经过九点了，渐渐有游人来往，古城醒过来，店铺陆续开门，放出了急不可耐的小狗，在石板路上哒哒哒哒跑，发出撒娇的欢叫声。

孙芊蔚不确定是不是要站在这里等那一大片云过去。

老谢说，去木府转转吧，丽江紫禁城。孙芊蔚无所谓，横竖她在丽江去哪都是第一次。

老谢兴致很浓，一路上就跟孙芊蔚讲木老爷，说这个木老爷聪明，一方诸侯，懂得审时度势，建府邸不设城门，不去犯这个忌。你猜，明里他对人怎么解释这个做法？孙芊蔚问题不过脑，反问他，怎么解释？

"木府，要有个城门，那不就成'困'了？他妈的，绝。我们做PR的，哪有人家这机灵劲儿？"老谢不由自主嘿嘿笑起来，被一口痰呛着了，咳嗽好一会儿。

孙芊蔚一时无语，她认为老谢自从被"贬"三线城市，就开始各种自我否定，逃避现实，佩服起这种不知真假的野史。又想到此行回去后，他们多年拍档就要散伙了，孙芊蔚有点唏嘘。

没想到来木府的人这么多。老谢请了个女导游，穿着纳西族服装，红色大褂，背上围着那种古城小店里随处可见的"披星戴月"羊皮坎肩，脚上却穿这一季很流行的匡威小白鞋，感觉有点"跳戏"。她和老谢就跟着这双小白鞋，踏入了朱红色的木府大门。

孙芊蔚一向对导游的解说词不感兴趣，她喜欢自己转悠，乱看，在边边角角能发现一些有趣的东西。很快，有一拨拨游客围过来，蹭老谢的导游听，老谢只好紧紧跟着小白鞋。孙芊蔚嫌人多，故意落在人群后边。趁那株盛放得有点吓人的桃花树下没人，她拿出手机取景，眼睛一眨，屏幕里冒出了个人，那个人好像是从她手机微信里掉下来的。

"我就知道，我们肯定会遇到。"程木易咧着嘴，高高举起两只手，似乎早料到她要必经这棵桃树，已经等待多时。

"咳，古城小嘛。"孙芊蔚故作淡定，脑子里却荒唐地出现那件绿色帽衫，还摊在行李箱里的最表层。她感到有点懊恼。

他们站在桃树下说话。桃花浓艳，跟他身上那件洁白的T恤是很衬的。看清那T恤的正中央印着一行字："我们把你们想得太好了"，她笑了。昨天，他们在飞机上，关闭手机前，最后刷屏看到一条即时新闻：外交部部长在阿拉斯加霸气怒怼美国高层官员——"我们把你们想得太好了"。正是这句全民关注的话，使她和他跳过了陌生人试探性的开场白，打开了交谈的护栏，就像在某个酒馆共同看一场世界杯球赛，陌生人会因进球而忘情拥抱。

"99一件，这里小店到处都在卖。"程木易用手拍拍胸前那行字。

经他一提醒，孙芊蔚才注意到，在他们身边的游客当中，果然有好些人都穿着这种T恤，白T恤配黑字，黑T恤配白字，男女同款，就像突然涌

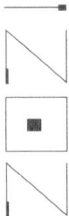

透过人群，孙芊蔚看到老谢跟在那个小白鞋旁边，往后面的狮子山去了。她想爬狮子山，听说上面可以看到玉龙雪山。她跟上了队伍。他跟着她。他们就这样走在最末，慢慢上山。

"你总是一个人出来玩呀？"

"嗯嗯，隔一段时间，我要出来透气。"

"透气？"孙芊蔚意味深长地看他一眼，坏笑。在丽江，透气这两个字几乎可以用艳遇来替换。

他从她的表情里猜到了，有点尴尬。"不是你想的那样，就是，暂时逃离一下。"

"老婆放心你呀？"孙芊蔚记起他朋友圈那张照片，那个普通得没有任何气质可言的女人。

"我老婆是那种很强势的人，认为我什么都不敢做，嘻嘻，不过，我是有底线的啦，呃，总之，不会太离谱。"他朝她调皮地眨眨眼，好像跟她能产生一些默契似的。基于这种他所认为的默契，他又讲了些关于自己家庭的事。他跟老婆是相亲成功的，结婚三年，今年老婆准备要小孩。

孙芊蔚其实不太愿意听到这些，她只愿意他是那个在飞机上一起盖着毯子看电视的男人。主要是，听到他说家里大小事都是老婆说了算的时候，她居然有点失落。后来，他长叹一口气又说，不过我已经满足啦，她们家在郊区有拆迁房，置换市内两套，给了我们一套。她是独生女。这样，等于我比同龄人少奋斗几十年哈。

的确，她从他身上不太能看到在"奋斗"或者"奋斗"过的痕迹。放松，随性，不务正业地涉猎，好像脚底踩着一块西瓜皮，滑到哪里算哪里。她不就是被他这些所吸引的吗？

"出来透气，有意思吗？"孙芊蔚故意将透气两个字说得很重。

"说不上，就是想能遇到一些有趣的人，比如像你这样的啊。"他笑着，忽地抬起手，伸过来，似乎是想摸摸她的头。

出于本能，她生硬地闪开，随即担心自己反应过大会不会伤害到他。这一刻，孙芊蔚特别想做点什么，哪怕像老谢那样，傻傻地顺着小白鞋的手指东张西望。这样可以阻止心里那阵隐秘的悸动奔跑进两人的沉默当中。可是，小白鞋已经领着老谢他们消失在山体的拐弯处。

他的手再次伸过来了，平摊在她眼前，是一只银色的无线耳机。

"我是想请你听首歌。"

"哦，哦，谢谢，好的，好的。"孙芊蔚有点语无伦次，幸好，耳朵里突如其来响起那一阵熟悉的过门，使她的情绪不顾一切，完全集合为一种——那是每次听到这首歌都会不期然而至的感伤。

跟她一样，他研究过她的微信。几个月前，她转了这首歌："音乐响起就泪奔，小田和正72岁了，声音还如此清澈，像极了我们逝去的青春和爱情。"他竟很有耐心，从她一日日更新覆盖掉的生活底部找回了这首歌。

《突如其来的爱情》，莉香的微笑如在目前。1995年，坐在大学宿舍的集体电视机房看《东京爱情故事》，她们不懂一句日语，主题歌响起，她们饱含深情，咿咿呀呀跟着哼。奇怪的是，此后很多年里，这首歌曲总是在某些时刻会从她心里出现，譬如踩着点上班去追那趟正在发动的公交车，鼓足勇气去找上司提出一些异见，在某次竞争上岗演说之前，某次应酬独自返家的夜路上……那段副歌的高潮部分到来，如同战歌。妈的，二十多年后，她竟然成了这个样子——宽大舒适的灰外套罩着一个松弛、随遇而安的中年妇女。妈的，1995年，他应该还没开始发育吧。

在歌声中，她的泪水就要夺眶而出了。她只好深吸一口气，假装欣赏前面的风光。

另一只耳机塞在他的左耳。但他什么都不懂。没准看到她这副样子，以为她是个有故事的人呢。她没有故事，生活就像现在这样，偶然撞见这首歌，突如其来，又必然地消失在日复更新的微信朋友圈里。

孙芊蔚机械地抬起腿，迈过一级级石阶。转过一个弯，豁然开阔。上山的游客现在全都集合在观景台。顺着大家目光的方向，她找到了雪山。因为角度问题，在这里只能看到与云团相连的那一点雪山尖，但还是能辨认出来，云团混沌、藕断丝连，雪山清亮、棱角分明。不过还是与预期的不同，她以为能望见画册中那座巍峨冰川。她看见了老谢，站到观景台的最边边，跟大家一样，抬头看着雪山，手掌却一直拍打着栏杆。她听不到

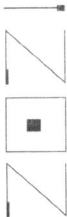

他说了些什么。

那首歌一直在孙芊蔚的右边耳朵里播放，单曲循环。几遍后，刚才那阵浓烈的感伤消停下来，望见雪山的激情也逐渐消退。老谢找到她。他们一起下山。她没跟老谢说起程木易，那只小小的耳机不为人知地被她垂下的头发掩盖起来。他就像过往游客中的一个，默默跟在他们身后。有时候，耳朵里的歌声断了，她悄悄回头去看，他在某段狭窄的山路被人群隔远了。近了，歌声又响起。

蓝牙的接收范围，十米。他不断克服拥挤的人群，努力保持孙芊蔚耳朵里那首歌完整，一遍又一遍。

晚上，团队在一个木楼饭馆聚餐，二楼包厢。老谢姗姗来迟，大家都快把餐前凉菜全吃光了，才见他拎着一个大黑塑料袋推门进来。他先不落座，将塑料袋打开，顺时针走过去。于是每人手上都得到了一份礼物。老谢说是给大家丽江行留个纪念。年纪最轻的小赵挨着门边坐，他第一个拿到礼物，拆开看，是件T恤衫，抖开在自己身上比画，孙芊蔚就看到了那行黑字："我们把你们想得太好了"。再仔细去看老谢，他穿一件崭新的白T恤，袖口的褶痕还没完全展开，那行字印在左前胸，比程木易胸前那行稍微偏向心脏位置。

老谢反复强调T恤是个人出钱，与公司无关。按人头发完，坐到孙芊蔚旁边的空位上，顺手将最后一件黑的递给她。

团队里一贯机灵的小赞，展开手上的T恤，站起来，脑袋往领口一钻。他太瘦了，T恤里可以装进两个他，看起来很有喜剧效果。大家看着他，嘲笑一通。他索性开始表演，围着桌子夸张地走几步，忽然，朝门口的方向一望，像见到了鬼一样，"Oh, Mr. Darcy , Mr. Darcy ."他对着木门点头哈腰。说完，又迅速挪到门口的位置，换了Mr. Darcy的语气："You are fired ！ get the heck out of my office！"靠门边的小赵惊叫几声，配合了他的表演。有段时间，不知道谁做了他们大老板Mr. Darcy的表情包，这句话在公司流传很广。老谢用手指着他，哭笑不得。"Oh,no, you can＇t do anything to me, Mr. Darcy, give me a chance ,please,please."小赞求饶的表情滑稽，加上他天生八字眉，皱起来真像个倒霉蛋。大家被这个倒霉蛋的形象逗笑。受到笑声的鼓励，小赞身板一挺，瘦长的脖子从空荡荡的T恤里抻直，指着门口那个看不见的Mr. Darcy，抑扬顿挫，中气十足，说了出印在衣服上的字："I think we thought too well of you."

小赞用做作的英语念出这句话的时候，笑声收敛了，好像那个看不见的Mr. Darcy真的推开了包厢的门。

"这小兔崽子。"老谢站起来，指着他笑笑。"来，白切一杯，祝贺演出成功！"

孙芊蔚喝的是啤酒，名叫"风花雪月"，跟这两天他们在古城必点的一种叫"水性杨花"的蔬菜很配。

他们订的是全菌宴。每一道菜里都有菌，每一种菌都不重复。牛肝菌、鸡枞菌、羊肚菌、扫把菌……他们认不出几种，每上一道都要问服务员，转盘一转，又忘记了哪盘是什么菌，七嘴八舌讨论一番。于是老谢给大家讲个吃菌的故事。说是多年前有个朋友，吃货，吃遍了常见的食材，就去各地搜罗珍馐。有一次去了大理，当地一个朋友跟他有同好，带他去吃一种菌。这种菌长得很魔幻，菌盖肥厚，布满白色凸点，像苍穹上的星，入口，有一股说不出的腥鲜，长久挂在口腔内，辣酒都冲刷不掉。吃下半小时后，人先是涕泪肆意，继而异常亢奋，眼见一只只小人儿从桌子上咕噜噜滚落地，围着自己跳舞，而自己却变得巨大无比，头顶着苍穹，天灵盖上能感觉有星星擦过，凉飕飕。老谢讲得真真的，如同是他本人亲历。座中鸦雀无声，不知在怀疑还是吃惊。老谢讲完，小赞赶紧说，百度一下，百度一下。大家才回过神来理性分析，认为应该是一种毒菌，致幻。

孙芊蔚在老谢讲故事的时候开始坐立不安。吃饭途中她接到一条微信：我在小巴黎酒馆，你来不。他已不再称呼她"蔚姐"，是坐在"我"对面的"你"，一切关系开端的"我"与"你"。接着他又发了个定位过来。虽是意料之中，孙芊蔚依然忐忑。她打开那个定位图，酒吧街，在她的西北方向。从图上看，他坐着的那张吧凳与她此刻屁股下的凳子，相距不到五厘米。她觉得凳子的四只脚已经稳不住自己了。她站起来揉了几下腰椎，故作久坐腰酸的样子，扭扭脖子，就像在办公室做的习惯动作。接着她顺势走到窗前，仿佛第一次发现那上边居然摆着那么多怒放的鲜花。她在窗口延宕了一会儿，透过花丛看出去，古城像是在过着某个节日，游

人熙攘热情，灯光浓妆艳抹，天上明月催人……她望不见酒吧街。坐下来，他们还在议论老谢讲的那些小人儿，她一句都听不进去。过会儿，她又起身去卫生间。在镜子里，她看见了自己，嫩绿的帽衫显得她年轻了些，"风花雪月"酒使她的脸红扑扑的。她从口袋里掏出口红，给嘴唇补了点颜色。她盯着自己看，认为完全可以从卫生间直接溜出去，小巴黎酒馆，"嗨，喝到第几瓶了？"，她连第一句话都想好了。就在对着镜子表演的时候，她看到了额头上那根白发。它居然又在那了！早些时，它就像跟她玩游戏般，先是潜伏在黑发中，被她找见，她把它拔掉了，过一段时间，它又长出来，小旗杆般竖在头顶，反而特别显眼，她又用手去拔，但是太短了，手指根本没法使力，她只好用剪刀剪掉。春风吹又生，它是什么时候又悄悄发芽的？她不得不花点时间专心对付这根理直气壮的白发。对着镜子，她数次用手指拈起它，可是一用力，它就从指缝里溜掉了。最后一次，她用指甲尖夹住了它，使劲一捋。它立即柔软了下来，卷曲，钨丝一般，垂挂在她的额前，是她头发当中的一根变异，在灯光下特别耀眼。这卷曲的战栗，将会成为她与一根白头发"奋斗"过的证据，暴露在他的眼皮底下，将会被识破出她的努力。她认为这是不该为他所知的，连同她一开始对那件绿色帽衫的焦虑。

重新坐回到凳子上。他们的话题没变，还在讲那种魔幻的毒菌。小赞问她："蔚姐，你有没有产生过幻觉？"孙芊蔚咕嘟喝下一大口酒，不置可否。如果此刻真的有一只只小人儿从饭桌上跑下来，她一定会命令他们，立即动身，去酒吧街，去小巴黎酒馆，看看那个等待的男人现在还在不在？她会隔一分钟命令一只小人儿出发。

1995年的那个电视机房里，她们一边掉眼泪一边大骂。永尾完治因为关口里美的到来，眼睁睁看着约定的时间一分一秒过去，而那个可爱的赤名莉香在寒风中等到了深夜。这是她们第一次感到爱情的意难平。这画面刻骨铭心，以至于孙芊蔚在现实中，遇到这类纠结、软弱的男人，掉头就走。现在，孙芊蔚始知等待有两个部分——等待时间到来和等待时间过去，不能说谁更好受一些。

大概是酒的缘故，孙芊蔚根本没有睡意。借着清醒的酒劲，她改变了他的权限，轻轻松松的。从此，他看不到她，他点开她的朋友圈，将会看到一条淡淡的灰线，她沉潜在这条灰线以下，在他看不到的时空，每一天，她跟过去一样，更新、等待，更多内容是在做着他所认为的那种"奋斗"。

做完这一切，她披了件外衣出门。草丛边的路灯，照见那匹匍匐的木马，夜色掩盖了它身上的沧桑，姿态的确是有点萌的。转了一圈后，她站到院子中央。古城灯光褪去，夜空繁星毕现。她有多久没看到过这么清晰的夜空了。越看，星越密。在正北方向，一颗最明亮的星吸引了她，在这颗星导引下，她竟然幸运地串连出了那只大勺子。如此坚定的七颗，如此坚定的距离。她像发现了新大陆，差点叫了出声。很快，她的耳朵像被谁塞进了一只耳机，没有任何前奏，突如其来，直接是那段高亢的副歌。仿佛一只无形的手，摁响了天上那七颗音符，忽明忽暗，又远又近。此刻，蓝牙的接收范围是——无限。

原载《钟山》2021年第4期

点评

小说主要写了女主人公孙芊蔚因公司团建而去丽江的一次邂逅。年逾四旬的孙芊蔚至今没有经历过婚姻，甚至一段幸福、稳定、长期的感情。她的孤傲造成了这一切，但这又让她内心无比渴望一段亲密关系的拯救，即使不是正式的爱情。于是她参与甚至一度主动延续了这段邂逅。孙芊蔚和邂逅对象程木易，从飞机上的相识到木府桃树下的相见，再到程木易在小巴黎酒馆向孙芊蔚发出的邀约，故事的走向指向一切关系的开端甚至逐渐升温，但却在读者正满怀期待的高潮时刻戛然而止。因为一根白发。孙芊蔚的程式化的孤傲让她随时做好了逃避的准备。她不允许邂逅对象看到自己的白发，她认定这会让她的完美形象大打折扣；即便她可以揪掉，但这根白发却早已植根于她的内心深处，正是它让这次邂逅不再完美，这是她无论如何不能释怀的心结。

对旧日时光和从前价值的怀恋是孙芊蔚内心的主旋律。时光东流去，就像网络媒体快速地冲垮了纸媒一样。新旧价值秩序和观念的交叠让她时常处于无边的迷茫和巨大的矛盾中。比如程木易。他是有家

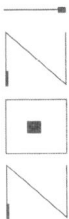

庭的，但妻子为人强势，他近来感觉无法承受了所以才出来散心。如果孙芊蔚的旧式价值观坚定，她应是绝不会开启甚至一度无比期待这段与有妇之夫的暧昧邂逅的。程木易的行为则是现代人价值观混乱的通常表征：背着爱人出门邂逅情缘，嘴上却说不会做出格之事。

所以，对眼前生活的随意也是孙芊蔚内心躁动作响的调子，更是很多"程木易们"四处漂流式的生活态度。正是如此这般的态度，才使得很多人都时常处于进退两难、患得患失的尴尬境地。

（侯建魁）

合影为什么是留念/

/乔 叶

1

晚饭依然有饺子。自从宝从老家回来，她就开始每天做饺子。宝在厨房探了一下脑袋，说，又是饺子。口气顺畅得很，是任性吐槽的纯天然状态。她应道，吃絮烦了？宝急转弯道，怎么会？饺子好啊，好吃不过饺子嘛。妈妈，下半句是啥来着？我绞尽脑汁都想不起来呢。

舒服不如倒着。

对对对。还是老妈聪明。都说儿子的智商随妈，我这跟您可差远了呀。

这一波马屁拍得明显敷衍，毫无质量，她还是很受用。对于宝，能有什么抵抗力呢？没有。

妈宝男，她知道流行这么一个称谓，带着贬义的调侃。可她还是这么愿意叫儿子：宝。小时是小宝，大了就是大宝。此外还是有乖宝、臭宝、香宝、胖宝……各种宝。她最常用的是大宝。这唯一的孩子可不就是最大的宝贝？只是这宝一年到头也没几天能在她跟前闪闪发光地晃悠啊。

必须要有饺子的，今晚。作为最后一顿晚餐——当然当然，这最后一顿仅限于现阶段。他以后的晚餐还多着呢，无穷无尽，福如东海，寿比南山……自从宝去国外留学后，她就格外在意用词的准确性，绝对不允许有任何不吉利的言语甚至念头。哪怕是不说出口的碎碎念，她也要在心里做出严格的界定和修正。

在老家也是天天饺子。为什么一定要吃饺子呢？宝问。

还不是因为你又要滚了，老祖宗留的规矩，送行的饺子接风的面。

这规矩，到底有什么内涵？

不知道。总归是有道理的吧。

迷——信。

我就迷信了，怎么的？

不怎么的。

和好了面，她还是抽空上网查了查。一个专家说："此乃北方民俗。民俗不是凭空而来，自有其意。饺子外形饱硕馅料丰富，寓意收获多多圆圆满满。面条外形修长犹如道路，寓意行程顺畅平安，还双关着'见面'的面。简而言之，就是'长接满送'。"

果然还是有道理的。

宝的这个暑假其实挺长的，从五月末到九月末，算起来足足有一百二十多天。只是因为新冠肺炎疫情，回国的机票不好买。总是买了不久，航班就会取消。反反复复好几回，她终于发了狠，让宝一下子买了三个航班，总算如赌博一般押中了六月中旬的一趟。飞机落地是成都，宝在成都隔离了两周，回到郑州已经是七月初了。在家里待了一周，就跑到了北京某电商巨头企业，说是早就约好的实习，机会难得，不能浪费。这实习回来才多久，就又该走了，去英国读研。

想想也是辛苦。大学四年的课程，宝硬是用三年以优等成绩拿下。每到暑假，也一定会给自己安排实习。第一年去了上海的一个国际公司，第二年去了斯坦福大学，跟着教授做项目，第三年也就是今年了。她看过他做的简历，里面有一摞她看不懂的证书，还有他大学期间的成绩排名，她既惊讶，更疼惜，完全可以推测出这每一行字里浸泡的日夜，是另一种意义的秉烛挑灯和悬梁刺股。想到那些说留学生们都是花天酒地混日子的言论，她就忍不住切齿暗骂：你们懂个屁。

2

六点过后，大小姐和二小姐陆续回了家。大小姐是哥家的孩子，是侄女；二小姐是姐家的孩子，是外甥女。大小姐在公司是行政高管，御姐范儿。二小姐在公司是首席UI设计师，文艺腔。她叫她们大小姐二小姐，宝叫她们大姐二姐。她们则叫他学霸。对于独生子女来说，这也就是最近的血缘关系了吧。她们大学毕业先后到了郑州工作，房租贵，她的房子大，就都容了进来，一住就是五六年，一直到现在。都是纯良可爱的好孩子，在一起很愉快。宝留学后，更凸显出了这两个女孩子的重要。三个女人整天柴米油盐、钗环脂粉，过着过着，也就越来越亲，有时候她觉得自己像个老姐姐，有时候又会觉得自己有一男二女，家底儿厚实得很。

女孩子们换了家居服，便来到厨房，听着她的指令，把饺子馅、面盆、案板、擀面杖、盖帘等一堆家伙什儿都搬到了客厅的大茶几上，一边看电视一边包饺子。宝和大小姐负责擀皮儿，她和二小姐负责包。宝只擀了一个皮儿就被大小姐解除了劳动权，瘫在沙发上看球赛。三个女人按照熟悉的节奏边干活儿边聊天。大小姐一个月前做了双眼皮儿，说自从做了这个双眼皮儿，公司的人说我发飙的时候眼睛特别大，特别圆，显得更厉害了。还有，骑电动车的时候，感觉那小虫子噼里啪啦往眼睛里飞呀、飞呀。你们可别说我。我只整了眼睛，是最接近于母胎原装的了。公司的女孩们，谁都比我过分。她们整天左整右整的，都整出了一副标准的网红脸，在刷脸机那里老是撞脸，比如第一刷是张三，后面几个来刷，刷出来就还是张三。总之她们刷一次肯定不行，就得各种找角度，找好几次才能刷到她们自己的名儿。刷脸机笨哪，分不清啊。

哈哈哈哈。

喂，学霸，现在男生们也都可注重颜值了，你也做一个吧。

不做。身体发肤受之父母。

妈妈在这里呢，同意你做。她连忙说。

您可算了吧。

在"身体发肤受之父母"和"母亲逼你做双眼皮"这二者之间，你觉得遵照哪个才是孝顺呢？她问。

艰难人生，请勿挖坑。儿子远远地白了她一眼。

学霸今天忙什么去了？二小姐问。

吃饭呗。和同学。

吃的啥？

粗粮坊，不过一颗粗粮也没见着。

那很正常呀。商家嘛，主打的就是一个概念。真做粗粮你能吃得下？

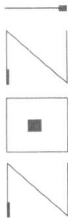

都是假装粗粮的细粮，和假装荤菜的素菜一样，谄媚你们的胃，安慰你们的心。

你们吃饭都怎么买单啊？AA吗？她比较关心这个。

可以说是项目AA，一个同学请奶茶，一个同学请唱歌，我请吃饭。

那请奶茶的同学可省钱了呀。

大小姐也嘎嘣脆地笑了：我也想说这个。

唉，不要计较这个。再说了，奶茶也不一定便宜。

照相了没？二小姐问。

没。你们女生就是爱照相，也不知道有什么可照的，有什么意义。

就是玩嘛。谈什么意义。

所以手机的美颜功能才开发得那么花哨，就是为了哄你们女生玩。真想不通你们为什么那么爱照相，那么爱合影。

有个古早的固定词组叫"合影留念"，没听说过吗？就是为了留念呀。尤其是合影，更代表着留念。二小姐幽幽道。

为什么一定要合影才是留念呢？留念方式可多得很。

那不一样。

有什么不一样的。还有，留念这个词也很奇怪，留什么念，又不是不见了。

这一次见和下一次见，肯定是不一样的。每年回来，每年照相，你把一年年的照片放在一起看，一定会发现点儿什么。

还能发现什么，还不是大家都老了。

哈哈哈哈。

……

他们在说老。老，如今对这个字，她已经很敏感了。老朋友、老物件、老房子、老家具……老自己。年轻人说起老来毫无障碍，那是因为隔靴搔痒，老人们说起老来自然而然，那是因为水到渠成。而她呢，人到中年，朝着两头张望。一边是回不去，一边是未到来。一边是越来越远，一边是越来越近。远的并不想远，近的并不想近。能怎么办呢？

没办法。只能手里忙活着，默默地听着他们说话。能插上几句就插上几句，插不上就专心致志地听，还努力地想去记。其实能记住的寥寥无几，她也知道。可她就是觉得这个过程很迷人。他们的这些闲话意味着什么？什么都意味不了，但是，似乎也意味着一切呢。

3

突然想起八岁那年，去照全家福的事。那是她童年记忆里第一次照相，也是唯一一次照相。一个清晨，全家很隆重地出发了。家里原本只有两辆自行车，为了去照相，还借了两辆。那种加重的，带着横梁的28式自行车。春天，麦苗正在返青，绿得生机勃勃，散发出淡淡的清鲜气息。父亲载着奶奶，大哥载着母亲，二哥载着弟弟，姐姐载着她。父亲的车在最前面，像是率领着一支小小的队伍。路上碰到熟人打招呼，问，这一大家子人去干啥呀？父亲回答，去照相。哎哟，照全家照哪。嗯。

印象里，几乎所有人听到父亲"去照相"的回答时，都会"哎哟"一声。那时照相刚刚在乡间兴起，算是一件时髦的事，因此也多半是年轻人的事。全家都去照相，在村里之前应该没有过，所以才会引出那么多"哎哟"。其中蕴含的讶异，恰到好处地印证着专程去照全家福是多么稀罕，让她小小的虚荣心得到了波澜起伏的满足。父亲甚至没有选择镇子上的照相馆，对镇子上的照相馆都有些看不上了。他们去的是市里。

至于为什么会去照相，在整个过程中，很奇妙的，没有人问起，也没有人谈起。仿佛去照这个全家照，是一件极不正常又极正常的事。因为极不正常，所以没人说起。也因为极正常，所以无须说起。逐渐长大之后，一个问号才慢慢画出来：为什么呢，为什么要去照那张全家福呢？在那个时候？

没有答案。

多年之后，她一次次地想起那个场景：四辆自行车。父亲载着奶奶，大哥载着母亲，二哥载着弟弟，姐姐载着她。没有比这更合适的搭配了。照相时的格局是两排，前排坐着三个长辈，奶奶居中，父亲在左，母亲在右。五个孩子站在后排。中间是大哥，左右依次是姐姐和二哥。她和弟弟把着两边儿。也没有比这更合适的格局了。

一切都是那么好。没有多一个人，也没有少一个人——没有爷爷，但他们并不觉得缺少他。他很早就不在了，不在至少已经三十年了吧，连大哥都没有见过他，连父亲都记不得他的样子。爷爷已经不在这个家里太

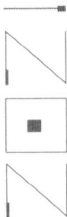

久，很难想象他和奶奶坐在一起的样子，他于他们而言，只是概念上的亲人。

她穿着一件黑红格子外套，羊角辫子上扎着大红的蝴蝶结，脸上也搽了胭脂。

那张唯一的全家福里，没有一个人笑。

第二年，父亲去世了。

过了五年，母亲也去世了。又过了四年，奶奶也去世了。十年间，老人们都去世了。在老人们陆续去世的过程中，他们又照过几次全家照。照着照着，老人少了，孩子多了。照着照着，老人又少了，孩子又多了。就是这样，人少，人多，人多，人少。让她惊叹的是全家这个词的弹性：可以那么大，也可以那么小。可以人多，也可以人少——好像就是人少人多加剧着照全家照的必要性。在世的活色生香，于镜头里皆得见。去世的沉默寂静，于镜头的空白处也皆得见。

4

饺子包好，坐锅烧水。大闸蟹也上屉开蒸。她早早就在熟悉的店里预定好了八只大闸蟹。刚刚入秋，大闸蟹还不是很肥，要搁往年，她会再往后延一延，等一等最好的时令。眼下还等什么呢？能让宝吃着，这就是最好的时令。

一边在厨房里锅碗瓢盆，耳听着客厅那里聊得火热。

大姐，对象谈得怎么样了？

正谈着呢。

你这年龄，可得抓紧啊。

住嘴。再过几年你就会知道有姐姐在前面为你顶着有多幸福了。

二姐，你有没有三十五岁危机？

你可真能把天聊死。什么三十五岁危机，我三十岁还没到呢，没看今年最火的电视剧嘛，三十也不过是《三十而已》，何况是三十五。

不是说性别意义，是说职业意义。IT行业三十五岁就是一个坎儿。

那倒是。要是到了三十五岁，还没做过什么特别有名的大项目，就得偃旗息鼓，该考虑往管理岗转型了。技术更新得太快，三十五岁的老人家一般都跟不上趟。就是勉强能跟上趟，别的也会扯后腿。比如我的领导，那么那么能干，这一两年肯定也得离职，因为想要生孩子嘛，她那个年龄，不能再耽搁了，总是在念叨着回家备孕。我就等着她走的那一天吧。

你要这么想的话，二姐，别人也会等着你那一天的。

所以我不结婚，不让后面的人等到那一天！

哈哈哈哈。

大姐，你天天早出晚归的，好像比过去更忙了。忙啥呢？

请人喝茶。

喝什么茶？

查人呢，傻瓜。我管纪检这一块，整天负责查人家的小黑料。

能查到吗？

只要查，肯定能查得到。

人人都能查得到？

对。

真可怕。会开除吗？

要看情况。

对了，我们是忙上班，你这是忙什么？饭局这么多，社交达人啊。也太社交了吧？这才在家里吃几顿饭呢。

每次回来不都是这样吗？两顿正餐，一顿家里吃，一顿和朋友们吃。

这话头让她忍不住了，从厨房里跑出来接茬说，之前你每次回来都能待一个月，这次只待几天，情况不一样，就不能像以前那样分配额度。如果你只回来一天，难道也要分出半天给你的朋友们？家里和朋友们的份额，难道能均等吗？

哦，原来您是这么想的。我想着之前从来都是这样嘛。就没想那么多。

以前这样就对吗？

哎呀妈妈，看把您气的，都说出鲁迅先生的话了——从来如此，便对吗？

哈哈哈哈。

妈妈，别生气。姐姐们都在，可以作证。这样，您说个比例，在家吃几顿，在外面吃几顿，您规定好，我照办。

她没来得及反应，大小姐和二小姐像说相声一样开始了。

我来规定吧。以后呢，只能和你的朋友约早餐，去喝胡辣汤吧。

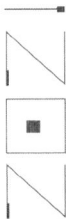

早餐？大姐你可真想得出来。

哈哈哈哈。

要么这样，你不是说请你吃饭的人太多吗？总有主次轻重之分吧。你可以申报项目，把所有的邀请都报上来，我们几个一一评审，过审的项目就可以安排。

哈哈哈哈。

对了，你还可以这样，把你各路的朋友：海归的、高中的、初中的、足球球友、网球球友、乒乓球球友等等等等，约到一桌上，请一大顿，批发式搞定。

哈哈哈哈。

对了，你还可以这样，把朋友们约到同一家饭店，定好不同的包间，挨个儿包间去敬酒。我们管这叫"串摊儿"，是批发的升级版。

对了对了，你还可以这样，每个正餐吃两顿，先在家里吃一下，再到外面吃一下。这样你一天能吃五顿饭，如果还排不开，就再加个烧烤消夜什么的吧，一天六顿。这样下去，你简直可以搞吃播了。

哈哈哈哈。

别逗了你们。

对了，你实习的感觉怎么样？

好啊。同事们都对我挺好的。我年纪最轻，资历最浅，学历最低，技术最差……

还排比句呢。

实际情况嘛。年纪最轻的不一定资历最浅，资历最浅的不一定学历最低，学历最低的不一定技术最差……我是所有短板俱全。人家都是硕士博士的，也都不嫌弃我，还都主动教我。氛围真的很好。前两天我要走，正赶上团建，就一并欢送了我一下。我都被温暖得快哭了。

可别瞎感动。等你正式入职就是另一码事了。团建也可以是表演。表演其乐融融，表演团结一心。

哈哈哈哈。

那到时候再说吧。反正我这个阶段就是享受。

对了，照相了没？

又是照相。没照。为什么要照相啊？

照相非要为什么吗？不为什么也可以照相呀。

如果你非要问为什么，我也能给你一个响亮的答案：想看看有没有帅哥！

5

漫长的青春期，她都不爱照相。因为觉得自己丑。她变得热衷于照相，是从谈恋爱时开始的。谈恋爱后，他说喜欢摄影，约她去旅游，穿着贴满口袋的马甲，拿着个相机，一副煞有介事的样子。他让她站在这儿，站在那儿，摆这个姿势，摆那个姿势，这样逗着她，那样逗着她。照片洗出来，她的笑容很多，他赞她美，她也觉得取景框里的自己不一样了，眉目之间，像是换了一个人。

新婚时，跟着他单位的人去旅行，之前跟他说，要他借个相机，想要多拍点儿照。此时他对摄影已经兴味索然，没有借，说一个关系不错的同事带有相机，可以蹭着人家的相机照。两人为此吵了一架。但免费旅游的机会不多，去还是要去的。她远远地和他同事的相机拉开着距离，敬而远之。相照得很少。照出来的也没有一张好的，倒也没什么遗憾。

等到手里宽松了一些，她就补偿似的，前前后后买了好几个相机。带胶卷的老式相机就换过三个，淘汰掉后，就是卡片机、单反、微单，都有。逮住个什么由头就会拎着相机去，照啊照啊。也不知道到底照了多少，还喜欢挑出好的洗印、装册。多年过后，搬家，整理房间，她赫然看到一摞体积惊人的大相册，全是合影，培训班结业的、同学聚会的、同事聚餐的、单位会议的。她毫不犹豫地都扔掉了。小相册里也有很多小合影，她仔细翻检了一遍。曾经不错的朋友，现在居然叫不上名字的，她也毫不犹豫地扔掉了。还有越来越厌恶的那种人，想起来就觉得厌恶的，她也扔掉了，只是扔之前把自己留了下来。可看着自己这半张又觉得怪异，明明是张合影，此时只剩下了一个人，那个被剪掉的人就真的剪掉了吗？末了，她还是把自己也扔掉了，仿佛是殉葬。

和丈夫离婚时，宝正在高三，已经拿到了七个大学的Offer，都是国际名校。这些Offer仿佛也是他们离婚的Offer，两个人终于离掉了彼此都想离

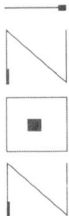

的婚。但还是一起参加了宝的高中毕业典礼，典礼完了，其他家都是孩子和父母一起照相，前夫看了看她，她没看他，想要走，又有些踟蹰。终于，前夫说，照个相吧？她没说话。宝这时刚帮别人照了相，那个同学也过来说，我来给你们照。宝便一边揽住父亲，一边揽住她，不由分说地，拍了那张合影。她不想笑的，可是宝在揽着她啊，她便笑了。后来看照片，几乎看不见她的笑意。可是她知道，是有的。

照相的时候，又甜蜜，又委屈，又感慨。五味杂陈。

宝后来劝她说，不是什么大事，不重要，不要太在意。

他一连串的"不"让她突然有些懊怨。

既然是这么不重要的小事，那干吗还要做呢？她说。

宝不说话了。不说话的宝有些可怜，她的心迅速地软了下去，跟宝道了歉。宝拍了拍她的肩膀。

出国后，照相成了他们母子之间的一个高频词。为了照相，他们还时常有些龃龉。比如，她让他发照片给她，他总是顾不上，总是应付她，有一次还发了小火，说，妈妈，我不是在玩，学习任务很重的，您就别烦我了。好像让他发照片，是在陪她玩的一种方式似的。她沉默了一会儿以示情绪，其实也不过是两三分钟吧，便回复道，对不起啊大宝，你忙吧。

宝也沉默了两天后，发来了两张照片，说，妈妈，对不起。

她一边掉泪一边回了个大大的笑脸，说，没关系啊我大宝。

有一次，他支差给她发来一堆街景，她一张一张地看着，看着看着就气得笑了起来。这个熊孩子，她是为了看街景吗？又不是没有出过国，她稀罕看街景吗？

还有一次，两人半开玩笑地聊起来照片的事，宝说，要不要签个合同啊，比如，每周发一次照片，每次不少于五张，背景要不同，面部要清晰，还要有表情，露出八颗牙最好……母子两个商量着，就乐了起来。

她建了好多个文件夹，收藏着宝发来的所有照片。他的录取通知书，他租住的房间，他去谷歌参观时的临时通行证，他和朋友们去看NBA总决赛，偌大的球场。他去中餐馆吃饭，点了凉皮和肉夹馍，有一次还点了"左宗棠的鸡"。他去哈佛比赛，嫌酒店既远且贵，就在草坪上过夜，买了个小帐篷，照片里的他从帐篷拉链里探出了黑黝黝的脑袋……她统统都分门别类地收藏起来。有空就看，有空就看。

大二回国的时候，宝从老家回来，去洗澡，她偷偷翻了翻他的手机，想看看里面有没有新照片。果然有。其中有两张里，多了一个中年女人和一个女孩子，前夫的嘴角微微上挑，表明他在笑。女人则笑得很努力，看着很温柔，温柔得几乎没有形状。女孩子没有笑，十五六岁的样子，脸上绷得很紧，是一副想要拒绝又不知道该怎么拒绝的倔强又尴尬的神情。齐刘海并不很齐，凌乱的那几根头发挑动出不逊和不驯，也隔着虚拟的空间，针一样地刺着她，痛着她。

唯一让她舒服的是，宝没有笑。但她还是朝着宝发作了。问宝，为什么要配合拍这张合影，宝用浴巾擦着头发，道，不就是张照片吗？爸爸也不容易嘛。她道，我容易？宝说，都不容易。所以，差不多得了妈妈。

她没话说了。她不希望孩子有后妈，可自己又不能回去。回不去了。还能怎样呢。她的前夫永远是孩子的爸爸，这是决定性的结果。所谓的前夫前妻只是他和她之间的。对于孩子而言，只有亲生父母，没有前爸前妈。

后来，那女人还是带着孩子走了，据说是跟前婆婆水火难容。她听到消息后长长地松了一大口气，再看宝和奶奶的合影，觉得这位前婆婆慈眉善目了许多。

6

饺子煮好，大闸蟹也蒸好了。还有一道清蒸鲈鱼和一个烩菜，是早就备好的料，出菜快得很。烩菜里有竹笋、白玉菇、牛肉、火腿、豆角、木耳、粉条等种种，整个儿就是乱炖。看着品相一般，味道却很不错。

一切齐备，开始吃饭。先吃蟹。如以往一样，每个人都笨手笨脚地剥着螃蟹。到底是北方人，不习惯吃螃蟹，每次吃螃蟹都像是第一次。一边吃一边吐槽螃蟹肉少，没啥吃头。

你们都没有喝过茅台吧？

没有。

要不要喝点儿啊？她提议。

不！三个孩子异口同声。

我希望你们人生第一次喝茅台，是和我一起。

三人全乐了。说喝茅台是什么重要节点吗？重要节点必须喝茅台吗？

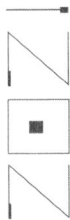

不喝不喝不喝。

好吧，那就不喝。

家里有两瓶茅台，算起来也存有快十年了。她也从不嗜酒的，可是不知怎么的，看到茅台，她就会想到孩子们，和孩子们吃饭，就会想，要是喝酒一定喝茅台。嗯，将来一定要和孩子们把这两瓶茅台喝掉。

边吃边聊天。聊什么呢？聊杨紫，聊易烊千玺，聊刘昊然，聊韩剧，聊海底捞，聊抑郁症，聊双性恋，聊健身，聊平板支撑，聊动感单车，聊漫威，聊桃总为什么叫桃总，聊死侍为什么叫死侍，由正播着的《中国好声音》聊到了《乐队的夏天》，聊整天加班，头发都要掉光了，聊买假发片。

终于吃完。宝去了房间，好一会儿都没出来，她便跟了过去。还是在收拾行李。行李总是这样，不到临行时就不可能收拾妥当。巨大的行李箱摊开在地，真当得起一个乱字。不过在她眼里，这是气势磅礴的乱，也是欣欣向荣的乱。她目不转睛地看着宝拎拎放放，取取拿拿。他在家的时时刻刻，她都想跟在屁股后面看着。看不够。

妈妈，您去歇着呗。我整理行李很有经验的，不要担心。他说。

他大多时候叫她"妈"，撒娇的时候才会叫她"妈妈"。她耳中最动听的称呼，就是他口中的"妈妈"。把女儿比作父亲的小情人，把儿子比作母亲的小情人，她曾经很反感，但是现在，慢慢理解了。情人之间爱到最美好的时候，最纯粹的时候，就接近于父母对于儿女的这种爱。情人之爱是血缘之外的极致，父母之爱是血缘之内的极致，有意思的是，情人成家方为父母——血缘之外的极致诞生了血缘之内的极致。也许是两种极致之爱无从映照，就只好互相映照。哪怕映照得有些荒唐，却也在不可理喻中获得了某种理喻。所谓的天地造化，大概就是如此吧。

宝卧室的书架上，摆着几张装框的照片，都是他格外心爱的。小学时的乒乓球队合影、初中时的网球队合影、高中时的足球队合影……从小到大都热爱运动，球队是他业余生活重要的组成部分。她从书架上抽出一本影集，翻起来。宝的照片，她按时间做了排序。满月照、百天照、夏天露着小鸡鸡的洗澡照、幼儿园毕业的全班照、和同学去春游的、在学校操场上跑步的、代表学校去台湾进行交流的、阖家游时在清明上河园穿着武士盔甲的、在家里打扫卫生的、每年过生日的、戴红领巾的、第一次坐飞机的……各种，各种。这本影集旁边，是一本大红色的小影集，装的全是他们三口之家的合影。她摸了一下，到底没有打开。手指微涩，已有淡淡的灰了。

哎哟，又在那儿欣赏呢。有那么好看？宝说。

是啊，好看。

我觉得吧，小时候的照片还挺逗的，长大以后就没啥意思了。

嗯，再放几年，就有意思了。照片如酒，是需要时间来发酵的。

您又抒情来了。

所以，你首先得现在多照，将来才能拥有很多意思。

您可得了吧。

这次回老家，照相了没？

那还用说。

给我看看呗。

在手机里，自己看。

他回老家，照例要照相。和爸爸，和奶奶。这次依然是非常正式的那种照相：老太太坐在前面的太师椅上，他和爸爸立在后面。她看到过几张。十分端庄，甚至悲怆。她不能看太久，看太久会落泪——每一张都可能会是祖孙的最后一张。

可笑吧？这么照相。宝也凑了过来。

可笑什么。不可笑。

妈妈，为什么一定要这么合影呢？

她看着这张脸，思忖着该怎么回答。这张脸，乍一看已经是成熟的男人脸了，在外面也一定会被人们看作成熟的男人——完全民事行为能力人，法律是这么界定的吧？可是，在她眼里，他还是个孩子。突然想起在哪里听到的笑话，一个三十多岁的男人，闯了祸被警察抓捕了，他母亲哭喊着求情说，饶了他吧，他还是个孩子啊。讲的人都乐得不行，听着的人也没有不乐的。可是，此刻，和那位母亲之间，她居然也有了一种荒诞的共感。在母亲眼里，孩子永远是孩子。有错吗？没错。这世界上绝大多数的母亲都会有这样的心理吧，愚蠢得可爱，可爱得愚蠢。

请回答，妈妈。

你二姐不是说了嘛，为了留念呀。她笑。

为什么一定要合影才是留念呢？视频也是留念嘛，语音也是留念嘛。

她又陷入了沉默。这个问题貌似刁钻，其实稍微梳理一下就能给出点儿说法。

找到像样的答案，比如，因为视频和语音都是需要播放的，都是流动的。流逝流逝，流动就会逝去，当然不宜留念。可是照片，只要你按下了快门，就能将近在眼前的这一刻，凝固且被保鲜为绵长光阴。这薄薄的存在啊，就是被截取下来的瞬间真实，就是在无尽岁月里可以被反复验证的瞬间真实，就是有能力打败强大时间的瞬间真实，就是将所有稍纵即逝的珍贵的一切储存下来以便反哺和抚慰孱弱人心的，瞬间真实。

它还那么安静。安静的事物总是有一种不可思议的力量，能够让人依托和信任。

——这些个话，作为回答，是不是很像样？

可她没有说。她不想对他讲太多。她不想在这个时候搞一个小型学术研讨会。

这个问题太难了吧？宝很得意。

是啊，挺难的。她说，我们还是在实践中寻找答案吧。

妈妈！

快点儿，去照相！

7

但也不是立马就能照的。之前当然得做准备，换衣服、化妆。哪怕是在家里，是和家人一起照相，也得收拾收拾。宝屹然不动，穿着他的T恤和牛仔裤，等着女生们各种打扮后，光鲜亮丽地走出卧室，预备开拍。宝努力经营出一副没脾气的样子，下一句就露了原形，计划照几张啊？

她们全笑了。

照到满意为止！大小姐说。这是标准答案。

每个人都要站一遍C位，每个人都要和宝照合影，然后，是各种角度的大合影，谁在前头显得谁脸大，脸大就是吃亏，自然了，排到最末就是脸小，脸小就是沾光。于是就挨次排到最前头，挨次吃亏和沾光。

够了吧，我要倒数五个数了。行李还没收拾好呢。宝说。他忍无可忍了。

于是就按他说的，又拍了五张，他终于解脱了，逃也似的跑回了卧室。剩下她们继续拍。她和大小姐合影，和二小姐合影，大小姐和二小姐合影，三个人一起合影，一起嘟着嘴的，一起做鬼脸的，一起瞪眼睛的，好玩啊，真好玩。对于女人来说，照相似乎就是一种特别好玩的游戏。拍照状态中的女人，或多或少都有戏精的潜质。

终于拍完，回看照片，再把满意的精修，把不满意的删去。人人都只顾着看自己。相对于自己，她更爱看宝。可是这个宝啊，只有有限的几张能看出他在笑，其他那些里，他的样子就是个路人。衬着女人们戏精的表情，居然也别有一种戏剧化的喜感。

她又逛到宝的房间，继续看宝收拾行李，二小姐是收纳高手，也过来帮忙参考。一大一小两个箱子，要装多少东西呢？春夏秋冬的衣裤鞋袜，帽子围巾手套拖鞋，牙膏牙刷剃须刀沐浴露，感冒的消炎的跌打损伤的各种药……庞杂得像一个小型超市。还不时有计划外的建议冒出来想要挤进去。箱子早已经鼓胀得此起彼伏，多一点儿都要崩溃的样子，但其实还是能再塞一点儿，再塞一点儿。

她看着她的宝。宝手指上的小肿块，是疣。他在国外已经发现了好几个月，却不告诉她，怕她胡思乱想。自己也不舍得去看医生，怕花钱太多。一回到家，他们就去了医院，确定了是最寻常的疣，她才松快舒展了下来。不过当晚也没睡着，在某度上查了又查。他们一起呵斥她，查什么查，"某度查病，起步癌症"，没听说过呀。

她看着宝的白牙，衬着他小麦色的皮肤，显得分外白。他一回国就去洗了牙。他洗牙的时候，她也跟了去，一边看着他洗牙，一边和医生聊天。医生问他在哪里读的大学，准备去哪里读研，听到学校的名字，照例赞叹了两声，夸奖了几句。又说几乎所有的留学生回国都必然会去看牙医，因为国外看牙特别贵，特别特别贵。也有在国外的华侨全家利用假期回国内看牙的，因为飞机票和看牙的钱相比简直可以忽略不计，划算极了。

她一边看着，一边用手机悄悄拍着。拍了几张宝的单照，又调到自拍模式，远远地把宝框进镜头里，和宝合影。她调了静音，没有快门声，宝应该没察觉到——抬起眼，才发现宝在斜睨着她。她的脸唰地红了，仿佛是一个被抓了现行的小偷。

您这执念也太深了吧妈妈，为什么呢？宝的语气是嗔怪。有些严厉了。

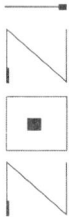

她突然也有些恼羞成怒。

因为——她一字一句地说着，自己也知道自己在此刻显得很幼稚。幼稚就幼稚吧——在生活中，我们不会永远在一起，但是在合影里，我们可以永远在一起。

切，永远。您这话听着，牙都要倒了。宝轻轻晒笑。

是啊，永远。她也笑。只能笑着，只适合笑。不这么说，又该怎么说？能说这些吗——因为我会死去啊。因为我会比你早些离开这个世界。在我离开这个世界后，你会想念我的，想念我的时候，看照片就是最简便最有效的方式。照片不占什么地方，还真是特别适合留存和思念，嗯，就是留念。

当然不能说。不能。

宝看着她的脸，愣了一下，似乎明白了什么，嘴唇动了一下，却也什么都没说。那一刻，她知道，他仿佛意识到了这是一件什么事。他的小脸很严肃。

8

第二天，她很早就醒了。确切地说，是根本没怎么睡。宝就在隔壁，他的呼吸离她这么近，她舍不得睡。还有些事情由不得要操心，尽管宝安排得井井有条，根本用不着她操心。她刷着英国的疫情，计算着郑州飞广州的航班与接下来的国际航班之间的时间，又去查这趟国内航班的准点率，准点率还行，不至于因为这趟拖累了下趟。又寻思着再给他带点儿什么药，能不能再塞进去几只口罩……

六点多，她轻手轻脚地起了床，煮好了鸡蛋熬好了粥，又去外面买了胡辣汤、肉包子、素包子、水煎包、牛肉盒子各若干，琳琅满目地摆好了一桌子早餐，宝也醒了。两个姑娘也起了床，她们三下两下吃完，和宝拥抱告别，各自上班去。

她又让宝把行李检查了一遍，护照什么的证件也一一又验视过。突然，她想起了昨晚剩下的几个饺子。

再吃两个饺子吧？她问。有些小心翼翼。

好的妈妈。

宝很痛快地把她煎好的饺子全吃了。

他们早早到了机场。他同学还没来，他们便先办着手续。终于，他同学来了，送行的有五六个人，七嘴八舌的，越发显得他们这边冷冷清清。那孩子却是一派心不在焉，有一搭没一搭地草草应对着他们，一边和宝聊得欢天喜地。忽然，她清晰地听见他父母亲在商量要不要再拍张合影，说刚才吃饭的时候拍的照片模糊了，得重新拍。商定之后，他们察言观色地跟儿子提了出来，那孩子却断然道，怎么没完没了啊。又是照相，照什么照。别照啦，不照！

一群人都尴尬在那里。她也跟着尴尬起来。突然，宝就走上了前去，拍了拍同学的肩膀，说，时间还来得及，照吧，赶快照。我来给你们照。

那孩子看着宝，有些蒙蒙的样子。宝又拍了他一下，呵斥道，赶快照！

原载《人民文学》2021年第6期

点评

时间的流动性和空间的延宕在这篇小说中相互缠绕。

合影留念，将时间河流中的某一瞬间定格，定格瞬间的真实。年轻人不屑于"做作"的合影，那是潜意识里认为时间还长，何必呢；年长的人热衷于合影，那是被时间追着的紧迫感作祟，慢些啊。在这种对比中，尽管空间没有大的转移，甚至作者刻意淡化了空间感，但空间中的时间容量大增，在延宕了空间的深广度的同时，也凸显了时间的主体地位。整篇小说，作者并没有透露过对于观照时间的野心，但又时时氤氲出对时间流逝的紧张感。不过，难能可贵的是，作者并非刻意兜售焦虑，相反在与时间的较量中，呈现出一种从容。尽管会有惋惜，惋惜青春不在，甚至些许担忧，担忧与儿子的离别。但"照片如酒，是需要时间来发酵的。"时间带走一些东西的同时，也酿造了更多的美好。"这薄薄的存在啊……就是有能力打败强大时间的瞬间真实，就是将所有稍纵即逝的珍贵的一切储存下来以便反哺和抚慰孱弱人心的，瞬间真实。"时间一刻不停向前奔袭，期间留存下来的真情，即便只是瞬间真实，也有强大的力量，抚慰人心、抚平伤痕。

不喜合影的儿子，在小说的最后，甚至劝解朋友与父母合影，这样的转变不也正是时间带来的美好之一吗？！

（朱旭）

害　喜/

/吴克敬

一

害喜是害过喜的，只是嫁给金宝宝后，便再没有害喜。

凤栖镇几千口子人里，叫引弟的有几个，叫招弟的也还有几个。她们或者引弟或者招弟地被叫着，无分老少，全都是女孩子。这么说来就好理解了，她们的爸妈，起名叫她们引弟、招弟的想法，其实都很纯粹，就是她们的爸妈重男轻女，期望她们的出生，能给她们招引个弟弟来。她们有人很幸运地招引来了弟弟，有些则十分悲催，始终没能招引来……那么害喜呢?

害喜则是另一种情形了。凤栖镇东街村的她，独自可怜地顶着这样一个使命。

她的养父、养母着急的还不是引弟、招弟的问题，而是他们还都没能开怀，没能害喜。害喜的养父、养母万般无奈了，这才从别家母亲的怀里抱养了害喜，因此在给她起名的时候，想的自然不是引弟、招弟，而是希望她能带给他们幸运，让她的养母能够开怀害喜。

还别说，害喜进了养父、养母的家，在他俩的怀抱里，受了他俩一段时间的宠爱，便使命必达地让她的养母开了怀，害了喜。

害喜的养母不仅开了怀，害了喜，又还招引来了弟弟，而且不是一个，而是她的养母一胞生了两个男孩子……当时在养母怀抱里享受宠爱的害喜，被养母感恩似的亲了一口，这就把她推出怀来，任凭她如何啼哭，如何闹腾，从此就再也没能钻进养母的怀里来。养母当时所以要深情地亲她一口，是因为她很好地完成了她的使命，她不负养父、养母的期望，使养母害了喜，生了双胞胎的弟弟，她有资格获得养母那深情的一亲。养母把她亲过了，推出了她的怀，还不能说养母对她无情，是因为养母的怀抱实在太满了，左搂右抱两个她的弟弟，确实是没有空间给她了。这是害喜要适应的呢，管她愿意不愿意，高兴不高兴，是必须适应没有养母怀抱的生活了。

害喜因此哭哭闹闹地适应着，慢慢地，就也适应了。

就在害喜适应着没有养母怀抱生活的日子里，养母又大气豪迈地害了喜。养母十月怀胎，到要生产的时候，像她头胎一样，又再落生下来一对双胞胎。害喜的功劳大了去了，她的养母高兴，她的养父更高兴，他们夫妇为害喜带给她的四个弟弟起名了，先把老大叫了宝宝，加上姓就是金宝宝，老二叫了贝贝，加上姓就是金贝贝，接着有了老三、老四，他们高兴开心地便又把老三叫了阳阳，加上姓就是金阳阳，老四叫了亮亮，加上姓就是金亮亮。

害喜自然也姓金，在家里时，养父、养母叫她害喜，出了家门，养父养母叫她金害喜。

二

金害喜使得她的养母害了两胎喜，生养了两胎双胞胎，她长了大双胞胎的宝宝、贝贝三岁，长了小双胞胎的阳阳、亮亮四岁多，她自然地成了四个弟弟的姐姐。

是为姐姐的金害喜，必须要有姐姐的样子。她的养父、养母经常这么教导她，开始时她不怎么清楚，姐姐应该是个什么样子？她与金宝宝、金贝贝、金阳阳、金亮亮四个弟弟玩在一起，她就必须让着他们，不管他们多么顽虐，多么调皮捣蛋，多么叫她难堪，做姐姐的她，都得无条件地让着他们。让就让吧，害喜习惯了让，养父从集市上买回一把麻花，分给他们大家吃，宝宝、贝贝、阳阳、亮亮把分到他们手里的麻花，三口两口地吃了后，便围住害喜，来夺她手里的麻花了。女孩儿的害喜，吃什么东西都慢，几个弟弟把麻花吃光吃尽了，而她手里还有一多半。她的弟弟来抢，她是不想给他们抢的，可她嘴上抗拒着，而手里的麻花，却已被几个弟弟抢夺了去，又还抢呀夺呀地吃得一点残渣都不剩。养母从集市上买回一根甘蔗，拿回家来，用砍刀剁成等份的五截，分到他们大家手里，他们

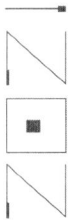

像吃麻花一样，害喜的几个弟弟，三口两口就都嚼碎榨干了甘蔗汁，吐得一地的甘蔗渣子，而害喜的手里还剩多半截，几个弟弟会怎么样呢？依然会要一拥而上，围住她，抢夺去她手里的甘蔗，你一口他一口地嚼碎咽尽甘蔗汁。

这样的情形，养父、养母是看得见的，他俩看见了也是会说说四个小子儿的。

养父、养母说，你们是老虎豹子吗？总是抢夺姐姐的好吃好喝。

养父、养母这么把四个小子儿说过了，转脸暖暖地还会对着害喜说说她的。

养父、养母说，做姐姐的，让着弟弟就好。

总是让着弟弟的害喜，使她的弟弟们得寸进尺，玩到不可收拾时，做得就很过分了。最过分的一次，他们四个弟弟，发现他们是都长着牛牛的，聚在一起不知羞臊地互比大小。他们自己比就比吧，却还把躲避着他们的害喜拉了来，要看害喜长的什么，有牛牛吗？长了他们几岁的害喜，是已知道男女之别了，而且有了女孩儿该有的羞脸了。她坚决地抗拒着他们，可她一人难抵四个小子儿的蛮横霸道，愣是被他们解开裤腰带，扒下她的裤子来。她能怎么办呢？只有痛心痛肺地哭了。她的哭声引来了养父、养母，把她从四个使坏的小子儿手里解救出来。不过呢，他们却没有责备四个小子儿，反而说了害喜。

养父、养母说，大惊小怪，你是姐姐，他们是弟弟，两小无猜你知道吗？

养父、养母这么说了后，还分别说了两句话。

养父说，长得大点儿了，你拉他们玩儿都拉不来哩。

养母说，可不是吗，再长几年你看看。

害喜承认养父、养母说得对，真的没过几年，他们几个弟弟就不怎么与她玩儿了。他们是因为长大了吗？还是因为别的什么？四个那么淘气的东西，与姐姐害喜不仅不怎么玩儿了，而且还生分了许多。这是为了什么呢？害喜想不明白，也就不去多想了……多年后，害喜朦胧中知道了自己的身世，才恍然大悟，那是一种血缘上的生分呢。可在当时，害喜什么都不知道，她能知道的，就是不管她在什么时候，面对四个小她点儿的弟弟，她必须要像姐姐一样，劳苦在前，吃亏在前，而享受又必须在后。

一项既严重，而又必须要做的事情，就是给养在家里的两头架子猪割猪草，或是捡西瓜皮了。

三

重要的事情，自然是要姐姐害喜带头做了。

害喜每天都得挎上个大大的竹筐子，带领四个弟弟到镇子外面的田野中去割猪草，玩心重的几个弟弟，根本不把割猪草当回事，他们只是觉得田野上有许多新鲜的事情，和许多好玩的事情，吸引着他们去赏玩了……一朵一簇的花儿，是蓝色的，一朵一簇的花儿，是黄色的，一朵一簇的花儿，是红色的。他们觉得稀奇，便你追着我，我撵着你，满田野地去采摘那些花儿；五颜六色的花儿，会要吸引来同样五颜六色的蝴蝶，翩翩然而来，他们感觉色彩斑斓的蝴蝶，飞舞着，比各色各样的花儿，还要稀罕，于是又会把采摘来的花儿，纷纷乱乱地扔掉，然后像他们采摘花儿一样，再去追逐蝴蝶，而割猪草的事情，便都落在了害喜一个人的身上了。

两头架子猪呢！可是太能吃了，害喜喂不饱架子猪的肚皮，就不能歇下来。

最后的结果呢，只能是害喜先割上一大竹筐的猪草，扛回家去，倒给圈在猪圈里的架子猪，口渴了，肚子饿了，她来不及吃喝，就又得紧锣密鼓地赶往田野里去，再割一大竹筐的猪草，扛回家给猪圈里的架子猪吃了。在这期间，她的四个弟弟，结起伙来，只顾玩他们自己的，没人给她帮手。不帮就不帮吧，害喜自己费些工夫，劳些力气，是都可以做到的……费神劳力的害喜，期待的是瓜果上市的日子，那个时候的凤栖镇街市上，就有卖瓜的瓜贩子，从乡下用架子车拉来一车子又一车子的西瓜，于西瓜车子前架起一个架板，用一把亮闪闪的杀瓜刀，一牙一牙地杀开来，售卖给馋嘴的逛街人吃了。吃瓜的人，狼吞虎咽地吃去香甜的西瓜瓢，随手即把西瓜皮丢在瓜摊子旁。

西瓜皮可是喂养架子猪的好饲料呢。

赶着这个时候，害喜就不用去到凤栖镇外的田野上割猪草了。害喜守住一家西瓜摊子，就能够捡拾到喂养家里两头架子猪的吃食了。这个时候，害喜的四个弟弟，表现得要比在田野上割猪草好很多，他们四个人，四双眼睛，四双手，围绕在一家西瓜摊子前，至少能够盯得住四个吃西瓜

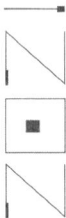

的嘴，在他们把西瓜瓤吃光吞尽，欲往地上扔的一刹那，赶到他们的跟前，接住那块西瓜皮，然后颠颠地递到害喜的手上，看她排进原来装猪草的大竹筐里。这种时候，往往也有失手接不住的西瓜皮，而这也是不要紧的，掉在了地上，四个弟弟中的一个，伸手利索地扑爬下来，去追颠颠颤颤的西瓜皮，西瓜皮扑在了人的脚下，追着的弟弟就往人家脚下扑，颠颠颤颤的西瓜皮扑进了拉西瓜的架板车下，弟弟们也会争先恐后地钻进架子车下，把沾泥染土的西瓜皮捡拾起来。

在田野上只知道玩儿的弟弟，所以在西瓜摊子前表现得积极，还又耐劳，这是有其原因的。他们把捡拾到的西瓜皮，拿回家里来，可以挑选内瓤厚的，抱着啃一啃。

凤栖镇人老辈数下来，谁不是啃西瓜皮长大的呢？大家一个样，没人笑话谁……害喜自然不会笑话人，当然也不怕人笑话她和她的弟弟。不怕人笑的害喜发现，她的弟弟们捡拾西瓜皮的积极性是非常高涨的呢，为了鼓励他们，她还天才地发明了一种新鲜吃法。亦即捡拾回西瓜皮来，挑选出内瓤厚点儿的，放进一口干净的盆子里，打来井下的清水，把西瓜皮冲一冲。冲的效果非常明显，不仅冲洗净了西瓜皮，更是对西瓜皮的一种冰镇，然后找来一把小刀片，把西瓜皮的外皮削了去，撒上些许白砂糖、红砂糖什么的，让细碎的糖粒儿，慢慢地化入内瓤中，来让她的弟弟们吃了。这个时候的弟弟们，不会忘记她这个姐姐的重要性，他们甜甜地吃着时，会要客客气气地让她这个姐姐也如他们一样来吃的呢。

家里的白砂糖是有限的，家里的红砂糖也是有限的。

害喜不能总是给她的弟弟们用白砂糖、红砂糖调制甜甜的西瓜皮的。吃上瘾的弟弟们，翘首企盼着姐姐害喜，她该怎么办好呢？心灵手巧的害喜，又天才地想出了个调制西瓜皮的方法。那就是用锅灶上的食盐来渍浸了。害喜把从集市上捡拾回来的西瓜皮，像她用白砂糖、红砂糖来调制时一样，先把内瓤厚点儿的挑选出来，削去外皮，打来井水清洗冰镇，完成这一基础性的工作后，便是一番有别于白砂糖、红砂糖的调制方法了。这种方法是开创性的，害喜做得有条不紊，她把清洗过，又削去外皮的西瓜皮，用刀子切成一小条一小条，备在一边，再用她用习惯了的盆子，接上新的井水，从锅灶上拿把小勺，撮上些细碎的食盐，投入清新的井水里，均匀地化开，然后把备在一边的细条西瓜皮，完全浸渍进去，稍稍地等上一会儿，就能随意地从中捞取入口咀嚼了。

这种淡盐水渍浸过的细条西瓜皮，入口吃起来，比白砂糖、红砂糖调制的西瓜皮，似乎更有一番滋味在舌尖，有甜有咸，甜中带咸，咸中含甜，咸咸甜甜，甜甜咸咸，其味之妙，妙不可言，其味之绝，绝不可说。害喜让她的弟弟们刮目相看了，他们对她佩服得五体投地。

就在这个时候，害喜认识了祁少男。

无论害喜自己，还是她的弟弟们，以及祁少男，都是凤栖镇上的孩子。他们都知道，在外乡人的眼里，他们是都要被叫成"街皮"的。这可不是个恭敬的叫法哩，其中多有讽刺贬损的意味。没办法，谁让他们是凤栖镇上的孩子呢？"街皮"就"街皮"吧，"街皮"比乡下的小孩子脸皮厚，不怕羞，譬如他们满大街捡拾西瓜皮的事，乡下的孩子就拉不下面皮，而他们则乐此不疲。正因为此，在捡拾西瓜皮的凤栖镇伙伴里，害喜认识了祁少男。在害喜的眼里，祁少男与满大街凤栖镇上的孩子有点不一样，别的小伙儿为了一块西瓜皮，会争、会抢、会夺，而他不会，有的时候，那块西瓜皮距离他最近，几乎是伸手可得的呢，可是别的孩子把手伸过来，他就会让他一分，使他捡拾到。看着祁少男的这一种姿态，害喜为他着急，着急的同时，又会为他而顿生别样的一种情愫，以为他与众不同，是位特立独行的同龄人。

祁少男所以特立独行，都在于他已进入到镇子上的小学读书了。

祁少男读书的镇办小学，他的父亲也在其中，是一位从教多年的民办教师。不知他父亲还有没有别的名字，总之在害喜听来，凤栖镇上的人，谁见了他，都把他叫祁民办，而他答应得也很自然，仿佛他就享受"民办"两个字的意义似的。他儿子祁少男，在街市上捡拾西瓜皮时的文质彬彬，是受了父亲祁民办的影响了吧。害喜没有征求别人的看法，她是自己这么想了的，因此看着文质彬彬的祁少男，想他的父亲也该是文质彬彬的呢。因为此，害喜瞅空儿还去了祁少男的家。她到他们家里来，是想把她发明啃食西瓜皮的方法，传授给祁少男的。害喜所以这么做，不能说她心里没点儿自己的小九九，这是因为她的年龄，虽然比祁少男小那么一点点，祁少男上学读书了，而她却还没有，她是想要见见祁少男的父亲祁民办，问问她可也能如他儿子祁少男一样，去到小学读书？

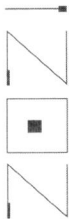

在祁少男的家里，害喜很顺手地教会了他啃吃西瓜皮的新方法。

用害喜教给他的新方法啃吃西瓜皮，让祁少男欢喜不已。就在他那么啃食着西瓜皮的时候，在小学做民办老师的他父亲回家来了。回家来的祁民办，似乎早知害喜的心思似的，没等害喜自己说出来，他就先给害喜说了。

文质彬彬的祁民办走到教他儿子用新方法啃食西瓜皮的害喜面前，抬手在她的头顶上摸了摸，先就问了她一句话，多大了？

害喜老实地说了她的年龄。祁民办听着惊讶起来。

惊讶了的祁民办说，你和我家少男一年大呀！那你咋还不上学呢？

害喜回答了祁民办一句话，我小你家少男两个月。

祁民办笑了笑说，小两个月不算啥，你是也该上学读书了呢。

四

也该上学读书的害喜，回家来把小学老师祁民办的话，说给养父、养母听了。然而养父、养母听了也就听了，却不以为然，还说她一个女娃娃，读的什么书？在家里能帮一把手，做些她该做的活儿，才是要紧的呢。

害喜没能上学读书，可是她的弟弟们，到了上学读书的年龄，便都按时按点走进了镇子上的学校，读起书来了。

然而坐进教室里有条件读书的弟弟们，却没有未进教室读书的害喜把书读得好。在家帮助养父、养母做活儿的害喜，每天要做的活儿，还是要外出到凤栖镇周边的田野里去，给家里饲养着的架子猪割猪草，还要撵到集市上卖西瓜的摊子前，给家里饲养的架子猪捡拾西瓜皮。一年一年又一年，害喜没有忘记上学读书的事儿。害喜因此多给自己生了一份心，抓紧一切能够抓的时间，割罢了猪草，捡拾了西瓜皮，就迅速地赶去镇子上的学校，躲在教室外听老师讲课，她没有作业本，圪蹴着的腿面就做了作业本，老师在黑板上书写粉笔字，她用手指头在腿面上照猫画虎地写，好好一条裤子，被她千遍万遍地写写画画，先是起毛变色，最后会要破出一个洞来，她在破洞上打个补丁还写、还画。在这样的学习环境下，害喜的学习效果，倒比她的弟弟们还要好。弟弟们在家做作业，做得不对时，她看见了，就会帮助他们来做，这使她的弟弟们都很依赖她，使她获得了非常饱满的姐弟之情。

害喜的学习效果所以比坐在教室里读书的弟弟们还要好，是有另一个原因的呢。

民办教师祁民办的儿子祁少男，在一些生活的问题上，获得了害喜许多帮助，反过来他又给了爱读书、好读书的害喜许多课外指导，对她的书本知识学习，给予了非常大的补益。好几年的日子里，在凤栖镇的田野上，还有凤栖镇的街市上，留下太多太多害喜向祁少男孜孜不倦、虚心求教的情景，以及祁少男向害喜谆谆施教、诲人不倦的身影。

害喜希望她能一直这么学习下去的，可是不能了。

不能的原因，既不是她不愿意学，也不是祁少男不愿意教，当然更不是害喜的养父、养母反对她学。害喜那份热爱学习读书的劲头，她的养父、养母看得明白，他们的亲儿子金宝宝、金贝贝、金阳阳、金亮亮，如果没有害喜的引导，学习成绩根本就赶不上。害喜的养父、养母不傻，他们需要害喜对他们的亲儿子给予正面的帮助与辅导。当然了，害喜爱学习，好读书，对安排她要干的活路，多多少少会有一些影响，然而这又有什么呢？西瓜与芝麻，孰大孰小，孰轻孰重，养父、养母还是很清楚的哩。再者是，金宝宝、金贝贝、金阳阳、金亮亮四兄弟，都因此亲着姐姐害喜，靠着姐姐害喜，他们不允许别人干扰姐姐害喜的学习，便是自己的父母亲也不能。

曾经有过一次，姐姐害喜为了他们四个弟弟的学习，耽搁了一会儿饲养架子猪的时间，他们的父母说害喜了。金宝宝、金贝贝、金阳阳、金亮亮四人一拥而上，把他们的父母亲好一顿数落，吓得他们的父母亲，以后再不敢插嘴害喜与她的弟弟们的学习了。

这该是害喜在家里生活得最开心、最有尊严感的日子哩。

然而时间是不饶人的，害喜长大了，祁少男长大了，金宝宝、金贝贝、金阳阳、金亮亮也长大了。长大了的害喜虽然还是那么热爱读书学习，但她不好再麻烦祁少男了。而祁少男呢，也因为小学毕业升初中，初中毕业升高中，他离开了凤栖镇，去到扶风县城读书去了，害喜能撵到县城去向他学习求教吗？当然不能了。害喜的学习成效，因此是无法提高了，她无法提高，她的弟弟们跟着她也无法提高。最后的结果呢，只能是她的弟弟们把凤栖镇的小学课程读罢，上到镇子上的初中，就再没法进

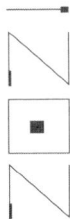

步了。初中的校门，像是一道恐怖的鬼门关，把他们关在其中不能自拔，最终就都灰溜溜地退回家里来，成为一个个面朝黄土背朝天的庄稼汉，整日价一把锄头一把锨，做了"地球"的修理工。

不过这不能算是丢人，因为"地球"也是人修理的。

然而与他们不一样的是，会读书，读得了书的祁少男，把书读到了扶风县城，从扶风县城又读进了陈仓城，他读得顺风顺水，这么读下去他是一定会有大出息的。可是他的老父亲祁民办，却出了状况。

一场突如其来的大病，使得民办教师的祁民办，悲伤地死在了他的民办教师岗位上。祁少男回凤栖镇奔丧，凤栖镇里的乡亲们给了他尽可能大的帮助。害喜呢，应该是帮助祁少男安葬他父亲最真切的一个人，当然更可说是最为感同身受的一个人。祁少男一身孝服，一张哀痛的脸，那身孝服白得晃人眼睛，那张脸亦如孝服一般白得伤人心肝。在帮助祁少男的人群里，害喜要不停地转脸去看祁少男，她看着的他，是太牵动她的心了！害喜看着他，私心想他该就是一颗照耀她的星。

祁少男哭他死去的父亲祁民办，害喜忍受不住，在他的哭声里，也会默默地饮泣。

安葬罢了民办教师的父亲祁民办，祁少男在凤栖镇给父亲守孝到三七后，是要离开凤栖镇了。他走的那天，凤栖镇一片春意正浓，这里一棵那里一棵的洋槐树，虽然绿色的叶子没有生发出来，而如雪的洋槐花，却已白蜡蜡含苞待放，喷吐着洋槐花独有的那一种香气。祁少男独自在前边走，害喜默默地跟着他，他们保持着一定的距离，直到走出凤栖镇，走在了凤栖镇镇外的田野上，不知是祁少男放慢了脚步，还是害喜加快了脚步，他俩这便走在了一起，肩并肩地走着，没往别处走，而是走去了祁少男父亲的新坟前，双双站定了，祁少男给他父亲的新坟鞠躬志哀，害喜学着他的样子，也为他的父亲鞠躬志哀。

就在祁少男父亲的坟头前，害喜给祁少男说了这样一句话。

害喜说，你只管在陈仓城读你的书，四时八节的，我会到老人的坟前，给他老人家烧纸祭奠的。

听了害喜的话，祁少男把她深情地看了一眼，给她回了一句话。

祁少男回说，你也不要老是守在凤栖镇里了，是时候到外面走一走了。

五

害喜把祁少男说给她的话，听进了心里，装进了心里。

怦怦跳动的心里装着祁少男说给她的话，害喜在凤栖镇里虽然觉得孤单，却不觉得孤独，繁华的陈仓城里，有她念念不忘的祁少男，她做什么都觉得有力气，说什么也觉得有力气。她信守承诺，在凤栖镇里，给祁少男的老父亲祁民办，于四七的日子，焚香烧纸上了坟，于五七、六七、七七的日子，依然一次不落地焚香烧纸上了坟……这个时候的凤栖镇上，祁少男走时欲开未开的洋槐花，大放了起来，便是田野里种植的油菜花，和许多自生自放的野花，也都开得一片灿烂。害喜看着那些盛开的花儿，知觉所有的花儿，对她都是一种鼓励，她是要离开凤栖镇，到外面走一走了。

下定这个决心的害喜，虽然担心她的养父、养母不会放她走，她也要向他们提出要求了。

害喜的要求提得非常合理，而且又颇具说服性。她给她的养父、养母说了，说她的四个弟弟都不小了，枪杆子一样高的四条汉子，没有什么正经事情干，整日价出进在家门中，两位老人急不急，她的四个弟弟一定是着急了呢！当然做姐姐的她，也是非常非常急了。她急在心里，想来想去，给家里留上一个，她做姐姐的带上三个，出门闯一闯，能给家里添加点收成了好，便是添加不了多少收成，给他们添加些见识和锻炼，也是很好的呢。

害喜的话太有道理了，养父、养母没有不同意的道理。他们高兴害喜想得周到想得远，便满口答应害喜，把老大金宝宝留在家里，老二、老三、老四，就凭她带着闯荡了。

凤栖镇长大的害喜，带着她的三个弟弟能去哪儿闯荡呢？自然是陈仓城了，那里有她信任，有她想念的祁少男，是他鼓励她走出凤栖镇来的……目标坚定、目的明确的害喜，把她的三个弟弟一起带到陈仓城里来了。陈仓大学的门面大，倒是不难找见，但是祁少男太难找见了。害喜先打问到他的宿舍，但宿舍里没有他人，又去了图书馆，他们同宿舍的人说

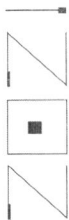

了，他最爱去的地方就是那里，可在图书馆还是不见他人……害喜三打问两不打问的，到最后才在他们陈仓大学的学生食堂找见了他。

学生食堂里的祁少男，胸前系一条布围裙，站在洗碗池边，手脚麻利地洗刷着菜盘子和饭碗，还有筷子和勺子。

念不了书的金贝贝、金阳阳、金亮亮，看见会念书的祁少男，心里怯得很不自在。兄弟仁不敢往祁少男身边去，就都挤眉弄眼地看着姐姐害喜……害喜没啥顾忌的，她大方地向祁少男走了去，也不说话，只是插手进来，祁少男刷盘子洗碗，她跟着刷盘子洗碗，祁少男刷筷子洗勺子，她跟着刷筷子洗勺子。祁少男做这些个活儿太专注了，他起初没有注意到帮他手的是害喜，还以为是学生食堂里的人哩。他洗刷着偏了一下头，这才看见了害喜，看见害喜他脸红了起来，想要放下手里的活儿不干，不承想害喜伸手过来拉了他一把，示意他继续刷盘子洗碗。他听话地即与害喜一块儿刷洗着，直到把要刷洗的盘子碗，还有筷子、勺子，都清清爽爽地刷洗出来收拾好，这才双双走出学生食堂，来到陈仓大学的校园里……金贝贝、金阳阳、金亮亮心怯地一直躲着祁少男，他们的姐姐害喜和祁少男走出学生食堂时，兄弟仁躲着，他们的姐姐害喜和祁少男走在学校的校园里，兄弟仁依然躲着，尾随着并肩走在一起的姐姐害喜和祁少男，没有谁敢走快一步，撵上他们的姐姐和祁少男。他们就那么跟在姐姐害喜和祁少男的身后，不远不近地走着，听着姐姐害喜和祁少男说着话。

祁少男说，好，你走出凤栖镇来了。

姐姐害喜说，给祁老师上坟，你原来烧多少纸，我就烧多少纸，你点几炷香，我就点几炷香。

祁少男说，学校的学生食堂缺人手，我一会儿找人说说。

姐姐害喜说，祁老师的新坟上塌了个小窟窿，我搬来新土填上了。

祁少男说，你的手脚干净利索，会很得食堂里的人喜欢哩。

姐姐害喜和祁少男说到这里，姐姐没有再扯祁老师坟头上的事情了。她说了他们四个兄弟，老大金宝宝留在家里，安排家里的活儿；老二金贝贝、老三金阳阳、老四金亮亮，都随她一起来陈仓城里了。姐姐害喜说了，她放不下他们，要和他们一起出门走一走，开开眼界，增加见识。姐姐这么说来，就转身找他们，招呼他们往她和祁少男的身前来，把他们介绍给了祁少男……是为大学生的祁少男，凭着他所有能力，在学校的学生食堂把害喜的工作安排下，再要给金贝贝、金阳阳、金亮亮安排工作，就难上加难了。祁少男没有气馁，他带着金贝贝、金阳阳、金亮亮，去了陈仓城的务工市场，在那里也给他们各人找了一份事做。

金贝贝、金阳阳、金亮亮三位，书念不进去，活儿也干不好，三天两头便失业。因此又得在务工市场找活儿，让祁少男没少费心神。

害喜就不同了，她在陈仓大学的学生食堂里，干得顺风顺水，深受食堂师傅们的喜欢。起初时候，她像祁少男一样，只是做些洗洗刷刷的事情，时间一长，她就还切菜掌勺，做起大师傅来了……害喜在学生食堂做着事，得空的时候，就在祁少男的帮助下，学习一些文化知识。害喜发现陈仓大学的图书馆，是祁少男的最爱，他没有一个晚上不钻图书馆，钻进去不熬到半夜不出来。害喜看在眼里，怕他饿着了，怕他渴着了，就常到图书馆给他送吃送喝，送来了又怕打扰了他，便不多停，而他却不让她急着走，要她坐在他的身边，与他一起夜读……害喜在这样的环境下，跟着祁少男，读了不少图书，《红楼梦》《西游记》《聊斋志异》等好读好看的图书，害喜就全认真地读过了。害喜幻想她能与祁少男在陈仓大学的图书馆，再多读些图书的，然而不能了，祁少男完成了他的大学学业，以优异的成绩毕业了。毕业了的祁少男本来有他去的好单位哩，他参加公务员考试，顺顺利利地考到了陈仓市的一家大机关，可他报到了后，却没在机关怎么待，就响应组织上号召，自愿报名去了西藏少数民族地区，担当起了一名支教老师。祁少男把他的想法说给了害喜，害喜没说支持他，也没说反对，只说你自己的事情，自己拿主意。祁少男听着，以为害喜是支持他的，就义无反顾地按照自己的意愿，坚决地去了西藏，在那里一个十分偏远的小学，做了个娃娃头儿。

临行前的那个晚上，祁少男回到陈仓大学里来，与害喜约在一起，在陈仓大学的校园里散步。

他俩起先散步的时候，满天还是一片灿烂的夕阳，校园被夕阳照射得红彤彤的，他俩你一句我一句地说着话，慢慢地送走了夕阳，迎来了一轮圆月，他俩在圆月下的校园里继续散着步，散得偌大的校园不见了一个

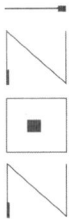

人影，他俩依然没有停步，最后就散进了校园里一处背人的花丛，祁少男把害喜抱
住了，很自然地，害喜也把祁少男抱住了……他俩相拥相抱的花丛，黄色的、红色
的、白色的，全都是应季而发的菊花。他俩拥抱着，眼与眼对在了一起，嘴与嘴对
在了一起，两人突然地膝盖一软，双双便拥抱着倒在了菊花丛里，把他俩不分你我
的拥抱抱成了一个人。

祁少男呢喃着给害喜说，我去西藏支教，我做民办教师的老父亲，是会很开心
的呢。

害喜依然呢喃着说，四时八节，我不会忘记给祁老师烧纸焚香。

六

理想的丰满，与现实的残忍太不协调了。

支教在西藏的祁少男，是要让他"民办"了一生的教师父亲开心高兴的，但却
没有能够。一场感冒引起的肺气肿，居然毫不讲理地夺去了他的生命。

获得这个噩耗前，害喜天天盼，夜夜盼，她盼望支教回来的祁少男，能够如
他俩在陈仓大学激情时说的，登记领证结婚……在这样一种幸福的期盼中，他俩激
情时播种在害喜肚子里爱的种子，生根发芽，没出三个月，即已搅扰得害喜寝食难
安，她觉得自己总是想要呕吐……女孩子的天性告诉她，她是把祁少男的娃娃怀
上了！

感知到了这一点，害喜一则喜，一则忧。她欢喜自己怀上了祁少男的娃娃，忧
的是祁少男不在她的身边，她该怎么对待怀在她肚子里的娃娃？

煎熬复煎熬，忧愁复忧愁，煎熬忧愁了一些时日，害喜很想把这个他俩造成的
结果，告诉祁少男，让他拿主意的。有好几次，害喜写了信，想用书信的方式给祁
少男说，结果写出一封信，没有邮寄就被她撕碎了；她还想用电话给祁少男说，可
是电话拨打过去，与祁少男通起话来，她却怎么都说不出来……害喜又苦熬苦受了
一段时间，到她几乎要向别人暴露她的身孕时，便自作主张，找到一家私人办的妇
科诊所，躺在一张专用手术床上，把她与祁少男激情播种在她心上的种子，忍痛刀
刮了下来！

害喜忍痛刀刮她与祁少男种子的时候，与祁少男亡命的时候，几乎就在同一个
时间段里。

组织上心伤亡命在西藏支教一线的祁少男，无论怎么花费，都在所不惜，最后把祁少男的遗体搬运回了凤栖镇。害喜撵回凤栖镇给祁少男送葬，她没有明着说，但却以祁少男女人的姿态，与凤栖镇上的人安葬祁少男了……祁少男在凤栖镇已经没有了亲人，害喜自觉她就是他的亲人，给祁少男戴孝，给祁少男烧纸，给祁少男祭酒，一切亲人要做的祭祀仪轨，害喜一样不少地都给祁少男做了。

悲悲戚戚的一场丧事做罢后，凤栖镇上的人都回家去了，祁少男的新坟前，就只剩下一个害喜，还坐在坟头前没有走。

害喜把眼泪已经流淌没了，她干坐着，伸手抓起一把身边的土，揉碎了往祁少男的坟头上抛……这时的害喜后悔死了！祁少男应该有他一个孩子的，而且扎扎实实地播种在了她的肚子，却被她自作主张，残忍地刀刮掉了。千不该万不该，不该把祁少男的种子刀刮掉的呀！如果没有被她刀刮掉，祁少男的种子在她的肚子里成长着，她生养下来，也是对祁少男的一种继承哩！然而她把他们激情时播种下来的种子，就那么刀刮掉了。

害喜后悔啊！她把自己后悔得恨不能掀开祁少男的坟墓，钻进去与他再激情一场。

不断向祁少男的坟头抛撒碎土的害喜，想她对祁少男是犯下不可饶恕的罪过了，别说祁少男在另一个世界能不能原谅她，便是她自己，此生也是不能原谅她了。

泪水在害喜惨白的脸面上凝结着，凝结成一道一道沟渠。

七

还回她在陈仓大学的学生食堂里去吗？害喜纠结不已。

纠结着的害喜，在凤栖镇多待了一些时日，是她不争气的弟弟金亮亮，跑回凤栖镇来，搬她回到陈仓城里的……带去陈仓城里的老二金贝贝、老三金阳阳、老四金亮亮，可不是省油的灯，他们在陈仓城里打工，既吃不了苦，又受不了累，挣下的钱没有他们花销的多，他们口袋里没有钱了，就结伙到陈仓大学里来，找他们的姐姐害喜伸手……在学生食堂做事的害喜，没有用多长时间，就成了学生食堂掌勺烧菜煮饭的骨干，她把自

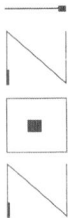

己的手管得非常紧，不是万不得已，她绝对不花一分钱。弟弟们找她来了，她倒是对他们很大方，管他们吃好，管他们穿好，她是把他们惯着了。

惯着就惯着吧，谁让他们是她的弟弟呢。

金亮亮这次回凤栖镇来搬害喜，不同以往，只是为了找姐姐吃喝，找姐姐穿戴，比他大点儿的金贝贝、金阳阳，在陈仓城犯下事情了。他们不听金亮亮的话，仗着他们青春年少，有点看得过去的相貌，做起了不怎么上台面的事，在一家颇为豪华的夜总会里，伺候那些有钱的女人，被公安机关突然出击，抓了现行，关进了拘留所，要他们的亲人拿钱来赎。在陈仓城里的金亮亮没有办法，就火烧火燎地跑回凤栖镇，也不给他们的父亲、母亲说，只是偎在姐姐害喜的身边，要害喜想办法了。

害喜是有些积蓄的，她没有推辞，立即去了陈仓城，把她的积蓄全部拿出来，去到拘留所，把她的弟弟金贝贝、金阳阳赎出来，没敢让他们继续在陈仓城里混，像她带着他们来陈仓城一样，又把他们带回了凤栖镇。

回到凤栖镇来的害喜，是还能够再回陈仓大学里去，在学生食堂做她的事情的。可是她的养父、养母，鼓动起她的弟弟们，死活不让她去了，坚决地把她留在了家里。养父、养母的理由很简单，他们说了，说他们是老了，四个不懂事的东西，他们是管不住了，需要她这个姐姐来管了。金宝宝、金贝贝、金阳阳、金亮亮跟着他们的父母亲起着哄，说他们离不开姐姐，一旦离开，他们就不知道怎么做人了。

害喜能怎么办呢？她只有留在家里，继续那种不咸不淡的日子。

然而有一件事，她倒是方便来做，那就是赶在四时八节的日子，去到她心头上的祁少男坟墓前去，给他和他的老父亲祁民办烧纸上香了……害喜把这件事做得严谨认真，一丝不苟，而且又还光明正大。对于此，养父、养母也都没话可说，甚至夸她有心，是个真性情的好女子。

然而就在害喜赶在那年的农历十月一日，给祁少男和他老父亲祁民办置办了一切过冬的纸钱、纸衣、纸被褥，拿到他们父子的坟头上烧了后回到家里，养父、养母给害喜说了这样一句话。

养父说，你不小了，是该嫁人了呢。

养母说，四个弟弟也不小了，是也该娶媳妇了。

是个什么意思呢？害喜愣愣地看向她的养父、养母。养父、养母进一步给她说了。

养父说，你知道的，在咱乡下，有女倒是不愁嫁，而给小子儿娶媳妇就难了。

养母说，四个弟弟，怎么办呢？能像镇子上的小伙儿一样，让他们都打光棍吗？

养父说，咱们家情况……你早就知道了吧。

养母说，迁就一下好吗？你比你大弟宝宝长三岁，女大三，抱金砖，我和你爸做主，就给你俩成个亲。

五雷轰顶……听着养父、养母的话，害喜抱头窜进她的住房里，就是一场昏天暗地的哭。

害喜哭着的时候，大弟金宝宝没有来找她，而是她的二弟金贝贝、三弟金阳阳、四弟金亮亮，轮换着到她住房里来，来了也不说话，就是陪着她也哭……他们兄弟的哭，把害喜的心慢慢地哭软了。软了心肠的害喜在想，想现在的乡下，确如养父、养母说的，给小子儿娶房媳妇，没有百八十万的钱财，的确是不成的。她看得见，也听得到，如今流行在乡下的婚姻状态，钻石的项链、钻石的手链、钻石的戒指、钻石的耳环等贵重首饰，是绝对不能少了的，还要在县城购买一套商品房，添置一辆小汽车，七七八八的，别人家难以做到，他们家更是无法做到。

想得通，想不通，害喜眼一闭，穿上一身喜庆的衣裳，就和她的大弟金宝宝圆了房。

然而圆房后的害喜，每晚与金宝宝睡在一盘炕上，却不让金宝宝近她的身子。害喜看着金宝宝，就会想起她爱着的祁少男。金宝宝如果是祁少男就好了，但他不是，他就只是与她青梅竹马长在一起的姐弟，他们的血不亲，但他们人还是很亲很亲的呢！

时间在一天天走，养父、养母看出问题来了。

养父、养母问了金宝宝，知道他与害喜圆房以来，从来没有做过夫妻间的事情。因此，一场叫害喜想象不到的事情发生了。二弟金贝贝、三弟金阳阳、四弟金亮亮，在养父、养母问过金宝宝后的那天夜里，集体闯进

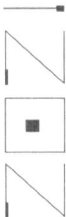

她与金宝宝的婚房，拉住她，不由分说地帮助金宝宝脱光了她的衣裤，亮晃晃把她摆在炕头上，唆使他们的哥哥金宝宝，爬上了她的身子。

爬过了害喜的身子，养父、养母就等着害喜的肚子大起来，可是一年过去了，不见害喜的肚子大，又一年过去了，还不见害喜的肚子大，金宝宝就问害喜了。

金宝宝问，你叫害喜，可你怎么就不害喜呢？

害喜没有正面回答金宝宝，她转着圈子说了他一句，你问你自己好了。

金宝宝要拉害喜去医院检查，害喜没有去，只说你去检查一下就好。金宝宝听话地去了一趟医院，他把自己检查了一下，检查的结果让他沮丧不堪，害喜所以不能害喜，问题都在他的身上。正因为此，一个可怕的问题，魔鬼似的纠缠住了金宝宝，他不明白，害喜没去医院检查，怎么就知道她没问题，而问题在他身上？

金宝宝不是个沉得住气的人，他把他的疑问写在了脸上，从此总以一种疑问的神情，去看害喜了。害喜不想金宝宝那么看她，她就坦率地给他说了。

害喜说，我能害喜，害过喜。

八

能害喜、害过喜的害喜，没有隐瞒她的过去，她把她与祁少男的那一场激情告诉了金宝宝，金宝宝听了后，倒是没有难为害喜，而是把自己折磨上了。

金宝宝折磨自己的方法，是太吓人了。他也不躲害喜，就只当着害喜的面，揪扯自己的头发，一簇一簇的，带着头发根子上的血与肉，生生地被他揪扯下来，扔在脚底继续揪，继续扯。害喜本想拦一拦他的，可她往他身边走去时，他会瞪眼狠狠地盯她。他不让她拦他，没有多少日子，金宝宝把他满头的黑发，都快揪扯光了呢！他折磨着自己，最后居然当着害喜的面，把他收在裤头里的家伙掏出来，担在炕边上，拿来害喜使唤着的一根针，在他的家伙上扎，一扎一个血珠子，一扎一个血珠子……害喜不敢看他，他就那么残忍地折磨着自己，折磨着搬出了他俩的婚房。

害喜的炕头上现在又成了她一个人。

她一个人倒是落得一个清闲，可是她的养父、养母不想让她清闲。他俩找她说话了，说是金宝宝没有那个能力，那是他的问题，老爸、老妈不怪你，怪只怪他金宝宝没有做爹当爸的本事。可是你好着哩，有害喜的本事，老爸、老妈可是要谢承你哩！谢承你当年给老爸、老妈带来了两对儿子，现在可又得谢承你、指望你哩。金宝宝的身后不是还有三个弟弟吗！我们两个老人就不相信，他的三个弟弟会像他哥一样，也不成器？好了，好了，你听我们两个老人的话，晚上就让金贝贝来陪你吧。

养父、养母到了晚上，还真就把金贝贝送进了害喜的婚房里。

姐弟一场，二十多年了，血不亲呢。金贝贝来到害喜的房间，害喜倒是正正常常的姐姐样子，而把金贝贝拘束得恨不能有个老鼠洞让他钻进去……害羞得不知所措的金贝贝，站在害喜的炕脚底，转一个圈子，又一个圈子，害喜拍了拍炕沿，他才怯怯地坐了上去，害喜拉了一下他的手，他才更进一步地上了炕，然而也就到此为止，没有再做什么，长长的一个晚上，鸡娃子喔喔喔喔叫了一更，鸡娃子喔喔喔喔叫了二更……鸡娃子喔喔喔喔叫了五更，害喜睡在被窝里，金贝贝也睡在被窝里，他俩睡得特别安生，直到窗口射进一束亮亮的太阳光，金贝贝从被窝里爬了起来。

爬起来的金贝贝说，你是姐姐，我是弟弟。

金贝贝说，咱们小的时候，就常这么睡在一盘炕上。

金贝贝这么说了后，就从炕头上下到炕脚底，穿上鞋子……金贝贝的鞋子是一双新鞋，衣裳也是一套新衣裳，他穿好新鞋新衣裳，这就拉开姐姐的房门，走到院子里去了。两位老人在院子里迎着他，而他眼里似乎没有两位老人，直愣愣从两位老人身边走过去，走进他与几位兄弟同住的房子里，换下他身上的新鞋新衣裳，再穿上他穿惯了的旧鞋旧衣裳。这身旧鞋旧衣裳，把拘束了一个晚上的他，解救了过来，他是又如平时一样自然起来了。自然起来的他，还像他平时一样，扛起一把锄头，从家里走出去，走去了他们家的责任田。

两位老人不用问，就已明白了一切。但他俩没有气馁，金贝贝碍于姐弟之间的面子，他俩还有金阳阳、金亮亮哩。

同样的戏码，在两位老人的导演下，又在害喜的房子里上演了两次……两次戏码演出得与头一次没有什么两样，金阳阳那个样子，金亮亮也是那个样子，他们钻进姐姐害喜的房子里，想到的是姐姐对他们的好，他们熟悉的姐姐，从来都让着他们，不使他们吃亏，而他们又怎么能使姐

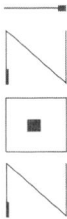

姐受罪吃亏呢？金阳阳与金亮亮那么想着，虽然还像二哥金贝贝一样，钻了姐姐的房子，上了姐姐的炕头，依然像二哥金贝贝一样，没有动他们的姐姐一指头。

没动姐姐害喜一指头的金阳阳、金亮亮，却没像二哥金贝贝那么，傻傻地一句话不说，陪姐姐睡了一晚上，他俩给姐姐说话了。

金阳阳说，都是老人的馊主意。

金亮亮说，真不明白老人是咋想的。

金阳阳说，乡下人娶不起媳妇就娶不起吧，没有媳妇就不活人了！

金亮亮说，我宁愿打一辈子光棍，也不能对不起姐姐你呀！

两位老人的目的无法达到，他们性情为之大变。先前的时候，因为他们觉得这么做对于害喜，的确不怎么体面，是怀有一些愧疚的，因此对害喜比往日的时候，在语言上、行动上好了许多。而他们的目的无法达到，便不想他俩的做法有什么问题，而是把一切责任全都推给了害喜，以为是她在作怪，这就给她没有了好脸子看，并且还又话里带话地讽刺她，诅咒她，说她能够给人家怀胎害娃，就不能给自己人怀胎害娃了。

养父、养母的话太伤害喜的心了。

害喜因此总要想起祁少男，她是给他怀过胎害过喜的，她愿意给他怀胎害喜，鲜鲜活活的一个人，把他自己的命奉献给了高原，他人不在了，她想他，想得她的肝肺疼，特别是在养父、养母把她与金宝宝圆了房后，以及后来又与金贝贝、金阳阳、金亮亮同居一屋时，她心里想的就只是祁少男……现在，养父、养母不把金贝贝、金阳阳、金亮亮往她房子里塞了，他俩用恶言恶语伤害她，她就更想祁少男了。

九

时间就这么让人厌烦地走着，走着就走进了冬季，走得天阴了起来，并还飘飘洒洒地落起雪来。

就在这个落雪的日子，养父、养母不再恶言恶语地骂害喜了。他俩闭上嘴不骂害喜，却躺在烧得热烫烫的炕头上绝起了食，一天不吃不喝，两天不吃不喝，三天不吃不喝……他俩不说啥，但害喜心里明白，他俩是用这样的方式逼迫她呢。他俩爱逼迫就逼迫吧，害喜不着急，她用心做饭给他俩吃，用心烧茶给他俩喝，她天天这么做，做到了第四天晚饭后，她把做给两人的吃喝端给他俩，就从家里走了出来。

外面的雪还在落，害喜走在漫天的雪花里，她走出家门，走过了凤栖镇的镇街，走向了镇街外的田野上。

害喜一直地走，她轻车熟路地走进了埋着祁少男的坟地里，走到了他的坟头前，站定了脚跟，然后弯下腰，在祁少男的坟头一边，用手刨着落在坟头上的雪，刨着露出雪下的一绺泥土，她没有因此而停止挖刨，继续地挖刨着，用她的双手在泥土上又挖刨出一道深壑来，然后平着躺了进去，闭上眼睛，任凭飘落的雪花，一层一层地往她身上落，不一会儿的工夫，她就被雪花盖住了身子。

害喜不觉得雪花的冷，倒觉出了雪花的暖。她在这个时候，突然想起与祁少男在陈仓大学阅读《红楼梦》时的情景，她念叨起了其中的一句话。

那句话是：好一似食尽鸟投林，白茫茫一片大地真干净。

原载《长城》2021年第4期

点评/

　　这是一个关于生育与知识的故事。这更是一个关于永恒的真善美的故事。

　　在进化论与科学话语的观照下，凤栖镇、害喜的养父母，乃至害喜自己都是不那么"进步"的典型代表。养父母重男轻女，甚至后续让害喜与大弟弟结婚，在得知大弟弟金宝宝不能让害喜成功"害喜"后，将三个弟弟陆续赶进害喜的房间。养父母将害喜抱到这个家来，就是为了"招弟""引弟"。害喜从小也一直照顾弟弟们，直到进城打工，都带着三个弟弟，甚至最后还要为这个家继续害喜。如果说生育这条线索是显在的结构脉络的话，那么知识就是潜藏背后的隐性结构。民办教师祁老师启发了害喜该上学了的念头，在她心中种下了关于知识的种子。祁老师的儿子祁少男，更从始至终扮演着类似"启蒙者"的角色，"也应该去外面看看"的召唤，吸引着害喜走出封闭环

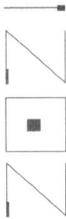

境。害喜从小就对祁少男有不一样的情感，祁少男与众不同的特质，吸引着害喜，而这种"特立独行"或许正是会读书、有知识的祁少男不同于镇上其他同龄孩子的外化表现。但祁老师与祁少男都相继突然离世，这个故事中关于知识的符号相继离场，这也表明了作者并非想要讲述一个关于"现代性"的故事。而是尝试着超越线性时间，以图召唤永恒的真、善、美。无论在何种境遇下，外在的环境如何变化，害喜似乎始终没有任何反抗与怨言。无论是养父母从小的偏心，是长大后依然一如既往"供养"四个弟弟，是最后被迫嫁给金宝宝，还是养父母令人发指地将三个弟弟陆续赶上害喜的床，想让她完成生育，害喜都没有反抗，不仅如此，她甚至没有动过反抗的心思。幸好三个弟弟还有一丝暖。但她也会觉得"冷"，跪在祁少男坟前念叨"好一似食尽鸟投林，白茫茫一片大地真干净。"

（朱旭）

地铁上

付秀莹

一大早，梧桐出门赶地铁上班。他们家离地铁站挺近。以梧桐的速度，大概不过走上七八分钟吧。在北京，交通便利顶重要。当初她买房子的时候，就是看中了这一点。

这个季节，马路两边的槐树都开花了。槐花的香气很特别，有一种微微的甜腥，<u>丝丝缕缕</u>，直往人的肺腑里钻。那家老魏羊汤门口，早点摊子早已经摆出来了。油条豆浆，烧饼羊汤，包子小米粥。老板娘有三十多岁吧，胖胖的，戴着白帽子，系着白围裙，人长得干干净净，叫人觉得放心。梧桐买了油条豆浆，装在袋子里拎着，往地铁站赶。今天有点晚了，她可不想看头儿的脸色。

地铁口附近，停着一大片共享单车，挤挤挨挨的，几乎把味多美的门口给堵住了。有的单车倒在地上，像多米诺骨牌似的倒了一片，朝着一个方向，好像是被一阵风吹倒的。人们来来往往匆匆走过，看都不看它们一眼。

地铁里人很多。据说五号线是北京最拥挤的线路，它贯穿城市南北，最北边是号称亚洲最大社区的天通苑，已经属于昌平了。这一站在北五环边上，客流量巨大，尤其是早晚高峰时段。刚才的那趟车没有挤上去，梧桐只好等下一趟。又等了一趟，还是没有挤上去。

这一段地铁在地面以上，从天通苑，一直到惠新西街北口，再往南，就钻入地下，成了真正的地铁。巨大的弧形顶棚覆盖在头顶，太阳透过穹顶照下来，把偌大的站台烤得闷热潮湿，叫人窒息。这种露天站台不像地下的，有空调制冷，凉爽舒适。不断有乘客的脑袋从自动扶梯口升上来，

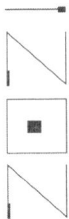

升上来，潮水似的，一个浪头接着一个浪头。车厢口的队伍越排越长，歪歪扭扭，有的还拐了弯，看上去乱哄哄一片。对面的列车轰隆隆开过来，停靠，门开启，一批人上去，一批人下来。站台内回荡着乘务员高亢的声音：请自觉排队，先下后上——一遍又一遍，机械而娴熟。梧桐感觉汗水顺着脊背流下来，雪纺衬衣被濡湿了，贴在身上，痒索索地难受。她疑心自己的妆也花了，借着手机屏幕照一照。还好。

直到第四趟车过来，梧桐才被强大的人流推动着，稀里糊涂挤上去。车厢里人挨人，她个头小，被两个高个子夹峙在中间，动弹不得。她把包紧紧抱在胸前，感觉站立不稳，后悔怎么就穿了高跟鞋呢，找罪受。后头是一个健壮的中年女人，印花连衣裙上，开满了蓝色粉色的花朵，浑身上下散发着浓烈的香水味，混合着车厢里的汗味脂粉味大葱味花露水味，叫人头疼。前头是一个男人，牛仔裤白衬衣，背对着人群，看上去像一个大学生。梧桐试图把身子转过来，往旁边挪一挪，却听见那印花裙子哎呀一声尖叫起来。梧桐刚要说对不起，却发现那裙子旁边的一个棒球帽说，不好意思不好意思不好意思。一连好几个不好意思。那印花裙子瞪了棒球帽一眼，没有说话，自顾打开手机，埋头刷起来。经过一阵骚乱，人们慢慢找到属于自己的位置。车厢里很安静，也很凉爽。空调制冷的声音嗡嗡响着，听起来一点都不叫人烦躁，倒有几分悦耳动听。窗外，夏日的绿荫大片大片闪过，夹杂着锦绣一般盛开的鲜花。六月阳光下的北京城，显得明亮耀眼，散发着勃勃生机。

梧桐喜欢这段地上地铁。老实说，她喜欢火车，喜欢窗外短暂的一掠而过的世界，世界的片段，像断章，又像是漫不经心的咏叹。坐在火车上，可以看风景，也可以发呆，什么都可以想，什么都可以不想。铁轨向远方不断延展延展，直到消失在地平线神秘的遥远的阴影中。过往的生活被毫不留情地抛弃，而无限的可能正隐藏在无尽的远方。她喜欢这种在路上的感觉，一种，怎么说，一种不确定的确定，已知中隐藏着未知。梧桐心里笑了一下。她是在笑自己。都三十多岁的人了，居然还有这么多乱七八糟的想法。

忽然有人叫她的名字，竟然是白衬衣。白衬衣说，怎么，不认识我了？梧桐惊叫一声，张强！张强笑得眼睛亮亮的，可能是因为兴奋，脸颊通红。旁边那印花裙子不耐烦地看了他们一眼，嫌他们声音大。梧桐抿着嘴儿笑，压低声音，你也住这边？怎么咱们以前没碰上过啊？张强说，是啊，我还纳闷呢。张强说刚毕业的时候我在方庄那边住，搬过来好几年了。梧桐说，是吗？张强说自从那次吃饭以后，就再没聚过了。梧桐说，都十年了吧？张强说，差不多。

窗外，夏天的北京绿烟弥漫，好像是哪个莽撞的画家，不小心打翻了他的绿油彩，深深浅浅大大小小的色块恣意流淌着渲染着，把这个钢筋水泥的城市弄得蓬勃而柔软，湿润而富有诗的情味。张强看上去变化挺大，人胖了些，脸上学生时代的棱角都不见了，变得圆润，中年人的圆润。下巴刮得青青的，一直蔓延到铁青的两颊，叫人惊讶怎么会那么一大片。眼镜不见了，不知道是不是戴了隐形。看起来，他的状态还算不错。干净的衣着，随意却得体。头发依然乌黑发亮，夹杂着少许的银丝，倒平添了一种成熟的稳重的气质。张强说，老啦。梧桐说，你没怎么变。张强说，你倒是没变化，刚才我一眼就认出来了。梧桐说，真快啊，一晃都十年了。张强说，一眨眼的事儿。梧桐说，我还记得上回吃饭，大家都喝高了。你酒量挺不错。张强说，你也喝多了，哭了好大一场。梧桐说我怎么不记得了。脸上有些发烧。张强说，你忘了？那一回，你一个人喝了一打啤酒，把我们都给镇了。大勋不让你喝，你非要喝，谁都拦不住。大勋。梧桐心里跳了一下。张强说，后来，大勋说，干脆他陪你一起喝，你一瓶他一瓶，那阵势！大勋。梧桐心想，这名字怎么觉得这么陌生呢。张强说，结果，你们俩都喝高了，互相对着脸儿哭。张强说，哭得那个痛哇。把服务生都招来了，以为出了什么事儿。张强说，你不记得了？梧桐却忽然指着窗外，你看，喜鹊！一只喜鹊好像是受了什么惊吓，扑棱棱飞起来。窗外的林木渐渐变得茂盛幽深，好像是一个什么庄园。园子挺大，一眼看去，只见草木葳蕤，遮天蔽日，叫人心里顿生凉意。

又一个站台到了。车厢里小小地骚乱了一阵子，有人下车，有人上车，更多的人依然留在车上。车门关闭，继续行驶。车厢里又渐渐安静下来。梧桐往边上挪了挪，正好跟张强并肩站着，脸朝着窗外。光线明暗交错，混杂着乱七八糟的阴影和光斑，在张强脸上变幻不定。窗玻璃上映出他们的影子，一时清晰，一时模糊。头顶的通风口呼呼呼呼吹出一股股气流，把梧桐的头发弄得有点凌乱。张强说，那什么，你还在学校？梧桐说，对，教书。你呢？张强说，我啊，我这故事就长了。A Long Story。

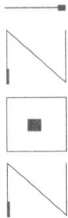

梧桐说，是不是？张强说，我都换了好几个地儿了。惊讶吧？梧桐说，有点儿。张强说，当初能留校，多少人羡慕啊。本来都打算好了，边工作，边读研，再读博。这年头儿，在高校，博士是必要条件。梧桐说，要想搞业务，肯定是。张强说，后来，研也考了，可我还是换了工作。梧桐说，不懂。张强说，我考了公务员。当时倒也没抱着多大希望，没想到，居然考上了。梧桐说，厉害啊。张强说，公务员，你知道的，按部就班，做一颗螺丝钉，转啊转，转一辈子。梧桐说，稳定啊。张强说，我痛恨这种稳定。梧桐说，所以呢？张强说，我辞了职，到一家国企，干宣传。梧桐说，国企？张强说，待遇不错，国企嘛。就是那几年，我买了房子，按揭。梧桐说，不错嘛。张强说，天天写材料，那一套话语体系，刚开始挺新鲜，后来，唉，没劲。梧桐说，不会吧，难道你又？张强说，最近，我忽然对艺术有了兴趣。具体一点，就是画画。张强说，你知道，当年读大学的时候，我参加过他们的艺术社团。梧桐说，一点儿印象都没有了。张强笑笑，好像是原谅了她的健忘。你知道吗，画画是需要天分的。不只是画画，一切艺术，天分是最关键的。有的人就是天分好，悟性高，老天爷赏饭吃，你怎么办？没办法。梧桐说，那么，你现在是，画家？张强说，准确地说，曾经是。

　　惠新西街北口到了。车门打开，一批人下去，另外一批人上来。因为是换乘车站，车厢里的秩序有点混乱。车厢门口有志愿者在维持秩序，耐心引导乘客，这边走，那边走。有个盲人，戴着墨镜，拄着一根拐杖，嗒嗒嗒嗒上车。志愿者小声提醒他注意脚下，想要搀扶，却被盲人客气而坚决地拒绝了。车厢里人们霎时间安静下来。有个女孩子站起来让座，那盲人却不肯，点头说谢谢。那女孩子一时间有点尴尬。又有人站起来，引导着他，在供人停靠的地方站住。那盲人立定，戴着墨镜的脸入神地对着窗外。梧桐看着他那神秘的墨镜，心想这上班高峰，乘地铁够危险的。张强忽然小声说，说不定这个人根本就不是什么盲人。梧桐啊了一声。张强的声音更低了，他看得见。梧桐说，你怎么知道？张强说，我只是说出了我的猜测，生活的一种可能性。梧桐说，可能性？张强说，比方说，你。梧桐说，我？张强说，对。你。你看来还不错，其实——梧桐忽然紧张起来。其实什么？张强说，其实你并不是你看起来的样子，我是说，也许，你并没有你看起来那么，那么幸福。梧桐说，你什么意思？张强说，别生气啊，实话就是不中听。梧桐说，你从哪里看出我不幸福？你凭什么妄自揣测别人的生活？车厢里忽然变得特别安静，一点声响都没有。人们惊讶地朝这边看过来。张强小声说，你看你，那么大嗓门。梧桐尴尬得不行，对不起，我刚才，我也不知道自己怎么了。两个人一时无话。

窗玻璃上映出车厢里人们的脸，重重叠叠的，显得有点怪异。有的人脸上长出了树木，有的人眼睛里忽然冒出一座高楼，有的人下巴颏儿上打上了几个大字：中国银行。车里的脸和窗外的城市交错混杂在一起，有一种魔幻般的不真实。张强松松垮垮站着，一条腿稍息，有点吊儿郎当。三十多岁的人了，身材保持得还不错。牛仔裤紧绷绷地勾勒出一双长腿来，衬衣是棉布的，圆角下摆，细细碎碎的褶皱，有一种皱巴巴的高级感。手上没有戒指。梧桐猜测着他的婚姻状态。仿佛是听到了梧桐心里的疑问，张强说，我离婚了。好几年前的事儿了。梧桐哦了一声，不知道该怎么接话。张强说，你肯定是在想，这时候是该安慰呢，还是该祝贺呢。梧桐说，那么我是该安慰你呢还是该——祝贺你呢？窗子上映出后面谁的一副眼镜，却跟一个女人猩红的嘴巴重叠在一起，仿佛是电影里的蒙太奇镜头。张强笑了一下，露出一口不太整齐的牙齿。都过去了。他说。看着窗外的城市不断向后退去退去退去。你认识的。就是小蔡。梧桐想起来了。小蔡是外文系的，瘦瘦高高，有点弱不禁风。有人背后说她挺厉害的，别看那么瘦。身边男孩子一直不断，还老有社会上的人过来，为了她打架滋事。张强那时候一点儿都不起眼。乡下出身，穿衣打扮也土，说话一着急就结巴。成绩嘛，倒挺优秀，出了名的学霸。可大学里，谁还光看你的学习成绩，尤其是姑娘们。张强说，我爱她。张强看着窗外，好像那里就站着他的小蔡。我整整追了她两年。张强摸了摸衣兜，大概是想抽烟。他把一根烟抽出来，凑到鼻子下面闻了闻，又放回去。有时候，我想，这大概就是命运吧。梧桐看着他。她不知道他曾经遭遇过什么样的命运。命运这东西，有时候我们相信它。有时候我们反抗它。命运到底是什么样子的呢？一个小孩子忽然哭起来，肆无忌惮的，是忽然爆发的那种。做妈妈的哄不住他，只好任他哭。张强说，做个孩子真好啊。大人太累了。想哭的时候装着笑，想笑的时候还得忍住，不能任性。梧桐心想，您还不够任性？张强忽然问，对了，你有孩子吗？抱歉，其实我应该先问，

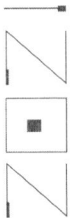

你结婚了吧？梧桐被他逗笑了。说，你猜？

过了惠新西街南口，地铁由地上转入地下。车厢里忽然暗下来。几乎是报站的同时，灯被调亮了。灯光仿佛星光，在幽暗的地下粲然绽放。车厢里亮如白昼。窗外，是大片大片的黑暗。不时有巨大的广告招牌闪过，色彩明亮。化妆品，汽车，包包，高端别墅，私人订制服装，光华照人，充满了浓郁的奢华的物质的气息。列车仿佛一头巨大的野兽，在城市的腹部轰然穿过，呼啸着，挟带着凛冽的浩荡的风声。车轮碾压过铁轨，发出有节奏的撞击声，从地下传到地面，传到城市的各个角落。写字楼，商场，游乐园，各种不同档次的居民区。张强换了一种姿势，靠着车厢门口那根栏杆。栏杆上面写着一行字：危险！禁止倚靠。梧桐想提醒他，张了张口，却说，后来呢。我是说，小蔡。张强说，离了。我们根本就不是同一类人。但我一点都不后悔。你信吗？梧桐不说话。张强说，生活的本质是什么呢？生活的本质就是，千差万错，来不及修改。梧桐说，是吗？张强说，这要是在年轻时候，我根本不服。梧桐看着他的脸，心里说，那么，现在呢？

雍和宫站到了。乘务员的播报声在车厢里回荡，好像是一块石头投进水里，一波一波荡漾开去，跟地铁里巨大的空洞的回声碰撞在一起，交织成一种辉煌的华丽的轰鸣。梧桐说，你去雍和宫许过愿吗，据说挺灵的。张强说，你也信这个？站台内的装修都是中国风，雕梁画栋，飞檐下挂着大红灯笼，朱红的柱子，回廊曲折。有一个金发碧眼的外国姑娘，靠着一根柱子打电话，忽然间，她放声大笑起来，毫无顾忌地露出一嘴粉色的牙龈。哭和笑，大约是人类最通用的语言了吧。不用解释，不用翻译，一听就懂。张强说，对了，你哪站下？梧桐说，我灯市口。你呢？张强说，我得终点站了。张强说你怎么不问问，我现在干吗呢。梧桐说，那，你现在干吗呢？张强就笑了。梧桐忽然发现，张强眼角的鱼尾纹挺细挺密，笑起来，好像是一把小扇子忽地打开。那些细细密密的纹路里，藏匿着什么呢。现在，我又回炉了。梧桐说，回炉？张强说，重新回到大学课堂，学管理。我准备自己创业，开公司。对面的一趟列车开过来，巨大的影子把窗玻璃整个覆盖，先是车头，然后是长长的车身，最后是车尾。当你感觉漫长的黑暗总也看不到头的时候，唰的一下，眼前一亮，列车已经错身而过了。梧桐说，你真，真行。张强说，你是想说，真能折腾吧。张强换了一条腿稍息着，一只手在窗子上漫无目的地画着。窗玻璃上是一幅北京地铁线路图，花花绿绿，弯弯曲曲，乍一看，好像是一张印象派油画。这么多年，你也变了。张强说，我记得，你是一个心直口快的姑娘。梧桐说，你就是说我直肠子呗。张强说，没什么不好。直来直去。老同学还藏着掖着，忒累。梧桐说，没错，我是觉得，你挺能折腾。张强的手指沿着图上的地铁线路缓慢地经过北京的大街小巷，好像是在辨识，又好像是在确认。有个女人打电话的声音忽然激动起来，你说什么？你再说一遍？你敢不敢再说一遍？梧桐说，其实我还挺羡慕你的。真心话。那个打电话的女人忽然哭起来，这么多年，我坚持了这么多年——哽哽咽咽的，泣不成声。张强叹口气，笑笑。车窗上，映出那个打电话的人的背影，是个短发女人，穿着剪裁得体的裙装，两个肩膀剧烈地耸动着，好像胸膛里埋藏着一个炸弹，随时都可能爆发。梧桐说，小蔡，她后来怎么样了？——我是不是挺八卦？张强说，有点儿。你怎么不问问大勋？梧桐不说话。窗外，大团大团的黑暗往后方退去，退去，叫人感到没来由的一阵阵窒息，好像是，那黑暗是有重量的，隔着窗子，都能对人造成强大的压迫。半晌，梧桐才说，都过去了，不是吗？梧桐说，好像是一场梦，你在梦里哭啊笑啊，跟真的一样，醒来却发现，什么都没有，不过是一场梦而已。张强说，幸亏还有梦。人这一辈子，要是连个梦都没有，也挺没意思的。那个打电话的短发女人还在哭泣，好像是已经挂了电话，不知道是对方挂了，还是她挂了。一侧的直直的短发垂下来，齐刷刷遮住她的半张脸。耳环一闪一闪，随着抽泣的节奏和列车节奏激烈晃动着，仿佛是另外一种诉说。张强说，有人通知你了吗，咱们班拉了个群，毕业十周年，说要搞一次聚会。梧桐说，回学校聚？张强说，还没定。梧桐说，很多人都没联系了。张强说，武建伟，你还记得吧？梧桐说，又高又壮，我们背后都叫他武二郎。张强的声音忽然低下来，他走了。梧桐说，走了？张强说，听说是车祸，好几年前的事了。车窗外，又一辆列车从对面呼啸而来，先是车头，然后是长长的长长的车身。好像是庞大的笨重的野兽，拖着巨大的影子，在地下横冲直撞。车厢里陷入长时间的黑暗，叫人难以忍受。梧桐想起来，她们宿舍那些女生，对高大的武二郎是有些暗暗的喜欢的。私下里，她们喊他二郎。二郎这个，二郎那个。二郎是篮球场上的明星人物，矫健的身影，敏捷的奔跑，凌厉的动作，汗水飞溅，热血奔腾，淡淡的荷

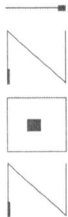

尔蒙的气味，草地上露珠滚动被女生们的尖叫声震碎了。梧桐忽然觉得胸口发紧。张强说，我也是刚知道的。这不是要聚了吗，大家才开始联系。张强说，有的人死活联系不上，你说怪不怪？大约是发觉自己这话说得不好，又找补说，我是说，现在通讯这么发达，世界就这么大。梧桐说，世界太辽阔。张强说，看怎么说。这不，坐个地铁都能偶遇。梧桐说，也是。张强说，李静一，小个子，洋娃娃似的，你还记得吗？梧桐说，她好像是南方人。张强说，她出国了。梧桐说，哦。张强说，还有欧阳老师，升官了，刚提了副校长。梧桐说，上学那会儿倒没看出来，一身书生意气。张强说，学术带头人，也是领域内大牛了。梧桐说，确实挺有才的，你记不记得他有个口头禅？张强说，开什么玩笑！两个人一齐笑起来。

这一站是张自忠路。上车的人很多，下车的人也很多。站台里，人群潮水一般，汹涌着朝着四面八方流去。新的人群又汹涌而至。早高峰时段，地铁好像是庞大的钢铁的怪兽，吞吐着呼啸着奔跑着，把人群送往他们各自的目的地。张强说，我是不是有点话痨？梧桐笑起来。我记得你以前话很少。张强说，一着急还有点结巴。梧桐说，现在都好了？张强说，诡异吧？我也觉得纳闷儿。说实话，我跟生人话也不多。我嘴笨。窗外，大幅广告牌一闪而过，跟大片的黑暗不断交替着。窗玻璃上，很多人的脸重叠在一起，消失，出现，消失，出现。梧桐说，我离了，刚又结了，就这个五一。张强说，是吗？其实，也正常。梧桐笑起来。张强说，你灯市口，是吧？梧桐说，还有两站，下站东四。张强说，还挺快。东四站到了。窗玻璃上出现了站台，柱子，人群，扶梯，乘务员穿着制服，笔直站立着。张强说，其实，我还在咱学校，搞行政。梧桐说，哦？张强说，我跟小蔡——我们也没有离婚。她的公司做得不错。我们，怎么说，我们刚换了大房子。张强停顿了一下，说，有空来玩吧。

灯市口马上就到了。乘务员的播报声响起来，是催促，也是提醒。车厢里又是一阵骚动。梧桐说，我下车了，祝你——一切都好。张强说，新婚快乐。

六月的北京城，阳光明亮。行道树巨大的树冠支撑起大片的绿荫，叫人觉出夏日的清新可爱。梧桐这才发现，早餐一直还在手里提着，塑料袋子内壁被水蒸气弄得湿漉漉的。她拿出油条豆浆，边走边吃。油条已经有点皮了，豆浆却不凉不热正好。一个学生从背后叫她，老师好！清脆稚嫩的声音，毛茸茸的，叫人心里痒酥酥地舒服。

她拿出手机看时间，忽然想起来，她跟张强还没有加微信。电话也没有。她喝着豆浆，看着阳光下的背着书包上学的学生们，叽叽喳喳，仰着新鲜的明亮的脸。灯市口这一带，种了很多槐树。蝉在树上热烈鸣叫着。梧桐第一次发现，蝉鸣声中有一种金属的质感，清脆刚烈。有槐花簌簌落下来，落在马路牙子上，落在行人的头上肩上。

上课预备铃响了。梧桐加快了脚步。

原载《芳草》2021年第3期

点评

读罢《地铁上》，霎时联想及王蒙的《春之声》。

或许，没有什么比地铁更能见证大都市的高速运转了，正如闷罐子车见证了那个"春天"的到来。车厢中，瞬时堆积了各色人等和世间百态，他们共同构成了社会和时代的完整映像。几十年前的《春之声》昭示着一个时代的新生，几十年后的《地铁上》见证了春来到后，时代赋予人的无限可能性。"生活的一种可能性。"一种一直在路上的感觉。

毫无疑问梧桐和张强的偶遇，随之引发老同学之间的对话，构成了小说的主体面貌。他们对于各自生活的诉说，对于老同学们的追忆，是生活之一种可能性。两个人构成了一个封闭的、确定的、凝滞的时空结构。而时刻穿插其间的，还有地铁内其他人的生活片段，还有地铁一站一站行进，地铁外五光十色的物质世界和绚丽多姿的自然景色，都无时无刻不将人从确定、封闭、凝滞中拉扯出来，面对开放的、不确定的、瞬息万变的整个世界。整个小说正是因着这种种的相对相生，甚至相反相生，生发意蕴深远之张力。

小说的最后出现大反转，得知梧桐离婚又再婚后，张强推翻了自己先前的所有关于自己生活、工作的讲述。可以理解为二人之间某些暧昧的涌动，但或许作者更想呈现的是生活的可能性。"怎么说，一种不确定的确定，已知中隐藏着未知。"这或许也正是这个看似浮躁的时代赋予人生的惊喜彩蛋。

（朱旭）

老婆上树/

/晓 苏

1

白露过后是霜降。没错，我清楚地记得，就在霜降那天下午，两点多钟的光景，一个戴发套的中年男人突然来到了我家门口这棵柿子树下。

当时，我和我老婆廖香正在树下吵架。中年男人是开着一辆半新不旧的红壳子轿车来的。下车的时候，他的发套不小心被车门刮掉了，直接掉在地上，像一个打翻的鸟窝。在发套掉下来的那一刻，我匆匆看了一眼他的脑袋，光溜溜的，好似一把葫芦瓢。中年男人觉得很不好意思，马上从地上把发套捡了起来，灰都没拍，赶紧又用它罩住了他那个有点难看的脑袋。

戴发套的中年男人一来，我和廖香立刻就停止了吵架。吵架毕竟不是一件光彩的事情，我们不能让一个外人看笑话。再说，这场架从上午十点多就开始吵了，至少吵了三个钟头，实在是不能再吵下去。说老实话，我也没力气吵了。廖香只顾着跟我吵架，连午饭也没空煮，我们早已饿得前胸贴后背了。我爹我妈单独开伙，虽说煮了饭，但看着我们挨饿，也没胃口吃。儿子这两天放月假，没去上学，也一直饿着肚子，一个人坐在门槛上不停地吐酸水。

我给中年男人上了一支烟。他接过去，一点燃便仰起头，双眼直直地看着柿子树。树顶上还剩下几百个柿子，估计有七八百个吧，都红透了，像谁在那里挂了一片红灯笼。这一回，中年男人倒是特别警惕，老早就用一只手托着后脑勺，以免发套再次脱落。

廖香尽管对我横眉竖眼，怒气未消，但在客人面前还是没忘礼节。她很快进屋端出了一杯茶水，双手递给了戴发套的中年男人。接茶杯的时候，中年男人嘴上说了一声谢谢，眼睛却没有离开柿子树，两颗黑黢黢的眼珠瞪得又圆又大，如同两枚牛黄上清丸。仰头看了一会儿柿子，中年男人的嘴巴不知不觉裂开了一条口，随即便流出来一股涎水。涎水悬挂在他的嘴唇上，长长的，亮亮的，仿佛一根泡过的粉条。中年男人可能感到不太雅观，便慌忙伸出一条舌头，麻利地把涎水舔进去了。他的舌头红得发紫，让我猛然想起了廖香前天给我刚做好的那双绣花鞋垫。

我想，戴发套的中年男人肯定是被树顶上的那些红柿子迷住了。廖香也看出了他的心思，眼睛顿时胀大了一圈。这个时候，廖香扭头看了我一下。不过，她的目光刚一碰到我的眼睛就躲开了，脸一下子变得通红。因为，我们这次吵架，正是由树顶上剩下的那些柿子引起的。

在油菜坡这个地方，差不多每家每户都有柿子树。要说起来，柿子其实并不稀奇。但是，别人家的那些柿子树，结的都是卵柿子，子多，瓤少；我家门口这棵柿子树，结的却是奶柿子，子少，瓤多。老垭镇有一家柿饼厂，每年一过白露，厂里的采购员就会骑着摩托车来村里收柿子。他们虽说什么柿子都收，价格却天差地别，卵柿子两块钱一斤，奶柿子一斤卖到四块，整整翻了一倍。这棵柿子树给我们家挣了不少钱。用廖香的话说，它简直就是一棵摇钱树。

可惜的是，我家这么好一树柿子，却没能都变成钱，少说也浪费了五分之一。要找原因的话，主要是这棵柿子树太大了，又粗又高，没有人能够爬上去。我们卖出去的那些柿子，都是站在板凳上用夹竿夹下来的。夹竿倒是很长，但再长也伸不到树顶。没办法，树顶上的那些柿子就只好留在上面喂鸟了。鸟们倒是高兴，总是一边吃柿子一边发出快活的叫声。廖香是个爱钱如命的人，每当看见鸟们在树顶上吃柿子，心里就难受得要死。她不止一次地跟我说，它们哪是在吃柿子？简直就是在啄我的心啊！有时候，她还会顺手从地上捡起一块石头，咬牙切齿地朝树顶上打去。

戴发套的中年男人到来的这天，上午九点钟的样子，镇上柿饼厂又来了一个采购员。他从摩托车上跳下来说，今年的奶柿子又涨价了，每斤涨到六块。那会儿，廖香正坐在柿子树下给我爹我妈洗衣裳。我爹我妈虽然单独开伙，但年纪大了，手脚僵硬，衣裳都是廖香给他们洗。一听说奶

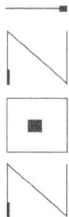

柿子涨了价，廖香顿时就坐不住了。她丢下衣裳，猛然从板凳上弹了起来，像一支点了火的冲天炮。廖香一起身就命令我说，你赶紧爬到树顶把那些柿子摘下来吧，一斤六块呢。采购员连忙拍手说，太好了，我正是冲着你们的这些柿子来的。

我却呆呆地站着没动，像一截枯死的树桩。从内心来说，我也想爬上树顶把那些柿子摘下来变成钱，但我不能爬，也不敢爬。我的体形不好，虽说肚子不大，但胳膊太短，压根儿抱不住柿子树。再说，我的胆子也小，朝树上看一眼都头晕，更别说爬上树顶了。

廖香见我没有动静，就气不打一处来。她愤愤地问我，你怎么愣着不动？我红着脸说，这树太大了，我不敢爬。廖香用鼻孔冷笑了一声，指着我的鼻子尖说，你一个大男人，连一棵树都不敢爬，真是连个女人都不如！

我听出了廖香在讽刺我。因为我晓得，她是敢上这棵柿子树的。廖香身材瘦高，四肢细长，胆子也大，小时候在娘家曾经爬到枇杷树上吃过枇杷。只是，在我们这一带，女人是不能上树的。哪个女人要是上了树，人们就会说她不懂规矩，还会骂她没教养。听我爹说，廖香当年上枇杷树被她爹看见了，气得她爹火冒三丈，当即从墙角抓起一根竹棍，将她从树上扑通一声打落下来，差点摔断了一条腿。从那以后，她再也不敢上树了。

廖香正对我感到失望，儿子做完作业从屋里出来了。廖香一看见儿子，两只眼睛豁然一亮。她指着柿子树问，儿子，你敢爬上去吗？儿子说，敢。廖香激动地说，儿子真行，像个男子汉！等你摘下柿子卖了钱，我给你买双肩包。儿子一听喜疯了，撒腿就跑到了柿子树下，接着就要往树上爬。

然而，我没让儿子上树。他正要爬的时候，我一个箭步冲上去将他捉住了。你不能上去！我黑着脸说。儿子扭过头来问我，为啥不让我上？我说，这树太粗太高，上去危险。这时，我爹我妈也来到了树下。他们听说儿子要上柿子树，脸都吓白了，赶紧把他拉进了屋里。

柿饼厂的采购员一直等着买柿子，等了一个多钟头，最后还是空手而归。当采购员骑上摩托车离开时，廖香的眼窝都被我气红了。我预感到，她十有八九要跟我大吵一架。果不其然，采购员刚走，廖香就冲我吵了起来。她龇牙咧嘴，手舞足蹈，声如破竹。开始，我和她对着吵。后来，我吵不动了，她便一个人吵，从上午一直吵到下午。如果不是有人来，真不晓得她要吵到什么时候。

戴发套的中年男人一直仰着头，盯着树顶上的柿子，看得眼都不眨。至少看了一刻钟，他才把头放下来，同时掏出一张名片递给我。直到这时，我才知道他从县城来，是县演讲协会的会长，名叫高声。

2

我老婆廖香只读过一年初中，不懂啥是演讲。高声解释说，演讲是一门艺术，又像讲话又像演戏，不光要有动听的声音，还要有优雅的手势。高声是个破嗓门儿，说话发噌，好像喉咙里有一窝马蜂。他一边说一边摇头晃脑，让人担心他的发套又掉下来。不过还好，他时刻用手护着，没让它掉。

廖香对演讲不感兴趣，听了一会儿便进了屋。高声倒是蛮上心的，一个劲儿地跟我说演讲的事，滔滔不绝。他告诉我，再过十天，市里将举办第四届演讲大赛，每个县都要派选手参加。在头三届大赛中，本县演讲协会都推荐了选手，可惜只得了两个三等奖和一个二等奖，始终与一等奖无缘。作为本县演讲协会的会长，高声最大的梦想就是在这一届大赛上夺得一等奖。他说，一等奖不仅荣誉高，而且奖金多，前几届发的都是一万块，这一届可能还要往上涨。

其实，我对演讲也毫不关心。高声说得眉飞色舞，我却无动于衷。我确实饿了，肚子里的蛔虫咕咕直叫，压根儿没劲儿说话。最主要的是，我心里一直在纳闷儿，不知道一个搞演讲的人突然跑到我家来干啥。

廖香进屋不久，我闻到了鸡蛋煮面条的气味，香喷喷的，好像还放了葱花。我扭头朝屋里看去，发现儿子已坐在门槛上吃面条了。看着儿子吃面条，我不禁吞了一口涎水。好在，我刚把涎水吞进喉咙，廖香也给我端来了一碗面条。

在我埋头吃面条时，廖香没折身进屋。她系上围裙，挽起衣袖，又坐到了柿子树下，接着洗上午没洗完的衣裳。那是我爹的一件褂子和我妈的一条裤子，还有他们各自的一双袜子。我爹我妈老了，不怎么讲卫生，衣裳穿不了几天就脏兮兮的。廖香偏偏又是一个爱干净的人，看不惯衣裳上面有污垢，隔三岔五都要给我爹我妈洗一次。

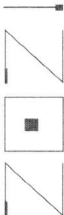

摸着良心说，廖香除了把钱看得重，其实心肠并不坏，还特别勤劳，又聪明又能干。油菜坡的人都晓得，她是个刀子嘴豆腐心。每次给我爹我妈洗衣裳的时候，她嘴上免不了埋怨，但还是使劲儿地搓，使劲儿地揉，洗得干干净净。前段时间，儿子吵着要一个流行的双肩包，廖香舍不得买，却在他的旧书包上又缝了一条新带子，让他背着去上学。我天生一双汗脚，廖香虽然经常骂我脚臭，但一有空闲就给我做鞋垫，让我每天都有鞋垫换。她做鞋垫还绣花，梅花呀，桃花呀，牡丹花呀，都绣过。

高声没看廖香洗衣裳。他又仰头看那些柿子了，仍然用手扶着发套。发套上的毛又粗又硬，黑亮黑亮的，有点儿像杂交猪的脊毛。

廖香洗好衣裳站起来，正要转身去屋旁晾晒，高声突然激动地叫了一声，啊，多么迷人的奶柿子哟！他一边叫一边张开双手，仿佛要扑上去将柿子树抱进怀里。廖香一听高声说到柿子，两只脚马上停住不动了。她睁大双眼望着高声，满脸疑惑地问，柿子？难道你们演讲协会也收购柿子？高声说，我们协会不收购柿子，但我今天来你们这里，的确与柿子有关。

高声没有一口气把话说完，像在故意卖关子。我和廖香都瞪大眼珠，竖直耳朵，等他往下说。停顿了好久，高声才对我们说出实情。原来，他还真是冲着我家这树柿子来的。更准确地说，是奶柿子。

市里有一个退居二线的老干部，被高声称作叶老。叶老现年七十三岁，虽然退下来了，但身上还挂了不少职务，比如市演讲协会名誉会长。会长虽说只是个名誉的，可瘦死的骆驼比马大，一切都是他说了算。叶老的母亲高寿，已经九十四岁了，却耳不聋眼不花，牙齿还能吃锅巴。老太太每天都要吃乡村的野生水果。据说，这是她的长生秘诀。在各种水果当中，老太太最喜欢吃柿子。但她嘴刁，从来不吃卵柿子，只吃红红的、鼓鼓的、软软的奶柿子。可是，今年奶柿子收成不好，市场上打着灯笼也买不到。这让老人家很不开心。叶老是个大孝子，为了让母亲吃到奶柿子，便四处打听，并愿意高价收购。高声说，他今天来这里，目的就是为叶老买奶柿子。

廖香听了兴奋异常，鼻头都红了，像是涂了一层红药水。她问高声，你咋晓得我们这里有奶柿子？高声说，老垭镇柿饼厂的人告诉我的。他们说，这方圆几十里，只有你们家有奶柿子。廖香连忙问，你打算一斤出多少钱？高声大手一挥说，只要能买到奶柿子，价格好说。廖香接着问，八块钱一斤，你要吗？高声说，别说八块，十块一斤我都要。廖香惊叫一声说，天啊，十块钱买一斤柿子，你不会是开玩笑吧？高声赌咒说，我开玩笑不是人。

高声显然不是开玩笑。我想，他跑这么远来买奶柿子，八成是买去送给叶老。他不是做梦都想夺演讲一等奖吗？肯定是想叶老在比赛时关照他。

廖香开始跟高声谈柿子的时候，我一直默默地待在旁边，啥话也没说。后来，廖香越谈越来劲儿，我就忍不住泼了一瓢冷水。柿子价再高，你们也是白谈。我冷笑着说。高声一怔，问，此话怎讲？我说，这棵树太粗太高了，柿子摘不下来。高声一下子蒙了，半天无语。

沉默了好久，高声把目光落到我身上，愣愣地问，难道你不会爬树吗？我红着脸说，爬树倒是会，但这棵柿子树太粗太高了，我不敢爬。停了一下，我又补充说，假如我敢爬的话，这树顶上的柿子早就变成钱了。我话音未消，高声用嘴角笑了一下说，胆小鬼！我马上还嘴说，我是个胆小鬼，你可以爬上去嘛。他却说，我更不敢。我问，你怎么也不敢？他红着腮帮说，我长这么大，连桃树都没爬过。

廖香的情绪也一下子低落下来，仿佛一个鼓鼓的气球突然被针扎了一个洞。这时，高声把目光移到了廖香身上，将她从上到下认真打量了一番。打量之后，他无比惊喜地说，凭你这身材，肯定可以爬上柿子树。廖香说，爬上去倒是没问题，但我不能爬。高声奇怪地问，为什么？廖香迟疑了一下说，我们这地方，不许女人上树。高声大声追问，为什么？这是为什么？廖香不晓得怎么回答，猛然垂下头不说话了。我于是替她说，这是本地风俗。我话刚出口，高声手一甩说，荒唐！他显得很气愤，眉毛都竖起来了。我正打算再解释两句，高声又扩大音量说，现在是什么时代了？居然还歧视女性，真是岂有此理！

听了高声这番话，廖香马上把头抬起来了，目光炯炯地看着高声。高声快速朝廖香走近一步，用鼓动的口吻说，别管什么风俗了，赶快上树摘柿子吧。这树顶上的柿子，我都买了。廖香立刻又来了劲儿，颤着嗓门儿问，真的每斤十块吗？高声拍着胸说，君子一言，驷马难追。好！廖香先

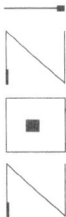

大叫了一声，随即扯下腰里的围裙往板凳上一扔说，我这就上树摘柿子。

我顿时慌了神，急忙劝阻说，廖香，你千万莫上树啊，当心别人说你伤风败俗。廖香却不理我，把我的话都当成耳边风。她麻利地找来一根棕绳和几个蛇皮口袋，胡乱地往腰间一缠，便撒腿朝柿子树跑了过去。

情急之下，我只好进屋去找我爹我妈，指望他们能阻止廖香上树。在我看来，对廖香来说，我爹我妈说话比我管用。

可是，廖香的动作太快了。我把我爹我妈从屋里找出来的时候，她已经爬上树顶，开始摘柿子了。这棵柿子树实在是高，我第一眼看到廖香时，竟然没认出来，还以为是一只松鼠。瞪大眼睛细瞧，我才发现那是我老婆。廖香的胆子真够大的，简直是胆大包天。她双脚叉开，分别踩在两个树杈上，左手抓住树枝，右手摘着柿子，一边摘一边往蛇皮口袋里放。她看上去没有丝毫的惊慌，压根儿不像身在半空。

我却吓坏了，冒了一身冷汗，生怕廖香一不留神从树上掉下来。我爹我妈吓得更厉害，浑身发抖，晃来晃去，仿佛在使劲儿地筛糠。儿子这时也跑过来了，一见他妈爬上了树顶，顿时惊叫道，妈，你不要命了吗？廖香听到了儿子的叫声，却没有当一回事。她勾下头看了儿子一眼，不慌不忙地说，儿子别怕，你妈命大呢。说完，她又忙着摘柿子去了。

高声一直站在柿子树下，仰着两眼，一眨不眨地看着树顶。当然，有一只手一刻也没离开他的发套。

大概过了二十分钟的样子，廖香摘下的柿子装满了一个蛇皮口袋。望着那袋鼓鼓囊囊的柿子，高声嘴巴都笑歪了。他一边笑一边跟廖香打招呼，让她把装满的口袋先放下来。其实，廖香早有准备。她从腰间扯开那根长长的棕绳，拴住蛇皮口袋，像一个打水的人朝吊井里放水桶一样，把那袋柿子放下来了。柿子刚一落地，高声就迫不及待地抓起一个，直接塞进了嘴里。好吃，又软又甜，真好吃！他边吃边说，还不停地咂嘴。

3

那天，我老婆廖香爬到树上摘柿子的时候，我们一家人始终没敢离开，都静静地守在树下，为她担惊受怕，提心吊胆。同时，我们也在心里默默为她祈祷，希望上天保佑她平安无事。

廖香在树上忙了一个多钟头，终于把树顶上的柿子摘光了，满满装了五个蛇皮口袋。直到这时，我才松了一口气，心想柿子已经摘光，廖香总该从树上下来了。我爹我妈，还有儿子，看上去也轻松了许多。

然而出人意料的是，廖香把五袋柿子全都吊到树下之后，却迟迟没从树上下来。她一动不动地站在树杈里，勾着头，眼睛向下，用呆滞的目光看着我们，好像在打量几个陌生人。我们都感到莫名其妙，以为她脑袋里出了毛病。我不禁有点儿焦急，大声叫道，老婆，你怎么啦？柿子都摘完了，赶快下来吧！廖香听见了我的喊声，眼睛动了动，还和我对视了一会儿。但她没搭我的腔，也没有下来的意思。儿子也紧张起来，带着哭腔喊道，妈，快点下来呀，你不害怕我害怕呀！廖香认出了儿子，眼珠鼓了鼓，呆呆地看着他。但她没听儿子的，仍然站在树杈里，嘴上一声不响。后来，我爹我妈也心慌意乱了，同时仰起脖子，用乞求的声音说道，廖香，你抓紧下来好吗？我们家不能没有你啊！廖香听了浑身一颤，眼睛随即轮得又圆又大，久久地注视着我爹我妈。可是，她依旧没有说话，好像嘴上贴了封条。

不知不觉，廖香在树上又待了半个小时。高声这时看了看表，发现时间已经不早，也开始着急了。他放开嗓门儿问道，廖香，你怎么还不下来？这一回，廖香总算搭话了。她慢悠悠地说，我好不容易上一次树，想在树上多待一会儿。说完，廖香右脚向上一抬，左脚往后一蹭，居然又朝着树尖爬了几大步。

廖香离地面更远了，看上去越发像一只松鼠，离天倒是更近了，额头差不多挨到了云彩。天哪！我们拼命地叫了一声。

我的心一下子悬到了半空，两条腿不住地打哆嗦。我上气不接下气地说，老婆，你不要吓我呀，快下来吧！从明天起，我就出门打工去挣钱，免得你再为钱的事操心。以后，鞋垫我也自己赚钱买，再不让你熬夜为我做鞋垫了。我的话音未落，儿子陡然哭了起来，边哭边喊，妈，快下来呀！今后我保证听你的话，不再惹你生气，也不闹着买双肩包了。儿子的喊声还在空中回荡，我妈便仰天长叫道，廖香，快下来啊！你要是有个三

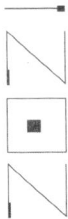

长两短，我也不活了。从今往后，我和你爹的衣裳，都由我来洗，再不让你一个人受累了。

可是，不管我们怎么劝，廖香都不肯从树上下来。她看样子一点儿都不害怕，还慢条斯理地对我们说，你们别催我了，好吗？我几十年才上一回树，你们就让我在树上多待一会儿吧。听她这么说，我们都感到哭笑不得。

廖香接下来好半天没再说话。她瞪大双眼，高高地俯视着我们，目光明晃晃的，像两盏灯。

我爹虽然没怎么出声，但一直仰头看着树尖，脸色黑一块白一块，仿佛古装戏里的花脸。约莫又过了一刻钟，他突然把头放了下来，叹了一口长气，然后扭头进了屋里。进屋不久，我爹又出来了，怀里抱着一床棉絮。我好奇地问，爹，你把棉絮抱出来干啥？我爹没理我，大步朝柿子树走来，很快把棉絮打开，像铺床一样铺在了树下。直到这时，我才明白我爹的良苦用心，眼睛忍不住一酸，差点流出泪来。我爹虽说刚满七十，但头顶早就秃了，只好把周围的一圈头发留长，用它们把头顶盖住。他铺好棉絮直起腰来的时候，盖在头顶的长发都垂下来了，看上去像一把晒干的豇豆。

我妈是一个驼背，平时走路和做事都低着头，说话也不怎么抬头看人。但是，廖香上树之后，她却始终把头扬着，干瘦的脖子拉得又细又长，两颗深陷的眼珠从眼眶里凸出来，痴痴地看着树上。我妈那样子，显得非常吃力，不禁让我想起在电视上看见过的鸵鸟。

儿子越来越心神不宁了，两只手不停地晃动，一边抹泪一边抓耳挠腮，像一只发了疯的小狗。后来，他猛地张开双臂，抱住柿子树，接着就使劲儿往树上爬。可他手臂太短，压根儿抱不住树干，爬上去不到三尺高就滑下来了，一屁股摔在地上，好半天站不起来。

高声这时又看了一次表，仿佛急不可耐。他再次催道，廖香，太阳快落山了，你快点下来收柿子钱吧，我买了柿子还要赶回县城呢。廖香犹豫了一下，不紧不慢地说，请你再等等，我还想在树上多待一会儿。高声愣着眼睛问，柿子都摘光了，树上还有什么好待的？廖香突然放大声音说，你不晓得，我站在树上，看啥都和以前在地上看到的不一样呢。高声听了为之一震，眨了眨眼睛，口齿不灵地问，是吗？有什么不一样？廖香说，等我从树上下来告诉你。

廖香说完，突然把低垂的头抬上去了，同时转动了一下脖子，将目光投向了公牛岭那边的羊村。公牛岭真像一头高大威猛的公牛，雄踞在油菜坡西头，把那边的羊村挡得严严实实。如果不爬上这棵柿子树，廖香无论如何是看不见羊村的。她一看见羊村，就忍不住叫道，哈，我看见羊村了！她是这么叫的。叫声听起来十分欢快，有点儿像天上的流云。

又在树上足足待了十分钟，廖香终于从树上下来了。她的脚刚落到地面，我们一家人就赶紧围了上去，像迎接一个从天外来的客人。

儿子冲在最前头，一上去就抱住了廖香的一条腿，还把脸贴在了她的腿上。廖香急忙伸出一只手，轻轻地在儿子脸上抚摸，仿佛一头老牛用舌头舔着刚出生的牛犊。她接着又撒开五指，插进儿子的头发，像梳子一样梳了起来。梳着梳着，廖香情不自禁地闭了一会儿眼睛，显出很陶醉的样子。

我妈迈着碎步朝廖香走拢去，艰难地仰起头，用慈祥的目光久久地打量她，眼角闪着泪花。她发现廖香的脖子后面落了一片柿叶，马上伸手去摘，可手膀子太短，伸了好几下也挨不着柿叶。廖香赶忙蹲了下来，随即将脖子一歪，正好歪在我妈手边。我妈摘下柿叶后，廖香没让她扔掉，一把接过来放在眼前，看了好半天才扔。

我爹话少，只跟廖香匆匆打了一个照面，就收起铺在树下的棉絮，转身进了屋。进屋不到两分钟，我爹端着一杯热茶出来了。但他没有直接把茶杯递给廖香，而是先给了我，同时给了我一个眼神。我很快明白了我爹的意思，转手就把茶杯递到了廖香手里。廖香双手接过茶杯，当即喝了一大口。

高声最后走到了廖香身边，张嘴就问，你这柿子大概多少斤？我付了钱好赶路。廖香却说，不慌，高会长不是问我在树上有啥好看的吗？我还没跟你说呢。高声愣了一下说，哦，那你快跟我说吧。廖香没有立刻说，又瞪大眼睛，把我们一家人挨个看了一遍，然后才开口说话。廖香对高声说，爬上这棵柿子树之前，她从来没有认真地看过我们家里的人。直到今天爬到树上，她才看清楚这一家人真实的样子。

廖香首先说到了我爹。原来，她压根儿不晓得我爹的头顶秃得那么厉

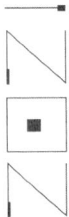

害，更不晓得他为人这么善良，这么细致，这么吃苦耐劳。她说，当我爹抱出一床棉絮铺到树下的时候，泪水一下子就涌出了她的眼眶。接下来，廖香说到了我妈。原来，她只知道我妈是个驼背，但不知道她的一举一动是那样吃力，那样费劲儿，那样可怜。她说，在我妈仰头劝她下树的那一刻，她的整个心都软了，如同一团棉花。紧接着，廖香又说到了儿子。原来，她一直认为儿子不听话，只会调皮捣蛋，没想到他还是挺懂事的。她说，听见儿子在柿下对着树顶放声大哭时，她的心顿时好疼好疼，像是被虫子咬了一样。廖香最后还说到了我。原来，她总觉得我这个人缺肝少肺，薄情寡义，没把她放到心上，现在才发觉我其实还是很在乎她的。她说，看见我在树下急得像猴子一样团团转，她心头不由猛地一热，还想到了一日夫妻百日恩这句俗话。

听廖香说到这里，高声突发感慨说，看来，你今天上树收获不少啊，不仅摘到了柿子，还增强了亲情。廖香补充说，我还看见羊村呢。高声问，羊村怎么啦？廖香说，羊村从前比油菜坡还穷，现在却富了，到处都是楼房，车路也通了，我看见有轿车在村里跑来跑去。高声问，你今天才发现吗？廖香说，是的，羊村以前被公牛岭挡住了，在地上根本看不见，我今天爬到树上才看到。高声沉吟了一会儿说，有意思！

太阳快下山的时候，高声按每袋柿子一百斤给廖香付了钱，一共五千块。从高声手中接钱时，廖香颤抖着双手说，天哪，好多钱啊！她本想退一些给高声，但高声没要。

高声付钱后，立即把五袋柿子装进了轿车的后备厢。他说，他有可能会连夜赶到市里去，想早点儿把五袋红彤彤的奶柿子送给叶老，顺便再打听一下演讲比赛的消息。高声一边说一边用手扶着发套，小心翼翼地进入车门，然后就急匆匆地把车开走了，车后扬起一路土灰。

4

我老婆廖香自从上树以后，完全变了一个人。在我爹我妈面前，她变成了一个好儿媳；在儿子面前，她变成了一个好母亲；在我面前，她变成了一个好老婆。说句心里话，我真要感谢高声，感谢他那天怂恿廖香上树。

上树的第二天早晨，廖香天不亮就起了床。以前，她可不是这样，每天都要睡到日出才肯起来。廖香这天这么早起床，是为了给我爹我妈洗被子。时令进入深秋，气温陡然下降，我爹我妈晚上怕冷，便换上了一床厚被子。换下来的那床薄被子早已睡脏，可换下来后一直没有及时洗，像一堆垃圾被扔在墙角。我没料到，廖香这天会突然想起它。我早晨六点半钟从床上起来时，廖香已经把被子搓好了，正在水池里清洗。她脱掉夹袄，卷起衣袖，累得满头是汗。我爹我妈这时也起床了，看见廖香在为他们洗被子都很感动，连忙走上去，想给她搭把手。但廖香没让，手一伸拦住了他们，诚恳地说，你们都老了，婆婆身体又不好，快去一边歇着吧。我爹我妈听廖香这么说，心里高兴得像喝了蜂蜜。

吃过早饭，廖香换了一身打扮，说要去一趟老垭镇。我问她去镇上做啥，她说先保密，等她回来我就晓得了。油菜坡有开往镇上的面包车，每小时一趟。廖香是坐上午九点钟的面包车去的，不到十一点就回来了。当时，我在房子东头维修烤烟炉，我爹我妈在后门外猪圈里给猪添食，儿子正在堂屋里埋头写作业。刚踏上门口的场子，廖香就扯着嗓门儿喊道，儿子，你快点儿出来！声音洪亮，好像喜鹊在叫。儿子听到喊声，推开作业本，飞快地跑到了门口。原来，廖香是专门到镇上给儿子买双肩包去了。等我随后跑到门口时，儿子已把双肩包背在了身上，脸上堆满了笑，宛若一盘向日葵。

这天午饭过后，我接着维修烤烟炉。长时间没有烤烟了，炉壁上出现了很多裂缝，必须趁早用水泥浆把缝隙糊上。廖香收好碗筷也来到了炉边，问我要不要她帮忙提水泥浆，我说不需要。她说那她就去忙别的事了，边说边转身回了屋。过了片刻，廖香又出来了，手里拿着一双还没做好的鞋垫，正在往上面绣花。她这次绣的是玫瑰花，非常鲜艳。我故意打趣问，这么漂亮的一双鞋垫，是给谁做的呀？廖香怪笑一下说，给我相好做的。

我们正说笑着，大门口突然传来了一串汽车的喇叭声。廖香一听喇叭响，马上就往大门口跑去。出于好奇，我也扔下水泥桶，跟她去了大门口。

在大门口的柿子树下，停了一辆红壳子轿车，看上去十分眼熟，觉得

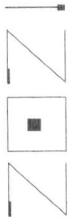

像高声的那一辆。我正这么琢磨着，高声用手扶着发套从车门里出来了。嗬，是高会长啊！廖香大声叫道，显出很激动的样子。我没有和高声打招呼，心里有点儿奇怪，不晓得他为啥又来了。不过，我还是客气地对他点了一下头，并给他搬来了一把椅子，放在他的身边。

高声却没有坐椅子。他背靠车门站着，似乎没打算在这里久留。廖香进屋泡来了一杯茶，一边递给高声一边问，奶柿子送给叶老了吗？高声说，送了，昨天连夜就送到了叶老家里。叶老的母亲一口气吃了六个，不住地说好吃。叶老高兴坏了，还回赠了我一块普洱茶砖。廖香说，叶老高兴就好。我这时插嘴说，只要姓叶的高兴，你的演讲协会夺一等奖就十拿九稳了。开始，我以为我这句话会说到高声的心坎儿上去，没想到他一听脸色猛然变了，仿佛晴天变成了阴天。

廖香很快看出了高声的变化，低声问道，高会长，遇到什么麻烦了吗？高声张了张嘴，没有出声。沉默了好一会儿，他才皱着眉头对廖香说，演讲比赛这件事，的确遇到了一点麻烦。今天，正是因为这件事，我才再次来到这里，希望得到你的帮助。廖香问，遇到什么麻烦了？高声说，据叶老讲，市里的演讲比赛提前了，时间就定在后天下午。我们原先准备了几个选题，可叶老认为没有竞争力，很难冲一等奖。廖香连忙问，那可怎么办？高声说，叶老建议我们赶紧换一个更有竞争力的选题。廖香眨巴着眼睛问，选题是啥？高声想了想说，选题就是故事。叶老的意思是，让我们换一个更好的故事。

这时，我又忍不住插嘴问，高会长，时间这么紧，你能找到更好的故事吗？高声犹豫了一下，猛地扭过脖子，凝视着廖香说，好故事倒是有一个，就是不知道廖香愿不愿意帮忙。廖香大吃一惊，用手指着自己的鼻尖问，我？我一个农村妇女，能帮啥忙？高声扩大嗓门儿说，我想请你代表我们县演讲协会去市里登台演讲，就讲你昨天上树的故事。廖香听了更加吃惊，几乎目瞪口呆了。我也吃了一惊，顿时成了哑巴，什么话也说不出来了。

高声却越来越起劲儿，显得信心十足。他眉飞色舞地说，上树的故事实在是太好了！廖香红着脸问，有啥好？高声打着手势说，你看，爬到树上以后，你看到的事物与之前在树下看到的相比，完全不同，比如你公公婆婆、你儿子，还有你丈夫。更有意义的是，一到树上，你的目光就越过了公牛岭，看到了乡村振兴给羊村带来的巨变，多么好的一个故事啊！廖香听到这里，眼睛忽然亮了一下，然后略带羞涩地说，真有这么好吗？高声点点头说，是的。叶老也说这个故事好。老爷子还说，只要你愿意上台去讲，一等奖大有希望。

廖香感到有点儿不好意思，脸一直红到了耳根。她急忙把头勾下去了，眼睛盯着自己的两只手。两只手交叉着端在怀里，左手扯右手上的指头，右手扯左手上的指头。指头也是红的，好像上了一层油彩。

过了一会儿，高声看了看表，神情严肃地问，廖香，你愿意帮我这个忙吗？廖香慢慢地抬起头，没说话，双眼直溜溜地看着我，显然是在征求我的意见。可是，我一时半会儿却难以表态，不知道如何才好。高声见我犹豫不决，突然承诺说，如果获了一等奖，奖金至少分给廖香一半；另外，从借用之日算起，到比赛结束回家为止，每天给她补助三百。高声刚把话说完，廖香就兴奋地叫道，哇！我听得出来，廖香已经动心了。到了这个时候，我也不好再拿主张，只好答应高声的要求，让廖香去市里参加演讲比赛。

廖香这天走得很急，几乎是说走就走了。她本来打算陪我们一家人吃过晚饭再出门的，但高声没同意。高声说时间太紧了，到了县城，还要连夜为廖香写演讲稿，让她先背下来，接着再反复排练，从声音到表情再到动作，每一个环节都必须设计好。廖香苦笑着说，时间再紧，我总得找几件衣裳带着吧？高声甩着手说，衣裳不必带，差什么，都到县城去买，县城买不到就到市里去买。他还说，演讲的服装需要精心挑选，对演讲者，从头到脚都要进行全新包装。高声说完，一把拉开了后排的一扇车门，催廖香快点儿上车。当时，廖香已经身不由己。她依依不舍地看了我们一眼，然后便上了高声那辆红壳子轿车。

好在，廖香这次出门时间不长，前后加起来只有四天。第四天的下午，高声用他的红壳子轿车把她送回了家。

廖香从车上下来的时候，怀里抱了一束鲜花。一看见这束花，我就晓得她演讲成功了。不过，我的目光没在花上停留，很快被廖香的穿着打扮吸引住了。她穿了一件橘红色的风衣，围了一条火红的围巾，还戴了一顶绒线帽。帽子也是红颜色的，让人想到被霜染红的柿子。看到廖香的第一眼，我差点儿没认出来。直到儿子从屋里跑出来大声喊妈，我才确信站在

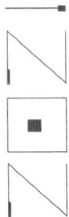

眼前的这个女人是我的老婆。听到儿子的叫声，我爹我妈也从屋里出来了。他们和我一样，也觉得廖香有点儿陌生，眼珠卡在眼眶里半天不动。

高声停好车也下来了。他换了一个发套，发套上的毛更黑更长，看上去像电视上经常出现的导演。高声一下车就给我们报告喜讯，说廖香的演讲轰动了全市，并且夺得了第一名。他还说，这次一等奖的奖金果然提高了，每人一万五，廖香当场就分到了七千五百块。我们一家人听了都高兴不已，还抑制不住地鼓起了掌。掌声过后，廖香突然从包里掏出了一个大红的本子，笑容满面地对我们说，这是获奖证书，叶老亲自给我颁发的。

我们一家人正在欣赏廖香的奖状，高声又给我们透露了一个消息。他说，一个星期之后，廖香还要去省里参加演讲比赛，仍然讲她上树的故事；如果在省里拿了一等奖，奖金至少三万，而且还发一个金杯。说到这里，高声扭头问廖香，你有信心吗？廖香使劲儿地点了头，说，有！高声对廖香的回答十分满意，一边说好，一边伸了个大拇指。

那天返城之前，临上车的时候，高声叮嘱廖香说，接下来就不要做其他事情了，应该一门儿心思为省里的演讲做准备。他还说，他过两天就来接廖香。

5

两天之后，高声真的又开着红壳子轿车来到了我家门口，一来就把我老婆廖香接走了。扫兴的是，廖香再回家的时候，高声却没有开车送她。她是自己掏钱坐班车回来的。因为，廖香去省里参加演讲比赛没能获奖。

廖香从省里回来，像患上了什么大病。她吃不下，睡不着，人也瘦了，颧骨一天比一天凸得高，脸上看不到一点血色。她也不怎么说话，成天闷闷不乐，默默无语。我们找她说话，她总是不理不睬，经常装作没听见。不过，在身边没有人的时候，她偶尔会自言自语。有几次，我在隔壁房里听见她说，明年还要去省里参加演讲比赛。她说得断断续续，有点儿像说梦话。看见廖香变成这么一副神神道道的样子，我心里非常难过，却又束手无策。

更让人难以接受的是，廖香从省城回来后就再没有做过家务活儿。我爹我妈脱下来的脏衣裳，在墙角那里一堆几天，她走过去走过来看都不看一眼。后来，我妈只好把她的驼背两头弓到一头自己动手，搓好了再让我爹去清洗晾晒。儿子在放学路上疯跑，一不小心被长刺的荆棘拉断了双肩包的一条背带。他央求廖香帮他缝上，但她一直没理。我的脚到了冬天还照样出汗，可鞋垫已经不够换了。床头柜上本来有一双做了一半的鞋垫，廖香却没心思把它继续做完……我渐渐感觉到，廖香虽说每天和我们生活在一起，但她好像把我们都当成了住在同一个屋檐下的陌生人。我感到很不是滋味，常常想哭，却欲哭无泪。

时光一晃到了冬月，天气越来越冷了，廖香的情况也越来越糟糕。冬月上旬的一个晚上，油菜坡刮了一夜大风。风声惊天动地，像一群饿狼在村里吼叫。就在这个刮风的寒夜，廖香突然失踪了。

廖香是半夜不知去向的。她开门出去的时候，我在半睡半醒中听到了响声，但没有在意，以为她去上厕所了。可她出门后差不多一个小时没有进屋，我这才觉得事情不妙，于是赶紧出门去找，一边喊一边找。但是，我喊破了嗓子也没听到她的回音，找遍了屋前屋后也没见到她的影子。后来，我爹我妈，还有儿子，都从睡梦中惊醒了，分头去找廖香。我们找了猪圈，找了烤烟炉，还找了种菜的大棚，却连她的头发丝都没找到一根。我还打了廖香娘家的电话，结果她娘家的人也说没看见。最后，我走投无路，只好拨了高声的手机，希望从他那儿得到一点线索。还好，手机一拨就通了。听到廖香失踪的消息，高声好半天没有说话。大概过了三分钟，他猛然产生了一个猜想。高声说，廖香不会又上树了吧？

高声的猜想让我脑洞大开。我马上跑到了柿子树下，打开手电筒，高高举起，往树上一照，果然看见了我老婆廖香。

原载《作家》2021年第4期

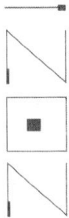

点评

　　其实可将这篇小说看作前后两个文本，前面的部分呈现出鲜明的浪漫主义色彩。老婆廖香不顾乡间礼法，在经济利益的驱使下上树摘柿子，结果摘完柿子后依旧不肯下来，在树的最高处久久注视和眺望，流连不已。老婆这一举动，成为触发家中其他成员情感流露的契机。公婆、丈夫、儿子都流露出温情一面，使得廖香感受到了家人对她的在乎和重视。进一步，廖香参加演讲比赛，获得了一等奖和数目客观的奖金，更是将情绪推至顶点。如果作者即在此停笔，也不失为一篇抒情佳作。但晓苏不满足于此，他笔锋一转，将读者从乌托邦的幻境中拽回。省里演讲比赛的失败将廖香打回原形，她似乎变了一个人，不再是贴心的老婆，不再是勤快的儿媳，不再是细心的母亲。最后甚至上演离家出走的戏码，家人在那棵柿子树上找到了消失的廖香。两次上树，完全不同的情况和情感指向。第一次充满了温情和希望，第二次充斥着混乱和失望乃至绝望。前后巨大的反差，并非简单凸显以高声为代表的城市文明、城市生存法则对淳朴乡民的侵蚀；也不是要呈现传统乡土如何更好接纳、融入现代文明。作者将触角深入到了个体价值彰显的层面。两次上树，两次都是廖香在"找自己"。第一次"找自己"，她确认了自己的位置，自己作为妻子、儿媳、母亲这些身份的意义。第二次"找自己"，我们无法确认她的成功与否，这次她是真的寻找抛开一切附加身份，纯粹的廖香自己。她曾以为自己找到过，于是信心满满、意气风发去参加演讲比赛。但省里演讲比赛的失败摧毁了她之前所建立的信念，尤其打击之大的，是摧毁了她的自我定位和认知。从小说的题目即可窥见一斑："老婆上树"，而非"廖香上树"。

（朱旭）

那　人／

／周瑄璞

没想到，这辈子还能坐上一次飞机。

大玻璃外，各式各样的车到处乱跑，扁的宽的长的低的拉人的装货的大肚子的小短脸的，真是好玩，有的从来没见过。飞机在远处缓缓移动。建勋忍不住拍了视频，发了条微信。在他的那些去镇上饭馆吃次饭、去县里商场负一层逛回超市，都要发个朋友圈晒摆晒摆的微信好友里，坐飞机真是件大事了。那人，她也没有坐过飞机，她最远去过郑州。建勋的大张湾，全村人，除了在外工作的——那些人严格意义上已经不是他们村里人了——也没有谁坐过飞机哩。他们只是嘴上说过好多次，梦里坐过好几回。

一个开小加工厂，一个开小超市，一个倒卖粮食，都是有实业的人，他们自称全村三巨头，贵族能人，不太跟别人玩，只他们仨走得近，吃吃喝喝大肆喷空儿。前几天遇着一个西安上大学回来的学生，逮住了问人家，郑州到西安有飞机没？下次我们坐飞机去西安看你。那小伙子说，太近了，好像没有飞机，就是有也划不来，你坐车跑到新郑机场俩钟头，等飞机一个钟头，到天上可能也就飞四十分钟吧，还不如坐高铁。他们说，那不是想坐坐飞机嘛，我们飞到新疆再拐回西安中不中？总之他们说得很热闹，几天里都是飞机的话题，好像这个夏天非坐飞机不可，若不飞一回，半辈子白活，挣的那些钱白挣。可说了再说，到底没有行动。他们的买卖和业务最远也就是本县，没有飞到哪里去谈个业务的机会，就是经济再宽裕，也不会烧包得没啥事往哪儿白飞一趟，把自己的两千块钱扔出去。

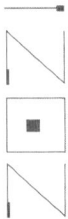

　　而建勋，说飞就飞，很是果断。这次同去新疆干活的七个人，有四个选择火车，再咋说便宜五百块钱，现在火车也怪快的，三十六个钟头跑到乌鲁木齐，而你干啥事，三十六个钟头能挣五百块哩？省的就是挣的。建勋和那俩人，爽快地决定，就坐飞机了，多花五百块钱，天塌不下来。现在疫情期间，飞机票便宜，那么高级的铁家伙装住你飞三四个钟头，难道还不值八百多块钱？他们这次去新疆，这批活干完，二十多天，每人差不多能落万把块。坐一次吧，混了大半辈子，连飞机长啥样都没亲眼看过，没伸出手去摸过，真是憋屈。小萍也同意他坐飞机，她也没坐过，要不是在家看孙子，她真想一起飞去，给他们做个饭，给建勋做个伴。多少给点钱就中，不给也中，权当出去逛逛。

　　建勋他女儿六天前，在手机上给三个人买好了机票。那四个坐火车的前天半夜走了，他们今天才动身往新郑机场去，这就是优越性。他们将在乌鲁木齐会合，再坐汽车跑一天，到一个县里，给一个新建的胡萝卜加工厂进行装修，粉刷工是建勋，那几个是瓦工电工管道工地砖工。洪亮的儿子开车送到新郑机场，领着三个大男人，进入航站楼，排队，托运行李，办登机手续。小伙子也没坐过飞机，可他会问，会看各种标识，会说普通话，会在手机上查坐飞机的流程。一会儿看看手机，完成一个程序，再看手机，领着三个长辈对付这些在电视里常看到的场面。三个五十上下的男人，每人戴个口罩，乖乖地跟定一个小伙子，完全没有在自己地盘里的大大咧咧、高喉粗嗓，话都不敢说，大气也不敢出。四个人不愿分开走，必得看到另几个在眼前，就像春天里的小鸡娃，聚一堆行动才有安全感。别人托运的行李都是箱子，皮的、塑料壳的、厚帆布的，而他们几个是尼龙编织袋，里面装着铺盖和衣物，更里面卷着干活的工具和吃饭的碗筷小盆，其他再没啥值钱东西。就这，刚才在大门口，也得拿打包带系了个十字扣，工作人员也像对待那些高级行李箱一样，给打包带上套了长白纸条。传送带一动，运到黑帘子后面去了，登机牌上贴了三张小票。建勋心说，不用贴，我们也能认出来自己的东西，全大楼里，就我们仨的不一样。建勋一闪念之间想，要是在新疆挣到钱了，何不买个大号行李箱拉回来？下次家里不论谁坐飞机了，也像城里人那样，潇洒推着走。

　　洪亮的儿子把他们送到安检排队的地方，告诉他们，进去后，按指示牌上找到31登机口就行。他又小声给他们说，跟前面的人不要离得太近，保持礼貌距离，进去后，按工作人员指挥的办就中了。然后小伙子站那儿，看他们排队往前挪。三个男人听话地点头，那是，不能凑太近，挨再近也不能插到前面去，插到前面也没用，飞机也不能拉住你先飞。

大男人变成小男孩，又乖顺又幸福，一点点往前挪，把紧张而兴奋的脸，掩在口罩后面，只露两只眼睛骨碌碌到处看，看哪儿都漂亮都新鲜。这么大的楼，要是让我一个人来粉刷，得干一年。人家让摘了口罩，看前面镜头，建勋向着屏幕里的自己笑笑，牙一龇，哎呀，真是老了，脸上的横肉全部往下坠。他前些天，自拍头像发朋友圈，配的文字：70后的我，已经开始老去。照片里的他刚刮了胡子，脸皮青着。这两天他慌慌着要坐飞机，也没时间刮了，起大早赶飞机，昨晚才睡了四五个钟头，更显出一些沧桑来。

随身的包、身份证、登机牌，放到小筐子里。工作人员做出的一切指示，都是那么必要，让人愉快，令人信服，必得照办。问他，有没有雨伞、充电器，这声音与问别人没有两样，不会因为他们是农民就省略这个项目，跟他们问那些大款大官上等人一样。他笑脸说，没有没有。他学着前面人的样子，走过去，让那个年轻姑娘拿着一个棍棒样的家伙嘀嘀嘀地安检自己，皮带扣也要摸摸，脚脖子也得捏捏。繁复的细节都是有必要的，这是坐飞机，去新疆，不是开着你的电三轮去七里头干活。他觉得自己正在被一套高级流程熨烫抚慰，不再是那个粗糙的农村人。村里人讽刺别人时常说，你能得上天了。现在，他就是要上天。再多一些的程序，再多一些的盘查和搜身，都是可以的。遗憾，没有了。三个人等齐，去找31登机口。哎呀，这才是8，每一个登机口，都跨着挺远的距离。好家伙，可得一会儿走。哈哈，那三人，再别喷着坐飞机了，光找登机口，得让他们这两个半瘸子走半天，还没走到，飞机就得飞跑了。那三个人里，一个年轻时在外干活腿被砸伤，一个股骨头坏死，一个痛风。前两个实瘸，后一个痛了瘸，不痛不瘸，净是吃出来的，有点钱烧的，酒肉撑得肚子滚圆，像怀了五六个月，脸蛋子肉横里长，家中冰箱里吃食堆得满当当。全大队里，也就只能他三个做朋友了，有几个钱，看不起别人。别人呢，嫌他们走得慢，也都不跟他们玩。他们呢，有车，也跟村里人走不到一块，半里路都开车。你再能，你能把车开到人家候机楼里？到了这儿，你得

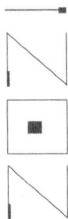

拿自己腿老老实实走路，来来来，你走走试试，你看这吭哧吭哧，快走一里地了。31还不是最后一个登机口，再给你来个58登机口，你去走吧，让你们那样腿一拐一拐，蜗牛般地爬，飞机早飞跑了。光这一项，你们就不配坐飞机，老实趴家里吧，哈哈。好像为了回击建勋的想象，身边滑过一个小电瓶车，上面坐着几个人，轻松驶过，再走几步，眼前又出现一条笔直的传送带，站上面不动，运着走。哼，这机场想得还真周到，有必要吗？腿不好就别出门呗。建勋不太高兴，我就偏不走这传送带，我又不是残疾，庄稼人把个十里八里都不算啥，何况这点路。他们三人，好像都是同样的想法，绕开中间移动的黑色通道，从一边向前走。

好容易走到31登机口，人少，位置随便坐，洪亮和儿子视频通话：好了，找到地方啦。一直听儿子话，分贝控制在挺小的量，他们一进入这个大楼，就走上一个自觉讲文明懂礼貌的场合，不用谁给你规定和提醒，这环境，叫你不文明都不中。手机对着31照一照，再对着建勋和另一个人照了照，这两个男人洋气地对小伙子挥手说，拜拜。只能说拜拜才跟坐飞机这件事配套。

建勋得以坐下来，那个一直盘桓的问题再次浮上心头。这个问题从前几天买了机票，就来到他心里，而且还有个类似于庄严和浪漫的想法：到飞机场再说吧，电影电视里的人，不都是在飞机起飞前，处理这些事情吗？

要不要给那人打个电话，发个微信？虽然三个月前就断了联系，可那个人，那些事，总也不能从心里抹去。他要给她打个电话，第一句话就是，我在机场，快要上飞机了。

建勋平常在家干活，骑着电三轮，四处跑着给人家刷墙粉白。去了先看场地，然后谈价，主家管一顿中午饭，每天工钱多少，或者全部干完给多少钱。有时候忙起来一个月休不上一天，扒明起早，天黑回家，活赶活，挨家跑，前面这家没干完，后面那家的电话就来了，预定住他五天后的时间。反正不管怎么搞价，怎样赶工，折合下来每天二百多块，少有冒出三百的时候，市场行情就是这样。有时候一个月能休息好几天。一歇下来，他心里就急，没活就等于没钱。

那人就是用电话预定了他。她说，那好，你过三天来吧。三天后他去了，骑着电三轮，后斗里放着刷子滚子铲子瓦刀，一路向东。是三间堂屋、两间旧东屋，连带一间厨房，全部粉刷工程包给他，谈好工价一千五百元，他说六七天能干完。这个时候他就想，小儿子要是在家，两人合伙，加班加点，三天就能搞定，钱拿到手。

大儿子前几年盖了房，结了婚，分出去另过。给他盖房娶亲借的钱刚还完。小儿子二十一，还不用忙着订婚。可现在又兴了在县城买房。凭你长得再漂亮的小伙子，女方头一条就是县城得有套房。一套房买下来，四五十万。简单装修下，买必不可少的家具，又得十万。也就是说，没有五六十万，儿媳妇别想娶进门。小儿子在上海送外卖，跟别人合租房子，吃住之外，一个月能落三四千元。他也曾给小儿子说过，一个人在外处处操心，吃苦受累，不如回来跟我一起干活，落的比在上海一点不少。刷墙粉白这事，不是啥太难的技术，学几天就会。

小儿子在大城市待惯了，过不了家里的日子。他问，那你将来结婚，不还得回来找对象吗？不还得在咱县上买房吗？小儿子不回答，反正就是不愿意回来。

主家夫妻俩和建勋一起，又叫了个邻居，把所有家具一起抬到屋中间，然后按建勋开的单子，男主人出去买白灰涂料。女主人在家，屋里屋外收拾、洗涮，和建勋说话。他们只有一个儿子，去年订了婚，已经在县城买好了房，且装修到位，这里借着劲把自己家里也粉刷粉刷，过年时来人，尤其接待新亲戚，好看一些。

第二天来干活，男主人不在家，他出去给人家干活去了，县城方便面厂开铲车，每月有固定工资。女的还是屋里屋外地收拾、洗涮，有时候进来看看，和他说几句话。中午做好饭，盛好端给他，他吃完，她接过去，再盛一碗给他，他吃完第二碗，坚决不要了，她不再勉强。她说，歇会儿吧，歇歇再干。他坐着，靠在大门楼的墙上，闭住眼睡着了。他每天中午饭后，必须得睡会儿，哪怕十分钟，起来就有精神，否则一下午心慌眼乏，光想发脾气。

第三天中午吃完饭，他发现大门楼里，多了一把躺椅，她把躺椅撑开，用干净抹布擦一遍，叫他睡在上面。大门始终开着，这是避嫌，好叫村里人看到。而她自己，关起堂屋门午休。吃得饱，小风一吹，他睡得沉沉的，还做了梦，儿子回来了，他们一起到县城看房买房。一睁眼两点半了，赶快起来干活。夏季天长，七点了还不黑，他想多干会儿。男主人

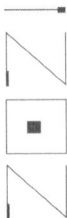

回来了，带回半只烧鸡，留他一起吃晚饭，他不肯，收拾东西要走，当初说好的只管一顿午饭。可夫妻俩让得很实受，男的上手来拉他，他只好留下，她炒了两个素菜，还拿出一瓶酒。三个人吃完饭，他在黑下来的天光里，开上电三轮走了。

第四天一大早，儿媳妇过来说，孙子有点发烧。儿子在外打工，儿媳妇也干点零活，孩子白天小萍看着，晚上儿媳妇自己带。建勋开上电三轮，把娘儿俩送到南边镇上，医生叫做这检查那检查，他在那儿招呼了一会儿，想知道孩子发烧的原因，积食了，还是感冒了？儿媳妇知道他有工作，叫他先走，她给孩子看完后，回附近的娘家，建勋晚上过来接她就行。

建勋给儿媳妇留下一百块钱，刚走出不远，女主人打电话，直接问他，诶，咋还不来哩？平常这时候都干上活了。没有称呼，没有客套，更不会像城里人那样先问声你好。从那口气，建勋听出了点亲切和嗔怪，不是催着他来干活，而是操心他为何跟前几天时间不一样。那感觉是建勋这几天归她管了，她得知道他的行踪和快慢。他到了后，她问了孩子的情况，然后问他，晌午想吃啥饭？建勋说，啥都中。她到村后超市，买了块豆腐，擀了面条，中午吃了西红柿鸡蛋煎豆腐丁的捞面条，浇上食香叶子捣蒜汁，建勋吃了两大碗。下午临走，女主人拿出几根指头粗的小火腿肠，说儿子上次回来买的，拿回去给小孩吃。

再下一天，早上去的时候，路过一个集市，他停下电三轮，给她打电话，也是没有称呼，直接开腔：我路过集上，看要买点啥菜不，晌午吃啥饭？她问他，你想吃啥？他说，吃卤面吧？我买点肉。对方说中，对于他花钱买肉一事，并没有客气。他其实爱吃饺子，但他觉得受雇于人，提出吃饺子有点奢侈，做起来太麻烦。他买了半斤肉，一把豇豆角。她做了一大锅卤面，他吃两碗，她吃一碗，还有一锅底，给自己男人留到晚上吃。

再下一天他去的时候，她正在盘饺子馅。他问，咦，你咋知我爱吃饺子哩？她笑，世上人哪有不爱吃饺子的？建勋说，饺子好吃就是太费事。她说，又没事，多包点，他晚上回来也吃。

他觉得在这家做活，好像是跟女主人过日子似的。下午走的时候，他干脆问，明天需要啥菜，我顺路买上。她说，你要想吃啥改样饭，就买，不想吃的话就不用买，家里平常的菜也都有。她说家里两个字，建勋突然觉得好像是他俩的家一样。骑着电三轮出了村子，一种毛茸茸的感觉，轻轻拨弄他的心。建勋结婚二十七年，除小萍之外，再没亲近过别的女人，日子过得紧紧巴巴，永远在奔命一般。超生罚款，孩子上学成家，各种费用，全凭他一个人挣。早些年他也外出打工了几年，算一算，吃吃花花，落的并没有在家做活多，还要承受夫妻分离之苦。他就不信这些正当盛年的人，真的能半年不挨靠女人，不乱来不胡生法儿，也不出问题。他可受不了，他是人啊。于是他再不出去打工。他有粉墙刷白的手艺，在家里四处给人做活，也能挣钱，维持一家开支。守着自己老婆，多好的事。三个孩子都大了，能顾住自己，孙子也快两岁了，他怎么像回到年轻时的感觉，心怦怦跳。电三轮在公路上轻快地奔驰，西天的太阳热烈地下坠，像大火燃烧。立秋了，早晚不那么热，风吹得全身舒畅。他停下车子，站到路边，对着西边的天际看了一会儿，拍了照片，发微信朋友圈，配一句诗：夕阳无限好，只是近黄昏。以他的初中文化水平，也就知道这一句了。他觉得配得挺合适，应该能收获不少点赞。他希望那人能够看到。一旦把一个人叫作"那人"，就有点别样的意味了，亲近、酸甜与嗔怨，说不清，道不明。五十岁的人了，竟然也有了"那人"，那人知道不知道呢？是否把他也当成那人呢？直到夕阳坠落，他有点惆怅地重新骑上电三轮，在黑下来的天色里回家。电三轮颠簸的声音不再那么欢闹，车轮辐条轻轻地转动，声音小之又小，几乎介于静音。他整个人也是无声无息，包藏着什么秘密似的。进村遇到人，也不像平时那样大声打招呼，半条街都知道他干活回来了。他希望没有人看到他。他悄无声息回到自己家，孙子从大门楼里叫了声爷爷，竟然把他惊醒。从车上下来，孙子抱住大腿，他弯腰抱起孙子。小萍劈着声说，洗洗脸喝汤吧。他突然对这声音有些抵触，没有回应。

已经有一星期，建勋晚上没有表示主动，小萍有点意外，问他，咋了？不热乎啦？建勋说，眼看五十，半老头了，天天干活累成这样，还有啥劲。小萍一想也是。小萍比他大两岁，前年就绝经了，本对这事不热，只是应付加对付，同样一套程序，几十年了，也该消停了。

今天活儿收尾，下个活儿已经定下，建勋明天就到下一家，他突然有些惆怅，泥子细细地批，滚刷轻轻地动。那人出去买东西，整个院里屋里，就他一个人，他站在一个洁白的世界里，头上落了一层白灰，白脸

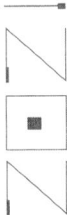

盘白鼻子白眼扎毛，他觉得自己是个纯洁的孩子，怀着一颗呼应爱情的心，怎么再有几个月就五十岁了，真不敢想，小的时候看五十的人，那就是老头子，而自己怎么还像年轻时一样，会怦然心动呢，会微微脸红呢。那人，她也不年轻，她也不漂亮，她也没打扮，她就是那么妥妥帖帖顺顺当当的样子，院子里收拾得干干净净，饭做得清清爽爽，话也不多，嗓门也不大，句句都挺合适，好像你说什么她都能理解。不像别的村妇那般，松垮着，稀拉着，任由自己糠糟下去，脏话粗话是家常便饭，顺口就来，她是收着，静着，仿佛总有约束与边界，只在界内活动，脏字从来不说。她连孩子也不多生，头生是个儿子就够了。在农村没有儿子当然是不行的，可有的人——就像自己和小萍吧——生了儿子又想要个女儿，儿女都有了，再要一个最好。生来生去，关键是养孩子费事操心，把自己整得一路垮塌，不可收拢，还理直气壮，老娘就这一摊子了，咋着？当然不咋着，没有人敢对一个劳苦功高的农村女性再提别的要求，审美不是她们要负责的事。而她，一直是收拢得好好的样子，好像和多年前当姑娘也没啥差别。她买东西回来了，并没有进屋里来，在大门楼里收拾做饭。厨房里的家什，都挪到大门楼，因为家里有个干活的男人，大门一直开着，让人们看到她在院里或门楼里。不时有人路过，跟她说话，有的站在大门楼不走，东家西家南地北院打工上学挣钱订婚，说上好一阵，有的进来参观一下新刷的房子，顺带把他这个老师儿也看看。请来的手艺人，叫作老师儿，"师儿"字上挑，拐个小弯，含着点幽默与调皮，是对手艺人的尊重。这些年市场经济，年轻人不这样叫了，你干活我掏钱，就这么简单，啥"师儿"不"师儿"的，叫你个老张就不错了，或者只说，大张湾的。只有老年人会说，这家请的老师儿干活还不赖，电话你存上，明年俺家刷房也找他。多年来，建勋就是凭着这干活还不赖，不断有活儿找来。有的家本没有刷房计划，是看邻居家刷了房，有用不完的小半桶涂料，自己占个便宜，再买一桶，就着刷刷大门楼算了。而建勋讲价也不扳死，只要不是亏得太多，只要有活儿干，总比在家闲着强。慢慢地，他的出工半径越来越长，前些年是周围十来里，这两年是二三十里，去年还有一回，市里郊区的一家小厂子，不知从哪儿得了他的电话，让他找几个人，承包住他们的活儿。建勋找了几个人打下手，他负责监工和技术指导，来回一百多里，不能每天跑了，吃住在那，十二天自己竟然落了五千元。

好久没有她的说话声，是大门口没有人路过，还是她不在院子里？她在干啥呢？竟然没有一点声响。建勋像是站在大雪地里，四野寂静，他孤独一个，大仰着头，只有高处的滚子，饱蘸了涂料，肥墩墩地蠕动，所到之处，青白更添一层，过几分钟，慢慢变成深白，情绪更浓一成。第一遍的白，过于稀薄，盖不住里面的泥子，再刷一遍，盖严实了，但也还不是扎扎实实的白，要走上三遍以上，才能抓牢润透，涂料大军丝丝缕缕全力以赴，长在墙上，成为它的一体，成就厚实笃定的白墙。扑嗒一声，有一滴落在地上，更响亮的扑嗒一声，掉在盖着家具的大塑料布上，眼泪似的，跌落成一摊白花朵。满世界只有这零星的扑嗒声，敲打他柔软的心。

四五点就能干完，可他想慢点干，等到男主人回来，主家验工后，他拿到该得的一千五百块钱。整整七天，他吃了不重样的饭，芝麻叶稠面条、塌菜馍、胡辣汤、捞面条、卤面、饺子、米饭，不知是女主人本来就讲究，还是专意为招待他而做。北方人很少吃米饭，吃一次就显得挺隆重，因为大多家庭没有电饭锅，要把一个小钢精盆盛了水和大米，再放到大锅里蒸，很难把握干湿，而她今天中午，竟然蒸了米饭，干湿度很好。她炒了三个菜，两素一荤，小桌摆在大门楼里，还拿出那天晚上没有喝完的半瓶白酒，叫来邻居家一个侄子陪他吃饭。可能是提前说好的，那男人很顺当地来了。而她自己，碗里三样菜各夹一点，坐在堂屋门口的小凳子上吃，遥遥地跟两个人搭着腔。邻家侄子劝他喝酒，他没敢多喝，只抿了两口，怕一喝就睡得起不来。

不到六点，活干完了。他说，等你家人回来验验吧。她先仰头四处看看。其实这些天里，她不知看了多少遍，当着他的面看，他不在时也挑剔着看，可能心里早有定论了。她外行充内行地说，嗯，怪好怪匀称，都白着哩，比二十五年前新盖时还好，那时只有白石灰，哪有现在的涂料啊。六点了，男主人还没回来，她打电话，对方说，厂里加班，还得一钟头，你看着中就中。于是她拿出钱给他。他说，他不在，这些东西咱俩抬，恐怕你不中。她说，没事，就剩这几件了，他回来我俩慢慢弄，你在这儿喝罢汤再走吧？他知道这是虚让，她还没有动手做晚饭。他收拾自己的东西，女主人在院子里继续洗洗涮涮，她趁这些天倒腾屋子，好像把家里所有能洗的东西，都洗刷了一遍。他把简单家什放在电三轮的后斗里，心里

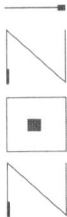

头像有小刀轻轻剜弄着，也不疼也没流血，就是不舒服。她打开水管给他接了半盆水，叫他洗洗。他洗了手脸脖子。她将他送出大门外。他说，把我手机号存好，下次谁家有活儿，给我打电话。她点点头，说声嗯。

他一路骑着电三轮回到家。

第二天早上，他给她打电话，说他现在去下一家的路上，天不冷不热刚刚好。她说是啊，天凉了，干活不受罪。

他问她中午吃啥饭，她说，一个人好凑合，下一把面条就中了。

他干着活儿，一直想着，她在他粉刷一新的屋子里出入，手里拿着这样那样的东西，收拾，打扫，做饭，甚至躺在沙发上看电视。整个白天，她都一个人在家，而他却不在了。

他又换了一家，再给她打电话，说上一家干了几天，挣了多少。她为他拿到钱高兴，说，提住劲干，攒钱给小儿子在县上买房，现在都兴这了，谁也没法儿。她为他叹息一声，好像是挺心疼他。

过几天就想给她打个电话，其实在他心里，是要天天打的，可怕她烦，无缘无故的，打啥哩打，已经人钱两清，还有啥好说的？他趁摸着时间，等到想打这个愿望积攒得过于强烈，再也按捺不住，他才拨她的电话。问她在家干啥哩，她说刚洗了衣裳搭在院里，他想象着衣服静静地滴水，落在地下她种的青菜里，有时候她说没事看电视哩，他想着那个画面，洁白的屋子里，电视开着，她穿着碎花绵绸衣裤，歪在沙发上。

生活中的什么事，都想给她说说，这一家不好对付，吃的赖，给钱少；下一家挺大方，顿顿有肉，工钱也给得痛快；小儿子在上海，这个月挣得少往家里打回来不到三千，他的钱咱一分不花都给他存起来，将来给他买房；女婿外出打工，儿子在外干活，每年回来一两次，闺女和儿媳妇常年一人带着个孩子，年纪轻轻的，白天黑夜就这样一个人，真让人操心，可别再出点啥事；自己白头发又多了一些，头发掉了几根显出了秃顶的兆头；孙子今天说了句逗人笑的话……很少谈及他们两人之间，很少说你我这样的词。他俩之间有什么呢？啥也没有，啥也没有你凭啥给人家打电话说得这么起劲呢？她也并没有拒绝的意思，没有恶声恶气地说，干啥老打电话你操的啥心？她总是那么耐心地听他说，时不时附和几句，想法也都跟他的一样。

他问自己，这是什么行为？这就是人家说的外遇吗出轨吗？电视上演的婚外恋？可是他并没有再去找她。但你心里装着她，天天有她，时时有她，这算怎么一回事呢？一直这么电话打下去，越说越热乎，会是个什么结果呢？都是成年人了，还能是什么结果？最后两个人想办法轰到一起呗。民间语言真是丰富，非正当男女搞在一处叫轰在一起，这个轰不是别人轰，全是内因起作用，是两个人热切地自发地往一堆凑，朝一起钻。

轰在一起的结果是什么呢？都有家有孩子，有脸有皮的，四五十岁的人了，出点事可咋办？

丢人卖赖折财生气。农村这样的事也不少，大都没有好的结果。一开始俩人好也是真好，到最后打的闹的哭的流的，说是感情，其实论到根上还是钱，女的嫌吃亏了，不干了，翻脸了，突然告男的强奸，公安真的把男人带走判了两年；也有叫人当场拿住的，私事变成了公事，领一队人打到男方家里，赔钱赔东西。相好本是俩人的事，却跳出一圈子人理论，只叫男的赔钱。建勋惊出一身的汗，自己儿媳妇都娶进门了，再叫人为这事打上门来，那才是丢人现眼。建勋几天没有再打电话，可总觉得心里空得慌，像是被谁摘去了魂。傍晚，他开着电三轮往家走，秋风浩荡，吹过大平原，又是西边火烧似的云彩，他不由停下车子，站在路边。苞谷都掰完了，玉米棵有的砍了有的没砍，在地里干枯地竖着；豆子快该收割了，衬着夕阳，铺上层金灿灿的热烈的橘黄，真是好看。暮色温柔，他的心也流淌了般，不由得又拨打电话，那人开口就问，咋好几天都不见信儿，忙啥哩，活多？多像小萍的口气，总是管着他挂着他的样子，他心里忽悠一暖，嗓子眼热辣辣的，要是人在眼前，必定得有所动作。他一时竟然不知该说啥了。那人说，身体咋样啊？到处跑着干活，得先吃好。他只说嗯嗯，好着哩，没啥，就是想你，总想给你说几句话心里才安生。那人不语，停一会儿说，那没事挂了吧。嘟嘟嘟，天边的夕阳往下坠去，嘟嘟嘟，惊心动魄的样子，好像掉下去就会爆炸似的。眼看只剩了小半拉，再下沉下沉，任谁也拽不住，整个地落入地平线，又不甘心似的，放出半扇光来，向上射着，是一句无望的长长的啊的呐喊。建勋挂了电话，一个人在路边，一直站到天黑，搁他年轻时的性子，定一气骑上电三轮，跑

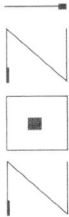

她村子外，叫她出来见一面，再开到县里，请她吃个饭，好好说说话，就像年轻人谈恋爱一样。他这辈子，基本没谈过恋爱，那时和小萍，是媒人介绍认识，按程序来，年节走动提礼，都是规范动作、公共行为，不兴单独见面。而跟这人，竟然是恋爱的感觉，可连她叫啥名字都不知道。他骑上电三轮，缓缓地走。天黑透，回到家里。

这样打电话，打来打去，为的个啥，最终目的，不还是想轰到一起去。轰这个词，真是形象，高热的冲动的突发的盲目的不计后果的飞蛾扑火的打闹嚷乱的……直至最后，失败告终，一哄而散。

有时候建勋就想不明白，人们为了这点事，费那么多周折，几头编瞎话，编不圆展，这儿漏了那儿破了，打打闹闹，哭哭流流，何苦来哉。可是，放眼望去，世人都在为这点事奔着，电视里，身边的，整天说的听的传的都是这事，此刻，自己也落入井中，无人诉说，没处抓挠，白天黑夜，思来想去，天天想打电话，想给她说这说那，说东道西，想听她的附和、劝解和最后的几句安慰鼓励，无非是叫他干活注意安全，吃饭吃好点，涂料有害应该戴个口罩这些最平常的话，可对他来说，是最动人的旋律。

电话继续打，建勋是一只缓缓胀大的气球，已经薄得透明，成为一个危险品，轻轻一碰就爆成碎片。总得做点什么吧。一想到要付诸行动，他头脑嗡的一声，空中飞来一个耳光打在自己脸上，人家搞婚外恋，都有经济基础，跟女方见面，难道空手去？得送个礼物吧，今后维持关系，除了感情外，还需要钱吧，可他又是个啥角色呢？到处干零活，为了攒钱给儿子买房，再热的天，一瓶水都舍不得买，几十里路干渴着，电三轮开得飞快跑回家里。建勋感到羞愧，快一米八的大男人，被钱给拿住了。

满面红光圆滚滚的大男人竟然日见憔悴，夜里偶尔还会失眠。胡子拉碴，他也不想刮，一早一晚，骑着电三轮在公路上奔跑。一个个村庄甩在后面，无论是夕阳无限好还是朝阳多美丽，他也没心情看了。到主家做活，他一语不发，铲墙皮，批泥子，粉白，仰着头刷呀刷呀，又生气又忧伤的样子。生谁的气呢？想起奶奶说的话，谁也别怨，怨自己没本事。眼看冬天来了，他对自己的情感生活来了一个大总结，痛下决心，再不打电话了！

大男人说到做到。建勋一个多月没打电话，那人也没有打来。快过年了，突然想起，她儿子要结婚了，微信里给她转了二百元钱，作为随礼。几小时后，她收了钱，说，到时你儿子结婚，也得给我说。他说，好的，两个字后面，给她献了六朵玫瑰，本来还有六个抱抱，想了想，删去了。第二天那人发来婚礼的酒店地址，让他大年初五来吃喜酒。他犹豫，去不去呢？去了能见见她，可是，见了又能怎样呢？一会儿想着应该去，一会儿觉得没必要去。到年根根上，突然武汉传出疫情消息，到处封锁，酒席办不成了。这样也好，省了他纠结。

走到哪儿把她装到哪儿，行走坐卧，吃饭睡觉，都默默跟她说话。这样总可以吧？不行动不出事不丢人，从头到尾，是我自己的事，沤烂在心里，我乐意，谁也管不着！此时坐在31号登机口，马上就要到登机时间了，他怀着暖暖的酸酸的心情，就那么坐着，听着广播不断报出航班号。前面那些数字他听不懂，后面的城市全国各地都有，而那人也融化在播报里，一会儿上海，一会儿南宁，一会儿沈阳，跟每一个他从没去过的城市联系起来。

终于听见乌鲁木齐四个字，三个大男人相互看看，见身边的人站起身来，向登机口汇聚。又像怕走丢的鸡娃那样，三人一同起身，跟在一处，要走进一个他们此生第一次进入的空间。建勋将把那人，带入机舱，一起飞向高空。

原载《芙蓉》2021年第2期

点评

小说的情节并没有多大新意，但作者的写法着实令人回味无穷。

一个寻常的"婚外恋"故事，被作者娓娓道来，甚至有一丝唯美的感觉。原因在于，作者并非要鞭挞"出轨"的行为，而将重点放在了对人物心理状态的刻画上。更像是一个普通小生产者的"中年危机"。人到中年，一切按部就班，失去了新鲜感和激情。人到中年，一切也还不能停下，依旧得为儿女、为生计奔波。这是大多数普通人

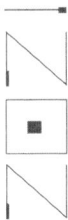

的生存状态，作者将笔触对准小生产者确是深思熟虑。不像纯粹靠土地过活的农民，小生产者有一定的资产，因而有更大的精神需求的空间。但小生产者又不似城市居民，他们没有那么丰富的业余生活，对这个五光十色的世界，没有那么深入的体察。介于两者之间，他们的心理，他们的精神需求没有得到足够的关注和重视。

　　小说没有惊心动魄的情节，一切都似乎是淡淡的，仿佛盖着一层朦胧的面纱，一直似揭未揭。小说一开始详述三人坐飞机的始末，看似和后面"我"与"那人"的故事没有大的关联，但恰恰是这段描写，将"我"的精神世界和心理状态做了铺垫和预叙，丰满了人物的形象。进一步，导致"我""精神出轨"的"那人"，不漂亮、不特别，甚至连姓名都不知晓，但就是心里痒痒的，想和她见面，想同她说话。"我"与"那人"也并没有什么真正越轨的行为。理智最终战胜了冲动，"我"决定将对"那人"的心绪带入机舱，然后和飞机一起飞向高空。这也意味着，一切都将像飞机一样，最终进入既定的、正确的轨道。小说没有惊心动魄的情节，没有跌宕起伏的波折，更没有博人眼球的"出轨"桥段的描写。整个小说流淌着跃跃欲试但却克制的情感，外在景物的恬淡也承托出人物情感本质上的淳朴与美好。

（朱旭）

第一站台/

/刘建东

　　绿皮火车冲出茫茫暗夜，粗重地喘息着，开始减速，缓缓靠近22时39分的邯郸车站。车内的人都把头挤向矩形窗玻璃，向外张望。灯光昏暗的一站台上，人头攒动，等车的人跟着没有停稳的火车，慢慢小跑着，寻找着自己的车厢。人们细细长长的影子，开始慌乱地重叠与分离。

　　在数十个小时漫长的旅程中，我丝毫没有亏待自己，吃了一只烧鸡，喝了半斤石河子产的高粱大曲。此刻边回味着酒香，边悠闲地看着站台上接站和上车的人流。我没想到，居然还有迎接我的人。她手里举着一块纸牌子，上面写着我的名字，这是我要在这座城市慰问的其中一个。她曾经是我的初中英语老师，是当时我们学校最漂亮的女教师。每次她边读英文课本，边从我身边经过时，都会留下淡淡的雪花膏味。这是她病退回内地之后，我第一次见她。她仍然保持着良好的生活习惯，非常注重自己的仪表，虽然已经四十多岁，却容颜未改，站台朦胧的灯光下，脸上的淡妆若隐若现。头发整整齐齐，熨熨帖帖。洗得干净的浅蓝色小翻领上衣，自然地衬托着她匀称纤细的身姿。我叫了声"史老师"。

　　"你还认得我啊！"她微笑着，露出洁白的牙，"我到邮局打长途电话问了厂里，才知道是你。原来的中学生，都变成成年人了。"

　　这是1991年的春天，我工作后的第一次出疆经历。

　　他们说，我是一个游手好闲的人。

　　对此我并不在意，反而有些得意扬扬，凡是借此贬低我的人，都是妒忌我的人。我很为自己的工作而自豪。当覆盖着北疆辽阔平原的积雪慢慢消融，当春回大地，我一年的工作才刚刚开始。我内心充满着期待，

想象着车窗闪过的那些大好河山：天山、嘉峪关、敦煌、黄河、黄土高原、华北平原……想象着火车越过小小的红柳河站时，出疆时的喜悦。

舅舅对我的第一次出行并不放心，他千叮咛万嘱咐，告诫我一定要亲自见到每一个人，把厂里的问候一字一句地捎给他们。他还拿着一个白棉布包，裹得里三层外三层，交代我一定要把它送到她的手上。他补充道："这是新疆最好的杏干。"他担心地盯着鼓鼓囊囊的杏干包裹，好像一离开他的手，那个包裹就会丢失一样。我第一次出疆时，舅舅是七一棉纺织厂的副厂长，在他递给我杏干包裹时，我发现，此时的舅舅并不是台上那个念稿的副厂长。他紧锁双眉，目光游离，眼神忧虑。我离开他的办公室，他的目光还在盯着我，我知道，他盯着的是那个包裹，而且是即将踏上遥远旅程的包裹。好像，他所有的希望，都在那个满是杏干的包裹上，他坚信，它会随着我，越天山，出新疆，过黄河，入平原，到达它的目的地，实现他的愿望。难忘的第一次，就是这样，满载着舅舅殷殷嘱托和满心希望出发，那包杏干是我行李中最重的一件，因为它的存在，我双肩生疼，虽然我极不情愿，我甚至动过念头，从火车的窗户把它扔到旷野之中，可我不敢。这可是万能的舅舅交给我的任务，谁让他是我舅舅呢，谁让他力排众议，给了我这份游手好闲的工作呢。所以，我出疆的第一站就决定奔赴那个可以把杏干早早摆脱掉的城市。

每年，我都会出疆，到祖国广阔的内地去跑一趟，代表七一棉纺织厂去慰问返回内地居住的退休工人。说得好是慰问，实际上就是去看看他们还在不在世，以防他们死了，厂里还照常给他们发着退休金。这样的事也不是没有发生过。他们大多是1958年开始支边的青年，也有一部分部队转业的干部，如今陆续到了退休的年龄，大多想着落叶归根，回到内地投亲靠友，安享晚年。我的内衣口袋里揣着一个名单和一支蓝色墨水的钢笔。他们分布在河南、河北、湖北、上海、天津……每次回来，那个名单都会有所变化，有的人名上会被覆盖上一个大大的蓝色的X。

我知道，他们都不愿意见我，他们把我看成一个催命鬼，好像每年出现的我，是向他们索命的。所以他们大部分都不会给我好脸色，除了必要的应酬问候，或者打听一下老同事和纺织厂的近况之外，便少言寡语，呆呆地坐着。在他们看来，我是个既不受欢迎又挥之不去的期盼。对于为边疆奉献了一辈子的他们来说，那份退休金是晚年唯一的希望。只有一个人例外，她对我格外地期盼，好像，在她一整年的生命中，就为了等待着我从绿皮火车狭窄的门中走出来的那一刻。

这个人就是史项华，我的英语老师。

多年之前的一个下午，史老师在教室里正在给我们上课，突然就满脸冒汗，上身痉挛，扶着桌子坚持了几秒，便重重地倒在了地上。从这一幕之后，她再也没有回到课堂，我从来没有听得懂的曼妙的英语朗诵声也消失了。据说她得了不可救药的神经衰弱和心脏疾病。一年后她便病退，再一年，她回到了内地，回到了她母亲身边。

这是河北省最南部的一个城市，邯郸，我记得历史课上说过这是战国时期哪个国家的首都，我学习不好，没记住。从石河子到邯郸，将近3100公里，我分别在乌鲁木齐和兰州倒了两次车，坐了近80个小时的火车才到。我松了松身体，使劲跺了跺脚，脚踏在大地上的感觉真好。

她像是见到亲人那样，抢着替我拿行李，甚至有些手忙脚乱，那个盛着杏干的背包在我们互相拉扯之中掉到了地上，还好，我舅舅包得结实，没有杏干掉出来。

车站出口靠墙处，支着她的凤凰牌自行车。

她用自行车驮着我的行李，到了火车站旁边的站前旅馆里。我一路都在感谢她这么晚还来接我，让我突然感觉到了千里之外的温暖。办完入住手续，她跟着我进了房间。我先把那个杏干包裹拿出来，递给她，"我舅舅给您的，他再三嘱咐我，让我一定要亲手交到您手里，要不回去他非得杀了我不行。"

她把手背到身后，仿佛，怕那双手不听使唤，去接那包杏干。

这个场面有点尴尬，她就那么背着手站着，不说接也不说不接。我央求她："史老师，您拿着吧，我跨越几千公里，给您捎过来的，您不要，我怎么回去向我舅舅交差。"

她依然不理不睬，环顾左右，就是不接我的话茬。我的手举累了，便放到一边的茶几上，我说："史老师，求您了，您走时一定要拿上呀。"

她走时并没有拿走那包杏干，她看都没看，不管我的反复提醒和哀求，径直走出了小旅馆。她走之前对我说，邯郸是个好地方，名胜古迹很多，我来一趟不容易，她一定要尽尽地主之谊，带我到几个著名的景点去看一看。

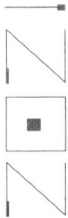

她走到门口，我问她："史老师，请教一下您，邯郸是战国时哪个国家的都城？"

"战国时期的赵国。"她回答。

我在这个陌生的城市待了三天，第一天去了趟黄梁梦镇，慰问机修车间返内地退休职工宋长荣。我对他没什么印象。他对我则不咸不淡，给我倒了杯茶水，聊了几句天，然后把我送出门。我顺便去逛了逛品仙祠，在卢生殿我闭上眼，想象着自己也能拥有一个黄粱美梦。第二天去了趟沙河县褡裢镇，王阿姨和我母亲是一个车间的，见到我仿佛见到我母亲似的，拉着我的手问长问短，让我吃盘子里的麻花。还有一天时间，史老师装束整洁地陪我去了趟丛台公园。一路上，她滔滔不绝却有点上气不接下气地给我讲邯郸的历史，从赵氏孤儿、胡服骑射讲到廉颇蔺相如，从围魏救赵、毛遂自荐讲到纸上谈兵、负荆请罪，讲得我脑子里乱乱的，根本理不清谁是谁。不管我能不能接受，不管讲述是不是令自己气息不畅，她只是坚持讲述。我们站到武灵丛台最高处，据说这是两千年前赵武灵王阅兵之处。邯郸城在我的眼中比石河子要大许多，放眼望去，看不到城市的边缘。平房与楼房高低错落，街道疏朗，绿树交叉延伸，自行车纵横穿行，满是烟火之气。阳光轻抚，我从她洒满阳光的脸上，依稀又看到了当年她在讲台上的风姿，只是她的表情越来越不那么从容，额头上渗出一层细密的汗珠。我心里突然感觉哪里不对劲，被哪个念头硬生生地揪住了。所以后来她说了什么，我几乎当成了耳旁风，我心里的那份疑虑抓挠着我，奇痒难耐。到了那棵据说是明代的古槐旁，看着被微风吹动摇曳生姿的树叶，我脑子里似乎突然闪过一道亮光，急忙问她："史老师，您不是因为有病才提前退休的吗？"

因为我突兀的问题，她不得不停下喋喋不休的讲述，愣愣地看了看我，然后镇定自若地说："当然是因病退休的。那还有假吗？"

"那您……"我喃喃地说。我的意思是我丝毫看不出她是个有病的人。

透过槐树稀疏的叶子，点点的阳光在她脸上摇晃着，因为登上高台和不停地讲述，她坚挺的鼻头也布满细微的汗珠，有些细碎的皱纹从眼角散开，延伸到她乌黑的头发中。"你是说我在石河子有病不能上班，怎么在这里跟个没事人似的？小姜，这是两码事，一个问题的两个方面。"

我点点头，又摇摇头，她说的话我似乎并不明白。

"你不需要知道那么多。你来不就是来证实一下，我是不是还活着，还在不在人世，是不是可以给纺织厂省下一笔退休金吗？"

我连忙摆摆手："没有的事儿，我是代表厂里来慰问您的。"

"你说的话你自己信吗？都是骗三岁孩子的。"她把目光从我脸上移开，越过正午的阳光下，邯郸城中罗列交织的矮房和楼宇，看着更远的地方。

我吸了口气，她说话的口气还是和在学校时一样犀利。由丛台西南逐阶而下时，她终于要撑不住了，身体一歪，险些摔倒。我扶住她，她的手无力地抓着我的胳膊。我说："您是不是累了？"

"没有，踩到一块小石头。"她的脸色蜡黄，皱着眉，轻描淡写地说，然后甩开我的手，独自向前走去。

我们在丛台公园门口分手。我打开随身带的背包，拿出那包杏干，在整个游览过程当中，它都以那么真实的重量考验着我的肩膀和心理。一旦我感觉到那分量的存在，舅舅恳切的目光就会浮现在我眼前。我继续哀求她："史老师，您就别为难我了。不能再让我把它背回新疆吧，再者说，我还有很长的路要走，要去河南、湖北……"

我的哀兵策略并没有奏效，她依旧我行我素，仿佛那包杏干与她没有任何关系似的，她不理不睬。任凭我的哀求变成一股风吹过。她没有立即和我告别，而是眯起眼睛来，狠狠地盯着我，冷冷地问："他死了没？"

她如此冷酷的问话令我猝不及防，惊出了一身冷汗，"谁，谁死了？"

"你舅舅。"她看着我，眼里满是怒火和仇恨，刚才的热情洋溢一扫而空。

我不明白她为何有如此一问："我舅舅活得好好的。他怎么会死呢？他现在是副厂长，他每天有很多工作要做，他怎么会去死呢！"

得到了我肯定却不令她满意的答复，眼神中的怒火骤然熄灭，变得呆滞无神，她转身离去。我手里拿着那包沉甸甸的杏干，看着她的背影慢慢地向南走去，她走得很艰难，摇摇晃晃，如同掉了一个高跟鞋后跟。其实她穿着一双平底鞋。她跌跌撞撞，身子一会儿向左斜，一会儿向右歪，

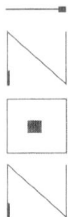

随时都有可能要倒下去的感觉。我冲动地跑过去，伸手扶住她。她竟使出全身的力气，狠狠地把我的手甩开。我趔趄了一下，站定后，看着她继续一歪一斜、一瘸一拐地，坚定地向前走去。那婆娑的光影在她晃动的身体上疯狂地跳跃着。渐渐地，她消失在那一排已经长出稀疏绿叶的梧桐树后。

那包杏干，我不可能再带回新疆，只好把它送给了站前旅馆的女服务员小齐。小齐见人就笑，看着喜庆，而且这几日在邯郸城里转悠，都是骑她的自行车。

回到新疆已经是夏天了，我去了沧州、邢台、石家庄、衡水、保定，然后又去了河南和湖北。一进入新疆，夏天就是另外一副面孔，感觉那么清爽和内敛，没有内地的那么热烈和奔放。每次回来，我都给父母亲带回来许多当地的特产，我母亲便不住地提醒我，让我清醒地认识到，我这份工作与舅舅是分不开的，我所拥有的一切都是舅舅的功劳。母亲的话已经在我耳朵里成了茧子，她说："你要感激你舅舅呀。"我舅舅正在焦急地等待着我的消息，我刚进家门，他就第一时间赶了过来，神秘地把我拉出门，在一处僻静之处用渴望的目光牢牢地盯着我："怎么样？"他这般目光，在以后的多年里，都是我害怕见到的。

从他的头顶，我看见我们生活区的那几棵白杨，笔直且高傲地向寂寞的蓝天进发。这才是我的新疆，空旷得有点撒野。我故意逗舅舅："啥怎么样？"

舅舅急得挠着头发，"杏干。她。"

"啊，您问的是杏干啊，您问的是那个女的呀！您不问我都忘了，我跑了那么多地方，腿都跑细了，晒得黑瘦黑瘦的。您不问问我，却这么关心别人。"我慢条斯理。

舅舅伸出巴掌捅了我一下，发威道："能不能好好说话。"

我想了想早已被小齐姑娘吃掉的杏干，又想想史老师问候他的那句咒语，决定还是不能实话实说，让舅舅过于失望和悲伤。"好吧，好吧。谁让您是我舅舅呢。告诉您，杏干她收下了。"

"她真的收下了？"舅舅惊喜地反问。

"那还有假吗？"我看舅舅面露喜色，便趁机借题发挥，"她还说，谢谢您还记挂着她。如果说她身体还好，能承受住长途旅行的辛苦，她甚至想亲自来看看您。"

我舅舅平时是个严肃且不苟言笑的人，听到我虚构的内容，竟然有些不能自持，眼睛有些湿润，并且是泪中带着笑。我就不明白他到底是高兴还是悲伤了。"她还说了些什么？"舅舅来不及抹掉他眼角的泪花。

"她还说……"我故意仰头在回忆当时的场景，"她说，她非常想念您。"

舅舅低下头，沉思着。我感觉他不大相信史老师会说出这样的话，他抬起头来，摇摇头，紧锁眉头，"这不像是她说的。"

我赶紧打圆场，害怕言多必失，露了马脚："我坐了四天的火车，头昏脑涨，必须得回去睡觉了。"

我的舅舅，马副厂长，以前的棉纺厂工会干事，机修车间副主任、主任，就这样轻易地被我欺骗了，他把那份巨大的满足感用到了工作中，我发现，他好像从来没有休息过，他忙碌的身影出现在纺织厂的各个角落，督导、检查工作，开会调度生产，和人谈心。时常板着脸的他那些日子竟然开始冲着同事们微笑，冲着家人们微笑。除了我，没有人知道，他心里藏着一个不可告人的秘密。

我善意的谎言，给了舅舅极大的鼓舞，从夏到春，他对我和颜悦色，看哪儿、看谁都顺眼。从鲜花盛开到含苞待放，他都在等着我的再次出疆。他甚至有时候会故意地找个话茬，和我说说往事，说说史老师，我都借故躲开了他，唯恐露出破绽。但是他眼睛里那份想与我交流的渴望，却久久没有消散。

第二年，他还是预备好了一份杏干。我看到杏干就有些犯愁，所以我提醒舅舅："她有那么爱吃杏干吗？"

"当然。"舅舅不容我置疑。

他认真地准备杏干，而我只能假意认真，庄重地把杏干放进我的背包。这一年，我选择慰问的省份是河北、上海和江苏。邯郸必定是第一站。和往年一样，邯郸站那不起眼的站台之上，站着一个我感觉已经非常熟悉的人，她无数次地出现在我舅舅的眼睛里，仿佛我舅舅的眼睛就是她的镜子，她的影子反复地在我舅舅的眼睛里闪烁。

这趟列车总是停靠第一站台，还是那个女人。她手里不再举着牌子。一身春天装束的她定定地站在昏暗的站台上，头随着渐渐靠站的列车，

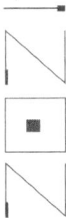

左右摇动，看着慢慢晃过的列车窗户。我一看到她精心打扮好的样子，就不自觉地感觉到肩膀的压力，那包杏干好像一靠近邯郸的站台，便神奇地加了重量，压得我喘不上气来。她穿着一件紫色的风衣，黑色的裤子。齐耳短发，笑容可掬。她是唯一一个为我接站的退休职工，就是这份执着也令我感动。她仍旧是忙着抢我手里的背包，说："我在站台上一连等了你一个星期。每天晚上。"

我惶恐不安："您不用等我。我来了自然会去找您的。我要是找不到您，等于我的工作没有完成。"

"那不一样。好歹你也是厂里来的人，你代表着组织和集体，不能慢待了。你说是不是？"她柔声说。

我忙不迭地说："谢谢您，谢谢您，我承受不起。"

她说："没关系，我自当是锻炼锻炼身体，出来透透空气。不碍事的。要不每天在家里也闷得难受。"

一边随着人流向外走，我一边还为她等了我一周而自责，我问她："那去年您也是这么天天在站台等我？"

"去年我等了半个月，才把你接上。"她像是在说自己平日里的生活琐事一样。

我心里一惊，手上的包掉到了地上。她替我拎起来，问我："你怎么了？"

我摇摇头，她的行为真是不可思议。

这一次，她陪着我去了回车巷和学步桥。回车巷据说是蔺相如为廉颇让路的地方，而学步桥源自邯郸学步的成语。我们在桥头作别。桥下的沁河之水在泥草之中羞怯地流淌着。她又说出了那句对我舅舅的问候，她问："他死了吗？"

我心里凉冰冰的，我一路奔波，却没想到有一个人如此迫切地想要见到我，却不是为了见我，而只是要我传递一个口信，一个恶毒的口信———而我是那个恶毒的信使。疑惑不解的我，想着舅舅殷切的目光和等待，这三个字对他是不公的。于是我问她："为什么您那么迫切地想我舅舅死呢？"

她不回答我。就像她对我捎来的杏干一样，充耳不闻。不接招，不拆招。任凭我的疑问逐水而行。

在以后的岁月里，出疆的第一站从来没有改变过，这是舅舅刻意的要求和安排。他不会知道，他的良苦用心换来的只有那句诅咒。对她来说，那是她例行的公事，是她人生中的重要部分。而我，来邯郸的目的，仿佛不再是来慰问和探望一个病退职工，而只是来听她说出那三个字。只有在分手的那一刻，我才感觉到通体舒畅，如释重负，像是卸下了千钧重担。而那包杏干，每年都会落到服务员小齐的手中，她也每年念叨着我，希望品尝到新一年的杏干。

受到虚假信息鼓舞的舅舅却循规蹈矩，不敢越雷池一步，他小心翼翼地维持着在这种难得的平衡。在他看来，她能够收下他的礼物就说明了一切，他就已经知足了。

越接近家，我就越怕见到舅舅，我怕他用那种迫切的目光等待着我。有多少次，我想问问舅舅，到底在他们之间发生了什么事，让他如此牵挂一个远在异乡的熟人。和史项华一样，他也三缄其口，从来不给我个答案。那个时刻，被香烟的烟雾缭绕的，是留在我脑海中的舅舅，深邃的目光，似乎想要穿透时空，回到某个特定的时间和地点，用他的悔恨来修补时间的裂痕。日复一日，我的舅舅，那个令我们家族倍感荣耀的舅舅，那个事业成功的舅舅，渐渐令我有些怀疑。我坚信，他刻意要隐瞒真相，隐瞒一段不为人知的历史，他必定是做了对不起史项华老师的错事、坏事，才让他背上沉重的心理负担，一心想要弥补自己当年的过失。一旦这个念头冒出来，就停不下来，疯了一样生长。我眼里的舅舅竟然越发地像一个坏蛋。他那故意板着的脸，一定是心虚的表现。那眯缝的眼睛，不正是文学作品中常见的坏人的标配吗？那浓密的眉毛、嘴巴、眼角的皱纹、鼓鼓的腮帮子，连走路的姿势，看人的眼神，都不那么自然，充满了难以言表的罪恶之状，一点点地印证着我的猜想。

他在我以目中的地位陡然下降之后，我对他的尊敬便荡然无存。我甚至可以大胆地出言不逊，拿不敬之词去攻击他。有一天我对我舅舅说："我知道您为啥要给史老师捎杏干了。"

舅舅诧异地看着我："你知道个屁。"

以前我确实比较怕我舅舅，他既是长辈又是领导，可是现在不一样了。我手里攥着他的把柄。我挺直了腰板，理直气壮地说："我就知道，您做了对不起史老师的事。"

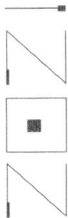

他的气焰立即消失了，低下头，心有不甘，灰溜溜地走开了。

他越躲避，我越觉得自以为是，猜测越豁然开朗，好像我自己忽然间高大起来，站到了道义的制高点，我比人人都称道的舅舅还要有优越感，这是何等荣耀的事啊。

我鄙视舅舅，却离不开他，我的工作都是他给的。我就是这样处于对抗和回避的焦虑和矛盾之中，年年踏上一段伤心之旅。

从第二年之后，每次出疆前，我都坚持给她拍一封电报，告诉她我预备到达的车次。只有那样，我在火车上才睡得安稳，才能暂时忘掉她那句诅咒和我舅舅恳切的目光。从石河子坐上火车，第一站到达乌鲁木齐，在乌市住一晚上；第二天中转坐上乌鲁木齐至兰州的火车，列车在广袤的兰新线上奔驰，经吐鲁番、鄯善、了墩、柳树泉、哈密、尾亚、柳园、疏勒河、低窝铺、玉门、嘉峪关、酒泉、清水、张掖、山丹、金昌、武威、武威南、打柴沟、永登，到达兰州；再从兰州中转，穿行在秦岭、黄土高原的陇海线上，经夏官营、定西、陇西、天水、宝鸡、西安、渭南、三门峡西、洛阳、郑州，然后北上京广线，经新乡、安阳，进入河北，抵达邯郸。在经过数天的煎熬，怀着一种沉重的负疚感，在火车嘈杂的噪声和车厢内污浊的空气夹击中，我会感到落寞寡欢，甚至希望她不要出现在站台上。

如我内心所愿，那一年，我出疆后的第七年，我的眼睛在邯郸车站的站台上烦躁地搜寻着，竟然头一次发现，她没有来。这令我欣喜若狂，重重地吐了口恶气。背着背包，挤下火车时，竟然也没有了背包里杏干带来的压迫感。总之，一切都是美好的，轻松的，愉悦的。脚步轻快，我还哼起了新疆小调。

一路畅通无阻，出车站，入住站前旅馆，面对笑脸相迎的小齐。一时激动，这次我一反常态，先拿出了杏干，递给了小齐，"给我安排个向阳的干净的房间啊。"小齐笑盈盈地接过杏干，嘴角的酒窝非常迷人，"放心吧，姜哥，早就给你留好了，是我亲自打扫的房间。我还给你备了一瓶邯郸大曲。"说着笑嘻嘻地从柜台里拿出那瓶白酒。

没有想到的是，那天晚上，我正在房间里就着花生米喝酒，边给小齐讲新疆的故事，房间门被粗暴地推开了，风风火火闯进来一个人。我刚要发火，却看到是史项华老师。我倒吸一口凉气，"怎么，是您？"

"怎么不能是我？你告诉我，你不是说，要坐76次特快吗？我每天都去站台接你。"她怒气冲冲。

"啊啊啊，原来是这么回事啊。这您不能怪我，我在兰州被困住了，陇海线过秦岭的十里山隧道出了事故，据说是油罐车在隧道里爆炸起火，我没办法只好改签了车次，走北线，从兰州走包兰线、京包线，经银川、包头、呼和浩特，到北京，然后再转车南下京广线，才到的邯郸，我容易吗，再者说我也没办法通知您呀。"我委屈地解释着。

她这才消了消火，口气软下来，"你说的是真的？"

"那还有假，你去留意一下新闻。把我折腾得人不人鬼不鬼的，你看我，哪像个人样啊。"我抱怨着。持续了没有几个小时的好心情顿时烟消云散。

史老师瞟了一眼茶几上已经打开的杏干，小齐正旁若无人地品尝着杏干。我慌乱地解释说："反正你也不要。丢了也是浪费和可惜。"

她的心思并不在杏干上，所以毫不介意，只是幽怨地看我。

那一次出疆，是我最累的一次，除了去时的颠簸辛苦，更有史老师越来越绝望的表情时时陪伴着我。当她听说我舅舅已经当上七一棉纺厂的厂长时，脸上露出垂死之人的凄凉与悲伤。那低落的表情，没有光泽的眼神，从来没有离开过我的脑海。在山东、安徽，在青岛海边、黄山，她的表情和眼神似乎一直在我身边，搅得我没有一点兴趣去欣赏祖国壮美山河。

年复一年，所有的过程都在不断地重复着。杏干，昏暗站台上茕茕孑立的人影，强作欢颜的迎接，恶毒的诅咒，舅舅虚妄的自我安慰，我越来越疲惫的心绪，它们纠结在一起，剪不断理还乱。我不知道，哪一天，哪一年，是个尽头。

又过了三年，我舅舅的官是越做越大，他升到了农八师的副师长、石河子市的副市长。这年的春天，邯郸多雨。当我把这个消息告诉史老师时，她迎接我的热情一下子就消失得无影无踪，雨伞也掉到了地上。我捡起她的雨伞，为她打上，讨好地说，我舅舅想要她回去一趟，吃住行都是我舅舅来安排，带她到北疆转一转，看看喀纳斯湖，还要当面向她表达自己的悔意。史项华老师沉默不语，之后说要陪我去黄粱梦镇，听说宋长荣

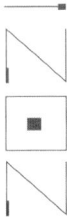

去世了，她要去看看。我们从汽车站坐上辆电动三轮车，三轮车在北去的国道上颠簸着，绵绵细雨一直在下。我倒是适应长途旅行，没什么反应。她却反应激烈，脸色惨白，抱紧双肩，软绵绵地缩成一团，三轮车不得不三番五次地停下来，好让她到路边的草丛中呕吐。三轮车司机一路都在抱怨，抱怨拉了一个病秧子，浪费了他的时间，有这个工夫，他都跑两趟了，少挣了多少钱。我安慰他说，给你多加钱，他这才露出笑脸。

宋长荣已经过世了五天，我们只看到了他的遗像。在他家客厅里与他儿子聊了几句，他儿子并没显出多大的忧伤，对我们也比较冷淡。令我和宋长荣儿子都没有想到的是，史项华老师看着镜框里的宋长荣，突然号啕大哭。她涕泪横流、伤心欲绝的样子让我十分不自在，跟着她不哭不是，哭也不是。我就那么局促地看着她，试图去拉她，阻止她。宋长荣的儿子也没有料到有这一手，他惊讶地盯着这个从来不认识的陌生女人，满腹狐疑，也是手足无措。

好不容易把史老师劝得停止了悲伤。我搀扶着她，从宋长荣家里出来，她的身体靠在我身上，重心都压在我右边。我们在路边的一个小商店门前避雨，等着她缓过神来，悲伤加上还没有消退的眩晕，她一时半会儿还不能坐车回去。我又许诺给三轮车师傅加一块钱。

我掏出那个名单和钢笔，在那个名单上找到"宋长荣"，在上面画了一个大大的×。史老师泪眼婆娑地看我，等我划完了，问我："你是不是巴不得早点在我名字上也划个大大的×，好早点解脱，早点摆脱我的纠缠？"

我收起名单："哪能呢，我盼着您长命百岁呢。"

"别假惺惺的了。"她虚弱地说。潮湿的空气像是她的表情，紧紧地包围着我们。

我问她："您跟宋长荣关系特别近吗？"

她擦干了眼泪："不，一点也不熟悉，我只是见过他几面。如果不是看到照片，我都想不起他的模样。"

我奇怪地看着她："那您怎么那么伤心，我还以为……"

她没有立即解开我的疑惑。沉默了几分钟，她才低声而且悲怆地说："老宋都死了，他怎么还不死？"

这句话像是我们新疆春天的惊雷，干脆利落，从天而降，击中我早已经脆弱的神经，把我侥幸而存的那点善意的谎言击得粉身碎骨。为她的诅咒披上善意的伪装，竟显得如此多余，如此不堪一击。

这次从邯郸回来之后，我决定向舅舅摊牌。我无法再继续向他撒谎，让他自以为得到了史老师的谅解和宽宥，进而获得莫大的心理安慰。

下了火车，我直接去了八师师部。

我在会客室里等了半天，才见到舅舅。他也老了，脸上的皱纹非常明显，头发却染得乌黑，笔挺的白色衬衣衣领特别显眼。舅舅说："你跑这儿来干什么？"

"我想告诉您件事。"我黑着脸地说。

"什么事等我下班说。你没看我这么忙吗？"他埋怨我。

我严肃地说："不行，我一分钟也等不了，必须第一时间告诉您。"

"好吧好吧。给你两分钟时间。"他不情愿地说。

我说："舅舅，我刚从内地回来。"

"噢，对了，我都忘记了。怎么样，她一定是收到了我的礼物？"他自信满满地说，神色甚至有些许的得意。

我搓搓手，放平一下心态，然后庄重地说："舅舅，我要向您坦白，我不想向您撒谎，不想对您隐瞒了。"

他看着我，眼神里满是疑惑。

"我承认，我一直在向您撒谎，说违心的话，违背良心的话，虚假的话。就是关于史项华老师的。"我紧张万分，语无伦次。

听到史项华的名字，他略显不安，从座位上站了起来，目光迷惑地看着我："这又从何说起呢？"

"自从我第一次见到史老师，她就没有接受您千里迢迢送给她的杏干。她看都不看，理都不理您的好意。这让我怀疑您是不是真的知道，她那么喜欢吃杏干。可是我又不忍心让您难堪，让您觉得我没有出息，您交给我的这点任务我都完成不了，那不成了废物了吗？所以每一次我都把那包杏干给了别人。"我一口气把想说的话说了一半，就像把那包杏干终于给了史老师一样。

他怒目圆睁，看着我，我以为他又要打我，便不自觉地向后退了一步。他没有动，眼睛里的光芒陡然黯淡下来，声音变得低沉沮丧。"她没有变。"他沮丧地说，"她始终没变。"

我趁着自己积蓄了一路的勇气尚存，继续说："事情还没有结束。杏干倒是小事一桩，还有您更加应该知道的事，更加严重的事，我也没敢告诉您。每一次我去邯郸，她都热情地接待我，让我误以为她是为了迎接我，见到厂里去的人而高兴。可是，原因并不是这样。每一次，她都掩饰着自己的病体，强打精神，让我能感觉到她生活得很好，比在新疆时还要好，她活得逍遥自在。而每一次，她的目的只有一个，就是让我给您传递个口信。"令我自己都意外的是，我竟挑衅似的斜睨着舅舅，带点自鸣得意。

"口信？"多年来，那包穿越遥远距离一路颠簸的杏干，就是舅舅内心的挣扎与焦虑，它们在那包杏干的迁徙和抵达过程中，变成了他内心的平和与安宁。可他远没有想到，六千多里之外的那个女人，从来没有改变过她血液中奔涌的怨恨。

"是的，有一个口信。"我快速地说，"每一年，每一次相见，她只有一个目的，就是问我，您，我的舅舅，是不是已经离世了。"

舅舅的身体像是被飓风吹到了风暴的中央，他颤抖着身体，张了张嘴，却说不出话来。他的手指反复地挠着，眉毛频繁地上下抖动着。我觉得在他脸上看到了史项华老师的表情。看到他的表现，我丝毫没有同情，反而是一种自我解脱，和对虚伪的舅舅的嘲讽。他蹲下身子，好平衡他内心的剧烈振荡。他的双手无助地伸展着，像是溺水者的求救。我喊道："舅舅，舅舅。"他僵硬而艰难地摆摆手，示意我出去。

那几日我特别轻松，不仅仅是因为回家的舒适与美好，而是因为终于还原了世界的本来面目的松弛。舅舅一直没有露面，我在电视上看到过他几次，镜头中，坐在台上的他看不出任何的异样。我轻蔑地说了句："哼，伪君子。"

坐在旁边的母亲侧目问我："说谁呢？"

"舅舅呀。"

母亲打了我一下，"凭什么骂你舅舅？这么没礼貌。你有啥资格。就你这点本事，一个技校生，要不是你舅舅，你能捞这么好个工作。你感激他都来不及呢！"

于是我一股脑地把舅舅的所作所为，把我和史老师之间的言谈举止，都告诉了母亲。母亲听完，也颇为震惊，她喃喃地说："这么长时间了，她还没有忘，还是把所有的罪责都怪到你舅舅头上。"

我替史老师打抱不平，"难道不是吗？我就痛恨见不得光见不得人的事。"

母亲叹了口气，"唉，连你都这么冤枉你舅舅，更何况是史老师，这也怨不得她。"

我说："你别替他申冤，男子汉，敢做敢当。"

母亲又捶了我一下："你舅舅的结局只有两个，不是干工作累死的，就是被你们冤死的。事情不是你想象的那样。"

母亲的讲述还原了事情的真相。母亲说，那年舅舅还是厂工会的文体委员，他经常组织重大节日的演出，而史老师是个文艺骨干，他们便有了接触。史老师偷偷地喜欢上了舅舅，而舅舅却一无所知。舅舅对她的印象就是在排练的空闲时，手里离不开杏干。史老师委托另一位文艺骨干小余给舅舅情书。小余也暗自爱上了舅舅，便把史老师的情书贴到了子弟学校里贴通知的黑板上。这一下，史老师觉得是奇耻大辱，几天时间就彻底崩溃了，心理和身体都受到了剧烈的打击，从此一蹶不振，一病不起，直至病退在家再返回内地的父母家。史老师始终把学校令她羞耻的那一幕，当成了舅舅的杰作。母亲哀叹道："你舅舅呀，从来不为自己辩解。他始终替别人考虑，如果他说出实情，小余是不是会受到同样的伤害？"

转变来得太过突然，我一时还不能把母亲描述的舅舅和我的脑海中已经变得邪恶的舅舅合二为一，我想，要真正地认识和了解一个人，可能需要一个漫长的过程，或者是一生。

而舅舅，在经历了若干年虚幻的解脱和慰藉之后，再次陷入无法自拔的自责之中。明白真相之后的我，眼中的舅舅似乎还是那个我们家族值得骄傲的长辈，在我心目中比以前还要高大。我对舅舅说："你早就应该告诉她事情的原委。"

舅舅摇摇头："不能。"

我尝试着询问舅舅："要不要我再去一趟邯郸，把真相告诉史老师，别让她抱恨终身。"

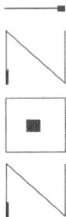

舅舅说：“算了，也许，正是这个念头，这个信念，让她在病痛之中，有继续生活下去的希望。”

我问舅舅：“你曾经爱过史老师吗？”

舅舅想了许久，脸上的表情平静如水，回答：“爱与不爱，又能怎样呢。”

我见到母亲说的小余阿姨是在俱乐部门前的空地上，她是跳广场舞中一个，很难把她和其他中老年妇女区分开来，一个日渐衰老的女人，在快乐地享受着属于她的生活，在她的生命中，可能早就忘掉了舅舅、史老师和什么情书。

而我，从那之后，再也没有见到史老师。我失去了再去见她的勇气，我害怕再听到她那句似乎很平常的问候。我调到了厂工会，也做起了文体委员，我发现，这个工作很适合我，让我能够很快地忘记以前的工作和经历。在以后若干年里，已经没有人再去到内地慰问，厂里采取了另外的手段来印证返回内地的退休职工的生活状态。以前的岗位已经成了历史。对于我来说，那是一个逍遥快乐却又掺杂着忧伤的工作。

史项华老师，成了舅舅和我心照不宣的一个隐隐作痛的秘密。舅舅从高位上退下来的若干年后，有了轻微的老年痴呆的症状，每年春天的一个时间段里，他都会天天买一包杏干回家，不管是品质好的还是差的，只要是杏干。没有人能劝得住他。舅舅家的杏干成堆，没地方放，舅妈只能到处给亲朋好友们分送。

有几次我乘火车路过邯郸，火车或者从我熟悉的站台呼啸而过，或者在那里做短暂的停留，我都闭上眼，不敢向外观望。列车外，“邯郸车站到了”的播报声，也让我心惊肉跳。即使这样，即使我假装没有再次来到这里，我的脑子里似乎也能看到，史老师正在列车停靠的一站台上焦急地等待着，她挨个走近每一个车窗，努力地向里张望和寻找。她殷切的目光，仿佛就在我的眼前。

2014年的春天，退休多年的舅舅去世了，遵照他的遗愿，我跟着表哥表姐，带他的骨灰回他的故土，衡水枣强老家，把他的骨灰撒到他魂牵梦萦的土地上。车过邯郸，停在一站台。我捧着舅舅的骨灰盒，这才有勇气走下列车，踏上邯郸车站的一站台上。这是个全新的高铁站，除了站牌上的“邯郸站”三个字，其他都是陌生的，就连那些等候上车的人都比那时显得从容镇定。站台上没有接站的人。我在那些上车的人中间搜寻着，我多么希望，此时，史老师能够打扮得朴素而整洁地出现在我面前，好让我告诉她，装在盒子里的，就是我舅舅。可是，她没有现身，她也不可能出现。表兄催促我赶快上车，开车的时间到了，我看了看空荡的第一站台，又一次莫名其妙地战栗着，我似乎又看到，在耀眼的阳光之中，有一个女人，正脸上堆满笑容，向我走来。

原载《钟山》2021年第3期

点评

　　小说的一开始就设置了悬念，那位在我眼中念英语时声音很好听的史老师，那位和别人不太一样，每次都亲自来站台接我、欢迎我的史老师，那位每年都固执甚至偏执地追问我关于舅舅是否还活着地史老师，她身上带有太多的疑问。杏干似乎是史老师与舅舅之间的某种密码，密钥只属于他们俩。史老师对杏干的态度，对"我"的态度，对舅舅的态度，一再加深"我"的疑惑，也随之将小说中的悬念层层加深。悬念成为《第一站台》的核心结构要素。

　　这样的悬念经过时间的淘洗，不仅没有淡化，反而愈发加强。"我"为了宽慰舅舅，也是为了交差，撒了一个几十年的谎话。"我"夹在舅舅与史老师的秘密中间，两位重要主人公并没有在小说本身的时空序列中相遇，从而产生直接的对话。都由"我"这个中间人转述和勾连，从而更加深和强化了误会。这样的多方加持，使得小说的悬念层层堆积，最终"我"不堪心理重负，在从母亲口中得知当年的真相后，决定将向舅舅坦白。有意味的是，舅舅和史老师之间的误会，并非时代造就的。小说从一开始就透露出关于时代的讯息，但"悲剧"形成的本质原因，在"人"，不在"时代"，而那个造成了舅舅被冤枉，史老师身心受损的小余似乎早就忘掉了这一切。吊诡的不是时代和历史，而是人心，而我们似乎通常会把那些特殊时期的人生波折统统怪罪到时代身上。

（朱旭）

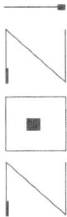

健身兽/

/房 伟

一

星期四早上，高伟博醒来，平生第一次梦到了自己的尸体。今天是星期五，高伟博很忙，但还能想起昨天的沮丧感。他给研究生上完课，通常不回家，在教工餐厅打饭，回办公室，和学生们一起吃。可眼前的饭菜，他咽不下去。他的眼前，摇晃着一个影子。勾芡肉丸，撒着芝麻的椒盐排骨，红烧老鹅，都是他爱吃的，如今变成了一张张催命符。他又拿出"马大神"发的那条微信，仔细看了看："你是一个失败的男人。你要拯救自己，你要活成一只勇猛精进的豹，在生命的山峰，睥睨世界。"

"失败"的男人？高伟博没这样想过。他在这所南方大学当教授，也有十年了。工资不高，够花；爱车非豪华，够开了；老婆不是"倾国倾城"，也是"小家碧玉"；儿子没有"天赋异禀"，但考个像"好饼"的大学，问题也不大。高教授热爱厨艺和旅游，喜欢在朋友圈发美食和美景图片。学问上，他兢兢业业，也有些拿得出手的成绩。

上周末，"美好"的生活，向他龇出了獠牙。

晚上，学生家长请客，高伟博和几位教授，还有些校中层领导都参加了。高伟博酒量不大，黄酒略喝点，白酒不敢沾。家长诚惶诚恐，说的都是恭维话，领导也纷纷向他敬酒。高伟博多饮了几杯，出了包间，就感到天旋地转。他强撑着，旁边有人比他还惨。邻座甄院长喝茅台，手舞足蹈，看着就是好酒之辈。他和甄院长一起乘坐电梯，按键从六楼跳到地下一楼停车场，他回过头，甄院长就不见了。

甄院长像一根煮烂的面条，瘫软在了电梯间。

有人喊救护车，有人说，找找他身上带没带药。科研处的刘副处长很有经验，他大声喊着，大家散开，给他一些空间。有人带头，大家纷纷响应。刘副处长又让甄院长平躺在停车场保卫处的长条桌上，递给他一瓶矿泉水，让他慢慢地喝。

他有高血压，电梯速度快，引发心律不正常。刘副处长说。

高伟博很诧异，院长和自己年龄差不多，不过四十多岁，怎么如此虚弱？

这是缺乏锻炼，"三高"不是小事，会要人命。刘副处长感慨着。

这番话引起大家共鸣。高伟博问问其他教授，有的跑步，有的游泳，女老师练瑜伽和健美操，就是自己，啥业余锻炼都没有。

高伟博爱独处养性，平时除了上课，就是宅在家里读书写论文、搞科研项目。他不喜欢运动，也耐不住枯燥，觉得挺浪费时间。

刘副处长又说，他原来也有"三高"，锻炼了半年，好了很多。学问做不完的，甄院长这样子，就是上个月申请国家重大项目，太累了。

诸位大学教授看向甄院长的眼神，又多了点兔死狐悲。都说大学教授受人尊重，谁晓得其中的苦？科研压力与经济压力，这两座大山压得人喘不过气。高伟博家庭条件不错，可高校老师都要弄科研，教授如果没有学术活跃度，照样处境尴尬。

把甄院长送进医院，晚上回到家，高伟博心绪不宁，总有一根烂面条晃动在心里，散发着哀怨气息。他又接到研究生同学周童的电话。周童语气低沉，说同寝室的冯建军，昨天晚上抢救无效。高伟博努力回想冯建军的样子，想了半天，还是有些模糊，只记得胖乎乎的。周童介绍，冯建军死的时候，脸黑得吓人，完全认不出来了。那是心梗的症状。

心脏三条大血管堵了两条，交通环线也扛不住这种堵，周童叹息着。

高伟博失眠了。往日柔软的床垫，如今变成铁砧板，高伟博翻来覆去，身体像长出鳞片状的东西，被铁砧板一点点地蹭掉，钻心地疼。高伟博瞪大眼，黑暗寂静，除了妻子的鼾声，只有家具的轮廓隐隐地浮现，如同暗夜大海漂浮的鲸鱼死尸。

高伟博很少想到死。人生经历，仿佛电影般在脑海不断循环播放。

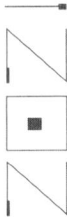

少年求学，中年教书，忙忙碌碌，谈不上多圆满，好像也没过够。他想着冯建军孤零零地躺在停尸房冰冷的铁床上，眼泪就不由分说地涌出来。他依稀记得，十二岁那个冬天，他第一次见到尸体。那是邻居奶奶。她的脸色灰白，失去了弹性，嘴角微张，仿佛一个诡异的笑。她笑什么？少年高伟博挤在人群中，总觉得那个微笑对着自己，让他如芒在背。人到中年，那个微笑似乎潜伏在记忆深处，再也没冒出来过，可这个夜晚，它被如此轻而易举地召唤了出来。"微笑"似乎提醒他，很多表面看起来幸福的事，如事业成功，妻子贤惠，儿子聪明，有大房子和豪车，不过是造物主的把戏。那位冷酷老头，随时可以微笑着把它们回收。

高伟博爬起来，跌跌撞撞地奔向浴室。打开灯，一股月光般明亮的气息，从头到脚地浇灌下，他长长地舒了口气。活着，这真好。他发现了镜中的自己，日渐稀疏的花白头发，不能再用力梳理。露出的鼻毛，都有些白了。大大的眼袋，好似下垂的肚子，难堪地耷拉着。满脸肥肉，拥挤在两腮和松弛的脖子上，抹不平可怕的皱纹。

他第一次恨上了镜子。他像白雪公主的恶毒继母，嫉妒时间魔法赋予青年人的活力。他翻出"马大神"的微信，文末还有几句话，说得沉痛：

生活，读书，搞学问，都是为了一个证明。尽可能地健康活着，只有活着，才能有机会证明，我们存在过。

我们"在过"，这比什么都重要。

二

无人的健身房，仿佛冷漠的钢铁坟场。

成排的钢架，一个个沉重的哑铃，橙红色瑜伽垫，散发着汗水酸味。房子北面，是一排排跑步机、椭圆机和不知叫啥的器械。

让高伟博震撼的，是四周雪亮的镜。健身房简直是镜子的世界，它照亮光滑的地板，让男女老少无所遁形。身材性感健美的女人，衰弱的中年大妈大叔，甚至超级肥胖的男女，都必须在镜子面前，接受大众的目光检验。

不要管别人的目光！活出自我！健身房的标语，还是让人振奋的。

这身材不行，练出来，最起码两年，"马大神"缠着护腕带，上下打量他。

我就是出出汗，减减脂，把"三高"降下来，高伟博讷讷地说。

"三高"的问题，也是高伟博的秘密。前些天，他的体检报告，被学院秘书拿错，放在学院行政办公室。他赶去时，报告封皮的细线，被人扯断了。他接过报告，感到办公室几个年轻女秘书，都对他笑着。他莫名其妙地脸红了。他出了办公室，在拐角僻静处，抖抖地打开报告，几个鲜红加号触目惊心地躺在那里，血淋淋地宣告着处境。血糖高，血脂黏稠，血压还凑合，尿酸非常高，脂肪肝到了严重地步……

他瘫坐在走廊椅子上，额头冒汗，冯建军和甄院长的面孔，又浮现在眼前。

憋屈。他真没大吃大喝，就是运动太少，熬夜，外加抽烟。这些年，他醉心学术，常感到时间太少，要多看书，多写作，身体就忽视了。回到家，看到抽屉里的中华烟，他马上送给了小舅子。晚上也不敢熬夜了，到点正常睡觉。他还去了趟市中医院，拿回一大堆中成药和汤剂，天天咧着嘴，强忍味道喝下去。

这些还不够。医生说了，加强锻炼才是根本。

他想到大学时代的体育课。高伟博身体素质一般，引体向上和长跑考核都是托关系找人，才涉险过关。他不踢足球，不打篮球，游泳只会狗刨，只有跑步这种孤独的运动适合他。但由于体重大，有关节炎，走路膝盖酸痛，长跑也被搁置了。

"健身"耗费时间和金钱，高级健身房要办卡，想科学锻炼、玩转器械，还要有专业教练指导，特别是综合格斗这类技能，必须有保护。锻炼时间长了，健身营养餐是必备的：牛肉，深海鱼，低糖食物和水果，低热量蔬菜，还需蛋白粉补充体能。高伟博办了年卡，让他请教练，他有些踌躇，一节课四百多，有些肉痛。

幸运的是，他还有"马大神"。

"马大神"原名马凤奎，是外语学院朝鲜语方向的教授。和高伟博这种"运动小白"不同，他大学时代就爱健身，几十年如一日，他将汗水洒在健身房。作为回报，他有了"马甲线"，也拥有健硕的肌肉。他不苟言笑，戴着墨镜，脸上棱角分明，如希腊雕塑般。他被称为"N大马东锡"，以呼应韩国那位膀大腰圆的暴力影星。"马大神"有双肩文身，是

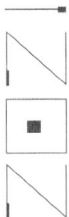

女战神雅典娜和东方狂龙。他冷冷地走在街头，常被人误认为是黑社会打手，职业健身教练，或体育系教师。"马大神"操持着朝鲜语，挥舞着拳头，人们看着都会害怕。

"马大神"生活简单，除了锻炼就是读书。他保持着独身。高伟博问过他，不想女人吗？"马大神"说，女色杀伐性命，勇猛的"思密达"，要识破"白骨骷髅"陷阱！

在"马大神"的引荐下，高伟博认识了一群爱锻炼的同事，他们有个微信群叫"N大健身教授群"，群里有活泼的老麦，沉默寡言的李萍，美国回来的胡约翰等教授们。他们年龄差距不大，都是四五十岁的中年教授或副教授，年轻的也有三十多。他们有的为了娱乐，有的为了减肥塑形，更多的是高伟博这类教授，受到疾病困扰。老麦开玩笑说，啥"健身教授"，又不是学术头衔，"健身兽"就挺好。社会上都喊咱们"叫兽"，咱就是锻炼体魄，教授也要帅帅的，美美的，去掉"秃顶大肚子"！大家将热烈的目光投向"马大神"，对老麦的言论颇赞同。高伟博有点自惭形秽。他就是老麦说的那类"不雅形象"教授。

一群中老年"健身兽"，在健身房高呼呐喊，还真有些滑稽。

"马大神"自告奋勇担任群主，提供专业指导，比如，教授专业动作，讲授相关保健按摩和营养学知识。对于高伟博这样肥胖体弱的"三高"患者，"马大神"的建议是，三分练，七分吃，要配合节食，增强肌肉含量和代谢率，先减脂，提高身体素质，再一步步地锻炼。

运动、节食，对高伟博来说都太难了。

先去体育用品店购买专业装备，宽松舒适的运动服，护腕、护膝和护腰，纯棉吸汗大毛巾，运动型水杯，专门泡柠檬和红枣，增强饱腹感，补充气血。准备工作完成，高伟博在"马大神"指导下，每周四次锻炼，只要没课，他就泡在健身房，如果白天有课，就争取晚上去。他先跑椭圆机，再是跑步机。开头一周，简直像散了架，运动后的拉伸，也疼得要命。

老婆支持他锻炼，主动揽下做饭和接送孩子的任务，毕竟体检报告摆在面前。可老婆也提出了警告，锻炼就锻炼，别整歪门邪道的，我听人说，健身房有很多美女，你要管住眼和嘴。高伟博苦笑着说，我哪有闲心？再不好好锻炼，命都没啦！

高伟博疯魔一般，除了正常上课与写论文，时间都用在了健身上。晚上去应酬，老酒不喝，饭菜不吃，搞得宾主都扫兴。最难的是高强度无氧运动，心脏都快蹦出来了，还不能正常进食。高伟博最喜欢吃蛋炒饭和红烧肉，也只能禁了。由于血糖高，他基本告别米饭和馒头等主食，只吃杂粮。那天他狠心吃了碗"鸭血粉丝汤"，也被"马大神"教训了一顿。粉丝主要成分是淀粉，要合成脂肪的，就是吃鸡蛋，也只能吃蛋清，蛋黄也含脂肪。吃肉是白煮鸡胸肉和牛肉，吃了几天，嘴角都上火了。

高伟博咬牙坚持，还写健身日记鼓励自己，可效果不明显。他有些泄气。恰在这时，颜曼丽出现了。她带给了高伟博巨大改变。

三

周四晚上，高伟博又到了健身房。"马大神"要求高，八组卧推实在完成不了，只能在无氧运动区训练平板支撑。搞完这些，高伟博又挑选小杠铃，练习硬拉。正当他挥汗如雨，旁边有人轻声说，姿势要正确，肩部发力太多，起不到训练效果。

高伟博回头，是一个身材俏丽高挑的女孩。

高伟博不是没见过美女。在高校教书，又是社会学这样的文科，莺莺燕燕自然不少。他带的研究生和博士生，也是女生占多数。他的心思，大部分都在学术上。大学毕业，经别人介绍，他认识了市二中教语文的老婆，谈了半年，俩人彼此满意，迅速结婚，生子。有了家庭，高伟博教授更是对女人不苟言笑，女学生害怕他，女同事暗地里嘲笑他是老古板。他不太在意。他不是不喜欢美女，只是怕麻烦。高校管得也严，有些男教授就是栽在这方面。

女孩一米七五左右，细腰圆臀，身材挺拔，皮肤白皙，秀美的眼，又大又亮。聊了几句，高伟博才晓得，她是专职女教练颜曼丽。曼丽体育大学毕业，是馆里的明星教练。高伟博这个迂夫子，一副拼命锻炼的架势，从不注意美女。美女过来搭讪，他反而慌了。

我不买课，就是减肥，高伟博直言不讳，他明白，教练想让他买私教课。

没关系，咱们聊聊，希望能帮到你，曼丽笑得阳光，看着诚恳、

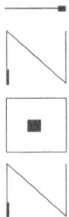

靠谱。

高伟博碰到过搭讪的女人，减肥的女学生，找资源的女房产中介，期待结婚的漂亮女护士，更多的是身材臃肿的中年妇女。N大"健身兽"们，也有几个"女兽"，不是太瘦，就是太胖，难得有身材好、颜值高的。

高伟博和曼丽接触了几次，感觉很好。人家是正经女孩，对嬉皮笑脸的男人，从不假以辞色，她对高伟博很尊重，一口一个"高教授"喊着。"马大神"不是合格教练。他戴上耳机就进入癫狂状态，他不耐烦纠正别人的动作、帮助学员进步，他最喜欢带着大家，一组组地做枯燥的举铁项目，两个女老师当场搞到腿抽筋。大家都有些怕了。高伟博就不太愿意跟"马大神"训练。"马大神"郁闷了一阵子，暗地里说，老高，重色轻友哇。

高伟博跟着曼丽体验了一节私教课，效果不错，对买课有些动心。他先尝试买了二十节，曼丽给了一个很低的折扣。经过两个月训练，他的腰变细，肚子也小了，整个人气色好了。再去医院检查，血糖和血脂控制住了，尿酸大幅下降，脂肪肝也变成轻度的。

高伟博信心大增。可惜，虽然他刻苦，但洗澡时发现，皮肤变得松弛，像块树皮缀在身上。他问曼丽怎么办，曼丽说，要上瑜伽课和格斗技能课，配合特殊精油，才能慢慢恢复，只能继续买课。他瞒着老婆提钱，做贼一般。老婆大大咧咧，也没发现情况。高伟博鬼使神差地买了十几万元私教课。效果的确好，他搬轮胎，练瑜伽，跟着曼丽练综合格斗，身体越来越轻盈。高伟博去上课，同事惊呼，他简直变了一个人。"马大神"对他的态度好了很多，说，你小子行哇，不管怎样，锻炼就好。

"健身兽"们，发现了高伟博的秘密。李萍等几个女教授，对高伟博冷嘲热讽。李萍练得不错，天生就是瘦人，喜欢在跑步机上狂跑。这种瘦人体质，吃啥都不胖，让人羡慕。她运动完了，去日料馆和泰国餐厅大快朵颐，发朋友圈。她觉得健身自己搞就成，犯不上花钱。她最崇拜"马大神"，提到他，眼里全是星星，还整天把他挂在嘴边，说是"国内高校健身第一人"。胡约翰那些从国外回来的洋教授，倒赞同高伟博找教练，但普遍认为他目的不纯。最可恶的是老麦，这家伙没安好心。

老麦拍着他的肩膀，说，我监督着呢，如有异动，要汇报给嫂夫人呦。

高伟博有些心虚，说，麦教授，你要怎样？

老麦意味深长地笑着，露出抽烟熏黄的牙，说，你的私教课，我上上呗，也体验一下美女服务的感觉。

高伟博打心眼里腻歪老麦。他和老麦住在一个小区，都是N大教工宿舍紫金书香小区。老麦虽在行政管理学院教课，严格说起来不是教授，只是后勤处副处长，因为教课，他也挂着副教授牌子，行政与科研"双肩挑"。老麦五十多岁，瘦小枯干，学问是不做的。他是本地人，靠着拆迁，赚了不少钱，也不想上班了，但天天泡在健身馆，也不好好锻炼。他这人有点色，喜欢骚扰美女，又抠门，舍不得买课，只能馋痨痨地看着高伟博上私教课，眼神都能擦出火。偏偏老麦还嚣张，群里嚷得最响亮的就是他，说要打造N大健身神话，超越"马大神"。高伟博想，老麦能练出八块腹肌，肯定是用口水蘸着颜料画上去的。

高伟博支支吾吾，没答应老麦。老麦阴着脸走开了，满脸都是愤怒。

高伟博也不高兴，一节课四百多块，凭啥让老麦体验？他是为了保命，才来锻炼的。每锻炼一次，都是续一次命，他和老麦又不是失散多年的兄弟，凭啥把命给他？

曼丽的课，的确心惊肉跳。曼丽爱穿天蓝色紧身服，把身体各部位勒得非常显眼。每次她给高伟博拉伸，高伟博都会不由自主地闻到她身上的汗味。那是一种混合着香水、汗液和精油的味道。曼丽做一些幅度大的示范动作，高伟博还能时不时地看到深深的乳沟。最让人不好意思的是一些臀部动作，是个正常男人就受不了。她的紧身衣，芊芊细腰靠近臀部的地方，每次都被汗渍打湿，形成湿漉漉的圆形，更让高伟博眩晕，呼吸不畅。

曼丽赶紧停下，关切地问，不舒服？要不要休息？

高伟博深呼吸几次，又到浴室用凉水洗了洗脸，滚烫的血液才慢慢冷却。他自以为是正人君子，可今天咋了？只能请教真正的直男——"马大神"。

"马大神"面无表情地听了高伟博絮絮叨叨的讲述，缓缓地说，健身不是撩妹，是孤独的事业，运动到极限、极疲倦时再挑战一下，来上几组动作，会收获极度愉悦。你全神贯注于自己，你就是世界的王，一切由你

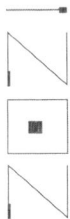

做主。

这才是健身的奥义，"马大神"说着，目光炯炯，就差摸高伟博的脑袋，来个醍醐灌顶了。

"马大神"也太直了，高伟博悻悻地嘟哝，说得痛快，可不解决啥问题呀。

高伟博站在悬崖边，快把持不住了。山风太大，他就是一本唐僧的"经书"，一天天地被耳鬓厮磨、软磨硬泡，也早被吹得凌乱不堪，就差化成一摊"纸浆"了。

四

年末，健身馆要举办"极限单车挑战赛"。"动感单车"也是高伟博喜欢的项目，大家在动感十足的音乐伴奏下，表演各种眼花缭乱的动作。这个项目，考验的是心肺耐力和肌肉抗疲劳性，从晚上六点到十一点，以剩下最后十辆单车为限。最后十名骑手就是胜利者。

曼丽第一个出场领操。高伟博毅然报名参加。"健身兽"们这次都有点怂，老麦和胡约翰犹豫了半天，没敢参加，怕强度太大，"马大神"只喜欢撸铁，对单车不感兴趣。

"马大神"有些担心，说，老高，老胳膊老腿，别硬撑。

高伟博晃了晃脖子，沉声回答，好着呢，从没这么好。

夜幕降临，健身馆外的广场，一百辆单车依次排开，好像一百辆银光闪闪的战车。高伟博最后检查了一遍装备，轻型水壶、毛巾、护具、发带，还有脖子上的哨子，一切齐全。一声哨响，百名勇士上阵。高伟博踏上单车，自豪感油然而生，好像真变成了满身腱子肉的"健身达人"。灯光不断变幻，音乐也越来越急，每当一声哨响，就是一个教练结束了一个小节，下一个教练继续跟上。汗水从腋窝、发根和腿上不断渗出，更不断顺着下巴，滴滴答答地滴落在单车表盘上。记录卡路里数的表，也不断跳跃，仿佛是跳舞的小虫。高伟博偷眼看去，胡约翰和李萍羡慕地看着，都在为他鼓掌加油。

天色愈加黯淡，广场上却激情如火，一个又一个选手败下阵来，高伟博还在咬牙坚持。曼丽正微笑着看他，目光之中流露出赞许。对于人类来说，肉身的强大总要比精神的强大更具有视觉冲击力。高伟博不禁回想数十年如一日的、枯燥的书斋生活。成堆的书，中文的、外文的，各种落着尘埃的文献资料，仿佛是禁锢着的水牢。他日复一日地，被这些东西捆绑着、折磨着、浸泡着，抑郁、焦虑、脱发，最后在脂肪的阴谋中耗尽活力，走向生命尽头，就像衰弱的甄院长和死去的冯建军。

他必须改变，必须对抗强大的时间。也许健身的极致正如"马大神"所说，是挑战自我极限的愉悦。他好像变成一只灵活敏捷的长臂猿穿行在森林，野风在茂盛的毛发间呼啸，绿色葱茏、生机盎然的世界在脚下飞奔而逝。速度，他必须拥有速度，身体不断起伏、摇摆，肾上腺激素燃烧，大腿和手腕不断传来痉挛般的抽搐。他咬牙忍住，汗水模糊了双眼，曼丽窈窕的身影也变得模糊了。她性感的腰肢，在紧身裤的包裹下，显得更加火辣。她始终微笑，好似一团火，诱惑着高伟博纵身而下，飞蛾般扑上去……

他猛地听到，胳膊上部某地方发出了轻微的脆裂声，好似灰烬中那些二次燃烧后发出响动的半碳化木柴。

高伟博栽在了地上。曼丽紧急救助。她是专业教练，学过运动创伤护理。并无大碍，只是肩袖肌群轻微撕裂，养起来麻烦，要较长时间，可能落下点轻微的后遗症。

高伟博没什么，曼丽很歉意，非要次日请吃饭赔罪。高伟博也就顺水推舟，和她去了健身馆附近的"低卡轻食坊"。那里雅致朴素，全是日式榻榻米。女老板和曼丽熟识，精通茶艺和插花，在轻食制作上更有独到心得。女老板做的轻食，以轻煎嫩牛肉和鸡胸、深海鳕鱼寿司著称，上等有机蔬菜搭配，看着赏心悦目，养生不腻。

雅间外，精致的仿宣德炉里，檀香气息袅袅，一个清纯干净的长发女孩，轻轻地弹奏着古琴曲《有所思》。

琴声时断时续，高伟博和曼丽说着悄悄话。高伟博摘下眼镜，眼前的美人又朦胧起来。闻到曼丽的香味，他有些眩晕。一切太突然，太不真实。人到中年，他这书呆子，居然还能和如此美女约会，难道春天可以再来？高伟博捋了捋头发，好像真回到了青春时代。他又变成那个羞涩的少年，偷偷地看着心仪的女生，心狂跳着，如同一只胖胖的、亢奋的金表。

曼丽挑着一只绿秋葵，轻轻地咬着，说，高教授，真厉害，虽然掉下了单车，但也坚持到最后十人，你是咱们馆里获奖的年龄最大的选手呢。

　　高伟博面皮有些抽动，没说啥，默默地伸出手，紧紧抓住曼丽的右手腕，好似深深海底即将溺毙的人，抓住最后的海草。

　　曼丽挣扎了几下，没走脱。高伟博的手有力，像扣住了单车的横梁。曼丽的脸红了，不再摆脱，而是挑衅地反转过手掌，温热的掌心，紧贴住对方的手掌。

　　高伟博手心潮热，他凑过来搂住曼丽。雅间青色海胆布幔低垂，上面绣着的卡通人物笑得开心。轻食大多是冷的，到了高伟博口中，也像是滚烫的，又倏地融化，不着痕迹。

　　曼丽的身体也是滚烫的。她仰望着高伟博，低声说，你的学问太高，我不敢和你交往呢。她趁势斜倚在高伟博怀里，脸红得娇艳欲滴。中午的阳光是暖的，似一层细细的金粉，晒在高伟博受伤的胳膊上。他一动不敢动，好似生怕好时光是假的。太不真实了，高伟博在梦里也从未体验过如此销魂的一刻。曼丽的脸贴着他的脸，将一块鲜红的鲷鱼片，轻放在他的口中。

　　曼丽讲述着什么，漫不经心。高伟博头昏脑涨，全然没听清楚，好像是搞投资理财，要借他的钱周转。高伟博一惊，想抽出手来，曼丽反而凑紧，手心又贴了上来，嘴里的气息慢慢地吹弹在他的脸上。

　　高伟博像在深海里翻滚，头顶就是深深的蓝，无声无息地压迫劝诱着他放弃反抗。他迷迷糊糊地觉得，该醒过来，集中精力好好思考目前的处境。但他什么也做不了，甚至动弹不得。曼丽会欺骗自己？这样一想，高伟博又有些愤怒。他爱曼丽，愿意为她离婚，抛弃家庭，甚至为她肝脑涂地，只要能在人生下半场，真正寻到点爱情。她怎能骗他？这难道不是电视上常见的套路？高伟博好歹是研究社会心理学的教授，居然会相信这些鬼话？

　　高伟博想发作，胳膊软绵绵地使不上力。他摇晃着身体，嘴里发出"呜呜"的声音，像在海水中吐出的气泡。高伟博看着曼丽那双诚挚的眼，又否定了自己的想法。曼丽是好女孩，他也不过是迂夫子，没多少钱，曼丽能贪图他这点钱？他叹了口气，转念又想，即便是骗他，又能怎样？男人不就是让女人骗的吗？

　　曼丽接了电话，说有急事，离开了包厢。高伟博自斟自饮，他喝着北海道清酒，从白色百叶窗的缝隙中，看到曼丽与穿着和服的女老板告别。门前高大的玉兰树下，是一溜白色的，缠绕青藤的法式长廊，略带着湿冷寒意的南方的风。曼丽套着一件黑色长款羽绒服。她把头发盘起，轻轻地笑着，挥舞着手，白皙的手指好似一只只跳动的竹虫。

活着，到底为什么？高伟博痴痴地想着。像冯建军化为一团青烟，或甄院长那般羸弱衰老的肉身，人生又有什么乐趣？也许，只有片刻的温存，才是最真实的……

五

日子波澜不惊。那天之后，他们的关系一直若即若离。高伟博表白了几次，曼丽只是微笑，他要更进一步，可总不得要领。过了段时间，曼丽说要去总部学习，让另一个女孩小高带着高伟博上私教课。高伟博不痛快，也只能答应了。

几个星期后，曼丽还未回来。高伟博有些想念，看微信朋友圈，她在广东总部培训，晒的都是生猛海鲜照，发微信过去，曼丽也热情，可有了点淡淡的意思。高伟博情绪不高，锻炼也没那么及时了。"马大神"劝说，还是和我练吧。大家也打趣，说他是佳人不在，魂不守舍。老麦更阴险，冷冷地说，人要有自知之明。

没了曼丽，高伟博也辞了小高，还是和"马大神"混。"马大神"闷得很，除了撸铁，就是戴着耳机听音乐。高伟博也没兴致，两人都不说话，一组一组地硬拉，"吭哧、吭哧"地，将杠铃摔得响亮。他突然有种无处发泄的郁闷。

高伟博丢下杠铃，后面没了声响，正纳闷，被人猛地推开，脚下绊了趔趄，再看时，闯进五六个男人，倒提着棍子，不说话，向"马大神"招呼。高伟博被唬得乱颤，不敢上前，嘴唇抖着，想喊人或打电话报警，却不能移动分毫，只看着"马大神"和人厮打。老麦和胡约翰几个同事都敏捷地跳开了，跑到健身馆外，探头探脑地往里看。"马大神"的速干紧身衣被扯烂，露出胸前文身。那些人更猛烈地压上，丝毫不给他喘息的时间。几十秒后，"马大神"被放翻，蜷在椭圆机旁，紧紧抱着后脑，脸上和身上都是血迹。

领头的瘦高男人，啐了口吐沫，狠狠地说，就是个老师，真以为是老大？

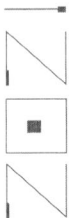

"马大神"动也不动，昏死过去似的，斜着蹿出个人影，撞开瘦男人，扑在"马大神"身上，哽咽着说不出话。

高伟博看去，竟是李萍，不禁目瞪口呆。

半小时后，警察来了，带走了他们。第二天下午，"马大神"又准时出现在健身房，只不过脸上包着纱布，隐隐透着血迹，有些狼狈。大家离他远远的，谁也不敢上前。

高伟博不忍心，给他一瓶水，悄声说，杀伐性命嘛，怎么杀伐到人家床上？

"马大神"丢下哑铃，喘着粗气，沮丧地说，身如污泥，心向莲花，鸠摩罗什口舌化舍利，方证因果不虚，我欲度化众生，不料身涉险境，可惜金刚不坏之身……

高伟博又好气，又好笑，说，得了便宜还卖乖？李萍可惨了！

瘦高男人是李萍的老公，两口子闹着离婚。"马大神"没想到李萍这么执着，有点慌，转移到海德公园附近的小健身房。李萍寻了他几次，满脸都是憔悴。李萍常年玩跑步机，半月板损伤厉害，又遇到这档子事，也就不来了，连带着很多N大教授打了退堂鼓。热闹的健身房，少了这些大学"健身兽"，冷清了很多。

高伟博憋了一肚子话，想和曼丽说。他打曼丽的电话，总也打不通，发语音，过了几天她才留言，总说是很忙。高伟博有了不好的预感，再联系，她的手机就停机了，高伟博赶紧找健身馆馆长刘教练。刘教练说，曼丽在总部培训，考过了美国国家运动医学院颁发的NASM证书，说是去了国外，手机换了，他们也联系不上。

高伟博脸色惨白，摇晃着，刘教练看他不好，扶住他说，曼丽出国前，借了很多同事和学员的钱，都找她呢，您也借钱给她了？……

南方的冬雨，说来就来，仿佛扯不断的小白珠。高伟博失魂落魄，深一脚，浅一脚，向着家的方向走。往常熟悉的，闭着眼就能摸到的地方，现在却遥不可及。路口，红绿灯闪烁，雨愈发急，高架桥上轰隆隆地跑着车，高伟博想喊，听不到自己的声音，只能看到汩汩而出的泪，坠落在胸前，和众多雨水混杂，分不清彼此。

绿灯亮了，又熄灭，红灯熄灭了，又亮起，高伟博呆站着，不走，模模糊糊地想，如果他钻入飞驰而过的汽车轱辘，会是怎样一番情境？傻站了会儿，他缓缓走到路边的香樟树林，把健身背包丢在泥里，坐在了满是雨水的道旁。

可笑，太可笑，明知不可信，偏要奋不顾身。他居然还无数次奢望，锻炼出健美肌肉，返老还童，再变成少年，和曼丽再爱过一次。这难道是人类的愚蠢和贪婪？他抹了把脸，铅灰色的天空，无数惨淡的风夹杂着雨，摔在肮脏的尘世。他仿佛看到无数狰狞的、肌肉发达的野兽在云层中咆哮着，扭动着丑陋的身躯。

他从微信分批转给曼丽十万元，转账记录和借钱微信，他还留着。但这些还有意义吗？他在乎的不是十万块钱，而是无法回避的真相。他想起曼丽的微笑，那些让他迷恋的甘甜笑容，居然让他想起多年前第一次见到的死去的邻居奶奶。

雨慢慢小了，高伟博捡起一片泛黄的落叶。一只褐色的蜗牛，丑陋、迟钝，雨水冲刷过的黑壳，在叶片上留下亮晶晶的涎迹。它爬着，还有着一些不为人知的、缓慢的热情……

它"在过"，这也许比什么都重要。

六

"健身兽"群鸟兽散了，只有老麦还执着地每天去健身房打卡。他也不认真练，纯粹消磨时间，喝茶、聊天、兼职撩妹。"马大神"和高伟博，都成了笑话谈资，讲给新来的女人们听。老麦自称是N大"麦东锡"，和几个中年妇女聊得火热。

高伟博的老婆，到底知道了十万元的事，和他大闹了一场。高伟博怀疑，是老麦告的密。正好发了十几万特聘教授补贴，他谎称是外快，才堵住了老婆的嘴。高伟博追随"马大神"，去了海德公园旁的小健身房。那里离家更近，老婆常来查岗，在旁边虎视眈眈地盯住他。高伟博不再认真训练，只不过在跑步机跑半个小时，出出汗就行了。

他又开始不断下馆子，拍美食照片。他不再发健身照片到朋友圈，肚子也日渐隆起。"马大神"愤怒地说，佛家讲这叫"废退"，你这个失败的男人，没得救了。

日子在不经意间，又回到了从前。

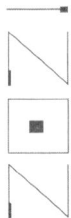

　　《健身兽》其实就是聚焦"中年危机"，只不过书写对象是高校教授。但房伟关注的不是知识分子群体的特殊性，反而是他们作为"人"的共性。这共性即剥离掉他们外在知识分子的身份，脱去被知识、理性武装的外在铠甲，内在的本真的"兽"性，或者说自然属性。

　　身份是外在于本真人性的，《健身兽》就是要扒开知识分子群体的"戏服"，与其说是展示，不如称之为关怀，关怀身份之下本真的人的心理状态和精神需求。尽管都是教授，是各种头衔加诸于身的知识分子，是知识、理想的代名词。但他们依旧会被工作所累，会遭遇"中年危机"，也在日复一日繁重、枯燥的脑力劳动中消耗着激情乃至健康。所以后续遭遇"美人计"的故事也就合乎情理了。不过，有意思的是，被美女健身教练"借"走十万块钱的戏码，高教授在一开始就怀疑过，甚至有一种"明知山有虎，偏向虎山行"的决绝。高教授和健身房的其他工作人员如出一辙，都是美女教练行骗的对象。不仅高教授，还有马教授、麦教授、李莉等，都上演着各自的"精彩"。这些高级知识分子们，被知识武装，极具理性和洞察力，但还是飞蛾扑火般情感越轨。他们尚且如此，何况一般凡夫俗子呢？！或者说，凡尘俗世面前，谁又不是凡夫俗子呢？！值得玩味的是，兜了一个圈，高教授的生活又回到了从前。"活着，到底为什么？"作者借高教授之口道出，令人深思。

（朱旭）

偶回乡书／

／潘　灵（布依族）

1

老家发生地震的消息，是表弟打电话告诉我的，当时，我正陪着诗人何独在复兴路的一家小饭馆里喝酒。借酒浇愁，自古就是无聊文人爱干的事，何独也不例外。下午的时候，何独在微信里问我，能否陪他喝两杯。当时我正在写我的小说，卡在了节骨眼上，也正想找人排解内心的烦躁，就答应了。还是复兴路那家，我带酒？何独回微信，说当然，你知道我没酒。我于是就提上两瓶醉明月，赶复兴路那家好灶头小饭馆了。

我进到好灶头的时候，何独已经点好了菜，选了一个临窗的卡座等着我了。我见他眉头紧锁拉长脸的样子，就知道这家伙肯定遇上不开心的事。我瞥了他一眼，一边把脱下的外套往椅背上放一边说，怎么？又掰啦？

在我的印象里，何独就是爱情这江湖里的一个多情浪子，半生都走在恋爱和失恋这条路上，从未偏离这样的轨迹。

掰？跟谁掰？老子早清心寡欲了。他眼睛翻了一下，给了我个白眼仁，看着窗外，脸上一筹莫展。

有屁就放，给我玩深沉？我也翻了一下白眼仁。

唉，何独正了正身子，一脸严肃，目光像一个要钓起重要答案的钩子似的望着我说，有个故乡就那么重要吗？就他妈了不起吗？

我被他问得一头雾水，将打开的醉明月酒往他钢化玻璃杯里倒满，又给自己倒了一杯后说，什么鸟问题？是人都有故乡。有何了不起？

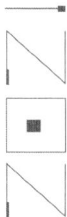

可他们说我没有。

他的话听上去可怜巴巴，甚至带了点哭腔。

我心里骂了一句，什么鸟诗人，情感毫无出处。一个年过半百的中年男人，瞬间竟像个三岁孩儿。就在我正欲取笑他的时候，我竟然发现他沧桑的脸上，有了泪珠。

他竟然——竟然真的可耻地哭了，这让我大感意外。

我于是打消了取笑他的念头，一本正经地说，何独，到底发生了什么事，告诉我。

何独说他下午开了一个诗歌与乡愁的讨论会。在这个会上，他被众诗人取笑了，诗人们说他没有资格参加这会，因为他没有故乡。何独是本市人，打小就生活在一条叫青云街的小巷子里。

何独认为青云街就是自己的故乡。但话才出口就被众诗人否定了。说青云街怎么能算乡，就算是，你也依然没有故乡，青云街拆了好几年了，现在都成了高档住宅社区，连名字都改成盛世豪庭了。

大家于是就起哄，这一哄，何独自己也认为自己没有了故乡。没有故乡的人，还要在此谈什么诗歌与乡愁？这样一想，就觉得自己真的不合适待在这会场里了。他选了一个大家讨论得热火朝天的时段，灰溜溜地悄悄退场了。

退场的他，心里挫败惨了。

知道了事情的原委，我有些哭笑不得，端起酒杯冲一脸泪水的何独说，为这也生气？干吧。

他不端酒杯，而是目光凶狠地盯着酒杯，显然是对我轻描淡写的话不满。你们小说家懂个屁，肤浅！成天就只知道编故事。你知道那帮孙子诗人想干什么？他们想挑战我的权威，想把我说得一无是处。

我实在忍不住，笑了说，嘿，哪有那么严重。诗歌，在这个城市里，你从来都是头牌，撼不动的，喝酒，喝酒。

他端起了酒杯，一副暴怒的样子，目光如炬地瞪着我，你也取笑我？连你也取笑我？

看着面前这个情绪近乎失控的家伙，我正欲说你误会了我时，何独却重重地把酒杯摔在了地上。杯子炸裂的声音，惊得整个小饭馆里的人都朝我们这里看。

何独，过分了！

我的语气里充满了警告。

过分？我过分？他们才过分！他们说我没故乡，说我没有故乡的写作，是无根的写作，哪个过分？唉！

他冲我大喊大叫。

邻座一个漂亮的女孩，低声对正在看菜单的男友说，是个疯子，还是换家饭馆吧。

我想，该换饭馆的应该是我们，就起身说，何独，走吧。我拿上外套，强行把他拉出了小饭馆。

刚出饭馆，手机就响了。

我接完表弟的电话，对站在一旁还没消气的何独摊了摊手说，何独，你太厉害了，你这一生气，我老家就地震了。

地震？何独的身子怔了一下说，严重不？亲人没事吧？

没伤人，是小震，但表弟说我家的山墙倒了。

一听说地震，何独不好意思再生气，我们两像调换了角色似的，他安慰我说，别急，墙震倒了，可以修，没伤人就万幸了。

我说，我急啥，小震嘛，我从小就生活在地震断裂带上，习惯了。

墙都震倒了，还小震？你可得赶紧回老家去。何独焦急地说。

我淡然说，是打算回去，那房是土坯的，脑袋跟一个行将就木的老人似的，我正寻思着跟我弟弟商量一下，从此拆了它。

拆？何独愕然，他摆摆手说，不能拆，要把它修复。

何独还强调说，必须修旧如旧。

我笑道，几间破土屋，你以为是你采风见过的那些百年老宅子呀？何独，我实话跟你说吧，要不是我那乡下表弟阻挠，我早就把他拆了，我老家镇政府的领导都催过我数十遍了。说那几间老屋不仅有碍观瞻，而且严重影响了他们的政绩。

何独说，你表弟比你有文化。

我说，这与文化没半毛钱的关系。

有！何独加重了语气，意在提醒，说你千万别干傻事，你要真拆了，

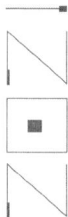

你就跟我一样，没故乡了！

2

我下决心回老家去，不是因为我表弟的那个电话，而是在跟何独告别后，我接到的另一个电话。

电话是香港的郑治远郑老先生打来的。

郑老先生与我是同乡。我知道他是我同乡，是前几年的事。前几年，我的一本小说在香港出版，出版方邀请我去签售，签售会上来了个老先生，见了我就激动得像父亲见了失散多年的儿子，老泪纵横地把我紧紧抱住。他声音颤抖地说，我的小乡党呀，今天老朽终于见到你了！我不太习惯这突如其来又过于炽烈的热情，就说，先生也是乌蒙山人？要买书吗？老先生把头点得像鸡啄米，买买买，我全买了！我笑了，摆摆手说不行，你要全买了，我拿啥签给别人？老先生想想，说此话有理，我书就不买了，老眼昏花，瞎子翻书，装模作样，看不清个所以然，我请你吃饭，铺记酒家，飞天烧鹅。小乡党，要赏脸哦。

我还就这样真的去了铺记酒家，轻易地就接受了一个刚认识的陌生人的邀请。后来想起来，我知道这都是乡情使然。这举止唐突的老者，豪爽的性格太像我们乌蒙山人，当然，名声在外的铺记酒家，这家香港著名的老饭店，特别是那只听说过没尝过的飞天烧鹅，已诱惑了我这个吃货。

因为故乡，两个原本陌生的人在一张餐桌上迅速变成了忘年交似的老朋友。吃着带有陈皮香味的烧鹅肉，我内心开始对那个喋喋不休刨根究底的香港报社的专访记者生出了好感。不是他，郑老先生就不会从报纸上读到我是他的同乡的信息，我自然也就与这顿美味佳肴失之交臂了。

郑老先生并没有因为我那难看的吃相心生不快，而是笑吟吟地看着我大快朵颐。他说他二十世纪四十年代跟父亲来香港，第一次吃这烧鹅也这样。当后来我知道郑先生来香港时才五岁，我就不由自主地脸红了，毕竟郑老先生请我吃烧鹅的时候，我已经年过五十了。

一个五岁就离开故乡的孩子，对故乡并没有多少清晰的记忆，他记忆中最清晰的就是故居郑家大院右厢房旁边那棵宝珠梨树。春天，那梨花比雪还白，夏天那梨比冰糖还甜，他这样对我说的时候，还不禁咽了一下口水。

我说郑家大院改成了一所村办小学了，我当年就在那院子里读的小学，打小就知道那大院是郑财主家的，新中国成立后充了公，最早是村里的保管室，后来让给了学校，那棵梨树，确实就像郑老先生说的那样花白果甜。

郑老先生对我说，我的小乡党呀，你说这人怪不怪，我现在有半山别墅，有海景洋房，它们比那大院子漂亮了无数倍，但当我年事已高，每晚来入梦的，却都是我郑家那藏在乌蒙山的郑家院子，在我梦里，那一树的梨花开得就像幼稚园里玩耍的孩童，热闹又喧嚣。

作为一个写作者，基本的共情能力我自是具备的。我能理解郑老先生的心情。我们于是就谈论起那个郑家大院，郑老先生说，他前些年偶尔也回去过，还以捐资助学的名义捐资修缮了院子。他说他老了，现在不能长途奔波，我就安慰他说，院子现在毕竟还在，又能为桑梓的教育做贡献，已经是两全其美啦。

临别前，郑老先生忽然向我提了个要求，说今后如果我回老家，一定要替他去院子里走走看看。我笑了笑说，我的走走看看，代替不了您的。郑老先生以为我不愿意为他尽这个义务，就说，小乡党呀，不会白看的，我今后给你邮寄你爱吃的飞天烧鹅。

说来也奇怪，我从香港签售回来，就把自己当成了一个接受使命的使者，回了老家，在郑家大院里来来回回仔细地看。郑家大院，虽不是什么雕梁画栋的豪华宅子，但红砖黛瓦、青石小径，依旧有一种沉稳安详的美。主人建造它时也很用心，前庭后园，都经过精心设计，只是常年风雨侵蚀，又疏于打理，显得有些破败和荒芜。特别是成为学校后，那些粉墙被顽童涂鸦，看上去就像个蓬头垢面的老者了。我吩咐给我家老土屋看家的表弟，要他也常来走走看看，有啥问题，就告诉郑老先生。我离开时，没忘记将郑老先生的联系方式给表弟。后来表弟轻易就取代了我，把自己变成了郑老先生的使者。郑老先生自从跟表弟联络上后，就很少跟我联系，只是逢年过节的日子照常给我寄飞天烧鹅。

如果不是地震，郑老先生是不会打电话给我的。我接电话的时候，有些意外，长期疏于联系，都不知如何寒暄才好。但郑老先生不像我，它省

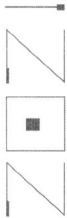

去了寒暄这个序曲，直奔主题。

听富贵说老家地震了。

郑老先生说的富贵是我表弟。

我说是，我也是听富贵说的。

听说你家的老屋震倒了。电话里能听出郑老先生关切的语气。

没全倒，我解释说，垮了一面山墙。

富贵说我家院子的老屋也伤得不轻。郑老先生把话题引向他的祖屋郑家院子。

我哦了一声，说是吗？

我承认我忽略了郑老先生焦虑的心情，他对我的心不在焉有些不满，所以在电话里加重了语气。

富贵说瓦片掉了一地！

听他语气急促，知道他的着急。我于是安慰他，说震级就四点五级，小震而已，你郑家大院是砖木结构，不会有大问题，地震掉落几块瓦片，在老家是常有的事。

我的安慰显然起了作用，郑老先生语气不再急促，他缓和了一下语气说，听富贵说你要回老家去。

我犹豫了一下说，还没完全决定。

听我这么一说，孙老先生的语气又急促起来，还没？不行，你得下定决心回去！

这近乎命令的口气让我有些不快，说什么呀？

郑老先生显然没感受到我的不快，接着又说，回去，一定得回去！我的老屋就交你处理了，修缮费多少，我都出。你要当自己的事办。

我心里嘀咕道，我啥时成了你郑老先生的义务使者了？

对郑老先生的指手画脚，我心有不悦，但一个年迈老者的急切，我也心生同情，就迟疑了一会儿，便应了下来。

我向朋友借了辆SUV，驾车回老家去。出发之前，何独气喘吁吁送来五十条蚊帐，说是他一个开店的朋友，没卖出的存货，捐给我做救灾物资。何独说，大夏天的，山里的蚊叮虫咬是常事，兴许能救急，帮上点儿小忙。

我真诚地向何独的爱心表示了感谢，驾车奔老家而去。

3

其实回老家的路并不远，特别是近年高速公路已经由市里修到了县城，我借的SUV跑了不到三个小时就到了县城。到县城后我没急着往老家的山里赶，而是去见了我那在政府部门里当科长的弟弟。

弟弟见到我，表情漠然。他拿出两千元钱，说哥，我现在供着家孝念大学，手头不宽裕。家孝是弟弟的独子，在上海复旦读本科，是弟弟和弟媳的骄傲。弟弟把我当成了要修房钱的，这让我心生不快。我说，你什么意思呀？弟弟以为我嫌钱少，就说，哥，公务员一月就几千元死工资。我说，我不是这个意思。弟看见我愤怒的脸，摊摊手说，哥，那你究竟是什么意思，说嘛。

我说，来找你，是想跟你商量，我想拆了那老屋。

弟弟听我这么说，脸像春天的冰面，微微动了一下。他说，哥，你不是要保留它做故居的吗？

我说，我什么时候说过我要它做故居，名人的老屋才是故居。你哥虽是一个有点儿虚名的小文人，还是晓得自己几斤几两的，不会轻狂得连自己是谁都不知道。这话你千万别再说，传出去会被人笑话的。

弟弟哼了一声，说富贵不是善茬儿，拉大旗做虎皮，狐假虎威。我前久下乡顺道回老家，有乡亲告诉我，富贵打我家老屋地基的主意，我还不信，现在知道是真的了。

我说，弟，你别这样想，大家老表弟兄的，他不过是想保住我们的老屋，把我抬高，拿此吓唬村镇领导罢了。人家有自己的宅基地。

弟弟一脸轻蔑，说我们的表弟富贵，他狐狸的尾巴，我早看出来了，他到处找人看我们老屋的风水，是想给他儿子结婚，寻个修房的好地基。

我笑了一下说，我知道富贵心眼多，但想给自己孩子找个结婚修新屋的好地基，也是情理之中的事，我们答应他又何妨，也算做个顺水人情。

弟弟说，哥，你有所不知，他儿子才十六岁，结婚还早着呢。

我哑然。

沉默了一会儿，我说，怎么办呢？

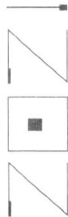

　　弟弟说，拆呀！因为这老屋，县领导都找我谈过好几回话了，说我一个国家干部不能学做钉子户。去年本来是组织考虑让我去一个局任局长的，有人就拿老屋说事，后来就黄了。为这，你弟妹没少埋怨我，说人家的哥哥处处为弟弟着想，你哥可好，只想自己，身前事都想不过来，就开始想身后。

　　听了弟弟的话，我重重地在他肩头拍了一巴掌，大声说出了一个字——

　　拆！

　　弟弟猝不及防地笑了，他说，确实早就该拆了。

　　我点点头说，我们一起回去，把这事处理了。

　　听我约他回去，弟弟收敛了笑容，说人在政府，身不由己。

　　我马上知道了他的心思，他是不想得罪我们的表弟富贵。

　　我不再勉强，心里想，这得罪人的事，我来做好了。

　　我于是又驱车往老家赶。

　　从县城到老家，也就百余公里，但县级公路，车跑起来却费劲许多。我的SUV，在坑洼的路上剧烈颠簸，一路上，我都能见到贴了抗震救灾的载重卡车，这让我暗自思量，这地震不能只看震级，老家地方的赈灾，并不像想象的那么轻。越往山里走，行路越难，本就不够宽的县级公路上，间有落石横于路面，车得小心绕着走。百余公里路，我开了六个小时，才到了镇上。

　　镇子原本就潦草零乱，现在就更是一塌糊涂，到处都是东一地西一处的赈灾帐篷，到处都能见穿了迷彩服的武警，围着重型大卡搬些救灾物资。我停下车，打量着像一口正翻炒着豆子的铁锅似的镇子，问我身边一个不停地嗑着葵花子的女人，说灾情如何。女人吐出两瓣葵花子壳，说倒了些房，都是空心砖的，死了三个人。

　　女人打量了我一下，问我去哪里？我说我回老家，女人又问我的老家在哪个村，我说羊角村，她说好远的，还有三十里地，你不能去，有落石。地震倒的房没压死人，死的三个，都是被落石打的。

　　女人边说边指了指前面一家好再来旅馆，说那是她开的，平时五十元一间房，现在一百。非常时期，要我理解，并声明说她是涨价幅度最小的。

　　我摇头，说我必须得去。

　　她说，不要命了呀？

　　我说，我得去看看我的老屋。

她说，金屋子呀？

我说，土坯房。

她伸了一下舌头，说一个老土屋，竟然也能让你这么光鲜的男人牵肠挂肚？你怕是嫌我旅馆床贵，我跟你打八折如何？

不是价钱的事，我解释说，我真得走。

女人瘪了一下嘴，说你以为我惦记你口袋里的钱拉你生意？人家是看你人模人样的，丢了性命可惜。

我笑了一下，笑得有些尴尬，冲她说声谢谢，就上了车，掉转车头，绕过镇子，往老家羊角村赶。

去羊角村的路是村级公路，路面硬化得有些马虎，柏油铺得像猫盖屎。路上见不到车辆，连行人也少，偶尔有骑摩托的从我身旁掠过。山越来越深，路上的落石也越来越多，我的SUV像一只蜗牛，缓慢地在路上爬行。

从镇上出来，折腾了半个小时，车开出了数十里，终于不得不熄火停下来。公路中央有一个黝黑的巨石，像头威严的大象堵住了去路。下了车的我，下车围着巨石转了一圈。看着从路边斜坡上滑下来的石头在路面上砸出的深坑，我知道它的分量，没有十数个人是动摇不了它的。我有些后悔自己没听镇口那个女人的话。我蹲下身子，无能为力又无可奈何，索性从上衣口袋里摸出一支烟。

吸了半支烟后，我准备掉头，驱车回镇上。我想还是去那家好再来旅馆好了，大不了忍受那女人一顿数落，总比困在这前不着村后不着店的地方强。

其实，说此地前不着村后不着店，并不准确，路侧下数十米，就有一农家。这种单家独户人家，在我故乡是司空见惯的，因为很难找出一块几十户人家围在一起的平地，散户也就是自然而然了。我还看见被巨石堵的路旁边，一块绿油油的菜地，蔬菜长势喜人。

这时我听见路前方啪啪几声响，就站起身来，手上捏着燃了半截的烟，往路的前方看。我看见一农家少年，赶着一条牛，怡然自得地边走边甩动手上赶牛的长鞭。长鞭在空中划出优美的弧线，将空气击打得啪啪作

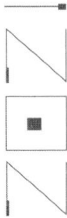

响。如果不是地震影响我的心情，我会把这当成一幅赏心悦目的牧归图，嵌刻在我的记忆光盘上。

他走近我，拉住牵牛的鼻绳，样子像是我要抢他的牛似的。哎，我跟他打招呼，他看我一脸和善，也匆忙哎了一声。

我抽出一支烟，递过去，他给我摆手，说不会。给陌生人主动递烟，是我们山里人表示友好的规矩。我的行为让他顿时消除了对陌生人的提防心，他看着我跑得脏兮兮的车，又看着横亘在路上的巨石说，地震震滑落的。

我说，怎么没人把它搬走。

那么大的石头，咋搬得走？再说，有力气的人都进城打工去了。他解释说。

我叹了一口气，说，那今天是过不去了。

他说，你要去哪里？

我说，我要回老家。

老家？他有些好奇地看着我，你老家在哪里？你这样子像城里人。

你凭啥说我是城里人？我说，我脸上又没写。

他就咯咯笑了，露一口黄牙，指着我说，细皮嫩肉的，还骗我不是城里人。

我说，我老家是前面羊角村的。

羊角村？他扭转身，指着路的前方说，还有十几里地哩。

我点点头说，没错。几百公里我都走了，就难在这十几里地哩，我家老屋震坏了，真急人。

看我一脸犯愁的样子，他松开牛鼻绳，任牛慢悠悠地走。他现在不关心他的牛，开始关心我的车。他左看右看，前看后看之后，拉扯了一下我的衣角，指着那片长势蓬勃的菜地说，从这里兴许能过去。

我看了看菜地的地势，又看了看我的SUV的轮高，发现确实像少年说的那样，兴许能过去。

但我还是摇了摇头。

他看着我，以为我胆小。屋子震坏了是大事，知道你急，难道你不想试试吗？

我从他的话语中获得了鼓励和诱惑。

不是我不敢试，我端详着菜地说，这是人家的菜地。

少年说，这是我家的菜地，你放心过。

少年的好心让我感动不已。

他用鼓励的眼神看着我，说你过，我帮你看轮子。

我感激地点点头，开车门，上车坐定，启动油门。车子轰鸣着，从路边慢慢移向菜地。少年在我的前面一步一步倒退，眼盯着我的车轮，给我做着往前走的手势，样子像一个成年引路老手。

我甚至闻到了蔬菜被碾压后发出的菜腥味。我想，少年的心会不会也像这些蔬菜一样受伤。车在经过几次努力后终于成功地穿越菜地，重新回到正途上。我停下车，拉开车门，跳下后，激动地掏出一支烟，猛吸一口，又猛地吐出，我恨不得要大叫一声了。

我们老师说，做事要有一颗勇敢的心。

少年冲我竖着大拇指说。

他全然没顾去看被我车碾压坏的菜地。我抽出一支烟，递过去。他依旧像从前一样挥挥手，说不会。我说，不会也拿上。他犹豫了一下接过，把它卡在耳朵上。

我想他一定知道，这不是一支烟，而是一份谢意。少年一定是读懂了这份谢意，乐于助人又善解人意，这个穿着脏旧衣服蓬头垢面的少年，我把他当成了天使。

我的鼻孔里又有山风塞进了菜腥味，看着惨不忍睹的菜地，就又觉得自己不能这样心安理得离去。

我掏出钱夹，抽出一张面额五十元的人民币，递给少年。少年本能地伸了一下手，随即又被什么烫了一下似的缩了回去，他慌乱地向我摆手。

我将钱硬塞给了他。

我上了车，继续赶路，车开的时候我从后视镜看见，少年把我给他的香烟点上了。我从后视镜里看到他吐出一团烟雾，咳得东倒西歪的他还一直冲我的车屁股挥舞着手臂。

4

终于在天黑前赶到了故乡羊角村。

村里的人都挤到郑家大院去了。才进村时，我还以为是一个空村。

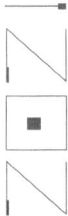

黄昏时分的羊角村，不见炊烟，除了山风拂过核桃树和栗树的声音，就只剩下我的SVU马达的轰鸣声。

SUV的马达声唤出的是我的表弟，他从郑家大院的院门里探出身子时腋下还夹着一床脏兮兮的被子。我想来的就是你！他看着停了车打开车门的我大声说。

我看着一脸英明表情的表弟问，乡亲们呢？

表弟努努嘴，说都在后边的操场上。

我知道郑家大院后面的那块操场。当年小学校搬进来，就把后院原本是郑家的菜地平了，做了小学校的操场。我儿时最惦记和向往的，就是它。因为在它上面，立了两个木制的篮球架。

我说，地震不都过去了吗？

表弟说，县地震办通知说还有余震。

我边说边往郑家大院里走。

表弟见我急匆匆的样子就说，不去看看老屋吗？

我说，明天看。

表弟紧跑几步，与我并排走。又说，没吃晚饭吧？我说，没。表弟说，只好将就了，刚建的临时食堂，红豆酸菜汤泡饭。

我一出现在操场上，就被人围住了。大家都以为是上面派来的救灾干部，七嘴八舌地问我救灾物资啥时到，竟然没有一个人真正认出我是谁。

表弟见状，就提高嗓门说，他不是领导，是我表哥。

一听不是上面派来的领导，人们就散开了。几个年纪大的，盯着我看了一阵，点头说，是小林，当年出去时胡子都没长齐，现在都成老头了。

我就笑说，少小离家老大回嘛。好多人认不得我，我也认不得好多人了。我于是就掏口袋，发香烟，寒暄。老乡见老乡，热乎劲儿一下子就上来了。谈兴正浓时，表弟捅了捅我说，该吃饭了，过会儿就没得吃了。

我就跟表弟去临时食堂，说是食堂，其实就是从教室里搬出的桌椅，在操场西南角拼成的几张简易饭桌，角落里有一口大锅，上面熬煮着酸菜红豆，临时用红砖垒成的灶上，摆着一大锅饭。

表弟拿出一个大土碗，盛了大半碗米饭，用大勺舀了一大勺红豆酸菜汤浇上递给我。我伸手接过，正准备狼吞虎咽时，一群人陪着一个三十岁左右、穿戴整齐、外表干净清秀的年轻人向我这儿走过来。

地震把大作家招回来啦？他粗声粗气的嗓音与他的外表大相径庭，给人一种不和谐感。

你……是？我看着他，全然陌生。

表弟赶忙介绍，说这是我们的陈副镇长。

陈……镇长，我招呼说，一起吃饭。

饭在镇上吃过了，陈副镇长拿一个塑料圆凳往我对面一坐说，大作家，我也挺喜欢文学，大学读书时，我也经常读小说，特别是马克尔斯的，我特别喜欢，可以说是他忠实的铁粉。

马克尔斯？我赶忙检索记忆，发现脑子里没有一个叫马克尔斯的作家。

大作家不会不知道马克尔斯吧？看我一脸茫然，陈副镇长脸上浮过一阵轻蔑后用卖弄的语气说，他写的《孤独百年》，我读出了千年孤独的味道。

我哦了一声，终于明白他说的作家是马尔克斯，说的书是《百年孤独》。

不好意思，他谦逊道，都是大学时读的，现在在基层工作，忙得看书的时间都没了。话又说回来，中国作家的东西，不读也罢，没几个有思想的。

我心里想，从假谦逊到真狂妄，就一步之遥。我说，陈镇长，我们还是不谈文学的好，你喜欢魔幻，再谈就成荒诞了。

看来我是班门弄斧了，陈副镇长摘下眼镜，擦了擦说，实话说吧，我这次就是为你这大作家来的。

他把我说笑了，我说，镇长编故事呀？我是神不知鬼不觉进的村，镇长难道有超自然的能力？

你看？大作家就不一样，骂人都不带脏字，你真以为我哄你？我哪敢？是书记派我来的。

书记？我说，哪个书记？

镇党委唐书记啊，陈副镇长说，是你在县上工作的弟弟打电话告诉他

的。听说你回来，忙着抗震救灾的书记，硬是挤出时间开了个临时党委会。会后又派我来亲自找你听取意见。

我叹了口气说，我何德何能？拆个老土屋，惊动了领导，不好意思，不好意思。

拆……站在一旁的表弟意外地说，老屋要拆？陈副镇长，我表哥赶了一天的路，一定是累糊涂了，老屋不是要拆，而是要修。

陈副镇长摆摆手说，拆，一定拆。我们大作家再累，脑子也比你清醒。

我扒了口饭，咽下，用抱歉的口气对表弟说。对不住了，来得匆忙，也没跟你商量，实话跟你说吧，我这次回来，就是来拆老屋的。

你对不住的不是我，表弟瞄一眼我说，你对不住的是舅舅。

表弟说的舅舅，是我过世的父亲。我没想到情急之下的表弟，会端出我父亲来压我，这让我心生不快。就算这房子是你舅舅的，我瞪他一眼，用提醒的语气说，我是你舅舅的儿子，有权处理他的遗产。

表弟听我这么说，竟然火气上头来了，他憋着一张大红脸说，这老土屋碍你啥了？伤你面子了？还是丢你的人了？你为何一意孤行要拆它？你留着它，你后辈儿孙就有个老家，他们就知道他们的来处。我晓得你成名人了，名人再有名，也得有老家，你知道你拆的是什么吗？是故居！

错了！陈副镇长挥手打断表弟的话，斩钉截铁地说，我们大作家拆的不是故居，那老土屋不过是我们大作家在童年时住过一段时间的老房子。我们经过多方考证，也找过村里上年纪的老者，确定这才是我们大作家真正的故居！

陈副镇长边说边指着眼前的郑家大院画了个半圆弧。

我愕然，继而瞠目结舌。我站起身，抹了抹嘴，独自离开。心里竟然有了委屈和愤怒。晚风拂过，我感觉到了它的硬和冷。

在陈副镇长一副讨好我的表情里，我看到的却是十足的傲慢。

身后，传来表弟的声音。陈副镇长，这个院子姓郑，不姓林。

你懂个屁！这是陈副镇长的声音。

5

月黑风高，我跟一大群乡亲在操场上露天睡觉，我难以入眠，睁着眼看着满天的繁星。那些忽明忽暗闪烁的星群，像绽放和凋谢交替的花朵，更像一些说不清道不明的心事，他们出现、消逝；它们消逝继而又出现。

表弟睡在我的旁边，我知道他在假眠，他偶尔发出一阵夸张的鼾声，刻意而做作。我唤了他几声，他的鼾声更大，我终于明白了那句话，你永远唤不醒一个装睡的人。

但蚊子能。那些恣意在我们裸露的脑袋之上嗡嗡作响的蚊子，总是冷不丁就在我们的颈上额上扎上一口。我已经被这种偷袭严重骚扰，内心甚至产生了烦躁。偶尔偏头看一眼纹丝不动的表弟，不明白为何他百毒不侵，连蚊子也奈何他不得。我越不明白，心里就越佩服。我甚至想，是不是蚊子也懂亲疏，只跟陌生人作对？但我的想入非非马上让我扑哧一笑。我听见了啪的一声，随即就是一句骂。

死蚊子！

死蚊子咋会咬人，咬人的都是活的，我揄揶说，你醒了呀？你睡得才像死蚊子，怎么都叫不醒。

你不好好睡觉叫我做甚？表弟说。难道你反悔了，不想拆老屋啦？

正是。我说。

表弟一激灵就从地上弹起来，他说，你终于不犯迷糊啦。你知道镇上打你啥主意？人家看出你那老屋风水好，在文脉上，早就准备把小学校建在那儿啦。

我说，那为何要等到今天？

没钱呗，表弟说，这一震，钱不就来了。

什么意思？我有点儿发蒙。

谁敢让学生在危房里念书？表弟说。

这郑家大院是砖木结构，这点儿地震咋就成危房了？我说。

危不危，又不是你我说了算，表弟说，还不是领导一句话，领导认定他是危房，就能借此向县里甚至市里要钱重新建学校，晓得不？你以为你真了不起的人物呀，你前脚到，人家一个副镇长后脚就跟来了，看把你美的！

我笑了，说我知道自己几斤几两。我还说，如果我老屋那地方修学

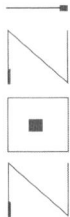

校，真能多培养出几个有志向的娃，我就……

你不会又想再改主意吧？表弟看着躺倒的我说。

想。我说。

神经病！表弟骂了一句，随即给后脑勺一巴掌。

我起身，坐在地铺上说，你骂谁神经病？

表弟没好气地说，我骂那些咬人的蚊子。

我说我带来了几十条蚊帐，放在后备厢里。我吩咐表弟，让他明天发给乡亲们。

表弟摆摆手说，要发你找村主任去发，你那可是救灾物资。凡救灾物资都归村委会决定统一调拨。

我说，睡吧，明天我找村主任去。

第二天一大早，我还没来得及去找村主任，村主任就找我来了。跟在他后面的，还有那看上去一脸斯文相的陈副镇长。我当时正蹲在一个简易的塑料盆前洗漱。村主任见一额头都是小山丘一样肿包的我，就掏出一小盒清凉油，拧开，用右手大拇指挖了一下就往我脑门上抹，还说，我们羊角村，有三恶，一是婆娘恶，二是母狗恶，三是母蚊子恶。大作家，看来不仅女粉丝喜欢你，连母蚊子也喜欢你。

我不太习惯村主任的亲热，更不习惯他粗俗的玩笑。我说我带来了几十条蚊帐，就在我车的后备厢里。村主任就击掌，说这是雪中送炭。我掏出车钥匙，让他派人去搬蚊帐。村主任接过钥匙，往我表弟手上一塞，说，富贵，都搬村委会去，等下午我来亲自发放给大家。今早，我和陈副镇长陪大作家去看看老房子。

一路上，陈副镇长显得很谦恭，对我都是溢美之词。他说我不仅才华了得，而且高风亮节。被人戴高帽子的感觉，并不都爽，我现在就觉得芒刺在背，我说，老屋拆了建学校，我没意见，但硬生生地让我多出个所谓故居来，我是不会同意的。

陈副镇长说，你为何不同意？怎么能说是硬生生地呢？林大作家，实话跟你说，我们也是充分调查研究过的，那确实是你的故居。

我苦笑了一下说，即使我同意，人家郑家后人也不会同意。香港的郑治远先生，在我回乡之前还给我打过电话，对郑家大院在地震中的处境充满关切。

嗯，陈副镇长哼了一声，说这郑家大院自从新中国成立后，就不姓郑了。

我哑然，说那姓啥？

姓公！陈副镇长挥了一下手说，新中国成立后我们政府没收了郑家大院，把它做了村公所，后来村公所搬出去，它成了村上的保管室，现在郑家大院是村上的公有财产，我们完全有处置权。

陈副镇长此时的语气显露出了领导人的霸气。

也许我的目光让他的态度从高亢重回了温婉。当然，他摘下眼镜，哈一口热气，掏出一张餐巾纸，边擦边说，考虑到郑老先生是爱国同胞，对故乡有感情，镇上本着人性化考虑，还是把在郑家大院设立你故居的想法，向他做了通报。

他现在用和缓的语气说的话，在我听来，比之前冲动的话语还要粗暴。我想他不仅冒犯了郑治远先生，也冒犯了我。我心里嘀咕道，这世上有这样明目张胆张冠李戴的吗？我想，郑老先生会被气个半死的。

我说，你们不应该这样，郑老先生年事已高，就不怕气死他？

嘿，陈副镇长笑了一下，把擦干净的眼镜重新戴上，说郑老先生觉悟高，他愉快地答应了，在电话里一个劲儿地称，说我们这个创意好，他还说如果镇上在打造你的故居上有经济困难，愿意给予支持。

听陈副镇长这么说，我不想让他和村主任陪我去看我的老土屋了。我对他说，陈镇长，我真的改主意了，那老房子我不拆了，我要的故居，是它，不是郑家大院。

我转过身，扬长而去。

6

我径直去了我小学班主任凡老师家。

凡老师是我的班主任，也是我的语文老师。他是当年我们村小请的民办教师。从二十世纪七十年代，一直任教到九十年代。后来民转公因超龄没办成，就回家务农了。我后来能成一个作家，是拜他所教。他在我小学三年级时，送给我一本叫《童年》的小说。我熟读了这本小说，按今天时髦的说法，正是阅读这本书，我心里有了今后做一个写作者的初心。

我推开凡老师家的柴门，见他怡然自得地躺在竹躺椅上晒太阳。在清晨温暖而明丽的阳光下，凡老师苍老而慵懒的样子像极了一个超然世外的

智者，就像地震没发生过一样，让我心中浮现出一个词语，第一次没有再讨厌它。

岁月静好。

我的到来破坏了这份静好。见我来，凡老师有些意外地站起身来，说你是回来救灾的吗？

我没有正面回答，而是责备他为啥不去郑家大院避震。他笑了说，金窝银窝，岂能比自己的狗窝。在这儿死了，是寿终正寝，要死在外边，还不成孤魂野鬼。

我听了就笑，说我就是孤魂野鬼。

错也！凡老师说，你现在不仅有故乡，还是有故居的人。镇上要把郑家大院打造成你的故居，就没领导给你通气？

我尴尬地笑了一下说，这你也信？再说，这张冠李戴的事你老人家的学生会做？

非也！凡老师摆了摆手说，这怎么会是张冠李戴呢？我看你那副书生脾气，人到中年都还没改掉。

我抢白说，你喜欢教训人的脾气不也没改掉？

我今天还真就想教训你！凡老师边说边招呼凡师母给我泡茶。

我上前，重新把他扶回竹躺椅上，顺手抓过一个小板凳，坐在他身边说，请教训吧。

他笑了，张一口没牙的嘴，天真得像个孩子。他说，喝茶喝茶。

我说不渴。

你不要敬茶不吃吃罚茶，他说，别以为自己成了名家，就任性了。凡事都不要武断，郑家大院，怎么就不可以是你的故居？人家镇上，是要花工夫打造咱羊角村，这是美丽乡村的一部分，你有责任也有义务支持，这毕竟是你的桑梓地。人家打造你的故居，是想让村子多一丝文气，让外人看这里不仅山清水秀，还人杰地灵。

我打断凡老师的话，说老师，能帮故乡做点儿事，我自是乐意，但不能指鹿为马，违背事实。那是郑家大院，它从来也没姓过林。我要同意了这事，今后传出去，岂不要被世人笑话？再说了，故居这词听上去怪别扭的，在我的印象里，只有逝者从前的居所才叫故居。人还活着，一般都叫日居。

凡老师听了我的话，就笑了。他说，原来你是有忌讳，那我给镇领导建议，在你生前，就叫旧居。

听凡老师这一说，我只有苦笑了。看我这样子，凡老师嗔道，你笑的样子，比哭还难看。

我耸了一下肩，说老师，你误会了，我是说，那郑家大院，是姓郑的，不是我姓林的老屋。

凡老师一听这话，有些不高兴了。他说，作家都能做，咋还这样死脑筋？郑家大院就该是郑家的？谁告诉你的？新中国成立后，郑家大院不姓郑了，它姓的是我们全村人所有的姓，当然也可以姓林。

这话从自己的恩师嘴里蹦出来，是完全出乎我的意料。我瞪大眼睛吃惊地看着凡老师，像看一个陌生人。不，更像看一个陌生的怪物。我知道，我得选择礼貌地离开了，否则，我和凡老师，彼此都会让对方不愉快。

我对凡老师说，我还是想去看一下我那震垮的老土屋。那面山墙上，有我当年在上面写的字。那些字，都是当年上小学时，我写错后被凡老师用红笔勾出来又在墙上重写的。

老师有权利和义务纠正学生的错误，这是共识。但如果老师犯了错，学生该怎么做？告别了凡老师，我走在乡间小路上，总觉得这是个现实难题。

我独自来到我的老屋前，它的破败和不堪，超出了我的想象。房顶上，杂草长得正欢，院子里，蒿草已高过了人头。我站在院子里，看着这老屋，就像面对一个风烛残年的老人。我有些打心里佩服我那表弟了，让他帮我们看老屋，他真的就只是"看"了。

山墙并没完全倒，只是震垮了一部分。墙体已斑驳，我从前在墙上写的那些字也难以辨认。没有人住的房子，腐朽得特别快。我惊奇地发现，瓦檐的木头上，长出了几朵粉色的蘑菇，刺眼得就像一个老贵妇苍老手上戴的珠宝。我皱了眉头想，让这样的房子立着，就像让一个年事已高的老人立正站着，是不人道的。我甚至觉得它连拆的价值都没有，直接放倒了事就好。

我转过身，走出柴门，心中竟然有了伤感。我感觉到自己将失去的不

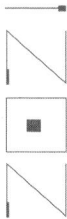

仅是老屋，还有故乡。我走在曾生养自己的土地上，物是人非，有一种陌生人般的孤独。

我又回到了郑家大院。在我的SUV旁，陈副镇长和村主任站在那里等我，他们似乎害怕我悄然而去。他们看见我，脸上都有欣喜的表情。从车边一地的烟头我知道，他们一定耐着性子等了我许久。

还是去看看你的老屋吧，大作家。

陈副镇长的语气里有央求。

我说去过了，要拆，你们就拆吧。

听说我又改了主意，陈副镇长如释重负。他击掌说，大作家就是深明大义，下面，我们还是谈谈打造故居的事。

谈什么谈？我摊摊手说，从今往后，我已经是没有故居的人了。

大作家，陈副镇长摆摆手说，这就是气话了。你说我们张冠李戴，那是冤枉我们了。我们虽然是基层政府，但做事为政就讲个实事求是。据我们多方调查，你就出生在郑家大院。

我出生在郑家大院？我愕然道，我怎么不知道？

你要不信，村主任插话说，你可以去问问那些年事已高的老人。

7

是夜，我被表弟领着，继续睡操场。

操场上依旧是那清一色敞胸露怀的大通铺。

通铺之上，蚊子依旧嗡嗡，像战场上空的轰炸机群。

我问表弟，我带来的那些蚊帐，为何还不分发给乡亲们？

表弟说，分不了。

我问为何分不了。

表弟说，羊角村百户，你倒好，带来五十条蚊帐，咋分？

就因为这没分？我说。

分了，村支书去分的，没分下去，现在全堆在村委会会议室。表弟解释说。

有五十条就分五十户，有这么难吗？我有些不解。

不难？你去分分试试？表弟白了我一眼说，白天村支书都气得差点儿岔了气。

人家村民说，要分，得人人有份，不能厚此薄彼。还有更过分的，要求村支书将一条蚊帐剪两段，每家每户拿一段走。

我沉默了。我想我要在场，也会像村支书一样气得岔了气。表弟的这番话，比蚊叮虫咬让我难受百倍。

喂，表弟见我不说话，唤了我一声说，表哥，你也别生气，乡亲们的觉悟，不能跟你们文化人比。说实话，基层这些干部也挺难的，你看那陈副镇长，为你故居的事，嘴上都结了泡，涂了蓝药水。其实，那老土层没法修缮了，郑家大院做你故居，更合适。

表弟也这么看，出乎我意料。我说，人家郑家人的房子，做我的所谓故居，合适？我知道他们基层领导的辛苦，但有些做法我不敢苟同。今天白天，陈副镇长和你们村主任，公然说我生在郑家大院，他们凭啥要撒这样的弥天大谎？

这不是谎，表弟说，我妈生前给我说过，你就生在郑家大院的门房里。妈还说，舅舅娶舅妈，外婆是不同意的，原因是舅妈家成分高，是富农。舅妈进了门，干啥外婆都看不上，成天数落她。外婆的态度让舅舅很生气，舅舅一生气就带着舅妈离家住进了村上的保管房，也就是郑家大院。舅舅是村保管房的保管员兼看门人。舅妈住进村保管房的门房前，也怀上了你，几个月后你就生在了此，而且还在那里住到半岁。因为你的出生，让外婆改变了态度，她亲自上门向舅妈求情，让舅妈住回去，因为外婆太疼你这个孙子。后来舅舅就在你出生半年后，将舅妈和你送回了老屋。也许是外婆和舅舅舅妈不愿再提及那之前的不愉快，就没给你讲。表哥，你说人家陈副镇长张冠李戴，冤枉了人家。

听了表弟一席话，我虽然对陈副镇长他们的做法不再心生反感，但要我接受郑家大院是我的故居，我知道自己是难以做到的。

我很清楚，明天陈副镇长还会找我。他还会使用各种手段，让我认下这所谓的故居，因为这是他的任务，他必须去履行、去完成。

我想，明天该是为难的一天。

就在我苦思冥想明天该怎么说，才能让陈副镇长理解我坚决拒绝郑家大院作为我故居的态度的时候，我接到了郑治远老先生发来的微信。郑

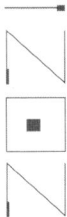

治远老先生在微信中说，郑家大院能成为他的一个朋友、一个乡党、一个作家的故居，他感到荣幸，当然，这也是郑家大院的荣幸。

我知道这都是陈副镇长的功劳，他一定是做了郑老先生的工作。我看着这条微信，五味杂陈。我回了郑老先生一条微信。我说：郑家大院是你的故居，不是我的。我不要故居，我只要故乡。

第二天一早，我从大通铺上起来，悄悄一个人溜出了郑家大院，我头没梳、脸没洗、牙没刷，就上了我的SUV。我启动了车子，在晨曦中悄然离开了故乡羊角村。

我的样子疲惫，像一个逃兵。我知道，逃跑是我唯一可以做的选择。

我在出村后不久遇到了一辆拉救灾物资的卡车。这辆对头车停了下来，鸣了两声喇叭，司机在驾驶室里用沙哑的声音问我，羊角村还有多远？

我告诉他不远，也就十来里路。

司机重新轰响油门，我大声问他，车上拉的物资里有没有蚊帐？

他想想，冲我摇摇头，说蚊帐？没有。

我有些失望，说要再有五十条蚊帐就好了。

司机有些蒙，说，啥意思呀？一轰油门，就与我擦身而过了。

再往前走，太阳就从山顶上冒出来，在太阳下，浓雾丝丝缕缕地消散开去。虽然才遭了地震，但故乡的景色依然看上去美不胜收。

又见那团黑黝黝的巨石，它依然定在路中央。两天过去了，怎么没有人搬了它？我停下去，看见过去那块绿油油的菜地上，全是粗暴的车辙。不同的是，菜地顶头处，多了一根用新砍的楠竹做的拦车杆。我心中有些内疚，是我率先糟蹋了这块菜地。我于是就想起那个放牛的少年，我是否利用了人家那份纯朴善良？

当我想着少年，少年就出现了。我看出来了，他跟我一样，连脸都没洗，眼角有眼屎，在早晨的阳光里，金光闪闪。

二十块钱一辆车。他冲我喊。

他边喊边走向那泛着翠绿楠竹做的临时拦车杆。

我掏钱包，发现没有零钱。我说，可以微信支付吗？

他说，现金。

我说，没零钱。

他从口袋里掏出一沓零钱说，百元大钞，我也找得开。

我边掏钱包边想，这真的是我来时遇到的那个少年吗？

我下了车，递给他一张百元钞。这时少年认出了我，他愣了一下，说声是你呀，随即就去掏口袋。他掏出了一包紫云香烟，抽出一支递给我说，烟有点儿撇，别嫌弃哦。

我接过烟，他自己又拿出一支，叼在嘴上，摸索口袋，掏出一个火机，要给我点烟。我摆摆手，自己掏火机点了烟。他见我不愿他代劳，就自顾自点了，深吸一口，吐出了一口浓烟，咳嗽起来。

我看着他，说你不是不会抽烟吗？

他止住咳嗽，对我嬉笑了说，学呗。

我说，收钱呗。

他摆摆手说，老朋友，免了。你教了我生财之道，就当学费吧。

他油腔滑调的样子，突然让我心生不快。我说，我可没教你，你还是收了这过路钱吧。

他看我坚决的样子，不再推辞，接过钱，熟练地找了我八十元零钞。

我重新驾车，穿过那片伤痕累累的菜地上路。

但少年的话却总萦绕在我耳际。

你教会了我生财之道。

是我教的吗？

难道不是吗？

我的心中，两种问话此起彼伏。

我的手机响了一下，是微信的铃声。我在一个路边再次停下车，掏出手机看微信。

微信是诗人何独的，他给我转账了八百元钱，附言说是刚收到的诗歌稿酬，给我修老屋做补贴。

我给他回了微信，说这钱我不收，我已经决定拆掉那老屋了。

回了何独微信，我决定继续赶路，但拉开车门后，又关上了它。

我站在路边，用手机拍了一张茫茫群山的照片，并把照片发了朋友圈，我在发朋友圈时还写了一句话。那是一个作家朋友写故乡的话——

山河表里，终是故乡！

原载《青年作家》2021年第7期

点评

　　看到这篇小说的题目，自然使人联想起唐代诗人贺知章的那首《回乡偶书》。小说化用诗名，又切合故事展开的情景，着实奇巧。不过，这篇小说所呈现的内容，似乎更契合《回乡偶书》组诗中的另外一首：

　　离别家乡岁月多，近来人事半消磨。

　　惟有门前镜湖水，春风不改旧时波。

　　离别家乡似乎已经太久，偶然回来才发现，家乡的人事变迁实在太大。只有门前那一潭镜湖碧水，被春风吹皱泛起的水波，还和多年前一模一样。没有"少小离家老大回"的亲切感，"我"回到故乡感受到更多的是"人事消磨"的复杂。"我"确实是"偶回"故乡，并非主动回乡，在外在不可抗力的作用下，在友人的劝说下，"我"不情不愿地回乡。与诗人何独不同，"我"原本对故乡没有太多的眷恋。"我"作为一个游子，反观故土。像鲁迅一样，看到了故乡的种种问题。但"我"毕竟不是鲁迅，故乡也不是当年的鲁镇，真正返回故乡后，对故乡、故人葆有的真情也被激发。没有一味批判、苛责，"我"也懂得基层干部的难处，知道现实境况是复杂的，"我"没有以一个高高在上的"启蒙者"的身份指摘。但作家的身份也让"我"无法做到弟弟那样"清醒"，完全抽离故乡，成为完全意义上的城市人。所以，人对于故乡的情感是复杂的；在时间的长河中，故乡的变与不变是复杂的；超越城乡的界限，人心也是复杂的。唯有"山河表里，终是故乡！"这篇小说更像是一首意蕴饱满的乐曲，不是一定要有歌词，不是要直接表达什么。就是那样一种情绪，一种对故乡复杂情感的娓娓道来。

（朱旭）

日光照亮北斗

蔡 东

感应灯随着脚步声依次亮起，赵佳穿过三道狭长的走廊，从天璇来到玉衡。

两个月前，赵佳和徐璐结伴来星寓看房子。那天下着雨，大雨从高处纵身而下，直扑地面。两人走出地铁口，各撑一把伞，一前一后走在雨中。一阵大风吹来，路边的大树和灌木倒向一边，雨中的世界随着风势倾斜了。两人弓着身子往前走，也不知过了多久，终于看见前方深蓝色的建筑群。

赵佳是在雨声中醒来的。窗帘拉得严严实实，屋里是阴雨天气特有的昏暗，说不好几点。她翻个身，指尖触碰到手机，屏幕亮了。就在光亮闪过的瞬间，她全身一哆嗦，她看到了睡前还不曾存在于房间里的东西。

触亮屏幕，照向墙壁，只见那里凭空多出来一簇灰褐色的蘑菇。

她拨通徐璐的电话，说被你说中了，这里真不能住了。徐璐说，我这就上去。她愣怔一会儿，听见外面有响动，随便套上一件睡衣，打开房门把徐璐迎进来。她指着窗下，怪不得你总觉得湿冷，蘑菇都长出来了。徐璐凑近了，瞅见墙壁上渗出一层稠密的水珠，角落里的蘑菇似乎正在一点点长大。

两人冒着大雨出门，接连看了几家青年公寓。清一色急切慌乱的装修，哪里禁得起细看，处处透着平庸、粗疏和不上心，似乎所有人已达成共识，不过是个晚上回来睡觉的地方，要求别太高。去星寓的路上，两人都有些提不起精神来。

走进星寓接待处，先看到整面墙的彩绘，画面上方投下扇面般徐徐

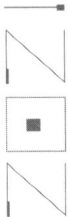

展开的光，一猫一狗一女孩待在蜜黄色、毛茸茸的光束里，宛若童话场景，边上一行字，"等你回家"。这话像一个有温度的肥皂泡，依然空洞，但至少不那么冰冷。前台带她们来到展示柜前，走近了，从高往低俯视，这才看得分明。七栋公寓楼耸立在一块绿地上，通过一道道长廊相连，赫然显出北斗七星的模样。最西边的一栋命名为"瑶光"，接着是开阳、玉衡、天权、天玑、天璇、天枢。好半天，赵佳回过神来，说，北斗落在地上。徐璐摇晃她的手臂，说，不，咱俩这是要住到天上去。

怀着一丝侥幸看向价目表，侥幸即刻消散。两人在前台磨磨蹭蹭，没有租下来的决心，也舍不得就此离开。工作人员退到一边，并不相劝。好房子不愁租，推销太热情反而掉价了。

雨声渐渐稀落，赵佳透过接待处的两扇玻璃门向小区里看，玻璃门外站着一棵白玉兰树。一片叶子正离开树枝，姿态美妙地往下落，半空中随风翻转一下身体，继续飘坠，最后啪嗒一声坠入积水。接洽她们的工作人员建议，要不你们去里面转转。赵佳拉着徐璐，推开玻璃门进入小区。一只暗绿色的绣眼鸟从玉兰树的枝叶间飞出，在空中划过一道半弧。叶子上的雨珠簌簌落下，落在她们的头顶和肩上。眼前是瑶光楼，也就是勺子尾巴所在的位置，从瑶光开始，一排公寓楼交错站立，逶迤而去。赵佳测一下方位，说，还是夏天的北斗七星呢。

一时恍惚起来，逝去已久的夏夜从时光的深处汩汩涌出。遥想那些年，暑气最盛的日子里，晚饭就挪到院子石桌上了。那会，晚上最常吃的是凉面条。黄昏时分橘红色的天光下，面条安静地浸泡在冷水里，等候配菜和调料鱼贯而来，炒豆角、烧茄子、黄瓜丝、芝麻酱、蒜汁。吃过凉面条，赵佳把折叠钢丝床打开放在一丛月季花旁，拿把蒲葵扇躺上去。她轻轻摇动扇子，仰面看着天空。夜晚是从天空深处渐渐渗出来的，耐心弥漫出一大片宁静的深蓝色。第一颗星星出现了，接着，繁星浩浩荡荡而来。满天星辰中，北斗七星和北极星是最好辨认的。夜渐深，她半闭双眼，似睡非睡。猫在院墙上走动，时有凉风吹来，裹挟着墙角晚香玉的香气，纱门被风甩到木门框上，砰的一声，随后小院陷入更深更庞大的寂静中。时光从容、悠闲、无有穷尽，仿佛日子会一直这样过下去，无所用心地过下去。那时候并不知道，良夜去而不返，家里的平房不久便拆迁，明亮的灯火黯淡了星空，难以复现的，还有那个年纪的心境。

两年前，赵佳再次遇见北斗七星。她跟恋人瞿一行去黄山游玩，爬到排云亭已是下午。一路上先是毛毛细雨，接着阳光普照，忽地又一场骤雨。傍晚时分，天色依旧明亮，两人站在亭前平台上，只见前方旷然开阔，群峰郁郁苍苍。起先，浑圆的落日挨着一座瘦削的山峰，似乎站住不动了，不知不觉间，它从高处的山峰走到低处，天色暗了一层。瞿一行忽然大叫一声，赵佳循声看去，见云雾从峡谷里升起，带着澎湃的声响般轰隆隆涌上来，雪白的云块在松石间翻卷，质地轻盈的云烟被风一吹就散开了。一朵云挂在一棵老松上，缠绵缭绕许久，一丝一丝地飘走。云海消散后两人来到附近的餐厅，吃过饭，天已黑透，走出来立刻感觉到山间空气的清寒冷冽，让人浑身一凛，紧接着，远处的星空已迎面而来。旁边的小男孩喊道，那是天狼星！赵佳仰起脖子，漫天的星星蜂拥至眼前，真叫人眩晕，定定神，她先认出来的依然是北斗七星。随后，竟用肉眼看到了银河带。银河悬挂在夜空一侧，亮而轻。在意识到那是银河的一瞬，空气凝固了一般。她跟瞿一行对视一眼，两人都说不出话来，瞿一行有些笨拙地搂住她。夜静更深，银河延伸到更远的地方，银河中心似乎出现一个巨大的、无底的漩涡，浩大壮丽，又散发出令人心悸的气息，叫人忍不住低下头去，不敢多看。山风吹来，映在岩壁上的树影随风摇晃，赵佳缩缩脖子，身体紧偎着瞿一行。山上的夜晚犹在昨日，男友却早已是前男友了。

两个月前下雨的那一天，赵佳和徐璐站在瑶光楼前，只见开阳居于东北方向，玉衡、天权与开阳微有错落，天玑陡然南下，天璇转东，天枢径直北上。七星匝地，在雨水中闪动着深蓝色的幽光。

某个时刻，赵佳觉得自己被摄了魂，被什么东西深深打动了。只是理智没那么容易溃散，仍在老练地等待激荡的情感重归平静。她暗中劝自己，别为一个名字冲动，这里并不是离天空和太阳更近的地方。正转身往外走，一只手拽住她。徐璐的声音从身后传来，佳佳，等新游戏上线就有一笔奖金拿，咱们住得起。赵佳停下脚步，看同伴一眼就知道她真动心了。徐璐又说，来，这次咱俩都选有阳光的房间。听到这话，赵佳的眼睛也亮了。

一直到签合同的时候赵佳仍在做徒劳的辨析。她俩决定住进星寓，不

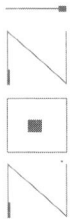

是因为画册上"高品质青年社区、城市理想家"的宣传，那更多的是一种安慰，里头也含着些善意的；也不是因为社区里恍如美剧场景的、巨大滚筒一起转动的自助洗衣房，真实的生活像卷心菜的叶片般蜷曲在一个个单间里。可是，她们被某种更虚幻的东西打动了。狭长不规则的地块上，七座公寓楼站立成星座的形状，风雨之中，神采焕然。眼前的景象显得有些不真实，那股奇异浪漫的气息在她们的生活中已近乎绝迹。因为罕有，所以更无从抗拒。暗处里好像藏着一个人，了解她们，也知道她们想要什么。

我们住在北斗七星上。说话时徐璐一脸神往，双手用力交握在一起。她不是爱激动能咋呼的人，只是地下的小屋被命名为天上的星辰，这让人头脑发热，让人再度揣起满怀的浪漫和希望，让人误以为住进这里便拥有了真正的生活。赵佳嘴上不说扫兴丧气的话，心里却不踏实。徐璐那组开发的游戏在内部竞争中不占优势，别说拿奖金了，赵佳担心同伴很快会被优化，也就是被新鲜能干也更便宜的劳力取代。以前的人丢工作叫下岗，轮到她们时，叫被优化了。

此时，赵佳穿过三道长廊，从天璇来到玉衡。徐璐住在玉衡楼的东头，屋门已打开，火锅香味飘到楼道里。赵佳走进来，见小方桌上放着羊肉卷、平菇、冻豆腐。屋里没有多余的椅子，她往地上一坐，蒸汽立刻扑到眼镜上，眼前一片迷蒙。她上来就说，有事跟你商量。徐璐问，啥事这么严肃？赵佳摘下眼镜，用棉T恤擦拭镜片，说，我爸妈又要来。徐璐紧张起来，说，他们到底放心不下，是来看阳光吗？因为在欧佩君房间里拍的那张照片吧！

赵佳来深圳有些年头了。盛夏的季节，暮色降临的时刻，她坐上一辆火车，看着求学多年的城市越退越远，逐渐消失在沉沉的夜色中。一路向南，风景变换，不变的是车轮滚过铁轨的声音，哐当哐当单调出了一种地老天荒的感觉。她想起天气预报里自北向南而来的寒流和雨雪，一场又一场，它们走的路程可真远。历经一个完整的昼夜，终点到。她拖着行李，走进潮湿稠厚的空气中，身上露出来的皮肤立刻变得湿漉漉的。出了站，先注意到的不是建筑物而是重重叠叠的绿色，凡有土的地方都生长着植物。这里树木长得密，长得野，长得健壮，绿到发黑了，成了精一般在夜色中呼呼喘着气。路边一丛丛灌木蹲伏在黑暗里，细看上去，叶片肥大，色彩浓重，散发着动物般的生命气息。

那时候，徐璐、瞿一行和欧佩君尚未走入她的生活，满眼的植物也是陌生的，叫不出名字来。她住进一家小旅馆，熬夜在网上找房子，把"性价比高"的房子登记在纸上。几天内把房子看个遍，看完一处就默默拿出笔来，用一道横线把它划掉了。标价便宜的房间大都没有窗户，她颇震惊于这个事实，一座阳光充足的南方城市里居然隐藏着这么多开不了一扇窗的房间。

她对南方最初的想象，是那里长满了一座座闪闪发光的金色城市。她喜爱阳光也渴望独居，只是承受不了两者兼得的租价。几天后，她选定一间朝西的合租房。租约签一年能打折，为了确定的折扣，她愿意承受长租一年带来的各种不确定。

小屋的窗户朝西，下午的时候，阳光会在某个时刻照进小屋，刹那间，如群鸟在长久的静默后突然开始鸣叫。她喜欢那骤然变得明亮的一瞬，黯淡局促的空间变得通透、有生气、充满希望。屋里的温度很快升高，没事，不用拉窗帘，把空调风量调大就行。小屋里，窗框的影子投在地上，悄无声息地往远处伸展。阳光乍现，如金色的潮水汹涌而来，转身离去时却是踟蹰的，脚步徘徊，缓慢挪动。薄暮时分，夕阳低悬于道路的尽头，疲倦的光线斜斜地扫过来，当最后几缕光线几乎贴着地平线照过来，楼房、街道、树木仿佛被温暖的松脂包裹，正在缓缓凝固成一大块琥珀。

周末，赵佳跟家里例行通电话，父母你一句我一句，说心里闷得慌想去看看她，说着说着赵佳才发现他们已买好车票。赵佳嘴上埋怨，你俩也不问我有没有空，心里却有些难过，父母老了，老得足以变成小孩子了。对了，他们还坚信核桃露可以补脑子呢。

二老坐上南来的火车时，赵佳去宜家买了几件小摆设。细陶瓶，花瓣形的蜡烛托，人造豌豆花，花茎里面是细钢丝，可以任意弯折。十几块钱的小东西往屋里一摆，敷衍度日的气息退散，有了点用心生活的调调。

第二天下午，赵佳去车站接父母，在人群中乍一认出他们，她眼眶热热的。赵佳妈身穿印花连衣裙，一见女儿就说，佳佳，南方天气热，特意买了件冰丝裙子穿。赵佳不用摸就知道那是化纤的，嘴上混过去，嗯，不

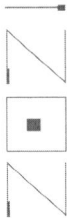

沾身，看着就凉快。赵佳嘱咐出租车司机绕到主干道上，好让父母对深圳有个大致印象。路上，父母对车窗外掠过的著名地标毫不在意，他们关心的是女儿的落脚之处，问房间有多大，离上班的地方远不远。虽然小屋经过突击装扮，赵佳还是觉得没什么可说的。只是个短暂停泊之地，她别过头去不愿多谈。

赵妈走进房间，没注意到精心摆放的装饰品，倒迅速发现朝西的窗户。她说，这是西晒的房子啊？

老妈，你知道这点阳光多稀罕！赵佳一步迈进阳光里。

稀罕？南方不有的是阳光吗。母亲低声说。的确，这里一年四季满城清透的阳光，不像赵佳的老家，太阳常在浓雾后挣扎，苍白的光把小城照得更加荒芜。

父亲拉动窗帘，遮住一小半窗户，说，毕竟比北向的房间好。赵佳这才注意到，窗帘早被晒得褪了色，从一种颜色变成另一种颜色。小房间变得燥热。她打开空调，空调外机总是激动地颤抖一下才开始工作。凉飕飕的风吹出来，心里的燥热仍在升腾。她猛然意识到房间有多小，一家三口挤在里面，呼吸的空气都不够用。她把父母引到客厅嘴唇形的二手沙发上。两个老人被玫红色的嘴唇含着，看上去有点滑稽。

父母快速而隐秘地交换一下眼神，母亲调整神色，说初来乍到的，有个地方住就不简单了。父亲跟着附和，先站住脚再说。他们起身去公用的厨房考察，赵佳跟在后面瞅见灶台上厚厚的油垢，这里虽算不得自己家，也还是觉得难堪。父母对陈年油垢视而不见，说能做饭就好。说到晚餐，赵佳提议出去吃，赵妈坚持为她烙茴香馅的盒子，说你最爱吃茴香，现在一年四季有了，大棚的。经过一番不太激烈的争论，赵佳最后一次确认，不嫌麻烦？赵妈说，吃饭还有怕麻烦的？

三人来到附近的超市，遍寻蔬菜区，未见茴香苗。赵妈询问超市的工作人员，有的人听都没听过，有的人表示知道，把他们带到调料区，拿起一瓶小茴香递过来。赵妈摆摆手，不对，是蔬菜。工作人员一脸茫茫然，说那没有。这会，赵佳也开始想念那宛若绿色羽毛、散发奇异香味的菜苗了。记忆里它总在春天时出现在北方小城的菜摊上，即使远离了土地被扎成一捆一捆的，它依然是身姿优美的蔬菜，娉婷玉立，远远看过去像绿雾一般的文竹。

赵妈有些沮丧，她不得不拿起两把壮硕的芹菜，将晚饭更改为包芹菜饺子。

几天后，赵佳送父母去车站，一路活跃气氛，唯恐冷场。父母看上去多了心事，但嘴上只说让人高兴的话。优等生女儿的新生活和预想的不一样，他们心头积滞了太多需要消化的东西，羞愧和着急也是有的，凭那点退休工资，看样子也帮不上大忙的。赵佳目送他们进站，在栏杆外挥手，他们真老了，脸上是怯怯的又带点恍神的表情，她故作轻松地笑，别担心，都是暂时的，只要努力，未来总比现在好。

漫长的夏天快要过去，早晚时分有了些模糊的秋意。有一天早晨，赵佳正准备出门，忽地瞅见了什么，人就定在那里了。她在小屋的墙壁上发现一小片阳光。她惊喜地看着这片淡金色的阳光，舍不得移开眼睛。长方形的光斑像精灵一样，会忽然跳动一下，又重新落回到墙壁上，静静地趴着。

大清早的，你从哪里来到朝西的小屋呢？她往窗户外面看，看到阳光蜿蜒的来路。晨间的阳光打在斜对面楼房的一块玻璃上，经过折射，穿过窗户落在小屋的墙壁上。

过了一段日子，随着太阳的移动，这一小片阳光消失不见了。她盯着空白的墙壁，盼望它会再次出现，等了一阵子才死心，看来要等到下一年了。

搬离小屋后她还是经常想起那一小片阳光，像在怀念一个亲密的好朋友。

从房门走到床铺是五步，从电脑桌走到厕所，只需要三步。地上铺着50cm乘以50cm的米色瓷砖，长七块瓷砖，宽四块瓷砖，就是一个房间了。

几年时间里赵佳搬家数次，在一套套合租房中辗转居住。去外面吃饭她依然喜欢找靠窗的座位，敞亮，光线好，但她已习惯居所的昏暗，进了黑洞洞的房间，如鼹鼠躲进地洞。从一块屏幕到另一块屏幕的循环往复几乎构成生活的全部。工作日从早到晚上班，靠人体工学椅支撑腰背和颈椎，所谓休息日，便在睡觉和看剧中度过。

唯一的城市历险是挤地铁。一日在地铁上看到广告，宣称"品质租住"时代到来，打广告的是一家叫"窝暖"的青年公寓。"窝暖"，这名字真叫人神往，赵佳记下电话，打算周末去看看。

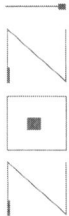

一拖就是几个星期，直到一墙之隔的合租者又在弹吉他唱《花火》。每次到"现在的我，有些倦了"这句，他就试图唱出沙哑的感觉。怪异的声音透过薄墙，赵佳从《基本演绎法》的剧情里抽离出来，离开显示屏，离开穿透晶状体对视网膜造成损伤的短波蓝光，关上电脑，走出房间。去窝暖的路上，一个日光充足的亚热带世界徐徐在眼前展开，马路上，公园里，建筑物的玻璃幕墙，到处闪烁着阳光。路边的植物高低错落地生长，在争夺阳光的生存博弈中形成了交织镶嵌的精巧结构。而此刻为行进的汽车提供动力的透明燃料，亦是储存了上亿年的太阳能。她把手伸到车窗边，阳光落进掌心，生动，欢悦，它经过一亿多公里的太空旅行抵达她的手掌，带来真切的光亮和温暖。

虽然一眼就能看出窝暖是从工业厂房脱胎而出，虽然经过观察，识破了公寓管家用手机放录音、假装不断有人租下房间的小诡计，赵佳还是被管家的话打动了：哪怕房间再小，也是独立空间。是呀，不用做贼一般地上厕所，不用跟陌生人共用一个门户出入。可以大声打电话，可以慢腾腾地洗澡，可以穿着睡裙到处走，可以自在畅快地呼吸，当然也可以坐在光线最好的地方晒太阳。

从房门走到床铺是五步，从电脑桌走到厕所，只需要三步。脚步即可丈量的房间，却独门独户，还拥有一面通透的玻璃窗。窗外的围墙下栽种着一排竹子，修长的青竹，竹节圆润的罗汉竹，都是年轻竹子，像刚刚经过变身改造的公寓一样新鲜翠绿。最后选房时，她在西向的房间后勾对号，她告诉自己，因为西面能看到竹子呀。大脑绕开她冷静地计算过，朝南的房间负担起来有些吃力。人有时候就是差一点，怎么也够不着。

无论如何，她一个人住了。休班的时候她喜欢在窗下坐着，一坐就是半天。时间悄悄流逝，不知不觉地，阳光变软了，紧绷一整天的世界也松弛了下来。

黄昏是光线不断发生变化的时段，眼前熟悉而直白的景物笼罩在朦胧光晕里，有了明暗和虚实。西边天空的颜色有时是温柔的玫瑰粉，一层层微妙渐变，不露痕迹地柔缓过渡，有时热烈斑斓，不知哪里泼出来的金红色漫天流淌，简直是伦勃朗式的颜料堆积和华丽厚涂，未干的巨幅油画铺展了大半个天空，映得地上通红通红的，天地间涌动着一股摄人心魄的神秘力量。赵佳暗自感叹，最美丽的色彩往往不是来自于"产品"，而是由自然赋予，比如张掖的砂岩、五角枫的叶子、金刚鹦鹉的羽毛。当夕阳滚落光线隐没，天边的鲜丽油彩随之消失，一切都沉入到淡淡的墨色里，窗外的世界仿若一卷素净水墨。

赵佳的父母又来探望，已学会假装不在意阳光，赵妈早年住潮屋子得关节炎的旧事也不提了。赵爸把老家带来的土特产食品放在桌上，赵妈进门几步就走到床边了。她坐下来，从包里取出一样东西递给赵佳。赵佳没想到是一小株豆瓣掌，用白色塑料袋裹着。赵妈说，家里豆瓣掌折下来的。记得咱家的豆瓣掌吧，越长越旺分了好多盆。这东西皮实，插在土里就能活。赵佳拿过来放在手心里细看，豆瓣掌吸饱了阳光，叶片油亮，绿如碧玉。父母对房间的大窗户很满意，夸赞几句，但他们只在屋里略一停留就出去了。赵佳往冰箱里放土特产，听到他们在楼道里小声议论，什么青年之家，这不就是筒子间吗，又兴回来了。还有，你看见了吧，迷你冰箱迷你沙发迷你桌子，跟小孩过家家一样。

赵佳环视房间，米色地砖，蓝色窗帘，统一配备的家具固定在它们应该待的地方，不越轨，不逾矩。或许安迪·沃霍尔也不会想到，可以大量复制的不仅是可乐瓶和梦露的脸孔，还有房间和生活。入住前管家对墙面拍照留底，警示墙上不能挂画不能挂照片，管家说，可以"装饰"房间，但退租的时候要恢复原样。所有这一切，凝聚成一种叫作暂时感的东西。人们都学会说了，租来的地方也是家，但无论赵佳怎么布置，眼前都不像家居生活的场景，狭小的空间不耐分隔和迂回，缺少隐藏和留白，就这么直愣愣地把一个人的生活和盘托出了。

父母走后，赵佳把电脑里关于海洋、草原和荒野的纪录片翻出来，有空就打开，看两眼开阔苍茫的自然风景。

她也来到一个开阔的地方。四下一望，看不见墙壁在哪里，周围是大片的空地。她走两步，心里纳闷，怎么好像走在空旷的野外呢。突地一个趔趄，身体沿着一段斜坡往下滑，滑到最底下停住。坐起来，看见一道长长的白色沟壑。站直身体，用胳膊扒住沟壑上缘往外看。一个米色的世界朝着远处延伸，望不到边际。不是纯粹的米色，细看上面布满烟丝一般明暗交错的纹路。她攀爬出来，又经过几道沟壑，眼前暗下来，仰头看去，一大块厚重的帷幕沉沉垂落，帷幕表面有粗糙凸起，还垂下来一根根蓝色的绳子。她跳起来抓住一根绳子，手臂使劲，身体在空中来回荡起来。

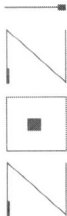

荡了一会儿，她顺着绳子溜下来。巨幅布料的下面有两道棕色的深沟，她越过深沟，看见前方躺着一只绿色的小船。她走啊走，走到小船面前。小船通体碧绿，泛着清光，两头尖尖的，船身上排列着一道道清晰的平行纹路。她跳进小船，仰面躺下，阳光跳到她身上，在脚尖和胸口间来回蹦跳，全身变得暖烘烘的，她翻身侧躺，阳光也跟着移过来。她小睡一会，睡醒后离开小船继续往前走，走到一处阴影里，仰头看去，头顶上罩了一把黄中带绿的大伞。她走到有亮光的地方，抓住一个柔嫩的绿色弯角往上爬，伞面上竟如此宽阔，像一面巨大的手掌向四周伸开，手掌中间是一条由细变粗的路。她沿着手掌中间的路往前走，看到无数条浅绿色小路通向手掌的边缘。不知走了多久，路消失，她从路消失的地方往下跳，双手扶地，双脚重新踩在一大片米色上。地方真大，云天一般空阔无边，她在大片的米色上尽情翻滚。

可这是哪里呢？越想越迷糊。地面上有一根看上去很柔软的长棍，她俯身细看，长棍一头是白色的，一头是金黄色的。再往前走，又有一根软软的长棍，她枕着长棍躺下来。

一头是白色的，一头是金黄色的。这颜色很熟悉，记得在哪里见过。闭上眼睛再睁开时，好像一道亮光从眼前闪过，她认出来了，刹那间也明白了自己身处何地。

入住前打扫房间，扫起来一小堆猫毛，原来前任租客是养猫的。清洁后，角落里、下水口里还积着不少猫毛，扫地时也经常看到几根猫毛飘起来。猫毛上有两种颜色，根部是白色的，前稍那里变成金黄色。

原来仍在窝暖的房间里，只是她变小了。沟壑是瓷砖间的白色勾缝，表面有蓝绳子的是猫爪挠过勾丝的窗帘，棕色深沟是推拉门轨道，绿色小船是一片竹叶，黄中带绿的大手掌只能是梧桐树的落叶了。

她喉咙干渴，想喝口水。沿着桌腿往上爬，爬到桌面，看到平时使用的玻璃杯装着半杯水，此刻分明是一个透明的巨型圆柱，不慎掉进去就好比坠入深湖。她向四周呼喊，谁把我变得比蚂蚁还小，能变回原样吗？不，不用变回原样，比现在大一点就行。大一点是多大呢？大概就是玩具屋人偶的大小吧。这个比例正合适，家具和物品不再是庞然大物，可以正常使用，同时屋里又能分隔出两个空间，她不贪心，需要的仅仅是把日常活动的地方和睡觉的地方分开来而已。

继续呼喊，无人应答。突地水杯侧倒，一股洪流冲过来，她徒劳地奔跑跳跃，转瞬间就被大水淹没。

醒来时，雨已停，玻璃窗上挂满雨滴。她躺在小床上，眼睛看不见那排竹子，但脑海里浮现出一幅画面，竹叶淋了雨，颜色豁然鲜明，是一种冷冷的、清脆的绿色。一阵风吹过，竹身摇动，萧萧作响。她凝神遐想，围着她嬉戏的阳光是怎么回事呢？就叫它小阳光吧，从雨云后面偷偷溜出来，找小人一起玩耍的小阳光。

赵佳住进星寓的第一晚就认识了欧佩君。那天夜已深，她听到敲门声，还以为是徐璐过来找她。打开门，看到一个穿湖绿丝质吊带裙的女孩，妆很浓，嘴唇上敷着一层果冻般的唇釉。女孩说我叫欧佩君，住隔壁，找你借个红酒开瓶器。赵佳摇摇头，说不喝红酒。欧佩君说我再问问别人。赵佳不知道她为何深夜借开瓶器，但租房这么多年头一回有人敲她的门，"邻居"这个词重新出现在她的生活里。

这之后，她经常看到隔壁的门敞开着。她偷偷往里看，有时候看到欧佩君坐在粉红色梳妆台前，面对支起来的手机，捏着嗓子说话，有时候屋里还有一个拿相机的人，身体快趴在地上了，对着欧佩君啪啪按下快门，而欧佩君不理镜头，压住下巴低头看地面。拿相机的人时而鼓励：又仙又美！时而提点：跟身边的火烈鸟玩偶互动一下！

一个周五的晚上，赵佳接到欧佩君的邀请，说周日下午要拍一组大片，来玩吗？她问，在哪里？欧佩君说，还能在哪里，在房间。她点点头，说有个朋友也住星寓，能一起吗？欧佩君说，叫上她。

周日天气阴沉，午后开始下小雨。赵佳和徐璐来到欧佩君的房间，只见阳台堆满纸盒，床上到处是衣服，地下扔着快餐盒。欧佩君的房间似乎总是处在搬家前的紧急状态中。这会，房间中央的一块地方收拾出来了，摆着胡桃色圆几，几脚弧形雕花，看起来很不日常。圆几上立着几本外文书，嗯，外文书的书壳，还有一盆龟背竹。赵佳忍不住摸摸叶子，是塑料的。这块收拾干净的地方不具备真实感，如临时舞台的布景。

徐璐看看外面，说赶上了阴雨天，光线不好。

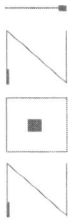

别担心。欧佩君转过头来，等下你们看看什么是阳光感。

让赵佳心头一震的，不是欧佩君只化了一边的眼妆，而是她嘴里的词语：阳光感。

摄影师就位，欧佩君说再等等，等小男孩到了就可以拍。赵佳和徐璐对视一眼，心里都在想，还有小男孩要来呀？

小男孩一身卷曲的白毛，眼睛像黑豆粒，毛茸茸的耳朵耷拉下来，松软的脖子上系着亮蓝色丝巾。小男孩是雪白毛线团般的贵宾犬。

欧佩君揽住小男孩，坐在圆几前，抬头，低头，时而绽开笑容，时而出神地看着远方——远方是近在咫尺的墙壁。快门迅速按动，小男孩试图从陌生的怀抱里挣脱出来，被欧佩君摁住头，凹了个亲吻的造型。

与狗狗的拍摄告一段落，欧佩君把小男孩交还给主人，说再见啦，小男孩。她走进卫生间，再走出来时，身上的拼色卫衣换成白色廓形衬衫。她坐在方凳上，转身在床上找着什么，很快，她从散落的衣服中扒出来一个东西。

赵佳定睛一看，呆住了。欧佩君扒出来一把全新的铲子，是那种中间有几道条形沟槽的漏铲。接下来，让赵佳更想不到的是，摄影师拿出一个手电筒，旋转开关，昏暗的室内立刻出现一束光。他把手电筒交给赵佳，接着，欧佩君把漏铲递给徐璐。

欧佩君说，没有阳光我们就制造阳光。

依摄影师指示，徐璐站在欧佩君的侧面挥动铲子，赵佳用手电筒照向铲子，栅栏般的光影出现在房间里。赵佳看着柔和光线中的欧佩君，眼热心跳。从未见过这样的欧佩君，几缕长发挡住她的侧脸，她似乎忘记了周围的一切，沉静地泡在光线里，睫毛在眼睛下面投下折扇状的影子。

原来这就是阳光感。

赵佳和徐璐凑到摄影师身边，通过显示屏回看照片。显示屏里没有阴天和小雨，温柔的阳光仿佛透过一层木质格栅，落在欧佩君身上。阳光是有魔力的，它照到的平淡角落会显得格外美好，它凝固在画布上会让整幅画活过来，几乎可以感受到光影和烟雾的微微颤动，阳光也会帮助照片里的人，表现出她本不具有的宁静气质。

摄影师巧妙选取角度，照片里看不出房间有多小，也看不出房间有多乱。她俩不停地发出惊叹，欧佩君倚在床头上，说有什么好稀奇的，我们圈里都是这么拍照的。打闪光再加上做后期，也能出来阳光感的照片，就好像，好像所有的阳光都迈开步子跑到你屋里来了。徐璐问，看上去假吗？欧佩君说，谁会怀疑阳光是假的？

接着，欧佩君穿上波点茶歇裙拍摄红茶系列。金边茶杯里注满热水，袋泡茶在水里一晃就拿开了，水变成漂亮的深红色，摄影师举起相机，将热气袅袅上升的画面凝固下来。

最后，摄影师准备收拾器材了，赵佳鼓足勇气开口，能给我俩也拍一张阳光感照片吗？摄影师还没接话，欧佩君满口答应，怎么不行，多拍几张，好好选一选。拍完你们要请我喝东西呀。

就这样，赵佳和徐璐也拥有了充满阳光感的照片。怀里没有小狗，手里没有红茶杯，但阳光伸出手臂，一把抱住了她们。

三人来到楼下的茶饮店，仰头看饮品挂牌，金凤还是玉露？蓝莓还是橙子？好像喝什么真是一个大问题。赵佳手扶下巴，认真挑选一番，生活中可供选择的东西并不多，这是其中之一。

她们坐在外面墨绿色的晴雨伞下，一人抱着一个高高的塑料杯。旁边，一只流浪猫蹲坐在花砖上，伸出粉色舌头濡湿爪子，接着抬起爪子，在耳朵和脸上来回画着小圆圈。欧佩君翻看新拍的照片，时而露出欣喜自得的神色，时而嘟起嘴巴抱怨：这张把我拍成死鱼眼了！

不久，赵佳发现，一直用风景照当社交媒体头像的徐璐，悄没声把头像换成"阳光感"的个人照片，而她呢，有一天没忍住，把照片发给了父母。

不管赵佳怎么劝说，二老都不肯改变主意，说不能拦着他们去珠海旅游，既到了珠海，来深圳看看也是正理。

赵佳住上了南向的房间，但房间所在的楼层并不高。星寓前横着一排写字楼，夏天的时候窗下还有一溜韭菜叶宽的阳光，现在天气转凉，大半个天璇被笼罩在前面高楼的阴影里，她又一次生活在白天也要开灯的昏暗房间里。工作这些年，细小的磨损每天都在悄悄发生，她放下了很多，

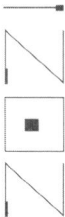

放低心气随它去，她怕见到的，是父母有了心病又无能为力的模样。老经验不顶用了，他们能做什么呢，只能忧心忡忡地回到老家，只能每天并排坐在沙发上，一遍又一遍看抗日反特连续剧。

她找徐璐唠叨过几次，徐璐这样好的人，从来不嫌她烦。跟瞿一行分手那会，徐璐有空就陪着她，听她哭诉，安慰她会过去的，也提醒她，知道你心里难受，但不幸的事情不要逮着谁都说，看笑话的人多，真疼你的人少。话说瞿一行是突然不理她的，她不知道自己做错了什么，但对这样的消失不感到陌生，不过又一次遇上了异性的退缩。面对热情的追求者，开始时她冷淡抗拒，防止自己再次堕入爱情的强烈幻觉里，但随着时间推移，她总会变成更投入的那一方。每次吵架主动和好的都是她，她想过建立家庭养育孩子，憧憬过走进餐厅对服务员说"两大一小"的时刻。她当然知道一个人可以生活得下去，也预见到自己在婚姻中注定牺牲的角色，但当她鼓足勇气，对方却跑开了。瞿一行在刚认识的朋友面前，能够收起自负和自私，看上去友善、风趣、充满魅力，但他对建立长期情感关系充满恐惧和逃避。因大公司工作强度太大，"没有生活"，瞿一行跳到小公司，后来很快离职，离职是委婉说法，实际是被解雇。有一阵他迷恋创业，常跟几个朋友聚会，一聊就是一下午，后来赵佳才知道创业是开一家火锅店。瞿一行在南方的暖冬里消失不见，隔年春天，赵佳已从心底原谅了他，男孩们总是更容易遭遇挫败和迷失，他们看上去强韧，却不知道哪一天忽然就彻底折断了。

这次，记挂着她的人也是徐璐。公司午餐时段，徐璐照例走过来，挨着她坐下，说不用发愁，我想到办法了。赵佳问，去其他地方租房子吗？徐璐摇头，不用那么麻烦。我的房间在东头，这些天我观察，早晨能有十几分钟的阳光呢，瞅准时机，带你爸妈来我房间就行。

能有十几分钟的阳光呢。赵佳听得鼻子发酸，心里一抖。她不让徐璐看出异样来，笑着点头，行，连房间都不用换，早晨带他们去你的地方，事情不就解决了。徐璐交给她一页纸，说这是阳光出现和消失的准确时间，连续记录了几天，短期内不会有太大变化。

临到把父母安排进星寓附近的宾馆，赵佳心里忐忑起来。回到星寓，她给徐璐打电话，说还是调换过来住一晚，我去你房间里适应适应，这样心里有底。徐璐说，也行。徐璐知道赵佳心里不踏实，单纯地想做点什么缓解焦虑。其实星寓的房间是一模一样的格局，标准化装修，个性的居住需求被泯灭，好处是拎出来一间房，说是谁的都行。

夜里，徐璐把基本生活用品用背包一装，来到赵佳所在的天璇楼。两人见了面，徐璐压低声音说，欧佩君就住在隔壁呀。她们至今不清楚欧佩君从事何种职业，如何维持生活。搁在以前自是鄙视所谓的不务正业之人，如今却觉得，星寓里住着另外一类人，不全是好好读书然后老老实实找份工作的人，这样挺好的。

第二天一早，赵佳掐算好时间，把父母领到星寓来。赵爸看到星寓门口七栋楼房的标志牌，说名字真宏大，哪个高人想出来的，有气魄。赵妈注意到小区来往的住户，说，都是体面干净的年轻人，看起来层次很高。赵佳心想，这已是租金价格筛选后的结果。至于高层次，她并不敢认领，她只知道，大家上班一个小格子，下班一个小格子。

一行人在小区花园里转了一圈，依次看到自助洗衣店、伦敦风格的红色电话亭、贴满活动照片的青年之家，赵佳爸妈不断点头对环境表示满意。前方绿草坪上散落着几个鬼脸南瓜，赵妈问，这是做什么的？赵佳说，再过一个月就是万圣节，南瓜灯是节日标志。赵爸感慨，现在年轻人过的节，我们那时候一个都没有。

赵佳看看手机，差不多到点了。她招呼大家，说我们上去吧。

阳光果然在那里等他们。窗帘已拉到一边，窗户也敞着，上午的阳光金缎一般铺在地上。阳光是赵妈心坎里的事，一见阳光她就笑了，说，见不着太阳可不行，到处长白醭，人也发霉，这才像个住的地方。赵妈吸吸鼻子，赵佳知道她闻到了阳光的味道，阳光是有味道的，温热柔软，好闻的香味。

赵爸稍作观察，说不如上一个住处宽敞，但好在是东南朝向。上一个住处是屋角长蘑菇的那一间，她和徐璐未熬过雨季就搬离了。早些时候她们以为好事真的发生，给她们租到物美价廉空间大的青年公寓"美满屋"，直到雨季来临蘑菇冒出，才回过神来，美满屋是海砂房。她正想着，忽然注意到徐璐脸色一变，徐璐走到阳台上，用身子挡住什么东西。她走近，看到徐璐身后放着一盆太阳花，神态萎靡，半死不活的，眼看就

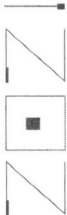

快养成干制标本。太阳花容易养活，有光照就会开出五颜六色的花，而眼前这盆显然得不到足够阳光。徐璐瞅准机会，用阳台上的纸箱盖住花盆。赵佳刚松一口气，忽又想起一事，惊出一身冷汗，千里迢迢送到她手里的那枝豆瓣掌忘了拿过来。还好父母在专心研究屋里的可变形家具，忘了问问豆瓣掌长得怎么样了。

徐璐冲她使眼色，意思是受欢迎的客人——阳光——要走了。她立刻想念起小阳光来，若小阳光转身欲走，她会耍赖地拉住小阳光的手腕，把它留在房间里。

一边遐想，一边挪动脚步，引导父母往外走，说下去喝早茶吧，爸喜欢虾饺，妈爱吃萝卜糕，都记着呢。赵妈没有走的意思，说，一天能有多长时间日照？

说不准，时有时无的。赵佳语速很快，极力克制张开胳膊把人往外赶的冲动。徐璐上前一步，挽住赵妈。赵妈又看一眼屋里的阳光，几乎被徐璐架着离开房间。

赵佳看到徐璐的身影，徐璐明明就在几步外，她却已万分舍不得她了。人活一世总喜欢攒物件，越攒越多，一直留在身边，亲近的朋友却留不住，难免四下散落，音信渐稀，直到杳如黄鹤。徐璐那一组开发的游戏在内部PK中又落败了，未能上线。优化危机先于中年危机而来，赵佳一直揪着心，徐璐会跟很多曾经的同事一样，被以各种理由优化掉，匆匆路过便永远离开。仅仅想一下那画面，赵佳的心就变得空荡荡的。

夜幕垂落，笼罩着叶片落尽、树枝伸向天空的枯树。半空中，一群蝙蝠张开翅膀，正飞过淡蓝色的巨大圆月。幽幽的黄光在黑暗中漂浮闪动，诡谲笑声从空心南瓜灯里传出来。眼前的一切似出自一场沉沉的梦境，站立成北斗星形状的公寓楼也仿佛陷入一场冥想中。

一路上，赵佳和徐璐遇见狼人、李小龙、海盗杰克、哆啦A梦、德古拉伯爵、红心皇后，还有两位蜘蛛侠，他们穿着一模一样的红蓝紧身衣，看到彼此，停下脚步，隔着头套互致问候。赵佳和徐璐并肩走向绘有圆月、蝙蝠、枯树的背景板，迎面走来的绝地武士挥挥手中的光剑，冲她们吹口哨，她们此刻已变成另外的人了。赵佳扮作多萝茜，徐璐扮作绯红女巫。

夜晚的星寓园区很少出现这么多人。租户们是为了少出门不得不信任外卖的一代人，是春末夏初鸟类长出繁殖羽、花粉和种子在空中飞翔时也懒得动念的一代人，下了班就待在房间里，看剧，刷帖，打游戏。今天不一样，数不清有多少超级英雄在园区闲逛，到处闪动着缀满亮片波光粼粼的披风。不需要经过痛苦的变异，穿上从网上买到的廉价衣物，他们就化身为更有力量的人。

十一月，南方的天气还没有凉下来，空气里流动着令人微醺的温热气息。绯红女巫被雷神和金刚狼拉着合影，多萝茜看看身后，身后并没有跟着稻草人、胆小狮和铁皮人。也是，这个时候，谁想扮成没有脑子、没有胆量和没有心的童话人物呢？

多萝茜在园区漫步，路边的植物她大都认得了。蟛蜞菊贴着地面蔓延，再高一点的是龙船花和朱槿，叶子半红半绿的是红鳞蒲桃，叶面硕大比人脸还宽的是海芋，高大的乔木有糖胶树、黄葛树和大叶相思。

游园会之后，种植活动开启。公寓管家打开草坪上方的聚光灯，把黑暗中游荡的异能人士吸引过来。南洋楹巨大的伞形树冠下，事先平整好的泥土在静静等待接下来的种植。一对情侣拿着一棵蓝花草，更多的人拿着花的种子。多萝茜听见人们的对话，你种什么？三色堇。你呢？波斯菊。多萝茜拉着绯红女巫，走，咱也种。绯红女巫说，事先没准备，你打算种什么？多萝茜捏捏身上的挎包，说过去你就知道了。

角落里，多萝茜用铁锹挖出一个四方形的洞。她从挎包里拿出一样东西，在女巫面前晃了晃。我没看错吧？女巫的眼睛在夜色中瞪大了。多萝茜说，没看错。多萝茜把东西放进洞里，说，来，把它种下去。两人用铁锹铲起新鲜的泥土，一层层覆盖上去。

离开种植区，女巫挽起同伴的胳膊，有些激动地说，你种下去的居然是一个小木房子。多萝茜凑到她耳边，说，种下去的是家。

不早了，众英雄陆续散去，回到自己的房间，脱下制服，变回凡人。星寓的小房间从各自的内部被点亮了，它们足够多，足够密集，一层层堆砌起来，就不再是一个个平淡的、无人知晓的小格子，而是汇聚成一座明亮耀眼的水晶之城，璀璨而动人。

多萝茜和绯红女巫躺在草坪上。女巫问，我们住哪里？多萝茜愣一下，马上反应过来，说，我们住在太阳系距离太阳第三近的行星上。女巫说，答对了！这重复很多次的问答总能让两人高兴一阵子。她们的经历和境遇是相似的。生长于县城，从小朴实安分爱学习，始终坐前三排，一路

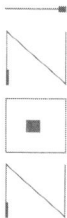

考前十名，高中时忍着不看书屋里租来秘密传阅的言情小说，最后上了好大学。毕业后踏实工作，每天清晨被地铁口吐出来，像鱼群里一条小鱼，游动也消失在庞大的集体里。无论如何，有份工作，能囫囵着受累就算好了。她们不敢多欠债，以为努力存钱就能存够首付。在上岸的人眼里，她们的头脑和眼光都不行，既看不清社会发展的趋势，也不懂人性。

此刻，她们把自己摊开在草地上，听着彼此的呼吸声，不用没话找话。夜晚温柔，多萝茜感觉到一股强烈的情感涌上来，她知道自己又在想念瞿一行。她多希望，他已买了房子，有了喜欢的工作，她多想小心翼翼地问问他，你在哪里，日子过得好不好？既不纠缠，更不哭闹，但记忆里瞿一行急于摆脱她的样子制止了这个问候。他最爱的衣服是一件红色曼联球衣，洗变形了，她现在都还想着送他一件新的。分开后她伤心过一阵子，很快就看上去跟以前一样了。只有她自己清楚，她往更黑更安全的地方退了一步，悄然把自己多封闭起来一点，她比以前更难靠近了。

欧佩君又在哪里呢？上个月她已搬走。她时不时翻翻前邻居的动态，最新动态发了一张坐在浴缸里的照片，光洁的小腿从蓬松的白泡泡里伸出来。浴缸线条优美，被四个花纹繁复的黄铜底脚支撑着。浴缸照的日期和地点当然是个谜。之前抱小狗、晒太阳、喝红茶的照片她分三次发布，三个完全不同的享受精致生活的场景，但她知道，它们都拍摄于下小雨的一天，在一个凌乱狭窄的小房间里。

几点啦？女巫先坐起来，走，多萝茜，去我那里，给你看看我做的Demo。

回到房间，她们褪去造型服装，再次成为赵佳和徐璐。徐璐一言不发，触亮手机屏幕。赵佳看到一幅熟悉的画面，是她们居住的公寓楼，排列成北斗七星的形状，只是毫无光彩，灰蒙蒙的一片。接着，徐璐伸出手指在屏幕上轻轻一划，七座公寓楼离开地面缓缓上升，先越过树木，接着越过前面的高楼，越升越高，轻盈地飞离城市，在高高的天空中停住。

北斗七星悬挂在太阳边上。赵佳来了精神，说，别灰心，看看眼下能做点什么。要不咱俩开发一款小游戏，叫"万物向阳"？徐璐说，好，不设宝箱、点券、金币、钻石，奖励机制是阳光，照进房间的大片阳光。

到分开的时候，赵佳也不敢提优化的茬。在公司没人比徐璐更勤快，她像个秋天里忙碌的小动物，本就不爱打扮，这两年连裙子也很少穿了。两人聊到深夜，聊很多过去的事情，却无法触及说不清在哪里的未来。

赵佳穿过三道长廊，从玉衡来到天璇，走进一模一样的小格子。她打开抽屉，拿出一个软皮笔记本。这是调换房间那天徐璐不小心落下的东西。徐璐本科阶段学电信专业，研究生的时候才转到计算机，她一直说自己技术不过关，经常在本子上记要点。此时，赵佳猜测，本子上或许还有别的东西。

她翻开封皮，一页页地看，上面记录的大多是技术要点，翻到最后，一列文字出现，很像高中时代制定的学习计划。她看到，白色纸张上用黑色墨水笔写着：

1.了解游戏开发的最新趋势，不断磨炼技术。

2.不买贵衣服，只买快消品，少出去吃大餐，盒饭足矣。攒钱供一套小房子（有一个小时以上的阳光）。

3.争取每两个月细读一本书。

4.培养几个不需要开销的爱好。

5.注意锻炼身体，身体是工作和生活的本钱。

原载《江南》2021年5期

点评

人类着实有些奇怪，大力发展现代文明，不就是想逃离"自然"的束缚吗？！为何在逃离之后，又开始怀念起自然的好，想要重新拥抱自然？

"日光照亮北斗"，这"日光"在高楼大厦林立的都市，着实成为稀罕物，待价而沽。这"北斗"落地成公寓楼，"狭长不规则的地块上，七座公寓楼站立成星座的形状，风雨之中，神采焕然"，成为吸引年轻人入住的手段。开发商定然深谙心理学，清楚地知道对于这些生活在大都市的普通青年来说，那股在他们的生活中近乎绝迹的奇异浪漫的气息一定会具有强大吸引力。小说没有什么曲折离奇的故事情节，两位女主人公徐璐和赵佳，是大城市里奋斗的小青年的缩影，北上广深有太多类似的"漂泊者"。情绪是小说的核心，徐璐在房间

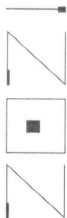

中那段如梦似幻的体验，类似《变形记》中格里高尔变成了甲虫的体验。但幻象中变小的徐璐却似乎是在梦游自然秘境，少了《变形记》中的荒诞、冷漠，多了些美好、希望。围绕赵佳展开的是她迎接父母"检视"住处的种种应对。有无阳光，有多长时间阳光，是判断一个房子是否适宜居住的重要标准。赵佳与父母之间相互的体谅和牵挂，其实比阳光更暖人心。欧佩君显然和徐璐、赵佳不是一类人，前者有着相似的人生经历，他们靠读书一步步稳扎稳打来到了大城市，后者的经历显然复杂一些，工作内容鲜明呈现出时代红利的特征。无论怎么来的，无论如何在这里生活，大都市包容地接受了一切奔赴者。

"最美丽的色彩往往不是来自于'产品'，而是由自然赋予"，小说中的自然或许还有另一层深意，直指希望。小说最后，赵佳偶然看到徐璐在笔记本上记下的要点，有些心酸又很美好。那是普通青努力奋斗的真实写照。最难能可贵的是，尽管生活空间的不尽如人意，并不影响他们心中盛满星辰大海。就像她们在途中埋下木头房子那样，在心中都埋有对家的憧憬，对更美好生活的期望。

（朱旭）

苦槠豆腐／

／南　翔

我们这个县地处丘陵，常说的"七山一水两分田"，用在我们这里，是瘦屁股坐小沙发，将将好。

我们这个县从没有戴过贫困县的帽子，故而就不存在脱贫与摘帽的问题。本县从未戴过此帽子，一是因为人口少， 10余年冉冉而过，才从12万人口攀升到14.5万；二是因为山林资源丰富，竹木出产较多，尤其是杉木和毛竹，按照农户的讲法，逢一三五赶集，鸡叫起身，到自家承包的山边，信手斫二三十根四五年生的老山竹，拖到圩场卖掉，就当得一两个月厨房里的开销。

原本这样的日子安稳，比上不足比下有余，既无动力也无压力，也是将将好。

自从朱县长来了以后，这个将将好的阵脚就不那么好了，显得有点急促而凌乱。朱县长是外地人，从小在湖南长大，祖籍在东北，这在本县近一二十年登场的一二把手中，也是绝无仅有的。朱县长来了不到一个月的时辰，县委书记因患急性阑尾炎开刀，不慎引发感染，一度危急到性命。临危受命的朱县长，便加冕为临时的一把手。是不是因为如此，他就更加有一种紧迫感与使命感呢？总之他在县委县政府班子扩大会议上，斩钉截铁道，本届班子一定要在任期内打破无所作为的思想，小富即安的观念，得过且过的态度。接着他举了东边县的养猪，简称猪县，名字不好听，腰包鼓了才是实惠。西边县种植猕猴桃，简称猴县，这个绰号好，金猴奋起千钧棒，朱县长这样挨边1960年代末梢出生的人，自然知其出处。南边临县水域面积辽阔，除了养鱼，还有各种水生养殖，为方便计，得名鱼县。

北边邻县种植黄花菜得名花县，这个县的头儿是学中文出身，还能为黄花菜说出一连串的名堂，黄花菜除金针菜之外，又称萱草、忘忧草。他还能念几句古诗，萱草生堂阶，游子行天涯。慈亲倚堂门，不见萱草花。这是孟郊的；萱草虽微花，孤秀能自拔。这是苏轼的。

就为拿一个别称，我们县也应该奋发有为吧？不应该奋起直追吗！这一问一叹，着实掷地有声。

那两个月，县府内外，都为如何开拓进取，奋发有为而绞尽脑汁，不唯经发局、招商局在开夜车、谋布局。教育局、文化局，这些平时看似与经济不关联的部门也在迂回鼓劲，从旁加油。

朱县长更是起早贪黑，用一双43码的大脚，把全县十二个乡镇一一丈量。原本他的手机计步，每天早起是有6000到8000的步数可以在朋友圈炫耀的。如今一是困得太晚，起不了早；再是，即使起早也有太多案头文件要等着处理。便把坚持数年的晨起跑步豁免了，聊以自慰的是，走遍全县的山山水水不也是一种锻炼么？行走，一头挑起了工作，另一头兼顾了身体，是一种更值得褒奖的生活状态啊！

这一天朱县长命秘书兼司机小桂开车，去到东坑乡调研。车子进得乡政府，再出来，多了一辆车，东坑乡的尤乡长，不离尤乡长前后的是助理小肖。朱县长道，为了谈话方便，一辆车够了，也环保喔。

于是四人一车驶出乡政府大院。尤乡长啧啧，不是恭维县长，平时无论是陪同县里什么干部下来，哪一次不是七八人上十人的阵仗，多到二三十人也是有的。像这样你我上山，孤家寡人的，那是大姑娘坐轿子——头一回。

朱县长眉头一跳。

副驾上的肖助理听见了乡长言语的不知轻重，孤家寡人可以是领导的自嘲，岂是下属能够乱说的！赶紧补救道，是啊，那次农业局下来考察调研，一顿饭就吃了4个围桌。像朱县长这样轻车从简的，多乎哉，不多也。

朱县长一笑道，你当我是鲁迅笔下的孔乙己，一颗一颗数着吃茴香豆啊！

但见挽回了形势，肖助理高兴道，茴香豆就是蚕豆，我们这里家家户户有蚕豆、豌豆，屋檐下挂满没剥壳的毛豆，县长要吃吗？多得是。

你们要把一粒小豆子种出一个远近闻名的产业来，我才高兴喔！朱县长感叹，就像养鱼、养猪、种猕猴桃，种黄花菜那样，你们也不是没有啊，但都是小生产者，不成气候，默默无闻！要像人家那样，一弄就是一个大产业，声名远播，那我当县长的，脸上才不抹猪油也有光啊！

桂秘书补充释义道，以前有一个穷秀才，家徒四壁，他却死要面子，每次出门都要用猪油在嘴边抹一下，以示炫耀吃得好。

三人都笑了，东坑乡的两人笑得有点勉强，不晓得是不是刚才不经意的"一粒小豆子"打击了他俩的积极性，这样就不好了。朱县长觉得，出来一步步踏勘调研青山绿水是一方面，另一方面是要鼓干劲、拓思路、出点子、迈大步，便续上此前的话头道，大姑娘坐轿子——头一回，是北方的歇后语，你们南方人也这样讲吗？我们那里还有，大年初一翻皇历——头一遭，乡里人进皇城——头一回，驴驹儿上磨——头一次，诸如此类啊！

回头见尤乡长的音容还没来得及张扬，肖助理接道，现在南北都流通了，不仅语言相通，连饮食习惯也互通。譬如北方人也讲"搞定"，南方人也讲"整一个"。

朱县长赞道，所以要拿出自己的特色，无论个人成就还是地域贡献，都要有独活儿，仅此一家，别无分店。又问，你们知道大姑娘坐轿子——头一回，后面还有一句是什么吗？

三人有讲，离开了娘家，心里悲伤的；有讲，那要看嫁去怎样的人家，如果去了家境好的，应该高兴才是……朱县长向左右打开两只手，各伸出三根指头道，就六个字：脸上哭，心里笑。你们想一想，既然坐轿子去，肯定来的是有钱人家，公婆家笃定不会差到哪里去，好比现如今开来宝马、奔驰接去的，笃定比脚踏车带去的强啵！

三人人都啧啧称是，夸赞县长的解答既言简意赅，又意味无穷。

一路说笑，倒也走得快。

时值晚秋，一行逶迤上山。车停在一块突兀的坪地，停车望过去，是一片喧闹的黄霸占了四野的调色板：赭黄的是灌木，土黄的是稻田，金黄的是银杏。间或有几棵鸡爪槭，红得滴血一般绚烂，被绿叶、黄叶拥戴着，高贵得如鹤立鸡群。

一两个钟点过后，也路经了几个村寨，朱县长并不让随行介绍自己的

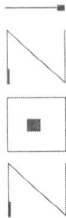

身份，上前屋场前坐一坐，问几句年景收成，家有几口，打工是在广东还是福建。也有认得尤乡长，或助理小肖的，看得出乡长身边那一位瘦高瘦高的，才是比他更大的官，因了乡长顺手在长条凳子上抹了一把，请他坐下，自己才肯在对面落座。农家递上茶水和香烟，那是有男主人在家的，问及为何不去外头打工，应答是家里的老人病了，毛伢子没人照拂。再问为何不把小孩带出去呢，现在各地上学并不难，而且城市里的教育条件也比乡里好。回答一是城里生活开销太大；二是将来考试还是要回来的，到时候倒怕是不适应了。

再起身，朱县长侧身道，看到了吧？一窝蜂都外出打工，会带来很多隐性问题，一是农村的空心化，老无所依；二是留守儿童，也会带来一系列的心理和社会问题。

尤乡长赞同道，那是，那是。老一代农民工，像是五六十年代，或者七十年代出生的，还能回来，你看看那些砌了两三层楼房的，毕竟对家乡还有感情。只怕以后的90后、00后，对老家、田地就不再有感情了，他们因为没有高等学历，技术专长，既在城里待不住，可是也没得办法回乡来，他们不想种田也不会种田了，如何是好喔！

尤乡长搓搓手，既表忧虑，也是无可奈何。

朱县长右手一个斜劈，斩钉截铁道，所以尽快搞起一两个有特色、有前途、有吸引力的地方经济品种才是纲举目张，高屋建瓴！

挨近吃中饭了，尤乡长看看腕表，提议就近下山到马路边，他刚要吩咐肖助理通知司机将车开到龙潭村的大樟树边来接，朱县长摆手道，不去乡里吃饭了，我也知道乡政府食堂是真材实料，一来二去的浪费时间，不如走到哪里就坐在哪里吃饭，村民家的谷子是新打的，喷喷香，没有菜也吃得两碗！

一路过来没吭声的桂秘书道，那次下到霞塘乡，食堂里野味就吃了三样，腊麂子，炖山鸡，红焖野猪肉。

朱县长假做疾言厉色道，野生动物都是被你们这些天不怕地不怕的饕餮之徒吃光了！以前上山下乡还能看到穿山甲，现如今连只穿山甲的一只鳞片都找不到了！

尤乡长苦笑道，是喔，以前东坑的溪谷里，娃娃鱼好多啊，七八十年代，农家不吃剁了喂猪，现在哪里还寻得到喔！

桂秘书说，娃娃鱼的学名叫大鲵，是国家二类保护动物。中华穿山甲原本是二类，因为濒危，今年6月已经提升为一类保护动物了。

肖助理道，我三年前去东莞，被一个老同学请去吃一次农家菜，一盆红烧肉端上来，吃了几筷子，都不晓得是什么肉，但不像是猪肉，兜底主人才告知吃的是一盆秘制穿山甲，吓得我们一起站起来鞠躬致祭。

尤乡长不屑道，假模假式！

朱县长叉着腰站定道，被你们一路讲吃，讲得我肚子都咕咕叫了。

尤乡长赶紧道，前面是龙潭老村，可以去寻一家吃午饭。

于是下山，先是肖助理，后是桂秘书，在路边和树下发现不少小小的圆栗子。这种栗子多半是手指头大小，圆圆的顶，尖尖的屁股。两个人都讲是野生板栗，所以个头儿小。边说边咬开赭红色的外壳尝吃，同时递给朱县长和尤乡长。

朱县长吃的一颗是苦涩的，呸呸吐了。

尤乡长吃的一颗是甜的，他从肖助理手中挑出几颗递给朱县长道，你尝尝我给你挑的，包甜。

果然。朱县长疑惑道，你怎么区分野生栗子的甜与不甜？我也在汨罗乡下待过几年，从小生活过的地方还有一片板栗树林，先人种植的，那是我们小时节最爱去的地方，尤其是秋天，板栗成熟的季节。用石头打，用弹弓射，也有爬到树上去摘的喔。

尤乡长狡黠地眨眨眼，举起两只栗子问，你们看看这两只栗子有何不同？

三人趋前，都讲除了外壳的色泽略有差异，一颗淡棕色，一颗深棕色，看不出有何不同。

尤乡长道，深色的才是栗子，浅色的根本就不是栗子！

朱县长一惊，下意识再呸了一口问，那是什么？

尤乡长举起那颗淡色的栗子，安抚道，没关系，其实这个也是可以吃的。这是苦槠，与板栗同属一个壳斗科，沾亲带故，祖上原本是一家。

朱县长啊啊两声，赶紧接过来又尝了尝，叫道，那就对了，我小时候

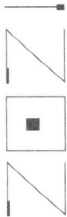

吃过很多苦槠豆腐，后来，很多年不见了喔！

尤乡长拍手道，县长想吃童年的味道，太简单了，今天中午就可以让你重回童年！

下山之后，在窄窄的龙潭街市一路寻过来，路边或蹲或坐有些个卖菜的，脚边的竹篮或土箕里盛着毛豆、番薯、红白萝卜、白菜、蕹菜、萝卜秧子。包括杂货店、铁匠铺、肉案台、豆腐作坊和小饭馆，拢共八九家店铺吧。拣了一家尤乡长眼熟、看上去还干净的"老味道"饭馆坐下，先就发一声问，有没得苦槠豆腐？头上扣一顶藏青色鸭舌帽的店主殷勤招呼道，本家没有，乡长要吃，我可以到隔壁讨得来，都是当日现做的，蛮新鲜！

一二十分钟时辰，桌上就摆了腊肉炒冬笋、芋梗肉丝炒酸辣椒、荷包鲤鱼、酸辣土豆丝，最后端上来的是一盘油焖苦槠豆腐。

朱县长眼睛一亮，连夹了几筷子到碗里，一边吃一边品，终于停下来感叹道，是二三十年前吃过的味道，有一点点苦涩，也有一点点回甘，辣和香更胜过以往。

店主竖立一旁，恭敬道，那时节少油缺肉，裸豆腐涩味会更重。苦槠豆腐需要在清水里浸泡得够久，让它吸饱水，然后热油煸炒肉末，加姜蒜辣椒继续炒香，再放自家腌制的雪里蕻，最后放豆腐，加水、加各式调料焖熟。

桂秘书是学汉语言文学的，记得《红楼梦》里的一个情节，献技道，刘姥姥当年在大观园里吃了一道茄子，不相信是茄子。后来听凤姐详解这个茄子里面，得鸡肉、香菌、新笋、豆干各种美味配对，惊得舌头都吐出来了说，我的佛祖，倒得十来只鸡来配他，怪道这个味道。

尤乡长道，到底是高才生，桂秘书将来得空，借你一支笔，把我们东坑乡好好对外宣传宣传，纵使飞不来凤凰，引得几只打鸣的公鸡落户也好，免得我们费几大的劲搞起一个工业园区，至今还是大山里头的小庙——冷冷清清。

朱县长嘴边一直在品咂，忽然两眼放亮，将一双筷子径直戳在苦槠豆腐上道，既然引进凤凰那么费劲，或许外来的凤凰不如鸡！既然是鸡，不管是公鸡、母鸡，不就自己孵出来得了！何劳去外面引进，劳心费力的！

桂秘书和肖助理对视一眼，又看着朱县长，莫名其意。

尤乡长试问，朱县长是想拿苦槠豆腐做成一道菜？

朱县长斩钉截铁道，不是做成一道菜，做一道菜我们来你东坑乡随便进一家小饭馆吃就得了，我要做成一道席，一席宴，一道光景！让四面皆知，八方咸闻啊！

尤乡长有些兴奋了，再问，你是想叫一味苦槠豆腐的香味，不仅飘出东坑乡，也飘出我们县？

朱县长道，那还用讲，光是香飘东坑乡，那我就不是朱县长，而是朱乡长好啵？

桂秘书掰着指头道，东边是猪县，西边是猴县，南边是鱼县，北边是花县，我们中间来一个苦槠豆腐县？如果对称，只能是一个字，那就叫苦县？不不不，叫豆县？

朱县长站起身道，豆县，莫非我们是大种豆子？豆县也容易听做豆馅的馅，红豆馅还是绿豆馅？这个不是叫你做材料的顺口溜，三个一，四个五的，现在我们就要分头做调研，摸家底，一旦看清是可以推布的，就大干快上，不干则已，一干就如哪吒踩上了风火轮，红红火火，飞快如风！

因了这个发现及动议，朱县长兴奋起来，接下来没吃饭，将一盘苦槠豆腐扒拉一半在碗里，吃得稀里哗啦的，另半盘被他三人分而食之。均吃得有滋有味，吧嗒吧嗒，颜面放光。

店主听他几个讲得闹热，也知晓今天过来的是本县的一县之主，心情大好，把鸭舌帽一把摘了，露出一头净顶。他讲自家先前也是做苦槠豆腐的，水缸、磨子、簸箕和脱粒的滚子都还在柴草间放在，一旦乡里、县里准备大干，他也要把父辈用过的做苦槠豆腐的家伙寻出来，跟着县长、乡长在致富路上迈大步哟，我们回来正是想找一条路径的。

朱县长指着他道，你看看，我们现在农民的觉悟，你出去打过工的？一看就是见过世面的。

店主点头道，县长好眼力，先前在深圳、东莞打过几年工。在那里买不起房子，扎不下根，挣了一点钱，回老家来砌栋屋开个店，生活比上不足比下有余，不像在城里那么累啵。

县长朝他翘起拇指道，这叫倦鸟思归，叶落归根。

一行起身回府。尤乡长忽问，如果真搞起来，销路是一个问题，本县也未必有那么多苦槠树啊？这是另一个问题。

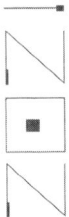

讲来讲去，你强调的就是困难吧。朱县长反问，你听讲过一句话没有，办法总比困难多！当然，我们也要实事求是，先从调研做起。

很快的，我们县的苦槠调研队成立了，朱县长亲任挂帅任队长。本县十二个乡镇，分设十二个小组，各乡镇长兼任组长。规定的一个月调研次第报上来，十二个乡镇共有苦槠树1253棵。朱县长认为，这个结果比想象的还乐观。与此同时，调研队已经在两广等省引进种苗，并聘请南方林业大学两位老师做种苗的培育与推广。接下来便是最为艰难的工作，说服自留山的农民斫伐原本的竹林、杉木，不仅在山上广泛种植，也在房前屋后、地头塘边，见缝插针地种上苦槠树苗。

朱县长在全县三级干部动员会上大声说，见过一直以来最难的拆除违建，也见过更早最难的计划生育工作，现在说服农民种植苦槠树，会比那两难更难吗？

座下百余人鸦雀无声。却忽然从右边一个角落里传出来一句，没有最难，只有更难。

声音虽小，朱县长却是听见了，没有困难，要我们这么多干部做什么呢？吃干饭吗？你知道一年县财政要拿出几多给你们发薪水呢？

下面便有了窃窃的议论。

正是抓人心，拧成绳的时刻，朱县长不希望走题，赶紧道，苦槠豆腐虽苦，一旦形成一个大大的产业带，就免去了我们大多数农家每年候鸟一般地去广东、福建和上海打工的辛苦！也免去了我们那么多留守儿童与父母分离的伤痛！你们晓得什么叫"三八六一九九部队"吗？

右边的角落又传出一句，三八妇女节，六一儿童节。九九八十一，是个啥子东东嘛？

朱县长伸出两只手，食指做出两个弯钩道，学习使人进步，思维不能僵化！这两个九九不做乘法，九九相叠，九九重阳节，形容老人喔！打工大潮席卷乡村，青壮年都出去了，家里就剩妇女儿童和老人，你们讲，这样长期下去好不好？

有呼应的声音，不好，也耽误毛伢子读书。

还有道，现在外面打工也不好打了。

朱县长手一劈道，所以罗，我们就要立足乡村建设，发展新经济，创造更美好的未来！

他强调，散会以后，各级干部，尤其是乡村干部，立马行动，首先要带头砍去自家山地的灌木、杂木和竹子，种苦槠。其次要动员亲戚朋友种苦槠；再是一家一户地动员。不留余地，不见死角，不容落单！

大会散后，留下十二个乡镇一把手继续开小会，继续听取意见及做动员。

小澜乡乡长直言道，自己家带头砍伐山林做得到，难的是动员亲戚朋友一道砍伐，有的人家的杉树林，再过两三年正好成材了，眼望到要卖一个好价钱。如同十八郎当的女妮出落得莲花一样水灵灵的，这时节却要掐掉她的尖尖。

下埠镇的镇长瞥见县长的眉头拧成了一条蚯蚓，强颜一笑道，姑娘的尖尖在哪里，你也看得拎清？我看呢，主要是苦槠树要结子，也不是头年种下去，第二年就坐果啵。只怕眼光浅，想搂快钱的农家等不及喔。

霞塘乡的代表见言无禁忌，也跟上问了一句，只怕到时候我们苦槠县家家种苦槠，户户都做苦槠豆腐，销得动啵？这个比不得家常豆腐，那是人人都爱吃。苦槠豆腐无论如何做，毕竟还有一股子苦味啵！

朱县长既想听听不同意见，一旦反对声音渐起，他也是难以下咽。车已发动，窗已打开，起跑线上的发令枪分明鸣响了，士气需要的是百般鼓舞，而非伸出手来强拔气门芯啊！

他郑重道，这些你们都不用操空心，我跟林学院的教授仔细探讨过，甄选好苗子，三四年就能大面积坐果，此之前，我们先把本县的苦槠子拢起，同时派人到外县大量收购，先要造势，《孙子兵法》讲，"激水之疾，至于能漂石者，势也。"有了这股势，就能攻无不克，战无不胜。黄豆做豆腐，普天之下皆是，没有特色，唯有苦槠豆腐才是独一无二。况且现在讲养生，苦槠豆腐是天然有机食品，有说可以减肥，清凉，泻火，降低胆固醇，延缓脑功能衰退……宣传出去，只怕不够卖，不怕没人买！

是夜，朱县长在一份《关于在全县范围内大力种植苦槠的建议》文件上批了十六个字，组织推动，落实到人；媒体跟进，推波助澜。

如果此前你来过我们县，几个月之后再来，便可见山上山下、房前

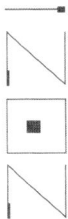

屋后，地头塘边，到处是翠绿生生纤条嫩腰的苦楮树苗。也有力争上游，种下杯口粗细的，为了运苗与保持生长的需要，上头截平，四围的枝条也要删繁就简，这些较粗的树苗移栽于屋前屋后的多，上面讲，为的是有利参观或观光。可是一眼望过去，就像一排排高矮不一的学童，为了守纪律剃成了整齐划一的马桶盖盖。

东坑乡从一开始就是我们县立志成为苦楮豆腐县的示范地。在陂头村有三棵百年以上的苦楮树，环绕又种植了从指头粗到碗口粗的几百棵苦楮苗木，挂牌"陂头苦楮示范园"。

示范园前戳着一块水泥碑铭，上面镌刻着描红的介绍：

> 苦楮，为国家二级保护珍稀植物。壳斗科，栲属（或锥栗属、苦楮属）拉丁学名：Castanopsis sclerophylla (Lindl.) Schott.产长江以南五岭以北各地。苦楮树体高大，树冠浓密，树形优美，寿命长，为优良的园林绿化树种。壳斗有坚果名楮子，偶见有2—3颗，近圆球形，顶部短尖，果脐位于坚果的底部，4-5月开花，10-11月开始结果成熟。楮子为药，具有涩肠止泻，生津止渴之功效。制苦楮豆腐则为佳肴，消暑，去滞，活血，化瘀。《小雅·四月》是唯一提到"栵"——苦楮的诗篇，此诗开创了我国历史上迁谪诗的先河，为后世迁客逐臣打开了发泄忧愤的窗口，屈原、杜甫等诗人，都在一定程度上受到它的影响。诗曰："山有蕨薇，隰有杞栵。君子作歌，维以告哀。"
>
> ……

这个时节，我们县的"七山一水两分田"，起码七山的百分之八十以上，风卷残云一般，很快都种上了苦楮树。县文化馆半年一本的文学内刊《红杉》易名《苦楮》，原来一年出一本，现在文体局同意追加两万元经费，一年出两本。新出的这一本，打头的是一个诗歌专辑，新诗和旧体诗都有，是一个广泛征文的结果，主题不言而喻：苦楮。大都是泛泛的应时之作，有几首倒也清新可喜。譬如：

> 一树成景，一粒含秋。把苦涩深藏在心头，却把甘芳播向人间。

县文联酝酿将原本一年一度的"谷雨诗会"，改为"苦楮诗会"。但县中有一位旧体诗做得颇染老杜之风的语文老教师坚决反对，他的理由是，谷雨是春季的最后一个节气，寓意"雨生百谷"，改成苦槠不对吧，意头不好喔。因他的据理相争，诗会名称一仍旧贯。

当各地收购的苦槠子、苦槠粉源源不断运到我们县，连国有粮仓也不能不为之腾出容身之所。这些来自江西、湖南、浙江、福建，以及四川和贵州东部的苦槠豆腐原料，大小粗细不一，口味也有差异，有的先苦后甘；有的涩味极重，生尝不能入口，加工也需要多道工序，反复浸泡还难以纠偏。

一旦发现苦槠豆腐供大于求，各种苦槠粉加工的食品也很快研发出来了，我们县最有名的第一高山是月亮山，海拔1250米，"月亮山"牌的苦槠粉之后，排着队的是苦槠粉条、苦槠豆腐、苦槠酒、苦槠糕、苦槠饼、苦槠糖……

当远近有人谑称我们的朱县长为苦槠县长之时，他在想，如果比照猪县、猴县、鱼县、花县，把本县简称为什么县为好呢？总不能叫作苦县吧？！叫槠县呢？好像也不妥，跟邻县重音了，容易听做猪县。

县文化局会同县文联打商量，还是那位语文老教师出了个主意，既然《诗经》把苦槠称作栻，我们就叫栻县吧。这个简称报到朱县长那里，很快就被否了。他道，虽然认字认半边，不问老先生，可是这个栻字也太冷了吧，严重脱离群众啊！我虽然不是学文科的，却也了解过，这个栻，是不是苦槠？也是有争议的喔。

此事只好暂时搁置。

又是一年秋景，稻子待割，山叶转黄。头年种下去的各色苦槠，好像发育不良的孩童，毛发稀疏，形容不整。尤其令人沮丧的是，屋前屋后那些杯口粗的树苗大都叶子枯萎，用指头抠开一点树皮，掐进去才看得到逐渐远去的绿色——凭经验得知，这些树大都在慢慢走向枯死。

紧急询之林业专家，回答是，这些苗木移植之时过大，加之水土不服，养育不当，成活率很低。

与此同时，月亮山牌苦槠系列食品，费了一大笔钱在各类媒体进行几

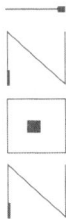

轮轰炸之后，确实卖出去不少，却也只占库存的十分之二三，很快就卖不动了。放在仓库里，既占用地方，又占用资金。销售方法不能太传统，也要与时俱进喔，于是模仿当下的网络美食红人李子柒，这边请了一个团队，打造一个00后的靓丽女子名"苦楮妹"，这个娉娉婷婷、容貌娇美的"苦楮妹"也是一语不发，拍摄的是山上苦楮的采摘、暴晒、浸泡、磨浆、过滤、加热、成块、切割、再浸泡，以及制成佳肴的全过程。

上微博、进抖音、联快手……费了老大劲头，"苦楮妹"得到的社会化反响，还没得一块瓦片削向水面飞起的涟漪多。县政府发文，让机关干部带头转发抖音和快手，抖了几抖，很快就偃旗息鼓了。

面对各路传来的不利消息，尤其是不断有农民上诉，提出山林被强令种植的苦楮树占据，严重影响了原本应有的竹木收入，朱县长头都胀大，个把月都没睡一个囫囵觉，梦里都听到人家叫他苦楮县长，有些人吐字不清晰，干脆就省去了一个楮字，成了简练的"苦县长"。

朱县长利用到省城出差的机会，去财大拜访了一位他尊敬的退休多年的经济学家，那位教授耐心听完县长的娓娓叙来，看着眼前这位50出头的老弟，鬓生华发，两个大大的眼袋衬托的是两只炭画过一般的黑眼圈，不由心生同情。他分析给这位老弟听，你调研不可谓不辛苦，干活不可谓不卖力，爬山涉水，东进西出，起早睡晚，兢兢业业，可为何求仁不得仁，天不从人愿呢？你想过没有，野菜里面还有马齿苋、鱼腥草、蒲公英，还有蕨啊，野蒜啊，是不是都是药，也都是菜？是不是也都可以清这个补那个？是不是都可以做成有机产品？都可以啊！为什么却都没有像萝卜青菜各有所爱，走向千家万户，进入一日三餐？

朱县长若有所思地喔了一声。

教授是过来人，忆往昔峥嵘岁月稠，为了坚持一些常识他吃过很多无妄的苦头，那样的日子希望不再幽灵重现。教授吃了一口茶，继续道，北方的苹果、大枣，南方的橘子、香蕉都可以做成产业，还有南方产的板栗、沙田柚、菠萝、百香果……也行，可同样是南方的波罗蜜就不行，波罗蜜不是菠萝，菠萝是凤梨科凤梨属，波罗蜜是桑科菠萝蜜属。道理讲透了就很简单，要为人们普遍接受的菜蔬和水果才能普及，行世。

朱县长问，那榴梿呢？榴梿很多人不适应，避之唯恐不及，在东南亚却是鼎鼎有名的水果之王啊!

教授略一思索道,榴梿是一种很特殊的水果,价格昂贵,因其气味浓烈、爱之者赞其香,厌之者怨其臭。我有一位老友,对榴梿的喜爱到了如醉如痴的地步,可以当饭吃。榴梿是纯热带作物,经济价值很高,如果你那里能剑走偏锋,培植出来,功德无量,一下子就可以打个经济翻身仗。但你肯定不行,榴梿是一个火烧鬼,要一年四季的高温,气温20多度以上。这也是常识,常识不可相违背。几十年以来,我们吃了很多苦头,从一个基本点看,就是违背常识。

朱县长苦恼道,你的意思是,可以剑走偏锋,我劳心劳力搞苦槠豆腐,正是如此啊,可是得到的结果却是,此路不通。让老百姓陪我吃苦了赔钱了,我这老大不小的一张颜面往哪里放哟!

经济学教授仰身道,《吕氏春秋》里有一句,以狸致鼠,以冰致蝇,虽工不能。

挨近年底,朱县长被调任市乡镇企业局副局长,保留正处待遇。

临走他又去了一趟东坑乡,此行他没告诉任何人,只让桂秘书开车,先到了陂头苦槠示范园,但见那三棵老苦槠树浓荫如盖,经冬不凋。那些后种的苦槠苗则七歪八倒,周边蔓生着一人多高的蒿草,絮花乱飞,早将那一块水泥碑铭遮去多半。

离开示范园,又开车来到龙潭街市,在"老味道"饭馆门前停下。朱县长下车前扣上墨镜,穿上风衣。

进去之后,戴藏青色鸭舌帽的店主迎过来,鼻子冻得通红,缩着手写菜牌。

他没有认出一年前的秋上来过此店吃饭的县长。

桂秘书第一道菜就点了肉末辣椒焖苦槠豆腐。

店主啊啊道,没有这道菜喔。

桂秘书问,没有原料吗?

店主道,是的喔。原先做豆腐的关张了,去了东莞,帮打工的崽带孙子去了。

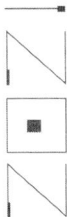

朱县长眉头一蹙问，前一段家家户户都有，现如今见鬼了，你家一点存货都没得吗？

店主道，原先有蛮多，放久了怕霉掉，上个月都给人家拿去喂猪了！什么东西就怕闹热起来一窝蜂，吃多倒了胃口，就再没人过问了！

桂秘书不悦道，那你不能留一点在冰箱里，我们去年过来，还点了苦槠豆腐喔！

店主一愣，眨巴眨巴眼道，我们这山路边，不比得城里，就算你们一年必来一次，哪里晓得你们今天过来，将将好就要点一道苦槠豆腐哟！

朱县长倏然起身道，没有，我们就不吃了。

桂秘书拿起包跟在身后，快步跨出店门。

店主在后面叫道，莫走哟，还有冬笋煲鸡，藜蒿炒腊肉，油焖麂子肉……

车子颠簸着开往县城。后视镜里，桂秘书见朱县长头一歪，好似困着了。

忽听他叽咕了一句，"激水之疾，至于能漂石者，势也。"……

好一阵，桂秘书都不晓得县长是自言自语，还是梦呓。

后记： 现如今，你若是到我们县来，想买一点土特产，在一些老店里还是找得到苦槠粉加工的食品。只不过里面的苦槠粉含量，远不像大干快上的那一年含量那么高。苦槠粉的含量一般不会超过百分是十五到二十，其他的便是面粉、饴糖、果脯、菜脯、色素与调味剂。

你尝一尝，化过妆的苦槠糕、苦槠饼、苦槠糖……是不是觉得比单纯的苦槠豆腐口感好很多呢？

原载《长江文艺》2021年第9期

点评

近年来，越爱越多的文学作品关注到"精准扶贫"的问题。而这篇《苦槠豆腐》将焦点对准的是"精准致富"的问题。靠着山中丰富的资源，人口不多的本县从未戴过贫困的帽子。但不贫困并非意味着就没有问题，临时受命的朱县长在调研的过程中，看到了隐患。年长的打工者回得来，他们外出打工积累一定的底气后能够回乡盖房，并住得稳，有生计来源。但年轻一辈出去打工后，不一定回得来，还有留守儿童的问题等等。这一切都是不稳定因素，不仅影响着百姓的长远生活，也对社会的健康发展埋下隐患。旁边村县都热热闹闹办起了产业，不离乡也能过上衣食无忧的幸福生活。朱县长也想开辟本县的产业发展道路，打出特色品牌。一次偶然，苦槠豆腐成为朱县长决定上马的特色产品。朱县长这一人物形象，呈现出基层干部的众多优点，也一心为百姓，为县里的发展。尽管倾全县之力，从育苗、种植到加工制作、宣传推广，全县上上下下干得热火朝天，结果却不尽如人意。"以狸致鼠，以冰致蝇，虽工不能。"大干快上的结果显而易见。这篇小说不是一份农村致富指南，更不是基层干部工作笔记。小说所呈现的故事，揭示出致富之艰巨之复杂的同时，也在提醒所有人，慢一点。这慢不是不重效率，这慢也不是安于现状。是尊重规律，是厚积薄发！

（朱旭）

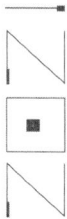

去梨花村/

/汤成难

1

"整个冬天，我都在铲雪，没有比这更糟糕的了……"

我用笔在纸上写下这句话，以记录第十三个被大雪覆盖的梦境。火车在震颤。我的字歪歪扭扭，像被敲断了筋骨，软沓沓地挤在一起，在纸上呈爬坡之势。火车也在爬坡。有一阵，我分明感到它停了下来，喘气，颤动，摇晃，然后像一个风烛残年的老人慢慢挪动。车厢里有几双眼睛看着我，好像这缓慢的原因是我造成的，又像是火车慢下来使得眼神不那么摇晃，他们将目光膏药一样粘在我身上，又如钉子似的敲进我的皮肤。我知道，我的头发，胡须，以及衣着，无一不在告诉人们这是一个肮脏又落魄的中年男人。不过，都无所谓了，我并不在乎陌生人。在过去的二十多个小时车程里，我没有开口对陌生人说过话，几次必要的交流都是通过纸和笔进行的。也许你也有过同样的经历，不想说话的时候就让自己变成一个哑巴。

我要在G站下车，这是戈壁上的一个小站，下车的人不多，列车员在我们这截车厢搭讪，时不时地用眼睛瞟我，像是随时欢送我的离去。在西北广袤大地上，一旦错过了站，下一站就得几百公里之外。

我已经写下整整一页纸，这个年代在纸上写字多少显得有点儿不合时宜，尤其在摇摇晃晃的火车上。你要去哪里？列车员突然转过身问我，我觉得这个问题一定盘踞在他脑海里很久了。但我不想说话，你知道的，此时也不愿在纸上写下此行的目的——去梨花村。如果我把那张写着字的白纸举过头顶，又如果有个镜头从这几个字上慢慢抬升，再抬升，直至整个火车都在镜头的俯瞰之下——这看起来多像一部电影的拙劣片头。

火车一声鸣笛后我下车了，列车员在身后提醒，把行李带全。他的声音很钝，带着戈壁滩砂石粗劣的气息。窗玻璃后面许多双眼睛齐齐看向我，人们终于可以堂而皇之地将目光长久地停留在我身上了，这时他们会发现，这个走在月台上蓬头垢面的男人除了一只和他一样干瘦如柴的背包外，什么也没有。

去梨花村，这是在三十一个小时前决定的。那时我刚从一列火车上下来，站在火车站广场上茫然四顾。我在广场上足足站了两个钟头，春天里还不太暖和的风吹得眼睛生疼。这一个月我去了很多地方，一张鸡形的地图上标注了我走过的路。我见了我所有的朋友，当然，我的朋友并不多。我把那些名字记在一个本子上，不长，只有短短的一小串，偶尔掏出来看看，让人觉得，这个世上还有不少人与我有着关联。我曾经见了两个小时候的玩伴，他们常年在外打工，如果不是苍老的脸上还残留一点儿时的模样，我几乎认不出来了。我还见了中学时最好的朋友，我们有过六年一起骑车上学的经历，后来各奔东西，去了不同的城市。我居然记不得他的大名了，经另一个同学提醒，我才想起他的名字和我只相差一个字。他在一个很远的工地上打工，看见他时，我的朋友正用独轮车运送砂浆，身子比独轮车高不了多少。我上前招呼，他瞪大眼睛看我，眼珠子跟砂浆一样的青灰色。认出我后他找人替了一会儿，然后和我坐在一堆碎石前。突然地，我不知道该说些什么，旁边的搅拌机实在太吵了，工地上有的是各种响声。他把鞋脱下来，倒出里面快要凝固的砂浆，然后又用石头刮着鞋底，对我说了那个傍晚唯一的一句话，他说，再不刮掉，就要变成鞋帮子了。这时我才发现它们的厚度，像唱戏的粉底皂靴。整个傍晚我都在看他倒腾那双鞋，从工地出来，迎面一阵大风，把能吹上天的都吹起来了，我闭着眼睛怔怔地站了一会，睁开时，一只裂了口的旅游鞋落在我脚边，那一刻，我差点哭出来，觉得这旅游鞋和自己有点儿同病相怜的意思。

我站在售票厅里，看着屏幕上滑过的时间和城市名，突然决定去一个远一点的地方，就在这时，我看见屏幕上出现了G市。人的记忆里总存在一些奇怪的罅隙，G市就是藏在一道隙缝里的名字。从前的记忆慢慢回流，我想起了很多，我甚至能脱口而出有关G市的那个完整的收件人和地

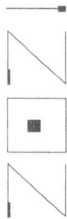

址：达瓦，G市察木乡梨花村。

2

我有的是时间，我要把时间大把大把地赠给别人。有一天，我发现时间在我这儿是有皱褶的，平铺开来，简直辽阔无边，我一点儿都不喜欢这漫长冗余的一切。我从站台搭便车去察木乡，花去一天；转而搭乘过路的小皮卡从察木乡去梨花村，又花去小半天。我把时间像钞票一样挥霍出去，感到一种前所未有的快意。皮卡一路颠簸着，跳跃着，和时间一同向前奔跑。晌午，皮卡停在一个前不着村后不着店的路边，皮卡主人指着一条细瘦隐约的路对我说，到了，沿着它向前，就能到达你要去的地方了。

现在，我已经沿着这条路走了很久，除了和时间一样辽阔无边的草地外，并没有看到村庄。我想起不久前在路边和皮卡主人的对话。我问这是不是通往梨花村的路？皮卡主人认真地看着我，他黑黢黢的，白眼珠在黑眼眶里木木地转了转说，这就是你要去的地方。他反复说着这句话，无比坚定。我问，我要去察木乡的梨花村。他点了点头，对，察木，就是察木。我一头雾水，察木？我们不是刚从察木来的吗？他看着我，又说，这里就是察木，过了这里，前面就是明洛乡了。

路很快就不见了，像被草丛吞掉，又在不远处吐了出来。此时正是春天，草原上的春天姗姗来迟，草色仍未返青，这时的草是变色龙，散发着和土地一样令人颓唐和沮丧的颜色。它们并不像路的样子，极其轻浮，只是在作为路的地方，草色比其他地方略深，我的大部分时间都用来辨认路，像要把它们从泥土里揪出来。

正午的阳光使身体微微出汗，一条轻描淡写的路指向南方，我开始怀疑这条路的正确性了，怀疑皮卡主人逻辑不清的语句。就在这时，我遇见了桑吉，或者叫次仁吧——他告诉我他有三个名字，他的阿爸叫他桑吉，他的母亲叫他次仁，而他的姐姐喜欢叫他尼玛。不过，他喜欢桑吉这个名字，因为他最喜欢他的阿爸。桑吉说这话的时候，我也在脑子里迅速给自己取了三个名字，一个叫建国，一个叫华仔，一个叫吴成功——三个名字有什么了不起的。桑吉正躺在一个斜坡上晒太阳，我先是看见他的羊群，他的羊正在一块坳地里吃草，头也不抬，不仔细看，你还以为它们正吃着泥巴呢，再然后便看见了桑吉。

喂——我朝他喊，小孩——

他抬起头，眉毛微皱。我叫桑吉，他也朝我喊。

你的羊在吃泥巴吗？我不怀好意地笑。

唔，你的羊才吃泥巴呢，桑吉歪着脑袋说。

你知道梨花村吗？这条路是不是往梨花村啊？我收住笑容。

这回他咧开嘴笑了，牙齿熠熠生辉，阳光在他下巴处打出一片阴影。他飞快地向我跑来，准确地说，像小石子儿滚到我的脚边。

唔，我当然知道梨花村。白牙被收进去，抿着嘴一副得意的样子。桑吉个头不高，看起来十岁左右，我问他年龄，他想了好半天，将又黑又脏的右手在空中翻了一番，伸出两只个指头，说，十岁，十二岁，唔，十一岁。说完摇了摇头，皱着眉，好像这个问题难住他了。他朝四面看看，右手在半空画了几道弧线，弹跳着指向远处。梨花村就在那里，他说。

还有多远？问出问题后我就后悔了，这样的距离问题对于一个孩子来说有点困难。但桑吉很快就答非所问了，唔，梨花村，梨花村就在那里。

那里是哪里？我故意逗他。

唔，那里就是那里。

后来我发现，"唔"字几乎是他的起始语，好比我们喝酒前要打开瓶盖，瓶盖和瓶嘴发出"啵"的一声后，方能倒出酒来。

唔，爬一个坡，再爬一个坡。

唔，朝着太阳走就对了。

唔，梨花村不多远。

……

我继续向着太阳前进，走出不远后，桑吉追了上来。唔，你要去梨花村吗？他喘着粗气问，没等我回答，又说，你是要去梨花村看水井吗？

3

桑吉和我上路了，他说他都快记不起来梨花村和那口水井了，现在遇见我，我问了他梨花村，这下他就想起来了，想起梨花村后，这一天他会没心思放羊，所以他也想去梨花村。

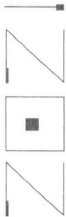

　　在得知我去梨花村不是为了水井时，桑吉很意外，但仍然愿意与我一同前往，因为在这片草原，除了他和他的阿爸丹增，没有人比他们更熟悉这条路的了。

　　那你的羊咋办？我问。

　　唔，羊自己吃草。桑吉说，他很健谈，他的阿妈说他的问题比乌木家的羊还多，但他觉得自己的问题比草原上的草籽还多。

　　你去梨花村做什么？桑吉问。

　　我想了想回答，去旅行。

　　唔，旅行是什么意思吗？找朋友吗？

　　啊，旅行，我停顿了下，寻找一个合适的解释，旅行就是去那儿看一看吧。

　　为什么不去坝子上看一看，那儿有一棵红柳树，很漂亮；或者去宁亚寺，去转经，还能看喇嘛们辩经呢。

　　我皱着眉，说，我不想去坝子和宁亚寺，我就想去梨花村看一看。

　　为什么嘛？梨花村还有啥吗？桑吉打破砂锅地问。

　　我有个朋友住在梨花村——

　　唔，我说嘛，旅行的意思就是找朋友嘛。桑吉嘬着嘴，十分得意。

　　你的朋友叫什么？过了会儿他又问。

　　达瓦。我说，不过，我并没有见过我的朋友。

　　唔，他不愿意见你吗？

　　当然不是，我们有十多年不联系了，他给我写过信，我也给他写过信——

　　桑吉连忙打断我，告诉我他知道"信"是什么意思，信就是要紧的东西。对吧？他说。

　　有时，也是不要紧的东西，我反驳。

　　不要紧为啥写信嘛？

　　可能是……想念了。

　　唔，想念就是要紧的事嘛。我发觉桑吉像是已知谜底的人对我进行发问。他说没人比他阿爸更懂得信了，因为阿爸曾经是个送信的人。

　　在草原上送信？我很惊讶。

　　唔，草原上，骑马，送信去，从乡里到村子，到梨花村，到关木村，还到鸡头村。桑吉说阿爸经常带他一起去送信，他们骑一匹枣红色的马，每次出门都要两三天才能回来。不放羊了吗？羊和牛怎么办？阿妈总是追出来。阿爸就说，这是乡里派给的任务，你把羊赶到坡子上去嘛，羊自己吃草嘛。我们沿着这条路走，如果先去鸡头村，再去关木村，最后才去梨花村，这样路上就会走得很快，想快点去梨花村嘛；如果是先去了梨花村，再去鸡头村和关木村，离开梨花村后就会走得很慢，总是要多花半天时间。有的时候没有梨花村的信，阿爸也会去看一看，因为梨花村有一口井，阿爸就用桶装点井水回来，井里的水比沱沱河和昆仑河的水甜，阿妈说用井水煮出的酥油茶好喝，阿妈喝到甜井水，就不要阿爸放羊了。

唔，你和你的朋友为什么不联系了？桑吉好像突然想起来，转过头来问。

我想寻找一种简单易懂的叙述使桑吉明白，因为我和达瓦是"笔友"关系，笔友这个词桑吉能懂吗？我认识达瓦的时候和现在的桑吉差不多大，达瓦和我都是四年级学生。至于我和达瓦为什么开始了通信交往，我已经不太记得，好像是在报纸上看到一篇关于察木乡梨花村小学的报道，我写了一封信，那时我一定不知道达瓦，我只要在收信人的地方写下"四年级14号学生收"就可以了。

14是我的学号，很快，我便收到了回信，这简直太让人意外了。写信的人就是达瓦，信很短，只有几句话，他说他就是14号。达瓦的汉字写得不好，歪歪扭扭，像是被风吹散架了。

4

太阳晒得草尖儿发亮，回头看走过的路，很难分辨，完成使命后它们又藏到泥土里去了。我想着我所生活的城市，那些道路流露出来的自信，它们的强度和稳固性，使它们看起来那么的高傲和漫不经心。有的路极不友善，起初是小心翼翼毕恭毕敬等着你的到来，可你一旦踏上去，它们就变得老谋深算，处心积虑地让你多走弯路。

我们笔直地向着南方，即便有时从路上偏离，但很快就会回到路上，在草原上没有什么比一条小路更让你感到踏实放心的了。

桑吉的话很多，但是并不令我厌烦，我也说了很多，好像把前几日的

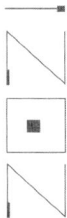

话都攒到现在了。

桑吉说爬过前面那个小坡，向左走，就能到鸡头村，向右走，就是去关木村，如果既不向左也不向右，那就是去梨花村了。

你对这儿很熟悉。我称赞他。

桑吉笑了，有点不好意思，他说他和阿爸去送信是很多年前的事了，那时他还小，比现在小，有时是他坐在阿爸的前面，有时是他自己骑马。每次经过这儿，阿爸总会问一下普莫，普莫是阿爸的枣红马，阿爸摸摸马额头说，普莫，我们要不要先去梨花村嘛？普莫这时就会打个响鼻，撒开蹄子朝梨花村的方向奔去。

桑吉问城里的送信人也骑马吗？我说不是，马不会待在城里。

为什么嘛？桑吉问，城里人不喜欢马？

喜欢，城里人喜欢马，城里人更喜欢马肉。我狡黠地笑。

桑吉似懂非懂，他弯腰从地上捡起一个小石块，拴在马鞭一端，举过头顶，抡开，马鞭发出呼呼的声音，突然，持马鞭的手一收，小石块飞了出去，准确无误地打在一个小土堆上。桑吉说自己有一次差点打中一只狼崽，那只狼崽是独自出来觅食的，它跟在羊群后面，等待掉队的羊呢。放羊时桑吉沿途会捡几十个小石子放在随身的皮兜里，如果哪只羊离队或不老实，一个石子甩过去，它就老老实实回到队伍里来了。但我从来没有打在它们身上，桑吉补充说，因为它们是我最好的朋友。

我想起达瓦给我写的信了，他总是在信末写上一句：你最好的朋友达瓦。我被这句话感染了，以至于每次回信时，也在信的开头写上：达瓦，我最好的朋友。而实际上，我和达瓦之间只通了四次信，后来怎么就不写信了，也记不起来了。我记得第二封来信，达瓦滔滔不绝——那时我刚学会这个成语——说了很多，除去错别字，除去没写周全的字，再除去那些被风吹散架的字，能认出的也不多，那些字只讲了一件事，就是他们村的梨花都开了。

达瓦说村子里有一片梨树林，每年春天梨花会开放，白白的，像雪一样。

达瓦写那封信正是春天，等我收到时夏天已经到来了，信在路上跑了很多天，但我仍然能闻到信纸上梨花的香气。

我问桑吉看过梨花没有？

桑吉说，看过，紫色的梨花，唔，好看得很。

我愣了一下，更正道：梨花是白色的。

5

我没想到桑吉会因为梨花是白色还是紫色的问题与我赌气，他一边抽着鞭子，一边快速向前跑去，把我甩出很远。

刚刚我对桑吉说梨花只有一种颜色，白色，为了证明梨花是白色，还特意背诵一首苏东坡的诗句："梨花淡白柳深青，柳絮飞时花满城。"你看，梨花淡白，就是白色的嘛，梨花白色是事实，不可改变，它像真理一样存在。

于是桑吉急了，他说他看到的梨花是紫色，准没错的。梨花是阿爸带给他的，阿爸的梨花是从梨花村摘的，也准没错的。他说自己不知道真理是啥，他的阿爸也经常和他讲到真理。他觉得真理就像一个洞，越掘越深，可是没有人能在洞口看见里面的样子，他倒是想把阿妈剪羊毛时难闻的气味看作是真理呢。

我也搞不懂自己为什么要和一个小屁孩争论梨花的颜色，白色，紫色，有那么重要吗，也许我们看到的世界只是真实世界的影子，是现象世界，在现象世界背后还有更加真实、更加完美的世界，那个世界是理念的世界，也许就是那个紫色梨花的世界。

桑吉——我在他身后喊。

你不可以叫桑吉，只有阿爸才可以这么叫。

次仁——我换了叫法。

也不可以，桑吉噘着嘴。看来他真是生气了。

咩——咩——我开始学羊叫。

桑吉转过身笑了，他将双手窝成喇叭放在嘴边，朝我大声喊，所有的羊都是我好朋友，你也是我的好朋友。

桑吉让我讲一讲我的朋友达瓦，达瓦的信一定是经过我们脚下这条小路去往乡里呢。

我总是迫不及待地给达瓦回信，信寄出后便开始盼着，达瓦的信姗姗来迟，等到我觉得可能再也收不到他信的时候才会出现。信是寄到学校的，课间我会被班主任叫到她办公室去取，班主任走在我的前面，她走

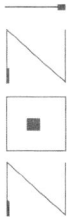

得极其缓慢，好像随时要掉转头问我什么，但一次都没有。我们要穿过操场一角，还要经过一条水杉小道，才能到达她的办公室，我从没这么认真且缓慢地走在校园里，水杉羽毛形状的落叶在地上铺了薄薄一层，踩在上面发出唦唦的响声，我的脚有点不听使唤，走得很别扭，不知道该让步子重一点，还是轻一点。我听到远处大堤上的鸟叫，还有更远处自行车的铃铛，尖细的，又短促的，似乎奔赴远方而去。这一路，我的心情十分复杂，激动，欣喜，温暖，还有一点淡淡的忧伤。我至今不明白为什么会感到忧伤，好像那些美好的事物即将要消失似的。

美好的东西都很短暂，我突然对桑吉说。

桑吉抬头看我，眼睛里有夕阳的影子。短暂是什么意思？他问。

短暂，就是马上有消失的危险的意思。我努力解释着。

唔，那么，阿爸的枣红马也要消失吗？

6

据说，桑吉一家搬来若尔木牧场的第一个夏天，他的阿爸丹增就开始骑马送信了。他们渐渐熟悉了草原上的每个小村落，每个山丘，每条小路，每扇被北风吹得呼啦作响的毡包门。他们会在水花飞溅中穿过昆仑山脉冰雪融化的溪流，或者在夕阳下慢悠悠爬上牛背山的山口。桑吉说阿爸总是爱唱歌，他的声音跑得很远，普莫奔跑好一会儿才能追上所有回音。夏天是最好的季节，阿爸和普莫看着风景就到家了。到了冬天，路就难走了，地上结满冰溜子，阿爸穿上厚厚的毡筒靴，把自己裹得严严实实，若是遇到大雪，去一趟梨花村就得一个礼拜了。村里的人都很想念阿爸的到来，要是很久没看见阿爸，他们就会串门子问一问：看见丹增了吗？丹增多久能到？丹增的枣红马去井边了吗？阿爸的挎包里背着几封信，有的从县里寄来的，有的从省城寄来的，回去的时候，包里还会有几封信，是寄到县里的，或寄到省里的。

桑吉问他的阿爸，他们为什么写信？信是祝福吗？

哦，不止是祝福，还有，别的嘛，他的阿爸回答他。

桑吉又问，唔，他们为什么把信装在纸包里，是不想让别人看到吗？

哦，看不见的东西使它美丽，重要的东西是看不见的。他的阿爸说话时喜欢加一个"哦"字，和桑吉的"唔"一个意思。桑吉说草原上没有人比阿爸识字多，他喜欢听阿爸说话，虽然他常常听不懂。

我们已经走了很久，太阳变得无力，我问桑吉还有多远？桑吉回答，不多远。这样的问答已进行了若干次，每一次桑吉都胸有成竹地回答这仨字。要是我再追问，桑吉一定会说，梨花村就在那里，准没错的。

天黑前能赶到吗？我又问。

桑吉皱着眉头想了会儿，好像脑里正进行精密的路程计算，计算完，继续斩钉截铁对我说，不多远，准没错的。

桑吉说他和阿爸送信去梨花村，有时太阳很高就到了，有时天黑才赶到，有一次，天黑透了，他们还在半路，后来阿爸看见一个白白的东西，是毡包，毡包很破，所以它的主人没将它带走，他们便在里面待了一晚，阿爸说一定是从夏牧场赶去冬牧场的人家。他们在毡包里发现一小袋青稞面，一盒火柴，那个晚上，他们吃得很饱，睡得也很好。

黑暗是一层层降临的，第一层黑暗到来时，大地生出些许凉意；第三层黑暗到来时，我和桑吉看不见彼此的眼睛了。又向前走了一会，我们并没能幸运遇到一个破毡包，倒是在一个矮坡下发现了两堵墙，这是一个废弃的羊圈，用石头堆成长方形，现在只剩下长方形的两条边了。当然也没发现青稞面，只有墙角堆着一点牦牛粪。在草原上，牦牛粪是个好东西。我和桑吉点上牦牛粪，火光明灭。

不赶路的桑吉这时想起了他的羊。

它们会自己回家吗？我关心地问。

桑吉说会的，但是，他还是会担心，因为从没有和它们分开过这么久。桑吉说乌木家的羊每天自己回去，詹太佳家的羊也是自己回去，可是他一点都不担心，他只担心他的羊，这是为什么嘛？桑吉问我。

因为你和你的羊建立了联系，我说。

唔，阿爸也是这么说的，阿爸说写信就是人与人建立联系。

我想了想说，人存在就是为了与人联系吧，只有这样，生命才有意义。

桑吉睡着了，迷迷糊糊中对我说，可我还是想去梨花村，去看那口井。很快他又进入梦乡，嘴角微微上扬，白牙在火光中如珍珠一般明亮，

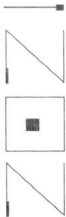

桑吉一定正在梦里品尝梨花村的井水吧。

7

火早已熄灭，牦牛粪燃烧时间太短，熄灭后竟能闻见牦牛啃食的青草的气息。我被风声叫醒了，但不愿睁开眼睛，谁想看这笼盖四野的黑暗呢。不知道风从哪里来，又去向哪里，现在，整个草原都交给了它们，它们在狂奔，在撒欢，它们成了黑暗的主人。风声里包藏了一切，桑吉细微的鼾声，还有别的动物叫声，隐隐约约，断断续续。我的身上立即生出寒意，仿佛正有无数双眼睛盯着自己。睁开眼一看，着实吃了一惊，满天大如眼睛的星斗，草原上空呈现出一种晶莹剔透的明亮。最早定义星宿和天象的人应该有一颗诗意的心吧，他们就应该躺在草地上，仰望星空，观察月亮与星星的变化，搞明白阴与阳的关系。所以，世界从来都不是忙碌的人创造的。

我伸展了下腿，手臂环住桑吉，有一阵觉得是抱着童年的自己，这么一想，心里居然小小感动了一下。白天桑吉问我会不会给他写信？我说会的。桑吉很高兴，但很快就沮丧起来。你不会的，因为没有人再写信了，他说。我把记着梦境的纸送给他做纪念，桑吉很开心，他接过纸折起来，把字小心翼翼地包在里面，这时便觉得那些和雪有关的文字具有了意义。他把纸包递给我，让我在上面写下，桑吉罗布（收）。

我收到达瓦的第四封信是第二年的春天，那时天气还没有回暖，南方湿冷的空气使人情绪低落，达瓦的信就是这时候到的，达瓦说，我最好的朋友，欢迎你来我的家乡。他说如果我这时候去梨花村的话，正好赶上梨花开放，今年的梨花会开得特别好，特别多。去年的梨花也开得很多，不过，今年一定比去年还要多。我最好的朋友，达瓦写道，你一定没有见过这么漂亮的梨花，它们又白又透明。

关于又白又透明的说法使我困惑很久，以至于后来学习化学，总是将白色液体和透明液体混淆。

夜里我做了一串梦，一个梦里说达瓦又给我写信了，他的字一点长进都没有，还是被风吹散架的样子，达瓦在信末写道："桑吉，快给我回信啊，我是你最好的朋友达瓦。"我立即给达瓦回信，我要对达瓦说，我不叫桑吉，难道你忘记我的名字了？我可是你最好的朋友啊。但我的笔写出的字和纸一样又白又透明。

醒来天已经亮了，草原升起淡淡的水汽，是那种又白又透明的模样。桑吉起来了，正在用一个石块拨弄灰烬。

我们又上路了，桑吉的情绪明显不及昨天高涨，他走在前面，偶尔转过头看我一眼。唱首歌嘛，桑吉对我说。我扯着嗓子用五音不全的调子吼了几句，桑吉连忙阻止，唔，别唱了，你的歌声秃鹫都会被吓跑的。他说阿爸的歌声很好听，整个草原上没有人比阿爸的歌声还动听。

8

我们依旧一前一后地走着，太阳把他细瘦的影子送到我脚下，我踩着影子前进，有一阵想起夜里的梦，觉得挺有意思，好像我正被童年的自己牵引着。

晌午时分，我们到达了溪边，直至此时，桑吉才兴奋起来。就是这，就是这，准没错的，桑吉一阵雀跃，他说自己记得这条小溪，因为看到小溪就意味着快到牛背坡了，到了牛背坡就快到梨花村了。桑吉说沿着小溪向前再走一千零九步，到达牛背坡，翻过山坡就是梨花村了。他指着不远处一条拱起的坡线，让我看。快看，梨花村就在那里。我顺着所指的方向看去，有一条微微隆起的曲线，曲线的那一边被挡住了，看不到，曲线和天空形成一道神秘的符号，像一道拉链，隐约有水汽（可能是炊烟），细瘦的，正从拉链缝隙中穿过。

我喜欢桑吉说的一千零九步，这让我觉得从这儿到山坡的路变得神奇，仿佛它不是一条路，而是别的什么……别的什么，我想了好久，并没想出一个合适的比方。我们打算在溪边歇一会，在开始计数前，我想充分休息一阵。的确，我们也走了很久了。桑吉说阿爸每次走到这儿都会让普莫喝水。普莫喝完水就去吃草，阿爸便慢慢往前走，不管阿爸走多远，只要一吹口哨，普莫便奔跑过去，普莫这样做并不是顺从，它只是不想和阿爸分开得太久。

我掬一捧水洗脸，溪水很凉，简直可以叫作彻骨。溪水两边的草地厚实了一些，草尖儿已开始返青，让人愉悦。我兜水浇在草地上，桑吉在学我。我捡来一个尖尖的石块，打算将溪水引流，泥土很松软，很快就被

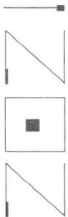

犁出一条小道，水迅速流过来，附近的草色明显深了，再将分流的溪水引向更远的草地。桑吉问我在做什么？我不假思索说，写字。说完，桑吉也捡来一块石头效仿我。我说桑吉你在做什么？

桑吉头不抬地说，写信。说完我俩都哈哈大笑，将手里的石块扔向对方，再后来，把石块换成水，用手舀水泼向对方，水花溅向空中，又白又透明。

两人打闹尽兴，手上脸上沾满泥巴，精疲力竭地躺在地上，刚躺下没多久，感到身体被什么推了一下，翻身爬起来，原来是一个地鼠洞，一定是堵住它们出路了。当我守着洞口时，地鼠在几米外探了下头，我连忙扑过去，还是晚了，小东西又钻进去了。我发现它有两个洞口，便喊桑吉来帮忙，一人负责一个洞，不信捉不住它。

当我们紧守两个洞口时，却发现不仅仅两个，因为我们都看见地鼠从远处一只洞口奔向溪边的一个洞去了。但我们没有泄气，好像地上地下的动物正进行一场游戏。我和桑吉用泥巴将每个洞口都堵住，但是地鼠总是从新的洞口出现，直到傍晚，我们都没能取得胜利。我想起了常玩的打地鼠游戏，锤子刚落下，保准地鼠从另一个洞口探出头，于是就这么乐此不疲地追逐下去。

后来我们也不堵洞了，守在一个洞口等待地鼠的出现，就这样过去很久，我都快忘记自己坐在这儿干什么的了，忘记自己为什么坐在草原上的一个地鼠洞前。

太阳早就不见了，天空呈现出铅灰色，像一个巨大的水泡摇摇欲坠。好一会儿后，我和桑吉才想起我们的目的地——去梨花村。

9

按照桑吉说的，从溪边走到坡下正好一千零九步，为了控制好数字，我们走得极其认真，但是很不巧，我走了两千零九步，而桑吉走了两千四百多步，我猜桑吉说的一千零九步也许是马步，难说。

快到坡顶的时候，我竟然感到有些激动，从我的脚步便可看出，我想起在校园里跟在班主任身后去取信的时光，水杉叶子在脚下发出沙沙声，阳光被头顶的树叶筛出无数光斑，有的是静止的，有的在跳跃，我踩着光斑前进，好像要把它们一个个摁进黑暗的泥土里。

我和桑吉牵着手，因为谁都不想让另一个人落在自己后面看见梨花村。

山坡下的世界一点点出现了——

是广袤又辽阔的草地，和泥土一样颜色的草连绵到天边，除此之外什么都没有。我们都怔怔地站着，难以相信眼前的一切，如果不出意外，这里应该是村庄啊。矮矮的、石头堆砌的房子散落着，或者紧紧挤在一起，房子之外是矮矮的树木，准确地说，是梨树。梨花正一簇一簇地开放着，像雪一样，又白又透明。

可是，什么都没有。连一间破房子都没有，连一个人都没有，连一只羊都没有，天地间空荡荡。我和桑吉慢慢往坡下走，下午的打闹耗去我们所有的力气，以至于此刻都不想说话。天色暗了很多，包藏在头顶上的水泡越坠越低。半晌，我们看见远处有个人，骑着马，正向我们靠近。我们用力招手，那人向我们走来，近了才发现，他并没有骑马，而是骑着一辆笨重的摩托。

这里是梨花村吗？梨花村在哪里？我们迫不及待地问。

对方皱了皱眉，好像从没听过这个名字，摇着头继续赶路了。

脚下的枯草发出沙沙的声音，不仔细听，以为踩在雪地上呢。

果然，开始下雪了，一朵一朵从天上坠落下来，重重地，有力地，落在我的肩上，落在我的头发上，落在我的眉毛上，雪花很大很漂亮，白得那么透明。

我想起了我的三个名字，我把它们分别送给一只地鼠，头顶的一朵云，还有牛背坡前面的那个小土丘。

黑暗一寸一寸降临，渐渐地，如同拉链一样，将天地连成一片。看不清远处，只看见视线的尽头有一株比草略高出一点的矮树，在有风的草海间，如同一艘载着整个草原全部秘密的船向前驶去。

原载《雨花》2021年第5期

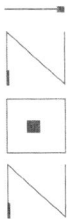

点评

整篇小说的重心都落在了"去梨花村"的"去"字上。

一个"肮脏又落魄的中年男人"独自踏上了去梨花村的路途，似乎对一切都提不起兴趣，也漠不关心，去梨花村也是临时起意。去梨花村的目的不甚明朗，仅那里是仅通信过四次的笔友的家乡，而"我"又恰巧在售票大厅看到了梨花村所在的G市的名字。一切意义似乎都被消解，最后"我"也没有找到梨花村，甚至梨花村的存在与否都不确定。这一切的意义不在于目的，而在于过程，在于"在路上"的这个动态过程。去梨花村之前，我先去探望了儿时的伙伴，但并没有能使我感受到一丝慰藉。真正使"我"发生改变的，是在去梨花村的路上，碰到了那个放着羊的叫桑吉的小男孩，十岁，或者十一岁左右。桑吉决定和我一起上路去往梨花村，去看那口井，但不知那口井有什么特别。意义渐渐凸显，"我"的心境渐渐产生变化，而作者对外在景物的描写，侧面透露出人物内心的隐秘。

小说的最开始，由第十三个被大雪覆盖的梦境开启。然后详述"我"对于乘火车的感受，充满风烛残年的气息。接着去看望儿时玩伴，也生出同病相怜之感。我刚踏上梨花村所在的察木乡时，尽管此时正值春天，但"草色仍未返青"，依旧散发着"令人颓唐和沮丧的颜色"。直到我和桑吉一起赶往梨花村，在路途中，景物所承载的情感指向渐渐发生变化。我回忆起和达瓦通信的日子，去老师办公室取信的那一小段路途，"我"观察到落叶，听到鸟叫，自行车的铃铛声等等。此时尽管有一点"淡淡的忧伤"，但出现了"激动，欣喜，温暖"等明亮的色彩和情绪。接着"我"因和桑吉夜宿羊圈，不期而遇满天星斗，生出无限感叹，获得过于人生的诗意感悟。第二天，我和桑吉留恋于打地鼠，并不因为要去梨花村这个目的，而忽略沿途的美好，"乐此不疲"是"我"对这段经历的定义。最后，我们终于翻过最后一座山坡，但没有村落，只有"梨花正一簇一簇地开放着，像雪一样，又白又透明。"心境发生了彻底改变。最后，"我想起了我的三个名字，我把它们分别送给一只地鼠，头顶的一朵云，还有牛背坡前面的那个小土丘。""我"告别了过去，这一路，尽管没有找到梨花村，或许那只是一场梦，或者别的什么，都不重要了。重要的是"去"的过程中，"我"或许重新找到了意义。

（朱旭）

在公园/

杨 渡

一觉睡醒，雨已经停了。

冬天似乎还没彻底过去。清晨又刚下过雨，外头有些冷意。

早餐店还是像往常一样排着长队，一个座位也没有。好在今天不上班，我倒也不急，排队点了早餐，又站在店里慢慢等着。两屉灌汤小笼包，一个茶叶蛋，还有一碗豆腐脑。印象里，已经好久没吃过这么一顿像样的早餐了。

舀尽碗里的豆腐脑仰头一口吃完，我才意识到，吃得过饱了。站起身，肚子有微微的饱胀感。我突然想起，不是说这边上有个挺大的公园嘛，反正今天有空，就去那儿散散步。

我从没来过这个公园，但我知道有这样一个公园。当时在这儿买房，附近有个公园是让我满意并最后下定决心的条件之一。

公园中心是个不小的湖。湖边柳树种得相当整齐，树下是条挺宽的路，有慢走散步的，也有穿运动服晨跑的。空地上有七八个身穿练功服的老头子老太太，正打着太极。草坪上则有好几个人在遛狗，有牵着绳的有没牵绳的。

空气中有一股好闻的味道，可能是来自新抽出的柳条，也可能来自大片草坪上刚长出的嫩草。

草坪上有几条青石板铺就的小路。有些青石板已经干了，有些青石板上还积着雨水，这使得一块块石板显出不同浓度的青色。

草坪看着像是干了，其实没有。一脚踩上去，泥水四溅，弄脏了我的黑皮鞋。不过这又有什么关系呢？这双穿了两年的破皮鞋，也该扔了。

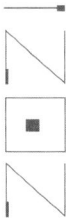

从草坪上走过，鞋面糊了厚厚一层的泥浆。回头看看，走过的地方泥土下陷，我在身后留下了一串儿的脚印。不过很快，草坪恢复原样，脚印也消失不见。

我感觉自己从来没这么愉悦过。升职，入住新屋，和女朋友订婚，此刻又能呼吸着如此清新的空气，能这样子放松地站在草坪上。还有什么可以不开心呢？

就在这时，突然，有个什么东西打在我的右小腿上。我低头一看，是个拳头大小的皮球。它沾满泥浆，在我的黑裤子上留下一个形状奇怪的泥印子。

一只金毛发的大狗飞奔而来。我知道，它不是冲着我来的，而是冲着那个皮球。在它身后远处的应该就是它的主人吧，他们应该在玩什么扔球捡球的游戏。

我来了兴趣，想逗一逗这只大狗。捡起皮球，我假装要轻轻抛还给它，可等它跑近，我猛地抬手，把球远远抛了出去。皮球将从它头顶上飞过，飞向它身后主人所在的方向。

我忍不住咧嘴笑了。我仿佛已经看到了那个搞笑画面，大狗猛地刹住停下，傻傻地抬头看着皮球飞过，赶紧扭头转身，朝着原来的方向跑去。

但它没有。一切发生得那么快，我根本来不及反应。大狗丝毫没有理睬那个皮球，它也没有刹住脚步，就这么笔直地冲了过来，高高跳起，一口咬住了我抛球时抬起的右手。

一股锥心的刺痛从我的手腕传来，痛得我叫出了声。我都能想象出自己脸上的表情会是多么扭曲搞笑。一瞬间从咧嘴笑切换到表现疼痛，我估计自己脸上控制表情的肌肉没那么机灵。

大狗咬着我的手腕落地，没有松嘴，我也只好弯腰俯下身把手腕放低。我试图把手腕从它的嘴里抽出来，又抓着它的金色毛发试图把它拉开，但毫无作用，我只感觉它的牙齿在我手腕上咬得更深。

也许是因为隔得太远，狗的主人完全没看到发生了什么，还站在原地。我朝他喊了两声，正巧他又扭头看着别处，根本不知道是我在喊他。

又痛得我吸了两口凉气，我努力让自己冷静下来。记得以前看过被狗咬住的自救措施，一个办法是勒住狗的脖子让它不能呼吸，一个办法是把狗抬起来甩出去，说是狗四肢悬空会惊慌。有看到说要用力击打狗的眼睛、耳朵部位，它觉得疼了就会松口，但又有看到说千万不能打狗，打了它反而会咬得更紧。

看这只大狗的粗脖子，我估计自己一只胳膊根本勒不住它。至于把它抬起，我自认为绝对没这个能力。那还能怎么办？

我横下心，握紧拳头使劲在大狗的脑袋上打了两拳。它呜咽地叫了两声，咬得好像没那么紧了，我感觉有效，赶紧再用力打了两下。它松开了嘴，我连忙抽回手臂，一脚把大狗踹开，退后了几步，保持一个安全距离。

直到这时，远处那个男人才跑了过来。他很高大，至少比我高半个头。

我握着受伤的手腕，还没想好要怎么说，他却先恶狠狠地对着我喊："喂，你干吗？"

他这么一问，我反而愣住了，好一会儿才反应过来，朝他大喊："什么叫我干吗？"

"好好的你干吗打我的狗？"他吼道。

这是什么无赖？都这个样子了，还不明白刚才发生了什么？道歉都没有，还直接反咬我一口！

强忍住怒火，我在心里反复告诉自己要好好说话，深吸了一口气才开口："刚才它咬住我的手腕，你没有看见吗？"

他皱紧了眉头，咬着牙还一副生气的样子："胡说八道。咬你哪儿了，倒是给我看看啊。"

我简直要被气炸了，猛地伸出胳膊，把右手手腕伸到他面前："你看啊！"

伸出胳膊时，我才感觉不对。刚才被咬得那么严重的伤口，现在怎么几乎感觉不到疼痛了？

给他看手腕的同时，我也忍不住看了一眼。令我吃惊的是，在我的手腕上，一点儿受伤的痕迹都没有。

这怎么可能？我是看着那只狗的牙齿扎入我手腕的啊！难道是我记错了，被咬伤的是另一只手的手腕？不可能啊，难道我被气晕了，连哪只手被咬伤都能搞混？

悄悄看了眼垂在身边的左手的手腕，上面同样没有伤口。

伤口还就这么凭空消失了？

正当我愣住不知道是什么情况时，一股大力传来，那个男人捏住了我伸出去还没收回的手腕，往前一扯，扯了我一个趔趄。不给我任何反应的时间，他一拳打在我的肚子上。

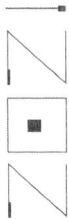

难以形容的剧痛，一下子扎进我的体内。我难以承受，弯下了腰，半蹲下来。这和之前被狗咬住的疼痛是不一样的。这疼痛令我失声，张大了嘴想叫却发不出声音，只是不住地喘息。只感觉胃部一阵痉挛，我一阵干呕，几乎要把早餐刚吃的东西全吐出来。

没等我缓过来，他把蹲着的我从地上拉起，又是一拳。

一拳，一拳，接着一拳。我想反抗，但我心里无比清楚，我已经没有反抗的能力了。

我想，周围这么多人，总有人会来帮忙吧。可等了好一会儿，我没等到救援。难道没有一个人看见？

我想大喊呼救，可喉咙里发出的声音过于轻微，连自己都只能是勉强听见。

我试图把手臂从他手里抽出来，可他的每一根手指都像是铁钩，指尖深深扎在肉里，纹丝不动。我试图偏转身子躲开他的拳头，但一次都没有成功，拳头次次都很准确地落在同一个位置。我试图用左手去挡开他的拳头，可这拳头上的力量太大，我的手臂被轻易荡开，没起丝毫的防御作用。

我脑海里莫名闪过几个在电视剧里看过的攻城锤画面。包着铁皮的锤头来回撞击在巨大的城门上，门后有多少人咬牙顶着都没用，城门最终还是轰然打开。我感觉他的拳头就像是攻城锤一样，无法阻挡。

随着每多一拳落下，那种无法忍受的疼痛就多加了一分。原本挨第一拳的时候我就恶心想吐，现在反倒没了这种感觉，也许是彻底被疼痛掩盖住了。

又是几拳，疼痛似乎到了极点，不再有所增加。我突然发现，我能承受住这种痛苦了。也许不该说是承受，只是暂时性地习惯了这种痛感，大脑勉强清醒了几分。我得抓住机会。

我左手握紧拳头。又挨了一拳，在他收回拳头准备下一拳的间隙，我低吼一声，猛地出拳，打向他的胸口。

无力而可笑的一拳。我感觉自己的拳头像是打在一块厚实的木板上，只有低低的"咚"的一声闷响。他身子丝毫不颤，我那一拳似乎没有对他造成任何的伤害。我绝望地闭上了眼。

但下一拳迟迟没有到来。听见他轻轻笑了一声，我睁开眼抬起头，却看见他松开了握紧的拳头，也松开了紧捏我手腕的左手。

这是……结束了吗？

正这么想着，下一刻，他猛地伸出两只大手，握住我的双臂，将其牢牢摁在身体两侧。我一惊，连忙要挣脱，他已经抬起膝盖，重重地撞在我的左侧肋骨上。

这一记膝撞实在太重，几乎要把我顶得双脚离地。我又痛得弯腰，忍不住呻吟一声。随后就是第二击，撞在我的右侧肋骨。接着是第三下、第四下……

这是一种和之前不太一样的疼痛感。巨大的冲击转化为强烈的刺痛，刺痛之后躯干会有片刻的发麻，这种麻木感居然好像对疼痛有略微的缓解作用，但也只是眨眼间的事情，下一刻就是更加强烈的剧痛袭来。

我痛得发抖。也许是幻觉，我耳边能听到那一根根肋骨嘎吱作响的声音。我似乎能感觉到它们在断裂破碎，似乎能感觉到一块块骨头碎片在撞击下嵌入我的内脏。

我已经完全没有站着的力气了，此刻还没倒下多亏他抓着我的身子。

突然，他松开双手。我难以站立向前倒去，又立马被他拎着领子掐住后脖，没有倒在地上。勉强睁开眼，身前没人，他站在了我的身后。

他又松开了掐着我后脖的手，转而握住我的后脑勺。就这样，他一手拎着我的衣领，一手握着我的脑袋，小跑了起来。两只脚在湿湿的草坪上拖过，我感觉鞋里进了不少的水和泥浆。风迎面吹来，沿着衬衫正中纽扣与纽扣间的缝隙钻入，吹在那些挨拳头挨膝撞的部位，倒有一种蛮舒服的酥麻感。回想起高中天天骑自行车上学，在清晨的雾里骑得飞快，凉风迎面而来透过衬衫吹在身上，就是这种熟悉的感觉。

我一头撞在了树干上。当然，不是我主动的。

真的是眼冒金星，我几乎要晕过去。仿佛有什么东西在脑袋里"砰"的一声炸开，我两耳嗡嗡作响，一时间什么其他的声音都听不见。额头很痛，感觉应该是撞伤流血了。

他开始连续地捶击我的背部。也不知道他是用拳头打还是用手肘撞击，我感觉每一下都像是敲钉子一样，把我的身子紧紧地钉在了树干上。胸腔挤压在树干上，我几乎难以呼吸。

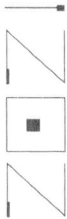

肩胛骨、脊骨，像是被一块块敲碎。但不知道为什么，我能感受到那巨大的疼痛，却不会对其产生反应。我无力呻吟呼救，也不再痛得发抖，就好像疼痛不是发生在我的身上。

也许正是这样，让他觉得无趣了。他停下击打，也松开了提着我衣领的手。

我没有力气站稳，也没有力气去伸手抓着树干扶住自己，就这么向前倒下，倒在草坪上。

空中那种好闻的味道的确是来自刚破土的嫩草。现在脸埋在草坪里，香味格外浓郁，闻着很舒服。雨后的泥土也有种特别的香味，不过讨厌的是，泥浆弄湿了我的头发，粘在我的脸上，还流到了衬衫内，黏糊糊的。

背部一片火烤般的灼痛。手臂正好被压在身下，我能感觉到那几根断开的肋骨。我好想大哭，但不知道为什么又流不出一滴眼泪。

又被从地上提起，他一个勾拳打在我的脸上，我的头向右歪斜，颈椎发出"咔嗒"的轻响。接着他换了只手提住我，又是个另一方向的勾拳打在另半边脸上。也许这次颈椎也会"咔嗒"响一声，不过我听不到了，耳边只有嗡嗡的耳鸣声。

一拳，间隔一小会儿，又一拳。我不知道自己的脖子还能撑多久，颈椎似乎随时可能断掉。脑袋像是变成了一个泄了气的皮球，就这样很勉强地挂在脖子上晃荡。脸上有出血，血沿着脸颊流下，流到了嘴里，咸咸的。

逐渐地，我感觉到自己的五感在消失。眼前灰黑色一片，看不见什么。耳边的嗡嗡声慢慢减弱直至消失，我仿佛处在一个完全安静的房间。鼻腔中残留的青草和泥土气息消失了，才刚流进嘴里的鲜血的咸味也感觉不到了。背部腹部的疼痛变得很轻微，他打在我脸上的拳头也好像没了力气。

我的眼皮沉重难以撑开，像是在睡梦中，想醒却无法醒来。仿佛一切都过去了，刚才的噩梦已经结束，到我进入下一个梦境的时间了。

但我知道，我清楚地知道，一切都不是梦境。

我吃力地撑开眼皮。视线摇晃模糊不清，但我能看到面前那个高大的灰色身影。我的腿恢复了力气，我能稳稳地站着了；我的双手也好像有了些力量，这力量已经足够我作出反抗了。

我伸出双手，猛地一抓。我感觉到了，我掐住了他的脖子。用尽全部的力量，我把他推了出去。

就这么简单一推，我有些脱力，身体摇晃了几下，总算是没倒下。

我也不知道自己这一推有何意义。也许下一刻他就扑回上来，挥出更重的拳头。证明自己的力量吗？这点儿力量也太可笑了。

"喂，你干什么！"身旁突然传来一声怒吼。

我突然意识到，自己的感官逐渐恢复了。耳边还是嗡嗡的，但也能听到风声，听到鸟叫声，听到公园里人们走路、跑步、交谈声，听到远处街道汽车鸣笛声。我又闻到了青草的好闻味道，嘴里似乎还有着些许血液的淡淡腥味。我的视线变清晰了，也不再摇晃，我看到了身前不远处，那个男人边抚摸着脖子边吃力地从地上爬起，衣服裤子都沾上了泥浆。

又是一声怒吼："我问你呢！你刚才在干什么？"

我这才看到，身旁站着一个老太太。她穿着一身宽大的练功服，应该是那边太极拳健身队伍中的一员。她右手手指指着我，两眼也紧盯着我。

嗯？是在和我说话？

我微微张开嘴，轻轻咳了两声。虽然觉得有点儿不舒服，但已经勉强可以说话了。我有些结巴地问："什……什么干什么？"

"还问我？是谁好好地上去掐着他脖子，还把他推倒在地？以为我没看见？"老太太还是恶狠狠地盯着我。

什么？我挨打那么长时间都没看见，只看见了这个？

"真是莫名其妙的。刚才他突然踢我的狗，我过来找他理论，没想到他直接上来打我。"那个男人说。他一只手拍打衣服裤子上的泥浆，一只手还在摸着自己的脖子，就好像我刚才掐得有多用力似的。

"明明是你的狗咬我，是你打我！"我忍不住大喊。

"咬你哪儿了？我打你哪儿了？"他也狠狠地瞪着我，却还像是胆怯了似的退后了一步。

我气急败坏："我……"

说了一个字，我才刚意识到不对。

其实我早该意识到的。我低头看了看，白衬衫黑裤子还是那么干净，毛呢大衣外、脸上、头发上也没粘一点儿泥浆，连之前小腿上被皮球砸出的泥印子也找不到了。腹部背部似乎还有些异样，但我也说不出哪儿有问

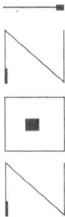

题。我摸了摸脸，没有伤口没有流血。又摸了摸肋骨，之前清楚记得骨折的部位也什么事儿都没有。

真的就像是什么都没发生过。

"赶紧道歉。但要是他不接受你的道歉，你道歉了也没用。你说，该怎么办！"老太太的手指还戳着我。

她尖细的声音传得很远，周围的人都听到了，呼啦啦围了上来。在打太极的老头子老太太不打了，跑步散步的人也不跑不走了。他们还不知道发生了什么，就先把我围住了。老太太开始说是怎么一回事儿。

那个男人站在人群外围，弯腰拍了拍金毛大狗的脑袋，就转身要离开。我赶紧想追上去，却被人墙挡住了。

"你还想跑！赶紧报警，叫警察来！"

我转过头。那个老太太的手指，还这么直直地戳着我。

"你们说说，现在的年轻人居然这个样子，没事儿找事儿，大白天的就这么直接动手打人。穿得倒还有模有样的，没想到……"

"汪，汪汪汪，汪汪汪汪汪……"

老太太的话被一阵急促的狗叫声打断了。我左看右看，不知道是哪儿有条狗在叫，却发现一圈的人都愣愣地看着我。我才意识到，狗叫声是从我自己嘴里发出的。

有种力量压迫在我的背上。我慢慢弯下腰，手掌按在地上，弓起身子，这才觉得舒服了一些。

我双脚蹬地，冲了出去。我一口咬住了那个老太太的手，刚才伸着手指戳向我的手。

老太太"啊"地尖叫了一声。人群也变得混乱，有人退后走开了，有几个围了过来，试图把我拉开。

有鲜血流进我的嘴里。又是那种咸咸的味道，还有些腥味。我知道，这次，不是我自己的血。

我警惕地看着围过来的人，护住自己的要害，绷紧了身上的肌肉。我相信自己。我绝对不会松口。

点评

作家为我们呈现了一个看似虚幻、细思却真实的世界。

"我"在吃完一顿丰盛的早餐后，来到了公园消食。因为近来一连串的喜事让"我"感到了前所未有的愉悦：升职、乔迁和订婚。公园里，人们在晨练。一条狗追逐着主人丢的球向"我"跑来，就在"我"捡起球想要扔向远方时，狗却咬住了"我"的手腕。"我"在努力挣扎、疼痛感剧烈，狗主人却对此视而不见，"我"只好出手打狗试图摆脱。狗主人跑来质问"我"为何无端施暴。"我"无比震惊地发现手腕根本没有任何伤口，仿佛刚才的一切都不曾发生。就在"我"百思不得其解之时，狗主人对"我"开始了拳拳到肉的殴打，"我"震惊的是周围那么多人在晨练，却无一人来劝架。过了许久，"我"终于找到了还击的时机，才刚一出手，就被一位老太喝止，她质问"我"为什么无故动手打人。此刻的"我"再也无法忍受，竟化作一头猛犬向老太咬去。

小说意蕴丰富、构思奇特。其一，对人际关系的反思。小说有魔幻现实的意味。仿佛所有人都在维护强者，而对强者欺侮弱者的行为总是习惯性视而不见。强权是正常秩序的破坏者和毁灭者。弱者被迫只能通过臆想来释放疼痛，久而久之，便会心灵变相、价值扭曲。其二，对当下社会人性异化的担忧。当下人们生活在重压之下，诸如工作、购房和婚姻，等等。人们的身心早已异化，且程度在不断加深。所以，小说里的"我"近来一连串的喜事更像源于臆想，而不是现实；现实中的"我"遭遇的更可能是工作不顺、无力购房和情场失意，等等。

作家目光如炬，一出手便点中了当下人们最痛的死穴；如此，对现实人生最沉重的关注，正是一位作家传承人文关怀和悲悯情怀的深情体现。

（侯建魁）